纪念文学研究所建所六十年

翰苑易知录

——中国古代文学演讲集

文学研究所 编

社会科学文献出版社
SOCIAL SCIENCES ACADEMIC PRESS (CHINA)

目 录
CONTENTS

古典文学的当代意义（代序）

刘跃进

这部演讲集，是 2007～2012 年间，文学研究所古典文学专家给中央领导同志讲课的部分记录。最初计划十二讲，并有如下说明。

1. 《诗经》

这部最古老的诗歌总集，历来被称为古典诗歌的重要源头。"诗三百"汇集西周初年到春秋中叶，即公元前 11 世纪到公元前 6 世纪五百多年间，流传于黄河、江汉流域的诗歌。古有"孔子删诗"之说，但《诗经》的编纂、传播，由民间采集到成为礼乐文明的载体，情形异常复杂。《诗经》以赋、比、兴多种手法表达先民的生活、风俗、爱情、战争和祭祀情景，富有艺术成就，对后代文学观念和诗歌发展有着深刻的影响。

2. 《楚辞》

《诗》《骚》并举，开创了中国古典诗歌的两大源流。《诗经》大致属于黄河文明，而《楚辞》更具有长江文明的色彩。屈宋辞赋，既保留了南方的神话想象、语言方式和民间祭祀诗歌体制，又开创了文人创作与民间创作互动的传统，堪与日月争光。美人香草，情思幽缈；爱国情怀，流芳百世。

3. 建安风骨与"三曹"父子

以慷慨悲歌、风骨峻拔著称的建安文学，在中国文学史上占有崇高地位。它的出现是个奇迹，因为当时三国鼎立，群雄并驰，然而文学家们却都几乎云集在曹魏政权之下。东吴、西蜀几乎找不出一个足与"三曹"及"建安七子"（王粲、刘桢、陈琳、阮瑀、孔融、应场、徐干）相抗衡的作家。作为诗坛领袖，"三曹"（曹操、曹丕、曹植）的风格各不相同。曹操的诗以英雄气魄取胜，曹丕则是以诗人的细腻感受而见长，曹植是才子，想象丰富，文采纷呈。曹操诗风"霸气"，曹植辞赋蕴藉，都为中国诗赋历史增彩添色。

4. 陶渊明

提起陶渊明，我们很自然地就会想起他的名句"采菊东篱下，悠然见南山"，也很容易想起他的名文《桃花源记》，诗人那飘逸的身影由此浮现在我们眼前。因此，他曾被称为"千古隐逸之宗"。然而，历史上那些真假隐士并不一定欣赏陶渊明；相反，倒是那些壮怀激烈的仁人志士如苏轼、辛弃疾、龚自珍等却都成了陶渊明的异代知己。通过陶氏与陶诗的命运，可以透视其身上所呈现出的两重矛盾的色彩，即在飘逸静穆的同时，时时流露出金刚怒目的另一面。

5. 唐诗

唐朝的诗，已成"一国之艺"。要理解唐诗，也须探讨诗的唐朝、探讨唐代文化高度繁荣的思想文化背景以及诗歌发展的历程。按照传统的看法，唐诗分为初、盛、中、晚四个时期，风格迥异。"宁为百夫长，胜作一书生"所展示的是初唐气象，即开国初年到唐玄宗上台前九十年间，大约是 7 世纪。"欲穷千里目，更上一层楼"则是盛唐气象，即唐玄宗、唐肃宗在位期间的五十年间，大约是 8 世纪，是唐诗的高峰时期。"天意君须会，人间要好诗"则是中唐气象，自安史之乱后的唐代宗到唐文宗的七十年间，大约是 8 世纪末、9 世纪初。"夕阳无限好，只是近黄昏"则是晚唐气象，即唐武宗到唐代灭亡的六十年间，大约是 9 世纪上半叶。在历史递变中，唐代文坛，名家辈出，诗派纷呈，是中国文学发展史上的黄金时代。

6. 李白与杜甫

李、杜在 8 世纪同时出现，标志着唐代诗坛的极度繁荣。李白的诗反映了盛唐气象，而杜甫的诗则反映了安史之乱后大唐帝国由盛而衰的历史过程。李白身上有西北胡地的气质和长江文明的情怀，而杜甫的诗则是中原文化的产物。两位伟大诗人的作品把这段由盛而衰的历史转折时期的特点充分地展示出来。李白生前名满天下，流誉八方，而杜甫则不为世人所重，默默无闻地度过他五十九岁年华。"李杜"并称，是诗人谢世四十余年以后的事。中唐大诗人韩愈说："李杜文章在，光焰万丈长。"与此同时，元稹又应杜甫后人之请，作《唐故工部员外郎杜君墓志铭并序》，视杜甫为集大成者。晚唐孟棨《本事诗》又称杜诗为"诗史"，也就是说，杜甫的诗歌既反映了唐代历史的发展，同时也反映了他自己生活的历史。李、杜为唐代诗坛的双子星座，是中华民族的旷世珍宝。

7. 宋词

在"一代又一代之文学"的历史演化中，宋词代表了宋代文学的主要形式。南北宋三百余年间，很大一部分知识分子把自己最真实的情感与胸怀寄托在这种文学形式中，创造出中国古典文学一段最辉煌的历史。从某种程度说，宋词的审美经验大大超过宋文与宋诗，影响了一代又一代中国文学的风情意趣。

8. 苏轼

苏轼是中国古代文学家中最杰出的代表之一。他的诗、文、词、赋，他的哲学思想与美学理想，深深地影响着其后几乎所有的人文知识分子。理解了苏轼，也就走进了中国古代文学家的精神世界。

9. 《牡丹亭》与《桃花扇》

明代的《牡丹亭》与清代的《桃花扇》是明清戏曲中最灿烂的两朵奇葩。她们传播出的"情"与"理"的纠结，她们演化出的生命动力，至今仍流淌在中国人文历史的血脉中，不时地激活着现代中国人的艺术情怀，催生着文化遗产的演进更新。

10. 《水浒传》与《水浒》研究

《水浒》究竟是一部怎样的书，是宣扬"忠义"的书，还是公开"诲盗"的书？是歌颂农民起义，还是鼓吹"招安"，宣扬"投降主义"？这是《水浒》阅读与《水浒》研究不能回避的问题。围绕着《水浒》的作者、版本、成书年代、流传线索等多方面的问题，学术界曾展开过多次论争。而关于《水浒》主题的认识与判断则最引人注目、最发人深思，引发的纷争也最为尖锐激烈。

11. 《红楼梦》与"红学"

《红楼梦》不仅是中国古典文学形式体裁的集大成作品，而且也是中国传统历史文化的百科全书。18 世纪以来的中国知识分子，由于阅历经验、知识修养、胸襟怀抱、审美趣味与文化立场的不同，阅读《红楼梦》时便产生了不同的感悟与体认，做出了不同的解读与阐释，这也正是二百五十多年来"红学"异常兴盛的主要原因。近百年来"红学"领域，学术论争，风波激荡，实际上正是中国人文知识分子对既定的历史意识形态和自身的文化生存状态有不同的价值评估的曲折反映。

12. 中国古代的女性文学

同中国古代政治史、思想史、文化史的普遍陈述一样，中国古代的文学史上，女性扮演的角色很不明显，女性文学的相关章节过于单薄。事实当然并不如此。中国女性文学自涂山氏、有娀氏以来至少也有三千余年的历史。而今的中国古代女性文学的讲述与研究主要落实在两条线索上：一条是三千余年来中国女性文学创作队伍的检阅巡礼；一条是中国古代女性文学的表现形态与精神风貌的描述。文学史家通常关注中国古代女性文学选择的体裁与形式，热衷表现的题材与主旨，并由此探寻中国古代女性的文学理念与现代女性的差异，以及这种历史比较中的审美启示。

2007 年 4 月 10 日开始筹划讲座。18 日先由陶文鹏和刘扬忠两位教授主讲，介绍旧体诗的欣赏与创作技巧，开局很好。当时就约定，没有特殊情况，每周三上午讲座。讲座的内容并不完全按照文学史的发展线索，可以根据情况随时调整。我记得徐公持教授讲建安文学，杨义教授讲盛唐诗歌，陈祖美教授讲宋词，王筱芸教授讲柳永和李清照，石昌渝教授讲《水浒传》，刘世德教授讲《三国演义》，邓绍基教授讲《牡丹亭》，胡明教授讲中国古代的女性文学创作。我本人讲《诗经》和《楚辞》，还围绕着"汉音"与"魏响"这样一个主题，讲过"三曹""七子"，还有陶渊明。

这次讲座，据反馈意见，效果还不错。于是，2008 年秋天，又安排了第二阶段的讲座。文学研究所另外准备了二十个专题，即：（1）《论语》与《孟子》；（2）《老子》与《庄子》；（3）楚歌；（4）汉赋；（5）《史记》；（6）乐府诗；（7）李白；（8）杜甫；（9）白居易；（10）田园诗；（11）边塞诗；（12）韩愈与柳宗元；（13）李商隐与杜牧；（14）李后主；（15）婉约词；（16）苏东坡与辛弃疾；（17）萨都剌与元代文学；（18）《圆圆曲》与《桃花扇》；（19）梁启超与林琴南；（20）胡适。

计划中的第二阶段文学讲座时间安排在翌年一月。为扩大学术讲座的影响，我们先在文学研究所安排"古典文学名家讲座"，前后举办了十四场。在此基础上，2012 年又扩大范围，更名为"名家讲座"，首先请学部委员、老专家做主讲人，结合他们的学术研究，讲人生境界，讲学术心得。根据第一阶段的讲座经验，这次还特别制作了若干课件，以增强立体效果。2012 年 5 月 25 日，文学研究所又接到任务，由王学泰研究员围绕着郑板桥与扬州八怪作专题演讲。

五年来，在文学所内外，总共安排了三十多场讲座，从先秦《诗经》《楚辞》，到近代文学，论题是非常广泛的。这些讲座与一般课堂讲授颇有不同，很多情况下，更像是学术讨论，而这些话题的背后，又常常牵涉如何理解古典文学的传统价值和当代意义。

我们知道，文学是人类的精神产品，与物质产品一样，是人类社会发展不可或缺的重要组成部分。一个民族，物质上不能贫困，精神上也不能贫困，只有物质和精神都富有，才能成为一个有强大生命力和凝聚力的民族[①]。就我个人经历而言，我曾长期在清华大学讲授中国古典诗歌，每期听众都有数百人。同学们对此课充满热情，给予积极评价。作

---

① 江泽民：《在中央精神文明建设指导委员会第一次全体会议上的讲话》（1997 年 5 月 26 日），转引自《江泽民论有中国特色社会主义（专题摘编）》，中央文献出版社，2002，第 382 页。

为教师，我感到欣慰，同时也深切地感受到中国古典文学对于更年轻一代的巨大感召力。若干年前，我们配合教育部门制作了古典诗歌讲授的录像公开出版；近年，还配合中央相关部门组织编写干部人文教育读本，配合出版部门撰写各类普及读物。做这些工作会占去很多研究时间和精力，但我们认为这项工作有意义，值得花费心血投入。

在研读和讲授古典文学作品时，我们时常为之感动，也体会到古典文学传统在我们民族生存与发展过程中不同寻常的意义。中国文学，是华夏各民族心灵的反映。中国古代文学史上的屈原、李白、杜甫、苏轼、曹雪芹等之所以获得后人的广泛尊重与爱戴，最重要的原因就在于，他们把自己一腔的理想、抱负与国家、人民的利益紧密地联系在一起，贴近生活、贴近人民，这就使得他们的人格得到升华与净化，就使得他们的作品真实地反映了各自时代的风貌，反映了人民的理想与追求，反映了时代的苦难与抗争，具有深刻的人民性和现实感。

古典文学的意义，还远不止于此，在凝聚民族精神，推动社会主义文化事业建设方面，也蕴含着强大的精神活力。一个国家、一个民族的发展与振兴，需要综合实力来支撑。所谓综合实力，至少包括看得见摸得着的有形实力，或曰"硬实力"，如科技、军事、经济等方面；还包括更深层次的精神追求和行为准则的无形实力，或曰"软实力"。硬实力就如同一个人的骨架，高矮之分，强弱之别，一目了然。但是，生命的意义更在于活的灵魂。没有血液的流淌，没有精神的支撑，就没有生存的价值。作为文化的重要组成部分，中国文学凝聚着这个民族对于世界的认知和对于生命的感受，因此也可以说是我们民族的血脉和灵魂。都说中国是礼乐之邦。文学，是传播礼乐观念的重要载体，在中国人的生活中占据极其重要的位置。贾谊《陈政事疏》说："凡人之智，能见已然，不能见将然。夫礼者禁于将然之前，而法者禁于已然之后。是故法之所用易见，而礼之所为生难知也。"礼隐而法显，礼昭示于前，而法惩戒于后。防患于未然，所以要崇尚伦理教化，更要注重人文修养。法则具有鲜明的实践品格，是确保社会稳定的最后防线。礼与法的关系，是人文科学与社会科学关系的缩影，是综合实力的重要组成部分。

由此我们意识到，在社会主义核心价值观的建构过程中，人文学者也可以而且应当肩负起自己应有的职责，充分挖掘中国传统文化中的丰富资源，为当代精神文明建设服务。正是基于这样的认识，我们拟将过去五年的讲稿集中起来，提供给广大的读者。需要说明的是，一些讲座，仅有大纲，即兴发挥，尚未成稿。这里所收录的，还只是部分讲稿。仅此，也可以大致领略到中国文学的精华。

发稿在即，特作如上说明。我们诚挚地期待着广大读者的批评指正。

壬辰年除夕修订

先秦诸子研究与现代文化建设

杨 义

文化工程是一种人心工程。史有明言："千金可失，贵在人心。"①文化通过思想表达、人生关怀、知识传授、礼义习俗、审美情趣以及内蕴于其中的价值取向，滋润和培养着国民的素质和心灵的归属，关系到国家形象和综合国力。科技可治贫，文化可治愚，经济和精神上的富裕，应该双轨并驰，富而愚，则可能导致一个民族的堕落。春秋战国时期战乱频仍，如果没有孔孟老庄，留给后人的记忆就是"率兽食人"的血迹；大唐之世，曾是"稻米流脂粟米白"，国力强盛，如果没有李杜韩柳，留给后人的记忆，就只是一班脑满肠肥之辈而已。也许李白批评"珠玉买歌笑，糟糠养贤才"，也许杜甫揭露"朱门酒肉臭，路有冻死骨"，但是他们依然是盛唐养育而成、象征所在。文化成了时代的良心。正因为有孔孟老庄、李杜韩柳等文化巨星，中华民族的长空才群星灿烂，彪炳千古。历史对一个时代的定位，很大程度上是文化定位。

现代文化建设有两个关键的着力点：一是文化的原创性；二是文化的共享性。原创性注重文化学术思想的创造，学术创新体系和话语体系的建立，思维方式和学术方法的革新，学派、学风博大精深而充满活

---

① 《南齐书》卷三十七《到抃、刘俊、虞悰、胡谐之列传》之"史臣曰"。

力。共享性就是使富有创造性的文化，通过体制的革新和开拓，为全民族所共享，甚至为人类所乐于接受。原创，撑起了时代文化的高度；共享，拓展了时代文化的广度。没有原创的"共享"，满足于低水平的重复，容易陷入平庸的媚俗；没有共享的"原创"，满足于曲高和寡，容易陷入不可持续发展的孤芳自赏。

衡量人文社会科学研究成功与否的基本标准，就是考察其能否以及如何将"原创性"和"共享性"结合起来。之所以要研究离开我们已经两千多年的先秦诸子，是由于先秦时期是中国思想大规模原创的大时代，是中国思想的创世纪（Genesis）。诸子百家在这个大变动、大动荡的岁月，展示了中华民族伟大的思想创造能力，铸就了中华民族世代延续的文化基因。诸子的肉体生命已经成为尘埃，他们的文化生命却仍流淌于我们的血液中。研究诸子，就是研究我们的原本，研究我们的文化DNA，研究"内在的自我"。研究他们活动的那个先秦时代，就是研究我们这个民族共同体的思想文化是如何凿破鸿蒙、开天辟地、铸造灵魂的，而我们如今又要如何激活这种原创精神，创造现代大国博大精深而又生机磅礴的文化。民魂、国魂的铸造，都离不开原创性文化的共享。

一　走近诸子

诸子思想已经是深入人心的文化遗产。不管我们自觉不自觉，我们都在这样或那样地用诸子的某些话语、某些思路，去认识世界、想象世界。我们民族的文化心理结构，是不能排除诸子的。文化原创性，需要有原创的根基。天生诸子，既是我们思想上的先驱，又是我们精神上的朋友。他们丰富复杂、异见纷呈的思想，适可以成为我们思想原创的深厚根基和文化出发点。面对诸子，我们应该做的事情，乃是从心地上立定根基，拂去历史烟尘和迷雾，沟通诸子的时代和我们的时代，深入与诸子的原创性对话，以对话开拓新的原创。要发现原创和深入对话，其中的关键，是使这些先驱和朋友真正在场。在场的要义，在于还原他们的生命状态和生命过程。

要走近诸子、还原诸子，首先要追问：诸子是谁？他们的著作为何如此？这就是研究诸子的发生学。比如庄子是谁？这个问题，两千多年都没有弄清楚。司马迁叙述先秦诸子，对庄子只作附传，附于《老子韩非列传》，非常粗略地指出庄子为宋国北部蒙地（今河南商丘）的漆园吏。细读《庄子》就会发现，庄子的家世蕴藏着三个未解之谜：（1）知识来源的问题。庄子家贫，到了要向监河侯借粟为炊的地步，监河侯推托"将得邑金，将贷子三百金"，庄子就以涸辙之鲋（鲫鱼）作比喻，说"君乃言此，曾不如索我于枯鱼之肆！"一个就要断炊的人，著书时竟然"其学无所不窥"，在那个"学在官府"的时代，博学何从谈起？（2）人生姿态的问题。庄子仅为卑微的漆园吏，在等级森严的社会，有何资格与王侯将相当面对话，而且衣冠不整，谈吐傲慢，官府也只好听之任之？（3）仕隐进退的问题。《史记》和《庄子》中，三次记述楚王派使者迎请庄子委以要职，庄子都不屑一顾。楚国是当时的一流大国，为何到宋国聘请一个小吏而委以重任，而且这个小吏也无何等政治声望或实用的治国本事？知识来源、人生姿态、仕隐进退，都是认识一个人的要害所在。

由于存在以上三个千古未解之谜，只有对主子的家族身世进行深入考证，才有可能认识他的文化基因从何而来，为何呈现此种形态。这是我们进行还原研究的根本入手之处。人们往往忽略了先秦的姓氏制度，与汉代以后存在着根本差异。假若对上古姓氏制度作进一步考察，庄子家族渊源的信息就可能浮出水面。宋郑樵《通志·氏族略》云："以谥为氏。……氏乃贵称，故谥亦可以为氏。庄氏出于楚庄王，僖氏出于鲁僖公，康氏者卫康叔之后也。"又在"庄氏"一条下作注："芈姓，楚庄王之后，以谥为氏。楚有大儒曰庄周，六国时尝为蒙漆园吏，著书号《庄子》。齐有庄贾，周有庄辛。"① 郑樵以博学著称，对唐宋以前的文献无所不读，其考证当然有唐以前文献的根据。而《史记·西南夷列传》如是记述楚国庄氏的渊源："楚威王时，使将军庄蹻，将兵循江

---

① 郑樵：《通志》卷二十五、二十八，浙江古籍出版社，1988，第440、470页。

上，略巴、黔中以西。庄蹻者，故楚庄王苗裔也。"① 这就印证了楚国庄氏是以楚庄王谥号作为姓氏的。因此，庄氏属于楚国贵族。然而，庄子的年代（约公元前 370～前 280 年）距离楚庄王（公元前 613～前 591 年在位）已经 200 余年，相隔七八代以上，只能说庄子是楚国相当疏远的公族了。楚庄王作为春秋五霸之一，曾向北扩张势力，破洛水附近的陆浑戎，观兵于周郊，问九鼎大小轻重于周室，是楚国最杰出的政治家。楚庄王的直系后裔就是楚国国王；旁系后裔到了孙辈，以他的谥号为氏，也是相当光荣的。

既然庄氏乃楚国疏远的贵族，又何以居留在宋国的蒙地？此事需从楚威王（公元前 339～前 329 年在位）派使者聘请庄子当卿相入手。由此上推四十余年，即庄子出生前十几年，楚悼王（公元前 401～前 381 年在位）任用吴起变法，"明法审令，捐不急之官，废公族疏远者，以抚养战斗之士"，"于是南平百越，北并陈、蔡，却三晋，西伐秦"②，拓展了楚国的实力和国土；吴起改革弊政的重要措施之一，是"令贵人往实广虚之地，皆甚苦之"③。当时楚国的一些疏远公族，可能被充实到新开拓的国土上，甚至降为平民躬耕于野，因而对吴起积怨甚深。楚悼王死后，宗室众臣发生暴乱而攻打吴起，追射吴起并射中悼王的尸体。射中国王的尸体，属灭门重罪，因而在楚肃王继位后，"论罪夷宗死者"七十余家。属于疏远公族的庄氏家族可能受到牵连，仓皇避祸，迁居宋国乡野。

通过梳理庄子的家族渊源，可以真切而深入地解开他为何能够接受贵族教育，为何敢对诸侯将相开口不逊，为何楚国要请他去当大官，而他又以不愿当牺牲的牛，作为拒绝聘任的理由。同时，一旦进入《庄子》书，我们就感到楚文化的气息扑面而来。在《秋水篇》中，庄子对梁相惠施云："南方有鸟，其名为鹓鶵（鸾凤之属），子知之乎？夫鹓鶵发于南海而飞于北海。"庄子家族生于南方，他便自居为"南方有鸟"，而且自拟

---

① 《史记·西南夷列传》，中华书局，1959，第 2993 页。
② 司马迁：《史记·吴起列传》，第 2168 页。
③ 吕不韦：《吕氏春秋·贵卒》，中华书局 1954 年"诸子集成"本。

为楚人崇尚的鸾凤。其家族迁于北方，便说"发于南海而飞于北海"。在鸟由南飞北的叙述中，隐含着庄子家族由楚国迁徙至宋国的踪迹。

庄子笔下的楚国故事有十几个，多有一种归真悟道的神奇色彩，那可能是他的父母、祖父母告诉他的关于那个失落了的遥远故乡的故事。"月是故乡明"，失落了的那轮故乡月，更是令人心尖儿发颤，激发出无穷的幻想。比如《庄子·徐无鬼篇》郢匠挥斤，那是牵连着楚国首都的故事。说是楚国郢都，有一个叫做"石"的工匠，挥斧快捷如风，能砍掉别人鼻尖上薄如蝇翼的白泥巴，被砍者鼻子不伤而立不失容。楚国首都的这位匠人是如何练就这份绝技的，庄子未作交代。但如果与《养生主篇》的庖丁解牛相比较，约略可知他也经过类乎"所见无非牛""未尝见全牛"直至不以目视而"以神遇"，因而"以无厚入有间"的游刃有余的修炼进道的过程。这里讲"听而斲之"，而不是审视而斲之，强调的是以神运斧，而非以形运斧。匠石的绝技既是了得，那位白垩粘鼻的受斧者（所谓"质"），也是心神渊静，临危若定，进道极深。千余年后苏轼还神往这份绝技，在《书吴道子画后》说："（吴）道子画人物……出新意于法度之中，寄妙理于豪放之外，所谓游刃余地，运斤成风，盖古今一人而已。"①

楚国幅员广大，到了春秋战国之世，汉水之阴（山北为阴，水南为阳）已是楚国腹地。汉阴抱瓮丈人的故事，也是庄子借以论道的。《天地篇》说：

子贡南游于楚，反于晋，过汉阴，见一丈人方将为圃畦，凿隧而入井，抱瓮而出灌，搰搰然用力甚多而见功寡。子贡曰："有械于此，一日浸百畦，用力甚寡而见功多，夫子不欲乎？"为圃者仰而视之曰："奈何？"曰："凿木为机，后重前轻，挈水若抽，数如泆汤，其名为槔。"为圃者忿然作色而笑曰："吾闻之吾师：'有机械者必有机事，有机事者必有机心。机心存于胸中，则纯白不备；

① 苏轼：《书吴道子画后》，《苏轼集》卷九十三，明海虞程宗成化刻本。

纯白不备，则神生不定；神生不定者，道之所不载也。'吾非不知，羞而不为也。"……（子贡）反于鲁，以告孔子。孔子曰："彼假修浑沌氏之术者也。……且浑沌氏之术，予与汝何足以识之哉！"①

"浑沌氏之术"是楚人的原始信仰。汉阴抱瓮丈人不愿使用方便省力的桔槔，宁可挖一条隧道下井汲水灌溉菜园子。他信奉的浑沌氏之术，如子贡从中体会到的"执道者德全，德全者形全，形全者神全。神全者，圣人之道也"。这完全不同于孔子教人的"事求可、功求成、用力少、见功多者，圣人之道"。机械可以提高社会生产力，推进物质财富的开发。西方世界正是以此为基本着力点，推动了人类文明的快速发展。但处在浑沌思维中的庄子，似乎对此不感兴趣，他在那个时代就超前忧虑于对自然的开发违反了自然的本性，破坏了人与自然之间"德全、形全、神全"的三全和谐境界。他主张以道德通天顺地，并将这种道德楷模赋予楚地的抱瓮丈人。

此类楚风寓言，自古以来，沁人心脾。如宋朝文天祥极其赞赏："累丸承蜩，戏之神者也；运斤成风，伎之神者也。"② "累丸承蜩"，是《庄子·达生篇》中让孔子在场见证的楚国驼背老人捕蝉的神奇故事。驼背老人回答孔子："我有道也。五六月累丸，二而不坠，则失者锱铢；累三而不坠，则失者十一；累五而不坠，犹掇之也。吾处身也若厥株拘，吾执臂也若槁木之枝，虽天地之大，万物之多，而唯蜩翼之知。吾不反不侧，不以万物易蜩之翼，何为而不得！"③ 应该说，驼背老人是形不全而神全。庄子于此，甚至采取损其形而全其神的叙事策略。驼背老人捕蝉之道是"形全精复，与天为一""不反不侧，不以万物易蜩之翼，何为而不得"。捕蝉也是小事，意味着在庄子心目中，道无所不在。如《知北游篇》庄子回答东郭子，道在蝼蚁，在稊稗，在瓦甓，在屎溺。这里道在蝉翼，郢匠挥斤中道在薄如蝇翼的白垩土，即所谓"周、遍、咸三者，

① 《庄子·天地篇》，《庄子集解》，中华书局，1987，第158页。
② 文天祥：《跋萧敬夫诗稿》，《文天祥集》卷十。
③ 《庄子·达生篇》，《庄子集解》，第158页。

异名同实，其指一也"。凝神之极，唯知蝉翼而不知天地之大、万物之多，这就是庄子借助这位楚国驼背老人所讲的道尚神全的道理。

先秦诸子启用俗文化的智慧，是激发自身原创性的极佳发酵剂。应该看到，先秦诸子在创造其学说的时候，除了面对非常有限的文字文献系之外，主要面对非常丰富多彩的民间口头传统和原始的民风民俗。以往未见于文字的民风民俗和口头传统，沉积深厚，一旦被诸子著录为文，精彩点化，就令人惊异于闻所未闻，造成巨大的思想学术冲击波。春秋战国之世彪炳千古的思想原创，与此关系深刻。我们知道，庄子丧妻时的行为很是惊世骇俗：

> 庄子妻死，惠子吊之，庄子则方箕踞鼓盆而歌。惠子曰："与人居，长子老身，死不哭亦足矣，又鼓盆而歌，不亦甚乎！"庄子曰："不然。是其始死也，我独何能无慨然！察其始而本无生，非徒无生也，而本无形，非徒无形也，而本无气。杂乎芒芴之间，变而有气，气变而有形，形变而有生，今又变而之死，是相与为春秋冬夏四时行也。人且偃然寝于巨室，而我噭噭然随而哭之，自以为不通乎命，故止也。"①

庄子此则寓言颇受儒者诟病，却与楚国的原始民俗存在着深刻微妙的关系。据《明史·循吏列传》："楚俗，居丧好击鼓歌舞。"② 这就把庄子鼓盆而歌与楚地原始风俗联系起来了。唐宋以后的笔记和地方志，对此类风俗记载甚多，如《隋书·地理志》载"蛮左"的丧葬习俗是："无缞服，不复魂。始死，置尸馆舍，邻里少年，各持弓箭，绕尸而歌。"③ 唐人张鷟《朝野金载》卷二载："五溪蛮父母死，于村外阁（搁）其尸，三年而葬，打鼓路（踏）歌，亲戚饮宴舞戏，一月余日。"④ 这种

---

① 《庄子·至乐篇》，《庄子集解》，第 150～151 页。
② 《明史》卷二八一，中华书局，1974，第 7210 页。
③ 《隋书·地理志》，中华书局，1973，第 898 页。
④ 张鷟：《朝野金载》（《隋唐嘉话》《朝野金载》合刊本），中华书局，1979，第 40 页。

古俗到明清时期犹存楚地，说明庄子妻死鼓盆而歌出自家族风俗记忆。从庄子向惠子阐述其为何"鼓盆而歌"来看，庄子已将古俗哲理化了。在反省人间生死哀乐之中，庄子提炼出一个"气"字，从而把冥冥漠漠之道与活活泼泼之生命，一脉贯通。他认为："生也死之徒，死也生之始，孰知其纪！人之生，气之聚也，聚则为生，散则为死。……故万物一也，是其所美者为神奇，其所恶者为臭腐；臭腐化为神奇，神奇化为臭腐。"对生死一如的生命链条作了这种大化流行的观察之后，庄子得出结论："通天下一气耳。圣人故贵一。"① 庄子看透了人之生死只不过是天地之气的聚散，通晓了万物皆化的道理，所以，在鼓盆而歌的行为中，便自然蕴含着见证天道运行的仪式。

相较而言，庄子写其祖籍地楚国与居留地宋国的态度和手法，存在着巨大的反差。写楚国，他灵感勃发，神思驰骋，心理空间似乎比宇宙空间还要无际无涯；写宋国社会则似乎回到地面，描绘着各色人物的平庸、委琐、狭隘，甚至卑劣。《逍遥游篇》记述，宋人到越国去卖殷商时期样式的章甫（士人礼帽），可见宋人闭塞到了连蛮夷之地的服装、礼仪习俗与中原不同都不明白。另一个故事为：宋人有使手受冷水浸泡而不皲（龟）裂的好药秘方，却世世代代用来漂洗丝绵，甚至将秘方卖给异方客人②。于此还可以进一步深思：庄子在写鲲鹏"图南"，以南冥为精神家园的时候，为何一再地谈论宋人的笨拙呢？从这种对比性的叙述中，人们可以感受到流亡后的庄氏家族，虽然已经四五十年了，但并未融入宋国社会。如果进一步考释，就会发现宋人的愚拙与宋国政治的封闭性有关，梳理《左传》对列国政治的记载，可知宋国始终以自家的公族执政，不接纳客卿。这种以专权而排他的政治结构，周旋于大国之间而求苟存的做法，造成游动于列国间的诸子对于宋人之闭塞、愚拙和刻板，多有反感。庄子当然感到切肤之痛，其余如《孟子》的"揠苗助长"，《韩非子》的"守株待兔"，都是著名的"宋国故事"。

---

① 《庄子·知北游篇》，《庄子集解》，第186页。
② 《庄子·逍遥游篇》，《庄子集解》，第7页。

　　地理也能为诸子学说的发生，提供思想形式创造的基地。庄子留居蒙泽湿地，他的文章携带着湿地林野的物种的多样性，清新、奇异和神秘，是文人呼吸着湿地林野空气的适意悟道的写作。庄子寓言写树大多辨析有用无用，写动物则涉及世相百态、道术百端。树木无言，动物有性，它们都是那位蒙泽湿地少年沉默的或调皮的朋友。作为流亡贵族后裔，少年出游无伴，遂与鸟兽虫鱼为友，"独与天地精神往来"。庄子最喜欢的动物似乎是鱼和蝴蝶，往往用之自喻，庄周梦蝶，濠梁观鱼，成了尽传庄生风采的千古佳话。对于猴子，庄子多加捉弄、嘲笑，说它不知礼义法度，像"猨狙衣以周公之服"，定会撕咬毁坏①；说群狙见吴王登山，逃入树丛中，一狙自恃巧捷，在人前显摆自己，以色骄人，终致被执而死②；又说狙公给群狙分发橡实，朝三暮四，众狙皆怒，朝四暮三，众狙皆悦，其聪明被玩弄于有名无实的三四个手指之间③。猴性活泼而浮躁，总是上当吃亏。人性不能取法猴性，应该有一种万物不足以扰心的定力。他是推许"用心若镜"，不取于心猿意马。

　　虽然对动物有喜欢、有嘲笑，但庄子对之浑无恶意，更多亲切、平等的感情。庄子有一个广阔而繁盛的动物世界，他似乎喜欢独自漫游山泽林间。自小就因出身流亡家族而缺乏邻居伙伴，因而他对林间百物是如此知根知底，知性知情，随手拈来，喻理证道，恰切、灵动而别有一番机趣。人们仿佛听见少年庄生在山泽林间的欢呼声："山林与！皋壤与！使我欣欣然而乐与！"这块蒙泽湿地，使庄氏家族获得了避开政治迫害的生存避风港，也使庄子思想获得了一个有大树丰草、有蝴蝶、有鱼、有螳螂、有蜗牛的梦一般的滋生地。

二　还原文化现场

　　诸子文化现场，音容茫昧，既经历史的磨损，又有人为的撕裂，简

---

① 《庄子·天运篇》，《庄子集解》，第126页。
② 《庄子·徐无鬼篇》，《庄子集解》，第216～217页。
③ 《庄子·齐物论篇》，《庄子集解》，第16页。

直是碎片满目。有心缀合弥补，比起将考古所得的陶瓷碎片，复原为瓶罐碗碟，还要难上几若何倍。但是，诸子书、其他古籍和出土文献并非只是冷冰冰的材料，慧眼当识其中有若隐若现的诸多生命信息。警察破案，见一脚印，便可勘破盗贼的年龄、身材、步姿，甚至作案时的心态，难道自视聪明过人的人文学者在见微知著上，就不及警察？这是需要反躬自省的。在已经碎片化的历史文化现场上，再施展"黑旋风"式挥起板斧"排头砍去"的威风，是干脆而痛快的，但所收获的唯有"碎片化"后的"粉末化"了。扪心自问，这对得起中华民族灿烂辉煌的文化吗？人文学者的责任，是还原辉煌文化应有的辉煌，以为更加辉煌的创造打下根基。这就需要将"还原难"转换为"还原能"，向诸子文化现场走近一步。

春秋战国时期最重要的历史文化现场，是两次重要思想家的聚会，一为春秋晚期，孔子到洛阳向老子问礼，这是启动以后三百年中"百家争鸣"的关键；二为战国晚期，韩非和李斯拜荀子为师，这给三百年的"百家争鸣"画上了一个句号。对这两次聚会，以往争论不休，成为尚未破解的千古之谜。这里只讲后一次聚会。《史记·老子韩非列传》记载韩非"与李斯俱事荀卿，斯自以为不如非"。《李斯列传》记载李斯"乃从荀卿学帝王之术。学已成，度楚王不足事，而六国皆弱，无可为建功者，欲西入秦。辞于荀卿"。那么，韩非、李斯是多大年纪、在什么地方、以什么方式、当了多少年荀子的学生呢？两千年来，人们找不出材料加以证明。

战国晚期三大思想巨擘聚首于楚，乃是思想史上的大事，有必要恢复它的历史现场。关键在于考定韩非、李斯拜荀子为师的年代。荀子五十岁在齐襄王时代才游学稷下，"最为老师"，"三为祭酒"，在孟、庄之后已是首屈一指的大家。其间他曾游秦见应侯，不能说他无意于用秦。由此在稷下受谗，为楚春申君聘为兰陵令，时在春申君相楚八年（公元前255年）。荀子在楚又受冷箭，辞楚归赵，再应春申君召请，已是两年后了。此时荀子作《疠怜王》之书，以答谢春申君，见于《战国策·楚策四》，而《韩非子·奸劫弑臣篇》也收录此文。一个令人迷惑不解而长期引起纷争的问题是：此文的著作权属谁？如果考虑到荀、韩之间的师生关系，就有三种可能的解释：一是韩非所作，《战国策》把它误安在荀子的名下；二是韩非抄录老师文稿，而混入自己的存稿中；三是荀子授意韩非捉刀，而弟子有意保存底稿，留下一个历史痕迹。

仔细比较《楚策》和《奸劫弑臣篇》略有文字差异的《疠怜王》文本，觉得上述第三种解释较为合理。原因有五：

一是《楚策》本比《韩非子》本删去一些芜词，文字更为简洁，而且改动了一些明显带法术家倾向的用语；二是《楚策》本在修改《韩非子》本时，增加了"春秋笔法"；三是文中采用的一些历史事件为荀子熟知，而为《韩非子》它篇未见，当是老师口授，弟子笔录的；四是本文用"疠怜王"的谚语作主题，乃是儒家为"王者师"的命题，而非法家"为王爪牙"的命题；五是《楚策》此文之后，还增加了一篇赋，赋为荀子创造的文体，引《诗》述志是荀子常用的手法，因此，当都是荀子改定时所加①。这五条理由可以证得，这篇《疠怜王》答谢书，是一篇由荀子授意，韩非捉刀，最后由荀子改定的文章。过去有学者想证明《疠怜王》的《韩非子》本与《战国策》本，一真一伪，其实这两个文本都是真的，只是过程中的真，不同层面的真。《韩非子》中的文本，是受意起草时的真，《战国策》的文本，是改定寄出时的真。如果以上考证可以相信的话，一系列的问题即可迎刃而解。荀子由赵经韩，准备到楚都陈郢应春申君招请时，韩非已在荀子门下，时在公元前253年；李斯在六年后，即秦庄襄王卒年（公元前247年），辞别荀子离楚入秦。即是说，韩非、李斯师事荀子，共计六年，公元前253~前247年。此时荀子六十多岁，韩非四十多岁，李斯二十余岁。他们聚首的地方是在楚国的新都陈郢（今河南淮阳），其时楚旧都已沦陷于秦将白起，退守后的新都离韩都新郑和李斯故乡上蔡都在二三百里路程之内，交通颇便。

---

① 参见杨义《〈韩非子〉还原》，《文学评论》2010年第1期。

　　那么，他们师徒相聚的方式何如？李斯年仅二十余，正是从师问学的年龄，较常在荀子身边。这又为《荀子》书中李斯、荀子的问答所证实，李斯进入秦国，也向荀子告别请教。韩非年逾四十，又是韩王之弟，必须常住韩都，经营当官的机会，不然就可能长久被边缘化。他们师生相处的时间并不长，韩非未必常在身边，而且韩非师事荀子时，已经是相当成熟的法术家或思想家，因而荀子对他的影响不是体系性的，而是智慧性。兼且荀子是三晋之儒，异于邹鲁之儒，在稷下十余年浸染了某些黄老及其他学派的学术，他入秦观风俗吏治，交接秦相应侯，似有几分用秦之心，授徒也用帝王之术，这些方面与韩非并不隔膜。

　　还有一件深刻地影响了中国历史进程的事情，是韩非思想受到秦始皇的喜爱，成为大秦帝国的官方意识形态。《史记》说："人或传其书至秦。秦王见《孤愤》《五蠹》之书，曰：'嗟乎，寡人得见此人与之游，死不恨矣！'"风华正茂的秦王政为何兴奋至此？一者正因为秦王政对于韩非未尝闻其名、知其人，他们之间不存在复杂的利害关系和人事纠葛，还留有几分"空白的新鲜"和"无利害的尊重"，这在君主集权制度中是难得的机遇。二者缘于秦王政当时的心理状态和精神意向，韩非书击中了他精神关注和焦虑的焦点。要重新呈现这个历史现场，就有必要将《史记·吕不韦列传》《秦始皇本纪》及《六国年表》贯通起来，加以综合考察。秦王政十三岁登基，大权长期握在仲父相国吕不韦和后来的长信侯嫪毐手中。登基九年，秦王政已冠、带剑，却发现嫪毐与太后淫乱叛变。在平定这场叛乱后，牵连吕不韦免相，但他退居河南，依然是诸国宾客使者相望于道，直到令他迁蜀而服毒自杀，才算结束了重逆柄政、千钧一发的政治危机。此时已是秦王政十二年（公元前235年），他二十四岁。从秦国于第二年就出兵韩国，索取韩非；第三年韩非就出使入秦来看，秦王政正是在公元前235年读到韩非之书的。他适值结束政治危机而痛定思痛之时，读到韩非《孤愤》《五蠹》之书，自然觉得，己所欲言而未能言者，竟被此书说得个通体透彻，简直是字字直叩心扉，积郁顿消，岂不淋漓痛快之至哉！

　　还原历史现场的一个有效办法，就是使用文化地理学的角度，考察诸子思想产生的地域文化原因。比如，考察老子思想发生的原因，就应该读一读郦道元《水经注》相关记载，因为该书难能可贵地为后世留下老子故乡的若干历史痕迹。① 地方风物所透露的信息，潜在地暗示着老子的身世，潜在地影响着老子的思想方式。我们应该如实地承认老子是不知有父的，多么渊博的学者也无法考证出老子之父。但他是知有母的，李母庙就在老子庙的北面。我怀疑，老子出生在一个母系部落，才会如此。了解这一点，才可能解释何以在先秦诸子中，唯有《老子》带有母性生殖崇拜的意味。最为明显的是《老子》六章："谷神不死，是谓玄牝。玄牝之门，是谓天地根。"牝的原始字形是"匕"，作女性生殖器形状，正如牡字去掉"牛"旁，乃男性生殖器形状一样。玄牝之门，即玄深神秘的女性生殖器之门，竟然是天地之根，这不是母性生殖崇拜，又作何解释？六十一章又说："大邦者下流，天下之交，天下之牝（马王堆汉墓帛书甲本作'天下之牝，天下之交也'）。牝常以静胜牡，以静为下。"这些话都语义双关，从神圣的生殖崇拜，转化出或发挥着致虚守静、以柔克刚的思想。

上古中国是一个多元共构的、并非都是同步发展的文化共同体，恰恰相反，非均质、异步是其突出的特点。周室及其分封诸国的中心地区，是一些经济文化比较发达的城邦。而远离城邦的边鄙之地，则存在着明显的原始性，依然活跃着许多氏族、部落和部落联盟。在这些边远地区，就很可能存在着母系氏族，或母系氏族的遗风。值得注意的是，《老子》二十一章，在讲了"道之为物，惟恍惟惚。……窈兮冥兮，其中有精，其精甚真，其中有信"（精和信，均为男女生殖之液）之后，特别讲到："自今及古，其名不去，以阅众甫。吾何以知众甫之状哉？"众甫二字，马王堆帛书甲、乙本均作"众父"，这种用语是否带点群婚制的信息呢？老子是否也因而知有母，而不知有父呢？

那么，为何又称"谷神"呢？从《水经注》可知，大概与赖乡颇有山谷，谷水出焉有关。那里的初民，也许有谷神信仰。而且溪谷也是

---

① 参见杨义《〈老子〉还原》，《文学评论》2011 年第 1 期。

"牝"，如《大戴礼·易本命》所说："丘陵为牡，溪谷为牝。"① 这就将老子从原始民俗中所汲取的玄牝信仰和溪谷信仰，贯通起来了。谷神也就是玄牝。因而《老子》三十九章以"道生一"的"一"字言道："昔之得一者：天得一以清，地得一以宁，神得一以灵，谷得一以盈，万物得一以生，侯王得一以为天下正。"请注意这一系列得一者的顺序：天，地，神，谷，万物，侯王。这是一系列非常神圣的名字，其中唯"谷"字特别，超出常人的想象，说明"谷神"信仰的神圣性。《老子》书也用了不少"谷"字、"溪"字来论道，比如六十六章："江海之所以能为百谷王者，以其善下之，故能为百谷王。是以圣人欲上民，必以言下之；欲先民，必以身后之。是以圣人处上而民不重，处前而民不害。是以天下乐推而不厌。以其不争，故天下莫能与之争。"从"百谷王"的虚怀若谷、海纳百川，讲到不争而莫能与之争，老子把原始信仰转化为无为思想的辩证法思维，理论穿透能力是非常强的。一般而言，无水为谷，有水为溪，在季节性山间小溪中，谷和溪是同一物在不同季节的各异形态。二十八章说："知其雄，守其雌，为天下溪。为天下溪，常德不离，复归于婴儿。……知其荣，守其辱，为天下谷。为天下谷，常德乃足，复归于朴。"天下溪和天下谷相当，又与百谷王相对应。知雄守雌，以雌为雄，处下不争，归朴复婴，所追求的都是"常德"而不是一日长短。从母性生殖崇拜到谷神信仰，老子所发掘的历史文化资源，在诸子中最称古老和原始，由此他触及宇宙的根本和人生的根本，在宏大的宁静中寻找着此世界生生不息的母体。

　　陈地的地理风物对老子影响至深者，一是谷，二是水。他自小就在流经赖乡的谷水、涡水上，天真无邪地嬉戏，因而对水性、水德体验极深。《老子》八章说："上善若水。水善利万物而不争，处众人之所恶，故几于道……夫唯不争，故无尤。"这就是老子体验到的水之德。还有水之性，《老子》七十八章说："天下莫柔弱于水，而攻坚强者莫之能胜，以其无以易之。弱之胜强，柔之克刚……正言若反。"柔弱胜刚强，是老

---

① 《大戴礼记》卷十三，中华书局，1983，第258页。

子最有标志性的发现之一，而最初启发他的莫非水，最好的喻体也莫非水。这个发现既可鼓舞弱者敢于坚持的勇气，又可告诫逞强之徒收敛其锋芒，还可涵养强大者游刃有余的处事谋略，成为各阶层的人们以"天下之至柔，驰骋天下之至坚"的思想源。高深莫测哉，老子智慧，他的发现对中国人心理的渗透和模塑，谁也不应低估。老子从水性中发现了"柔弱胜刚强"，从水德中发现"善利万物而不争"，这和孔子叹逝川，可以并列为对水之哲学的三项杰出的发现。涡水、谷水虽小，它们滋生的哲学却功成而不居地震撼着中国人的心灵。

三　破解千古之谜

由于史料缺失以及历代诠释以崇圣尊经为标准所造成的遮蔽，先秦诸子研究中存在着许多千古之谜。要破解这些千古之谜，首先需对先秦诸子进行生命的还原，以"还原"来确立"破解"的根本。不管采取何种思维方式，思想的产生，都是社会实践和精神体验的结果。孔子一旦成了圣人，经过历代的阐释、开发、涂饰和包装，他的名字就成了公共的文化符号，在很大程度上已不再属于他自己。因而对孔子的思想言论，最关键的是要放在特定的社会历史境遇中，分析其生命遭际和心理反应，而不能将之从特定的社会历史境遇中游离出来，孤立地向某个方向作随意的主观引申；也不能百般曲解、回护，为圣人讳。梁启超有言："凡境遇之围绕吾旁者，皆日夜与遇之；同绕吾旁者，皆日夜与吾相为斗而未尝息者也。"① 境遇是人的生命展示的现场，忽视境遇，就是忽视生命的鲜活的个性。对孔子言论之境遇的还原，就是对孔子生命的鲜活个性的尊重。

比如孔子的"唯女子与小人为难养也，近之则不孙，远之则怨"②一语，在妇女解放和女性主义思潮中最受诟病。以往注家也有觉察并进

---

① 梁启超：《新民说》第九节"论自由"，《梁启超文集》卷六，林志钧《饮冰室合集》本。
② 《论语·阳货篇》，《四书章句集注》，中华书局，1983，第 182 页。

行回护。宋邢昺疏解云："此章言女子与小人皆无正性，难蓄养。所以难蓄养者，以其亲近之，则多不孙顺；疏远之，则好生怨恨。此言女子，举其大率耳。若其禀性贤明，若文母之类，则非所论也。"在邢昺进行"大率"和例外的分辨之处，朱熹则将女子界定为"臣妾"："此小人，亦谓仆隶下人也。君子之于臣妾，庄以莅之，慈以畜之，则无二者之患矣。"其实与其费尽心思地为这句话的正确性作辩护，倒不如考察一下它所产生的历史境遇。

孔子在政治生涯中两遇女子，一是《论语·微子篇》说的"齐人归女乐，季桓子受之，三日不朝，孔子行。"对于此事，《史记·孔子世家》综合先秦文献描述孔子年五十六，由大司寇行摄相事，把鲁国治理得极有起色。毗邻的齐国担心"孔子为政必霸，霸则吾地近焉，我之为先并矣"。于是选出八十个歌舞女子，送给鲁君。季桓子几次微服到鲁城南高门外观看女乐，又邀请鲁君终日游览，荒废政事。孔子等待观望，等到连祭祀的熟肉都不发，就上路到了边境。师己送行的时候，孔子唱了一首歌："彼妇之口，可以出走；彼妇之谒，可以死败。盖优哉游哉，维以卒岁！"师己回去，如实告诉季桓子，季桓子喟然叹息："夫子罪我以群婢故也夫！"这里既讲到孔子为政带来"男女别途"，又讲到齐国"女子好者"八十人，在孔子政治生涯造成转折中的负面作用。孔子离鲁途中作歌，指责"彼妇之口""彼妇之谒"，而季桓子则感叹"夫子罪我以群婢故也夫！"在如此情境中，与其说孔子在抽象地谈论"女子"，不如说他在批评"好女色"；与其说孔子在孤立地谈论"小人"，不如说他在针砭"近小人"。

再看另一次遭遇女子。《论语·雍也篇》记载孔子离开鲁国而出入于卫国，发生"子见南子"事件，《史记》也做了这样的发挥：

> （孔子）返乎卫，主蘧伯玉家。灵公夫人有南子者，使人谓孔子曰："四方之君子不辱欲与寡君为兄弟者，必见寡小君。寡小君愿见。"孔子辞谢，不得已而见之。夫人在缔帷中。孔子入门，北面稽首。夫人自帷中再拜，环佩玉声璆然。孔子曰："吾乡为弗

见，见之礼答焉。"子路不说。孔子矢之曰："予所不者，天厌之！天厌之！"居卫月余，灵公与夫人同车，宦者雍渠参乘，出，使孔子为次乘，招摇市过之。孔子曰："吾未见好德如好色者也。"于是丑之，去卫。①

据《吕氏春秋》，孔子是通过卫灵公的宠臣的渠道，见到卫灵公的厘夫人南子："孔子道弥子瑕见厘夫人。"这一点，与《淮南子·泰族训》《盐铁论·论儒篇》的材料相仿佛。这个嬖臣弥子瑕，大概就是《史记》所说的南子派使的人。这次拜访却引起子路的误会，害得孔子对天发誓。而卫灵公却没有因此尊敬和重用孔子，只给他一个坐在"次乘"上，跟在自己和南子的车屁股后面的待遇。引得孔子对如此女子、如此小人，大动肝火，痛陈在卫国，"好色"已经压倒了"好德"，并且为此感到羞耻，离开了卫国。在如此情境中，孔子对"女子与小人"做出申斥，又有什么可以大惊小怪呢？

只要我们对历史进行有事实根据的还原，就会发现，今人对孔子的一些指责，指向的也许不是本来的孔子，而是佞人之徒加在孔子脸上的涂饰。只有消解这类涂饰和包装，才能如实地分辨孔子的本质和权变、贡献与局限、精华与糟粕、短暂与永恒。我们谈论孔子的力量，才是真实的、而非虚假的力量。

破解千古之谜的重要方法，是从文献处入手，在空白处运思，致力于破解空白的深层意义。这应该看作是"哲学的文献学"妙用。要尽可能地从文献的蛛丝马迹上，进入先秦诸子的生命本质。在把握多种多样的学科文献材料，包括出土文物文献的材料的基础上，需要交叉使用文化人类学、历史编年学、姓氏学、人文地理学以及考古民族学等方法，才能够接触到诸子的生命的密码。比如说，《左传》鲁定公四年（公元前 506 年）记述吴、楚"柏举之战"，吴军神速攻入楚国郢都，只载伍子胥、吴王阖闾及其弟夫概，却没有孙武的影子。但这场以少胜

---

① 《史记·孔子世家》，第 1918～1921 页。

多的战争，直插大国首都，若无孙武式的神机妙算，简直匪夷所思。连一代雄主唐太宗都说："朕观诸兵书，无出孙武。孙武十三篇，无出虚实。夫用兵，识虚实之势，则无不胜焉。"①

疑古派学者依据《左传》记载的空白，就怀疑历史上有无孙武其人。早在宋代，叶适（水心）就有此议论，《文献通考》记载叶氏的话："（司马）迁载孙武齐人，而用于吴，在阖闾时，破楚入郢，为大将。按《左氏》无孙武。他书所有，《左氏》不必尽有，然颍考叔、曹刿、烛之武、鱄设诸之流，微贱暴用事，《左氏》未尝遗。……故凡谓穰苴、孙武者，皆辩士妄相标指，非事实。其言阖闾试以妇人，尤为奇险不足信。"② 黄宗羲《宋元学案》卷五十四《水心学案》，也载此说。实际上，空白并非无，历史记载的事情只是历史存在的沧海一粟，记载了，不一定全是真实；失载了，不一定不存在。《左传》采用官方材料，将一切战绩都归于国王和重臣，而孙武只是客卿，也就忽略不计。但先秦兵家文献《尉缭子》记载，有提十万之众，而天下莫敢当者，是齐桓公；有提七万之众，而天下莫敢当者，是吴起；有提三万之众，而天下莫敢当者，是孙武子。《韩非子·五蠹篇》也称，"境内皆言兵""藏孙、吴之书者家有之"，孙武、吴起成了兵家的标志性人物。对同一件事情，官方和民间的记载因为价值标准不同，关注的重点人物就大不一样。东汉王充的《论衡》甚至说："孙武、阖庐，世之善用兵者也，知或学其法者，战必胜。"③ 竟然将孙武置于吴王之前。历史是透过各色人等记述的"三棱镜"，呈现为赤橙黄绿青蓝紫七彩的，简单地追逐单色，就可能失去历史的丰富性。

由于古史文献失载，《史记·孙子列传》对孙武身世的记载相当简略："孙子武者，齐人也。以兵法见于吴王阖庐。阖庐曰：'子之十三篇，吾尽观之矣，可以小试勒兵乎？'"只说到孙武是齐国人，他遇见吴王阖闾，就拿出了《十三篇》，使现在的《孙子兵法》十三篇，有了

---

① 《唐太宗李卫公问对》卷中，中华学艺社影宋刻本。
② 马端临：《文献通考》卷二百二十一《经籍考》载"水心叶氏曰"。
③ 王充：《论衡》卷十二《量知篇》，四部丛刊本。

着落。问题在于只有三十余岁的孙武，此前并无作战记录，但一出手就是《十三篇》，竟然成为千古兵家圣典，如此奇迹由何而生？先秦材料并没有提供奇迹产生的足够资料，我们只能从先秦以来留下来的有限而零碎的材料中，寻找蛛丝马迹，去弥补和破解这个空白。

清代学者孙星衍，自称乃孙武后代，指认出孙武祖父为陈书。《左传》鲁昭公十九年（公元前523年）记载的齐国将领孙书，本名陈书，因战功被齐景公赐姓为"孙"。陈、田相通，因此孙书属于田完家族的后裔。据《史记·田敬仲完世家》记载，陈国贵族陈完因宫廷变乱，逃奔齐桓公当了"工正"。五世以后，宗族强盛，九世孙太公和取代姜齐，自立为诸侯。孙武，是田完家族的七世孙。《左传》昭公十九年记载："秋，齐高发帅师伐莒。莒子奔纪鄣。使孙书伐之。初，莒有妇人，莒子杀其夫，已为嫠妇。及老，托于纪鄣，纺焉以度而去之。及师至，则投诸外。或献诸子占，子占使师夜缒而登。登者六十人，缒绝。师鼓噪，城上之人亦噪。莒共公惧，启西门而出。七月丙子，齐师入纪。"[①] 孙书因此赐姓，这一年，孔子十九岁，比孔子略小的孙武也就十岁出头。后来写成的《孙子兵法》讲，兵不厌诈，兵以诈而立，其快如风，其动如雷霆，可以看到这个战例一些影子。而且《孙子兵法》第十三篇很独特，写了个反间计，认为内奸，或者"暗线"，对于打仗能够知己知彼、里应外合非常重要。哪部兵书专门为"反间计"写上一章呢？就是《孙子兵法》。我们知道，信息时代非常重视战争中的信息，使用卫星监视敌方的动向。孙武有先见之明，两千多年前就强调战争中信息的重要性。这跟孙武祖父讨伐莒国小城，得到城中老妇作为内线的支持，是有关系的。《孙子兵法》反映和升华了孙武祖父辈的战争经验。

考察《孙子兵法》的家族文化基因，绝不应忘记另一位和孙书同辈的大军事家司马穰苴。司马穰苴本称"田穰苴"，也是齐国田氏家族的旁系中人，因当了大司马、大将军，后代以官名为氏，改称司马穰

---

① 《春秋左传注》，中华书局，1990，第1403页。

苴。《史记》卷六十四《司马穰苴列传》，记载春秋晚期，齐国受晋国和燕国的威胁，常打败仗，有人建议齐景公启用田穰苴。齐景公担心田氏家族的势力膨胀，但劝说者认为，穰苴为田氏家族庶出，又不怎么关心政治权势，只是军事专家，于是就任命他当了大将军。可是司马穰苴跟齐景公说，我的威信不足以统率全国军队，最好派一个宠臣来做监军，结果就派了宠臣庄贾。司马穰苴就同庄贾约定，明天午时，在军门会合，商量出兵事宜。谁料庄贾倚宠卖宠，到处应酬酒席，接受礼品，弄到中午还不见人影，到晚上才来。司马穰苴就问军法官，该如何处置，军法官说，按军令要杀，司马穰苴就下令，推出去杀了。齐景公马上派使者来制止。司马穰苴说了一句"将在军，君命有所不受"，就把他杀掉了。这句话跟孙武杀掉吴王的两个宠姬的话是一模一样的。《史记》卷六十四《司马穰苴列传》中的这句话，在卷六十五《孙子吴起列传》中又出现，似乎《史记》用语重复，实际上那是同一个家族的军事思想。有意思的是，盛唐贤相张九龄主张诛杀安禄山的奏章中，也将这两件事联系起来："穰苴出军，必诛庄贾；孙武教战，亦斩宫嫔。守珪军令必行，禄山不宜免死。"[1]《孙子兵法》强调，将军跟国君的关系，是战争中的最重要的关系之一。就是说国君要把战场上指挥决断之全权委托给将军，战场形势瞬息万变，攻防调动仰赖深居宫廷的国君听风是雨，指手画脚，将军无法做主，就必然打败仗。《孙子兵法·计篇》说："将听吾计，用之必胜，留之；将不听吾计，用之必败，去之。"这些话是讲给吴王阖闾听的，有话在先，去留由斯。

孙武练兵为何杀了两个宠姬，好像是血淋淋的残酷？但他不能手下留情，必须君命有所不受，能够行使将军指挥全权，留在吴国才有实质的价值。孙武看到齐国田氏与其他政治势力争斗不休，避祸南下富春江一带，观察周围几个国家的形势，存在着"鸟择树枝"，而不是"树枝择鸟"的多种可能性。孙武在吴国，只是一个客卿，死后在苏州附近的墓碑还写着："吴王客孙武之墓"。他跟伍子胥不一样，伍子胥曾经

---

① 《旧唐书》卷九十九《张九龄传》。

帮助公子光（吴王阖闾）刺杀吴王僚，是辅助新君上台的功臣，是相国，是国君的左膀右臂。孙武无此根基，必须强调"将在军，君命有所不受"的前线指挥权，强调他与司马穰苴都恪守的家族信条。《史记》记载，司马穰苴"文能服众，武能威敌"，这跟《孙子兵法》里"令之以文，齐之以武"的治军思想，是相通的。司马穰苴带军队，士卒一住下，他就去检查伙食，关心井和灶弄好了没有，有没有生病的，亲自操持这些事情。自己领到军粮，就发给士兵一起享受，这跟《孙子兵法》里"善养士卒"的思想是一致的。《地形篇》讲的"视卒如婴儿，故可与之赴深溪；视卒如爱子，故可与之俱死"，与司马穰苴带兵打仗的行为方式也存在关系。

可以说，家族的记忆，长辈成功的典范，已经成了《孙子兵法》字里行间的精神气脉。孙武出生在齐国军事世家，祖辈的军事思想和作战经验，深刻地影响和震撼着当时只有十几岁的少年孙武。政治军事家族平时的家教，厅堂上的谈论、辩论、争论，直接成为孙武军事思想形成的催化剂。这个军事家族平时谈论和关心的战争，一是齐国跟邻国打的仗，二是近百年来齐、晋、秦、楚四大国之间的决定存亡兴衰的重要战争。比如说，齐鲁长勺之战中，曹刿论战，"一鼓作气，再而衰，三而竭"，强调战争中勇气、士气的作用。这个齐、鲁战例，离孙武几十年，但其家族对鲁胜齐败的经验教训，肯定做过研究和反省。所以孙武讲战争，非常重视"气"，"三军可以夺气，将军可以夺心""是故朝气锐，昼气惰，暮气归。故善用兵者，避其锐气，击其惰归，此治气者也"。曹刿论战中的"气说"，通过孙子家族对一场与齐国有关的战争的讨论总结，注入了《孙子兵法》的理论思考之中。《孙子兵法》实际上是孙氏政治军事家族的经验和智慧的结晶，也是春秋列国重要战争经验的哲学性的升华。对《孙子兵法》的这些认识，都离不开"从文献处入手，在空白处运思"这种诸子生命还原的学术方法。

破解千古之谜的另一种不可忽视的思想方法，是重视诸子思想发生发展的"过程性"。过程是动态的哲学，是思想家生命展开和实现的途径。没有过程，就没有思想家，没有思想家的产生和成熟，也没有整个思想学术史的气象万千。就以韩非子来说，看不到他思想的发展过程，而把他的思想看作凝固不变的框架，就很难破解与之有关的某些千古之谜。比如胡适有这样的判断："大概《解老》《喻老》诸篇，另是一人所作。"容肇祖《韩非著作考》追随胡适，作了如此考证："《五蠹篇》说，微妙之言，上智所难知也，今为众人法而以上智所难知，则民无从识之矣。……《解老》《喻老》是解释微妙之言，韩非一人不应思想有这样的冲突，可证为非彼所作。"这是以成熟期韩非思想作为凝固的标准，去衡量全部韩非著作，其结果否定了韩非对《解老》《喻老》的著作权，就使得韩非"归本于黄老"失去了落脚点。

韩非早年以刑名法术之学为思想的始发点，而且其全部思想以刑名法术之学为主体，这是没有疑义的。但其思想也存在着曲折，并且在曲折中深化，在曲折中变得博大。要破解韩非在思想发生曲折和深化时，写出《解老》《喻老》二篇，关键在于以过程意识，考证清楚这两篇作于何时。为了能够在年代学上突破这一点，必须注意《韩非子》中曾经两次记载过的一个非常奇特的人物：堂溪公。一次是《韩非子·问田篇》：

> 堂溪公谓韩子曰："臣闻服礼辞让，全之术也；修行退智，遂之道也。今先生立法术，设度数，臣窃以为危于身而殆于躯。何以效之？所闻先生术曰：'楚不用吴起而削乱，秦行商君而富强，二子言已当矣。然而吴起支解而商君车裂者，不逢世遇主之患也。'逢遇不可必也，患祸不可斥也。夫舍乎全遂之道而肆乎危殆之行，窃为先生无取焉。"
>
> 韩子曰："臣明先生之言矣。夫治天下之柄，齐民萌之度，甚未易处也。然所以废先王之教，而行贱臣之所取者，窃以为立法术，设度数，所以利民萌、便众庶之道也。故不惮乱主闇上之患祸，而必思以齐民萌之资利者，仁智之行也。惮乱主闇上之患祸，而避乎死亡之害，知明夫身而不见民萌之资利者，贪鄙之为也。臣不忍向贪鄙之为，不敢伤仁智之行。先王（生）有幸臣之意，然

有大伤臣之实。"①

韩非为创立法术之学，颇有点不避艰险祸患的意志。由他直斥昏暗君主，以及对长者堂溪公的直率态度，可知未脱少年气盛，而以"仁智之行"来定位自己的法术主张，也是早期思想的痕迹。这里需要着重考明的，是韩、堂对话发生于何时，以便把握韩非思想的过程性。

《韩非子·外储说右上》记载："堂谿公谓（韩）昭侯曰：'今有千金之玉卮而无当，可以盛水乎？'昭侯曰：'不可。''有瓦器而不漏，可以盛酒乎？'昭侯曰：'可。'对曰：'夫瓦器，至贱也，不漏，可以盛酒。虽有乎千金之玉卮，至贵而无当，漏，不可盛水，则人孰注浆哉？今为人主而漏其群臣之语，是犹无当之玉卮也。虽有圣智，莫尽其术，为其漏也。'昭侯曰：'然。'昭侯闻堂谿公之言，自此之后，欲发天下之大事，未尝不独寝，恐梦言而使人知其谋也。"接下来还有此事传闻异词的记载，谓"昭侯必独卧，惟恐梦言泄于妻妾"。

韩昭侯在位三十年，时为公元前 362 ~ 前 333 年，到韩非被害的秦王政十四年（公元前 233 年），相距已是百年。如果韩非被害时年逾六旬，那么他大概生于公元前 296 年（韩襄王末年）左右。如果堂谿公在昭侯末年是二十六七岁，那么他在韩非二十岁时对之进行劝说，已是八十五岁的老人了。而二十岁左右的韩非已有著述为堂谿公所知，可见他的早熟。从他的著述内容亦可知，他是以商鞅、吴起的变法思想作为自己的学术始发点的。

堂谿公的名字和身世几乎无从考证。从他劝说韩非以"服礼辞让""修行退智"的全身遂志的道术来看，他实在是黄老学术中人。也许受了堂谿公劝告的启发和刺激，韩非启动了从"喜刑名法术之学"到"归本于黄老"的心灵历程，并且在二十岁出头的时候（公元前 275 年左右），写出了《解老》《喻老》诸篇。

---

① 《韩非子·问田篇》，陈其遒《韩非子新校注》，上海古籍出版社，2000，第 933 页。

四 重绘文化地图

中国幅员广大，各个地域在种族、部族活动的漫长历史过程中，积累了丰富多彩的地域文化成果。由于不同地域给诸子注入的文化因素千差万别，因此考定诸子的家族身世和里籍，对于破解诸子的文化基因具有关键价值。但历史文献资料的短缺，为考订留下许多难题。《史记·孟子荀卿列传》所附墨子身世片段仅云："盖墨翟，宋之大夫，善守御，为节用。或曰并孔子时，或曰在其后。"将墨子附于列传中孟子、稷下先生、荀子之后，年代明显错乱。如此简略地记载一个学派领袖的一生，说明风行二百余年的墨子显学，到太史公时代已衰微到了几乎进入绝学之境。而且《史记》说墨子为"宋大夫"，与《墨子》记载他从不接受爵位互相矛盾；至于墨子的里籍在何处，也未做交代。

关于墨子里籍问题，《史记》《汉书》没有明确记述，唯汉末高诱注《吕氏春秋》称其为"鲁人"。以后就陷入众说纷纭、莫衷一是的迷雾之中。学术研究，器识为要。要善于拨开迷雾，辨识直指事物本原的途径。墨子里籍的最原始的材料何在？在《墨子》书，在墨子言。墨子对楚王言"臣乃北方鄙人"，说明他不是楚国人。他"出"曹公子于宋，用一个"出"字介绍自己的弟子到宋国做官；止楚攻宋之后，"过"宋而未被守闾者接纳，那他不是宋人，在宋地无家。他又说，"南有荆、吴之君"，加上"吴"，就在北方偏东；"北有齐、晋之君"，加上"齐"，就是不太北而偏东；"东有莒之国"，就在莒国西面、鲁国"南鄙"那些附属小国。鲁国南面存在过有名字可考的小型国家，在春秋战国时期就有二十多个，都属于东夷部族。墨子出身于百工，往往居无定所，游动于东夷部族之间，其思想与东夷文化结有不解之缘。这对于将诸子研究纳入中华民族共同体发生过程中的华夷互动体系，具有本质的价值，可以极大地拓展墨子研究的文化空间。

墨学属于"草根显学"，有别于儒家的"士君子显学"。墨子站在平民立场，提倡"节用""非乐"，反对"厚葬"，倡导公平正义、反对上层社会的奢侈淫乐，非常有鼓动力。民众鼓动起来了，用什么来约束和监督呢？他提倡"天志"和"明鬼"。学者们考察《左传》等书，发现春秋战国时期已经有"民本思想"，即认为墨子讲天讲鬼，是思想倒退。其不知"民本思想"只是当时精英分子的思想萌芽，广大草根民众仍信天信鬼，这种无所不在的监督，带有很强的心理强制性。墨子提倡"兼爱"和"非攻"，也是站在平民百姓、弱势群体一边。儒家的仁爱和礼仪讲究尊卑等级，亲疏远近，推己及人。一讲尊卑等级，就没有草根平民的份了。所以墨子讲"兼爱"，没有尊卑等级的普遍的爱，大家都是"天之民"，各国不分大小，都是"天之邑"，不能以尊压卑，不能以大欺小。墨子说他的思想行为是从大禹那里学来的。大禹的子孙分封在杞国，春秋时迁移到今山东新泰县，离墨子家乡很近。在墨子二十多岁时，杞国被楚国吞并，贵族、巫师、歌手把大禹故事带到民间，所以墨子能听到的大禹故事非常怪异，非常原始，带有东夷文化色彩。破解了墨子的家乡何在，就破解了墨子思想的文化基因从何而来。如果进一步分析先秦文献中墨翟、禽滑厘及其身后的墨家"钜子"的活动轨迹，可以认定，河南中南部是墨家民间结社团体的根据地，或他们止楚攻宋、实行非攻主张的大本营。

近代以来，由于西方科学思潮的启发，《墨辩》声誉鹊起，《大取》《小取》二篇也列入其中。梁启超有感于胡适的心得，认为墨子十论是"教'爱'之书"，墨辩六篇是"教'智'之书，是要发挥人类的理性"。此波愈涌愈烈，以至推崇"一部《墨经》，无论在自然科学哪一个方面，都超过整个希腊，至少等于整个希腊"①。考察《墨辩》诸篇的发生，有必要搜索墨子思维方向的一次重大转换，由青壮年时期的满腔激情，到晚年充满悟性和理性的冥思。其转捩点隐藏在汉代邹阳的一句话中："宋信子罕之计而囚墨翟。"② 一次牢狱之灾，促使已入老境的墨子对于此前的人生和思想进行反思。

---

① 杨向奎：《关于研究〈墨经〉的讲话》，《墨经数理研究》，山东大学出版社，1993，第25页。
② 《史记·鲁仲连邹阳列传》，第2473页。

墨子被囚前可能已开始反思自己的学说。被囚中，他苦思冥想早年百工众艺，以及日常事例、学理辩论的深层原理。他构思写作《经上》《经下》，可能在自宋国出狱后，不再能留宋或入楚，唯有返回鲁南鄹故里之时。从年龄心理学看，人在晚岁，往往津津有味地反刍早年的经验；人在捡拾早年的脚印中，捡拾青春的梦。墨子囚后返乡，旧雨重逢，朝花夕拾，许多当年的得意之事和幼稚笑话又何尝不可作为谈资？当年能工巧匠师徒相授，不乏绝技和秘诀，窥探这些绝技秘诀背后的原理，也是人生之乐事。因此，百工之技，绳墨之学，融合着民间能工巧匠世代相传的智慧，成了墨子《经》上、下对百科技艺进行思考的切近而稔知的资源。而且百工技艺，也是凿山开渠、治理洪水的大禹所推崇的，《周礼·考工记》说："有虞氏上陶，夏后氏上匠。"这里出了一个杰出的百工领袖：奚仲。《左传》鲁定公元年记载："薛之皇祖奚仲，居薛以为夏车正。"《文子》说，尧之治天下，"奚仲为工师"。《系本》说："奚仲始作车。"《管子》说："奚仲之为车器也，方圆曲直皆中规矩钩绳，故机旋相得，用之牢利，成器坚固。"奚仲的薛国在战国时成为齐国孟尝君田文的封邑。墨子曾经称赞"奚仲作车"。造车这一在百工技艺中难度最大的技术，是在墨子家乡首先发展起来的。《法仪篇》载有墨子的话："百工为方以矩，为圆以规，直以绳，正以悬，平以水。无巧工不巧工，皆以此五者为法。"可见他对百工技艺之"法"情有独钟。墨子由家常日用、百工之艺，开辟了通向科学的通道，绳墨之学的抽象化或数理化，向前延伸就是几何学。这是一种由经验上升为数理的科学主义的智慧。

文化地理学的角度，不仅对于破解诸子文化基因的来源效果明显，而且对于解释诸子的想象方式和理想追求，也可以得到深入一层的收获。在人性没有丧失自然本色的古老时代，人离自然很近，人处在自然的包围中，地方风物往往赋予思想者以思想的方式、想象的方式。老子有一种"复归于婴儿"的思想，就是返璞归真，复归生命的原始。老子"小国寡民"的社会理想，实质上是要复归社会生命之原始，复归社会形态上的"婴儿"：

> 小国寡民。使有什伯人之器而不用；使民重死而不远徙。虽有
> 舟舆，无所乘之；虽有甲兵，无所陈之。使民复结绳而用之。甘其
> 食，美其服，安其居，乐其俗。邻国相望，鸡犬之声相闻，民至老
> 死，不相往来。①

目睹东周的衰落，身在洛阳进行思想创造的老子反观自己的生命源头，苦县赖乡的氏族原始生存方式被他理想化、童话化了。这里所描述者涉及小国（原始氏族或部族）的规模，器物和对待器物的态度，对待迁徙和战争的态度；重视风俗、君民安乐和衣食温饱，至于文字文化则宁可简朴原始；邻国（相邻氏族和部族）外交尽量平淡相处，自然自足。这实际是老子以童年氏族生活记忆，辅以清虚无为的文化想象而成的"小国寡民"乌托邦。

再看庄子的理想方式。尽管宋国政治没有接纳庄子，但蒙泽湿地接纳了他。《马蹄篇》论"至德之世，同与禽兽居，族与万物并"，就与这块湿地的原始生态有关。接着这样描写："山无蹊隧，泽无舟梁；万物群生，连属其乡；禽兽成群，草木遂长，是故禽兽可系羁而游，鸟鹊之巢可攀援而窥。""同乎无知，其德不离；同乎无欲，是谓素朴。素朴而民性得矣。"所谓"至德之世"讲的是社会理想，一如老子讲的"小国寡民"含有他对童年氏族生活的记忆，庄子对未来理想的构设，也嵌入了美好童年记忆的因子，崇尚的是一种未被社会异化的自然人性。人文地理的神奇之处在于它会给人的文化基因染色。它可以给墨子染上大禹的坚韧、百工的聪明，又可以给老子、庄子染上原始氏族的淳朴以及湿地风光的朦胧。

在先秦诸子研究中，走近先秦诸子、还原历史现场、破解千古之谜、重绘文化地图这四个命题互相关联，融为一体。走近诸子，就是走近他们所处的历史现场，还原现场才能破解千古之谜，谜团破解了，文化地图自然就变得清晰起来。反过来，以人文地理学、文化人类学、历

---

① 《老子》八十章，《老子校释》，中华书局，1984，第307～309页。

史年代学、职官与姓氏、考古与文献等角度重绘文化地图，就可以厘清千古之谜由何产生，就可以还原历史现场，自然也就能够走近先秦诸子。四维度贯穿着一个核心思想：还原诸子的生命过程，用《桃花扇》的话来说，就是与先秦诸子"一对儿吃个交心酒"。这一点就与现代文化建设联通起来了，它令千古心灯交辉互照。经过这番还原研究，我们就可以用熟悉的、真确的甚至亲切的姿态，与先秦诸子进行深度的文化对话，追问他们为我们民族注入何种智慧，他们在创立思想时有何种喜怒忧愁，在中华民族数千年发展中他们提供的思想智慧有何种是非得失，在现代大国文化建设上这些古老的思想智慧如何革新重生，以此对话激活原创，在深厚的根基上共谋新世纪的人心工程。

四言古诗的发展

刘跃进

四言古诗可以说是中国最古老的一种诗歌形式了。四言这种形式比较凝练，而传达的意蕴则较为深邃。现存的几部先秦重要史籍，比如《尚书》《周易》等就有很多四言的形式，有的学者甚至认为，其中也有不少就是诗，或者说是上古的逸诗①。这又涉及了什么是诗的问题，三言两语也难以说得清楚。

我们还是尊重学术界的普遍看法，把《诗经》作为四言古诗的代表。

一 《诗经》概说

众所周知，《诗经》是中国古代第一部诗歌总集，所收大致是西周

---

① 《周易》中的诗及上古所谓逸诗，历来有许多的论述。如王栋岑《谈〈周易·卦爻词〉中的诗歌》（《北京师范大学学报》1962 年第 6 期）、黄玉顺《〈易经〉古歌的发现和开掘》（《文学遗产》1993 年第 5 期）等。关于《尚书》的文学价值，历来也多有论述。如胡念贻《〈尚书〉的散文艺术及其在文学史上的地位和影响》（《社会科学战线》1981 年第 1 期）。有关《尚书》的问题还请详细阅读蒋善国《尚书综述》（上海古籍出版社，1988）及马雍《尚书史话》（中华书局，1982）。此外，傅道彬《〈诗〉外诗论笺》下编有"释诗卷"分甲骨之部、《易》诗之部、史书之部、诸子之部、金石之部、逸诗之部等对先秦《诗经》以外的逸诗作了笺释（黑龙江教育出版社，1993）。

初年到春秋中叶的作品，换句话说，是从公元前十一世纪到公元前六世纪的作品。当时，人们只称之为"诗"，或者"诗三百"，并没有"经"的桂冠。到战国时期，《诗经》逐渐成为儒家的"六经"之一，地位日益显赫。① 不过，正如《荀子》所说，所谓的《诗经》，只是体现"常道"的书，称之为"经"，也只不过是一种尊称，它的地位并不像汉代那样尊崇。《诗》正式被官方确立为"经"，并取得权威地位，是从汉武帝采用"罢黜百家，独尊儒术"的政策以后开始的。汉武帝倡导经学，设置五经博士，精通经书的人，可以作博士，并招收弟子。而那些弟子学会了一部经书，通过了考试，就可以出来做官。由于官方的倡导和利禄的诱惑，许多人皓首穷经，当时学习《诗经》的人非常多。

《诗经》所收诗共三百零五首，所谓诗三百，是举其整数而言。这三百多篇诗分风、雅、颂三部分。"风"之中有十五国风，即：周南、召南、邶风、鄘风、卫风、郑风、齐风、魏风、唐风、王风、秦风、陈风、郐风、曹风、豳风等，共一百六十篇。其中，"二南"的区域主要集中在南方，即汉水和长江流域。"卫风"在今河南新乡，"王风""郑风"在今河南中部，"齐风"在今山东东部，"魏风"在今山东境内，"秦风"在今甘肃境内，"豳风"在今陕西境内。"雅"分为"大雅"和"小雅"两种："大雅"三十一篇，"小雅"在目录上有八十篇，而实际上有诗仅为七十四篇，因为其中有六篇有目无诗，即所谓的"笙诗"。三百零五首这个数字是不包括这六篇"笙诗"的。"雅"在编排上又以十篇为一组，以每组首篇之名为组名，如"鹿鸣之诗""鸿雁之诗"等。"颂"诗共四十篇，其中，"周颂"三十一篇，"鲁颂"四篇，"商颂"五篇。

《诗经》三百多篇，前后涉及五百多年；产生的地域包括黄河以北到江汉流域的广阔地区；作者名氏多已失传，诗集的编者问题业已模糊不清。所以，关于《诗经》的争论也就异常的繁复。按照新历史主义

---

① 六经的概念始见于《庄子·天运》，即在《诗》《书》《礼》《易》《春秋》五经外，另加《乐经》。详细情况请参见皮锡瑞《经学历史》（周予同注，中华书局，1959）、《经学通论》（中华书局，1954）以及蒋伯潜《十三经概论》（上海古籍出版社，1983）。

的观点看，阅读文学作品，特别是阅读古典作品，就是与过去的对话，要考虑三种"语境"：一是写作的语境，二是接受的语境，三是批评的语境。具体到《诗经》，主要集中在三个方面，一是作诗问题，二是编诗问题，三是授诗问题。

先说作诗问题。三百余首诗是谁写的，自然引起后人极大的兴趣。可惜材料的严重匮乏，这个问题始终没有找到较为圆满的答案。有的诗篇，似乎可以捕获到作者的蛛丝马迹，但也只能是推测。诚如俞樾《九九消夏录》卷二所言："《诗》中人名，有于古无征而后人以意说之，若有可信者。如《召南·采苹》篇有齐季女。何楷《诗经世本古义》以为邑姜。其说云：'齐如字，太公之先所封国名。太公本齐后，故后仍封于齐。当文王时，太公以女邑姜妻武王。时太公年已老，则邑姜为季女无疑。'并引《左传》'济泽之阿，行潦之苹藻，季兰尸之'为证。济泽固齐地也，则其说若可信矣。《郑风·山有扶苏》篇子都子充，隐十一年《左传》'郑大夫公孙阏字子都。'或即其人。明丰坊《鲁诗世学》则云：'子都，公孙阏字。子充，瑕叔盈字。'考瑕叔盈与公孙阏并见隐十一年，是同时共事之人。《诗》以并言，颇亦有理。而名盈字子充，取充盈之义，合古人名字相应之例，则其说亦若可信矣。"还有人说这些诗全是尹吉甫一人所作，但这种说法很难使人信服。多数学者认为这是民间创作。不过，这种普遍为人所认可的看法，同样也存在着许多疑问。因为像"雅""颂"之类的作品，很难说全是民间创作。这些作品就像后代的郊庙歌词，很可能是在官方主持的正式场合下演唱的，一般来说，这些歌词都是由当时著名的文人来创作的。这可从后来的郊庙歌词中找到许多的例证。当然，不管怎么说，这也只能是以今例古的推测，并没有多少有力的证据。到目前为止，关于这个问题的探讨，几乎没有多少实质性的进展。这也许并不重要，因为，有足够多的证据说明《诗经》早在春秋战国时期即在世间流传。《论语》多次说到《诗经》，如"不学诗，无以言。""诵诗三百，授之以政，使于四方。""诗可以兴，可以观，可以群，可以怨，迩之事父，远之事君，多识于鸟兽草木之名"等等。所以《史记》说"三百五篇，孔子皆弦歌之"。《墨子·公孟篇》说："儒者诵诗三百，弦诗三百，舞诗三百。"至于《孟子》《荀子》《战国策》《国语》中引到《诗经》的例子，更是不胜枚举。①

这就又牵引到另一重要的问题，既然《诗经》不是一人所作，其创作的年代与流传的年代又那么久远，是谁把它收集起来的呢？

汉代许多书里都有记载说，这是"王官采诗"。有的说，古代天子每五年巡狩一次，每到一国，总要命令其国的太师演奏当地的歌谣，用以考察政治的得失，了解民情。又有的说，夏商周三代和秦时都有使者年年巡行于道，采集民谣。《汉书·食货志》记载说："孟春之月，群居者将散，行人振木铎徇于路以采诗，献于太师，比其音律以闻于天子。"所谓"群居者"，是指周代的奴隶。何休《春秋公羊传》云："男年六十岁、女年五十无子者，官衣食之，使民间采诗，乡移于邑，邑移于国，国以闻于天子。"以上所说都是汉代人的记载。他们离《诗经》的产生年代毕竟已经十分遥远，再说，他们的记载彼此间在采诗的时间和采诗的方式上多有差异，很自然地要引起后人的怀疑。不过，有一点比较确切，不管后人怎样怀疑，汉人在肯定采诗制度这一问题上，都是一致的。这也许有一定的根据。他们距离古代毕竟要比我们近得多了，可能有些古代的传说，甚至有一些书面的记载也未可知。我们硬说他们全无凭据，可能失之武断。朱自清先生对《诗经》的收集有过一段解释比较值得重视。他说："春秋时期，各国都养一班乐工，像后世阔人家的戏班子，老板叫太师，各国使臣来往，宴会时都得奏乐唱歌。太师们不但搜集本国乐章，还得搜集别国乐歌。除了搜集来的歌谣外，太师们所保存的还有贵族们为了特种事情，如祭祖、宴客、房屋落成、出兵打猎等作的诗，这些可以说是典礼的诗。又有讽谏颂美等等的献诗，献诗是臣下作了献给君上，准备让乐工唱给君上听的，可以说是政治的诗。太师们保存下这些唱本儿，带着乐谱、唱词儿共有三百多篇，当时

---

① 《战国策》《国语》中多次引用《诗经》。详见董治安《先秦文献与先秦文学》中的统计。齐鲁书社，1994。

通称作诗三百。到了战国时代，贵族渐渐衰落，平民渐渐抬头，新乐代替了古乐，职业的乐工纷纷散走。乐工就此亡失，但是还有三百来篇唱词流传下来，便是后来的《诗经》了。"

在采诗与编诗问题上，还有所谓"孔子删诗"的说法，最早见于《史记·孔子世家》：

> 古者诗三千余篇，及至孔子，去其重，取可施于礼义……三百五篇，孔子皆弦歌之，以求合韶武雅颂之音。

这就是说，《诗经》是孔子所删。他删诗有一个标准，即，"可施于礼义"。孔子是儒家推崇的"至圣先师"，他删诗的目的又是为了礼义教化，所以这个说法本身就很符合后代儒者的口味；何况又出自公认的伟大著作《史记》，所以很多人认为司马迁的记载比较可靠。不过，从唐代以后，已经开始有人怀疑这种说法，到后来怀疑的理由越来越多。比较明显的矛盾之处是：

第一，假如古代真有三千多篇诗，被孔子删去十分之九，那么，在先秦的各类古籍中多少还应保存一些所谓的逸诗，但是在实际上，现存的逸诗实在太少。

第二，《史记》说孔子删诗，只"取可施于礼义"者，《论语》亦载孔子论诗曰："《诗》三百，一言以蔽之，曰思无邪。"可是今存《诗经》中还保存着不少被孔子深恶痛绝的所谓"郑卫之声"，这有些不可思议。

第三，《史记》载孔子删诗是在自卫返鲁之后，当时孔子六十九岁，而在此之前，孔子就经常说"诗三百"，说明诗三百早在此前既已编定，不是经孔子删削而成的。

第四，《左传》襄公二十九年记载吴公子季札在鲁国观乐，鲁国乐师为他演奏十五国风和雅、颂部分诗歌，其次序及存诗的情况和现存诗篇大体相近，而这时孔子才八岁。

类似的例证还可以举出一些。不过，否定了"孔子删诗"的说法，问题并没有完全得到解决。《诗经》的编排有条不紊，显然是经过一番加工整理。正如郭沫若先生所说："《诗经》虽是搜集既成的作品而成的集子，但它却不是把既成的作品原样地保存下来。它无疑是经过搜集者们整理润色过的。风、雅、颂的年代绵延了五六百年。国风所采的国家有十五国，主要虽是黄河流域，但也远及长江流域。在这样长的年代里，在这样宽的区域里，而表现在诗里的变异性却很小。形式主要是用四言，而尤其值得注意的是音韵差不多一律。音韵的一律就在今天都难办到，南北东西各有方言，音韵有时相差甚远。但是《诗经》里却呈现着一个统一性。这正说明《诗经》是经过一道加工"（《奴隶制时代》）。

"王官采诗"与"孔子删诗"是关于《诗经》采集、编辑的两桩著名公案，现在很难找到比较直接的史料来加以考论。从三百篇都是可以演唱这一点来推测，还是以太师和乐工们的搜集和整理最有可能。因为采来的诗歌如果都还保留着各地的方言，那就很难演唱。因此，乐工们得进行一番加工整理，把他们的形式大致统一起来，字句和音韵能够和谐，以便于演唱。上述这些问题，金开诚先生《诗经概论》有过较详细的论述。本文所论，只能截取一二，举例而已。

除了作诗、采诗、编诗之外，还有所谓的授诗之义。

前面说过，汉代设立五经博士，《诗经》即是其中之一。西汉时期，齐人辕固生授齐诗，鲁人申培公授鲁诗，燕人韩婴授韩诗，并都立于学官。东汉赵人毛苌授毛诗，后来逐渐取代其他三家，而成为《诗经》的正宗，流传了两千多年。近来在安徽阜阳发现了大量的《诗经》汉简，反映了《诗经》在西汉初年的流传情况[1]。从这些残简来看，尽管四家诗的名义不同，但就总体面貌而言，文本上似没有太大的区别。区别主要表现在"授诗之义"。毛诗大序与各篇小序都特别强调《诗经》的政治风化作用，很多地方明显是牵强附会，初读起来使人感到有些不可思议。

---

① 参见胡平生、韩自强《阜阳汉简〈诗经〉研究》，上海古籍出版社，1988。

一般说来，研究一部文学作品，当首先注意其写作背景、作者所要表达的思想感情以及作品的艺术价值和社会效果。但是如果仅仅用这种观点去研读《诗经》，却颇感困难。因为在汉人心目中，《诗经》的政治风化作用无疑远远超过其本身的艺术价值，被目为"正始之道，王化之基"的经典而受到顶礼膜拜，尊崇至极。一部古老的诗集被看做政治教科书，表面上看来，《诗经》的政治地位是空前提高了，这是其他文学结集无法企及的殊荣。然而，物极则反。当我们仔细咀嚼之后，深感一切并非尽然。这里的关键问题是怎么来阅读《诗经》。各家授诗之义的不同，主要表现在这些方面。毛诗的传授，中心议题是所谓的"六义"说。这是毛诗的尚方宝剑。据此就可以将《诗经》中几乎所有的作品全都政治化和伦理化。

就现存材料来看，"六义"说最早见于《周礼·春官》："大师……教六诗，曰风曰赋曰比曰兴曰雅曰颂。"惜其语焉不详，未能进一步阐释发挥。但有一点可以肯定，"六义"原来应该叫"六诗"，"六义"是后来出现的称呼。秦汉以前，除《周礼》外，《论语》《孟子》《荀子》《乐记》《左传》等书亦多次论及"六义"内容，但也未多加解说。然而，随着汉代儒学的兴起，"六诗"之说开始引起了时人的兴趣，纷纷为之传注引申。汉代较早给《周礼》"六诗"作注的有郑众等人，而把"六诗"之说直接引进文学领域，以之分析具体作品，无疑便是《汉书》提到的"毛公之学"。东汉一代经学大师郑玄，既注释了《周礼》，又笺识了《诗经》，他对于"六诗"内容的阐释，可以看作是对毛公之学的发挥和引申。他说：

> 风，言贤圣治道之遗化也。
>
> 赋之言铺，直铺陈今之政教善恶。
>
> 比，见今之失，不敢斥言，取比类以言之。
>
> 兴者，见今之美，嫌于媚谀，取善事以喻劝之。
>
> 雅，正也，言今之正者以为后世法。
>
> 颂之诵也，容也。诵今之德，广以美之。

郑玄的这个理解代表了汉代学者对于"六诗"的一般看法。他笺识《毛诗故训传》，对其中"六诗"内容的解释，也贯穿了这一思想。传授毛诗，郑玄是一个关键人物。

毛公传说《诗经》，并未逐一对"六诗"加以诠释说明，只是在一些诗篇下标出"兴"字而已。因此刘勰说："诗文宏奥，包蕴六义，毛公述传，独标兴体"（《文心雕龙·比兴》）。看来，"毛公之学"是想以"兴"来指代《周礼》中"六诗"之说吧？据钱钟书先生统计："毛郑诠为兴者，凡百十有六篇，实多赋与比"（《管锥编》）。值得我们注意的是，毛公所标识的这类"兴"诗多出自十五国风。

毛公虽未深说，但是郑玄善于寻绎文意，往往从这类大多为民间文人创作的作品中敷衍出政治教化意义，使之与当时社会现实发生关系，把毛公的真义揭示出来。

《关雎》本来是写男女的恋情，但毛传标出"兴"字，以为这仅是开头语意，其真实意义有待解说出来。于是小序和郑注就承担了这个任务。一首恋情被引申到政治上的含义："乐得淑女，以配君子，爱在进贤，不淫其色。"

《卷耳》本来是写情人相思之情，但毛传以为是"忧者之兴"，它含有政治内容，是后妃担心君王不能求贤审官，以至朝夕忧勤。

《桃夭》本来是写女子出嫁的欢乐场面，毛传却认为这是歌颂天下和平、人心欢乐。

这样的例子不胜枚举。凡这类情诗毛传郑笺都无一例外地认为与当时政治有关。诗中所写的仅仅是字面意义，而真实含意要由他们解说或发挥，目的在于"见今之美""见今之失"而给予必要的"美刺"，树立楷模，匡正天下。实在说，他们并不是在探讨作诗者之本义，而是把"六诗"当做授诗之义，是说诗的一种手段，目的在为政治服务。

在为政治服务这一出发点上，毛郑对于"六诗"的解说是与先秦诗说相一致的。但我们注意到有一点很不同：毛郑说诗，尤重在"风"诗的引申发挥，而先秦说诗者则多取材于《雅》《颂》，鲜及风诗。如《国语》论及诗最多的是大雅，计十二条九篇，小雅十一条十篇，颂六条六篇，风四条四篇；特别是大小雅，遍查先秦古籍，无一例外都占第一位。这个事实告诉我们，凡是涉及一些重大社会问题或严肃的事，他们往往引用"雅""颂"以明理。这些作品多是王官贵人或文人的创作，很多已直接反映了统治阶级的生活和历史，如《公刘》《绵》等几大史诗，就充满着对先王盛德的赞美。说诗者引用这类诗说明一些政治上的问题，不会有歧义，容易起到"正得失"的社会作用。但"风"诗则不然，远离政治，如何起到风化作用呢？只有断章取义。譬如，孔子深恶郑卫之声，目为亡国之音，"恶郑声之乱雅乐也。"因此要"放郑声"。但他又说："不学诗无以言""诗三百，一言以蔽之，曰思无邪。"这不是自相矛盾吗？但是孔子自有他解决矛盾的办法。《卫风·硕人》："巧笑倩兮，美目盼兮。"是描写一位美人高雅出群，容貌闲雅之意，但孔子却曲解成为"绘事后素"。孔子的弟子子夏更是变本加厉，问孔子："礼后乎？"孔子甚为欣赏，以为"起予者商也，始可与言诗矣"。就这样，一首情诗经过巧妙的偷梁换柱而给曲解了。这种断章取义的方法，有时连他们自己都不愿意相信。孟子就反对过这种方法，提倡说诗者不以文害辞，不以辞害志，"以意逆志，是为得之。"

我这样想：笺识《诗经》的毛公一定也感到了这个矛盾。不过，考虑到要抬高《毛诗》的价值，以期引起时人的重视，最好的办法就是继承先秦的说诗主张，强调文学与政治的密切关系，说诗之作用能"正得失，动天地，感鬼神。""先王以是经夫妇，成孝敬，厚人伦，美教化，移风俗。"另一方面，他又看到，如果这种观点脱离了《诗经》的具体作品便毫无意义。因此，毛公巧妙地借用了《周礼》中的"六诗"之说，用"比兴"说去解释情诗，便顺理成章地把它和政治现实结合起来了。至少，郑玄是这样理解的。他从来没有把"六诗"看做是作诗的手段，而仅仅是说诗者一种比喻性说法。有时，郑玄索性用"喻"等字眼代替"兴"，就很能说明问题。孔颖达《毛诗正义》云："兴喻名异而实同。""或兴喻并不言，直云犹，亦若者。虽大局有准而应机无定。郑云喻者，喻犹晓也。取事比方以晓人，故谓之为喻也。"

这是很可以说明一些问题的。

如果这个分析大致不谬的话，那么，重新来审视一下《诗经》的编排，就比较有意思了。《诗经》是按照"风""雅""颂"来分类的。根据多数学者的看法，所谓"风"，是指风调，十五国风就是各国的民谣风调。"雅"是雅正的意思，大约都是用当时官话来演唱的诗歌。"颂"是颂扬的意思，用于宗庙祭祀活动。它与所谓的"赋""比""兴"有什么关系呢？唐代孔颖达说："风雅颂者，诗篇之异体；赋比兴者，诗文之异辞。""赋比兴是诗之所用，风雅颂是诗之成形"。就是说，"风雅颂"为诗的分类，而"赋比兴"为表现方法。这恐怕是后人的看法，与先秦以来对于"六诗"的理解颇有分歧。《荀子·效儒篇》《乐记》等都记载了风雅颂这个名字，似乎体现了编诗者的编诗之义。早期的编诗者们把古诗大致分为三个方面，而用"风雅颂"三个比喻性的名称冠之。风，即《论语》所说的"君子之德风"。郑玄释为"贤圣治道之遗化"。《毛诗序》十七处言风，或风教之风，或讽刺之风，或风俗之风，无一处是言所谓诗体之风。《文心雕龙》云："风通而赋同，比显而兴隐。"也是风赋比兴并称，无异体异辞之分。李善《文选·毛诗序》注："风化风刺，皆谓譬喻，不斥言耶。"雅，正也。《毛诗序》云："言王政之所由废兴也。"郑玄云："言今之正者以为后世法。"毛郑以为这类诗"言天下之事，形四方之风。"读了它便可以"明乎得失之迹"，故曰正也。颂者，容也，"美盛德之形容，以其成功告于神明者也。"郑玄注"诵今之德，广以美之。"言下之意，这类作品主要是歌舞祭祀的乐诗，以歌功颂德为主，故用一"颂"字冠之。由上述可知，毛传郑笺都是把风雅颂当作一种说诗的手段，而且，都是从当时的现实政治出发，把原来的编诗之义引申发挥，变成他们的授诗之义。至于"赋比兴"则纯粹体现了说诗者的授诗之义，而不是作诗者的作诗之义。

二　《诗经》的艺术特色

诗歌看起来并不难读，但是要完全读懂它，就不是那么轻而易举的事了。特别是读中国古典诗歌，且不说文字训诂障碍，就是许多表面看起来好像很好懂的诗，如果你仔细琢磨，又会发现其中虚无缥缈，难以坐实。其重要原因在于，古典诗歌中的比兴寄托相当多，往往言在此而意在彼，无论是抒情、状物，还是咏史，都给人造成双重含意以上的文外之旨、象外之象、景外之景，即言有尽而意无穷，扑朔迷离，意象纷纭，说诗者见仁见智，难以达诂。故《六一诗话》引梅圣俞语曰"作者得于心，览者会以意。"王夫之《姜斋诗话》说："作者用一致之思，读者各以其情而自得。"因此，读中国古典诗歌需要有一种沉浸其中的功夫，入乎其内，反复吟咏，细心揣摩，以己之意，逆诗人之志，否则难以得诗中三昧。中国古典诗歌重视意境的创造，而比兴寄托可以说是这一传统的滥觞和渊源。

《诗经》在这方面作出了突出的贡献，确立了中国古典诗歌寄兴遥深、意境久远的传统。

《诗经》中有两类诗，一是较容易理解的诗。如：

　　静女其姝，俟我于城隅，爱而不见，搔首踟蹰。
　　静女其娈，贻我彤管。彤管有炜，说（悦）怿女（汝）美。
　　自牧归（馈）荑，洵美且异。匪女（汝）之为美，美人之贻。

　　　　　　　　　　　　　　　　　　　　——《邶风·静女》

　　泛彼柏舟，在彼中河。髧彼两髦，实维我仪。
　　之死矢靡它。母也天只，不谅人只。
　　泛彼柏舟，在彼河侧，髧彼两髦，实维我特。
　　之死矢靡慝。母也天只，不谅人只。

　　　　　　　　　　　　　　　　　　　　——《鄘风·柏舟》

　　伯兮朅兮，邦之杰兮。伯也执殳，为王前驱。

自伯之东，首如飞蓬。岂无膏沐，谁适为容。

其雨其雨，杲杲日出。愿言思伯，甘心首疾。

焉得谖草？言树之背。愿言思伯，使我心痗。

——《卫风·伯兮》

投我以木瓜，报之以琼琚。匪报也，永以为好也。

投我以木桃，报之以琼瑶。匪报也，永以为好也。

投我以木李，报之以琼玖。匪报也，永以为好也。

——《卫风·木瓜》

彼采葛兮，一日不见，如三月兮。

彼采萧兮，一日不见，如三秋兮。

彼采艾兮，一日不见，如三岁兮。

——《王风·采葛》

风雨凄凄，鸡鸣喈喈。既见君子，云胡不夷！

风雨潇潇，鸡鸣胶胶。既见君子，云胡不瘳！

风雨如晦，鸡鸣不已。既见君子，云胡不喜。

——《郑风·风雨》

将仲子兮，无逾我里，无折我树杞。岂敢爱之？畏我父母。

仲可怀也，父母之言，亦可畏也。

将仲子兮，无逾我墙，无折我树桑。岂敢爱之？畏我诸兄。

仲可怀也，诸兄之言，亦可畏也。

将仲子兮，无逾我园，无折我树檀。岂敢爱之？畏人之多言。

仲可怀也，人之多言，亦可畏也。

——《郑风·将仲子》

坎坎伐檀兮，置之河之干兮。河水清且涟猗。不稼不穑，胡取禾三百廛兮？不狩不猎，胡瞻尔庭有县貆兮？彼君子兮，不素餐兮。

——《魏风·伐檀》

硕鼠硕鼠，无食我黍。三岁贯女，莫我肯顾。逝将去女，适彼乐土。乐土乐土，爰得我所。

——《魏风·硕鼠》

这一类诗，大多是描写青年男女的爱情生活，词意比较浅显，历来的解释也没有多大的分歧。

还有一类诗，表面上看，训诂方面似乎没有多少问题，乍看一目了然，但是，如果深入探寻，却又言人人殊。比如《王风·黍离》诗：

彼黍离离，彼稷之苗，行迈靡靡，中心摇摇。知我者，谓我心忧；不知我者，谓我何求。悠悠苍天，此何人哉！

彼黍离离，彼稷之穗，行迈靡靡，中心如醉。知我者，谓我心忧；不知我者，谓我何求。悠悠苍天，此何人哉！

彼黍离离，彼稷之实，行迈靡靡，中心如噎。知我者，谓我心忧；不知我者，谓我何求。悠悠苍天，此何人哉！

诗的内容似乎不难理解：一个忧心忡忡的人，在原野上徘徊，看着那因风而舞的禾苗，感慨万千，情不由己。如果继续追问：他为什么而忧伤？答案可就五花八门了。古人常把这首诗当做一首政治诗，诗中主人公抒写的是一种亡国之悲。毛传以为："《黍离》，闵宗周也。周大夫行役，至于宗周，过故宗庙宫室，尽为禾黍，闵周室之颠覆，彷徨不忍去，而作是诗也。"汉人郑玄笺、唐人孔颖达疏并同此说。这是毛诗说。而韩诗则以为这首诗是伯封所作，忧念伯奇（见《韩诗故》，《玉函山房辑佚书》）。鲁诗则认为是卫宣公之子寿忧悯其兄见害之诗。

（《鲁诗故》，出处同上）。魏晋诗人多接受毛传之说，如三国曹植《情诗》："游子叹《黍离》，处士悲《式微》。"魏晋之际向秀《思旧赋》："叹《黍离》之愍周兮，悲《麦秀》于殷墟。"西晋陆机《辩亡论》："故能保其社稷而固其土宇，《麦秀》无悲殷之思，《黍离》无愍周之感矣。"南朝刘勰《文心雕龙·时序》："幽厉昏而《板》《荡》怒，平王微而《黍离》悲。"按上述文人的看法，《黍离》这首诗的背景是平王东迁，诗人感叹周室式微，所以写下了这首政治诗。这些解释不能说没有道理，但是总觉得有些牵强，难以找到比较直接的证据来支持这种说法。中国传统的士大夫，忧国忧民，有着比较强烈的历史责任感和社会良知。反映到诗歌创作中，历代都有大量的政治诗流传下来。所以中国有一句老话，叫"治世之音安以乐，其政和；乱世之音怨以怒，其政乖；亡国之音哀以思，其民困。"换句话说，文学艺术是社会政治生活的反映，通过文学艺术可以考察一个时代的政治得失和民心向背。唐代诗人刘禹锡曾说过："八音与政通，文章与时高下"。① 他有一首很有名的诗历代传诵：

> 山围故国周遭在，潮打空城寂寞回。
> 淮水东边旧时月，夜深还过女墙来。

这首诗的题目叫《石头城》，诗中写到了"淮水"，也就是秦淮河，不用说，它写的是六朝故都建康，是感叹历史的兴衰。这当然是一首政治诗。清代著名文学家朱彝尊有一首小词，描写的是同样的内容：

> 衰柳白门湾，潮打城还。小长干接大长干。歌板酒旗零落尽，剩有鱼竿。

---

① 《汉书·律历志》："八音，土曰埙，匏曰笙，皮曰鼓，竹曰管，丝曰弦，石曰磬，金曰钟，木曰柷。"

秋草六朝寒，花雨空坛。更无人处一凭栏。燕子斜阳来又去，
如此江山。

这首词的词牌是【卖花声】，题目叫《雨花台》，一目了然，这也是一
首感叹历史兴亡的政治诗。这在题目和内容两方面都有明显的提示。可
是这首《黍离》诗却找不到类似的提示。唯其如此，于是便有了另外
一种解释，说它是一首抒写离情别绪的诗。唐代诗人郑谷有一首《淮
上与友人别》诗，荒野话别，满目萧条，描绘的内容与《黍离》颇有
相近之处：

扬子江头杨柳春，杨花愁杀渡江人。
数声风笛离亭晚，君向潇湘我向秦。

旷野荒芜，江水流春，伤春离别之情尽在不言之中。尽管如此，诗的题
目还是给了明确的交代。类似的诗句俯拾皆是，比如南唐亡国词人李煜
诗："离恨恰如春草，更行更远还生。"宋代词人吴文英词："何处合成
愁，离人心上秋。"诗句里涌动着强烈的离情别绪。《黍离》诗则与此
有所不同。它的感慨好像既深且广，不仅仅是离愁别意。既然有一种说
不出的愁绪，那也许正像宋代词人贺铸所体验的情绪，是"试问闲愁
都几许？一川烟草，满城风絮，梅子黄时雨。"这种闲愁很难说的清
楚，它只是一种状态，一种体验。每一位读者都可以根据自己得体验去
把握它，去理解它。空灵状态远比那种实实在在的写法具有更长久的生
命力。《黍离》之悲，说起来好像人人都可理解，但是，可以肯定地
说，古往今来，对于这首诗的理解，言人人殊。而这，也许正是《黍
离》诗的生命所在。
　　《秦风·蒹葭》诗也与这首《黍离》诗有异曲同工之妙：

蒹葭苍苍，白露为霜。所谓伊人，在水一方。
溯洄从之，道阻且长。溯游从之，宛在水中央。

蒹葭凄凄，白露未晞。所谓伊人，在水之湄。

溯洄从之，道阻且跻。溯游从之，宛在水中坻。

蒹葭采采，白露未已。所谓伊人，在水之涘。

溯洄从之，道阻且右。溯游从之，宛在水中沚。

展卷把读，诗的旨意似不难推绎：一个清秋的早晨，芦苇上的露水还未曾干，诗人来到一条曲水旁追寻所谓"伊人"。伊人所在的地方有流水环绕，仿佛置身于洲岛之上，可望而难即，欲求而不得。而这，正是全诗着意渲染的艺术视点。

"所谓伊人"意指什么？古今说解不尽相同。汉唐以来的学者多以为此诗"言得人之道"。那么，"伊人"自然是贤人的代称了。近现代学者多不以为然，而认为这是一首怀人之作。"伊人"自然是诗人访求的对象。然而，要想进一步索解坐实，却又颇感不易。在我看来，这种游移莫定、似是而非的多义性，恰恰是这首诗的妙处。显然，它所描写的不是某些具体人物，也不是某些具体事件，而是涵盖了人类情感活动的某些共有模式，一言以蔽之，即对于美好事物的追求。唯其如此，历代读者才可以根据自己的经历、情感去体验它，去把握它。全诗分为三章，每章前两句以凄清冷漠的景致起兴，形成一种沉郁悲凉的氛围以为全诗的基始；后六句极写访求"伊人"而未得的迷惘之情，尤见言外之意。具体来看，每章起兴，实际上暗寓着时间的推移。首章"白露为霜"表明露水浓重，凝结成霜，当是天刚破晓的时辰。第二、三两章分别以"白露未晞""白露未已"来表现天亮后露水将干未干的情形。时间在缓慢地流逝着，那每一分钟、每一秒钟，对于热望中的主人公来说，既意味着煎熬，也意味着希望。在苦苦的追求中，主人公不得不面对着这样一个无情的现实：所谓的"伊人"始终不即不离。"在水一方""在水之湄""在水之涘"等，含义大体相近，指深水的对岸。就是说，"伊人"可望难即，欲求不遂，正像《古诗十九首》中的一首诗描绘的那样，"盈盈一水间，脉脉不得语。"伊人可望，固然给人以希望和信心；但是，咫尺万里，不免又有几多失望和悲伤。

然而，这失望与悲伤也许只是转瞬即逝的情绪，因为每章后六句又以章节复沓的形式表现了主人公弥坚的意志。在日常生活中，我们可能有过这样一种体验：当你热望的某种东西轻易到手时，你反而觉得不过如此，未必珍惜；而你热望的某种东西始终浮现在眼前，可望而难求，则势必会"慕悦益至"（《毛诗稽古编》）。这在心理学上称之为心理距离现象。美感产生于对理想的追求过程中，目的往往并不重要。诗中主人公正是处在这种"企慕之情境"（《管锥编》）中，或溯水而上，或沿流而下，既要经受时间的磨难，又要受到空间的阻隔。在这种情境下，仍眷恋不已，苦苦追求，乃至到了不计希望于有无的程度。这使我想起了鲁迅的名作《伤逝——涓生的手记》，他们热恋时是多么美好，然而结婚以后陷入日常琐碎生活中，美好的记忆荡然无存，不知珍惜。然而，当子君去世以后，涓生突然发现自己永远失去了最美好的东西："如果我能够，我要写下我的悔恨和悲哀，为子君，为自己。""然而现在呢，只有寂静和空虚依旧，子君却决不再来了，而且永远，永远地……"

诗中主人公的这种追求精神确实给读者留下深刻的印象。但是，平心而论，最使人难以忘怀的还是"可望而不可置于眉睫之前"的所谓"伊人"的形象。尽管那飘忽不定的身影不曾走近读者，但是，她的美是不言而喻的。这种美感的产生，恰恰是来自全诗反复渲染的那种可望而不可即的艺术视点。用一个不太贴切的比喻，好比欣赏一幅油画，太近了看不出所以然，要欣赏它的美，就必须保持一段距离。同样的道理，所谓"伊人"的美是朦胧的，甚至是抽象的，但读者从诗中主人公生生不已的追求中，可以强烈地感受到那"在水一方"的倩影。她实际早已超越了诗歌本身的具体意象，而成为美的存在，美的化身。从这个意义上说，诗中主人公对于"伊人"的追求，也像喻着人类对于美好理想的追求。因之，这种理想，这种追求，便跨越了时代，走向了永恒。

像《黍离》《蒹葭》这样寄兴遥深的诗篇，在中国古典诗歌发展史上极具有代表性。甚至可以说，它们已经预示了后世诗艺发展的主流。

唐代诗人戴叔伦对此有过极精辟的概括：

> 诗家之景，如蓝田日暖，良玉生烟，可望而不可置于眉睫之前。

明代诗人谢榛在《四溟诗话》中也有过类似的表述：

> 凡作诗不宜逼真，如朝行远望，青山佳色，隐然可爱，其烟霞变幻，难于名状。及登临非复奇观，唯片石数树而已。远近所见不同，妙在含糊，方见作手。

这段表述，如果用现代艺术术语来说，就是要求审美主体与审美客体之间要保持某种距离，只有这样，美感才会产生。清代文学家张惠言的小词《相见欢》似乎可以印证这种理论：

> 年年负却花期，过春时，只合安排愁绪送春归。梅花雪，梨花月，总相思。自是春来不觉去偏知。

诗人准确地把握住了那种距离最近而又没有丧失距离的"自是春来不觉去偏知"的刹那间的激情，将那一言难尽的伤春之情抒发得既含蓄无垠又淋漓尽致，可谓有咫尺万里之势。

类似这样的诗歌境界，在中国古典诗海中可以说俯拾皆是，不胜枚举。如果推终原始，《诗经》中像《黍离》《蒹葭》这样的诗可以说是它们的渊源。

《诗经》中还有一类作品，描写细腻，想象丰富，与上述纯然的抒情诗有所不同。比如《豳风·东山》：

> 我徂东山，慆慆不归。我来自东，零雨其濛。
> 我东曰归，我心西悲。

制彼裳衣，勿士行枚。蜎蜎者蠋，烝在桑野。
敦彼独宿，亦在车下。

我徂东山，慆慆不归。我来自东，零雨其濛。
果臝之实，亦施于宇。
伊威在室，蟏蛸在户。町疃鹿场，熠燿宵行。
不可畏也，伊可怀也。

我徂东山，慆慆不归。我来自东，零雨其濛。
鹳鸣于垤，妇叹于室。
洒扫穹窒，我征聿至。有敦瓜苦，烝在栗薪。
自我不见，于今三年。

我徂东山，慆慆不归。我来自东，零雨其濛。
仓庚于飞，熠燿其羽。
之子于归，皇驳其马。亲结其缡，九十其仪。
其新孔嘉，其旧如之何？

这首诗的主旨，历来多有争论。毛传以为："《东山》，周公东征也。周公东征，三年而归，劳归士，大夫美之也。故作是诗也。一章言其完也；二章言其思也；三章言其室家之望女也；四章乐男女之得及时也。君子之于人，序其情而悯其劳，所以说也，说以使民，民忘其死，其唯东山乎？"今人的解释，具体的内容可能有所不同，但是，都一致认为是写征夫返家途中的所见所闻所思所想。如毛传所分，全诗共四章，每章以"我徂东山，慆慆不归。我来自东，零雨其濛"四句引起，渲染一种迷蒙的氛围，更传达出了一种难言的心绪。正如"小雅"中的"昔我往矣，杨柳依依。今我来思，雨雪霏霏"这句诗一样，景为情之媒。以下四章，依次抒写了诗中主人公久戍得归、自己幸免于死伤之苦的欣慰之情以及归途中思念久别家园时惶惑不安的心情。"制彼裳衣，勿士行枚"，即穿上平民衣裳，不再当兵。行枚，即行军时为避免出声，士兵要口衔竹片。《九辩》："愿衔枚而无言兮。"后两章，想象他的妻子正在思念自己的情形，细微感人，这使我们想起后来的杜甫所写的《月夜》："今夜鄜州月，闺中只独看。遥怜小儿女，未解忆长安。香雾云鬟湿，青辉玉臂寒。何日倚虚幌，双照泪痕干。"描写在烽火连天的岁月里，一介平民的颠沛流离的凄苦，两诗确有异曲同工之妙。最后一章写诗人回忆起三年前新婚的场面，将诗歌推向高潮。明代诗人陆宏定有一首词，叫《望湘人》，也是描写了一个游子在归家途中的所思所想：

> 计归程过半，家住天南，吴烟越岫飘渺。转眼秋冬，几回新月，偏向离人燎皎。急管宵残，疏钟梦断，客衣寒悄。忆临歧，泪染缃罗，怕助风霜易老。
>
> 是尔翠黛慵描，正恹恹憔悴。向予低道："念此去谁怜，冷暖关山路杳。"才携手教款语叮咛，眼底征云缭绕。悔不剪，春雨蘼芜，牵惹愁怀多少。

这种写法，很明显是受到了《东山》诗的影响。在离乱的时代，这首《东山》尤其容易引起时人的共鸣。比如曹操《苦寒行》就有"悲彼东山诗，悠悠令我哀"的诗句。曹丕《与吴质书》也说："岁月易得，别来行复四年。三年不见，《东山》犹叹其远，况乃过之。"这些都是比较明显的例证。

《诗经》中的《王风·君子于役》，也以描写细腻、想象丰富而为世人传诵：

> 君子于役，不知其期。曷至哉？鸡栖于埘，日之夕矣，羊牛下来。君子于役，如之何勿思！
>
> 君子于役，不日不月。曷其有佸，鸡栖于桀，日之夕矣，牛羊

下括。君子于役，苟无饥渴？

毛传以为此诗"刺平王也。君子行役无期度，大夫思其危难以风焉。"就是说，这是一首怨诗，写思妇对于远行在外的亲人的思念之情。君子，是诗中女主人公自称其夫，这正像杜甫《新婚别》中女主人公反复称"君"一样，流露出的是一种依恋不舍、沉痛迫肠的情怀。于役，犹言行役在外。从"不知其期"数句便可以推想，丈夫行役有年，至今仍然不知归期。头三句，"君子于役，不知其期，曷至哉？"以近乎散文的句式发端立义，粗略地描绘出了女主人公的处境、心情，给读者留下了最初的印象。至此，读者当然急于想知道"君子"为何而行役，是兵役，还是劳役？然而诗人似乎有意避而不答，在下三句中接以纯粹的写景句："鸡栖于埘，日之夕矣，羊牛下来。"埘，是指凿墙做成的鸡窝。这样写，表面看来似乎是将女主人公的愁绪轻轻地荡开了，但设身处地一想，才知道这实际上是更深沉地表达出了女主人公的愁情。太阳渐渐地西沉了，鸡进窝了，牛羊也都回来了。甚至我们还可以影影绰绰地看到，外出的人也都陆陆续续地回到了自己的家中。在那静谧的黄昏景色中，仿佛又透露出袅袅炊烟，也传出了家人团圆的欢笑。这种情形，我们在古代诗歌中时常见到。如陶渊明诗："狗吠深巷中，鸡鸣桑树颠。"王维诗："渡头余落日，墟里上孤烟。"这些诗句都传达出了一种宁静的朴实的乡村风味。然而，在这万家团圆的时刻，有谁注意到她——诗中女主人公，此时此刻正独立苍茫，翘首远望，深深思念着出征在外的丈夫。这三句，诗人巧妙地用牛羊家禽的归返来映衬女主人公思念亲人的寂寞和孤独。因此，结句用"君子于役，如之何勿思"二句，将开篇所引发的愁情加以点染，加以宣泄，就显得格外深沉、格外感人了。

第二章诗人进一步刻画了这位女主人公的痛苦而又复杂的心态。这里以"不日不月"极写丈夫外出时间的长久，难以日月计算。由此句又使人联想到这位思妇不知已面对着这种景色发出过多少回叹息。日复一日，年复一年，她在离别之苦中煎熬着，也在离别之苦中企盼着，当她再注意到家禽牛羊群聚时，不由地想到了淹留异乡的丈夫，不知现在是否在忍受着饥渴。这种由己及人的写法，章节错落有致，含蓄深沉，颇多意内言外之意。

谢榛在《四溟诗话》中说："景乃诗之媒，情乃诗之胚，合而为诗。"情与景的融合可以说是这首诗的最显著的特征。在这首诗中没有《伯兮》中"自伯之东，首如飞蓬。岂无膏沐？谁适为容"那种强烈刺激的肖像描写，也没有"愿言思伯，甘心疾首""愿言思伯，使我心痗"那种发誓赌咒般的激烈情绪，甚至也没有像《卷耳》中那样翻进一层对远人现时活动的种种推想，如"陟彼高岗，我马玄黄"之类，它只是将女主人公的复杂感情放置在特定的黄昏时辰，又以家禽牛羊作为反衬，构成了一种迷离惆怅、深沉绵渺的艺术境界。许瑶光《再读〈诗经〉》诗云："鸡栖于桀下牛羊，饥渴萦怀对夕阳。已启唐人闺怨句，最难消遣是黄昏"。确实如此，对于离人游子来说，黄昏无疑是最令人惆怅的时刻。这首诗准确地把握住了这个契机，娓娓叙来，层层浸入，写尽黄昏给离人带来的感喟与忧伤，创造性地构筑了内涵丰富的黄昏意象，给后人以无限的启发和联想。班彪《北征赋》："日淹淹其将暮兮，睹牛羊之下来。寤旷之伤情兮，哀诗人之叹时"，即脱胎于此诗。其他如孟浩然诗："愁因薄暮起"，皇甫冉诗："暝色起春愁"，李白诗："浮云游子意，落日故人情。"李清照词："梧桐更兼细雨，到黄昏点点滴滴，这次第，怎一个愁字了得！"马致远曲："夕阳西下，断肠人在天涯。"等等，这些黄昏意象的捕捉，似多得益于《君子于役》的启发而又有所踵事增华。从这个意义上说，《君子于役》不仅沾溉了"唐人闺怨"句，而且在整个中国诗歌发展史上，也占有相当重要的位置。

从以上我们所列举的几首诗来看，《诗经》至少有这样几个比较明显的特点：

第一，注重比兴，也就是先言他物以引起所咏之词。关于比兴，古往今来有过许多的解释，往往被披上一层神秘的色彩。其实，钱钟书先生的解释最为通达。他认为兴并没有什么深奥之处，不过像是儿歌中的开头一样。比如："一二一，一二一，香蕉苹果大鸭梨""一二三四五六七，我的朋友在哪里"等等，这"一二一"和"一二三四五六七"并没有什么实际的含义。《诗经》中有很多诗即属此例。第二，章节复沓，也就是反复咏叹，给读者（听者）留下一种回环迂曲的深刻印象。第三，动人的刻画和丰富的想象，比如《蒹葭》和《君子于役》就是比较典型的例子。

三　四言古诗的最后作家

《诗经》在先秦的出现是个奇迹，因为在它以前，四言诗很少，这也在情理之中。奇怪的是在它之后，四言诗也很少，至少是成功的四言诗很少。我们从先秦的几部史书中不难看出，《诗经》在当时影响甚大，以致孔子说"不学诗无以言"，可是为什么在春秋战国之际，四言诗这种形式却很少有人模仿创造了呢？也许有这样的可能，当时的四言诗可能不少，后来因为战乱而遗失殆尽。但是这种揣想根据总是显得不足。第一，从现存的先秦史籍来看，除《诗经》而外，四言诗很少。如果真有大量的四言诗，这几部重要的史籍，不可能全都视而不见。第二，《孟子》就曾明确地说过："王者之迹熄而诗亡。"说明在孟子的时代，像《诗经》这样的四言诗已经很少在中原流传了。第三，四言诗在中原流传日稀，而在战国前期和中期，它的影响在长江流域依然存在。比如，屈原早期的作品《橘颂》，尽管带有明显的南方的特点，但是中原诗歌的影响依稀可见，像头几句就是四言的形式：

后皇嘉树，橘徕服兮。受命不迁，生南国兮。
深固难徙，更壹志兮。绿叶素荣，纷其可喜兮。

但是，屈原后来的创作就日渐形成了自己的特色，而与中原诗歌大异其趣。由此我们可以推想，四言诗在当时确实是被冷落了。唯一的解释，恐怕还在于它的形式已不能满足时代的需要。它自身的体制已经限制了它的发展。这正如钟嵘《诗品》所说："夫四言文约意广，取效风骚便可多得。然每苦文繁而意少，故世罕习焉。"四言诗必然为五言诗所代替已成为历史发展的趋势。

（一）曹操及其《短歌行》

曹操的诗歌创作现存仅二十余首，多为乐府诗，其中又以四言诗最著名。最为人们传诵的是他的《短歌行》：

> 对酒当歌，人生几何。譬如朝露，去日苦多。
> 慨当以慷，忧思难忘。何以解忧，唯有杜康。
> 青青子衿，悠悠我心。但为君故，沉吟至今。
> 呦呦鹿鸣，食野之苹。我有嘉宾，鼓瑟吹笙。
> 明明如月，何时可掇。忧从中来，不可断绝。
> 越陌度阡，枉用相存。契阔谈宴，心念旧恩。
> 月明星稀，乌鹊南飞。绕树三匝，何枝可依。
> 山不厌高，海不厌深。周公吐哺，天下归心。

关于这首诗歌的创作时间及创作背景，历来有不同的解释。通常的看法，认为这首诗歌当作于赤壁之战以后，由于曹操在军事上的失利，统一事业受到严重的障碍，因此，他感到年华易老，壮志难酬，所以发出了"人生几何"和"去日苦多"的感慨。当然这种感慨不仅是曹操一人所有，而是时代的音调。曹植诗句："人生处一世，去若朝露晞……自顾非金石，咄唶令人悲。"阮籍诗句："人生若朝露，天道邈悠悠……孔圣临长川，惜逝患若浮。""青青子衿"四句，原为《诗经》中"郑风"《子衿》和"小雅"《鹿鸣》中的诗句[①]，曹操原封不动地把它搬过来，用以表达他思贤若渴的心情。曹操的心里非常清楚，国家

---

① 《郑风·子衿》："青青子衿，悠悠我心。纵我不往，子宁不嗣音？青青子佩，悠悠我思。纵我不忘，子宁不来？挑兮达兮，在城阙兮。一日不见，如三月兮。"《小雅·鹿鸣》："呦呦鹿鸣，食野之苹。我有嘉宾，鼓瑟吹笙。"

的兴亡，政治的成败，固然取决于严饬吏治，取决于朝廷清明，但更取决于人才的选拔重用。三国纷争，从某种意义上说，就是人才的竞争。曹操要想统一中国，人才的网罗，对他来讲尤为重要。在豪门所把持选官用人的汉代，像曹操这样出身卑微的人，在一般的情况下，是难有出头之日的。他原本是宦官养子的后代，其祖父曹腾是东汉著名的宦官，收养了曹嵩，生曹操。陈琳在为袁绍撰写讨伐曹操的檄文中就骂曹操"赘阉遗丑，本无令德"，就可以看出曹操在大家世族心目中的位置了。曹操曾有一首诗说到自己卑微的身世："自惜身薄祜，夙贱罹孤苦。既无三徙教，不闻过庭语。其穷如抽裂，自以思所怙。虽怀一介志，其时谁能与。守穷者贫贱，惋叹泪如雨。"在宗法制度盘根错节的古代中国，卑微的出身，历来被视为是一件耻辱的事。李斯就说过："诟莫大于卑贱，而悲莫甚于穷困。"曹操在《让县自明本志令》这篇著名的文章中回顾自己的早年生活曾说到这一点。他说自己年轻时最大的愿望只是想当一郡太守。后来志向升为典军校尉。在平定汉末变乱中，曹操借机扩充实力，他的理想又升为封侯。死后在墓碑上写着："汉故征西将军曹侯之墓。"斯为足矣。在两汉门阀制度下，曹操有这样的理想，已经近于天方夜谭了。不过，时势造英雄。公元 184 年黄巾起义爆发，曹操参与了镇压起义军的活动。中平六年（公元 189 年）灵帝死，外戚何进谋诛宦官，反被诛杀，朝中大乱。西凉军阀董卓带兵入据洛阳，废少帝刘辨，立献帝刘协，杀太后。曹操逃出洛阳，东归陈留。其时袁绍、袁术等实力人物起兵于东方。曹操募得五千参加混战，这是他建立军事大权的开始。当时他已经三十五岁了。建安元年（公元 196 年），曹操将处于困境的汉献帝迎至许昌，自己充当了保护人的角色，"挟天子以令诸侯"，动辄打出"奉辞伐罪"的旗号，使对手处于不利境地。建安五年（公元 200 年）官渡一战，消灭了称雄于北方、而又最看不起他的袁绍的十万精兵，击垮了他最大的劲敌。到公元 208 年，也就是建安十三年前，共有十余年间，前后消灭了陶谦、张济、吕布、袁术、刘表等这些原本是北方的望族首领人物。这使他不无自豪地说："设使天下无有孤，不知当几人称帝、几人称王。"几一年来的身世际遇，使他深深感到，要想使自己立于不败之地，要想取得自己当政的合法性，就必须首先打破过去用人的制度和精神的壁垒，广开渠道，延揽人才。于是他首先从传统的儒家学说开刀。儒家讲究孝道，而曹操则唯才是举，只要有才，哪怕背负着不忠不孝的罪名，也可以委以重任。他曾一次又一次地发布求贤令，一次比一次把问题提得更尖锐、更深刻，其核心是唯才是举。门阀士族服膺儒术，讲求孝悌之道，以为有才者必有德。而他则以为有德者未必有才。这种用人制度的根本分歧在当时哲学思想界也有强烈的反响。当时有"才性四本"之争，即：才性异同或才性离合。一派主张才与性是分离的，有才未必有德，即才性相异相离；另一派认为才与性是紧密结合的，有德必有才，即才性相同相合。陈寅恪先生在著名的文章《书〈世说新语·文学类〉钟会撰〈四本论〉始毕条后》敏锐地指出，由这清谈的命题，可以鲜明地区分出两大政治势力范围：主张才性分离的一定属曹党，而主张才性相同的一定是门阀士族的代言人。可见这个问题在当时影响之大。《短歌行》中间几句"明明如月，何时可掇？忧从中来，不可断绝。越陌度阡，枉用相存。契阔谈宴，心念旧恩"等极写诗人对贤才渴慕的心情。"月明星稀，乌鹊南飞。绕树三匝，何枝可依。"四句又由自己写到思慕的对象，即从所谓"贤人"着笔，把那些"终日驱车走，不见所问津"的士人比喻成飘飞不定的孤鸟，希望他们能依附在自己这棵大树上。这种比喻新奇、贴切，颇为后世诗人所效法。陶渊明《饮酒》二十首之四：

> 栖栖失群鸟，日暮犹独飞。徘徊无定止，夜夜声转悲。
> 厉响思清远，去来何依依。因植孤生松，敛翮遥来归。
> 劲风无荣木，此荫独不衰。托身已得所，千载不相违。

以"失群鸟"自喻，渴望劲松的庇护。苏轼《卜算子·孤鸿》也写到"孤鸿"的惶惶不可终日的窘境：

> 惊起却回头，有恨无人省。拣尽寒枝不肯栖，寂寞沙洲冷。

清代著名文学家朱彝尊《长亭怨慢·雁》也写尽了古代士大夫犹如"孤雁"的凄苦和惊恐：

> 别浦，惯惊移莫定。应怯败荷疏雨。一绳云杪，看字字、悬针垂露。渐欹斜，无力低飘，正目送碧罗天幕。写不了相思，又蘸凉波飞去。

类似的例子还可以举出不少。可见，这个问题在中国古代士大夫心里所占据的重要位置。曹操最早拈出这个孤鸟的意象以比喻没有独立地位的古代士大夫的形象，这也可以说他对古代诗歌意象创造的一个贡献。最后四句，诗人以周公自比，抒发了延揽人才、使天下归心的愿望。《管子》："海不辞水，故能成其大；山不辞土，故能成其高；明主不厌人，故能成其众；士不厌学，故能成其圣。"当年周公"一沐三握发，一饭三吐哺"，唯恐怠慢来客，曹操在东汉末期"挟天子以令诸侯"，地位显赫，故以周公自况，而不考虑别人怎样议论他。难怪沈德潜说他的诗有一种"霸气"，这首《短歌行》就是典型的一例。

只可惜曹操到死也没有敢称帝。建安十六年任曹丕为副丞相，封诸子为侯，形成了"磐石之固"。建安十八年封魏公，加九锡；魏国置尚书，侍中、六卿，已有完整的制度机构。建安二十一年进号魏王，孙权让他称帝，他说："是儿欲踞吾着炉火邪？"建安二十二年更设天子大旗，立曹丕为太子，但不称帝，说："若天命在吾，吾为周文王矣。"曹操死于建安二十五年，曹丕即位，即刻完成了武王废立的工作，正式称帝为魏文帝，追封曹操为武帝。随即刘备称帝于成都，孙权称帝于建康。汉代正式宣告结束。

但是摆在曹丕面前的困难实在太多。创立天下不易，而守成同样困难。他既没有乃父的魄力和胸襟，又没有多少根基。所以上台伊始，重新操起九品中正制，重用望族，作为自己的股肱之臣，而对于自己的兄弟则排斥在外，严厉打击。司马氏乘势而起。这就为自己，也为曹氏家族埋下了祸根。

（二） 嵇康及其《赠秀才入军》

嵇康就生活在曹氏与司马氏明争暗斗的旋涡之中。

公元 200 年的官渡之战，曹氏胜，袁氏败。这不是一家一户的成败问题，而是寒门与高门较量的缩影。袁氏的失败，表明以儒家思想为正宗的豪门世袭暂时受到挫折。此后，北方完全为寒门出身的曹操所控制。而大家豪门只能隐忍屈辱。建安二十五年曹操死，那些豪门看中了司马懿父子，支持他们向曹氏夺权。

司马懿小于曹操二十四岁，晚死三十一年。曹操对他既爱又恨。爱他有才，恨他阴毒，深知自己的后代不是他的对手。曹操说他有"狼狈相"，诏使前行，令反顾，而正向反而身不动。于是"勤于吏职，夜以忘寝，至于刍牧之间，悉皆临履。"赢得了曹氏家族的信任。魏明帝在位十三年，临终之际下遗诏，由他与曹爽辅佐八岁少帝曹芳。他几乎不问政事，装了十年的糊涂，摆出一副超然物外的样子。但是，就在正始十年，当志得意满的曹爽陪着曹芳皇帝祭扫明帝高平陵之际，他在京城发动了政变，凡曹爽"支党皆夷及三族，男女无长少，姑姊妹之适人者，皆杀之"，史称"高平陵之变"。司马懿所以敢于这样狠毒，就在于他得到了豪族强民的支持，同时，寒族出身的官吏如贾充之流也站在了司马氏一边。比如杀高贵乡公就是由贾充出面指使成济下手，既为司马氏夺权扫清了最后的障碍，又保全了儒教信徒的美名。所以贾充是司马氏第一功臣。

在魏晋南北朝文学发展史上，嵇康是一位极特殊的人物。首先是他的身世和思想特殊。嵇康为谯郡铚县人，与曹氏同乡。又为曹魏的姻亲，娶曹丕、曹植的异母兄弟曹林之女（或说孙女）为妻，从此获中散大夫。然而，他生活在司马氏掌握大权的时代，这本身就已使他面临着严重的威胁，而偏偏他的思想性格又过于执著，不肯随波逐流，结果常常把自己放在整个社会的对立面的位置，成为众矢之的。作为豪门势力代表的司马氏，为了获得整个士族的支持，首要的工作是以儒学相标榜，倡导儒术。而嵇康在言行上却处处显现出与儒术格格不入的态度。《养生论》讽刺孔子"神驰于利害之端，心骛于荣辱之途"。儒家认为八音与政通，也就是我们在前面已经说过的所谓"治世之音安以乐，其政和；乱世之音怨以怒，其政乖；亡国之音哀以思，其民困"。而嵇康却主张"声无哀乐"。孔子说："学而时习之，不亦乐乎。"嵇康又来发难，作《难自然好学论》，认为如果不用学习就能有吃有喝，人们是不会自找苦吃地去学习了。他的朋友山涛推荐他出来做官，他又作《与山巨源绝交书》说自己有"七不堪"和"两不可"。他有七种习惯：喜欢晚起、喜欢游动、身上多虱、讨厌写文书、厌倦吊丧、讨厌俗人、厌烦杂事，而这七件事又是官场必不可少的，所以他说自己不堪忍受。如果说这"七不堪"多还属于个人习性方面的问题，不至于引起统治者太多的反感，那么，他的"两不可"却无论如何也不能再让统治者等闲视之了。这"两不可"是：一则"非汤武而薄周孔"，二则"刚肠疾恶、轻肆直言"。司马氏篡夺天下，首先是以儒术相倡导，以儒家正统自居，而嵇康却大不以为然，当然会使那些权贵坐卧不安，必欲致之死地而后快。许多司马氏的党羽想尽各种办法在嵇康身上打主意，设法陷害他。比如有一次嵇康正在打铁，钟会来看他，嵇康向来不愿意理他，于是装作视而不见的样子，继续做自己的事。钟会讨个没趣，灰溜溜地走了。没想到嵇康又冷冷地问了他一句："何所闻而来，何所见而去？"钟会的答话也软中藏刀："闻所闻而来，见所见而去。"这样一种过于切直的性格，加之又与司马氏所倡导的名教采取了一种近乎本能的厌倦与对立的态度，这就使他的人格、诗品充满悲剧的色彩。对此，他也深有感触，并且在诗文中一再提及当时环境的险恶："鸟尽良弓藏，谋极身心危。吉凶虽在己，世路多险巇。"对官场的憎恶、对仕途的反感，使他越发对山林隐逸的生活充满了向往。他把庄子的归返自然的精神境界视为自己的人生理想，与阮籍、向秀、山涛、阮咸、刘伶、王戎等共为竹林之游。他的《赠秀才入军》就是描写这种优游容与的生活情趣。全诗共十八章，这里选读其中一章，尝鼎一脔，借以品味其中的妙处：

息徒兰圃，秣马华山。流磻平皋，垂纶长川。目送归鸿，手挥五弦。

　　俯仰自得，游心太玄。嘉彼钓叟，得鱼忘筌。郢人逝矣，谁与尽言。

兰圃，指有兰草的野地。华山，是指有光华的山。平皋，指水边。垂纶，指垂钓。前面这四句反映了当时颇为盛行的隐逸闲适的生活情趣。"目送归鸿，手挥五弦"为全诗的警句。顾恺之曾说：画"手挥五弦"为易，而画"目送归鸿"为难，因为前者只要勾勒出形貌就行，而后者却要传神写照，表现出人的精神状态，说明当时的艺术界已经比较注意人的精神风貌的重要性了。蒋济著有《眸子论》，[①] 顾恺之为裴恺画像，却特别突出他面颊上的三根毫毛以显示他的特征。"目送归鸿"，丹青所难以表现的正是内在的精神。"俯仰自得，游心太玄"一句，实际是当时士大夫纵情玄学的真实写照。当时有所谓"三玄"之说，即《周易》《老子》《庄子》。他们在理论上提出许多的命题，比如，才性四本、言意之辨、声无哀乐、三教异同等，展开激烈的辩论。这叫清谈。我们在前面已经说过，这些理论命题绝不是无的放矢，而是有着强烈的政治内涵。在行为上，这些名士则服药饮酒，一则延长生命的长度，一则加强生命的密度。刘伶放浪形骸，饮酒不节，还作《酒德颂》为自己寻找理论根据。阮籍纵饮六十日，高唱"服食求神仙，多为药所误。不如饮美酒，被服纨与素"。史载，阮籍善饮酒，嵇康则服药。他们与高士王烈交往，甚敬异之，"共入山，（王）烈尝得石髓，如饴，即自服半，余半与康，皆凝而为石。"所谓"石髓"，即尚未凝固的钟乳，与赤石脂、石英一起，是构成古代名药"五石散"的主要成分。魏晋名士所以这么做，自然有他们的难言之隐。《晋书·阮籍传》说他"属魏晋之际，天下多故，名士少有全者，籍由是不与世事，遂酣饮为常"。嵇康作《家诫》，十分世故地告诫自己的儿子处事谨小慎微，可见他们放浪形骸，饮酒不节，实在是不得已而为之的。因此，所谓

---

① 《三国志·钟会传》："中护军蒋济著论，谓'观其眸子，足以知人'。"

"俯仰自得"，我们也不要以为他们已经全然忘却了世事。"嘉彼钓叟，得鱼忘筌"用的是《庄子》的典故："筌者所以在鱼，得鱼而忘筌；蹄者所以在兔得兔而忘蹄；言者所以在意，得意而忘言。"嵇康用这个典故，说明这种充满闲适之情的生活是难以用言语来表达的。最后两句又是用的《庄子》的典故。庄子路过惠施墓，给人讲了一个故事，说有个郢人，手艺不凡，能运斤成风。他有个搭档，鼻头上抹上一点白灰，这个郢人操起斧子能把灰土砍掉而伤不着鼻子。后来这个搭档死了，郢人的技艺再也发挥不出来了。庄子讲这个故事，是说自从"夫子之死也，吾无以为质矣，吾无以为言矣"。嵇康用了庄子的这个典故，也是感叹世无知己。王昌龄《独游诗》："手携双鲤鱼，目送千里雁。悟彼颇有适，嗟此罹忧患。"也看出了此诗不仅是闲适，也有忧患的内容。

全诗用语洗练、自然，流风余韵，令人回味不尽。诗人熟练地化用了《庄子》的故事，不仅形象地表达了作者的精神追求和人生理想，而且也从一个侧面反映了魏晋玄学风貌的精神特质。

（三）陶渊明的《时运》

关于陶渊明，我们在第四章还要作详细的论述。这里仅从四言诗的角度来看他的《时运》。这首诗不长，诸多陶集一般都把这首诗排在前边。全诗凡四章，前有一首小序：

> 时运，游暮春也。春服既成，景物斯和，偶影独游，欣慨交心。

可以明显看出，这组诗意取自《论语》中"子路、曾晳、冉有、公西华侍坐章"：孔子叫弟子各言其志，各人都发表了自己对于仕途的渴望和想法，唯有曾晳鼓瑟不语。孔子叫他表态，《论语》是这样记载的：

> 鼓瑟希，铿尔，（曾晳）舍瑟而作。对曰："异乎三子之撰。"
> 子曰："何伤乎，亦各言其志也。"

曰："暮春者，春服既成，冠者五六人，童子六七人，浴乎沂，风乎舞雩，咏而归。"

夫子喟然叹曰："吾与点（曾皙）也。"

这段描写十分细微，把孔子向往自然闲适生活的理想刻画得惟妙惟肖。但是，理想总归是理想，现实中孔子可就不那么潇洒了。他一生周游列国，总渴望能实现他的治国理想。为了达到这个目的，他"累累若丧家之犬"，云游四方，锲而不舍。多少冷嘲热讽，多少软硬钉子，他终生都不改其志，很少考虑能急流勇退。其入世精神之强烈，实在令人钦佩。相比较而言，陶渊明就潇洒得多了。他早年同绝大多数古代知识分子一样，也有着"达则兼济天下"的抱负，积极用世。然而正当他的生命处在峰巅之际，却义无反顾地永远告别了令无数士大夫迷惘困惑而又难以割舍的官场。所以，当我们读陶渊明的这首诗时，就会感到他所写的似乎更加真实、更加贴切：

迈迈时运，穆穆良朝。袭我春服，薄言东郊。

山涤余霭，宇暖微霄。有风自南，翼彼新苗。

"迈迈时运"是指冬去春来。在一个爽朗的早晨，诗人换上春服，来到郊外，看晨霭洗涤着山峦，大地回春，万物复苏，一派生机。最后两句写"新苗"因风而舞，颇为传神。每当念到这首诗时，我总是揣想当年诗人偶影独游的情形，同时也自然而然地联想到五代时韦庄的一首小词《思帝乡》：

春日游，杏花吹满头。陌上谁家年少，足风流。

妾拟将身嫁与，一生休。纵被无情弃，不能羞。

陶渊明的诗写得那么静穆高雅，而这首诗则欢快活泼。从中我们不难体会到他们对于春天来临的欣喜之情。

　　当然，在陶渊明的整个创作活动中，四言诗还仅仅占很小一部分，而这首《时运》也并不是他的最好的作品，但是，似乎可以这样说，在中国古代四言诗的演变发展进程的后期，这首《时迈》却是比较引人注目的一首，因为到陶渊明的时代，五言古诗已充分地走向了成熟，四言诗却无可奈何地日益走向衰落。陶渊明前后，四言诗这种诗体虽然在东晋曾有所复苏，但终究大势已去，更多的分散到各种实用文体中，比如铭文、诔文等，还保持着四言押韵的形式，但那已很难说是诗歌了。

　　也正是从这个意义上，我们说陶渊明是四言诗的最后作家。

附录一　朱彝尊《卖花声·雨花台》

　　衰柳白门湾，潮打城还。小长干接大长干。歌板酒旗零落尽，剩有鱼竿。

　　秋草六朝寒，花雨空坛。更无人处一凭栏。燕子斜阳来又去，如此江山。

　　这首小词，以南京雨花台为背景，追怀往昔，吊古伤今，表现了一种零落凄凉的伤感。

　　"衰柳白门湾，潮打城还"。开篇即满目悲凉。柳叶枯萎了，繁华消逝了，按理说，春去秋来，这本是一种极其正常的自然现象。但是在这里，诗人特别点明是"白门湾"的衰柳，这便寄寓了一种深沉的象喻意义了。白门，指南京城西门，即宣阳门。古人以为西方色白，故民间又谓之白门。刘宋明帝好鬼神，多忌讳，凡言语中有凶祸败丧字眼，概加禁忌。老百姓称宣阳门为白门，明帝甚忌，以为不祥。尚书左丞江谧曾无意犯忌，明帝龙颜大怒，说："白汝家门"。尽管南朝帝王渴望自己永保江山，但是，历史是无情的。而今凭高对此，但见"潮打城还"，而人事全非了。刘禹锡《石头城》："山围故国周遭在，潮打空城寂寞回"，即是此句所本。岁月的长河将往昔那段晓梦般的六朝繁华荡涤而尽，唯有那潮水仍寂寞地扑打着荒城，似乎在向人们述说着无尽的悲哀。这两句诗完全描写的是自然景象，而兴亡之感却见于言外。"小长干接大长干"是一个过渡句，点明雨花台所在的地点。江东谓山间为干。据刘源林《吴都赋》注，在南京南五里有大小长干。据岗阜高处可以俯瞰城阙，故由此引出下句：遥想当年，这里是大街连着小巷，热闹非凡，何等的荣耀。"歌板酒旗零落尽，剩有鱼竿"。歌板酒旗，指酒楼戏馆，正如王安石《桂枝香》词："背西风，酒旗斜矗"，周邦彦《西河》："酒旗戏鼓甚处是"，可以依稀想象出南朝那一度热闹繁华的情形。而今竟然零落殆尽，唯有渔樵话旧。"秋草六朝寒，花雨空坛"进一步渲染了繁华已逝、空余旧观的感慨。相传梁武帝时，有云光法师讲经于此，天花坠落如雨，故名雨花台。而今也已人去台空，唯有寒烟衰草如故。结尾两句又与开头相映成趣，"更无人处一凭栏，燕子斜阳来又去，如此江山"。开头两句以无生命的"潮水"与空城作对比，结尾又以有生命的燕子和江山作对比，都表现的是一种物是人非的悲慨。柳永词："不忍登高临远"。辛弃疾词："休去倚危栏"。李后主："独自莫凭栏，无限江山"。而此词的作者却"更无人处一凭栏"。他所看到的是夕阳西下，是燕子重来。在这种寻常景物中，诗人更加深切地感受到了历史兴衰的感慨。

　　全词调子极为低沉，伤感气氛极浓。即景言情，以"衰""寒""空""尽"等字眼展示一派萧条景象，是感叹六朝荒淫误国，又似乎寄寓着对现实的一种强烈的不满情绪。在清空中有寄托，在含蓄中有激愤，反映出了清初汉族文化思想界的某种怀旧情绪。在写法上，它以今昔作对比，将诗人伤今吊古的复杂情绪层层托示出来，令人咀嚼不尽。

附录二　朱彝尊《长亭怨慢·雁》

　　　　结多少，悲秋俦侣，特地年年，北风吹度。紫塞门孤，金河月冷，恨谁诉？回汀枉渚，也只恋，江南住。随意落平沙，巧排作，参差筝柱。

别浦，惯惊移莫定。应怯败荷疏雨。一绳云杪，看字字，悬针垂露。渐倚斜，无力低飘。正目送碧罗天暮。写不了相思，又蘸凉波飞去。

这首词以凄切之情发哀婉之调，多少寄寓着诗人的身世之感、亡国之思，是作者最著名的代表作。

全词挟深慨以起句："结多少、悲秋俦侣，特地年年，北风吹度。"一年一度的秋风吹走了大雁，背井离乡，充满着复杂的心理。"悲秋"已是一重愁绪，偏偏又"特地年年，北风吹度"，由悲秋而怨北风年年吹度，又是一重愁绪。"年年"形容时间总是这样循环往复，春去秋来，而大雁也只得年年春来秋往，年年悲秋，年年怨风，正因为如此，才不知结交了多少悲秋的伴侣。"紫塞门孤，金河月冷，恨谁诉？回汀枉渚，也只恋，江南住。"紫塞，《古今注》载，秦筑长城，土色皆紫，汉塞亦然。又说雁门草皆色紫，故名紫塞。金河，今名黑河，在山西。这些景致是大雁被迫南飞后由高空俯瞰而得，又用"孤"字、"冷"字形容大雁从这塞北景致中所获得的凄凉感触。但这一些又向谁来倾诉呢？一路上只能飞回汀、越枉渚，历经千辛万苦。在这几句中，诗人把大雁的"悲""恨""恋"紧紧绾合，又用"紫塞"和"金河"等写大雁在恶劣心境和险恶环境的重重压迫下苦苦挣扎南飞的艰辛。"随意落平沙，巧排作，参差筝柱。"平沙落雁，是古曲名。王绂诗："远水微茫秋万顷，不妨随意落平沙"，当是此句所本。筝，上有十三弦，支弦的柱参差排列，有如雁行。故古诗有"刻成筝柱雁相参"。但这里，作者实用李商隐《昨日》："二八月轮蟾影破，十三筝柱雁行斜"，遂将"怨"字织入，使人意悲而远，感慨不已。

过片后着意刻画惊移莫定、无处可栖的倦雁形象，寄托作者的苦衷。"别浦，应怯败荷疏雨。"大水有小口别通叫别浦。诗人着意选用突出了"别"字抒写大雁羁旅他乡的愁情。紧接着又用一"惯"字勾勒出大雁一贯惊恐不安的神态，以致见到南方的"败荷疏雨"都会心神不宁、畏葸不前，更不敢栖息。曹操诗："月明星稀，乌鹊南飞，绕树三匝，何枝可依。"苏轼词："惊起却回头，有恨无人省。拣尽寒枝不肯栖，寂寞沙洲冷。"都写出了孤鸟的这种无枝可依的落寞情怀。"一绳云杪，看字字、悬针垂露"，写大雁惶惶惊恐，不敢随意栖息，只得再次奋飞，连贯成线。云杪，云末，即天空。雁行一字如绳拉直。作者《祝英台》词："把新雁一绳砍断"，也是这种写法。悬针、垂露，是字体名称，如悬针，似垂露，这里借以比喻大雁飞行时列队犹如字体横空，远走高飞。"渐倚斜，无力低飘，正目送碧罗天暮"，写尽大雁筋疲力尽失去平衡的苦况。"碧罗天暮"四字似寄寓着深深的感慨，暮色苍茫，有似天网恢恢，大雁随时都有可能陷入罗网。在古典诗歌中，罗网经常作为象喻意义来比喻黑暗势力。如曹植诗："不见篱间雀，见鹞自投罗"，就是如此。结句"写不了相思，又蘸凉波飞去"是从张炎《解连环·孤雁》词："写不成书，只寄得相思一点"翻出。既然天空犹如罗网，大雁惶恐得连写信表达相思的机会都没有，就又冲天而去，惶惶不可终日。

陈廷焯评此词："感慨身世，以凄清之词，发哀婉之调，既悲凉又忠厚，是直逼玉田之作。"玉田，指张炎。确实，这首词集中体现了作者追摹张炎词风而又有所发展的特点：其景空阔孤冷，高秀清丽，杂以咽塞悲凉；其情凄切哀婉，圆转浏亮，琢句精工，正如作者所说："此尤不得志于时者所宜寄情焉耳。"

附录三　张惠言《相见欢》

年年负却花期，过春时，只合安排愁绪送春归。梅花雪，梨花月，总相思。自是春来不觉去偏知。

年年岁岁花相似，这本是诗人极熟悉极平常的景致，也许并没有引起他的多大的注意。但是，当春花已谢，当美好的生命飘渺即逝的时候，他似乎蓦然意识到了它的难以言述的珍贵。那每一朵小花仿佛就是一个生命，一个世界。它一直执著地与诗人相亲相爱，一直期冀与诗人相期相会，一直对他报以微笑，倾注以深情。不无遗憾的是，诗人似乎过于冷淡了花的厚爱。转瞬之间，它竟枯萎凋零，默默而去了。霎时间，诗人的全部注意力似乎都被它吸引过去了。而他的深情似乎也默默地追随着渐渐仙逝的花絮冉冉而去。他仿佛化作了花的一个部分，要分担那美好生命零落的悲哀。在这种深沉的悲剧意识中，花与人的区别消失了，唯有一个充满着悲戚的生命的整体。这是全诗前三句给予我们的提示和联想。

"梅花雪，梨花月，总相思"，是说梅花似雪，梨花如月，更给那浓郁的春愁平添了一段镂心刻骨的相思。范云《别诗》："昔去雪如花，今来花似雪"。萧子显《燕歌行》："洛阳梨花落如雪"。都在渲染着花的纷纷扬扬的飘逝给诗人心灵带来的激荡。花飘零愈烈，也就愈能掀动诗人内心的波澜。因为只有在这个时候，作为主体的诗人和作为客体的花朵之间渐渐产生了距离，用艺术心理学术语来说，这正属于悲剧性的"心理距离"现象。我们都有过这样的体验，如果一种危险离我们太近，那么它就只能引起我们的恐惧，假如我们超然于现实危险之外以冷静的观赏去体验那种恐惧，也就容易产生一种崇高感。同样的道理，一种美好东西距离我们太近的时候，我们可以毫不费力地得到它，随心所欲地支配它，是很难珍惜它，自然也很难获得优美感。唯有和它保持一段距离，则更容易唤起我们的美感。《诗经·蒹葭》"蒹葭苍苍，白露为霜，所谓伊人，在水一方"，所以千古流唱，正在于它所歌唱的是那种可望而不可即的爱情。鲁迅《伤逝》所以感人肺腑，因为它所着力描绘的正是那种得而复失的爱情。张惠言当然还不知道所谓"心理距离"之说，但是他懂得无论在创作领域或是欣赏领域，最能表达作者内心感受、最能叩动读者心扉的莫过于那种可望而不可置于眉睫之前的状态。如果照实写来，写他如何欣赏花的美妙，那距离太近；倘若花已零落，那又距离太远。这两者都不能完美地传达出作者和读者的审美体验。于是，诗人准确地把握住了那种距离最近而又没有丧失距离的"自是春来不觉去偏知"的刹那间的激情，将那一言难尽的伤春之情抒发得既含蓄无垠又淋漓尽致，真可谓有咫尺万里之势。

附录四　陆宏定《望湘人》

　　记归程过半，家住天南。吴烟越岫飘渺。转眼秋冬，几回新月，偏向离人燎皎。急管萧残，疏钟梦断，客衣寒悄。忆临歧、泪染缃罗，怕助风霜易老。

　　是尔翠黛慵描，正恹恹憔悴。向予低道："念此去谁怜？冷暖关山路杳。"才携手教款语叮咛，眼底征云缭绕。悔不剪，春雨蘼芜，牵惹愁怀多少。

　　这首词从不同角度、不同层次描写相思离别，铺陈排比，摹神肖形，乃至到了毫发毕现、淋漓尽致的地步，因而那浓郁的情结，竟使读者化解不开，咀嚼不尽。

　　全词的基始落在"归程"二字上，勾画出归程的所见所思，所悲所感，回环往复，难解难分。上片分三层来表现主人公的思想情绪。第一层直叙归程："记归程过半，家住天南"，诗人在远方归来，心情自然激动不已，因而头两句以非常率直的口吻上来就叙写那日夜思念的家乡。归程过半，意寓希望就在眼前；家住天南，则点明家乡尚有一段距离。天南，天之南边，极写其远。故下句接以"吴烟越岫飘渺"，说明家乡尚在云烟缭绕之中。这里的"吴烟越岫"是互文见义的手法。吴越在中国的东南，即上文所说的"天南"。第二层说明归乡的时辰、途中的景物"转眼秋冬，几回新月，偏向离人燎皎"。诗人是在秋冬之际的夜晚踏上归程的，夜色正浓，秋月高悬，撩人心绪。正如晏殊词所写："明月不谙离恨苦，斜光到晓穿朱户。""几回"二字下得颇为考究，说明这样的夜色，这样的秋月，已不止一次照亮诗人的归程，暗示着诗人是日夜兼程。归乡之情的迫切，于此可见一斑。第三层由归家心切自然而然地想起独游四方的悲苦："急管宵残，疏钟梦断，客衣寒悄"。诗人羁旅他乡，愁思不眠，那黎明前远处稀疏的钟声，也使诗人惊心不已。正像张继的名诗所写："月落乌啼霜满天，江枫渔火对愁眠。姑苏城外寒山寺，夜半钟声到客船。"在那万籁俱寂的子夜，钟声既打破了夜的寂静，又更显示、增加了夜的寂静，当然乜就加深了彻夜不眠的游人的感触。由于彻夜不眠，才有"客衣寒悄"的愁感。陶渊明诗："气变悟时易，不眠知夕永"，所写的正是这种情形。由孤独又联想到相思，联想到与情人分别时情形："忆临歧、泪染缃罗，怕助风霜易老。""临歧"，指临别。"缃罗"，碧色罗衣。临别之际，热泪沾襟。也许诗人强忍精神，执手劝道：不要哭泣了，年年风霜已经催人衰老，怕哭泣更助风霜让人更加衰老。歇片这句劝慰的话，实际是个过渡，从诗人一方转到对方，从而为下片的叙写作了铺垫。

过片即从对方写起，极富想象力："是尔翠黛慵描，正恹恹憔悴。"是尔，即从此以后粉黛不施，憔悴难耐。"自伯之东，首如飞蓬。岂无膏沐，谁适为容。"杜甫诗："对君洗红妆，罗襦不复施。"李清照词："起来慵自梳头。"都是描写女子在情人离去之后百无聊赖的情状。"向予低道：念此去谁怜？冷暖关山路杳"一联用周邦彦《少年游》"低声问向谁行宿，城上已三更"中句法，在词中颇为新警。"才携手教款语叮咛，眼底征云缭绕"，写俩人执手之际，泪眼迷蒙的情景，感人肺腑。柳永词："执手相看泪眼，竟无语凝噎。念去云千里烟波，暮霭沉沉楚天阔"，或为此句所本。结尾二句描写别后相思的凄苦："悔不剪春雨蘼芜，牵惹愁怀多少。"蘼芜，一种香草，古人多用作比喻相思离别。古诗："上山采蘼芜，下山逢故夫"，就是一例。这里，诗人把主人公的一腔相别之怨无端地倾注在蘼芜上，后悔不曾剪断它，以至今日时常牵惹愁怀。这种无理的埋怨，缠绵悱恻，委婉多情，给人以很深的感染。

这首词在写法上明显地受到周邦彦的影响，上片是主人公的

"我"，下片是主人公的对象"她"；上片"我"中有"她"，下片"她"中有"我"。此外，今与昔穿插描写，上片第一层写今，第二层写昔，下片写离别是写昔，写别后之苦又是写今。我——她与她——我、今——昔与昔——今，翻来覆去，反复出现，情浓意蜜，绸缪婉转，剪不断，化不开。今与昔是纵向的，我与她是横向的。今昔与我她的交错，造成了一种立体感，从而将作者一腔思绪表达得酣畅淋漓。

楚歌声中的屈原

刘跃进

两千二百八十多年前，即公元前278年，秦将白起攻陷楚国都城郢地。楚国在此建都四百余年，顷刻瓦解。按照楚国纪年，这一年，为楚顷襄王二十一年。就在洞庭湖畔、汨罗江边，有一位白发苍苍的老人，在听到秦人入郢之后，悲伤哀叹，回忆九年前离开郢都时的情形，情不自禁地吟诵出来一曲凄婉哀怨的楚歌——《哀郢》。他感叹自己再也不可能回到故都，悲壮地选择了一条不归之路，就在这年五月初五，自投汨罗江而死①。

这一年，屈原七十六岁。当然，关于其享年的推算，取决于对屈原生卒年的考订。郭沫若考订生于公元前340年，浦江清认为生于公元前339年，胡念贻《屈原生年新考》考订在公元前353年，他们考订的年份，相差十几年的时间，而所依据的资料主要是《离骚》中说的"摄提贞于孟陬兮，惟庚寅吾以降"。王逸注："太岁在寅曰摄提格。"即屈原生

---

① 汪瑗《楚辞集解》以为此诗乃哀郢都之亡："悲故都之云亡，伤主上之败辱，而感己去终古之所居，遭谗妒之永废，此《哀郢》之所由作也。"北京古籍出版社，1994，第172页。当然，这种观点也有矛盾之处，诗中有"忽若去而不信兮，至今九年而不复。"说明郢都陷落时屈原未在郢都。游国恩先生认为这是屈原被流放陵阳九年之后，听到郢都陷落时回忆往昔而作。本文采纳此说。参见金开诚《屈原赋校注·哀郢题解》，中华书局，1996，第486页。

于寅年正月。关于其卒年，现在有十多种说法。最早的认为卒于怀王二十四年（公元前 305 年），即没有见到郢都的沦陷。最晚的则要到顷襄王三十六年（公元前 263 年），相差四十多年。多数学者认为卒于郢都沦陷的公元前 278 年。1953 年，世界和平理事会纪念四大文化名人，其中就包括纪念屈原逝世两千二百三十年，这也是根据郢都沦陷这一年推算的。① 因此，屈原的享年主要有两说：若生于公元前 340 年，就应当是六十二岁；若生于公元前 353 年，则七十六岁。我个人倾向于后者。

屈原与楚王同宗，自是楚国贵族出身。《史记·屈原贾生列传》说："屈原者名平。"而根据《离骚》，他名正则，字灵均。正则是平字的引申义，均则为"畇"义，即原田，代表"原"字。其故里为秭归。郦道元《水经注·江水注》称"县北一百六十里有屈原故宅，累石为室基，名其地曰乐平里。宅之东北六十里有女媭庙，捣衣石犹存。故《宜都记》曰：'秭归盖楚子熊绎之始国，而屈原之乡里也'。原田宅于今具存。"②

屈原出生前的三百多年，即楚文王即位之初的公元前 690 年，楚国开始以郢为国都。从此，楚人在郢地经营长达四百余年。可以这样说，郢都，是楚的骄傲。最近三十年，考古工作者对郢都遗址作了大规模的发掘活动，发现了很多重要的文化遗存，由此不难想见当年都城的规模③。因此，楚人对于"郢"始终充满敬意，念念不忘。顷襄王在逃亡中先在河南信阳（当时称城阳）停留避难。后东迁至河南淮阳（当时称陈），称陈郢。楚考烈王十年（公元前 253 年），为避强秦，又迁都于安徽阜阳（当时称钜阳）。楚考烈王二十二年，亦即秦王嬴政六年，楚与赵、魏、韩、燕等国最后一次合纵攻秦，结果失败，再迁都寿春（今安

---

① 其他三人：波兰天文学家哥白尼、法国文学家拉伯雷，古巴作家和民族运动领袖何塞·马蒂。

② 陈桥驿：《水经注校证》，中华书局，2007，第 791 页。

③ 郢城遗址在今湖北江陵市，东西长 4.45 公里，南北宽 3.58 公里，城内平均面积 16 平方公里，城墙周长 15.5 公里，夯土筑城墙至今尚有保存，有的地段高 4~8 米。通过考古发掘，全城共有城门八座，南北各有水门一座，每个城门有三个并行的门道，城东南部有大型宫殿遗址，附近分布着纺织、冶炼等作坊遗址及商业区遗址，可见当时曾繁盛一时。参见魏昌：《楚国史·城市与交通》等，武汉出版社，2002，第 356 页。

徽寿县），称寿郢。几次迁都，均选择在淮河流域，都保留"郢"名，对故都怀念之深，可见一斑。作为楚国贵族出身的屈原，为郢都沦陷再三流涕乃至以身殉国，也就可以理解了。

早在春秋时，楚庄王即问鼎中原，称霸诸侯。公元前401年，楚悼王启用吴起，变法革新，楚国逐渐走向强盛。其后，楚肃王、楚宣王、楚威王相继为王，前后七十余年，楚国日渐强大，疆域几乎涵盖大半个中国，南到百越之地，西南至巴蜀、汉中、黔中等地。战国七雄，燕、赵主要区域在黄河以北，魏、宋的核心地带在中原。其他三国，西有秦，东有齐，南有楚。其中，楚国的疆域最为辽阔。

屈原出生后的第三年，秦国从雍（凤翔）迁都咸阳，并设县，直面中原。这对于当时的政治形势发生重要影响。我们知道，春秋战国时期，秦国三十六代国君，有十九代建都凤翔，前后长达293年。包括秦王嬴政（秦始皇）成年加冕也在雍城内的大郑宫举行①。为了统一的要求，秦国在这一年，放弃雍都，而建都咸阳，其雄心已经昭然若揭。

我们看这张公元前350年的战国形势图：

地图显示：大国中，东齐、西秦、南楚，对中原形成合围之势。这时，楚国的向背，在很大程度上决定了战国形势的走向：如果与其他几个国家联合起来，形成纵向势力，齐、秦便无所作为。因此，很多有识之士早就看出这一点。公元前329年，楚威王卒，怀王立。这一年，魏人张仪入秦为相，倡导连横政策，主张秦、楚、齐这三个大国联合起来对付其他国家。而魏将公孙衍则推行合纵方略，发起魏、韩、赵、燕、中山等"五国相王"，抗击秦、楚、齐。

这一年，屈原二十五岁。由于他"博闻强志，明于治乱，娴于辞令"，一度受到怀王的信任，任左徒，地位仅次于令尹（丞相），曾起草作为国家大法的宪令，努力推行变革；也曾多次接待各国使节，并出

---

① 近年发掘的秦公一号大墓，是我国目前已发掘的最大的土圹墓，呈"中"字形，全长300米，面积5334平方米。有东西墓道和墓室。墓内有一百多具殉人，是中国自西周以来发现殉人最多的墓葬。《史记》和《诗经》记载秦穆公死后曾殉人达177人之多，但无法证实。秦公一号殉葬大墓的发掘，清楚地表明秦国当时的奴隶制社会性质。

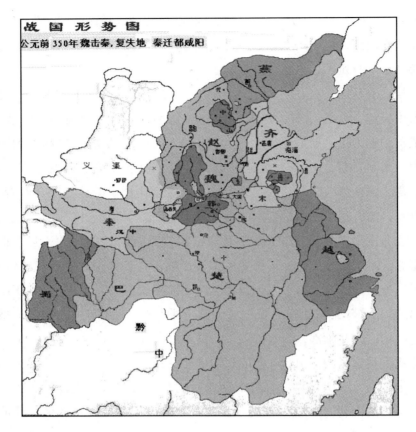

战国形势图

访各国。他清楚地看到，在两大对抗中，楚国的态度至关重要，故时人
有"横则秦帝，纵则楚王"，或"非秦而楚，非楚而秦"之说。

　　秦、楚本为姻亲国，自春秋战国以来一直通婚。两国的关系向来比
较复杂，可以用又爱又恨来描述。就秦国方面来说，他们占有更多优
势。譬如公元前316年，秦国乘乱攻占巴蜀，楚国失去可靠的大后方。
《华阳国志》说："得蜀则得楚，楚亡则天下并矣。"同年，秦军东向，
攻破赵、韩等地，魏、韩公开投入秦国怀抱。

　　面对着这种不利局面，楚国内部也发生重要分歧。屈原力主联齐抗
秦，楚怀王鉴于"秦之心欲伐楚"，赞同联齐主张，派遣"屈原为楚东
使于齐，以结强党。"可惜，楚怀王没有把握住荣任"纵约长"的机

会，致使秦国各个击破，使楚国逐渐处于更加不利地位。

《史记》《新序》等古代典籍都记载，秦国派张仪疏通上官大夫靳尚、令尹子兰、夫人郑袖等人进谗言，诬陷屈原自诩法令为自己所制定，别人都干不了。怀王听信谗言，免去屈原左徒职，将他流放到汉北。这是屈原第一次被流放。当时大约四十岁左右①。

《史记》记载说，屈原正道直行，竭忠尽智，却信而见疑，忠而被谤，非常困惑，"忧愁幽思而作《离骚》"。这是楚歌的典型之作。全诗共分为五个部分：

第一部分：叙写了自己的出身与理想。头八句自叙家世、生辰及美名的由来："帝高阳之苗裔兮，朕皇考曰伯庸。摄提贞于孟陬兮，惟庚寅吾以降。皇览揆余初度兮，肇锡余以嘉名。名余曰正则兮，字余曰灵均。"这八句诗是关于屈原家世、生辰及其理想的重要材料。屈原自称是颛顼高阳氏的后代；高阳帝生在西部的昆仑，屈原在《楚辞》中四次提到高阳，凡是困惑时他总是想到昆仑，视为寄命归宗之地。此外，他还把南方的舜作为自己投诉的对象。关于生辰，他自称寅年正月初一那天降生。关于美名，他的父亲认为他气度不凡，叫他正则，后来起了字，叫灵均。之后就叙写其外表之美和内在之修养，"日月忽其不淹兮，春与秋其代序；惟草木之零落兮，恐美人之迟暮。"所以他要"乘骐骥以驰骋兮，来吾道夫先路。"表示愿意为君主建立美政做开路先锋。

第二部分：主要写诗人理想和现实的矛盾。诗人为了实现美政，汲汲自修的同时，还"忽奔走以先后兮，及前王之踵武"，积极辅佐君王，希望能够继承前代圣君的伟业；诗人培育人才，"冀枝叶之峻茂兮，愿竢时乎吾将刈"，希望时机成熟，贤才能成为改革政治的栋梁。

---

① 多数学者认为屈原被流放过两次，第一次是在楚怀王时期，被流放到汉北，即汉水北岸。这次流放的时间似乎不长，所以《卜居》说："屈原既放，三年不得复见。"大约也就三年左右。第二次是顷襄王时代，被流放到江南。当然，也有学者认为屈原只是在顷襄王时被流放江南。怀王时被"疏"只是疏远，而非流放。因此，屈原只有一次流放经历。还有学者认为屈原被流放过三次。

但是由于党人的营私诬陷，君王听信谗言，毁弃前约，培养的众多贤才也纷纷变节。令人钦敬的是，在巨大的冲突中，诗人表现了与党人异其志趣的人生追求："忽驰骛以追逐兮，非余心之所急；老冉冉其将至兮，恐修名之不立"，并且表现出以最高的生命代价践履自己的人生选择的态度："虽不周于今之人兮，愿依彭咸之遗则""亦余心之所善兮，虽九死其尤未悔""宁溘死以流亡兮，余不忍为此态""伏清白以死直兮，固前圣之所厚""虽体解吾犹未变兮，岂余心之可惩"，以上诗句，所谓"彭咸""九死""溘死""死直""体解"这些语词，使得每一诗句都显露出以死的代价持守生时的信仰的指向。这些铮铮誓言穿插于政治冲突与文学描写中，响彻在黑暗现实的幽谷上空。诗人第一次以如此黑白分明的诗句表达了自己与黑暗现实对峙情形之下的政治立场，由此表现出来的崇高不屈的生命形态，给后世以极大的震撼，诵读感怀，令人回肠荡气！

第三部分：表现了诗人寻求实现美政的种种努力。首先，诗人借与女嬃对话，表现自己内心的困惑。女嬃劝解道："众不可户说兮，孰云察余之中情？世并举而好朋兮，夫何茕独而不予听？"意思是说，众人不可挨家挨户说服，谁来体察咱们的本心呢？劝他不必过于刚直。屈原得不到支持，决定向虞舜陈述。诗人陈辞重华，坚定了自己的政治理想，于是开始了"上叩帝阍""下求佚女"的上下求索的漫长历程。诗人上叩帝阍的结果是"吾令帝阍开关兮，倚阊阖而望予"。帝阍，天帝的守门人。阊阖，神话中的天门。这句描写屈原上天陈志无门，实际暗喻对楚王的极度失望。于是他又三次求女，寻找志同道合者：一"求宓妃之所在"，二求"有娀之佚女"，三求"有虞之二姚"。结果依然叫人失望，或因"理弱而媒拙"，或因美女"信美而无礼"，都以失败告终。"上下求索"的失败，预示了屈原试图在楚国寻求实现美政愿望的破灭。

第四部分："上叩帝阍""下求佚女"都无从解答他的困惑，诗人又求助于灵氛和巫咸，代为占卜，他们一致劝导他远行。他自己也准备这样做："灵氛既告余以吉占兮，历吉日乎吾将行。"但是故土难离，当他从"旧乡"上空经过时,"忽临睨夫旧乡,仆夫悲余马怀兮,蜷局顾而不行。"这里提到的"旧乡",王逸以为是指郢都,而姜亮夫先生认为是指西方昆仑山,是高阳氏的发祥地,是楚祖先的葬地。

第五部分是结语,即"乱曰:已矣哉!国无人莫我知兮,又何怀乎故都?既莫足与为美政兮,吾将从彭咸之所居。"这里的"故都"与前面提到的"旧乡"有所不同,是指郢都。彭咸,王逸、洪兴祖都说是殷大夫,谏君不听,自投水而死。当然,还有另一说,彭咸即彭祖,是太阳神。上古神话认为,日神及其宫殿都在大海中,屈原投水,乃寻日神之所在。总之,通过彭咸这样一个典故,屈原表示了以身殉国、以身殉志的决心。

《史记》称:"《国风》好色而不淫,《小雅》怨诽而不乱,若《离骚》者,可谓兼之。"司马迁认为《离骚》继承了《诗经》的某些传统,自有道理。但又不仅如此,《离骚》更多地体现了楚国的风貌,是楚歌影响下的"宁馨儿"。而且,他还创造性地将楚歌悠扬婉转的特点发挥得淋漓尽致,成为楚歌舞台上当之无愧的主角。

屈原被贬后,秦国依然很害怕楚、齐联合,再次派张仪到楚国游说。张仪对楚怀王说:"秦国最憎恨的是齐国,但是楚国现在却和齐国联盟,要是你们能够与齐国断交,秦王愿意送给你商于之地六百里地。"楚怀王非常贪心,轻信张仪的话,竟然答应这个条件,"闭关绝齐"。楚、齐绝交后,张仪只承认献地六里。怀王愤怒至极,举兵伐秦,结果惨败,死伤八万多。不久,汉中一带也被秦人占去。这样,秦国的关中地区与西南连成一片,楚国已非秦国对手了。

怀王不甘心失败,便调集大军深入秦地,在蓝田大战。魏国军队知道楚国空虚,起兵偷袭楚国的后方,而齐国自然也不来援救。结果楚国又吃败仗。这在《战国策》《史记》记载得非常详尽。楚王知道自己做错了事,就把屈原召回来,让他出使齐国。

秦惠王看到齐、楚又要走到一起,便派人求和,表示愿"分汉中之半以和楚"。楚王态度很鲜明:宁可得到张仪也不要地。张仪则主动请缨,三度使楚。他对秦王说:"以我一个人来换整个汉中地方,我为什么不去呢？"其实不是张仪多么高尚，他实在看透了楚国的腐败，又有强秦在，楚国也不敢轻易杀他。他到楚国后，"私于靳尚"，送去厚礼，又勾结怀王宠妃郑袖。怀王又一次听信了他们，放走张仪。这时，屈原刚从齐国回来，极力主张杀掉张仪，楚怀王派人追杀，但张仪早已远走高飞。随着秦惠王、张仪的前后死去，汉中割地的事也不了了之。

又过十年，公元前 299 年，是楚怀王三十年，秦昭王和楚国王族的一个女儿结婚，借此缓和了楚国和秦国之间的矛盾。秦昭王提出邀请，和楚怀王在武关会面①。怀王轻信了秦王和亲政策。屈原苦劝："秦，虎狼之国，不可信，不如无行！"楚怀王小儿子子兰却力劝父亲前往，认为不应拒绝秦国求和的好意。结果，楚怀王一入关就被劫持到咸阳，秦王强迫怀王割让土地给秦国。怀王又懊恼又愤怒，好不容易逃到赵国，赵国却不敢收留，又被秦国所俘。两年后，怀王客死于秦。

怀王被扣这一年，楚怀王的太子熊横即位，是为楚顷襄王。他任命弟弟子兰作令尹，依然采取和亲政策，娶秦王女为妻，丧失对秦的警惕。《史记·屈原贾生列传》载：楚人包括屈原在内都怪罪子兰敦促怀王入秦，子兰本来就怨恨屈原，听到这些议论，就叫上官大夫在顷襄王面前说了很多坏话，顷襄王大怒，就将屈原赶出京城，流放到江南。《史记》这样写道：

> 屈原至于江滨，被发行吟泽畔，颜色憔悴，形容枯槁。渔父见而问之曰："子非三闾大夫欤？何故而至此？"屈原曰："举世混浊而我独清，众人皆醉而我独醒，是以见放。"渔父曰："夫圣人者，不凝滞于物而能与世推移。举世混浊，何不随其流而扬其波？众人皆醉，何不铺其糟而啜其醨？何故怀瑾握瑜而自令见放为？"屈原曰："吾闻之，新沐者必弹冠，新浴者必振衣②，人又谁能以身之

---

① 武关是秦国南部的重要关口，在今陕西商南县南。汉高祖刘邦就是由此关口攻占咸阳，最后灭秦的。

② 左思《咏史诗》："振衣千仞岗，濯足万里流。"李白乐府《沐浴子》："沐芳莫弹冠，沐兰莫振衣。处世忌太洁，至人贵藏晖。沧浪有钓叟，吾与尔同归。"皆本此而各有发挥。

察察，受物之汶汶者乎！宁赴常流而葬乎江鱼腹中耳，又安能以皓皓之白而蒙世俗之温蠖乎！"

这段文字依据《楚辞·渔父》，同时也是司马迁亲赴汨罗江考察时根据闻见所写，表现了屈原"宁赴湘流"而不愿蒙受世俗尘埃的崇高境界，也表现了司马迁对于屈原的崇敬之情。屈原"行吟泽畔"，吟唱的当然也是楚歌。这个时候，大约是公元前286年，屈原已经六十七岁高龄，再也没有回到日夜思念的郢都。十年之后，虎狼之秦终于攻陷郢都。眼看着祖国的沦陷，屈原知道自己再也回不到郢都，在写下《哀郢》后，怀抱石块，投江自尽。

在楚国的历史舞台上，屈原主导的演出，就这样戛然落幕了。但是悠扬的楚声并未随之消逝。相反，随着以楚人为主体的抗秦浪潮的兴起，楚歌又迅速传遍大江南北，奏响了秦汉之际改朝换代的时代序曲。

公元2000年，我在岳阳凭吊了屈子祠后，乘船渡过汨罗江。河床依然宽阔，但水面很窄。尽管如此，我在渡船上依稀可以想象到当年河流的湍急，还有屈原自沉的身影。当时就想，在营救屈原而不得之后，人们是如何抢救性地保留下那些优美的诗篇呢？《史记·屈原贾生列传》记载说，屈原身后，楚地有宋玉、唐勒、景差等人祖述其词。我想，屈原的作品，首先应当是他们传唱并记录下来，流播于后世。

屈原死后百年，即公元前177年，年仅二十四岁的贾谊受到公卿大臣的排挤，被贬为长沙王太傅。从长安到长沙，途经汨罗江，贾谊想起了屈原，写下著名的《吊屈原赋》。就这样，屈原的名字和作品第一次见诸文献记载。又过了二十余年，年轻的司马迁也"适长沙，观屈原所自沉渊，未尝不垂涕，想见其为人"，为此撰写了《史记·屈原贾生列传》。贾谊、司马迁离屈原的时代很近，而且，他们都实地考察过屈原的遗迹，他们的记载应当是真实可信的。

叫人诧异的是，最近一百年竟然有人怀疑屈原的存在。他们的主要根据是：（1）先秦史料未见屈原名字。（2）《资治通鉴》未写屈原事迹。廖平《楚辞讲义》（《六译馆丛书》，1922年）说："屈原并没有这

个人。"又说："《楚辞》为词章之祖，后人恶秦，因托之屈子。"胡适
《读楚辞》（《胡适文存》二）也说："依我看来，屈原是一种复合物，
是一种箭垛式的人物，与黄帝周公同类。我想，屈原也许是二十五篇
《楚辞》中的一部分的作者，后来渐渐被人认作这二十五篇全部的作
者。"冈村繁《楚辞和屈原》认为很多作品"是屈原死后，对其记忆犹
新的时候的人的作品"（《周汉文学史考》，上海古籍出版社 2002 年
版）。复旦大学朱东润先生虽然没有否定屈原，但他在"楚辞探故"的
系列文章中认为《离骚》是刘安所作，《九歌》是汉武帝时的作品，
《九章》中的作品多数也成于武帝时代，《天问》可能是战国时代楚人
的作品。这实际上也否定了作为文学家的屈原的存在。对此，郭沫若撰
文逐一批驳①。最近三十年，国内出版了《中日学者屈原问题论争集》
（山东教育出版社 1990 年版）、《与日本学者讨论屈原问题》（华中理工
大学出版社 1990 年版）、《现代楚辞批评史》（湖北教育出版社 1990 年
版）等，可以说是对屈原否定论的总清算、集大成。从此，这种论点
逐渐衰竭。

屈原的作品，西汉前期主要流播在江南和淮河流域。吴王刘濞等人
召集枚乘、邹阳、庄忌、庄助、朱买臣等，在江南诵读和模仿《楚
辞》。武帝时，刘安为淮南王，国都在寿春，这是楚国最后一个文化中
心。刘安在此召集门客，作《离骚传》②。《史记·屈原列传赞》说：
"余读《离骚》《天问》《招魂》《哀郢》，悲其志。"并在传记里征引了
《怀沙》和《渔父》。据此而知，司马迁至少读过六篇。这些作品，很

---

① 朱东润《楚歌及楚辞》《〈离骚〉底作者》《〈离骚〉以外的"屈赋"》等文以及郭沫若的
批驳之文，并收录在《楚辞研究论文集》，作家出版社，1957。
② 1993 年江苏连云港东海县尹湾村发现竹简《神乌傅》，《文物》1996 年第 8 期发表公布了
这篇作品，多数学者认为"傅"通"赋"。参见中华书局 1999 年出版的《尹湾汉墓简牍
综论》。倘如此，《离骚傅》可能就是《离骚赋》，是刘安的辞赋创作。东汉高诱《淮南
子叙目》即作《离骚赋》。当然，"传"字也可以作传注讲，是汉代注解经典的一种方
式。王逸《离骚经章句后叙》就说："至于孝武帝，恢廓道训，使淮南王安作《离骚经
章句》，则大义粲然。"他认为《离骚傅》，即为《离骚》作注解，我赞同王说，认为是
刘安组织班子整理《离骚》，时在汉武帝建元二年（公元前 139 年）。参见拙著《秦汉文
学编年史》，商务印书馆，2006，第 133 页。

可能就是刘安整理过的本子。

汉成帝时刘向根据宫廷藏书，将《楚辞》编为十六卷，其中七卷是屈原作品，王逸标注为二十五篇，即：《离骚》《九歌》（十一篇）、《九章》（九篇）《远游》《卜居》《渔父》《天问》。数目与《汉书·艺文志》相符。

其余九卷目录是：《九辩》《招魂》（王逸注：宋玉所作）、《大招》（王逸注：屈原，或曰景差）、《惜逝》（王逸注：贾谊）、《招隐士》（王逸注：淮南小山）、《七谏》（王逸注：东方朔）、《哀时命》（王逸注：严忌）、《九怀》（王逸注：王褒）、《九叹》（王逸注：刘向）。东汉时的王逸对此书作注，编为《楚辞章句》，又加进自己所作的《九思》，而成十七卷本，流传至今。

《九歌》是一组清新优美的抒情诗，是屈原运用楚地民间祭歌的形式写作的。他袭用了古曲的名称。王逸注《九歌》曰："昔楚国南郢之邑，沅湘之间，其俗信鬼而好祠。其祠，必作歌乐鼓舞以乐诸神。"屈原本此而作，"上陈事神之敬，下见己之冤结。"据记载，《九歌》属于夏乐，"九"是虚数，指由多个篇章组成，包括十一篇作品，首尾两篇是《东皇太一》和《礼魂》，是祭祀时的迎神曲和送神曲，与秦汉以后的郊祀制度相似。中间九篇为《九歌》核心，即《云中君》《湘君》《湘夫人》《大司命》《少司命》《东君》《河伯》《山鬼》和《国殇》。除去《礼魂》，十篇中所祀神灵分天神、地祇与人鬼三类。天神五篇：《东皇太一》所祀为天之尊神，《云中君》祀云神，《东君》祀日神，《大司命》祀主人寿夭之神，《少司命》祀主子嗣之神；地祇四篇：《湘君》与《湘夫人》所祀为湘水神，《河伯》祀河神，《山鬼》祀山神；人鬼一篇，即《国殇》，祭祀为国战死的将士。在这些诗歌中，有很多优美的句子，如《湘君》："心不同兮媚劳，恩不甚兮轻绝。"既写婚姻之情，又含事君之道。《湘夫人》："帝子降兮北渚，目眇眇兮愁予。袅袅兮秋风，洞庭波兮木叶下。"《少司命》："秋兰兮青青，绿叶兮紫茎。满堂兮美人，忽独与余兮目成。入不言兮出不辞，乘回风兮载云旗。悲莫悲兮生别离，乐莫乐兮新相知。"《山鬼》："若有人兮山之阿，被薜荔兮带女罗。既含睇兮又宜笑，子慕予兮善窈窕。乘赤豹兮从文狸，辛夷车兮结桂旗。被石兰兮带杜衡，折芳馨兮遗所思。余处幽篁兮终不见天，路险难兮独后来。"《国殇》："出不入兮往不反，平原忽兮路超远。带长剑兮挟秦弓，首身离兮心不惩。诚既勇兮又以武，终刚强兮不可凌。身既死兮神以灵，子魂魄兮为鬼雄。"这些都为后人广为传诵。这组诗，从结构上看，类似于元代以后的套数，搬演一大套，王国维以为这是中国的原始戏曲。

《九章》是屈原创作的一组诗歌，原是单行的散篇，非一时一地之作。《九章》之名，最早见于西汉刘向所作《九叹》："叹《离骚》以扬意兮，犹未殚于《九章》。"一般认为是刘向编辑《楚辞》时，将诗人屈原作品中内容、形式大致相似的九篇作品编为组诗，并冠以《九章》之名。《九章》中的作品，依照王逸《楚辞章句》的次序，是《惜诵》《涉江》《哀郢》《抽思》《怀沙》《思美人》《惜往日》《桔颂》《悲回风》。《桔颂》一篇大约是屈原的早年作品外，其他各篇均是屈原两次流放（汉北、江南）时所作。

《天问》是一篇规模宏大、体制瑰奇的长诗。全诗采用问句体写成，提出一百七十多个问题，包括邃古之初、宇宙洪荒，也包括诗人目前的处境等，神话传说杂陈，历代兴亡并举。东汉王逸认为屈原放逐在外，心怀愁思，见楚有先王之庙及公卿祠堂，图画天地山川神灵，及古贤圣怪物行事，"因书其壁，呵而问之"，遂成此诗（见《天问章句序》）。全诗分三个部分，前半部是关于大自然的神话、传说史。后半部分是夏、商、周的兴亡史，尾声则是忧国伤己的感喟。唐代的柳宗元作《天对》以为呼应，现代一些学者还据此考订楚国的神话与历史传说。

《远游》，以前似无人质疑其著作权问题。近代以来，有人提出怀疑，譬如郭沫若先生就认为这篇作品很可能是司马相如《大人赋》的初稿。否定屈原作品的人认为，诗中所写的"惟天地之无穷兮，哀人生之长勤。往者余弗及兮，来者吾不闻"的思想过于消极，似不应是屈原所有。其实，这恰恰表现了楚地风格，也表现了屈原思想的复杂性。东方朔《七谏》："往者不可及兮，来者不可待。"庄忌《哀时命》："往者不可扳援兮，来者不可与期。"两者均本《远游》。此前还有《论语》载楚狂接舆歌："凤兮！凤兮！何德之衰。往者不可谏，来者犹可追。已而！已而！今之从政者殆而！"① 往后也有陶渊明《归去来兮辞》："归去来兮，田园将芜胡不归？既自以心为形役，奚惆怅而独悲！悟已往之不谏，知来者之可追；实迷途其未远，觉今是而昨非。"这些写法，还有这些思想，都与楚地有关，甚至可能是楚地普遍流行的观念。

《卜居》和《渔父》两篇，近代也有学者怀疑不是屈原的作品，如朱东润认为"《远游》《卜居》《渔父》是三篇幼稚而浅薄的作品，其完成的时代，不会早于西汉后期。"② 但是很多学者根据其用韵为先秦旧音，推断是屈原弟子或崇拜者如宋玉、唐勒、景差等人所作。他们深知屈原的生活与思想，同情屈原的遭遇，所以写得入情入理。《招魂》，王逸标为宋玉所作，但司马迁明确标注是屈原作品，很可能是为追悼楚怀王而作。

当然，上述作品即使不全出于屈原之手，但为楚人所作则是可以肯定的。这是因为，楚地向来就有诗乐舞合一的悠久传统。譬如《孟子》记载《沧浪歌》："沧浪之水清兮，可以濯我缨；沧浪之水浊兮，可以濯我足。"又见载于《楚辞·渔父》。《说苑》记载《越人歌》："今夕何夕兮，搴舟中流。今日何日兮，得与王子同舟。蒙羞被好兮，不訾诟耻。心几烦而不绝兮，得知王子。山有木兮木有枝，心悦君兮君不知。"据说也出自楚人的手译。可以这样说，以屈原创作为核心的楚人诗歌创作，构成了楚歌的主体风貌，风行于战国中后期。宋人黄伯思《东观余论》说："书楚语，作楚声，纪楚地，名楚物。"凡此，均可谓之楚歌。

楚歌的盛行，当然与楚国的遭遇密切相关。战国中期，楚为强国，

① 楚狂接舆又见《九章·涉江》。
② 见前引《〈离骚〉以外的"屈赋"》。

却由于一系列错误的政策，导致灭亡，致使楚怀王也客死秦地。楚人范增说："秦灭六国，楚最无罪。自怀王入秦不反，楚人怜之至今，故楚南公曰：楚虽三户，亡秦必楚。"① 可见楚人对秦衔恨之深。秦楚联姻，楚对秦一直奉行友好政策，结果却屡次挨打受气，直至亡国，楚人实在不服。楚亡之后的十四年（公元前 209 年），即秦二世元年，以楚人陈胜、吴广为首的农民起义，即以"张楚"为国号，清楚地表明了扩张楚国声威的决心和意志。此后，沛国刘邦、下相项梁与侄项羽等纷纷响应，高唱着楚歌，汇成以楚人为主体的灭秦浪潮。

其实，秦朝统一中国，秦声本应可以成为一时"新声"的。李斯《谏逐客书》称："夫击瓮叩缶，弹筝搏髀，而歌呼呜呜快耳者，真秦之声也。"宣帝时的杨恽也称："家本秦也，能为秦声。妇，赵女也，雅善鼓瑟。奴婢歌者数人，酒酣耳热，仰天拊缶，而呼呜呜。"秦声呜呜，仰天高亢，其遗风余绪，似仍见存于今天的秦腔。然而秦朝统一中国的时间实在太短促了，很快就为楚人所代替，自然，具有悠久传统的楚歌就不仅在江淮流域传唱，而且传播到黄淮之间、关中地区、甚至在黄河以北地区也盛行开来。公元前 202 年，在秦末混战中崛起的乱世群雄，在皖南展开了最后的较量。项羽被刘邦率领的汉兵重重包围在垓下，夜晚听见四面都是楚歌，以为汉人已占领了楚地，惊诧万分。其时，有美人名虞，骏马名骓，与项羽朝夕相处，眼见得将随自己走向末路，悲凉之感涌上心头，不由悲歌一曲。其慷慨悲凉之调，千古以下，仍令人扼腕悲叹：

> 力拔山兮气盖世，时不利兮骓不逝。
>
> 骓不逝兮可奈何，虞兮虞兮奈若何。

项羽连唱数遍，虞姬和曰："汉兵已略地，四面楚歌声，大王意气尽，

---

① 《史记·项羽本纪》。三户，通常认为指三户人家，如《史记集解》引臣瓒曰："楚人怨秦，虽三户犹足以亡秦也。"韦昭确指三户为"楚三大姓昭、屈、景也。"而《史记索隐》则认为是地名。

贱妾何乐生。"闻者莫不悲泣。这就是有名的《垓下歌》。项羽的结局是众所周知的，逃到乌江边，乌江亭长让他乘小船东渡乌江，作江东霸王。在最后时刻，项羽显得异常冷静。他说："天之亡我，我何渡为？且籍与江东子弟八千人渡江而西，今无一人还，纵江东父兄怜而王我，我何面目见之？"最后短刃厮杀，自刎身亡。

八年以后，公元前 195 年，汉高祖刘邦，平定黥布后，返回长安，路过沛地。衣锦还乡，他得意洋洋，召集家乡父老，饮酒作乐，酒酣耳热之际，击筑自歌：

> 大风起兮云飞扬，威加海内兮归故乡。安得猛士兮守四方？

当时有 120 人组成大合唱，反复再三，人称《三侯之章》。全诗虽二十三字，但志气慷慨，规模宏远，凛然已有奠定四百年基业的霸气。刘邦还有一首《鸿鹄歌》，是当着戚夫人面唱的。戚夫人知道自己的儿子不能立为太子，便在刘邦前哭泣。刘邦说："为我楚舞，吾为若楚歌。"所谓楚歌，通行本为四言诗，题作《鸿鹄歌》："鸿鹄高飞，一举千里。羽翮已就，横绝四海。"而此诗在《古乐府》中依据史传题作《楚歌》，吟唱时是有"兮"字的，是典型的楚歌。

刘邦身后，楚歌仍然为上层人士所欣赏，所演唱。汉惠帝时，吕后以家族之女嫁给刘邦的儿子赵王刘友，刘友不爱她。这位吕氏女就向吕后谗言，吕后大怒，把刘友软禁起来。刘友在饥饿中作了这样一首歌：

> 诸吕用事兮刘氏微，迫胁王侯兮强授我妃。
> 我妃既妒兮诬我以恶，谗女乱国兮上曾不寤。
> 我无忠良兮何故弃国？自绝中野兮苍天与直。
> 于嗟不可悔兮宁蚤自财，为王饿死兮谁者怜之？
> 吕氏绝理兮托天报仇！

其下场也就可想而知，赵王最后被幽闭而死，谓之赵幽王。因此，这首楚歌，实际上也是一首悲愤的绝唱。燕王刘旦，封国在今北京地区，因叛乱罪被霍光追捕，临终时也低吟楚歌："归空城兮，狗不吠，鸡不鸣，横术何广广兮，固知国中之无人！"华容夫人也起舞而歌："发纷纷兮寘渠，骨籍籍兮亡居。母求死子兮，妻求死夫。裴回两渠间兮，君子独安居？"由此可见"楚歌"已经传唱大江南北。

作为一代雄才大略的君主，汉武帝不仅在政治、军事方面有杰出的才能，就是在诗歌创作上，也不同凡响。他的代表作是《秋风辞》，见于《汉武故事》，诗曰：

> 秋风起兮白云飞，草木黄落兮雁南归。
> 兰有秀兮菊有芳，怀佳人兮不能忘。
> 泛楼船兮济汾河，横中流兮扬素波。
> 箫鼓鸣兮发棹歌，欢乐极兮哀情多，少壮几时兮奈老何！

诗歌的创作背景是在秋风萧瑟的季节，故以秋风起兴，引发了怀念故人的情思，感叹人生苦短。一、二句本《大风歌》，三、四两句源自《湘夫人》："沅有茝兮醴有兰，思公子兮未敢言。"明显受到楚歌风格的影响。

西汉时期，不仅帝王皇室好作楚歌，就是武将大臣也熟悉楚调。李陵与苏武身陷匈奴，汉朝请求放还，匈奴允许苏武归汉。苏武将行，李陵置酒饯别："异域之人，壹别长绝"，因起舞而歌：

> 径万里兮度沙漠，为君将兮奋匈奴。
> 路穷绝兮矢刃摧，士众灭兮名已隤。
> 老母已死，虽欲报恩将安归？

随着汉武帝罢黜百家、独尊儒术，并恢复采诗制度，思想界百川归一，礼乐文化成为主流。与此同时，为了享乐和各种典礼的需要，朝廷举行了大规模的采诗活动。一些民间诗歌被收集到宫廷中来，其中有不少是五言句式，影响日益扩大，而楚歌的影响则越来越小。但是，这已经是在汉朝建国一百多年以后的事了。东汉以后，虽然还有梁鸿《五噫歌》、张衡《四愁诗》、徐淑《答秦嘉诗》、蔡琰《悲愤诗》等楚歌句式，但已是强弩之末。武帝以后，五言诗逐渐引人瞩目，成为文坛主流。楚歌精华，更多地为汉赋吸收。《汉书·艺文志》论赋的源流有四类，其中之一就有屈原赋。

　　楚歌，曾作为一代文学的杰出代表，从此退出了中国诗坛的中心位置。

论庄子小说的奇趣怪味

陆永品

三个问题：一是为庄子是中国小说之祖作正名；二是讲庄子小说的艺术特色；三是讲庄子作为哲人道人，他的小说非同凡响。

一　关于庄子是中国小说之祖的问题

中国对于小说的概念的界说，自古以来就含混不清，因而对小说的源头的认识，自然也就产生了不同的看法。中国学者撰写中国小说史论著，这也只是近代以来的事。然而，对中国小说源头的认识，似乎已经形成了固定的传统看法，即认为中国魏晋南北朝小说是中国小说的源头。其实，此种传统的观念及其认识，未必就是正确的，理由有三点，这里只做一些简要的论述。

关于小说的概念，汉代学者即有界说。东汉桓谭就曾对小说的概念和社会功能作过明确的阐述，他说："小说家合残丛小语，近取譬喻，以作短书，治身理家，有可观之辞。"① 并说："庄周寓言，乃云尧问孔子，《淮南》云共工争帝，地维绝，亦皆为妄作。故世人多云短书不可

---

① 李善注《文选》三十一引《新论》。

用。"所谓"妄作",即杜撰之作。

稍后,班固对小说的概念和功能,似乎又做了"权威"性的阐释。他说:"小说家者流,盖出于稗官。街谈巷语,道听途说者之所造也。孔子曰:'虽小道,必有可观者焉,致远恐泥。'是以君子弗为也,然亦弗灭也。闾里小知者所及,亦使缀而不忘,如或一言可采,此亦刍荛狂夫之议也。"① 并列《师旷》六篇等十五家。且不论他们对小说概念及其社会功能的阐释和认识是否正确,起码可以说明,在汉代以前即有小说存在。此其一。

从桓谭和班固对小说概念和社会功能的阐释和认识,说明汉代学者是用儒家的观点来看待小说的,因此,他们的看法并非正确。直到唐代,魏征等在编撰《隋书·经籍志》时,方对小说的社会功能给予足够的重视。《隋书·经籍志》说:"《易》曰:'天下同归而殊途,一致而百虑'。儒、道、小说,圣人之教也,而有所偏……亦可以兴化致治者矣。"所谓"有所偏",是说儒、道、小说,都是"圣人"之教,皆可以"兴化致治",只是有所偏重不同罢了。应当说,魏征等人对小说社会功能的认识是正确的,汉代学者对小说概念的界说及其对小说社会功能的认识,是不足为据的,并不能作为衡量小说的圭臬。此其二。

对于中国小说之滥觞,中国古代不少学者早就有过许多精辟的见解。比如,明代小说大师冯梦龙在《古今小说·叙》中说:"史统散而小说兴,始乎周季,盛于唐,而浸淫于宋。韩非、列御寇诸人,小说之祖也。"胡应麟认为,《师旷御晋平公》《晋治氏女徒》(《汲冢琐语》) 为"古小说之祖"。② 清代纪昀认为,《山海经》"侈谈神怪,百无一真",亦是"小说之祖"。③

天僇生(王钟麒)在其论文《中国历代小说史论》中指出:"自黄帝藏书于小酉之山,是为小说之起点。此后数千年,作者代兴,其体亦

---

① 《汉书·艺文志》。
② 《少室山房笔丛》。
③ 《四库全书简明目录》。

屡变。"① 此说太遥远，似有"羚羊挂角，无迹可求"之感。然而，凡此等等，都说明我国古代不少学者并不认为魏晋南北朝小说为中国小说的滥觞。今人对中国小说的源头，亦有许多不同的看法。1958年，上海古籍出版社出版的《师旷》一书，封面即标明为"古小说辑佚"。《晏子春秋》，亦被视为"古典小说集"②。《燕丹子》，清代孙星衍认为此书作于史迁、刘向之前，被认为"是一部古小说"③。最近几年出版的几种《中国历代小说选》，亦把汉代韩婴的《韩诗外传》、刘向的《列女传》、赵晔的《吴越春秋》、应劭的《风俗通义》等书中的一些作品，选入小说选本中。已故吴世昌和胡念贻两位先生，生前亦都写过探讨先秦小说的文章。方勇的《论先秦小说》④ 论文，对先秦小说的诸多问题，进行了比较科学的论述。根据上述情况，足以说明，古代和现代当代许多学者并不认为魏晋南北朝小说为中国小说的源头。此其三。

我认为，有充分的理由论断，中国小说的源头在先秦。《庄子》书中，小说佳作颇多，因此，庄子应当是中国小说之祖。我认为庄子是中国小说之祖，并非是主观臆断，早在我国宋代，著名学者黄震就主此说。黄震说："庄子以不羁之才，肆跌宕之说，创为不必有之人，设为不必有之物，造为天下必无之事，用以眇末宇宙，戏薄圣人，走弄百出，茫无定踪，固千万世诙谐小说之祖也。"⑤ 虚构人、物和事件以构成完整的故事，这正是小说区别于其他文学样式的主要标志。庄子作品中的人、物、事，大都是虚构的，故事完整，恣肆跌宕，茫无定踪，嬉笑怒骂，"戏薄圣人"，黄氏谓庄子为"千万世诙谐小说之祖"，并非戏言。遗憾的是，过去中国古典文学研究界，对黄氏的此种精辟见解，并没有引起重视，以致贻误了时机，影响了开拓中国小说研究的新领域。应当认识到，中国历史上有许多问题，还没有得到正确的认识；其中有

① 黄霖、韩同文编《中国历代小说论著选》，下册，江西人民出版社，1985。
② 吴则虞：《晏子春秋集释·序言》。
③ 《燕丹子》（标点说明），中华书局，1985。
④ 此文收入《俞平伯先生纪念文集》，巴蜀书社，1992。
⑤ 《黄氏日钞·读诸子·庄子》。

些问题，并非是一朝一夕能够解决的，必须经过好几代人的反复认识、反复论证，才能得到解决。对于中国古代小说，也必须用新的观点、新的方法，从新的角度进行研究，才能拓宽研究的领域，给小说研究注入新的活力。

讲到这里，为什么说庄子是中国小说之祖的问题，就解决了。

二　讲庄子小说的艺术特色

庄子小说取材较广，因而其小说种类亦较多，大致可分寓言小说、志怪小说、历史小说和社会小说四类。对此四类小说，这里不分别论述。庄子小说最为显著的特色，有四方面：一是历史人物，面貌一新；二是塑造形象，新颖奇特；三是故事生动，饶有情趣；四是宣扬道义，高深莫测。对此诸多问题下面分别予以论述。

其一，历史人物，面貌一新。庄子小说中所描写的历史人物，并非保留历史人物的原貌，作者都按照自己的思想，对历史人物做一番脱胎换骨的改造，注入新的血液，赋予其崭新的面貌。如庄子小说中出现的黄帝、尧、舜、禹、老子、孔子、跖等历史人物，都与其原来的历史人物面貌迥然不同。黄帝是传说中的中国远古时代的五帝之一，教诲初民播种五谷草木，劳勤心力耳目，节用水火材物。黄帝又是传说中的道家的始祖。《汉书·艺文志》记载，《黄帝君臣十篇》，注曰："起六国时，与《老子》相似。"汉代称道家为"黄老"①，即本于此。然而，庄子小说中的黄帝，却被描写成不懂"长生"之道，不晓"无为而治"的平庸之辈。庄子有两篇小说，即把黄帝塑造成此等人物。一篇是写黄帝问广成子以"至道"（《庄子·在宥》）的小说，说黄帝立为天子十九年，令行天下。黄帝听说广成子修身一千二百岁，住在空同之山，便去问他"至道之精"，"以佐五谷，以养民人。"广成子非常藐视黄帝，把

---

① 学术界有的学者认为，"黄老"为"黄老道"，与道家别为一道，其说非是。详见拙文《论道家的产生及其发展》。

他看成不懂"至道"的俗人，并批评黄帝说："自而治天下，云气不待族而雨，草木不待黄而落。日月之光日益荒矣！而佞人之心翦翦者，又奚足以语至道！"黄帝受到广成子的批评和奚落，便捐天下，筑室独居，席白茅，闲居三月，然后复往求教于广成子。当时，广成子南首而卧，黄帝顺下风，膝行而进，再拜稽首而问："治身，奈何而可以长久？"广成子听到黄帝改变"佐五谷、养民人"的治国初衷，而问"长生"之道，便蹶然而起曰："善哉问乎！"于是便告诉黄帝"至道之精"和"长生"之术。广成子说："至道之精，窈窈冥冥；至道之极，昏昏默默。无视无听，抱神以静，形将自正。必静必清，无劳女形，无摇女精，乃可以长生。目无所见，耳无所闻，心无所知，女神将守形，形乃生长……"活画出广成子这个道家的形象。广成子还告诉黄帝说："得吾道者，上为皇而下为王；失吾道者，上见光而下为土。"并声称："余将去女，入无穷之门，以游无极之野。吾与日月参光，吾与天地为常……人其尽死，而我独存乎！"广成子把"至道"说得虚无缥缈，神秘莫测；把自己说成与日月齐光、与天地为常的长生不死的神人。黄帝却成为渺小的凡夫俗子。刘凤苞评论此篇小说道："如此篇驳倒黄帝，真足令治天下者，嗒然自丧，不敢有所作为。"①

庄子另一篇写黄帝问牧马童子"为天下"之道（《庄子·徐无鬼》）的小说，亦把黄帝描写成非懂"无为而治"的庸人。牧马童子则是深谙"至道"的天师。牧马童子告诉黄帝："夫为天下者，亦奚以异乎牧马哉！亦去其害马者而已矣！"意谓治天下，要顺应自然，"无为而治"；否则，沉迷于强治天下，就会有害于天下。以牧马之道，来比喻治天下。由此可见，庄子小说中的黄帝，与史书上记载的黄帝形象判若两人。庄子小说中的黄帝，是小说家的再创造，自然不能同史书中的黄帝形象等量齐观。

讽刺儒士，奚落孔子，已成为庄子小说的一种鲜明主题。司马迁

---

① 《南华雪心编》卷三。

说："道不同，不相为谋。世之学老子者则绌儒学，儒学亦绌老子。"①所以，庄子小说中孔子的形象，同历史上孔子的形象不同，则变成了另一种人格。庄子"戏薄圣人"，即谓此。自然，我们不能以庄子小说中孔子的言行，去评价孔子。庄子小说中所描写的儒士，亦是虚构人物，并非历史真实。今人写历史小说，讲究基本符合历史真实，庄子随心所欲，并不讲究这个。

"庄子与鲁哀公论鲁服"（《庄子·田子方》）的小说，具有深刻的讽刺意味。写庄子见鲁哀公，鲁哀公对庄子说："鲁多儒士，少为先生方者。"意谓鲁国儒士甚多，没有什么人会去学习先生的道家学说。庄子却说："鲁少儒。"哀公说："举鲁国而儒服，何谓少乎？"庄子说："周闻之：儒者冠圜冠者知天时，履句屦者知地形，缓佩玦者事至而断。君子有其道者，未必为其服；为其服者，未必知其道也。公固以为不然，何不号于国中曰：'无此道而为此服者，其罪死！'"于是哀公号之五日，而鲁国无敢儒服者。唯独有一丈夫，儒服而立于公门。哀公即召而问以国事，千转万变而不穷。庄子看到此情，便说："以鲁国而儒服者一人耳，可谓多乎？"小说讽刺"儒士"虚伪者甚多，大都故作姿态，沽名钓誉，自欺欺人。刘凤苞评论此篇小说谓："甚矣！真儒之少也，为鲁国慨叹。即以碱砭天下后世之为儒者。李太白有《嘲鲁儒》诗，盖从此脱化而去。"②可见，小说批评儒士，是针对时弊而发，具有普遍的社会意义。从历史角度而言，鲁哀公去庄子二百余年，小说中的鲁哀公与历史上其人，亦殊不相同。小说中的鲁哀公经过庄子的改造，已经面貌一新，成为徒有其名的子虚乌有先生。

"盗跖教训孔子"（《庄子·盗跖》）的小说，可谓惊世骇俗，颇为引人瞩目。"盗跖"，有的说他是黄帝时人，有的则说他为秦国人，总之，他与春秋末年的孔子，相距甚远，作者硬把他们扯在一起，让"盗跖"教训孔子，真是想入非非，令人叹为观止。小说写"盗跖"从

---

① 《史记·老子韩非列传》。
② 《南华雪心编》卷五。

卒九千人，横行天下，侵暴诸侯。穴室枢户，驱人牛马，娶人妇女；贪得忘亲，不顾父母兄弟，不祭先祖。所过之邑，大国守城，小国入保，万民苦之。把一个古代人民起义领袖，描绘成十恶不赦的大盗的形象，真是骇人听闻，令人毛骨悚然。就是盗跖此等人物，孔子竟然要去说服他改恶从善，悔过自新。孔子卑躬屈膝，求见盗跖。当时，盗跖方休卒大山之阳，脍人肝而铺之。谒者通报，孔子来见。盗跖闻之大怒，目如明星，发上指冠，指名痛斥孔子说："此夫鲁国巧伪人孔丘非邪？为我告之：尔作言造语，妄称文武，冠枝木之冠，带死牛之胁，多辞谬说，不耕而食，不织而衣，摇唇鼓舌，擅生是非，以迷天下之主；使天下学士不反其本，妄作孝弟，而侥幸于封侯富贵者也。子之罪大极重，疾走，归！不然，我将以子之肝益昼铺之膳。"而孔子仍然低声下气，再次求见盗跖。孔子趋而进，避席而走，拜见盗跖。盗跖两展其足，案剑瞋目，声如乳虎，曰："丘前来！若所言，顺吾意则生，逆吾意则死！"孔子听完盗跖的教训，再拜趋走，出门上车，执辔三失，目茫然无所见，色若死灰，据轼低头，不能出气。小说写盗跖教训孔子，以及对盗跖和孔子形象的刻画描写，极为生动形象，精彩动人，扣人心扉，堪称小说家的绝妙之笔[①]。

庄子小说中的诸多历史人物，尽管姿态百出，人物各异，然而亦尽如作者塑造黄帝、孔子、盗跖的形象一样，皆赋予其新的思想，新的面貌，让他们在特定的历史舞台上，认真地表演，尽情地歌唱。而这诸多历史人物，毕竟是经过作者艺术化了的人物，与历史上的其人其事，是不能同日而语的。

其二，塑造人物，新颖奇特。刘熙载说庄子"意出尘外，怪生笔端"[②]，的确道出庄子小说异想天开、雄奇瑰丽、新颖奇特的特点。

庄子小说塑造的形形色色的不同人物，皆与儒家学派的人物大异其趣。庄子笔下的人物形象，无不深深打上道家思想的烙印，新异奇特，

---

① 苏轼认为，《庄子》中《盗跖》《说剑》《渔父》等并非出自庄子手笔（《庄子祠堂记》），完全是主观臆断。后世学者步苏子后尘，认定这几篇为伪托，亦不足为据。

② 《艺概·文概》。

走弄百出。庄子主张顺应自然、安时处顺，认为妄为即有害，或害一己，或害天下。在其反映此种思想的小说中，他所描写人物的言行举止、音容笑貌，与庄子的这种思想如出一辙。如"老聃死，秦失吊之"（《庄子·养生主》），写老子故去，友人秦失前往吊唁，号哭三声而出。对他此种表现，其弟子深感惊讶，便问道："非夫子之友邪？"秦失说是他的朋友。弟子又问："然则吊焉若此，可乎？"秦失说可以。于是，他就把"号哭三声而出"的原因，告诉弟子。他说先前，以为老子是平常之人，现在看来，老子并非常人。刚才，去吊唁老子时，看见老者哭他，如哭其子；少者哭他，如哭其母。他们所以聚会到此吊唁老子，必然有不想吊唁而吊唁、不想哭而哭之。他们如此吊唁和哭老子，皆失去天性、违背真情。因为他们不知道，老子生时是应时而来；死时是顺时而去。"安时处顺，哀乐不能入"。在古代，这叫"悬解"（即天帝之桎梏被解除）。秦失说他吊唁老子，三号而出，正是这个原因。通过此篇小说，我们不难看到，秦失这种奇怪的形象及其反常表现，正是庄子安时处顺、哀乐不入的养生之道的曲折反映。对于一般并非精通庄学的人来说，像庄子笔下秦失此等奇人，是难以理解的。甚至古代有的著名治庄学者，由于一时疏忽，对于秦失的反常表现，亦百思不得其解。如清代治庄学者林云铭，他对庄子此篇小说的旨趣何在，就寻觅不出答案。因此，他说："本题（按指《养生主》）是养生，说及死，已为奇矣。乃吊而不哭，反对夫人之哭，尤为奇也。及怪夫人之哭，因怪死者有以致其哭，吾不知其从何设想？大奇！大奇！"① 从林氏惊乎秦失这个人物为"大奇"，"不知其从何设想"，亦正可说明庄子小说塑造人物新颖奇特的突出特点。

为了更加突出地表现其不能妄为，而应顺应自然的主题，庄子还塑造一些群体人物形象，以加重表现作品的主题思想。如子祀、子舆、子犁和子来四人为友（《庄子·大宗师》）的小说，其中所描写的这样四个人的离奇古怪、超出常人的表演，正是为了表现其不能妄为，而应顺

---

① 《庄子因》卷一。

应自然的旨趣。此等四人，谈吐非凡，设想离奇，相互谈话说："孰能以无为首，以生为脊，以死为尻；熟知生死存亡之一体者，吾与之友矣。"四人相视而笑，莫逆于心，遂相与为友。小说开头，就把他们描写成为体道者的形象。接着，小说写过了不久，子舆有病，子祀前去慰问。子舆感叹地说："伟哉！夫造物者将以予为此拘拘（按拘挛不直貌）也。"意思是说：造物者让他鸡胸驼背、头下垂而背拱，五脏脉管在上，面颊隐藏在肚脐里，肩高于头顶，颈椎指天，阴阳之气错乱不调。但其心地宽闲，若无其事。他蹒跚而行，鉴于井说："嗟乎！夫造物者又将以予为此拘拘也。"子祀问他："女恶之乎？"答曰："亡！"并且侃侃陈词说：假若把我左臂变为鸡，我就用来报晓；假若把我的右臂变为弹，我就用来打鸮鸟，烤肉吃；假若把我的尻骨变为车轮，把我的精神变为马，我就用来当车乘。接着，他又感叹地说："且夫得者，时也；失者，顺也。安时而处顺，哀乐不能入也，此古之所谓悬解也……吾又何恶焉！"意谓他并不厌恶造物者把他变成此等丑恶形象。小说写又过了不久，子来有病，喘喘然将死，其妻环而哭泣。子犁前去慰问，便呵斥人们避开，不要惊恐子来的生死变化。他倚其户与其语说："伟哉造化！又将奚以汝为？将奚以汝适？以汝为鼠肝乎？以汝为虫臂乎？"子犁的问话，不着边际，真是荒唐可笑。不过，通过子犁的奇怪问话，说明他认为子来的死去，如同大自然的变化一样，是不足惊怪的，也不值得悲伤。更加奇怪的是，子来的回答，更是令人微妙难识。他说："父母于子，东西南北，唯命之从。阴阳于人，不翅于父母。彼近吾死而我不听，我则悍矣，彼何罪焉？"意思是说：阴阳（按即道）要他死，他不听，真是凶顽不顺，大道是没有罪的。言外之意，是说他应当安时处顺，听从造物者的安排。在这里，我们不难看出，庄子小说的荒诞神奇，就在其小说中的人物新颖奇特、怪态百出。庄子就是通过小说中此等神奇的人物，"以谬悠之说，荒唐之言，无端崖之辞"，出神入化的灵境，来表现他所宣扬的不要妄为，而应当顺应自然的深邃哲理和道义的。刘凤苞赞赏此篇小说道："不规一格，一似有意出奇！"又云："抉天人之奥，破生死之关，爽若哀梨，快若并翦，几于辩才无碍，独擅其长……灵气往来，融成一片，正见四人之莫逆心也。后来著述家，惟有龙门子长有此神境。"① 作为庄学大师，此种见解，的确颇具慧眼，不同凡响。但是，庄子小说中所虚构的荒诞神奇人物，亦并非凭空而来，都可以从自由旷达、不受约束的庄子的个性得到印证。庄子是个幽默诙谐、具有高深道义和丰富哲理的学者，他的小说所塑造的各种奇特人物，"不规一格"，多如繁星，变幻莫测，层出不穷，犹如傀儡纷纷登场，令人目不暇接。也可以这样说，蒲松龄的《聊斋志异》，大都以鬼妖狐怪，翩翩起舞，而令人倾倒。而庄子的小说，却以奇人怪人纷纷登场做戏，而令人拍案叫绝。不仅《庄子·德充符》中神态各异的丑怪之人，令人目不暇接，能给人以美的享受，即使庄子用浪漫主义笔法创作的小说，其艺术成就与西洋小说拉伯雷的《巨人传》相比，亦有过之而无不及，能给人以无穷的乐趣。如"任公子为大钩巨缁"（《庄子·外物》）的小说，写任公子以五十头犍牛为钓饵，蹲在会稽山上，投竿东海，旦旦而钓，一年不得鱼。之后，大鱼食饵，牵动互钩，馅没海水，鹜扬奋鬐，白波若山，海水震荡，声侔鬼神，惮骇千里。任公子把此鱼剖开晒干，浙江以东，九嶷山以北，人们皆能饱餐此鱼。作者创作此篇小说，其主旨是讽刺"饰小说以干县令，其于大达亦远矣"。其中深奥的思想，在此，我们姑且不去讨论。从艺术上而言，庄子以如此夸张笔法，写出如此惊天地、动鬼神的艺术结构，此等奇人奇事，在世界文库中亦颇为罕见。可见，刘熙载说庄子"意出尘外，怪生笔端"，并非虚言。

其三，故事生动，饶有情趣。一般说来，作为小说而言，大都具有故事生动、饶有情趣的特点。若与庄子小说相比，一般小说的此种特点就会顿然失色。我们说庄子小说故事生动、饶有情趣，是因为它的故事情节鲜明生动，人物形象活泼逼真，呼之欲出，跃然纸上，能叩人心扉，令人喜闻乐见，具有强烈的戏剧性和诱人的艺术魅力。"老聃死，秦失吊之""盗跖教训孔子""任公子为大钩巨缁"等是这样，庄子反

① 《南华雪心编》卷一。

映"绝圣弃智"而民自化，葆于常真而不失至变，守气全神而可以养生等小说，亦充分表现了作者此种非凡的艺术才能。

"宋元君夜半而梦人被发窥阿门"（《庄子·外物》），就写得趣味盎然，颇有戏剧性。小说开端即引人入胜，写宋元君夜半，梦见有人被发窥阿门。被梦之人，是何许人？并非是人，却是一个"神龟"。神龟见梦，告诉宋元君：我来自宰路（渊名）之渊，作为清江的使者，被派往河伯之所办事，却被渔人余且捕捉。我来请求你拯救于我。翌日，宋元君会朝，令余且献龟。宋元君得五尺白龟，欣喜若狂，是杀之，是活之，举棋不定。占卜，卜者说："杀龟以卜吉。"遂杀白龟，用来占卜，七十二钻，无不灵验。小说的篇幅并不长，故事情节却生动曲折，颇有情致。白龟见梦，宋元君会朝，余且献龟，卜者说"杀龟以卜吉"，杀龟，占卜而无不灵验等，故事情节波澜起伏，曲折动人，颇有戏剧性。作者唯恐读者窥视不到小说的旨趣所在，最后又让孔子登台表演，点明主旨说：智有所困，神亦有所不及；去小智而大智明，去善而自善。极其生动形象地反映了老庄"绝圣弃智"而民自化的思想。

庄子小说设计的故事情节和刻画的人物形象，都是经过作者的匠心独运、精心设置和描写的，故事情节较为复杂，人物形象较为丰满，并不像先秦寓言和神话故事情节那样简单、人物形象那样干瘦。"孔子见老聃"（《庄子·田子方》）小说，把孔子求教于老子的形象，刻画得更加栩栩如生、活灵活现。老子作为道家的化身，其形象刻画得越发逼真。他们师生却代表儒与道两派，道术不同，形象殊异，在庄子给他们设置的文艺舞台上，都作了充分的表演。小说写孔子去见老子，看见老子新沐，在披发而干，全神贯注，呆若木鸡，好似非人。孔子对自己看见的老子的此种形象，产生了怀疑，以为是自己眼花缭乱，老子并非真的就是此种形象。因此，便问老子："丘也眩与？其信然与？向者，先生形体掘若槁木，似遗物离人而立于独也。"老子说："吾游心于物之初。"小说开头把孔子同老子的简短交谈，及其对他们形象的描绘，就非同凡响，颇能扣人心弦，令人产生浓郁的悬念。接着，就写孔子向老子提出许多问题，诸如什么叫"游物之初"？怎样游虚无之道？以及游虚无之道的方法等。老子对于孔子提出的问题都作了回答。说明行小变不失大常，喜怒哀乐不入胸次；视四肢百体为尘垢，死生终始为昼夜；至人之德，无为而自然，若天之自高，地之自厚，日月之自明，不修而自能焉等，用道家思想教诲了孔子。孔子说："丘对于道，就好像醋中的蠛蠓，没有夫子的启迪，就不会知道天地之大全"。此篇小说之所以会使人产生浓厚的兴趣，就在于它反映了儒、道殊途，塑造了新奇怪诞的形象，体现了道体微妙难识的异境奇趣。刘凤苞说此篇小说："末句收到天地之'大全'二字极妙，天地是个囫囵的，而万物并包于其内。无物之象，有物之精，得其最初者，乃能超出于万物之外。得其大全者，乃能主宰乎万物之中。前后俱觑定一'真'字，其行文则大含元气。"① 把一篇旨趣，说得最为透彻。

"桓公田于泽"（《庄子·达生》），写得生动泼泼，妙趣横生，洋溢着乐观的精神，更能令人赏心悦目，在庄子小说中又是一格。小说写桓公田猎而见"鬼"，管仲御，公抚管仲手说："仲父何见？"管仲说："臣无所见。"桓公返，呻吟成病，数日不出。齐士皇子告敖告诉桓公说："公则自伤，鬼恶能伤公。"于是，就把桓公得病的原因讲述一番。皇子说桓公："忿滀之气，散而不反，则为不足；上而不下，则使人善怒；下而不上，则使人善忘；不上不下，中身当心，则为病。"桓公听完皇子的话，仍然追问："有鬼乎？"皇子明白桓公的心病，因而故意说有鬼，就把自己杜撰的各种怪物，如"泽有委蛇"等等，向桓公述说一遍。桓公问："委蛇之状何如？"皇子说："委蛇，其大如毂，其长如辕，紫衣而朱冠。其为物也，恶闻雷车之声则捧其首而立。见之者殆乎霸！"由于皇子此话，正符合桓公急于称霸的心理，所以桓公辴然而笑说："此寡人之所见者也！"于是正衣冠与皇子坐，"不终日而不知病之去也"。故事生动形象，滑稽可笑，颇有讽刺意味。总之，庄子小说的故事情节，大都有戏剧性，具有百读不厌的效果。

其四，宣扬意义，高深莫测。我们可以看到，对于庄子来说，无论

---

① 《南华雪心编》卷五。

是志怪小说、历史小说、寓言小说，还是反映现实的社会小说，其中蕴含的深邃道义和哲理，皆费人索解、高深莫测。所以，在读庄子小说时，往往会感到犹如坠入十里云山，寻觅不到蹊径所在。若不深谙老庄之道，其主旨并非在于批判儒道、戏弄"圣人"，而是在宣扬养生之道。我们从盗跖教训孔子的一段话中，即可清晰地看到小说的主旨所在。盗跖说："今吾告子以人之情：目欲视色，耳欲听声，口欲察味，志气欲盈。人上寿百岁，中寿八十，下寿六十，除病瘦死丧忧患，其中开口而笑者，一月之中不过四五日而已矣。天与地无穷，人死者有时。操有时之具，而托于无穷之间，忽然无异骐骥之驰过隙也。不能说其志意，养其寿命者，皆非通道者也……子之道，狂狂汲汲，诈巧虚伪事也，非可以全真也，奚足论哉！"显而易见，小说的主旨是在宣扬悦志意、养寿命，逍遥无为的"全真"思想。前面谈到的"桓公田于泽"那篇志怪小说，似乎表面是在说明精神作用，可以起死回生，其实它深蕴的主旨亦是在宣扬庄子的养生之道。清代的庄学大师们，早就看破它的庐山真面目。宣颖说："神摇则病生，神释则病去。神之系于人也如是，使桓公知养神，鬼无能侵之。"[①] 刘凤苞说："借证桓公之病，以明养生之道，在守气而全神。"[②] 所以，有人说此篇小说的主旨是："说明精神因素对人生命的作用，既可以致人于死地，也可以救死回生。"[③]

庄子小说取材广泛，描写形式多种多样，因此，他宣扬道义和哲理的小说也变化多端，扑朔迷离。乍看起来，有时好像它的主旨在此，经过反复探究，就会发现它的主旨并不在此而在彼。"郑有神巫曰季咸"（《庄子·应帝王》）此篇小说，颇令人有此之感。表面上看，它似乎是在说明作者不相信"相术"的唯物思想，实际上它深含的哲理和道义，是在宣扬庄子雕琢复朴，立于不测，游于无为的思想。我们仔细研读此篇小说，就不难看到它的旨趣所在。小说写号称"神巫"的季咸，精通相术，给人相面，能看出人的死生、存亡、祸福、寿夭，并能说出其

①　《南华经解》。
②　《南华雪心编》卷五。
③　曹础基：《庄子浅注》。

年、月、旬、日期限，灵验如神。因此，郑人唯恐其言不吉，见到他，皆逃避而去。而列子见之心醉，想传其术，认为其为道术之最，其师壶子差之甚远。其实，壶子是道家大师，道术高深。壶子告诉列子说，我教授给你的只是道术的表面，还没有教授给你道术的实质。壶子根本不相信季咸的相术，便让列子把季咸引来给他相面，以破其术。壶子气功功夫颇深，见到季咸，先示之以"地文"——"萌乎不震不正"，即似生而却不动不止，"将生机萌乎九地之下，若生而不生"①。季咸大惊，以为看到壶子死相，便对列子说："嘻！子之先生死矣，弗活矣，不以旬数矣！"连用三个"矣"字，"术士口角如生，毛发俱动"②。列子以为老师真的要死，悲伤异常，泣涕沾襟。此时，壶子又示之以"天壤"——名实不入，机发于踵，即"阳气蒸于九天之上"，一念不染，勃然生气，自踵而发。季咸见之，惊异地对列子说"幸矣！子先生遇我也，有瘳矣，全然有生矣！""术士惯用此副自赞话头，曲曲写出"，真是传神写照之绝笔。壶子又示之以"太冲莫胜"——阴阳二气，合为一气，非动非静，阴阳俱浑③。季咸见之，对列子说："子之先生不齐，吾无得相焉。试齐，且复相之。""不齐"，宣颖说是"动静不定"。最后，壶子又示之以"未始出吾宗"——虚而委蛇，即心地虚寂，而随物化。季咸见之，"立未定，自失而走"。壶子让列子马上追赶，列子追之不及，而对壶子说："已灭矣，已失矣，吾弗及知！"季咸自欺欺人的相术败破，原形毕露，落荒而去。林云铭说季咸："伎俩已尽，羞见郑人，连舍郑国而他往，踪影俱绝。此术士行径也，写得好笑。"④此时真相大白，列子感到惭愧，始悟未尝学到真道，便自归家："三年不出，为其妻爨，食豕如食人，于事无与亲。雕琢复朴，块然独以其形立。纷而封哉，一以是终。"列子"去其雕琢之迹，以复还淳朴之

① 《南华经解》。
② 《南华雪心编》卷二眉批引语。
③ 《南华雪心编》卷二。
④ 《庄子因》卷二。

天"①，万象纷纭，一概封住，超然于尘埃之外，立于不测，游于无为，进入道之化境。小说以此终结，真是虚无缥缈，韵味无穷。尽管小说旨趣"微妙玄通，深不可识"②，但予以点破，便会有柳暗花明、豁然开朗之感。

值得思考的是，庄子小说的旨趣，为何如此令人费解呢？庄子作为道家、哲学家兼文学家，与孟子、荀子、韩非等人不同。孟子等著作论说事理，虽然也使用了不少比喻和寓言故事或小说，而从总体上说，他们主要还是用抽象思维来论说事理的。庄子则与其不同。庄子著作微妙玄通的道义，深奥难识的哲理，大都是用小说和寓言故事的形象思维来表达，把要说明的事理深蕴在朦胧恍惚的形象之中。庄子认为："大道不称，大辩不信"（《齐物论》）；"可以言传者，物之粗也；可以意致者，物之精也"（《秋水》）；"语之所贵者意也，意有所随。意之所随者，不可以言传也"（《天道》）。所以庄子直接用形象来表达"意"。在此点上，庄子与《周易》所谓"书不尽言，言不尽意"，"圣人立象以尽意"③的思想是一致的。因而，庄子小说更令人难以索解，容易使人产生歧义。

三 讲庄子作为哲人道人，其小说真是非同凡响

哲人道人的小说，与一般文学家的小说有着明显的不同。哲学家观察事物、体验生活，比较深刻，富有哲理性。道家思想微妙玄通，虚无缥缈。正是此种原因，庄子小说就与先秦两汉和魏晋南北朝其他作家之作有很大的不同。其不同之处，我认为主要有两点：一是意境不同；二是艺术风格不同。先秦两汉小说与魏晋南北朝小说之间出现的一些反差现象，也就更能显示出庄子小说在中国文学史上的重要地位。

庄子小说意境深厚，味浓意郁，蕴涵悠深，具有丰富的哲理性和虚

---

① 《南华雪心编》卷二。

② 《老子》第十五章。

③ 《周易·系辞上》。

无缥缈的神秘色彩。先秦两汉和魏晋南北朝其他小说，虽然也不乏佳作，一般说来，都显得意境浅显，蕴涵匪深，没有庄子小说那种特殊怪味。把庄子小说与《左传》《战国策》《晏子春秋》《新序》《说苑》《吴越春秋》《搜神记》《世说新语》等著作中的小说相比较，就很容易看到此种情况。为了便于说明问题，我们还是研讨一些具体作品，便可从中窥视到此种情趣。庄子"轮扁斫轮"（《庄子·天道》）的小说，大家都是比较熟悉的，但对其中的字句，可能并不会记得很清楚。为了便于比较，现将小说的原文援引如下：

> 桓公读书于堂上，轮扁斫轮于堂下，释椎凿而上，问桓公曰："敢问公之所读者，何言邪？"公曰："圣人之言也。"曰："圣人在乎？"公曰："已死矣。"曰："然则君之所读者，古人之糟魄已夫！"桓公曰："寡人读书，轮人安得议乎！有说则可，无说则死！"轮扁曰："臣也以臣之事观之。斫轮，徐则甘而不固，疾则苦而不入，不徐不疾，得之于手而应于心，口不能言，有数存乎其间。臣不能以喻臣之子，臣之子亦不能受之于臣，是以得年七十而老斫轮。古之人与其不可传也死矣，然则君之所读者，古人之糟魄已夫！"①

所谓"糟魄"，即糟粕也。与庄子此篇小说同样内容，西汉韩婴也写了一篇小说。韩婴此篇小说与庄子小说对照阅读，它们的优劣工拙，便会不言而喻。韩婴此篇小说如下：

> 楚成王读书于殿上，而伦扁在下，作而问曰："不审主君所读何书也？"成王曰："先圣之书。"伦扁曰："以臣轮言之。夫以规为圆，矩为方，此其可传乎子孙者也。若夫合三木而为一，应乎

---

① 《淮南子·道应训》"轮扁斫轮"小说，是改写庄子小说而成，其旨趣与意境，与庄子小说基本相同。

心，动乎体，其不可得而传者也。则凡所传真糟粕耳。"故唐虞之法可得而考也，其喻人心不可及矣。《诗》曰："上天之载，无声无臭。"其孰能及之？①

在这篇小说中，作者把"桓公"改成"楚成王"，"轮扁"改为"伦扁"，其中的意境亦与庄子小说大不相同。庄子小说是在说明轮扁斫轮的技艺甚为微妙，只可意会，不能言传，意境浑厚，音韵天成，耐人寻味。韩婴此篇，亦想说明伦扁斫轮的技艺，只能存乎人心，不得言传于人。然而，作者通过伦扁斫轮的故事，并不能说明这种旨趣。其中小说的关键文字写道："夫以规为圆、矩为方，此其可传乎子孙者也。若夫合三木而为一，应乎心，动乎体，其不可得而传者也。"显然，据此并不能说伦扁有什么不可言传的技艺可言。小说最后又加上"唐虞之法""《诗》曰"的议论文字，也与伦扁斫轮的故事风马牛不相及。可见，此篇小说主题混乱，缺乏意境，令人索然乏味。

庄子"桓公田于泽"而见鬼的小说，看来是根据《管子》中的小说改写而成。《风俗通义》引《管子》说："齐公出于泽，见衣紫衣，大如毂，长如辕，拱手而立。还归，寝疾，数月不出。有皇士者，见公语，惊曰：'物恶能伤公！公自伤也。此所谓泽神委蛇者，唯霸主乃得见之。'于是桓公欣然笑，不终日而病愈。"②此篇小说写得比较粗糙呆笨，意境浅显，故事情节不够完整。经过庄子改写，便大大丰富了小说的故事情节，蕴涵更加深邃，人物形象刻画得更加鲜明。较之原故事，庄子增加了管仲为御，桓公抚管仲手，二人对话的情节；增加了齐士皇子告敖告诉桓公："公则自伤，鬼恶能伤公"，公是仇滀之气"不上不下，中身当心，则为病"的情节；增加了委蛇捧首而立，"见之者殆乎霸"，桓公辴然而笑曰："此寡人之所见者也。"于是正衣冠与之坐，"不终日而不知病之去也"的情节。经过庄子如此改写，就赋予小说一

---

① 《韩诗外传》卷五。
② 王利器：《风俗通义校注》卷九。《管子》中无此故事。

种新的内涵和崭新的面貌，把齐桓公急于称霸，利令智昏，丑态百出的形象，和盘托出。由于小说旨在说明守气全神的养生之道，使得小说更加具有出神入化的灵境。真可谓点铁成金也！

同后代小说相比，也能看出优劣。庄子有一篇"惠子相梁"的小说，刘向也有一篇"惠子欲相梁"的小说，虽然二者在内容上不尽相同，但从作品意境上去分析，还是能够鉴别出它们的高低工拙的。庄子此篇小说全文是："惠子相梁，庄子往见之。或谓惠子曰：'庄子来，欲代子相。'于是惠子恐，搜于国中三日三夜。庄子往见之，曰：'南方有鸟，其名为鹓鶵，子知之乎？夫鹓鶵发于南海而飞于北海，非梧桐不止，非练实不食，非醴泉不饮。于是鸱得腐鼠，鹓鶵过之，仰而视之曰：'吓！'今子欲以子之梁国吓我邪？"（《庄子·秋水》）此篇是寓言小说，表现庄子"无以得殉名"的思想。作者把相位比作腐鼠，意境顿然生辉，表现了庄子高尚的情操。刘向此篇小说的境界如何呢？小说全文是："梁相死，惠子欲之梁，渡河而遽堕水中，船人救之。船人曰；'子欲何之而遽也？'曰：'梁无相，吾欲往相之。'船人曰：'子居船楫之间而困，无我则子死矣，子何能相梁乎？'惠子曰：'子居船楫之间，则吾不如子，至于安国家、全社稷，子之比我，蒙蒙如未见之狗耳。'"[①]不难看出，此篇小说写得虽生动形象，但格调不高，意境浅陋，与庄子小说相比，大相径庭。

庄子小说的深远意境，言有尽而意无穷，犹如苍茫大海，无边无际，望不到尽头。这与庄子小说宣扬虚无缥缈的道义有着密切的内在联系。这是其一。

其二，哲人道人之作在艺术风格上较之一般作家的作品，亦有着显著的不同。庄子小说大都表现出恣肆汪洋、雄奇怪诞、虚无缥缈的特色，字里行间洋溢着浪漫主义精神。先秦两汉和魏晋南北朝其他作家的小说，相对而言，就显得有些朴实无华、板滞呆笃。庄子小说的此种艺术风格，在其许多小说中都有所表现。如"孔子观于吕梁"（《庄子·

---

① 《说苑》第十七。

达生》）此篇小说，写吕梁丈夫水性超常，蹈水有术。悬水三十仞，流沫四十里，鼋鼍鱼鳖不敢游，吕梁丈夫却跳水而游。此人游数百步而出，披发行歌，游于塘下。孔子观看此等情景，目瞪口呆，以为是"鬼"。再如，"任公子为大钩巨缁"的浪漫主义手法，"列御寇为伯昏无人射"的精辟奇险镜头，"盗跖教训孔子"那戏弄"圣人"、出奇制胜的惊人场面，"庄子梦见空髑髅"（《庄子·至乐》）对人间之劳的感慨万千，凡此等等，都淋漓尽致地表现了庄子小说富有个性特征的艺术风貌。其他小说，如《晏子春秋》这部古典小说集，虽然具有鲜明的政治思想色彩，有些篇章亦不乏讽刺趣味，但总的看来，大都写得平实质朴，缺乏气势。再如《左传》中"介子推不言禄""蹇叔哭师"，《战国策》中"齐人有冯谖者""赵太后新用事"，《孟子》中"齐人有一妻一妾"，《列女传》中"齐相御妻""鲁漆室女"，《风俗通义》中"李君神"等，其中对许多人物形象的刻画描写，大都栩栩如生，有声有色。《吴越春秋》中"吴女紫玉传"，亦写得波澜起伏，曲折动人，颇有戏剧性。有些小说并不能说它们没有什么艺术风格，但它们都不像庄子小说那样雄奇瑰丽，幽默诙谐，形成了一种与众不同的独特风貌。庄子小说具有的此种奇趣怪味，其中就浸透着丰富的哲理情思和微妙玄通、虚无缥缈的道义。简而言之，庄子小说与其他作家小说在艺术风格上的不同，也可以说就在奇与正的不同。

　　如果我们对先秦两汉和魏晋南北朝的小说进行比较研究，就会发现先秦小说和魏晋南北朝小说之间，出现了一种反差现象。先秦小说在中国小说史上，属于早期的婴儿，因而就不可避免地存在一些稚气，即有些小说叙事较少，对话较多。如"庄子说服赵文王停止斗剑取乐"（《庄子·说剑》）、"渔父教训孔子"（《庄子·渔父》）等即是，但亦仍不失为上品①。当然也不能一概而论，庄子有的小说叙事性就较强，有些小说叙事与对话间半，如"宋元君画图""任公子为大钩巨缁""列

①　袁振保认为，《德充符》《应帝王》《盗跖》《渔父》《说剑》等，"是中国小说之先河"，称赞《渔父》篇"直与小说无二"。见《东方丛刊》第一辑《庄子思维方式与文学艺术》。

御寇为伯昏无人射""郑有神巫曰季咸""孔子观于吕梁""宋元君夜半梦人被发窥阿门"等小说，在艺术上都是属于比较优秀的作品。逮至两汉，尤其到后汉，小说的形式便逐渐臻于成熟，如应劭的《风俗通义》、赵晔的《吴赵春秋》等著作中的有些小说，已经克服了先秦小说乃至汉初小说那种对话过多的弊端，在形式上更加完美。尽管不像唐传奇、宋代话本小说篇幅那样可观。

可是，令人奇怪的是，到了魏晋南北朝时期，随着历史的发展，社会的进步，小说这种文学形式，应当更加臻于完美。但是，这个时期的有些小说，如干宝的志怪小说《搜神记》、刘义庆的志人小说《世说新语》等，其中有许多小说，无论在艺术形式还是在思想内容上，不但没有什么高言妙句，也没有什么审美价值，反而不如先秦两汉小说那样令人爱读，能给人一种审美享受。如《战国策》"齐人有冯谖者""赵太后新用事"，《孟子》"齐人有一妻一妾"，庄子的"轮扁斫轮""桓公田于泽""任公子为大钩巨缁""列御寇为伯昏无人射"等小说，与魏晋南北朝有些小说相比，显得更完美些。因此，我们应当承认先秦小说是中国小说的源头，承认庄子是中国小说之祖。

略谈《孟子》的思想与文学

谭家健

　　《孟子》是先秦儒家大师孟子的著作，共七篇，二百六十一章，三万四千余字。七篇篇名皆取首章首句中独立词语。每篇数十章，缀合成篇，无中心思想。虽然以语录体为主，但是对话较长，说理较细密，三言五语式的独白较《论语》少。《论语》每章文字较短，百字以上者不过十余章。《孟子》有相当多的章是长篇大论，最长的一章（《齐桓晋文之事》章）近一千三百字。从散文史的发展来看，《孟子》比《论语》前进了一大步。

　　孟子（约前 385～约前 304 年）名轲，邹国人，祖先是鲁国孟孙氏的后代，流落而迁居于邹。他幼年丧父，母亲管教很严。为了选择良好的学习环境，三次搬家，后世留下"孟母择邻"以及"断机教子"的美谈。孟子曾受业于孔子之孙子思之门人。成长后，长期授徒讲学，带着大批门徒周游列国。有时候车数十乘，从者数百人。游说齐、梁、宋、鲁、滕等国，不受重视。在齐国短期任客卿，希望齐宣王行仁政，以王道统一天下，因意见难合而离开。晚年回到故乡，和弟子共同编定《孟子》七篇。孟子的思想继承而又发展孔子，基本上一致，也有所区别。二人的学说合称孔孟之道，共同构成中国封建社会意识形态的主流。孟子在汉唐时期地位并不太高，宋以后被尊称为"亚圣"，仅次于"至圣"孔子。

一　政治社会观

　　民本思想是孟子政治思想的精华。他认为，对一个国家来说："民为贵，社稷次之，君为轻。"（《尽心》下）还说，"君有大过则谏，反复之而不听，则易位。"所谓"易位"，就是由贵戚之卿予以撤换。这种观念是奴隶主贵族内部民主制的遗留。在古希腊曾经存在过，在中国西周共和时期也实行过。战国时期，君权大张，民贱君尊，不再有人提及。所以齐宣王一听到孟子此番言论，恼怒得马上变脸。孟子还认为，国君如果对待臣民不关心爱护，那么臣民对国君冷漠，甚至敌视，都是可以理解的。他说："君之视臣如手足，则臣视君如腹心；君之视臣如犬马，则臣视君如国人；君之视臣如土芥，则臣视君如寇仇。"（《离娄》下）把君臣关系看成在一定程度上的对等关系，没有天生的服从义务和隶属关系。他还认为，残暴的国君不配称之为君。当时有人认为，汤放桀，武王伐纣，是以臣弑君。孟子反驳说："残贼之人，谓之一夫。闻诛一夫纣矣，未闻弑君也。"孟子甚至把推翻残暴的国君说成是"救民于水火之中"，"为匹夫匹妇复仇"的正义事业。这种理论与绝对尊君的孔子有所不同，昏君鲁昭公破坏周礼，孔子明明知道，不敢承认，反而说他知礼。后世有的封建帝王对孟子很恼火。明代朱元璋称帝后，曾下令把《孟子》关于重民的言论删去八十余条，不准学生学习，不准用作科举考试题目。还把孟子的牌位从孔庙里搬出去，斥责孟子不配配祀孔子。经人苦谏，才得恢复。

　　以民本思想为基础，形成孟子的"仁政"理论。他反复告诫各国统治者，能否得天下或保天下，关键在是否得到人民的拥护。"得天下有道，得其民斯得天下矣。得其民有道，得其心斯得其民矣。"他再三劝说统治者，要"保民""若保赤子""使民以时""无夺民时""省刑罚""薄税敛""取于民有制"。坚决谴责"虐民""残民"，和"庖有肥肉，厩有肥马，民有饥色，野有饿莩"的贫富对立现象，反对"争地以战，杀人盈野；争城以战，杀人盈城"的不义之战，认为战争的胜负取决于民心，"天时不如地利，地利不如人和。"

孟子主张在土地制度上进行改革，要使"民有恒产"，实行井田制。方里为井，每井九百亩，形成井字形，中间百亩为公田，其余八百亩分给八家为私田。八家共耕公田，收获归公，而私田收入则归劳动者自己。在私田内，有五亩地可以盖房子，树之以桑，有鸡犬之蓄，老者可以衣帛食肉，黎民不饥不寒，有空还要进行文化道德教育。这是孟子理想的社会蓝图。井田制属于劳役地租制，而不是奴隶制，因为奴隶不可能有个人财产。这种制度在古代可能存在过，商鞅变法以后，秦国已废止，"开阡陌，废井田"，为新的土地私有制和实物地租制所取代。孟子的这套主张，是改良，而不是革新，也不能说是复辟倒退。从汉代到清代，许多思想家、政治家鼓吹过，试验过井田制，都失败了。

孟子赞成社会分工。认为"或劳心，或劳力。劳心者治人，劳力者治于人。治于人者食人，治人者食于人。天下之通义也。""无君子莫治野人，无野人莫养君子。"（《滕文公》上）体力劳动和脑力劳动分工，国家管理者和普通民众的分工，是社会发展的结果。孟子与农家学派就此进行过一场激烈辩论。农家学派主张管理者与民并耕而食，一边自谋生业一边治理国家。这种现象在原始社会确实实行过，到奴隶社会早已破坏了，到封建社会根本不存在了。孟子劳心劳力分工的主张是符合历史潮流的。至于说后来成为替剥削制度辩护的理论基础，那不应由孟子负责。

孟子还坚持商品按质论价，批评农家学派只看数量计价，鞋子大小一样就一个价，而不考虑质量和加工的粗细。孟子说，那样一来人们都去制造劣质产品了。孟子的价格观无疑是进步的。

二　性善论和良知论

孟子力主人性本善，他提出"人皆有不忍人之心"。例如，看见婴儿快要掉进井里，人们都会产生恻隐之心而去救援。这时并不考虑与婴儿父母是否有交情，也不曾想博得乡党朋友的好名声，完全是发自内心、自然而然的。孟子由此推论："恻隐之心，人皆有之""仁之端也。"　"羞恶之心，人皆有之"　"义之端也。"　"辞让之心，人皆有之"
"礼之端也。"　"是非之心，人皆有之"　"智之端也。"　"仁义礼智，非由
外铄我也，我固有之也。"　"人之有是四端也，犹其有四体也。"（《告
子》上）意谓道德观念的萌芽如同身体四肢那样为人生来所具有。孟
子把上述"四端"称为"良知"，说："人之所不学而能者，其良能也。
所不虑而知者，其良知也。孩提之童，无不知爱其亲也；及其长也，无
不知敬其兄也。亲亲，仁也。敬长，义也。"为此，他和告子展开激烈
辩论。告子主张，人性无善不善，就像水一样，决之东方则东流，决之
西方则西流，所谓善恶在于后天的引导。孟子认为，水的本性就是向
下，人的本性就是向善。人性论的讨论，在中国持续了两千多年。孔子
只讲过，"性相近也，习相远也。"孟子作了更深入的论述。从他以后
这个问题引起普遍关注，荀子、扬雄、王充、韩愈、张载……一直到毛
泽东，许多人发表了意见，至今仍在探讨中。

　　孟子认为，一个人如果能够自觉地认识到固有的四端并加以扩充，
就会成为君子；如果不能发现四端，而把它糟践了，就成为小人。而
"恶"的形成，一方面是由于自暴自弃，"不能尽其才"；另一方面是社
会环境的影响。"富岁子弟多赖，凶岁子弟多暴。非天之降才殊也，所以
陷溺其心者然也。"而扩充四端的办法主要是养心和养气。他说，"养心
莫善于寡欲"，即减少物质欲望的追求。养气就是养"浩然之气"。这个
"气"是一种精神状态，它是"至大至刚"，"集义与道"而产生的。养
气要做到"不动心"，"富贵不能淫，贫贱不能移，威武不能屈。"这是一
种很高的精神境界，是中华民族思想文化传统的精华。

　　孟子提出，"天之生斯民也，使先知觉后知，先觉觉后觉。"历代
的杰出思想家，皆以此为己任，自觉担当开发民智的义务，孙中山就是
其代表。有些人抓住这句话中的"天"字，批评孟子宣扬天命论。这
是皮毛之见。实际上古人把这两个"天"皆体认为命运之天，规律之
天；很少有人当成神灵之天。还有人批评先觉论是瞧不起人民群众的认
识能力。其实人的认识能力和认识有先后是客观存在的，跟人的阶级成
分没有必然联系。

关于学习，孟子说过："学问之道无他，求其放心而已矣。"（《告子》上）这句话的字面意思可以理解为，要做学问，必须收拢懒散的心，集中精神，专心致志。"求放心"的深层哲学意思是通过内省的方法，"反求诸己"找回散失的本有善性。孟子又叫"尽心知性"。孟子主张："尽其心者，知其性也，知其性则知天矣。""知天"之后，则"万物皆备于我矣，反身而诚，乐莫大焉。"此处的"知天"仍为自然之天，即了解自然法则。所谓"诚其身"就是"尽心"，也就是恢复和保持良知、良能，能够这样，就可以进入"万物皆备于我"的境界，也就具备了做人的所有知识和才能。对于这句话怎么看，后人有许多解释和批评，我们不打算在这里讨论。

孟子声称，"人皆可以为尧舜"。这句话使人充满向上的自信，和佛家的"人人皆有佛性"同样了不起。那么，为什么又有大人小人之分呢？他从认识论上解释说："从其大体为大人，从其小体为小人。""大体"指心，"小体"指耳目感官。接着说："耳目之官不思，而蔽于物，物交物，则引之而已。心之官则思，思则得之，不思则不得也。此天之所与我者。"（《告子》上）这个"天"指自然，所谓"大人""小人"指道德上的君子小人，不是指劳心劳力的区别。意谓，耳目不能思维，容易被声色等外物所蒙蔽、牵引而丧失人的本性。心才有思维的功能，经过思维才能认识本性，不思维就得不到这种认识，这是自然的禀赋。如果人的本性长期为物欲蒙蔽，发展下去就会成为品质低劣的人。如果经常反思内省，寡欲养心，久而久之，就会成为道德高尚的君子。我们没有必要把这句话引申到政治上去划阶级。孟子看到了感性认识和理性认识的区别，肯定理性认识的作用高于感性认识，强调发挥人的主观能动性，在认识论史上是一个进步。不过，他太低估了感性认识的作用。他的认识论不如稍后的荀子。

三　美学观和文艺观

在美学上，孟子肯定人人有共同的美感。"口之于味也，有同嗜

焉；耳之于声也，有同听焉；目之于色也，有同美焉。"(《告子》上)
与庄子的主张正相反。《庄子·齐物论》反复论证，天下无所谓正色、
正乐、正味。今天看来，人们的美感，既有共同性，也有差别性。有一
些审美观是人类共同的，有一些则带有民族的、地域的、阶级的独特色
彩。随着人们交往的扩大，审美观念也在不断交流和变化。孟子强调有
共同的美感，正是当时种族逐渐融合，国家趋向统一的结果。

孟子说："可欲之谓善，有诸己之谓信（真），充实之谓美。"
(《尽心》下）他讲的是人的精神境界，却把真善美三个重要美学范畴
都提出来了。"充实"就是道德上的圆满具足。孟子强调内容形式的相
互作用和必须统一。他举例说："西施蒙不洁，则人皆掩鼻而过之。虽
有恶（丑陋）人，斋戒沐浴，可以祀上帝。"(《离娄》下）前者说明，
美女如果太不讲究形式，会损害本来很美的丽质；后者说明，丑人容貌
有缺陷，而品质良好，加以必要的修饰，可以弥补其不足。孟子把形式
与内容的互补关系讲得比较辩证。庄子也大谈丑八怪如何以内在美吸引
许多人着迷，可是他完全否定形式的作用，把二者根本对立起来，带有
明显的片面性。

孟子认为，人们喜欢音乐的本能是植根于人心。他说："礼之实，
节文斯二者（指仁义）是也。乐之实，乐斯二者，乐则生矣，生则恶
可已也。恶可已，则不知手之舞之，足之蹈之"。（《离娄》）他指出音
乐舞蹈是人们道德感情的自然流露，在一定程度上是符合实际的。孟子
指出，音乐对群众的教化作用在说教之上。"仁言不如仁声入人之深
也。"这些观点，优于墨子的"非乐"，后来为荀子所继承和发展。孟
子大力提倡"与民同乐"，作为其仁政内容之一。他说，统治者独自享
乐，不如与他人一起享乐；与少数人享乐，不如与众多的人享乐。"乐
民之乐者，民亦乐其乐；忧民之忧者，民亦忧其忧。乐以天下，忧以天
下，然而不王者，未之有也"(《梁惠王》上)。孔子强调欣赏音乐舞蹈
有严格的等级。荀子主张统治者应该得到最好的享受。相比之下，孟子
的"与民同乐"具有某些民主性和群众性。宋代范仲淹的名言："先天
下之忧而忧，后天下之乐而乐"是与孟子一脉相承的。孔子、荀子都

推崇古乐，批评今乐（即流行音乐）；孟子则主张，"今之乐犹古之乐也"无高下之分。

关于诗书的评论，孟子提出两条原则：第一是"以意逆志"。他说："故说诗者，不以文害辞，不以文害意，以意逆志，是谓得之。"（《万章》上）就是说，不要死抠个别文字而误解全句的意思，不要拘泥于个别词句而曲解整个作品的思想，要从全篇大意来探求作者的意图。春秋战国时期，望文生义以称引诗书，断章取义以赋诗言志的现象十分严重。孟子的意见正是针对时弊而发，对于建立实事求是的文学批评有重要意义。第二条是"知人论世"。孟子说，"又尚论古之人，诵其诗，读其书，不知其人可乎？是以论其世也。"所谓"知人"，就是了解作者的生平和思想；所谓"论世"，就是分析作品的时代和社会背景。孟子还说："尽信书，不如无书。"不要盲目迷信书本。这些原则，至今仍是文学批评的基本方法。

四 《孟子》的文学价值

（一） 高水平的论辩散文

孟子是当时有名的"好辩"者，"外人皆称夫子好辩。"（《滕文公》下）《孟子》一书具有论战性强，言辞机敏，气势雄健，感情充沛，锋芒毕露的特色。与《论语》之雍容纡徐风格有所不同。例如《齐桓晋文之事》章，齐宣王本来想学点霸术，孟子却极力宣传王道。他善于揣摩对方心理，从容陈辞，步步逼近。先以齐王不忍以羊衅钟为由，说明行王道并不难，是"不为也，非不能也"。接着连连明知故问，逗得齐王承认其"大欲"是想统一中国。孟子马上指出，"以若所为，求若所欲"，不但达不到目的，反而会有后灾。因为齐国只有天下九分之一，以一服八，是不可能取胜的。齐王终于明白以力不可以服人之后，只好向孟子请教以德服人的王道。文章虽以对话为主，然而起伏开合，铺张扬厉，波澜曲折，摇曳多姿，譬喻精彩，很能引人入胜。清人吴闿生《孟子文法读本》说："此孟子中长篇文字，其气度春容大雅，章法顿挫跌宕之妙，最可玩。"清牛运震《孟子论文》说："篇中勾勒顿挫，千回百转，重波迭浪，而归宿于此（指行王道）。有纲领，有血脉，有过峡，有筋骨，总在不使一直笔，不使一呆笔。读者熟复于此，其于行文之道，思过半矣。"

孟子曾与农家辩论。儒家之徒陈相，遇见农家学派许行，便弃儒学农，并向孟子宣扬其"贤者与民并耕而食"的主张。孟子先慢慢套问，得知许行虽然吃的粮食是自己种的，而衣服、炊具、农具都是拿粮食交换得来，就故意问，为什么不样样自己去做，还需交换呢？陈相回答："百工之事，固不可耕且为也。"孟子立即抓住这句话反诘："然则治天下，独可耕且为与？"接着展开论证，指出，"有大人之事，有小人之事。……或劳心，或劳力。劳心者治人，劳力者治于人。治于人者食人，治人者食于人。天下之通义也。"又引历史上尧舜等圣贤为例，说明要处理国事，不可能同时参加劳动。继而大赞孔子，大骂许行，嘲笑陈相弃儒学农是"下乔木而入幽谷"。孟子强调脑力劳动与体力劳动分工是符合社会历史发展大趋势的。文章层层剥笋，由近及远，使论敌陷入自相矛盾，然后抓住破绽，全力批驳，最后陈述自己的正面见解。不但详细表现了论战双方的思想观点，而且具体传达出各不相让的辩难气氛，处处显示出咄咄逼人的锋芒。清人评点说："此是一篇大落墨文字，汪洋浩瀚，踔厉雄奇，真是前无古后无今。"（《孟子读法附记》）

《孟子》有些文章，运用形式逻辑，解答各种诘难，说服力强，而且富于理趣。例如，陈臻问孟子，前日于齐，王馈百金而不受；于宋，馈七十金而受；于薛，馈五十金而受。"前日之不受是，则今日之受非也。今日之受是，则前日之不受非也。夫子必有一于此矣。"陈臻运用逻辑上的排中律和矛盾律。矛盾律要求，在同时同地同条件下，对同一事物，不能既肯定而又否定之，或既否定而又肯定之。排中律要求，对于两个对立判断，必须肯定一个或否定一个，不能模棱两可。故前是则今非，今是则前非，二者必居其一。孟子的回答"皆是也"。还是运用这两条规律，因为它们还有补充规则，如果时间地点条件变化了，另当别论。孟子告诉陈臻，上述三次都是对的。在宋将有远行，送的是盘缠；在薛处境危险，送的是保安费；在齐，则没有任何理由，故不可以接受。清人赵承谟《孟子文评》说："陈臻之问抑扬有致，至奇确生新。""而'皆是也'三字接口而出，尤觉空灵有隽气。"

（二）巧妙的比喻和寓言

《孟子》中有大量的比喻，浅近平易而又生动活泼，轻快自如而又准确贴切。其取材大多是人们身边的生活现象和直接经验。如"欲见贤而不以其道，犹欲其入而闭之门也。""恶辱而居不仁，是犹恶湿而居下。""君子之过也，如日月之食，人皆见之；及其更也，人皆仰之"等等。他还善于根据不同对象选择不同事例为喻。如对梁惠王说："王好战，请以战喻。"对好乐的齐宣王则说："臣请为王言乐。"对带兵的平陆大夫，则以"子之士一日而三失伍"为喻。孔子说过："能近取譬，可谓仁方也矣。"可见儒家学派是把取喻作为贴近实际的思想方法来运用的。

《孟子》的比喻皆拍合本意，贴切不泛，深刻精辟，能帮助读者通过具象的类比更进一步把握思想的实质。例如，一位名叫戴盈之的官吏对孟子说，十分之一的税率，去关市之征，我今年还做不到，以待来年行之，如何？孟子打比喻说："今有人日攘其邻之鸡者，或告之曰：是非君子之道。曰：请损之，月攘一鸡，以待来年然后已。如知其非义，斯速已矣，何待来年？"（《滕文公》下）孟子通过比喻指出厚征重税有如偷盗，是不义的行为。戴先生你既然认识到了，何必还要拖延呢？这样的妙喻既有幽默感，又有揭露性。孟子曾用教小孩子学语言为喻，启发国君亲贤人远小人。他对宋国大臣戴不胜说，有一楚人，欲其子学齐语，请齐国老师呢，还是请楚国老师？戴氏回答：当然请楚人为师。孟子说：仅一位楚人教楚语，大批齐人跟孩子讲齐语，即使你天天用鞭子抽打，他也学不好。如果把孩子送到齐国几年，不用鞭子抽，他就会说齐语。孟子接着说，您向宋王推介一位贤士，希望宋王向善。如果宋王左右皆不善，一位善士又能起什么作用呢？这个比喻在教育方法上强调环境影响，是发人深省的。

《孟子》有些寓言，是扩大了的比喻，有人物、有情节、有趣味。他没有《庄子》式的神话幻想，也不用《战国策》那样的动物故事，而是来自社会现实，包含着明显的讽刺和教诲意义。例如著名的《齐人有一妻一妾》章：写一个终日在外行乞，回家后却向妻妾吹嘘自己在富贵人家吃够酒肉的齐人，后来被妻子发现真相的故事。借以揭露追求功名利禄之徒，表面上光鲜，背地里却蝇营狗苟，腌臜丑恶，而在家人前面又自我炫耀，冒充体面，一旦把戏戳穿，人们就会发现他只不过是可悲的骗子。作品颇具戏剧性情节，而又注意神态和内心表现。"施施从外来，骄其妻妾。"尤具讽刺效果。清赵承谟《孟子文评》说："将求富贵利达者情况，借齐人行乞描写出来，又从齐人生出妻妾问答，渲染委曲周至。观之者无不欲笑，欲哭，欲杀，欲割，而不自知。"后来，明人把它改编为《东郭记》杂剧，清人蒲松龄改编为《东郭萧鼓儿词》。

又如："宋人有悯其苗之不长而揠之者，芒芒然归，谓其人曰：'今日病矣，予助苗长矣！'其子趋而往视之，苗则槁矣。"（《公孙丑》上）这个故事告诫人们，不要做违背客观规律的蠢事，那会适得其反的。只有40个字，交代了动机和效果，描写了行为和言语，显示了神情和口气，真是精练之至。清吴闿生《孟子文法读本》说："说理之文易于晦昧，加入此等妙解曲喻，实能屈达难显之情，使人易于理解。且妙语解颐，尤足引种种情趣。"

再如："弈秋，通国之善弈者也。使弈秋诲二人弈，其一人专心致志，惟弈秋之为听；一人一心以为有鸿鹄将至，思援弓缴而射之。虽与之俱学，弗若之矣。为是其智弗若与？曰：非然也。"（《告子》上）这个故事说明，学习必须专心，上课时思想不能开小差，否则就会学不进去，成绩肯定不如专心听讲的人。文章对比鲜明，事理亲近，意旨深长，至今仍是常被引用的教材。

（三）气势充沛的文章风格

孟子说："我善养吾浩然之气。""气"指高尚的人格力量。首先要在精神上压倒对方，藐视权贵。孟子自称："说大人，则藐之，勿视其巍巍然。"（《尽心》下）这样的心态来写文章，自然声情激越，词锋犀利，思如泉涌。如《滕文公》：

> 居天下之广居，立天下之正位，行天下之大道。得志与民由之，不得志独行其道。富贵不能淫，贫贱不能移，威武不能屈，此之谓大丈夫。

这些话有如堂堂之鼓，正正之旗，大气磅礴，是体现中华民族优秀品格的至理名句，成为后世有志之士的座右铭。

> 故天将降大任于斯人也，必先苦其心志，劳其筋骨，饿其体肤，空乏其身，行拂乱其所为，所以动心忍性，增益其所不能。人恒过，然后能改；困于心，衡于志，而后作；征于色，发于声，而后喻。入则无法家拂士，出则无敌国外患者，国恒亡。然后知生于忧患，死于安乐也。（《告子》下）

这段话包涵深刻的辩证法，艰难困苦可以锻炼意志，培养人格。安逸享乐可以使人堕落，丧家亡国。这种观念被后代许多有识之士所继承发挥。柳宗元《敌戒》说："敌存灭祸，敌去召过。"欧阳修《新五代史·伶官传序》说："忧劳可以兴国，逸豫可以亡身。"都受到孟子的启发。

> 又如："鱼我所欲也，熊掌亦我所欲也。二者不可得兼，舍鱼而取熊掌者也。生亦我所欲也，义亦我所欲也。二者不可得兼，舍生而取义者也。生亦我所欲，所欲有甚于生者，故不为苟得也。死亦我所恶，所恶有甚于死者，故患有所不避也。如使人之所欲莫甚于生，则凡可以得生者，何不用也？使人之所恶莫甚于死者，则凡可以避患者，何不为也？由是则生，而有不用也。由是则可以避患，而有不为也。是故所欲有甚于生者，所恶有甚于死者。非独圣

贤有是心也，人皆有之，贤者能勿丧耳。"（《告子》上）

在这段话中，孟子主张义重于生，赞扬舍生取义，为正义事业而不怕牺牲的精神。文章先从日常小事说起，当鱼与熊掌不可兼得时，都舍其贱者鱼，而取其贵者熊掌。进而指出，在更高尚的精神层面上，所喜爱有重于生者不可苟得，所厌恶有重于死者不能苟避。由浅而深把一个有关人生价值的原则问题举重若轻地提示出来，使人感到顺理成章，不能不同意他的结论。

孟子的"舍生取义"和孔子的"杀身成仁"常常连称，是体现中华民族高尚道德情操的名句，已经成为中国历代无数志士仁人所坚持的行为准则。

（四）鲜明突出的人物个性

孟子本人的喜怒哀乐，人品心术，完全袒露在《孟子》七篇中。他不同于当时的说客，不但直言不讳地批评各国国君，而且敢于讽刺，甚至顶撞。说梁襄王"望之不似人君"，骂桀纣是"独夫"，骂"不仁哉！梁惠王也。"最有趣的是《公孙丑》下篇所记，齐宣王想让孟子来见他，派人假惺惺地说：本想来拜见，可是着了凉，不能受风，不知明早上朝时，能否见到您？孟子看穿他是摆架子，很恼火，就说：我也不慎得病，明天不能上朝。第二天，却到朋友家去吊丧。齐王听说孟子有病，派医生到他家中诊治。学生孟仲子一面应付医生，说病好了一些，已经上朝去了；一面派人在路上截住孟子，叫他别回家，赶快上朝。孟子还是不去上朝，当晚住在朋友景氏之家。景氏批评孟子说："礼曰：君命召，不俟驾行矣。"闻王命而不行，于礼有不合。孟子说：齐王怎么能跟我比高低？"彼以其富，我以吾仁；彼以其爵，我以吾义。吾何慊乎哉！……天下有达尊三：爵一、齿一、德一。朝廷莫如爵，乡党莫如齿，辅世长民莫如德。恶得有以其一慢其二哉？故将大有为之君，必将有所不召之臣，欲有谋焉，则就之。其尊德乐道，不如此，不足与有为也。"这个故事很典型地表现了孟子不肯屈就权威的高贵品德。他的这种社会价值观为后世知识分子所普遍景仰。

　　《孟子》不曾有意刻画人物形象，但往往通过一些生活片段和细节，突出人物的独特个性。例如《滕文公》下篇所记陈仲子，是齐国著名的"廉士"。《孟子》写他："居于陵，三日不食，耳无闻，目无见也。井上有李，螬食实者过半矣。匍匐往将食之，三咽，然后耳有闻，目有见。"尽管饿得半死，仍然不愿接受不义之食。其兄是齐国世家，食禄万钟。陈仲子却"以兄之禄为不义之禄而不食也，以兄之室为不义之室而不居也，避兄离母，处于于陵。他日归，则有馈其兄生鹅者。已频蹙曰：'恶用是鶃鶃者为哉！'他日，其母杀是鹅也，与之食之。其兄自外至，曰：'是鶃鶃之肉也。'出而哇之。"陈仲子实有其人，在《战国策》《荀子》《韩非子》中皆曾提及。另据《淮南子·氾论训》记，他因为坚持"不食乱世之食，遂饿而死。"

　　《孟子》对陈仲子形象着墨不多，用笔细致入微。写他所吃的李子，已经被虫子咬得剩下一半，别人肯定是弃而不顾的。陈仲子虚弱得走不了路，只能爬到井边。已经没有正常人咀嚼的力气，半个李子，咬三次才咽下去，然后才恢复视觉听觉。可是，他对于不义之物，即使由于不明究竟吃到嘴里，也要吐出来，才安心。清牛运震《孟子论文》说："一路笔致，似嘲似讽，文格最别。以宕逸之气，写灵警之思，妙极！"类似的"廉士"形象在《礼记》的《檀弓》篇中出现过，也是宁可饿死不肯接受嗟来之食。《孟子》的描写场景比《礼记》更丰富些，文字更夸张些，但不失其真实性，与"齐人乞墦"之类寓言有所不同。

　　《孟子》散文对唐宋古文运动影响极大。韩愈以孟子继承人自居，称赞"孟子醇乎醇者也"。柳宗元论文，主张"参之孟荀以畅其气"。苏洵尤好《孟子》，有《苏批孟子》行世。王安石曾注《孟子》，为文亦学之。南宋以后，《孟子》成为《四书》之一，是学子必读的教材，其学术文化地位是不言而喻的。

《史记》人文世界及著述体例

杨　义

　　《史记》是我年轻时就很喜欢的一本书，应该说，我接触文史，是从《史记》和《鲁迅全集》开始的。《史记》研究是我们进行文史研究的看家本领，尤其是研究文学的人，有丰富的历史知识，是可以增加文章的厚重分量的。不读《史记》，就谈不上与中国历史有何等缘分。今天，我主要讲《史记》一些很基本的问题。

一　《史记》的书名、宗旨、写作过程

　　我先讲《史记》的书名、宗旨和写作过程。从《史记》的发生学讲起，再讲《史记》的文化学和文章学。

　　司马迁的《史记》是一部真正意义上的大书，影响中国历史进程的需要大写的大书。这部书共一百三十卷，五十二万六千五百字，这是他在《太史公自序》中说的。司马迁以前，中国还没有这么大的一本书，诸子书中，《老子》五千多字，《孙子兵法》六千字左右，《论语》一万三千来字，《孟子》三万四千字左右，包括《庄子》《荀子》《韩非子》，也就六、七万字，十余万字。就史书而言，《春秋》约一万八千字，《左传》是先秦最长的一本书，十八万字。《吕氏春秋》是集体

写作，二十余万字。司马迁一个人写了五十二万字，在当时，没有大的魄力、没有大的智慧和才华，是写不出来的。别看现在的鸿篇巨制很多，放在先秦两汉这个背景下，它就是一本很大的书。这本书长久地、深刻地影响了中国的思想文化形态。中国的书，对中国人的影响，除了《论语》，很难找到第二本书，有《史记》对我们影响这么深。我们现在老讲诸子影响很深，其实，《史记》的影响不在他们之下。

《史记》是了解中华文明的一部必读书，它起码有三个方面可以称为文化典范：第一，《史记》是中国正史的典范，它建立了五种体例："本纪""表""书""世家""列传"，就像如来佛的五个手指一样，我们历朝正史的体例，都没有跳出它的手掌心，也就是纪传体的正史范式。这一点，影响是很深远的，可以说，我们历史的脉络是司马迁给我们埋下来的。第二，它是中国文章的典范，唐宋八大家以后，历代古文的写作都追随《史记》《汉书》，史、汉是它们的标本，如果没有《史记》的榜样，就没有韩、柳、欧、苏的文章，现在我们看到的中国古代文章的模样，可能是另外一个样子。第三，它是中国人物行为的典范，全书写了四千多人，其中，写得最生动的，大概有百十人。他们的音容笑貌，他们的道德、智能、行事的方式，深刻地影响了中国各个阶层人物的人生选择。所以，我觉得，《史记》写了一系列有声有色的"中国故事"，久远地作用于世道人心，应该把它放到模塑中国精神这么一个高度去认识。

《史记》过去叫《太史公书》，用司马迁自己和他的父亲官名的尊称去命名这本书，这遵循着先秦诸子用其姓氏命名其书的惯例，如《孟子》《庄子》《荀子》《韩非子》，司马迁和他们一样，用"太史公"来命名，所以，《史记》蕴含着诸子写作的情结。司马迁自觉追求"究天人之际，通古今之变，成一家之言"，所谓"成一家之言"，过去编《四库全书》时，就把"著书立说成一家之言者"放进子部，所以，司马迁有一种非常浓郁的诸子写作的精神追求，他保留着一些先秦诸子的作风。《史记》以后的正史，这种思想家、文学家融在一起的自由写作的风度，几乎消磨殆尽了。我们说，中国正史是《史记》奠定了基础，而真正的规范化是在《汉书》，所以，后来史学家对《汉书》评价很高，那是因为它规范化了。

历代史书最具诸子风采的，当推《史记》。正因如此，班固批评司马迁有"三蔽"，也就是三个短处，他说："是非颇缪于圣人，论大道则先黄老而后六经。"批评司马迁的思想体系有问题，说他不是儒家的体系，而是黄老的体系。"序游侠则退处士而进奸雄"，批评司马迁在社会体制上，追求游侠的功绩。"述货殖则崇势利而羞贫贱"，批评司马迁的财富论，也就是他的经济思想。这所谓的"三蔽"，后来的史家都没有做到，认为是司马迁的弊端，实际上它就是先秦诸子思想自由的遗风。《史记》书名的确定，是东汉晚年汉桓帝时期的事了，这有碑刻的文字记载，经过二百余年的沉淀，才把它定名为《史记》。我们看"史记"这个词就知道，"史记"过去是一个通名，比如诸侯史记、各国史记；又比如，孔子到洛阳去之后，论史记旧文；《孔子世家》里面也讲，他因鲁史记做《春秋》，等等。到这个时候，"史记"就变成《太史公书》的专名了，历史书的通名变成专名。这就像孔子说的话，叫做"子曰"，"子"本是对有德行的男子的尊称，后来这个泛称变成孔子的专称，其他人只能加上姓氏，使用"孟子曰""荀子曰""韩非子曰"了。唐弢写书话，创造了一种文体形式，后来"书话"一名，就成了"唐弢书话"的专称，他的书名就叫《书话》，后来叫《晦庵书话》，对一种写作方式，打下了很深刻的个人印迹。

《史记》是司马谈、司马迁父子两代搜集、积累和整理材料，由司马迁在四十二岁到五十五岁，用十四年时间写成的，这是"十年磨一剑"的投入自己生命的力作。《资治通鉴》前前后后写了十九年，而且司马光在洛阳搞了一个很重要的工作室，带了三个职位和辈分比他低的历史学家，先搞材料的长编，他本人又做了许多考订，自己动笔结撰，用了十九年的苦功，才算告成。司马迁写《史记》，接触到后人难以接触到的许多文献材料，这是他得天独厚之处。按照汉武帝时候的制度，"天下郡国文书，先上太史公，副上宰相"，诸侯国或者郡县上来的文书，先呈报太史公，副本才交给宰相，以致到了东汉时的卫宏，说太史公比宰相的官还大，那是不对的，太史公是个下大夫，下大夫也就是现在处长、司长之类，是九卿之一的太常下面的一个官职，相当于七品官员。由于他处的位置非常关键，专管文书档案材料，历史材料来源是很丰富。我们后世的学者，尤其是疑古派学者，往往低估了太史公，比如说，考证《老子》，司马迁明明写老子在孔子之前，到民国年间，疑古学者非要考证出《老子》在庄子之后，甚至是《吕氏春秋》到《淮南子》之间的作品不可。郭店楚简一出来，这个战国中期的墓里出土三个版本的《老子》，作为民间私人写作的《老子》从写成传播到这时，没有近二百年的时间不行，可见《老子》是春秋晚年的东西。又比如钱穆先生，令人尊敬的钱宾四先生，花了很大的力气，去考证《孙子兵法》是孙膑写的。1972 年山东临沂的银雀山汉墓，同时出土了《孙子兵法》和《孙膑兵法》，使得"《孙子兵法》乃孙膑所作"的说法不攻自破。司马迁以朝廷藏书作"名山事业"，网罗文献而呕心沥血，其"信史"追求无可怀疑。我们不讲细节，细节上，经一个人之手写这么大的一部书，有一些毛病是可能的。但在大的历史框架和重要关节上，太史公是不会掉以轻心的，是经得起历史验证的。

　　司马迁搜集材料和处理材料的方法，调动了他那个时代最大的可能性，是非常值得我们注意的。他大体采用了四种材料，一是皇家图书馆的古籍，当时的简帛和全国汇集来的遗文古事。司马迁十岁诵古文，从孔安国学古文《尚书》，从董仲舒学《春秋公羊传》，已经具有把古文献当做专家之学进行处理的能力。应该强调，这种专家能力具有关键作用，它能有效地对浩繁的材料进行钩沉发微，辨伪择善，组合贯通。司马迁所谓"厥协六经异传，整齐百家殊语"，就是搜集丰富的古籍文献，以杰出的专家能力，进行比勘、衡量和取舍，对其中的差异错杂之处加以协调和整齐，形成一个可靠、清楚、浑然一体的史学体系。

　　第二种材料来源，就是司马迁做了许多田野调查，他二十壮游，几年间跑了几万里路，在全国各地调查民间的传闻和考察历史的遗迹。以实地调查，印证和补充文献记载及其不足。所以，太史公对人文地理了然于心，写战争的攻防态势，军队的调动路线，在地理方位上，毫不含糊。就连考察各省山川形势，"足迹半天下"，于地理民俗了如指掌的清初大学者顾炎武，也在《日知录》中推崇《史记》的叙事："秦楚之际，兵所出入之途，曲折变化，唯太史公序之如指掌。……盖自古史书兵事地形之详，未有过此者。太史公胸中固有一天下大势，非后代书生所能几也。"司马迁不仅从民间实地获取材料，而且获得民间思想，改造了历史写作的形式。比如说，韩信的胯下之辱、漂母赐饭，这是小孩子的事情，小孩子钻裤裆，或者，小孩子饿了，河边漂洗衣服的老太太给他饭吃，这些故事，过去的史书中很难写进来的。在司马迁的眼光中，民间生活支撑着、影响着人生轨迹，进而支撑着、影响着历史进程。韩信封为楚王后，受恩必报，赐给漂母，就是那个漂洗衣服的老太太一千金；韩信又不念旧仇，册封曾经让他钻裤裆的少年为楚中尉，当时楚中尉是诸侯国中俸禄二千石的军事长官，成为自己手下最重要的将军。韩信小时候很贫穷，把他的母亲埋葬在高敞地，旁边可置一万户人家。这些资料，是司马迁壮游时，在淮阴采集的。就连陈胜、吴广的事迹，陈胜种地时所发的感慨，他动员揭竿而起时所说的"王侯将相宁有种乎"，都是实地采访所得。现在到安徽宿县的涉故台，还可以看到鱼腹藏书湾，篝火狐鸣处。这些来自大地的材料，把司马迁与民间道义和情绪，连在一起了。不仅材料来自民间，他的历史观也因此带有深刻的民间性。

第三种材料来源是国家档案馆的收藏，也就是采纳"史记石室金匮之书"。这类档案材料，在后来历代王朝动乱和兴亡中，多被焚毁，不然太史公看到的这些简帛埋入地下，现在也成了出土文献了。

第四种材料是从朋友，尤其是当时的王侯大臣的后人，或者事件的经历者那里获得的。这就像我们搞现代小说史一样，小说家本人或者他的后人还存在，只要用心，是可以获得一些还带着体温的材料的。司马迁采访了王侯将相的后人。在汉初封的列侯里面，沛县出来的就有三十二个，刘邦后来把政权交给吕后，是有道理的，他爱江山不爱美人。实际上，刘邦跟戚姬的感情最深，戚姬和他一块随军转战，但是，江山交给戚姬是不行的，当时樊哙都要杀戚姬，戚姬是压不住当年拉竿子上来的这批侯爷的。而且这些侯爷，都不太懂规矩的，像屠狗的樊哙，还有赶车的夏侯婴，卖布的灌婴，作刀笔吏的萧何、曹参，这些人都是跟刘邦在丰、沛这个地方起事的，附骥尾而封侯的人物。司马迁到了丰、沛，或者在长安采访这些侯爷的后人，很多"高祖功臣"攻城略地的材料，都是司马迁在与樊哙的孙子樊他广交往中获得的，这在《史记》列传的论赞里都交代得很清楚。

司马迁出生在陕西韩城，这个地方接近传说中大禹治水凿开的黄河龙门山，因此，他的学问又称"龙门史学"。对《史记》撰述的思想情调产生重大影响的人生大事，也就是他人生的坎子，有两个最为关键，一个发生在三十六岁，一个发生在四十八岁。三十六岁时，也就是汉武帝元封元年，汉武帝去泰山封禅，当时司马谈在洛阳病危，司马迁从出使的云贵川赶回，接受临终遗言。司马谈握着儿子的手说，我死后，你必然当太史官，不要忘了我们所要写的著作，要扬名后世，以显父母，这才是孝之大者。司马谈还说，孔子作《春秋》，至今已四百余年，史记放绝，我很担心"废天下之史文"，你一定要把这件事做好，当时，司马迁满脸泪水，信誓旦旦要把它完成。所以，《史记》是司马谈父子生命的结晶，继承孔子作《春秋》的修史宗旨。

第二个人生坎子，四十八岁时，李陵率五千步卒深入漠北，被匈奴八万大军包围，鏖战十几日，杀伤万余敌兵，但李广利和老将路博德的援兵未至，遂降匈奴。司马迁当过李陵的同事，当汉武帝问司马迁的看法时，司马迁说李陵"有国士之风"，兵败降敌出于不得已，还说李陵想寻找机会报汉，为他辩解，这事当时也就过去了，一年之后，汉武帝以"诬上"罪给司马迁处以宫刑，这是奇耻大辱的一个刑罚。本来汉武帝时有赎刑制度，比如"死罪入赎钱五十万，减死罪一等。"古代五刑是墨、劓、荆、宫、大辟，墨就是在脸上刺字，劓就是割鼻子，荆就是砍脚，宫刑，还有大辟就是杀脑袋。宫刑是第二等重刑，据我初步考证，司马迁要赎他的罪，需要缴纳大辟的百分之六十，即三十万钱赎金，相当于三千六百石粮食，当时的石比较小。太史公是中级官员，官俸一年有六百石，需要六年的薪俸，不吃不喝，才能赎这个罪，相当于现在百万以上的赎金。他没有当过可以"刮地皮"的州郡大员，没有当过可以劫掠或受重赏的将军，由于"家贫，财赂不足以自赎，交游莫救"，过去的朋友也不搭救，左右亲近不给他说话，陷入如此奇耻大辱的悲痛中。所以，《史记》中对世态炎凉的悲愤情绪，处处可见。这就使司马迁重新理解生命，酿成浓郁的发愤著书的情绪，他说"西伯拘羑里而演《周易》；仲尼厄而作《春秋》；屈原放逐，乃赋《离骚》；左丘失明，厥有《国语》；孙子膑脚，《兵法》修列；不韦迁蜀，世传《吕览》；韩非囚秦，《说难》《孤愤》。《诗》三百篇，大抵贤圣发愤之所为作也。"人生的坎坷，作为一种发愤著书的内在气质，弥漫于《史记》的字里行间。

由于具有这种生命体验和历史了悟，再加上他的旷世天才，所以，司马迁写的《史记》被鲁迅推崇为"史家之绝唱，无韵之《离骚》"。我更愿意从中国人的文化心理结构、或精神谱系形成的角度来看《史记》，十几年前《光明日报》曾经让我开列十部最喜欢的书，我把《史记》列在第一位。更有意味的，是可以从《史记》中寻找到中国人行为方式的某些原型（archetype）。比如，讲尊师，也许想到张良的圯桥进履；讲重才，也许想到萧何追韩信；讲忍耐，可以想到韩信的胯下之辱；讲信义，可以想到季布的一诺千金。这些原型既涉及修身，也涉及治国。勾践的卧薪尝胆，项羽的破釜沉舟，韩信的背水一战，范蠡的扁舟五湖，蕴含着何等的意志、决心、气节、豪情和潇洒。再如焚书坑儒，指鹿为马，项庄舞剑以及冯唐易老，李广难封，又包含着多少残酷的权术和悲哀的命运。人们寻找中国人的心理行为模式，多从经子典籍着眼，其不知史书也以历史的残迹在编织国民精神的网络！所以，我认为《史记》对民族精神血脉的影响，除了《论语》记录孔子的嘉言懿行之外，很难再找出第二部书，有它影响这么深，其影响不在老、庄、孟、荀之下。当然，知识分子可能受老庄影响多些，但从整个民族来说，在铸造中国人的行为方式上，《史记》所讲述的一系列"中国故事"，起到非常深刻久远的作用。

二　《史记》的体例

　　第二个问题，讲《史记》的体例。《史记》是第一部完整形态的中国通史。所谓"通"有两层含义：一是纵向的通，贯通从黄帝至汉武帝三千年间的历史兴亡变动的轨迹，融合五帝、夏商周三代、春秋战国、秦汉等各个朝代，写了三千年，《春秋》十二公，写了二百四十二年的历史，《左传》比《春秋》多了十三年，写了二百五十五年，中华民族发生的过程，和文化共同体形成的过程，通过《史记》，被有声有色地勾勒出来了。二是横向的通，囊括政治、军事、经济、文化、思想流派，展示上自帝王将相、下及平民百姓、商人游侠刺客等社会各阶层，以及列国和边疆部族。可以说这是中国多元一统历史观的伟大尝试，或者说是历史观的伟大革命。

　　为什么《史记》能做到这一点呢？有两条根本性的原因：第一个原因，汉帝国是当时世界上第一流的强国，具有第一流的综合国力和思想魄力，刘邦建国是公元前202年，汉武帝上台是公元前141年，开国六十二年，像我们现在建国也是六十年了，在当时，只有稍微晚一点兴起的罗马帝国的国力，才能够跟它媲美。所谓"文章西汉两司马"，说的是司马相如的大赋，尤其是司马迁的真正意义上的大历史，是那个时代造就的，所谓"世必有非常之人，然后有非常之事；有非常之事，然后有非常之功"，这是司马相如的原话。朱自清先生写过《经典常谈》，在讲到《史记》的规模和魄力的时候，说："他这样将自有文化以来三千年间君臣士庶的行事，'合一炉而冶之'，却反映了秦汉大一统的局势。"朱自清也认为是秦汉这个时代给司马迁这么一种魄力。第二个原因，它在全面考察和吸收先秦多种形式史书的基础上，进行高度的综合和开拓创新。先秦时代已有编年史《春秋》《左传》，也有国别史《国语》《战国策》，还有文告档案式的政治史《尚书》，此外《庄子》的《天下篇》和《荀子》的《非十二子》中也有思想史的雏形，各种史学因素先秦的思想家都尝试过了，但是，《史记》把它们综合起来，融合创新，创造出五体共构的这种形式。五种体裁，共构在一起，不是简单的一加一，必须以巨大的魄力和功力运转纷纭复杂的史料，使之纲目整然，纲举目张，各归其位，又多方互补、互动、互见，形成一个生机勃勃的有机整体。为什么说"五体共构"呢？因为它体例中有五种体裁，第一是十二"本纪"，写帝王的，第二是十个"表"，第三是八个"书"，第四是三十"世家"，第五是七十"列传"，加起来是一百三十篇。过去有人说这里面有什么神秘的数字，因为十二啊，八啊，十啊，三十啊，或者一百三十啊，这些数字，好像跟天地之道有关似的，我们不这么认为。

首先讲"本纪"。"本纪"十二篇是全书总纲。分别记载五帝、夏、商、周、秦列代的帝王世系和重大事件，这是秦以前的，再加上秦始皇、项羽、汉高祖、吕后、文帝、景帝和武帝，也就是今上，编年记述了国家大事和兴亡的脉络。"本纪"体例有四个值得注意的关键点：

第一，它从黄帝写起，不仅根据古文材料，而且进行实地考察，他说，我曾经西到空桐，空桐就是现在甘肃、宁夏交界的崆峒山，北过涿鹿，涿鹿在今天的河北，东渐于海，南浮长江和淮水，那里的父老往往说起黄帝和尧舜。所以，司马迁把民间的民族记忆写进了历史，从而为华夏民族寻找到一个千古一贯的血缘上和人文上的始祖。顾颉刚说，《五帝本纪》把过去方位中的五帝变成了血脉上的、纵向的五帝。这一变是很重要的，为中华民族植下了文化共同体的根脉。因为中华儿女现在自称为炎黄子孙，就是以《史记》作为根据的，通过《五帝本纪》，把这个民族的生命的凝聚力，伸到遥远的发生学这么一个境界上来了。

第二，《夏本纪》和《商本纪》，这两个本纪写得比较简略，主要勾勒了王位父子或兄弟相承的世系。我们的疑古学派曾经说过，东周以上无信史。但是，王国维根据殷墟甲骨文，考证出殷商十七世，三十一个王，约六百年，和他们远祖先公先王的世系，证明《殷本纪》，除了有几处小的参差之外，基本上是可靠的，这是不得了的。王国维甚至由这一点，上推《夏本纪》中夏代的世系，认为也是可靠的。《史记》记载周武王灭纣之后，封舜的后代在陈，封夏禹的后代于杞，封商的后代于宋，这都有谱牒的根据，所以，孔夫子去考察列国文献的时候，除了东周洛阳，他到了杞国、宋国，就是因为那里确实流传着很多上古典章制度和族源故事。

第三，在《秦始皇本纪》和《（汉）高祖本纪》之间创设了《项羽本纪》，用来统率楚汉相争五年间波澜壮阔的政治、军事、外交斗争。《项羽本纪》主要写三个故事，一个是巨鹿之战，项羽在河北巨鹿这个地方，跟秦军的主力相遇，各路诸侯都不敢前进，他消灭了秦军主力，这是项羽最大的战功。第二个是鸿门宴，他想杀刘邦，但是犹犹豫豫，没有杀成，这是他命运的转折。第三个就是垓下之围和乌江自刎，是他的悲剧命运的结局。对楚汉之争，我们从年龄和心理上来考察，项羽起兵时是二十四岁血气方刚的壮士，刘邦起兵时是四十八岁老谋深算的一个无赖。较力气，刘邦打不过项羽，但是，较计谋啊，项羽不行，鸿门宴上，刘邦稍一辩解，项羽就说是你的司马曹无伤说你要在关中称王啊，这把自己卧底的人都讲出来了，回去之后，刘邦一下子就把曹无伤杀了，这个小伙子不懂成败得失的要害所在。垓下之围的时候，项羽旁边就一个虞姬，他不是找将军、谋士商量事情，而是找自己的小老婆来商量，这就不行了。刘邦不一样，选戚姬还选吕后，他找张良商量。一个四十八岁出去打仗的人，和一个二十四岁打仗的人，他是不同的。但总的来说，项羽被写成最有血性、最威猛、最有豪气的大男子，他二十四岁起兵，三十二岁覆灭，征战了八年，身经大小七十余战。司马迁写人物，经常写身高，他写项羽身高八尺有余，根据出土的汉尺，一汉尺是 23.1 厘米到 23.2 厘米之间，那么项羽的身高应该是一米八五到一米九零之间，力能扛鼎。起事之时砍杀会稽守时，他一刀就把那人脑袋砍下来了，当时很能够把乱哄哄的场面镇住的。这么一个西楚霸王的形象，实际上是含有对汉初政治的褒贬，到了写《史记》的汉代中期已经没有这样磊落痛快的人，汉以后也没有项羽这类"真正的汉子"了。

第四个关键点，司马迁有一种历史实录、秉笔直书的精神。在司马迁死后，一百三十卷的《史记》，"十篇有录无书"，大概有些东西犯了忌讳，被抽掉了，像"景帝本纪""今上（汉武）本纪"，后来是褚少孙补写的。给吕后做本纪，而不给汉惠帝做本纪，这也是司马迁独特之处，要是朱熹来做，可能是"孝惠本纪"，而不是《吕后本纪》了。《吕后本纪》写吕后称制掌权，毒杀赵王如意，把戚姬变为"人彘"，砍掉胳膊和腿啊，使惠帝和两个少帝有名无权，诛贬刘姓诸侯王，展示了政治阴谋的残酷性。但在论赞里，也就是"太史公曰"中，司马迁却肯定了那个时期的社会政策，他说："孝惠皇帝、高后之时，黎民得离战国之苦，君臣俱欲休息乎无为，故惠帝垂拱，高后女主称制，政不出房户，天下晏然。刑罚罕用，罪人是希。民务稼穑，衣食滋殖。"所以，当时的农业生产、衣食和温饱问题都能解决。吕后的残酷只是在宫廷斗争时，而对社会，她采取无为而治，这个政策，发展到后来文帝、景帝的与民休息，使国家的元气慢慢地恢复了。应该说在这一点上，司马迁对她还是肯定的，并不是女人当政，什么事情都一塌糊涂，司马迁有史家的思想，能够实事求是。

下面讲十篇"表"和八篇"书"，这是司马迁非常独特的创造。十篇"表"排列了历朝的谱系学、年代学，八篇"书"展示了上古社会的文化和制度，这两者的使用，为我们历史的准确性和开阔性，设计了时间、空间的坐标。十"表"中，《十二诸侯年表》《六国年表》最为重要，春秋战国时期，各国的诸侯，复杂纷纭的年代，如果不用表格排列得这样头绪分明，眉目清晰，作为中国文化思想轴心期的春秋战国的历史，就是一笔糊涂账。就凭这一点，司马迁就是中国思想文化界的一个大功臣，庄子是在孟子之前？还是之后？有这个年表，你再去考证，就有个框架在那里。当然后来汲冢魏墓出土的《竹书纪年》，订正《史记》失记魏惠王后元之误，但如果没有《六国年表》，也就看不出差误来，差误在哪啊？有了这个年表，才有订正的基础。八"书"是记述礼、乐、天文、历法、祭祀、财税的文化制度史。《河渠书》表明，水利是中国农业社会的命脉，它从大禹治水写起，记述李冰凿离堆，西门豹治漳水，秦修郑国渠，一直写到汉武帝在瓠子口堵黄河缺口。瓠子口就在今天的河南濮阳。《诗经》里的邶、墉、卫三地，春秋时期水草很丰美，当时都是湿地，黄河也没有泥沙淤积，也没水患。汉武帝时，黄河泛滥得很厉害，因为朝廷里面的权相、贵戚不愿花钱去堵，汉武帝从泰山封禅回来之后，在那里做了个《瓠子歌》，发动十万官兵，每人背一捆柴，一下子就把缺口堵上了。司马迁实际参加这项壮举，他说，"余从负薪塞宣房"，宣房就是瓠子口，后来在上面盖了个宣房宫来镇水，"悲《瓠子》之诗而作《河渠书》"，显示了治理江河是中华民族的基本国策，救灾史是中华民族多难兴邦的凝聚力、生命力的极好证明。司马迁用他的切身体验领会到这一点，又用体例的方式写入正史，这一点，是非常了不起的。

《史记》八"书"，后来班固的《汉书》继承为十"志"，因为书名已用"书"，篇名与书名不能重复，《汉书》底下不能再有"书"，所以，叫做"志"。班固的贡献是增加了《艺文志》，记载国家图书目录，清理古代学术源流，为文献学术别立专史，这是《史记》没有的。因为秦始皇焚书之后，汉初政府收集起来的资料堆积如山，来不及清理，后来经过刘向、刘歆父子的清理，才有《汉书》的《艺文志》。对于《史记》的表与书的体例，傅斯年认为乃"太史公书之卓越"所在，他说："年代学（Chronology）乃近代史学之大贡献，古代列国并立，纪年全不统一，子长独感其难，以为十二诸侯六国各表，此史学之绝大创作也。我国人习于纪年精详之史，不感觉此功之大。"如果考察希腊年代学未经近人整理以前的状态，或者印度史的年代问题，就会发现，他们一个作家的生卒年代，一差就几百年，不像我们，曹雪芹哪年死的，差一年就可以养活很多人。然后知道，司马迁创作年表，实在是史学思想的大成熟也；他又说："著史及于人事之外，至于文化中之礼、乐、兵、历、天官、封禅、河渠、平准各为一书，斯真睹史学之全，人文之大体矣。……其在欧洲，至 19 世纪始有如此规模之史学家也。凡上两事，皆使吾人感觉子长创作力之大，及其对于史学观念之真（重年代学及文化史）。希腊罗马史家断然不到如此境界。"傅斯年认为司马迁将年代学和文化史，作成表和书，西方史学到 19 世纪才有这样的规模，才达到这样的史学境界。傅斯年是"中研院"史语所的所长，对于西方史学流派是很熟悉的，他说的是可信的。

三　以人物为本位的史学体系

　　接下来讲《史记》以人物为本位的史学体系。这也是讲体例，只是独立出来这个问题。《史记》以人物为本位，在它的五体中，三十"世家"、七十"列传"占三分之二以上的篇幅，也是全书写得最精彩、最有情致的地方。加上"本纪"也写人物，遂使司马迁成为历代史家中写人物的第一高手，给我们留下了一个丰富多彩的历史人物画廊。梁启超在《中国历史研究法》说过这样一段话："史界太祖，端推司马迁。……其最异于前史者一事，曰以人物为本位。"《史记》以前的先秦古史，往往以史的网络把人物割裂开来，没有拿出专门的篇章，从头到尾写一个人。《史记》，写人物，写得有声在色，是人的意识觉醒的新的主题。中国古代最重要历史体裁有三种：编年体，纪传体，纪事本末体。其中编年体是以年代为主人公的，纪事本末体是以大的事件为主人公的，而纪传体由司马迁开创，以人物为主人公，以人物的生动描绘为基本特征。它讲述了一批千古流传的"中国故事"，对后世的小说戏剧的产生和发展，影响极为深远。

　　"世家"三十篇，主要记载西周以来，尤其是春秋战国时代势力膨胀的诸侯列国史，以及汉初主要王侯、外戚家世相传的历史。因此它的写法既重世系，又重人物，介于"本纪"和"列传"之间。秦汉以后实行郡县制，这种"国中之国"的现象基本消失，所以二十四史自《汉书》以后不再专列"世家"。一个值得注意的问题是，三十"世家"从哪里写起呢？西周初年分封诸侯，藩屏周室，当然以封姜子牙于齐，封周公元子伯禽于鲁最为重要。但是《史记》把齐、鲁两个世家排在第二、第三，把《吴太伯世家》排在第一，除了年代顺序之外，另有深意。《春秋》《左传》以鲁国为中心，吴国国君长期被称作"子"，吴是蛮夷之地，司马迁与《春秋》《左传》不一样，不是以鲁为中心。就像哥白尼发现太阳中心以后，看世界的维度就变了，所以，司马迁不是官本位，不认为中原独大。吴太伯和二弟仲雍，都是周太王之子，但周太王想传位给老三季历，因为他有个圣子姬昌，即周文王，老三这个长子能够振兴周族。为此太伯、仲雍就逃到蛮夷之地，把王位让出来，自号勾吴，按过去的记载，勾吴在无锡梅里，那里有全国最大的泰伯祠，近年考古则初步判定在镇江、丹阳一带。孔子对此大为感叹："泰伯，其可谓至德也已矣。三以天下让，民无得而称焉。"这是《泰伯篇》的第一句话。在孔子和司马迁的时代，这种让德非常难得，把《吴太伯世家》放在第一，出于一种历史道德论的意识。另一重深刻的意义是，太伯奔吴，是华夏人士的夷蛮化；直到19世的吴寿梦，楚大夫申公巫臣逃亡晋国，由晋出使吴，让他的儿子为吴行人，吴才开始"通于中国（中原）"，这是吴国华夏化的过程。再过两世五个王，出现吴国阖闾，接纳楚国伍子胥、齐国孙武，伐楚而成大国，这时，吴国变成中原，称霸中国。人才、家族的跨地域流动和客卿制度，使华夏人士夷蛮化之后，又进入夷蛮华夏化的过程，这种双向对流，乃是中华民族共同体的历史进程的缩影。司马迁对中华民族形成的考察视野，是开放的。

三十"世家"中，最能在破格中显出司马迁胆识的是《孔子世家》和《陈涉世家》。孔子无诸侯之位，不合世家的格式，但是他创私学，有弟子三千，周游列国，想推行礼乐仁政，累累然若丧家之狗，很不得意。晚年，他整理六经，开创了深刻影响中国思想文化的儒家学派。司马迁二十壮游的时候，到过曲阜，他说："余读孔氏书，想见其为人。适鲁，观仲尼庙堂车服礼器，诸生以时习礼其家，余祗回留之不能去云。天下君王至于贤人众矣，当时则荣，没则已焉。孔子布衣，传十余世，学者宗之。自天子王侯，中国言'六艺'者折中于夫子，可谓至圣矣！"在司马迁那个时代，虽然孔夫子刚刚有点位置，说他是素王，但那时黄老很重要，司马迁把老子放在列传里，把孔子放在世家里，就体现了一种了不起的非常深邃的大历史眼光。他为孔子立世家，实际上是在深刻理解中国历史的基础上，为中国思想文化立传。这不是一般人的眼光。又比如屈原，不见于先秦文献，以至现在还有一个屈原否定论，胡适说，好像屈原是没有的。但司马迁到过屈原的家乡呀，到过楚国的首都，到过沅、湘，到过汨罗，到过淮南王的地方，这都是屈原出生地，当官的地方，流放地，沉江的地方和研究中心，司马迁距离屈原只有一百五十年。就像现在我到柳亚子的家乡吴江县去看，房子还在，亲戚还在。你是相信一百五十年后，实地考察的历史学家呢？还是相信两千年之后，根据某种外来观念推断出来的东西呢？这是不言而喻的！屈原当时流落民间，没人记载，子兰、子椒掌握着话语权，就像我们当个普通学者，你让国家大事记给你记一笔，那可能么？司马迁经过调查之后，为一个在正史中无载的人写了传，这是不得了的。陈涉处在与孔子不同的历史动力的另一个侧面。一个种地服兵役的小头目。在大泽乡振臂一呼，"王侯将相宁有种乎"，揭竿聚众率先反抗秦朝的暴政。称王不久就应者云集，"楚兵数千人为聚者，不可胜数。"他虽然没有最终成功，但他所安排的、派遣的侯王将相灭亡了秦，即"陈涉发迹，诸侯作难，风起云蒸，卒亡秦族。天下之端，自涉发难"。司马迁以世家的形式，高度肯定了这种民心民气爆发出来的历史推动力。汉初的时候，高祖虽也给陈涉设了看墓人，但是能将一个山大王、草寇立为世家，司马迁是具有不拘格套的原创精神的。

接下来讲第五种体例，就是七十"列传"。传的形式，在司马迁以前是解释经书的经传。把它转化为人物传，是司马迁的一个创造。清代赵翼在《廿二史札记》中讲过："古书凡记事立论及解经者，皆谓之传，非专记一人之事迹也。其专记一人为一传者，则自迁始。"其实，列传七十篇并非都是一人一传，它根据历史人物的地位、重要性和事迹材料的多少，采取五种构传的形式：第一，基本是一人一传的专传；第二，业绩相连、彼此相关的多人合传，比如屈原贾谊的合传，袁盎和晁错的合传；第三，还有行事同类、品质相近的一系列人物，或同代、或异代而以类相属的"类传"，如刺客、游侠、滑稽、货殖皆有类传；第四，边疆少数民族与邻国，及其与汉族关系的方域传，如匈奴、南越、东越、朝鲜、西南夷、大宛皆有传；第五，还有一篇司马迁作的自传，即《太史公自序》。

专传二十二篇，多是司马迁高度关注的人物。他的专传从伯夷写起，即《伯夷列传》。伯夷、叔齐的材料并不多，但"孔子序列古之仁圣贤人，如吴太伯、伯夷之伦详矣"，因而把吴太伯列为三十"世家"的第一篇之后，又把伯夷列为七十"列传"的第一篇。这两个首篇表明，司马迁的历史道德意识来自孔子，他的《史记》是继承孔子作《春秋》的传统。这篇传记采取史论笔法，因伯夷叩马阻谏武王伐纣，以及不食周粟，采薇首阳山而饿死，就质疑天道。颜回那么短命、盗跖寿终，这难道就是天道么？这背后有作者的心理，我受了这么大的侮辱，天不公道啊！

专传篇幅较大，能够腾出笔墨，另辟蹊径地揭示人物思想行为背后的生存哲学，往往以小见大，增加他描写的深度。比如说《李斯列传》，写李斯小时候当郡小吏的时候，看到厕所中的老鼠去吃屎，人、狗一来，害怕得不得了；看到粮仓里的老鼠整天吃粮食，还没有人和狗的骚扰，他就感受到一种老鼠的哲学，他说，人啊，贤不肖就像老鼠，看在哪个位置上。你现在当一个研究员，安排你当部长，放在那个位子上，就会别有风光。自处，就是一种自我选择，把自己置于有利位置。因此他看到秦将要并吞天下，就告别荀卿，西入秦，找谁的门路呢？他也看谁是仓库，做了吕不韦的舍人，以后又当了秦王政的客卿，如果他当时找了别人就倒霉了。后来又当了秦始皇的丞相，实施郡县制度，促成焚书坑儒，陪同秦始皇五次东巡，六度刻碑，颂扬秦德，显示大国威风。在秦始皇病死沙丘时，沙丘这个地方很不祥，赵武灵王也是死在这里，李斯顺从了赵高的阴谋，立胡亥而废太子扶苏。其实这个时候，他也是想做粮仓老鼠的，哪知最后掉到老鼠夹子里了，弄到自己腰斩于咸阳市，想与儿子"牵黄犬出上蔡东门逐狡兔"都不可得。哪部历史书把老鼠写成这样？唯有《史记》才有如此手笔。我们看鲁迅的《铸剑》，眉间尺戏弄老鼠，可能就是受这个影响。一代丞相，却有一只老鼠跟随了一辈子，功过荣辱都有老鼠哲学一以贯之。司马迁写人物，写到生存哲学这个高度上了。

列传显示司马迁的历史眼光是透彻而严峻的，不时散发着他受挫时的切肤之痛和命运意识。比如《伍子胥列传》写伍子胥在父兄被楚平王诛灭之后，他奔吴扶助吴王阖闾，打进楚国的首都，掘开楚平王的墓，鞭尸三百。其后他劝夫差先灭越而后北上，被赐剑自杀，演出了一场轰轰烈烈、又杀身灭国的历史大悲剧。太史公说，如果伍子胥当年跟随他的父亲伍奢一起去死，就像一只蚂蚁一样，当他逃跑在江上时，很困难地活着，什么时候忘过楚国的郢都呢？弃小义而雪大耻，名垂于后世，隐忍就功名，非烈丈夫谁能做到这一点啊，伍子胥就是我司马迁啊！司马迁受宫刑之后，体验到"人固有一死，死有重于泰山，或轻于鸿毛"的这样一种生命哲学，隐忍着撰写《史记》，打进史学的最高峰，是烈丈夫的行为啊，他与伍子胥的生死选择发生强烈的共鸣。

　　写李广，也有司马迁的情绪在里面。李广威震达疆，没有封侯。侯爵在西汉并非罕见之物，项羽乌江自刭，五将领争分其肢体，回去就封了五个侯，这侯就值一只胳膊或一条腿。武帝时，列侯因不能按时献金助祭宗庙，一次就罢免了一百多个侯，实际的侯可能有好几百。结果李广打了一辈子仗，连个侯的味道都没有闻到。李广是李陵的祖父，司马迁得祸的祸根，所以《李将军列传》中蕴含着司马迁的身世之感和命运体验，可能是所有列传中写得最好的之一，李广威震匈奴，使匈奴人数岁对其所守边郡避不敢入，历代有多少"飞将军"的歌咏，竟然大小七十余战而不得封侯。以奇兵和骑射驰名的天才军事家，写得越是虎虎有生气，越是令人有命运之感。太史公说："余睹李将军悛悛如鄙人，口不能道辞。及死之日，天下知与不知，皆为尽哀。彼其忠实心诚信于士大夫也？谚曰'桃李不言，下自成蹊'。此言虽小，可以谕大也。"这里写李广不善言辞的谨厚鄙人的一面，反衬他敏捷善射、意气自如地以奇兵胜强敌的一面，加深了人们对李广传奇性的印象。这种手法司马迁经常用，并不是大人物就要写得处处高大，像拍电视，要仰镜头，仰视 15 度还是 30 度，他不是这样。比如《留侯世家》写张良"运筹策帷帐中，决胜千里外"，张良的计谋不得了，韩信、戚姬被他轻轻一点，就裁倒了，不用大动干戈。司马迁在他的评传里却说："余以为其人计魁梧奇伟，至见其图，状貌如妇人好女。盖孔子曰：'以貌取人，失之子羽。'留侯亦云。"

　　合传二十六篇，在"列传"中数量最大，组合的标准，煞费周章。

管仲和晏婴，是齐国贤相合传；老子和韩非，孟子和荀子，是思想家合传；孙子和吴起，白起和王翦，是军事家合传；扁鹊和仓公，是名医合传；屈原和贾谊，是文学家合传。写得很好的是《廉颇蔺相如列传》，写将相和，极富政治哲学。蔺相如的完璧归赵、渑池会，以生命维护国家利益，写得极有声色，后世都演为戏剧，司马相如小名"犬子"，也是"慕蔺相如之为人，更名相如"，但司马相如"口吃而善著书"，与韩非子"为人口吃，不能道说，而善着书"相似，根据心理学原理，某一方面有生理缺陷的人，便转移智慧，我口不行，手行。蔺相如英姿勃勃地以言行对抗秦昭王，"拜为上卿，位在廉颇右"之后，又能以"先国家之急而后私仇"的态度谦让老将廉颇，感动得廉颇肉袒负荆请罪，结为刎颈之交。蔺相如死后，廉颇受排挤逃到魏国，又被仇人诬他"尚善饭，然坐顷三遗矢矣"，说他肠胃不济，这对老人来说是很忌讳的，再不能为国家效力，写出了英雄末路的苍凉感。

与苍凉感相异的，是《卫将军骠骑列传》，写卫青、霍去病的赫赫战功，有力地推动汉帝国成为一等强国。卫青由于其姊卫子夫得幸汉武帝生男，贵为皇后，而出任将军，七伐匈奴，他也不是全凭裙带，而是屡立战功，"斩捕首虏五万余级"，收复河南地而置朔方郡。他的外甥骠骑将军风头更健，六伐匈奴，"斩捕首虏十一万余级，挥师登临翰海，封狼居胥山，迎降浑邪王数万人马，开辟河西酒泉之地。"汉武帝给他建府第，他说："匈奴未灭，无以家为也。"行文又对他性格作分析，由于自少娇贵，作战时，"天子为遣太官赍数十乘，既还，重车馀弃粱肉，而士有饥者。其在塞外，卒乏粮，或不能自振，而骠骑尚穿域蹋鞠，事多类此。"士兵饿着肚子打仗，他却把食物扔掉了，这是公子哥儿的做法，与李广不一样，也和吴起不一样，吴起给士兵医伤吸脓的。《史记》的高明处，在于既看到人物性格的复杂性，又由此透视历史的多重性和世态的炎凉，写到"大将军（卫）青日退，而骠骑日益贵。举大将军故人门下多去事骠骑，辄得官爵，唯任安不肯。"司马迁曾作《报任安书》，如此议论是包含着他的人生感慨的。

四 史学精神的民间性和开放性

在汉帝国的总体魄力下，司马迁"读万卷书，行万里路"的工作方式，以及封建帝王的淫威使他蒙受奇耻大辱的刑罚而"发愤著书"的写作心态，都使《史记》增添了不少民间性和开放性。悲剧英雄项羽列入本纪，与帝王并列；布衣圣者孔子、发难的农夫陈胜列入世家，与诸侯并列；落魄文士屈原、贾谊列入列传，与将相并列。他们的材料多由司马迁田野调查所得，所见所感都激发了他对民间价值的认同。他常引用民间鄙语、谣谚来发抒对历史的认识，如《孙子吴起列传赞》云："语曰：'能行之者，未必能言；能言之者，未必能行。'孙子筹策庞涓明矣，然不能早救患于被刑。吴起说武侯以形势不如德，然行之于楚，以刻暴少恩亡其躯，悲夫！"这种民间性、开放性在《史记》中广泛存在，为后来封建王朝设立国史馆，集体撰史所欠缺。若从《史记》体例上看，则列传中的类传和方域传体现得最为集中和突出。

类传有刺客、循吏、儒林、酷吏、游侠、佞幸、滑稽、日者、龟策、货殖十篇。刺客、游侠与酷吏、佞幸相对抗，它们张扬的是一种社会秩序之外的反抗暴虐和讲究信义诚诺的血性男儿精神，司马迁遭难无援，对这种精神在汉代的收敛和消失，深有感慨。这就是礼失于朝而求之野的意思。朱自清说："至于《游侠》《货殖》两传，确有他们的身世之感。那时候钱可以赎罪，他遭了李陵之祸，刑重家贫，不能自赎，所以才有'羞贫穷'的话；他在穷窘之中，交游没有一个抱不平来救他的，所以才称扬游侠的话。"（《经典常谈》）对于朱家、郭解等游侠的记述，主要是针对汉代风气的污浊、虚伪和趋炎附势，因而认为"今游侠，其行虽不轨于正义，然其言必信，其行必果，已诺必诚，不爱其躯，赴士之厄困。既已存亡死生矣，而不矜其能，羞伐其德，盖亦有足多者焉。"

《刺客列传》讲了六个刺客故事：曹沫劫齐桓公，专诸刺吴王僚，豫让刺赵襄子，聂政刺韩相侠累，荆轲刺秦王政，高渐离筑击秦皇帝。

其中荆轲刺秦王写得最出色，因为它不取小说书《燕丹子》中"天雨粟，马生角"等天人感应的怪异现象，而吸取当时在秦殿中以药囊砸荆轲的侍医夏无且的见闻，"始公孙季功、董生与夏无且游，具知其事，为余道之如是"，可见司马迁历史取材的严谨性。这就把"荆轲刺秦王"，写成了令人千古扼腕的悲剧。朱光潜说过："假如荆轲真正刺中秦始皇，林黛玉真正嫁了贾宝玉，也不过闹个平凡收场"，这就未免"庸俗无味"。比较起来，写得最有社会思想创新价值的，是主张商业经济的《货殖列传》，它主张因民欲而利导，各地物产相异，通商以乐民。在道德论上认为，"仓廪实而知礼节，衣食足而知荣辱"；在财富论上认为，"用贫求富，农不如工，工不如商。"因商致富的人物，秦以前写了陶朱公范蠡、子贡等七人，汉以后写了临邛卓氏、程郑等十二人。这里所体现出来的思想，与道家的清静无欲、儒家的言义轻利、法家的重本轻末，都大异其趣。他是最早主张以商富民、以富养德的历史学家。

方域传有匈奴、南越、东越、朝鲜、西南夷、大宛六篇。《史记》的一大贡献，是在强调历史的纵向演进中，展示了历史的横向融合。他开辟了中国正史写四夷传的传统，显示了他历史视野的开放性。司马迁曾在三十五岁前后，以中郎将身份奉使到西南夷即现在的云贵川地区设郡置吏，为期一年左右。他的开放视野与汉武帝时期的国家形势有关。班固说过："武帝既招英俊，程其器能，用之如不及。时方外事胡越，内兴制度，国家多事，自公孙弘以下至司马迁，皆奉使方外。"（《汉书·东方朔传》）这番奉使，使他关注西南夷事务，顺理成章地把这个方域引进历史视野。当时的西南夷分为西路（川西）和南路（云贵），置为七郡，只有夜郎王、滇王接受中央政府的王印。同时，司马迁又把年长三十四岁、属于父亲司马谈那代人的司马相如，不仅写了《上林》《子虚》诸大赋，而且也曾出使西南夷有功，就为之立了专传，紧跟《西南夷列传》之后。

司马迁论匈奴，称"其先祖，夏后氏之苗裔也，曰淳维"，认同它为华夏系。自冒顿单于崛起，匈奴成为汉王朝最大的边患，数窘汉高祖、吕氏，文帝、景帝时实行的是和亲政策。到武帝用卫青、霍去病为将之后，才把匈奴赶出塞北，打通河西走廊。匈奴丧失祁连山、焉支山后，有一首歌："亡我祁连山，使我六畜不蕃息；失我焉支山，使我妇女无颜色。"《史记》在《匈奴列传》的前面有《李将军列传》，后面又紧随着《卫将军骠骑列传》，以及为反对讨伐匈奴的公孙弘（平津侯、御史大夫）、主父偃而作的《平津侯主父列传》。这四篇列传构成一个关于匈奴问题的叙事单元，颇具结构匠心。写得同样令人精神为之一振的是《大宛列传》，博望侯张骞通西域，是中华民族发展史上的一件大事，它使中国人的世界观念超越了《山海经》的怪异思维，而还原到西北方的一片广袤而神奇的土地上。李长之说："《大宛列传》是以张骞和大宛马为线索的一篇又威风又有趣的妙文。李广利虽为伐大宛的主帅，但文中写得他黯然，反不若张骞的开场之功。全文总在写李广利之封侯，实不值一文而已。"（《司马迁之人格与风格》）大宛在今乌兹别克斯坦的塔什干之东南。张骞本是派去联络大月氏（原居河西走廊，遭匈奴冒顿单于攻击，迁阿富汗和塔吉克斯坦一带），合击匈奴的。但在匈奴被拘留十余年，娶妻生子，逃脱到大宛，再到大月氏后，大月氏新王已无报复匈奴之心。十三年后，张骞九死一生回到长安，向汉武帝讲述了大宛、大月氏、乌孙（今伊犁河到天山一带）、安息（伊朗境）、条枝（叙利亚）、大夏（阿富汗境）、康居（哈萨克斯坦境）等西域大国。尤其大宛，"其俗，土著耕田，田稻麦。有蒲陶酒。多善马，马汗血，其先天马子也"云云。中国北方农业由种粟黍，变为大规模种麦，与开通西域有关。其后汉廷送江都公主与乌孙和亲，又得大宛汗血马，名为"天马"。（司马迁未及见宣帝时设置西域都护府，监护西域三十六国）汉武帝为此曾作《天马歌》，见于《史记·乐书》，歌曰："天马来兮从西极，经万里兮归有德，承灵威兮降外国，涉流沙兮四夷服。"

汉代文化是楚风北上，又夹杂着齐风西进，同为楚歌的汉高祖《大风歌》也为《乐书》述及，后由小儿歌之，四时歌舞于沛郡的高祖原庙，现那里还有"《大风歌》碑"。如果说，汉高祖《大风歌》唱出了汉朝的开国气象，那么汉武帝的《天马歌》就唱出了汉朝的盛世雄风。这几首诗的流传，司马迁有一半功劳。《大风歌》原来可能有几十句，司马迁把他变成三句，可这三句就打遍天下无敌手，要是一个很平庸的历史学家可能原原本本地都写下来，全记下来就没这么苍凉而精粹了。再如项羽的《垓下歌》，中军帐是军事要地，当时没人能进得去，司马迁到那里作实地调查，接触到了古战场附近的父老兄弟的传说、歌谣，把它记录下来。这几首诗，著作权是他们的，但经过司马迁记录、整理，就流传下来了。比如《东方红》原来是陕北民歌，是这样唱的："东方呀那个那个红"，现在的《东方红》，是经过加工整理的，精神气象完全不一样。历史学家记录、整理资料，也在创造历史。这些歌诗分别与《高祖本纪》《大宛列传》互相呼应，这就是《史记》的"互见法"。在《史记》五种体例中，互见、互动、互补之处甚多，使《史记》结构具有建筑美，立体布局，相互勾连；又有烟波荡漾的苍茫感，气脉流贯，活力充盈，组合成一个充溢着司马迁杰出的器识和旷世才华的史学上和文学上的"《史记》世界"。

文学的曹操

徐公持

　　说起曹操，中国人几乎妇孺皆知，因为他不但是一位杰出的政治家、军事家，而且是人气极高的"戏剧人物"。今天我谈的不是政治的曹操，也不是军事的曹操，而是他在文学领域里的表现：他是建安文学的真正领袖；他写出了一些"诗史"作品，其中弥漫着"慷慨悲凉"的情调；他的文章是真正的散文，充满自信、流露霸气。这三点构成了一个"文学的曹操"。

一

　　建安文学的领袖是谁？一般文学史上都说是曹丕、曹植兄弟。不错，丕、植兄弟是建安年间文坛上最活跃的人物，当时的一些文学活动，也大多是以他们兄弟为中心展开的。他们的文学作品数量多、成就也高，无论诗歌、辞赋和文章，都有大量作品，后世广为流传。不过我以为真正的领袖，还是他们的父亲曹操。

　　这种领袖作用，表现在建安文学的整体建设上，尤其是在建安文人集团的形成上。汉末文士在战乱中颠沛流离，散处各地。杨修是太尉杨彪之子，早就才名远播，通过举孝廉，在朝廷任"郎中"之职；王粲、邯郸淳曾流寓荆州，在刘表父子幕中生活十余年；陈琳最初是何进的文书官"主簿"，后来又在大将军袁绍幕中"典文章"；徐干是青州北海名士，刘桢是兖州东平才子，阮瑀是陈留大儒蔡邕的弟子，应场是汝南郡应氏世家子弟，繁钦是汝南、颍川一带名士，吴质又是兖州济阴名士，当时都各不相值。曹操将他们陆续吸纳罗致到自己幕中，先后成为邺下文人集团的一分子，即如曹植所说："吾王于是设天网以该之，顿八纮以掩之，今悉集兹国矣！"（《与杨德祖书》）能够做到"悉集兹国"，谈何容易，曹操是费了不少心思、不少周折的。有一个例子很能说明问题，陈琳曾替袁绍写檄文痛骂曹操，"奋其怒气，辞若江河"（明代张溥语），还特意提出曹操的太监家庭背景，说是"赘阉遗丑"，檄文通报全国，曹操非常难堪。后来曹操胜利后，陈琳表示谢罪，曹操则"爱其才而不咎"，让他当了自己的"司空军师祭酒，管记室"，予以重用。又一个例子是王朗。此人是杨赐弟子，文士兼学者，精于《周易》，汉末颇有知名度。王朗曾任会稽太守，战乱中为孙策所败，曹操使孔融以朋友身份致书招引，又以朝廷名义表征，终于将他罗致到来，在朝廷官至三公。曹操的作为，体现了他对文化人的重视和对文学的爱好，这显示出他的远见卓识，在当时军阀中为仅见。汉末三国时期，英雄辈出，刘备、诸葛亮、孙权等，皆有英雄气概。但是从文化眼光和文学气质上说，唯曹操独领风骚。当时大批文学人物聚集在他的麾下，不是偶然的。可以说，没有曹操就不会有建安文士这个群体，也就不会有建安文学。三国在军事上经常对垒，互有胜负，形成鼎足之势；但是在文学上吴蜀两国可不成对手，曹魏占有压倒性优势。

作为"主人"的曹操，鼓励文士们在政治上为曹氏效力的同时，努力从事写作。他出于个人爱好，自己"登高必赋"（《魏志》注引王沈《魏书》），"以相王之尊，雅爱诗章"（《文心雕龙·时序》），而诸子、部下也积极跟进，参与其事，形成集体性的文学活动，蔚然成风。如建安十七年邺城铜雀台新成，曹操率众登临，亲作《登台赋》，并"命诸子同作"。他的儿子曹丕、曹植文学才华出众，与他的引导培养当然分不开。至于幕中文士，一方面不能拂逆了主人的一片热心，同时也乘机表现自己的才情，一举两得，所以也向风附和，操翰成章，形成空前的写作热潮。"建安七子"之一王粲有一首《公宴诗》，写邺中宴饮活动，"嘉肴充圆方，旨酒盈金罍。管弦发徽音，曲度清且悲"等等，场面热闹，气氛欢乐。最后几句写道：

> 古人有遗言，君子福所绥。愿我贤主人，与天享巍巍。克符周公业，奕世不可追。

那被赞颂的"君子""贤主人"是谁？在建安年间，这显然不是指曹丕、曹植，"与天享巍巍""奕世不可追"，能够享有如此崇高隆重的赞词，与"周公"相提并论的，只能是曹操。也正是曹操，在他自己的诗里、文章里经常以"周公"自居。王粲面对曹操，雅兴勃发，高唱颂歌，道出了曹操在文学上的带动作用和领袖地位，是无可替代的。

另一位"建安七子"成员应场，也写有一首《公宴》：

> 巍巍主人德，嘉会被四方。开馆延群士，置酒于斯堂。辨论释郁结，援笔兴文章。穆穆众君子，好合同安康。促坐褰重帷，传满腾羽觞。

内容大抵与王粲诗相同，只是没有前者夸饰铺张。其中也写到"主人"，也以"巍巍"来形容其地位和功德，这"主人"也应当是曹操。诗中说的"开馆延群士""援笔兴文章"等，正是曹操延揽"群士"，在邺城兴起写作热潮的真实写照。王粲、应场的此类作品，尽管含有一些谀颂语句，不免带有"御用""帮闲文人"的口气，但至少可以证明，曹操的文坛"主人"地位，是得到邺下文士们公认的。

二

"文学的曹操"是个多面手，首先是他写出了不少优秀的诗篇。他的诗歌名篇不少，如《薤露行》《蒿里行》，这两篇乐府歌词，被后世广为称颂，明代诗论家钟惺誉之为"诗史"，说"汉末实录，真诗史也"（《古诗归》卷七）。古代能够膺此殊荣的诗人极少，它们被称为"诗史"，自有一定道理。

以《薤露行》为例，本篇开头写的真是一段历史："惟汉廿二世，所任诚不良"，翻译成现代汉语就是"汉代第二十二位皇帝，重用了坏人。"接下来仍然是叙述历史："沐猴而冠带，知小而谋疆。犹豫不敢断，因狩执君王。白虹为贯日，已亦先受殃。"这是说外戚何进任大将军，但他能力很差，处事不当，坐视少帝被宦官们劫持，最终自己亦被杀。接着写的还是历史："贼臣执国柄，杀主灭宇京。荡覆帝基业，宗庙以燔丧。播越西迁移，号泣而且行。"这是说董卓作乱，杀害少帝，裹挟献帝和朝廷西迁长安，局势不可收拾。汉末灵帝死后政局迅速走向衰败的一段复杂历史，被他以很简括的语句写出来了。《蒿里行》写法类似。"关东有义士，兴兵讨群凶。初期会盟津，乃心在咸阳。"写的是董卓作乱后，关东各路实力派人物起兵讨董之事。这是紧接着的另一段历史。两篇写的都是以历史事实为主。不仅是这两篇，曹操今存的其他诗篇，不少也都具有这种以诗写史的特点。如《苦寒行》"北上太行山"等等，写的是他在建安十一年（公元206年）征伐并州高干之事；《步出夏门行》组诗，"东临碣石，以观沧海"等等，写的就是建安十二年（公元207年）北征三郡乌丸之事；《秋胡行》"晨上散关山，此道当何难"等等，写的是他建安二十年（公元215年）西征汉中张鲁之事，《魏志》本传记载该年"夏四月，公自陈仓以出散关，至河池"。可知曹操以诗写史，是他的常用写作方式，是他诗歌取材内容上的重要特点。

以诗写史，中国早有传统。《诗经·大雅》中就有多篇作品，如《生民》《文王》《大明》《绵》等，写周族的发源和壮大经过，它们早就被《诗经》学者认为是上古"史诗"性质的作品。至于文人笔下的以诗写史，汉代已有班固《咏史》，写汉文帝时缇萦救父事件，它被公认是中国咏史诗的滥觞。不过比起班固来，曹操的写历史，又有自身特点。最重要的一点，就是曹操写的多是历史大事件。从历史角度说，"惟汉廿二世，所任诚不良"，当然比"太仓令有罪，就逮长安城"更大更重要。其次就是他所写的基本上都是本人亲身经历的事件，他写汉末外戚宦官掀起的朝廷大乱，写关东军联合讨伐董卓，写北征三郡乌丸，写征伐并州高干，写征伐汉中张鲁，这些事件他都亲身参与过，并且是事件的主角。因此他的"诗史"更有现实分量，更有历史内涵。

曹操为何喜欢写作"诗史"？这就必须联系他的身份和人格来说了。曹操为人精明强干，头脑极其清醒，他"性不信天命"，是一位彻底的现实主义者，所以他深知，自己安身立命之本在于做好一个"政治曹操""军事曹操"，然后才会有"文学曹操"。他的文学活动，包括写作内涵，都不能脱离政治军事，他写"历史"，实际上就是写重大的现实社会事件。所以他的诗歌，尽管具有不少娱乐色彩，有的还寓有很强的想象力，甚至写及天庭神仙等等，但根本上他还是不能忘怀现实时势。他不会本末倒置。

不过曹操以诗写史之际，也不会忘了抒情。《薤露行》最后两韵，写了"播越西迁移，号泣而且行。瞻彼洛城郭，微子为哀伤。"这里是谁在"号泣"？是那些被董卓强迫西迁的官员及被裹挟的百姓。是谁在"哀伤"？就是曹操自己了。他在诗的末尾，站出来以商朝的微子自居，为民众苦难和国家衰败而哀伤。这是点睛之笔，"哀伤"情绪十分浓郁。抒情当然是诗歌的本色，所以本篇是以写历史开头，而以抒情作结，他终于跳出历史叙述的框架，进入文学的领域。

《蒿里行》同样如此，诗篇后半写的是"铠甲生虮虱，万姓以死亡。白骨露于野，千里无鸡鸣。生民百遗一，念之断人肠。"诗人现身出来，为"万姓""生民"身受战乱祸害、以致大量死亡而悲痛。"白骨"云云，不是凭空杜撰出来的，而是对现实状况的深切概括，所以这四句也成了广为传诵的千古名句。而最值得我们重视的，乃是诗人"念之断人肠"的表态，这里表现了深厚的人道主义立场。

说到这里，需要讨论的一个问题是：曹操诗中表现出的同情民众的"哀伤"情绪，是他的真情流露吗？之所以会提出这样的问题，是因为曹操是出名的"乱世之奸雄"，他在不少场合都曾有"雄诈"或"多谲"的表现。那么他在诗中说的"悲""哀伤""念之断人肠"之类，是否也可能是"诈"的？对此，我们说曹操其人性格上确实存在两面性，但不可能事事都"诈"，时时皆"谲"。一个人如果在任何事情上都无诚信可言，那就无人愿意为他效力，他就绝对成不了大气候。曹操感情真伪的问题，只能通过客观分析来判断。以《薤露行》《蒿里行》两篇为例看，曹操写作当时，是站在反对外戚、宦官和军阀董卓淆乱朝政的立场。他当时自称"吾等合大众、兴义兵"（《魏志》注引王沈《魏书》），可谓名正言顺，所以应当认可他具有一定的正义性，至少在他自己心中认为是正义的。在关东实力派人物联合对抗董卓的军事行动中，袁绍等面临彪悍的董卓关西军，心生惧怕，又想保存实力，因此原地观望、畏缩不前，而曹操则明知自己实力不足，却能挺身而出，对袁绍慷慨陈词说"诸军北面，我自西向"（同上），独自奋战，虽然他战败了，却赢得了尊重，虽败犹荣。当此之时，曹操的表现与其他关东军阀形成鲜明对照，他确实显示了一股正气、勇气。在此背景下产生的诗歌，其中描写战争的残酷，表达对老百姓疾苦和不幸命运的同情，不应当被视为"谲""诈"的产物。说它们表现了人道主义精神，不算溢美之词。

曹操诗歌还有一个特色，即它充满着慷慨悲凉情调。他的诗歌中好用"悲""哀""忧""伤"等语词，写出浓厚强烈的悲凉情绪气氛来。钟嵘《诗品》早就指出过："曹公古直，甚有悲凉之句。"除上述《薤露行》《蒿里行》外，曹操《短歌行》写"慨当以慷，忧思难忘""忧从中来，不可断绝"；《秋胡行》写"歌以言志，戚戚欲何念"，等等。"慨当以慷，忧思难忘"，实际上就是曹操诗歌风格的自我概括。他的《苦寒行》，堪称是抒写忧思和悲情的代表作：

> 北上太行山，艰哉何巍巍！羊肠坂诘屈，车轮为之摧。树木何萧瑟，北风声正悲。熊罴对我蹲，虎豹夹路啼。溪谷少人民，雪落何霏霏。延颈长叹息，远行多所怀。我心何怫郁，思欲一东归。水

深桥梁绝，中路正徘徊。迷惑失故路，薄暮无宿栖。行行日已远，人马同时饥。担囊行取薪，斧冰持作糜。悲彼《东山》诗，悠悠使我哀。

这是他亲征袁绍外甥高干时作的。高干盘踞在并州（今山西），曹操从邺城出发，进军的方向是"北上太行山"。当时实际情势对他非常有利，敌弱我强，对比分明，但是我们在这篇诗里，却看到他写了许多行军中不利条件，气候、地形、道路、自然环境十分险峻恶劣，连熊罴虎豹这些动物都似乎对"我"表现出严重敌意；他面临着本方军粮缺乏、迷失道路、人疲马饥等情况，直露地写出自己的悲哀心情："北风声正悲""悠悠令我哀"。他甚至说"思欲一东归"，想返回去的念头都有了。曹操不写克敌制胜的愿望，不写必胜的信念，却写出许多困苦、一片哀伤，他就不怕自沮军心？其实这些当然会在曹操的考虑之中。他对战争无疑怀着必胜信念，他清楚地知道高干已经穷途末路，根本不是他的对手。正因为是必胜无疑的，所以他敢于写"思欲一东归""悠悠令我哀"，他不担心军心问题。更何况，他写"悲彼东山诗"，这是以周公自拟的写法，《诗经·豳风·东山》篇就是写周公东征的，曹操写作本篇的思路，就是循着《东山》篇而来的。这思路就是："君子之于人，序其情而闵其劳，所以说（悦）也，说（悦）以使民，民忘其死，其唯《东山》乎！"（《毛诗序》）原来曹操极力写出军旅生活的艰难困苦，是对军士们的"序其情而闵其劳"，是对他们"情"（苦衷）的一种体谅和慰劳，目的是为了让士兵们高兴（"说"）起来，高兴起来之后就可以供他所"使"，鼓励他们"民忘其死"，勇敢战斗！曹操在这里采取的是尊重现实、体谅士兵的态度，这比起那和所谓"鼓舞人心"的高调来，恐怕更起作用，更能激励下属为他效力，更能提高军队的战斗力。我想这也是曹操的高明之处。

曹操诗歌慷慨悲凉的情绪，我认为主要有两个来源。一是现实生活的来源。他生当汉末战乱时期，社会受到极大破坏，满目疮痍，民生凋零，社会大环境充满悲哀凄凉气氛，他要如实表现自我感受，只能是以悲凉为主。二是传统的来源。从汉代以来，文学艺术领域就存在一种"以悲为美"的取向。王充说："美色不同面，皆佳于目；悲音不共声，皆快于耳。"（《论衡·自纪篇》）"悲"成了优美情调的代名词。我们看汉末《古诗十九首》中，多以悲情为主调，如"生年不满百，常怀千古忧""音响一何悲，弦急知柱促""忧愁不能寐，揽衣起徘徊"，等等，都显示出作者以悲为美的深层审美意识。曹操诗歌中多悲情，也是传统审美意识在他创作中的表露，使得曹操诗歌形成独特的风格：慷慨悲凉。慷慨是充满激情，悲凉是一种深沉的感伤情调。慷慨悲凉格调，给曹操诗歌增添一种雄豪深沉的魅力，格外感人。

总体上说，曹操诗歌成就不在曹丕、曹植之下。清代吴乔认为："魏武终身攻战，何暇学诗？而精能老键，建安才子所不及。"（《围炉诗话》卷二）

三

曹操的文章写得也好。与诗歌一样，他的文章的好处不在于技术有多么高超，而在于拥有自己独特的风格。他的风格就如他的为人：境界开阔，气势磅礴，激情慷慨，流露出霸气。文如其人。

东汉以来，已经流行骈体文章，骈文的写作很讲究对偶、节奏，语词要文雅，要用典故。无论是朝廷里的公文，还是个人性质的文章如书信之类，都主要写骈文。曹操应当是会写骈文的，从今存少数文章里可以看出骈文的底子。可是总体上看，今存《曹操集》里很少骈文，主要是一些口语化的，我手写我口的真正的"散文"。曹操生当战乱中，他的许多文章写作，诚如唐代元稹所说，是"鞍马间为文"。他不是"专业作家"，所以"文学曹操"没工夫去字斟句酌写骈文。今天我们看到《曹操集》里的少数骈文，主要是一些公文性质的东西，很可能是部下文书官代笔的，他自己的文章都是真正的散文。他的文章没有浮言虚语，开门见山，实话实说。文章很强势，霸气十足。例如有一篇《止省东曹令》，写的是关于朝廷要精简机构，撤掉东曹、西曹中的一个。不少官员主张撤掉（省）东曹，曹操考虑到微妙的人事关系，主张不要省东曹，应当省掉西曹，于是他下此令。令文写道：

日出于东，月盛于东。凡人言方，亦复先东。何以省东曹？

他不方便说真实的意图，所以只是打了几个比方，说日月都是从东方出来的，大家说到方位东南西北，也是首先说东，为什么要省东曹？他就这样作出结论：不要省东曹。这里一点道理也没有讲，那日月从东方出与省东曹之间有什么关联？一点逻辑关系也没有。可是曹操就是这样说的，他就是不讲道理的，他觉得不必讲道理。这就是霸气。这就是曹操的行文风格。

此文简短，句法则四言四句，五言一句，是有点儿像诗。这也是曹操写文章不拘一格的表现。

曹操文章另一特点，就是他的坦率，有什么说什么。最著名的例子就是他在一篇文章中写道："设使国家无有孤，正不知几人称王、几人称帝！"（《让县自明本志令》）这是说他自己在汉末以来战胜各路军阀，平定中原地区的功绩。应当说，他说的是实情，如果当初袁绍、袁术兄弟等人取胜，他们早就称帝了。不过曹操这样说的口气，难道就不是一种凌驾于"国家"之上、凌驾于汉献帝之上的口气？实际上，曹操胜利之后不称帝，只是他的一种政治策略，那就是"挟天子以令诸侯"。他在策略上比那些军阀们高。不过他在文章中也完全可以不说这些话呀！这里就是他的坦率、直率。一般人不敢说、不肯说的话，他也说。直率中显出自信。因为有了这样的一些话，所以他的文章读起来很有意思，你可以读到一些出乎意料的、常人不会写的话语。这些独特话语，彰显出他的独特身份和个性，对于当时官场通用文章风气，是一种冲击。鲁迅说"曹操是改造文章的祖师"，基本意思就在这里。

曹操文章，与东汉以来的流行文风确实很不同。不过这样的文章也只有他一个人写，别人写不来，想学也学不来。千古以来，"文学的曹操"只能有一个！

艺术的灵境与哲理的沉思

——陶渊明的"无弦琴"及其音乐世界

范子烨

陶渊明"无弦琴"的故事是尽人皆知的，历代的文人墨客大都津津乐道，视为风雅之举，脱俗之行。历代文人对"无弦琴"的述说固然有其积极的意义，对现代型的学术研究亦具有重要的参考价值，但文人之学，不同于学者之学。"陶渊明不仅是诗人，也是哲人，具有深刻的哲学思考，这使他卓然于其他一般诗人之上。也许因为后来他诗名太盛，反而把他的哲人光辉掩埋了。"① 其实同时被掩埋的还有陶渊明的爱乐精神以及体现这种精神的"无弦琴"所蕴涵的深刻哲理。吕思勉说："诗歌之体，恒随音乐而变，故欲知一时代之诗歌者，必先知其时代之音乐。"② 因此，如果我们了解陶渊明所处时代的音乐文化积淀以及他本人的音乐艺术修养，对于研究陶渊明的文学创作将是非常有益的。在此意义上，"无弦琴"或许可以成为引导我们进入他那琳琅满目的文学殿堂的风流雅器。

① 袁行霈：《陶渊明的哲学思考》，《陶渊明研究》，北京大学出版社，2009，第1页。
② 吕思勉：《秦汉史》，上海古籍出版社，1983，第784页。

一　陶渊明"无弦琴"的由来

关于陶渊明"无弦琴"的故事，首见于《宋书》卷九十三《隐逸列传》：

> 潜不解音声，而畜素琴一张，无弦，每有酒适，辄抚弄以寄其意。

梁萧统《陶渊明传》① 则直接提出了"无弦琴"这一概念，并称"渊明不解音律"；唐李延寿《南史》卷七十五《隐逸列传》的记载也大致相同，只是没有"无弦"二字。《晋书》卷九十四《隐逸列传》则明显带有将这个故事"扩大化"的倾向：

> 性不解音，而畜素琴一张，弦徽不具，每朋酒之会，则抚而和之，曰："但识琴中趣，何劳弦上声！"

在这里，所谓陶渊明的"自我解释"，恰好露出撰史者主观臆造的马脚。因为既然说"何劳弦上声"，又何须再费"口中辞"呢？所以，"但识"云云，乃是修史者的想当然，实际上陶渊明绝不会有这样的言论。但这一点尚可原谅，更严重的错误是说陶渊明"不解音声""不解音律"和"性不解音"。试想：既然对于不读书或者说不会读书的人"不求甚解"② 是毫无意义的，那么，对一个不懂音乐的人或者说一个不会弹琴的人而言，"无弦琴"又有何意义呢？其实陶渊明的"无弦琴"是偶然的弦索不具的产物，"无弦琴"之弹奏也并非陶渊明

---

① 严可均《全梁文》卷二十。
② 《陶渊明集》卷六《五柳先生传》。本文引用陶渊明诗文，依据袁行霈《陶渊明集笺注》，中华书局，2003。

弹琴的常态①。因为稍有音乐常识的人都知道，琴弦（一般用蚕丝制成）是消耗品，天下没有永远不断的琴弦。《后汉书》卷一百十四《董祀妻传》：

> 陈留董祀妻者，同郡蔡邕之女也。名琰，字文姬，博学有才辩，又妙于音律。

《注》引梁刘昭《幼童传》曰：

> 邕夜鼓琴，弦绝，琰曰："第二弦。"邕曰："偶得之耳。"故断一弦，问之，琰曰："第四弦。"并不差谬。

无论是偶然的断弦，还是故意的断弦，都说明断弦是弹琴的过程中随时可能发生的情况。另如庾信《和淮南公听琴闻弦断》诗："一弦虽独韵，犹足动文君。"清倪璠注：

> 《晋书》曰："阮籍字嗣宗，善弹琴。嵇康字叔夜，拜中散大夫。常修养性服食之事，弹琴咏诗，自足于怀。"《汉书》曰："卓王孙有女文君，新寡，好音，相如以琴心挑之，文君夜亡，奔相如。"一弦，谓一弦断也，言此断弦之声亦足挑动文君也。②

所以，陶渊明的"无弦琴"可能是由于琴弦的老化乃至断弦而产生的。因此，通过"无弦琴"，我们恰恰可以看到"有弦琴"。换言之，在"无弦琴"的背后暗藏着"有"。这种"有"是大"有"，其丰富的存在为"无弦琴"的"无"提供了中流砥柱式的文化支撑和取之不尽的艺术资源。

---

① 参见李冶《敬斋古今黈》卷七。
② 倪璠：《庾子山集注》卷之四，许逸民校点，中华书局，1980，第378页。

二 陶渊明的音乐艺术与日常生活

陶渊明本人是精通音乐，并通晓古琴艺术的，无论是弹奏，还是欣赏，他都堪称行家里手。《陶渊明集》卷四《拟古》九首其五：

> 东方有一士，被服常不完。三旬九遇食，十年著一冠。辛勤无
> 此比，常有好容颜。我欲观其人，晨去越河关。青松夹路生，白云
> 宿檐端。知我故来意，取琴为我弹。上弦惊《别鹤》，下弦操《孤
> 鸾》。愿留就君住，从今至岁寒。

这首诗对了解陶渊明的音乐艺术修养以及解读陶渊明的音乐生活是至关重要的。郭平从琴学的角度对此诗作了精到的分析："'上弦'即我们现在所说的上准，即四徽至一徽的音；'下弦'，即我们所说的下准，即十徽至十三徽的音。上弦音距岳山近，弹上弦音时，因为有效震动弦长较短，使得弹出的琴音较为尖利、激越；而下弦音则相反，它们近龙龈，有效震动部分长，琴音较为低沉、幽深。而《别鹤》和《孤鸾》是两首琴曲的曲名。陶渊明这两句诗的意思是说，这位弹琴的高人所弹的《别鹤》和《孤鸾》特别有表现力、有特色的内容分别在近岳山的高音区和近龙龈的低音区出现，从而表现出别鹤唳鸣之声的凄厉和失群孤鸾的幽怨。由此可见，陶渊明对琴的声音、技法特征以及琴曲的特点都是熟悉的。"[1] 这种阐释是非常严谨、科学的。庚信《拟咏怀二十七首》其十九："抱松伤《别鹤》，向镜绝《孤鸾》。"[2] 实际上化用了这两句陶诗。陶渊明平日弹奏的是七弦琴。《陶渊明集》卷八《自祭文》曰："欣以素牍，和以七弦。"上句言读书之乐，下句叙弹琴之谐。事

---

① 郭平：《陶渊明与无弦琴》，《古琴丛谈》，山东画报出版社，2006，第65页。
② 倪璠：《庚子山集注》卷之三，第249页。

实上，音乐之学也是浔阳陶氏的家学之一。《陶渊明集》卷八《祭从弟敬远文》说陶敬远："晨采上药，夕闲素琴。"敬远是陶渊明的从弟，也是他的知音。

读书和弹琴是陶渊明日常生活中的赏心乐事。陶渊明平生酷爱音乐，从少至老，弹琴不辍，清歌不绝，音乐伴随了他的一生，这与他的读书和创作相映成趣，相得益彰。《陶渊明集》卷三《始作镇军参军经曲阿》：

> 弱龄寄事外，委怀在琴书。被褐欣自得，屡空常晏如。

《陶渊明集》卷一《时运》：

> 斯晨斯夕，言息其庐。花药分列，林竹翳如。
> 清琴横床，浊酒半壶。

《陶渊明集》卷六《扇上画赞》：

> 翳翳衡门，洋洋泌流，曰琴曰书，顾眄有俦。

琴和书是陶渊明生活中不可缺少的伴侣，这使他的精神生活极为丰富。

陶渊明喜欢和朋友们相聚，用动听的音乐淋漓尽致地抒发自己的情怀。《陶渊明集》卷二《诸人共游周家墓柏下》：

> 今日天气佳，清吹与鸣弹。感彼柏下人，安得不为欢。清歌散新声，绿酒开芳颜。未知明日事，余襟良已殚。

清吹，指清越的管乐，如笙笛之类。《陶渊明集》卷三《述酒》诗："王子爱清吹，日中翔河汾。"南朝宋鲍照《拟行路难》十八首其一：

"不见栢梁铜雀上，宁闻古时清吹音。"① 南朝齐谢朓《鼓吹曲·送远曲》："一为清吹激，潺湲伤别巾。"② 鸣弹，指弦乐器，如琴瑟琵琶之类。清歌，指清亮的歌声。晋葛洪《抱朴子·知止》："轻体柔声，清歌妙舞。"《文选》卷三零谢灵运《拟魏太子邺中集诗》八首《魏太子》："急弦动飞听，清歌拂梁尘。"陶渊明的这首诗描写了管乐、弦乐与歌唱，在急管繁弦和袅袅清歌中，诗人的情怀如密雨经天，长风过林，得到了淋漓尽致的抒发。

陶渊明之弹琴与吟诗有密切的关系，同时又与长啸密切结合。南朝宋王智深《宋书》载：

> 陶潜字渊明，宋文帝时人也。好慕山水，恒处幽林，以酒畅释。有人就者，辄脱葛巾沽酒。畜一素琴，及一醉，一抚，一拍，啸咏而已。③

《全唐诗》卷四百二十四白居易《丘中有一士》二首其二：

> 丘中有一士，守道岁月深。行披带索衣，坐拍无弦琴。不饮浊泉水，不息曲木阴。所逢苟非义，粪土千黄金。乡人化其风，熏如兰在林。智愚与强弱，不忍相欺侵。我欲访其人，将行复沉吟。何必见其面，但在学其心。

此诗完全模拟陶渊明《拟古》九首其五（引见上文）。诗中有"坐拍无

---

① 黄节：《鲍参军诗注》卷一，《黄节注汉魏六朝诗六种》，人民文学出版社，2008，第777页。

② 曹融南：《谢宣城集校注》，上海古籍出版社，1991，第156页。

③ 此文见唐代无名氏所撰类书《琱玉集》卷十四，清王仁俊据以辑为王智深《宋书》之佚文，见《玉函山房辑佚书续编三种》，上海古籍出版社，1989，第277页。王智深，事迹见《南齐书》卷五十二《文学列传》，其所撰《宋书》与《南齐书》本传所言之《宋纪》实为一书，说详宋启华、陈建华编《古佚书辑本目录》，中华书局，1997，第154页。

弦琴"一句，张随《无弦琴赋》亦有"振素手以挥拍"之语，与王智深《宋书》所说"一抚，一拍"相合，可见王《宋书》的这段文字唐人尚得寓目，是可靠的史料①。由此可以看出，陶渊明的吟、咏、琴、啸常常是以综合性的音乐艺术形式同时发生的。所谓"啸咏"，就是用长啸的发声方法来吟诗，同时，"啸咏"还可以与琴音相结合：

> 衡门之下，有琴有书。载弹载咏，爰得我娱。（《陶渊明集》卷一《答庞参军》）
>
> 长吟掩柴门，聊为陇亩民。（《陶渊明集》卷三《癸卯岁始春怀古田舍》二首其二）

诗、啸、琴三者的结合，确实别具一番艺术情调。陶渊明是喜欢长啸的。青木正儿在《"啸"的历史与字义之变迁》一文②中曾将中国古典诗文中的"啸"区分为"有声之啸"和"无声之啸"，前者是诗人实际在发啸，如：

> 日入群动息，归鸟趋林鸣；啸傲东轩下，聊复得此生。（《陶渊明集》卷三《饮酒》二十首其七）
>
> 登东皋以舒啸，临清流而赋诗。（《陶渊明集》卷五《归去来兮辞》）

后者则是意象化的文学描写，或者说是用典，如：

> 高啸返旧居，长揖储君傅。（《陶渊明集》卷四《咏二疏》）

"高啸"既是用典，也是对"二疏"的超旷气度的历史想象。《世说新

---

① 白居易编纂过类书《白氏六帖》，所以对许多史料都比较熟悉。

② 此文于1957年12月发表于《立命馆文学》杂志，后收入青木正儿《中华名物考》一书，范建明译，中华书局，2005，第180～188页。

语·栖逸》第一条刘孝标注引《魏氏春秋》曰：

> 阮籍常率意独驾，不由径路，车迹所穷，辄恸哭而反。尝游
> 苏门山，有隐者莫知姓名，有竹实数斛，杵臼而已。籍闻而从之，
> 谈太古无为之道，论五帝三王之义，苏门先生翛然曾不眄之。籍
> 乃嘐然长啸，韵响寥亮。苏门先生乃逌尔而笑。籍既降，先生喟
> 然高啸，有如凤音。

这就是"高啸"这一历史典故的出处。

在晋宋时代，许多名流达士都耽爱挽歌，这对陶渊明也产生了一定
的影响。《世说新语·任诞》第四十三条和第四十五条：

> 张湛好于斋前种松柏；时袁山松出游，每好令左右作挽歌。时
> 人谓"张屋下陈尸，袁道上行殡"。
> 张骠①酒后，挽歌甚苦。桓车骑曰："卿非田横门人，何乃顿
> 尔至致？"

张湛的举动乃是对儒家缙绅礼仪的逆反，溢荡于其间的任性而动、崇尚
自由的精神，充分显示了当时知识分子对艺术的浓厚热情和对于人类情
感的自在自为、无拘无束的渲染与把握。而挽歌的爱好者，一般都具有
出色的音乐修养和深湛的艺术鉴赏力。如袁山松"衿情秀远，善音
乐"②；另一位唱挽歌的高手桓伊乃是晋代最杰出的音乐家之一。《世说
新语·任诞》第四十三条梁刘孝标注引《续晋阳秋》：

> 袁山松善音乐。北人旧歌有《行路难曲》，辞颇疏质。山松好
> 之，乃为文其章句，婉其节制。每因酒酣，从而歌之，听者莫不流

---

① 张湛小名叫骠，见本条刘孝标注。
② 《晋书》卷八三《袁瓌传》附《袁山松传》。

涕。初，羊昙善唱乐，桓伊能挽歌，及山松以《行路难》继之。时人谓之"三绝"。

而尤可注意者为《太平御览》卷五五二引南朝梁谢绰《拾遗录》关于颜延之的记载：

> 颜延之在酒肆，裸身挽歌。

颜延之是陶渊明的挚友，二人交谊甚深，关系极好。《宋书·陶潜传》：

> 颜延之为刘柳后军功曹，在寻阳，与潜情款。后为始安郡，经过，日日造潜，每往必酣饮致醉。临去，留二万钱与潜，潜悉送酒家，稍就取酒。

《陶渊明集》卷三《饮酒》二十首序曰：

> 余闲居寡欢，兼比夜已长。偶有名酒，无夕不饮。顾影独尽，忽焉复醉。既醉之后，辄题数句自娱。纸墨遂多，辞无诠次。聊命故人书之，以为欢笑尔。

这里所说的"故人"可能就是颜延之。笔者之所以作出这样的推测，原因有二：第一，颜陶交谊深厚，如上引《宋书·陶潜传》所述以及宋刻递修本《陶渊明集》①书后所附颜延之《靖节征士诔》所言：

> 深心追往，远情逐化。自尔介居，及我多暇。伊好之洽，接檐邻舍。宵盘昼憩，非舟非驾。念昔宴私，举觞相诲。独正者危，至方则碍。哲人卷舒，布在前载。取鉴不远，吾规子佩。尔实愀然，

① 宋刻递修本《陶渊明集》见《中华再造善本·集部》，北京图书馆出版社，2003 年影印。

中言而发。违众速尤，迕风先蹶。身才非实，荣声有歇。徽音永矣，谁箴余阙。

陶渊明与颜延之讨论敏感的政治问题，足见其柜与之深。第二，颜延之擅长书法。唐张彦远《法书要录》卷九：

> 谢朓字符晖，陈留人。官至吏部郎中。风华黼藻，当时独步，草书甚有声。草殊流美，薄暮川上，余霞照人，春晚林中，飞花满目。《诗》："有美一人，清扬婉兮；邂逅相遇，适我愿兮。"是之谓矣。颜延之亦善草书，乃其亚也。

也就是说，颜延之的草书，略逊于谢朓，但其艺术水准已入高品，则是确凿无疑的。陶渊明《饮酒》诗序所谓"聊命故人书之"，可能与颜延之的书法造诣有关。所以，在文化趣味上陶渊明受到颜延之的影响，这也是很自然的事情。今《陶渊明集》卷四有《拟挽歌辞》三首。这三首诗属于相和歌辞，其曲调为相和曲①，其辞意与汉乐府《薤露》有关，同时也受到了魏缪袭的《挽歌》的影响。"九原不可作，白骨生苍苔"通常被挽歌诗的作者们视为生命的不幸；而陶渊明的《拟挽歌辞》却将这种不幸说得自自在在，不落衰境，若非对人生对宇宙大彻大悟，生平有定力定识，岂能如此！晋人在诗中好说死，因为他们留恋生；陶渊明不仅留恋生，在即将离开世界的时候，还能以达观的态度对待死，以飞动的神思想象死，以抒情的诗笔描绘死。在陶渊明的笔下，死亡构成了存在的另一种方式。这是一个伟大的发现。基于这一发现，他超越了时代，超越了人生，超越了自我。也正是在这个意义上，他的《拟挽歌辞》达到了中古时代挽歌诗最为辉煌的峰巅。

---

① 《乐府诗集》卷第二十七《相和歌辞》二《相和曲》中题作《挽歌》，汉乐府《薤露》古辞和缪袭的《挽歌》均见于此。

三　陶渊明对自然之声的倾听与欣赏

陶渊明的音乐艺术修养还表现在他对自然之声的敏感和兴趣。陶渊明的文学世界是一个音声缭绕的世界。置身于他的文学世界之中，我们首先听到的是鸟的鸣唱。鸟是大自然的歌唱家，鸟的歌声，正如同诗人的吟唱。《陶渊明集》卷八《与子俨等疏》：

> 少学琴书，偶爱闲静，开卷有得，便欣然忘食。见树木交荫，时鸟变声，亦复欢然有喜。

在蓊郁的繁荫中，栖止的鸟类经常发生改变，对这种改变，诗人因鸟声的变化而得以发现。谢灵运《登池上楼》诗中的名句"池塘生春草，园柳变鸣禽"①，正可以为陶渊明的话语作注脚。又如：

> 弱湍驰文鲂，闲谷矫鸣鸥。（《陶渊明集》卷二《游斜川》）
> 鸟哢欢新节，泠风送余善。（同上，卷三《癸卯岁始春怀古田舍》二首其一）
> 悲风爱静夜，林鸟喜晨开。（同上，《丙辰岁八月中于下潠田舍获》）
> 众鸟欣有托，吾亦爱吾庐。（同上，卷四，《读〈山海经〉》十三首其一）

在诗人的笔下，鸟是富于感情与灵性的艺术形象。它们和人一样，也有自己的情感世界。《陶渊明集》卷一《归鸟》诗中描写了鸟的翩飞形象和情感世界，刻画入微，精彩传神。全诗四章，分别描写了鸟的去林、鸟的见林、鸟的归林和鸟的宿林，从清晨到黄昏，鸟的生活被描画得绘

――――――――――

① 《文选》卷二十二。

声绘色，鸟的形象是诗人自我的写照，正如袁行霈的精彩论析："一章，远飞思归。二章，归路所感。三章，喜归旧林。四章，归后所感。全用比体，多有寓意。如'矰缴奚功'，比喻政局险恶；'戢羽寒条'比喻安贫守贱；'宿则森标'比喻立身清高。处处写鸟，处处自喻。"①最动人的是《陶渊明集》卷第四《拟古》九首其三：

> 仲春遘时雨，始雷发东隅。众蛰各潜骇，草木从横舒。翩翩新来燕，双双入我庐。先巢故尚在，相将还旧居。自从分别来，门庭日荒芜。我心固匪石，君情定何如？

诗人以拟人的艺术手法描写了一对翩翩的春燕返回旧居时的对话，亲切、静谧，娓娓动听，仿佛春宵的情语，又似夏夜的和风。陶渊明本人对燕子确实要多几分偏爱，在诗中他还喜欢以"燕""雁"对举：

> 往燕无遗影，来雁有余声。（《陶渊明集》卷二《九日闲居》）
> 哀蝉无归响，燕雁鸣云霄。（同上，卷三《己酉岁九月九日》）

"燕"和"雁"都是候鸟，它们的迁徙牵动着诗人的心灵，诗人对它们给予了特别的关注，因为鸟的迁徙，正如同诗人的漂泊：

> 鸣雁乘风飞，去去当何极？念彼穷居士，如何不叹息！（《陶渊明集》卷四《联句》）

对诗人来说，鸟的鸣叫，如同友人的声音：

> 翩翩飞鸟，息我庭柯。敛翮闲止，好声相和。（《陶渊明集》卷一《停云》）

---

① 《陶渊明集笺注》，第57页。

鸟的应答，如同诗人的酬唱；而鸟的返巢，又如同诗人的还家：

> 晨鸟暮来还，悬车敛余辉。（《陶渊明集》卷二《于王抚军座送客》）
>
> 厉厉气遂严，纷纷飞鸟还。（同上，《岁暮和张常侍》）
>
> 日入群动息，归鸟趋林鸣。（同上，《饮酒》二十首其七）

鸟是自由的象征：

> 羁鸟恋旧林，池鱼思故渊。（《陶渊明集》卷二《归园田居》五首其一）
>
> 望云惭高鸟，临水愧游鱼。（同上，卷三《始作镇军参军经曲阿》）

鸟是往来天地、沟通人神的使者：

> 翩翩三青鸟，毛色奇可怜。朝为王母使，暮归三危山。（《陶渊明集》卷四《读〈山海经〉》十三首其五）

所以，对失群之鸟，诗人是充满同情的：

> 栖栖失群鸟，日暮犹独飞。徘徊无定止，夜夜声转悲。厉响思清远，去来何依依。因值孤生松，敛翮遥来归。劲风无荣木，此荫独不衰。托身已得所，千载不相违。（《饮酒》二十首其四）

可见在陶渊明的笔下，鸟是一个高度人格化的艺术形象，鸟的翩飞与腾越，不断地激发着诗人的灵感和想象，也深深地寄托着诗人的情志、情操和理想。

在陶诗的世界里，还有更多的自然之声，如宁静的乡村里的鸡鸣与犬吠：

> 狗吠深巷中，鸡鸣桑树巅。(《陶渊明集》卷第一《归园田居》
> 六首其一)

寂寂荒山里的猿啼：

> 扬楫越平湖，泛随清壑回。郁郁荒山里，猿声闲且哀。(《陶
> 渊明集》卷三《丙辰岁八月中于下潠田舍获》)

深秋时节的寒风与落叶：

> 日月不肯迟，四时相催迫。寒风拂枯条，落叶掩长陌。(《陶
> 渊明集》卷第四《杂诗》十二首其七)

清浅涧水的汩汩流淌：

> 怅恨独策还，崎岖历榛曲。山涧清且浅，遇以濯吾足。(《归
> 园田居》其五)

浩荡长江的滚滚波涛：

> 自古叹行役，我今始知之。山川一何旷，巽坎难与期。崩浪聒
> 天响，长风无息时。(《陶渊明集》卷三《庚子岁五月中从都还
> 阻风于规林》二首其二)

甚至在银装素裹的冬日，诗人还试图捕捉漫天飞雪纷然飘落的声响：

> 寝迹衡门下，邈与世相绝。顾眄莫谁知，荆扉昼常闭。凄凄岁

　　暮风，翳翳经日雪。倾耳无希声，在目皓已洁。（《陶渊明集》卷
三《癸卯岁十二月中作与从弟敬远》）

　　大雪无痕，落地无声，然而诗人仍然以音乐家的耳朵谛听着雪的声
音，仿佛进入了老子那"大音希声"（参见下文的讨论）的哲学胜
境。

　　醉心自然之声的人，自然厌恶车马的喧闹；然而对车马的喧闹能够
充耳不闻，永远保持心灵世界的宁静，却是一种高度深淳的精神修养，
所以陶渊明说："结庐在人境，而无车马喧。问君何能尔？心远地自
偏。"① 对这四句诗，我们可以借用钱钟书的妙语加以解读："聚合了大
自然的万千喉舌，抵不上两个人同时说话的喧哗……人籁是寂静的致命
伤，天籁是能和寂静溶为一片的。风声涛声之于寂静，正如风之于空
气，涛之于海水，是一是二。……寂静并非是声响全无。声响全无是
死，不是静；……寂静能使人听见平常所听不到的声息，使道德家听见
了良心的微语，使诗人们听见了暮色移动的潜息或青草萌芽的幽响。你
愈听得见喧闹，你愈听不清声音。"② 自然之声属于天籁，天籁的交响
显示了自然的寂静；而车马的喧闹，则属于人籁，人籁是对寂静的破
坏。陶渊明的脱俗之处在于：他虽处于人境之中却听不到人籁的嘈杂，
而是以音乐家的赏音妙耳准确地捕捉到了种种美好、动听的自然之声，
并且以绘声绘色的诗笔加以描绘。自然之声作为陶渊明的审美对象，正
如卡尔·马克思所说，是诗人的"本质力量之一的确证"，"人的感觉、
感觉的人类性——都只是由于相应的对象的存在，由于存在着人化了的
自然界，才产生出来的。"③ 因此，就本质而言，陶渊明笔下的自然之
声来自"人化了的自然界"，乃是诗人的审美襟怀和哲学思考的艺术印
证。

---

① 《陶渊明集》卷三《饮酒》二十首其五。
② 钱钟书：《一个偏见》，《钱钟书杨绛散文》，中国广播电视出版社，1997，第88～89页。
③ 马克思：《1844年经济学－哲学手稿》，刘丕坤译，人民出版社，1979，第79页。

四　陶渊明"无弦琴"对老子哲学的演绎

作为诗人，陶渊明一生追求的是诗意的生活。弹奏"无弦琴"，是诗人的风流，这种风流本身也就是一个充满诗意的浪漫的艺术显现过程。陶渊明的"无弦琴"，妙就妙在一个"无"字，这就是它的会意性，而非言传性。因为陶渊明平生深受"言意之辨"的哲学思潮的影响，他是一位典型"言不尽意"论者①。《陶渊明集》卷三《饮酒》其五："此中有真意，欲辨已忘言。"这无疑是其玄学人生观的袒露。陶渊明的"无弦琴"既是充满诗意的，也是富于哲理的，它实际上昭示了老子哲学的"有生于无"的终极性哲学观念。《道德经》第四十章曰：

> 天下万物生于有，有生于无。

有声出于无声，有弦出于无弦，"无"乃是"有"的根本，天下的万有皆来自"无"。"无"是世界的本体，也是万物的本源。《道德经》第四十一章曰：

> 大音希声，大象无形，道隐无名。

"大音希声"的观念，正是"有生于无"的思想具体化。庄子进一步丰富了老子的这种思想。《庄子·天地第十二》："视乎冥冥，听乎无声。冥冥之中，独见晓焉；无声之中，独闻和焉。""道"是可感可知，无处不在的，但也是不可听不可闻的。老子肯定"无"，却并不否定"有"。《道德经》第二章曰：

---

① 关于这个问题，可参看袁行霈《言意与形神——魏晋玄学中的言意之辨与中国古代文艺理论》，《中国诗歌艺术研究》，北京大学出版社，1996，第 63 ~ 86 页。

　　天下皆知美之为美，斯恶已。皆知善之为善，斯不善已。故有无相生，难易相成，长短相较，高下相倾，音声相和，前后相随。

　　"有无相生"是老子提出的又一重要哲学命题。因此，陶渊明弹奏"无弦琴"乃是对这样一种形而上的具有超验性质的哲学观念的具象性的实践，是可感可知的艺术化的哲理显现过程。马克思说："人的思维是否具有客观的真理性，这不是一个理论的问题，而是一个实践的问题。人应该在实践中证明自己思维的真理性，即自己思维的现实性和力量，自己思维的此岸性。关于思维——离开实践的思维——的现实性或非现实性的争论，是一个纯粹经院哲学的问题。"① "无弦琴"所表现的诗人思维的客观真理性，就在于其哲学的本体意义，在于其对音乐之声与自然之音的高度的涵盖力。它由此而表现出的那种"现实性和力量"，正是其不朽的魅力之所在。所以，我们读唐张随（生卒年不详）或者明钱文荐的《无弦琴赋》②，都发现了陶渊明与俗人的辩论和抗争：张氏的赋主要表现陶渊明隐逸避世的情调，钱氏的赋则突出陶渊明"性托于琴"的雅致，而俗人必以琴有弦，弦有音，才能适用，"弦为音而方用，音待弦而后发"，否则，琴即如同朽木，没有任何意义。俗人的理解是形而下的，他们既不能洞见"无弦琴"背后的"有"，更不能觉察"无弦琴"所蕴藏的深刻哲理，而后人对陶渊明"无弦琴"的解说也大都属于这种俗人式的。"陶渊明的哲学思考有很强的实践性，他的哲学不是停留在头脑中或纸面上，而是诉诸实践，身体力行。他不但以其文字也以其整个人生展示他的哲学。所以他的人生体现为一种哲人的美。"③ "无弦琴"正是集中显现这种哲人之美的风流雅器。

　　总之，当我们以科学的眼光对"无弦琴"的故事重新加以审视，并努力将它还原到陶渊明的音乐生活和文学世界中去的时候，我们发现

---

①　马克思：《关于费尔巴哈的提纲》，《马克思恩格斯选集》，第一卷，人民出版社，1995，第 55 页。

②　分别见《全唐文》卷九〇一、《历代赋汇》补遗卷十二。

③　袁行霈：《陶渊明的哲学思考》，《陶渊明研究》，第 18 页。

了一片涧壑幽深、柳暗花明的妩媚风光——我们既领略了老子哲学本体论的深刻和深邃，也体会了陶渊明以"无弦琴"演绎这种哲学本体论的高绝与高妙。换言之，陶渊明的"无弦琴"深寓着老子"有生于无""大音希声"和"有无相生"的哲学本体论理念，它显示的不仅是一种意境——诗人的脱俗气质和音乐家的潇洒风流，更是一种道境——超越寰中、凌驾今古的终极性的哲理，正如荷兰学者高罗佩（R. H. Van Gulik）《琴道》① 所言："It is a way, a path of wisdom, Tao."②

陶渊明的"无弦琴"是一种生命的境界，是一种哲理的沉思，是一种灵魂的自语。

---

①　*The Lore of the Chinese Lute：A Essay in The Ideology of The Ch'in*，Tokyo，Sophia University，1969.

②　意为"琴声为道，通往智慧之途"。

古典诗歌艺术和格律诗写作

陶文鹏

一　律诗的传统

具有五千多年悠久历史的中国，是诗的泱泱大国。从第一部诗歌总集《诗经》的诞生算起，中国古典诗歌波澜壮阔的长河已经奔腾了三千多个春秋。在它漫长的发展历程中，形成了独树一帜的鲜明的民族思想艺术特色。中国古典诗歌无比丰富、深刻的情思意蕴，激发了历代读者高远的理想、奋发向上的豪情，还给予了读者思想智慧的启迪与道德情操的陶冶。中国古典诗歌是一座博大精深、瑰丽辉煌的文学宝库，其艺术成就无与伦比，其艺术特色在世界诗苑中戛戛独造，不同凡响。具体说来，有以下几个方面：

第一，以抒情言志为主，绝大多数是短小精悍的抒情诗，叙事诗数量不多。在汉民族诗歌中，缺少规模宏大、内容繁富的长篇史诗。《尚书》："诗言志，歌永言，声依永，律和声。"屈原说："发愤以抒情。"（《惜诵》）陆机说："诗缘情而绮靡。"（《文赋》）刘勰说："昔诗人什篇，为情而造文。……盖风雅之兴，志思蓄愤，而吟咏情性，以讽其上，此为情而造文也。"（《文心雕龙·情采》）钟嵘说："气之动物，物之感人，故摇荡性情，形诸舞咏。"（《诗品序》）白居易说："诗者：

根情、苗言、华声、实义。"(《与元九书》）刘熙载说："余谓诗或寓义于情而义愈至，或寓情于景而情愈深，此亦《三百五篇》之遗意也。"(《艺概·诗概》）以上所说，都是中国古典诗歌的创作原则和大旨。抒情、言志，二者密不可分。所谓志，即诗人的思想、志向、志趣，包括理想抱负、道德情操、精神境界等。诗歌当然要描写客观大自然景物和社会生活事物，但这些描写不是目的，而是为了更好地抒发出诗人的主观情志。例如《诗经·蒹葭》，诗分三章，每章八句，首章云："蒹葭苍苍，白露为霜。所谓伊人，在水一方。溯洄从之，道阻且长。溯游从之，宛在水中央。"各章都是前两句状物写景，后六句写人抒情，全诗展现了一幅萧瑟冷落的秋景，烘托出抒情主人公对意中人的憧憬、追求和失望、怅惘的心情。又如《采薇》的"昔我往矣，杨柳依依；今我来思，雨雪霏霏"四句，描写戍卒昔日从军之时，正值春天，万条杨柳，迎风披拂；今日归来，却是冬天，大雪纷飞，漫天飞舞。清代王夫之评这四句诗："以乐景写哀，以哀景写乐，一倍增其哀乐。"(《姜斋诗话》）可见，在诗歌中，无论是写景状物或叙事，都是为了抒情咏志。诗歌是侧重于表现主观世界的语言艺术，有别于侧重可再现客观世界的小说、戏剧。

第二，中国古典诗歌主要通过创构意象和营造意境来抒情言志。什么是意象？就是融入了主观情意的客观物象。而意境，就是指作者的主观情意与客观物境交融形成的一个流动的时空境界。唐代诗人刘禹锡说："境生于象外。"(《董氏武陵集纪》）这句话精辟地指出：意境由意象生出，却又超出于具体之意象之上，是一个弥漫于意象之外的空灵融彻的时空境界，是一首诗总的艺术情调与氛围。袁行霈先生指出："意象是形成意境的材料，意境是意象组合之后的升华。意象好比细微的水珠，意境则是飘浮于天上的云。云是由水珠聚集而成的，但水珠一旦凝聚为云，则有了云的千姿百态。那飘忽的、变幻的、色彩斑斓，千姿百态的云，它的魅力恰如诗的意境。"(《中国诗歌艺术研究》第56页）阐释得形象、精妙，深入浅出。换言之，意境与意象，就是总体与个别、虚与实、幻与真的关系。

中国传统诗学为什么如此重视意象的创构与意境的营造？这同汉字与汉语的特点密切相关。古老的汉字是象形文字，源于原始的近乎图画的符号，如"日""月""水""火""山""川""马""牛"。与西方完全抽象的拼音文字相比较，汉字与诗的意象表达手法有着某种天然的联系。中国的意象论始于《易》。《易·系辞》引孔子的话"圣人立象以尽意"。到了三国时代，哲学家王弼在《周易略例·明象篇》中对象、意、言三者的关系作了完整清楚的论述，后来意象论就从哲学、语言学运用到诗学。《文心雕龙·神思篇》首先使用了意象这个词，并对意象的创构作了扼要的阐发。汉字在长期的演变过程中，形成了象形、指事、形声、会意、转注、假借六种造字方式，象形的比重越来越小了，但它仍然是这六种造字方式的基础，象形仍是汉字的基本特征。所以，对中国古典诗歌推崇备至的美国诗人庞德（1885~1972）就曾感叹说："用象形构成的中文永远是诗的，情不自禁的是诗的，相反，一大行的英语字却不易成为诗。"他正是通过阅读和翻译唐诗，发现"中国诗人从不直接说出他的看法，而是通过意象表现一切"。于是，他在学习借鉴唐诗的意象艺术中，创立了意象诗派。（参见毛翰《诗美创造学》，第157页）汉字一个字往往有多义性、歧义性，汉字没有西方拼音文字性、数、格的规定与限制，汉字以象形为基础的六种造字形式，本身就易于激发人们的想象力与联想力；汉语语法富有弹性，比较灵活，可以省略某些句子成分，名词、动词、形容词可以互相变换，也大有利于寓意寄情的意象与意境的创造。这一切都表明：意象与意境是中国古典诗歌的鲜明民族特征。

我们看以下一些例子：

南宋大诗人陆游的《临安春雨初霁》云："小楼一夜听春雨，深巷明朝卖杏花。"这两句诗包含四个意象：小楼、深巷、春雨、杏花。这四个意象的巧妙组合，表现了江南春夜的静谧幽邃，衬托出诗人客居临安的寂寞；同时，从深巷传来的卖花声传达出江南早春的芬芳气息，也倾吐了诗人迎接春天的喜悦情怀。陆游这一联诗借助几个富有节令、地方特征和情趣的意象，营造出一个时空交织、亦实亦虚、诱人浮想联翻、回味无穷的动人意境。

我们再看晚唐诗人温庭筠《商山早行》的一联："鸡声茅店月，人迹板桥霜。"两句诗，六个名词意象直接拼合，没有动词，也没有连接词，名词与名词只是并列着，也令人难以看出语法关系，但正是这样的意象直接焊接，营造出一个空灵蕴藉、情意深浓的意境，表现了早行旅人的辛苦感、孤独感、空旷感。正如欧阳修《六一诗话》所说："道路辛苦，羁旅愁思，岂不见于言外乎？"

从《诗经》开始，中国古代的诗人们，就呕心沥血地创造生动、鲜明、新颖、独到的意象，并借助这样的意象组合、营构出个性化、多层次、"含不尽之意见于言外"的意境。例如苏轼《饮湖上初晴后雨》：

水光潋滟晴方好，山色空蒙雨亦奇。欲把西湖比西子，淡妆浓抹总相宜。

前两句白描实写西湖潋滟水光与空蒙山色，生动、准确、细致；后两句改用比喻虚写。诗人独具慧心地将西湖比拟为越国美女西施，这一新颖、帖切、独创的喻象使西湖有了美丽的姿态与鲜活的生命，营造出一个情景交融、虚实结合的艺术境界，既表现了诗人对西湖美的欣赏与赞叹之情，又揭示出关于美的一条规律，即人和事物只要具有内在美的气质和风韵，那么无论是淡妆还是浓抹，都是美的。诗的意境中蕴含新鲜、丰富、深邃的情思意趣，令人遐想不尽。

第三，中国古典诗歌以诗情、画意与理趣的融合为鲜明的艺术特色。以生动、鲜明、独创的视觉意象为主的中国古典诗歌，具有浓郁的画意。相当多的诗人，更自觉地在诗歌创作中融绘画技法于诗，从而展现出一幅幅"诗中画"。唐代诗人王维就是突出的代表。苏轼说："味摩诘（王维字摩诘）之诗，诗中有画。观摩诘之画，画中有诗。"（《书摩诘蓝田烟雨图》）王维是大诗人，又是杰出的画家、书法家、音乐家。他写诗十分注意意象的色彩、线条、构图、层次，又往往将视觉意象与听觉意象结合起来表现，例如："漠漠水田飞白鹭，阴阴夏木啭黄鹂"（《积雨辋川庄作》）；"日落江湖白，潮来天地青"（《送邢桂州》）；"明月松间照，清泉石上流"（《山居秋暝》）；"万壑树参天，千山响杜鹃。山中一夜雨，树杪百重泉"（《送梓州李使君》）；"远树带行客，孤城当落晖"（《送綦毋潜落第还乡》）；"水国舟中市，山桥树杪行"（《晓行巴峡》）；"白水明田外，青峰出山后"（《新晴晚望》）；"大漠孤烟直，长河落日圆"（《使至塞上》）；等等。

有许多诗歌名篇，在诗情、画意中又透出诗人对自然、宇宙、社会、人生、生命的哲理感悟，使诗篇饶有理趣，而不像西方诗人那样，喜欢用议论说理的方式直接表达哲理。如王之涣《登鹳雀楼》："白日依山尽，黄河入海流。欲穷千里目，更上一层楼。"王维《终南别业》："中岁颇好道，晚家南山陲。兴来每独往，胜事空自知。行到水穷处，坐看云起时。偶然值林叟，谈笑无还期。"还有中唐诗人刘禹锡的"沉舟侧畔千帆过，病树前头万木春"（《酬乐天扬州席上见寄》）；"请君莫奏前朝曲，听唱新翻《杨柳枝》"（《杨柳枝词》其一）；"美人首饰侯王印，尽是沙中浪底来"（《浪淘沙九首》其六）。北宋苏轼的"黑云翻墨未遮山，白雨跳珠乱入船。卷地风来忽吹散，望湖楼下水如天。"（《六月二十七日望湖楼醉书五绝》其一）南宋陆游的"山重水复疑无路，柳暗花明又一村"（《游山西村》）。朱熹的"昨夜扁舟雨一蓑，满江风浪夜如何。今朝试卷孤篷看，依旧青山绿树多"（《水口行舟》其一）。

第四，中国古典诗歌达到了高度的精练含蓄，寓意深远，韵味悠长。诗歌是文学中的文学，抒情诗是诗中之诗。中国古典抒情诗如五绝、七绝，仅二十个字和二十八个字，篇幅短小，却包含着极丰富、深邃的情思意蕴。朱光潜先生在《诗论》中举了以下两首唐诗：

君家何处住，妾住在横塘。停船暂相问，或恐是同乡。

——崔颢《长干行》

空山不见人，但闻人语响。返景入深林，复照青苔上。

——王维《鹿柴》

朱先生评赞说："这两首诗都俨然是戏景，是画境。它们都是从混整的悠久而流动的人生世相中摄取来的一刹那，一片段。本是一刹那，艺术灌注了生命给它，它便成为终古，诗人在一刹那中所心神领会的，便获得一种超时间性的生命，使天下后世人能不断地去心领神会。本是一片段，艺术予以完整的形象，它便成为一种独立自足的小天地，超出空间性而同时在无数心领神会者的心中显现形象。……诗的境界在刹那中见终古，在微尘中显大千，在有限中寓无限。"

我们再举中唐诗人元稹的《行宫》：

寥落古行宫，宫花寂寞红。白头宫女在，闲坐说玄宗。

在荒凉、冷落的行宫中，一群白发的老宫女对着寂寞地盛开着的红花，聚在一起聊说唐玄宗的天宝遗事。诗仅二十字，只是表现了这样一个场景，但诗人对罪恶的宫女制度的愤恨与揭露，对盛唐时代的无限怀念向往，对盛世不再的叹息，都从诗的字里行间中流露出来。如此丰富复杂的情思意蕴被诗人形象地、凝炼地表达，引起当时以及后世读者的感情共鸣。这一首二十字的《行宫》，其艺术的感染力与震撼力，胜于作者写同样题材与主题的九十句六百三十字长诗《连昌宫词》。

我们再看晚唐诗人杜牧的七绝名篇《赤壁》：

折戟沉沙铁未销，自将磨洗认前朝。东风不与周郎便，铜雀春深锁二乔。

这首怀古咏史诗，从赤壁大战中遗留下来的一支折断了的铁戟写起，小中见大地表现了汉末那个分裂动乱的时代，表现了赤壁之战对于三国鼎立的重大意义，更表现了杜牧自负知兵，借贬抑周瑜倾吐其胸中抑郁不平之气，发出"时无英雄，使竖子成名"的慨叹。诗的意境新颖，显出诗人的个性，其高度的凝炼含蓄，令人击节称赏。

我们再看杜甫七律名篇《登高》中的一联："万里悲秋常作客，百年多病独登台。"这两句仅十四字，宋人罗大经《鹤林玉露》评析说："万里，地之远也；悲秋，时之惨凄也；作客，羁旅也；常作客，久旅也；百年，暮齿也；多病，衰疾也；台，高迥处也；独登台，无亲朋也。十四字之间会有八意，而对偶又极精确。"十四字写出八层意思，如此精练、浓缩的诗句，恐怕在其他国家的诗中很难见到。

第五，中国古典诗歌中的格律诗（五七言律诗和绝句，广义的还包括词、曲）具有均齐美、节奏美、音韵美、对称美。国务院副总理马凯在《复兴中华文化，不能少了格律诗》（载《光明日报》2011 年 1 月 19 日）的文章中说："格律诗是大美的诗体，是中华文化瑰宝中的明珠，世界上独一无二的中华民族的独特创造，智慧的结晶。""格律诗是以汉字为载体的。汉字是世界上独一无二的以单音、四声、独体、方块为特征的文字。汉字把字形和字义、文字与图画、语言与音乐等绝妙地结合在一起，这是以拼音为特征的文字所不可比拟的。格律诗的基本规则，把汉字的这些独特优势发挥得淋漓尽致。"

这里以七言律诗为例，此体式是古典格律诗中格律最严密、完美、细致、精妙的。它也成熟最晚。五言律绝、七言绝句在初唐都已成熟了，而七言律诗到了杜甫手中才真正成熟。七言律诗每首四联八句，每句七字，一句之中平仄相间，一联之间平仄相对，两联之间粘连。首句多数押韵，用平声收尾，其文单句都不押韵，用仄声收尾，双句押平声韵，全篇押同一韵脚，中两联对偶，又称对仗。只有独体、方块的汉字才能造成对偶，所以对偶是汉语特有的一种修辞手段。再加上避免犯孤平，犯三平调和三仄调等规定，七律就形成了十分讲究音韵、节奏、均齐、对称的诗歌体式，如此严密精致的诗体，举世罕有。美国学者高友工说：律诗"以潜在的对称原则为基础，从这个原则出发，平衡与爆发，均等与对立，静止与运动等因素被精心地配置起来以期达到最佳效果。"而对仗则使"诗行在词汇的层面上意蕴丰富而在组织结构上则更紧凑凝炼"（《美典：中国文学研究论集》第 234、238 页）。法国学者程抱一论律诗说："不对仗的第一、四联，确保线性发展并处理时间的主题；它们在诗的两端形成不连续的表意符号。在这线性的内部，第

二、三联引入了空间秩序。……由此看来，律诗显示为对一种辩证思想的再现。仿佛在我们眼前上演的，是一出拥有四个时段的戏剧，而这出戏剧的发展服从于空间——时间的生机勃勃的规律。"（《中国诗画语言研究》，第 67 页）总之，在律诗中，时间与空间，听觉与视觉，骈与散，节奏与音韵，均齐与对称，绘画美、建筑美与音乐美，都得到了淋漓酣畅、珠联璧合的体现。

在讲述了中国古典诗歌的鲜明民族艺术特色之后，我们来谈谈格律诗写作的技巧问题。

二　律诗的格律

汉字有平上去入四声，现代汉字有阴平、阳平、上声、去声。阴平与阳平，就是平声，上声与去声，就是仄声。仄，即不平。古代的入声字，也是仄声，但它们已经化入了现代汉字的平、上、去三声中了。这些字不能作平声用。七言律诗只有四种句式：

平起仄收：平平仄仄平平仄

平起平收：平平仄仄仄平平

仄起平收：仄仄平平仄仄平

仄起仄收：仄仄平平平仄仄

分别用这四种句式作首句，可以得出七律的四种平仄格式。其实只有两种基本格式，其余两种不过是首句为"仄收"之分别。

1. 平起式

㊉平㋂仄仄平平，㋂仄平平仄仄平。

㋂仄㊉平平仄仄，㊉平㋂仄仄平平。

㊉平㋂仄平平仄，㋂仄平平仄仄平。

㋂仄㊉平平仄仄，㊉平㋂仄仄平平。

（打圆圈的字，可平可仄。）

2. 仄起式

㋂仄平平仄仄平，㊉平㋂仄仄平平。

ⓐ平ⓑ仄平平仄，ⓑ仄平平仄仄平。
ⓑ仄ⓐ平平仄仄，ⓐ平ⓑ仄仄平平。
ⓐ平ⓑ仄平平仄，ⓑ仄平平仄仄平。

因为七律传统是绝大多数首句入韵，所以七律主要用以上这两种格式。律诗四种格式，似乎很难记住。其实只要懂得它的规律，就能很快掌握。可以根据四种句式，把全诗的格式推出来，不必死记硬背。将七律每种格式的首联与尾联，首联与颔联，颔联与颈联，颈联与尾联分别截取下来，就是近体七绝通篇不对仗、前散后对、通篇皆对、前对后散四种格式。如果将七律和七绝所有格式的上二字都去掉，就成为五言律绝的格式。

格律诗平仄的基本规律是：

一句之中二平二仄相间，

平平仄仄平平仄，

一联之间平仄相对，

平平仄仄平平仄，

仄仄平平仄仄平。

两联之间，下联上句与上联下句第二字的平仄相粘（相同），否则，就犯了"失粘"。如

平平仄仄平平仄，

仄ⓕ平平仄仄平。

仄ⓕ平平仄仄，

平平仄仄仄平平。

首句不入韵的七律，前四句的平仄与后四句的平仄格式完全相同，等于是两首绝句相加，首句入韵的七律，只有首句与第五句收尾有入韵平声与不押韵仄声之分别，其余二、三、四句与六、七、八句平仄格式完全相同。

律诗不能犯孤平。所谓孤平，就是七言"仄仄平平仄仄平"这种句型，第三字不能用仄声，如果用了，使这个句子只有韵脚一个平声字，就叫犯孤平。相应的，这种七言句式减去首二字的五言句式"平

平仄仄平"，第一字必须用平声，如果用了仄声字，就是犯孤平。

律诗还要避免在句末出现三平或三仄。

律诗平仄，可以拗救，分本句拗救与对句拗救。具体可参看王力《诗词格律》，此处不细说。

三　律诗对仗的技法：律诗中间两联要对仗

工对：不仅词性，而且词类都要相对。名词中天文、时令、地理、器物、衣饰、饮食、文具、文学、草木、鸟兽虫鱼、形体、人事、人伦学问类，同类对。正如《笠翁对韵》启蒙说：

> 天对地，雨对风，大陆对长空，山花对海树，赤日对苍穹。雷隐隐，雨蒙蒙，风高秋月白，雨霁晚霞红。
>
> 李白："月下飞天镜，云生结海楼。"（《渡荆门送别》）
>
> 李商隐："晓镜但愁云鬓改，夜吟应觉月光寒。"（《无题》）

晚唐到北宋，对仗极工细。最工细的是王安石《半山即事》其三的一联：

> 含风鸭绿鳞鳞起，弄日鹅黄袅袅垂。

"鸭"对"鹅"，"鸭绿"与"鹅黄"分别借代水和柳，字形上，"鸭"与"鹅""鳞鳞"与"袅袅"都有同样偏旁，"鳞鳞"与"袅袅"都是叠字词，此联对仗构思精巧，美感丰富，称之"多重工对"。

反义词也算工对。如李白："晓战随金鼓，宵眠抱玉鞍。"句中自对而又两两相对，是工对。如杜甫："国破山河在，城春草木深。"

但对仗过分工巧，造成语境狭窄，思想没有回旋余地，更容易造成"合掌"之病。所谓"合掌"，就是对仗中两句完全同义或基本同义，如王籍："蝉噪林逾静，鸟鸣山更幽。"谢朓："鱼戏新荷动，鸟散余花落。"

宽对：只求词类相对，名词对名词，动词对动词，形容词对形容词。更宽一点，那就是半对不对了。杜甫："遥怜小儿女，未解忆长安。"（《月夜》颔联）

借对：一个词有两个意义，诗中用的是甲义，同时又借用它的乙义来与另一词相对。例如杜甫《巫峡敝庐奉赠侍御四舅》："行李淹吾舅，诛茅问老翁。"借用桃李的"李"的意义来与"茅"字作对仗。又如杜甫《曲江》"酒债寻常行处有，人生七十古来稀"，古代八尺为寻，两寻为常，所以借来对数目字"七十"。

有时候，不是借意义，而是借声音。借音多见于颜色对，如借"篮"为"蓝"，借"皇"为"黄"，借"沧"为"苍"，借"珠"为"朱"，借"清"为"青"等。杜甫《恨别》："思家步月清宵立，忆弟看云白日眠"，以"清"对"白"，又《赴青城县出成都寄陶王二少尹》："东郭沧江合，西山白雪高"，以"沧"对"白"。

流水对：

一句话分成两句说，十个字或十四个字是一个整体，出句独立起来没有意义，或意义不全。这种对仗，句意像流水般直贯而下，叫流水对。

> 杜甫："花径不曾缘客扫，蓬门今始为君开。"（《客至》）
> 陆游："塞上长城空自许，镜中衰鬓已先斑。"（《书愤》）
> 王之涣："欲穷千里目，更上一层楼。"（《登鹳雀楼》）
> 白居易："野火烧不尽，春风吹又生。"（《赋得古原草送别》）

此外，还有扇对、隔句对等。

一般说来，反对、借对、流水对，写作难度超过正对。杜甫就擅长反对、流水对，如杜甫的"关塞极天唯鸟道，江湖满地一渔翁"，上句写大景，下句仅写一渔翁。苏轼的"见说骑鲸游汗漫，亦曾扪虱话酸辛""龙骧万斛不敢过，渔舟一叶从掀舞"，都是"反对"法中的妙对。

还有些妙用叠字词的佳对，如王维的"漠漠水田飞白鹭，阴阴夏木啭黄鹂"，杜甫的"无边落木萧萧下，不尽长江滚滚来"，王安石的"草草杯盘供笑语，昏昏灯火话平生"等，都值得我们学习、借鉴。

律诗中间两联，都是对仗。但要注意这两联所写的内容、感觉、情调、笔法、角度、虚实都要有变化，不能雷同重复，对仗的句式也尽可能有别。

四　注意写好首联与尾联

明人王世贞《艺苑卮言》说："七言律不难在中二联，难在发端及结句耳。"从谋篇、构思的角度看，起笔和收尾比之中二联一承一转更重要。诗意完整，构思巧妙，诗味含蓄，全靠起结。

起笔首联，扣人心弦，或引人入胜，或先声夺人，或笼罩全篇，其音调，应如爆竹，骤响易彻。

杜甫《登楼》首联："花近高楼伤客心，万方多难此登临。"先写见花伤心的反常现象，再说是由于万方多难的缘故，因果倒装，起势突兀。"登临"二字则以高屋建瓴之势行之，领起下面的种种观感。

杜甫《蜀相》首联："丞相祠堂何处寻，锦官城外柏森森。"以问引起，下句气象不凡。开门见山，洒洒落落。又是一问一答，自开自合。

欧阳修《戏答元珍》首联："春风疑不到天涯，二月山城未见花。"首联破"早春"之题，写了作诗的时间、地点和山城早春气象，又暗寓皇恩不到，透露被贬的抑郁。首句问，后句答，作者自己说："若无下句，则上句何堪？既见下句，则上句颇工。"（《笔说》）起得超妙。

苏轼《有美堂暴雨》首联："游人脚底一声雷，满座顽云拨不开。"开篇直接将大暴风雨的声势突兀展现出来。

尾联：要收得有力，或余意袅袅，宕出远神，诱人联想，含不尽之意于言外。一般以景结情更好。

李白《与夏十二登岳阳楼》："楼观岳阳尽，川迥洞庭开。雁引愁心去，山衔好月来。云间连下榻，天上接行杯。醉后凉风起，吹人舞袖回。"首联一"尽"、一"迥"、一"开",写出渺远辽阔景色,形象地表现诗人立足点之高,不正面写楼高而楼高亦自见。尾联写醉后凉风四起,既写楼高亦写人。凉风吹得诗人衣袖翩翩飘舞,豪情逸兴,溢于言表。收笔气韵生动。

王维《观猎》:"风劲角弓鸣,将军猎渭城。草枯鹰眼疾,雪尽马蹄轻。忽过新丰市,还归细柳营。回看射雕处,千里暮云平。"开篇即如险峰陡立,突兀见奇。这北风、角弓和脱弦之箭的呼啸之声,画出了将军挽弓射猎的特写镜头,营造出紧张气氛,也收到先声夺人的艺术效果。如果不用"倒卷"笔法,先点出"将军猎渭城",再写"风劲角弓鸣",就平庸无力。尾联"回看"句一个精彩的人物造型,显出将军猎后踌躇满志、怡然自得的神情意态;"千里"句展现一个野旷云低的空阔场景,衬托将军豪爽气概和开阔胸襟,笔致纡徐舒放,与开篇形成鲜明对照。清代王士禛说:"为诗结处总要健举,如王维'回看射雕处,千里暮云平',何等气概!"(何世璂《燃灯纪闻》引)施补华评:"收处作回顾之笔,兜裹全篇,恰与起笔倒入者相照应,最为整密可法。"(《岘佣说诗》)

杜甫《蜀相》尾联:"出师未捷身先死,长使英雄泪满襟。"结尾对诸葛亮"出师未捷身先死"无限感怆,抒情与议论融合,吊古深情,淋淳于楮墨之间,悲凉慷慨,沉郁顿挫。

相比之下,尾联比首联更重要,也更难写得好。唐诗中有一些经典名篇,如孟浩然《临洞庭上张丞相》,写景"气蒸云梦泽,波撼岳阳城",气魄雄大,但尾联"坐观垂钓者,徒有羡鱼情"就稍软弱,与前半篇不相称。就连杜甫那篇被誉为"古今七律第一"的《登高》,其尾联"艰难苦恨繁霜鬓,潦倒新停浊酒杯",也是远不及前三联,情调低沉,也缺少余味。

五　近体绝句的写作

绝句出于民间歌谣,故而语言浅近通俗,易记易诵,少用典故,风格接近民歌，像李白《静夜思》《赠汪伦》，脱口而出，天籁自鸣，语浅情深。

七言绝句 28 字。五言绝句更短，仅 20 字，比日本的俳句 17 字多三个字，但有起承转合，章法更曲折婉转，比俳句更多回环圆转之美，堪称世界上最精美的诗体。

明人胡应麟《诗薮》说："绝句最贵含蓄。"清人沈德潜《说诗晬语》说："七言绝句，以语近情遥，含吐不露为主，只眼前景，口头语，而有弦外音，味外味，使人神远，（李）太白有焉。"说得精切。

创作绝句，最讲究艺术构思的新颖、巧妙，其原则是即小见大，以少胜多。

可以借写一种小景物抒情咏志，如上文所说杜牧《赤壁》从写一柄断戟起笔，又如唐代李端《闺情》："月落星稀天欲明，孤灯未灭梦难成。披衣更向门前望，不忿朝来鹊喜声。"借对一只喜鹊的恼恨，抒写出闺中少妇对远行丈夫痴恋的深情。

当代青年诗人董澍写抗日战争，很巧妙地创造出卢沟桥石狮高歌慷慨的形象：

> 晚来阵雨挟雷动，瑟瑟残阳落水声。
> 五百醒狮桥上立，凭栏齐唱满江红。
>
> ——卢沟落日

诗中"满江红"既是写卢沟桥下傍晚景色，也是双关岳飞的《满江红》词。这五百醒狮，就成了英勇抗击日本侵略者的中华儿女的象征。

可以写人物的瞬间动作、神态与心理变化，如唐人李端《鸣筝》：

> 鸣筝金粟柱，素手玉房前。欲得周郎顾，时时误拂弦。

又如唐人王昌龄的名篇《闺怨》：

闺中少妇不知愁，春日凝妆上翠楼。

忽见陌头杨柳色，悔教夫婿觅封侯。

　　唐代诗人王维，也是绝句高手。他的《送元二使安西》："渭城朝雨浥轻尘，客舍青青柳色新。劝君更尽一杯酒，西出阳关无故人。"借饯行时劝最后一杯酒，写出古往今来最感人的友情。他的《九月九日忆山东兄弟》："独在异乡为异客，每逢佳节倍思亲。遥知兄弟登高处，遍插茱萸少一人。"不仅"每逢佳节倍思亲"句以朴素无华的语言高度概括出作客他乡者人人心中共有而人人笔下所无的思乡怀亲之情，而且后一联用从"对面落笔"，"不说我想他，却说他想我，加一倍凄凉。"（张谦宜《絸斋诗谈》）后来杜甫的"遥怜小儿女，未解忆长安"（《月夜》）和白居易的"想得家中夜深坐，还应说着远行人"（《邯郸冬至夜思家》），都是这一写法，可谓"情至意新"。王维还有《杂诗三首》（其二）："君自故乡来，应知故乡事。来日绮窗前，寒梅著花未。"游人向从故乡来的人询问绮窗前的一株寒梅，以少胜多地表达出他对故乡和妻子的无限思念。清人宋顾乐《唐人万首绝句选评》："以微物悬念，传出件件关心，思家之切。"王维《相思》："红豆生南国，春来发几枝。劝君多采撷，此物最相思。"借南国的一粒红豆，表现出深挚的相思之情。十几年前，当代诗词大赛以"相思"为题，有一首获一等奖的作品很精彩（甄秀英《送别》）：

南国春风路几千，骊歌声里柳含烟。

夕阳一点如红豆，已把相思写满天。

　　联想巧妙，夸张大胆，不愧前人。

　　绝句之章法是首起次承三转四合。起笔要有力，承接要自然，转折要出人意料，合要能够余味不尽。绝句的第三句转折，常用假设、否定、疑问、反问、设问、唱叹等句式，主要是加强转折的力量，抒情的力度，使诗篇有回环婉曲又一唱三叹的抒情性。

试看下面唐诗名篇的三、四句：

> 但使龙城飞将在，不教胡马度阴山。——王昌龄《出塞》
> 羌笛何须怨杨柳，春风不度玉门关。——王之涣《凉州词》
> 不知细叶谁裁出，二月春风似剪刀。——贺知章《咏柳》
> 不知何处吹芦管，一夜征人尽望乡。——李益《夜上受降城
> 闻笛》

　　如果把一首绝句分成两部分，通常是首两句是写实景，或作好铺垫；后两句是虚景，借助于拟人、比喻、夸张等修辞法，创造出全篇诗的核心意象，并借助这个核心意象，提升或深化诗的境界。上文所举苏轼《饮湖上初晴后雨》、今人甄秀英创作的《送别》、董澍的《卢沟落日》、贺知章的《咏柳》，都是如此。再举几首唐诗名篇：

> 日照香炉生紫烟，遥看瀑布挂前川。飞流直下三千尺，疑是银
> 河落九天。
>
> 　　　　　　　　　　——李白《望庐山瀑布》
> 湖光秋月两相和，潭面无风镜未磨。遥望洞庭山水色，白银盘
> 里一青螺。
>
> 　　　　　　　　　　——刘禹锡《望洞庭》
> 烟波不动影沉沉，碧色全无翠色深。疑是水仙梳洗处，一螺青
> 黛镜中心。
>
> 　　　　　　　　　　——雍陶《题君山》
> 远上寒山石径斜，白云生处有人家。停车坐爱枫林晚，霜叶红
> 于二月花。
>
> 　　　　　　　　　　——杜牧《山行》

　　以上，讲了写作近体律诗和绝句的一些具体写作技艺。下面，讲几点更重要的写诗原则：

第一，思想新，感情新，语言新，意境新。律诗、绝句是旧体，但表现的是新的思想感情，新的生活内涵与人生感悟，要反映时代精神。作者的思想必须与时俱进。不能把诗写得从内容到形式都古色古香，而要尽力写得活色生香，有个性，有时代感。要认真学习毛泽东诗词，表现中国革命战争和社会主义建设的"史诗"传统，学习毛主席诗词的革命现实主义和革命浪漫主义相结合的创作方法。当然，也要向现当代的诗词名家，包括鲁迅、郁达夫、朱自清、田汉、臧克家等人学习。臧克家新诗旧体诗兼擅，他的《老黄牛》："块块荒田水和泥，深耕细作走东西。老牛亦解韶光短，不待扬鞭自奋蹄。"《病中抒感》："老来病院半为家，苦药天天代绿茶。榻上谁云销浩气，飞腾意马到无涯。"写出了诗人的奋发向上的豪情浩气。

第二，坚持运用形象思维，亦即诗性思维，创造出生动、鲜明、独特的意象，而鲜活美妙的意象，来自诗人对于自然美和生活美的新发现。可以说，没有新发现就没有创造，没有独特的意象，就没有诗。贺知章的"二月春风似剪刀"是发现，韩愈的"草色遥看近却无"是发现，杜甫的"细雨鱼儿出，微风燕子斜"是发现，苏轼的"天外黑风吹海云"也是发现，陆游的"山重水复疑无路，柳暗花明又一村"亦是发现。有了新发现，才有可能调动大胆的想象和联想，运用诸如拟人、比喻、夸张、象征、通感等艺术手法创构意象和营构意境。

第三，诗要反复推敲、锤炼，要力求创作出精品。学习古人"吟安一个字，拈断数茎须"的刻苦创作精神。毛主席写诗词，也是一次次地斟酌、推敲，可谓千锤百炼，才能炼出："红旗跃过汀江，直下龙岩上杭。收拾金瓯一片，分田分地真忙。"（《清平乐·蒋桂战争》）这样生动活泼，如同民歌般的佳句。炼出："一山飞峙大江边，跃上葱茏四百旋。"（《七律·登庐山》）将静态的山写得如此飞动。炼出："九嶷山上白云飞，帝子乘风下翠微。斑竹一枝千滴泪，红霞万朵百年衣。洞庭波涌连天雪，长岛人歌动地诗。我欲因之梦寥廓，芙蓉国里尽朝晖。"诗人运用了革命现实主义与革命浪漫主义相结合的方法，熔神话、传说、经典与现实生活于一炉，怀念爱人、烈士杨开慧（名霞姑），欢欣故乡湖南热气腾腾的经济与文化建设成就。全篇从构思、章法、意象与意境创造，达到每字每句都那么精美，真是珠圆玉润，光彩缤纷，动人心弦，悦耳悦目。

第四，尽可能地遵守近体律绝的格律规则，但我们是写诗，而不是写格律。为了不损害诗意的完美表达，也可以适当地突破格律。中华诗词学会力主声韵改革，公布了《中华新韵表》，同时提出"三轨制"："旧声旧韵、新声新韵（不使用入声字，用新韵）、旧声新韵（保留入声字，用新韵）。"

盛唐边塞诗

陈铁民

一

什么是边塞诗？边塞诗大抵指的是写到边塞风光、军民生活和战争的诗，其中应包括送人赴边诗，还有反映后方对边塞问题关心和思念边防战士的诗，其内容是比较广泛的。"边塞"的地域范围，主要是从东北到西北沿长城和丝绸之路展开的地带，因为秦汉隋唐的边塞战争大多发生在这里。另外，安史之乱后，唐西南的剑南道地区，常受到吐蕃、南诏的侵扰，也成为新的"边塞"。

边塞诗不始于唐代。《诗·小雅·采薇》："靡室靡家，猃狁之故。"诗写士卒的戍边生活，猃狁即秦汉时的匈奴，这大概就是最早的边塞诗了。汉乐府中有一些写战争的诗，如《战城南》，但所写的战争未必是边塞战争。北朝民歌《敕勒歌》："敕勒川，阴山下。天似穹庐，笼盖四野。天苍苍，野茫茫，风吹草低见牛羊。"这大概是最早歌唱边塞风光的诗。魏晋南北朝文人，零零星星写过一些边塞诗，如左延年《从军行》，鲍照《代出自蓟北门行》《代陈思王白马篇》，刘孝标《出塞》，还有南朝多个文人如沈约、吴均、江淹等写的《从军行》等。其中鲍照的诗写得较好，如《蓟北门行》有"疾风冲塞起，沙砾自飘扬。

马毛缩如猬，角弓不可张"的句子，想象新奇。而其他多数的诗，大都浮泛抽象，缺乏真切感，因为南朝文人都生活于江南地区，并没有亲历边塞，写景写情多根据间接材料虚拟悬想，模拟的迹象很明显，如上面说的沈约等的《从军行》，就是如此。由于作品零散，佳作少，故唐以前的边塞诗，尚不足以在文学史上形成一个专门的题材类型。

应该说，在初唐时期，边塞诗作为一个专门的题材类型，已经可以成立。唐代边塞诗是在唐代版图空前扩大，唐帝国在边地展开频繁的军事、政治、经济、文化、外交等活动的基础上产生的。唐王朝统一全国之初，边患严重，东突厥颉利可汗连年率兵入寇，唐高祖李渊曾想迁都以避其锋芒，被李世民劝阻。唐太宗即位后，于公元 630 年大破东突厥，捕获颉利，唐的声威大振；后又向西进军，取得西域天山南路各国，并在唐高宗时消灭西突厥。那时候，境外各国纷纷来附，唐的疆域空前扩大。当时，由于军事、政治、外交等各种活动的需要，不少文人奔赴边地，从而写出了若干边塞诗。仅就诗人而言，贞观诗坛的盟主唐太宗李世民，曾亲自率兵征高丽，又曾至灵州（今宁夏灵武西南）会铁勒诸部使臣，写下了《辽东山夜临秋》等边塞诗。"以文章进"的贞观重臣兼诗人杨师道、岑文本、许敬宗、褚遂良，都曾随从太宗征高丽；贞观诗人陈子良曾游塞北，作《于塞北春日思归》诗；"有文辞"的高宗朝宰相来济贬为庭州（治所在今新疆吉木萨尔北）刺史，突厥来犯，他领兵抗击，殁于阵中。高宗、武后时期活跃于文坛的"四杰"中，卢照邻尝出使河西，骆宾王曾从军北庭，各有边塞诗十余首传世。武后、中宗朝以诗名世的"文章四友"中，李峤尝出使朔方筑六州城，有《奉使筑朔方六州城率尔而作》诗；苏味道曾随定襄道行军大总管裴行俭征突厥，任管记，写下边塞诗《单于川对雨二首》；崔融曾随梁王武三思征契丹，任掌书记，今存有边塞诗五首；杜审言也曾因公事到过边城岚州（今山西岚县北），其《行经岚州》云："自惊牵远役，艰险促征鞍。"略晚于"四友"、在当时诗名籍甚的宋之问，曾出使河东天兵军，有《使往天兵军约与陈子昂新乡为期及还而不相遇》诗；提倡风骨和兴寄、对唐诗发展有重大影响的诗人陈子昂，曾两度从军，亲临沙场，留下边塞诗二十余首，其成就为初唐写边塞诗者之冠；诗篇多为时人讽诵的乔知之，曾随将军刘敬同北征同罗、仆固，为监军，今存边塞诗五首；因七古名作《古剑篇》受到武后赏识而蜚声诗坛的郭震，累任边帅，有《塞上》诗传世；"少以文辞知名"的珠英学士崔湜曾从军，其《塞垣行》："昔我事论诗，未尝怠经籍。一朝弃笔砚，十载操矛戟。"《早春边城怀归》云："大漠羽书飞，长城未解围。……岁尽仍为客，春还尚未归。"珠英学士王无竞曾使边，有《北使长城》及《灭胡》诗。徐坚、张说、李邕在初唐时也各有入幕的经历：徐坚释褐"汾州参军事，部送边粮，至于定襄，军使王本立素重公才，署为管记"（张九龄《徐坚神道碑》）；张说武后时从清边军总管王孝杰讨契丹，为管记（《通鉴》卷二〇六）；李邕长安四年（公元 704 年）入灵武道行军大总管姚崇幕，为判官（苏颋《命姚崇等北伐制》）。以上所举，皆当时之名家，至于出塞的一般诗人、文士，自然更多，只是由于史料缺乏，难以一一考出罢了。可以说，文人出塞，对于初唐边塞诗的发展以及唐代诗风的变革，都具有推动的作用。我们知道，初唐诗坛受齐梁浮艳诗风的影响较深，而当时的边塞诗，则较多地继承了北朝民歌，乃至建安诗歌的作风，往往显得雄浑而刚健，所以我们说，初唐边塞诗的创作，对唐代诗风的变革，具有推动的作用。但是，初唐的边塞诗，无论从数量还是质量方面来看，都还没有进入唐代边塞诗创作的高潮期。

二

盛唐时期，是唐代边塞诗创作的高潮期。其标志是，几乎所有值得一提的盛唐诗人，都写有边塞题材的诗歌，这个时期的边塞诗，不仅数量多，而且内容丰富多彩，艺术上高度成熟，名家、名作集中涌现，还出现了像高适、岑参那样在边塞诗的创作上集中用力的杰出作家。

下面，先谈谈盛唐边塞诗创作形成高潮的背景和原因。首先，这与唐诗高潮期的到来有密切关系。我们知道，盛唐时期是唐诗发展的高潮期，或者说最繁荣的阶段，一方面，如果没有唐诗发展高潮期的到来，边塞诗的创作高潮恐怕也难以到来；另一方面，边塞诗的创作高潮又是唐诗发展高潮的一个标志，一个组成部分，假如没有边塞诗的创作高潮，唐诗的发展高潮一定减色不少。

其次，盛唐边塞诗创作高潮的出现，还有它的社会原因。其中一个很重要的原因就是，盛唐时代文人出塞的现象相当普遍。应该说，盛唐时代是一个边患并不严重，边地相对比较平静的时期。那么，为什么在这样一个时期，出塞的文人反而多了起来呢？我们知道，初唐时期，遇有征战，皆派大将临时组建幕府、调遣部队出征，战争一结束，幕府随即撤销，幕府人员也各自离去，而到了唐玄宗时代，则在边地设了十个节度使，每个节镇都有固定数量的长驻部队（当时府兵制瓦解，士兵多是招募来的职业兵），如河西节度统辖八军三守捉，有兵七万三千人。这样，由初唐到盛唐，幕府就由临时设置转为常设，边地部队也由临时调遣变成长期驻扎。这些常设的边地节镇，除了需要各级军官，还需要各种文职人员，因此就出现了文人入边幕的现象。应该说，盛唐时代文人入边幕是颇为踊跃的，其原因之一是，为开元、天宝盛世所孕育，当时的士人多有一种昂扬奋发的精神，建功立业的壮志，正是这种豪情壮志，促使他们走向边塞；原因之二是，入边幕是文人仕进的一条途径。唐代制度规定，节度使可以自辟僚佐，《通典》卷三二载，唐采访、节度等使之僚佐，"皆使自辟召，然后上闻，其未奏报者称摄。"由于存在这一制度，于是出现两种现象：一种是，未释褐者通过入幕以释褐，例如有一些在科举考场上失利、入仕无门的文士，通过入幕而释褐，还有一些不愿走科举道路的文士，通过投笔从戎而释褐，又有一些科举及第后不等吏部授官而自入边幕求职从而释褐的（其中多数人入幕后，往往须累积一定的资历或军功，才得以释褐）；另一种是，已释褐者通过入幕而进身，如有些已释褐者由于官卑职微，仕途不得意，因而到边地幕府谋求进身的机会，像诗人高适、岑参都是如此，还有一些任职期满后还没有得到新的职务的文官（开元十八年以后，守选制度化，非常参官任职期满后，大抵都要守选多年才能获得新的任命），也常到边地幕府寻找发展机会（前资官受辟入幕，可不守选）。入幕后的文士进身的门径主要有二，一是立军功，二是受到幕府主帅的赏识、提拔和举荐，当时因入边幕而进身的文士，数量不少。不少文人的入幕和对边塞军旅生活的真切体验，为盛唐边塞诗的繁荣和得以突破前人的成就，创造了条件。

上文说的"文人出塞"，除包括入幕外，还应包括游边、使边两个方面。游边与唐代的漫游之风有关。盛唐时代交通发达，公私粮食丰足，"行者不赍粮"，路上无盗贼，这些都为漫游之风的形成创造了条件。文人游边，除具有一般漫游的性质外，还往往兼带有寻找入边幕机会的目的。如高适游幽、蓟就是如此。当时文人游边常到之地，主要为幽州、陇右、河西一带，因为这些地方较近，又有战事，比较容易找到入幕和立功的机会。使边，指的主要是朝廷派使者到边镇传达军令政令、了解边地情况、考查官员的治绩、宣慰戍边将士等等，还有朝廷派往四方诸国执行外交任务的使臣，每每要出入边镇，另外州县官吏，也会被派往边镇送兵、送衣粮等。游边和使边的文人在边地的时间虽然一般不会很长，但边塞新异的生活、景物与风俗人情，也能激发他们的浪漫豪情和创作灵感，使他们写出一些优秀的边塞诗来。如果将入幕、游边、使边三类人加起来，那么应该说，盛唐文人出塞的现象是相当普遍的。

在盛唐边塞诗的创作队伍中，可分为有出塞经历者与无出塞经历者这样两类人。其中有出塞经历者居于多数，是边塞诗创作的基干和主力，如在边塞诗的创作上居于盛唐诗人前列的名诗人高适、岑参、王昌龄、李白、王维，都曾出塞，存诗不多却享誉当时且有边塞之作广被传诵的诗人崔颢、王翰、王之涣、祖咏、陶翰，也都各有出塞的经历。可以说，一批未曾出塞的诗人，正是在这些有出塞经历诗人的带动和影响下写作边塞诗的；盛唐边塞诗的繁荣局面，是在曾出塞与未曾出塞诗人的共同努力下形成的。在有出塞经历的诗人中，高适、岑参是公认的盛唐边塞诗的杰出代表，他们不但写作的边塞诗数量最多，在边塞诗的题材内容、艺术表现上也有大的开拓和突破；他们取得这一成就的契机是，出塞的时间最长，边塞生活的体验最为丰富和充实，所以能够突破边塞诗创作的传统格局，取得超越前人的成就。下面，我们就以高适、岑参和王维为例，来介绍盛唐边塞诗的面貌和成就。

先谈王维。大家知道，高适、岑参是在边塞诗的创作上集中用力的作家，而王维则不是，他以擅长山水田园诗著称。但王维的边塞诗创作，也取得了不容忽视的成就。王维于开元二十五年以监察御史的身份出使河西，随即受河西节度使崔希逸之聘，留在幕府任节度判官，时间大约一年多。王维是有出塞经历的，但他并非到出塞后，才开始创作边塞诗，如《少年行四首》其二：

> 出身仕汉羽林郎，初随骠骑战渔阳。孰知不向边庭苦，纵死犹闻侠骨香。

这首诗大抵作于早年，它写游侠少年自愿从军边塞，渴望到那里去建功立业。很多诗歌多写边塞从军之苦，此诗独说不往边地去从军之苦，这说明时代已发生了变化，人们开始关注和向往边地，视那里为实现自己壮志的场所，这是盛唐社会蒸蒸日上所带来的爱国主义精神高涨的产物。末句"纵死犹闻侠骨香"是全诗的警句，它集中地表现了游侠少年为国杀敌、不怕牺牲的昂扬斗志和英雄气概。前面我们谈到，盛唐士人多有为国建功立业的豪情壮志，这促使他们走向边塞，王维此诗即可印证这一点。又如《燕支行》，它作于开元九年，那时诗人也尚未出塞，诗中歌颂武将出征获胜，刻画了一个理想的将军形象：他既有英雄气概，又有爱国壮志；既有先国后家的品德，又有克敌制胜的谋略；既勇猛威武，又刚毅沉着。全诗豪情四溢，具有盛唐边塞诗的昂扬格调和浪漫精神。当时，王维只有二十一岁，具有远大的抱负和积极向上的精神，而唐帝国也正处于国力强盛、国威远播的时期，可以说，正是这二者的结合，才使此诗上述面貌的出现成为可能。

再看王维出塞后写的诗，《使至塞上》说：

> 单车欲问边，属国过居延。征蓬出汉塞，归雁入胡天。大漠孤

烟直，长河落日圆。萧关逢候骑，都护在燕然。

这首诗作于诗人刚到河西的时候。由这首诗不难看出，使边的文人即便未在边地久留，也能创作出优秀的边塞诗来。清王夫之评此诗说："用景写意，景显意微，作者之极致也。"（《唐诗评选》卷三）指诗歌借助边塞风光的描绘，抒发自己出塞的豪情。诗中颔联所写，蓬草随风飘转在秋日，鸿雁北归胡地则在夏初，所以归雁句是实写眼前之景，征蓬句则带有象征的作用。诗人这里自比征蓬，其中寄寓着他独行出塞的漂泊之感和悲壮情怀。颈联仅用十字就勾画出了一幅雄奇壮美的边塞风光图：大漠辽阔无涯，长河纵贯其中，远方长河尽头的地平线有圆而红的落日，近处沙漠中长河边有直而白的孤烟。四种景物安排得多么巧妙、得当，具有分歧统一、均衡协调之美。而从这一幅壮丽、开阔的画面中，我们又分明可以感受到诗人的豪迈情怀、阔大胸襟。这一联诗不仅状边地景物如在目前，用字亦堪称千古独绝，清黄培芳说："直、圆二字极锻炼，亦极自然，后人全讲炼字之法非也，全不讲炼字之法亦非也。"（翰墨园重刊本《唐贤三昧集笺注》卷上）末联以路遇候骑，喜闻前线破敌作结。末联与颈联联系紧密，因为颈联所抒发的豪情和所描写的平安火，已为末联的结尾作了铺垫。全诗笔力劲健，风格雄浑，是唐代边塞诗中的杰作。又《出塞作》云：

> 居延城外猎天骄，白草连天野火烧。
> 暮云空碛时驱马，秋日平原好射雕。
> 护羌校尉朝乘障，破虏将军夜渡辽。
> 玉靶角弓珠勒马，汉家将赐霍嫖姚。

这首诗作于入河西幕不久，诗意可分为前后两半，前四句明写匈奴狩猎的浩大声势，暗指他们乘机来犯的气焰之盛，渲染天骄的气焰之盛，正是为了显示出唐军的强大。清金人瑞说："前解（前四句）写天骄是真正的天骄，后解（后四句）写边镇是真正的边镇。""前解不写得如此，便不足以发我之怒；后解不写得如此，便不足以制彼之骄。"（《金圣叹选批唐诗》卷三上）后解中的护羌一联，前句说防守，后句说反击，朝、夜二字，突出了军情的紧急和扭转局面的神速。全诗通过敌我双方的对比描写，鲜明有力地表现了唐军将士不畏强敌的英雄气概和昂扬斗志。全诗格调高昂，气势雄壮，方东树说它"声调响入云霄"（《昭昧詹言》卷一六），极是。《从军行》云：

> 吹角动行人，喧喧行人起。笳悲马嘶乱，争渡金河水。日暮沙漠陲，战声烟尘里。尽系名王颈，归来报天子。

这首边塞诗并不具体描写哪一次战役，而是着重表现边防战士们的精神面貌。诗歌用极省净的语言，绘出了一幅有声有色的战斗图画，表现了战士们争先杀敌的英雄气概。诗歌主要通过人物行动来揭示出他们的精神面貌，而描写人物行动，又往往依仗于听觉形象的刻绘。如首联用号角声和部队出动的响声，来表现军情的紧急与战士们行动的迅速；次联用"笳悲马嘶"之声来衬托战士们争先赴敌的气概，三联以烟尘里的"战声"来表现战斗的激烈。林庚《唐代四大诗人》评此诗说："这里既无夸张，也无感叹，它不动声色而声色俱在其中，这样的写法在盛唐边塞诗中乃是自成一格的。"（《唐诗综论》第 116 页）所论甚是。

王维的边塞诗，写的往往是经过典型化了的当时人们对边塞战争的感受，而不是某一次具体边塞战争的描述。他的边塞诗多着眼于写人，很善于运用各种不同的表现手法，恰到好处地把人物的精神世界展现出来。他的边塞诗大多是英雄主义精神的赞歌，即便是《老将行》《陇头吟》这样的边塞诗篇，揭露了朝廷对立功老将的冷酷无情，也还是将老将的爱国热情突出地展现了出来。总的说来，他的边塞诗，比较典型地反映了盛唐的时代精神。

下面谈高适。高适曾三次出塞：第一次游幽（治所在今北京西南）、蓟（治今天津蓟县），第二次使清夷军送兵，第三次入河西、陇右节度使幕府。高适游幽、蓟的时间，在开元十九年秋至二十一年冬。

当时幽、蓟一带边患严重：开元十八年，契丹军事首长可突于率其族人并胁迫奚人一起投附突厥，从此连年侵犯幽州、蓟州一带，直到二十二年十二月幽州节度使张守珪杀可突于后，幽、蓟边地的战祸才基本平息。高适游幽、蓟期间，作了《塞上》《蓟门行五首》《自蓟北归》等边塞诗，这些诗写出了作者在边地的所见所闻所感，现实性很强。如《蓟门行五首》其二云：

> 汉家能用武，开拓穷异域。戍卒厌糟糠，降胡饱衣食。关亭试一望，吾欲涕沾臆。

诗中虽言汉事，实指唐代。"戍卒"四句，为戍边士卒遭轻慢、虐待而哀伤。同上其四云：

> 幽州多骑射，结发重横行。一朝事将军，出入有声名。纷纷猎秋草，相向角弓鸣。

这首诗表现幽州少年勇武善战、从军报国的气概。同上其五写都山之败：

> 黯黯长城外，日没更烟尘。胡骑虽凭陵，汉兵不顾身。古树满空塞，黄云愁杀人。

据《唐书·北狄传》及《通鉴》卷二一三载，开元二十一年闰三月，契丹可突干来犯，幽州节度使薛楚玉命副总管郭英杰及偏将吴克勤、邬知义、罗守忠率精骑一万，并领降奚之众迎敌；可突干引入突厥兵，与唐军战于都山（在长城外，今河北迁安县北）下，"奚持两端，散走保险，唐兵不利，英杰战死，余众六千余人犹力战不已，虏以英杰首示之，竟不降，尽为虏所杀。"（《通鉴》）这是一场惨烈的战争，战士们的宁死不降，反映了盛唐时代民族精神的蓬勃高涨。诗的头两句，先点出战斗发生的地方——长城外，接着为战士们的奋不顾身、壮烈牺牲而赞叹，而歌哭，充满了浓厚的哀痛气氛。《自蓟北归》说："五将已深入，前军止半回。""五将"指薛楚玉、郭英杰、吴克勤、邬知义、罗守忠。（《新唐书·北狄传》称薛楚玉也参加这次战斗），这两句诗也写都山之败。高适的这些诗，皆直面现实，有感而发；不以词采取胜，而以充实的内容、饱满的感情引人。高适开元二十六年作于宋州的边塞名篇《燕歌行》，就是以他游幽、蓟时积累的边塞生活体验为基础创作的，它不是写某一次具体的边塞战争，而是以高度的艺术概括，深刻地表现了当时边塞征战生活的广阔场景和多种矛盾，既有对男儿自当驰骋沙场、杀敌立功的英雄气概的表彰，也有对战争带给征人家庭痛苦的同情；一方面描写了敌人的凶猛和战斗的严酷、危险，揭露了军中苦乐的悬殊，另一方面也展示了战士们复杂的内心世界，颂扬了他们奋勇杀敌、情愿以死报国的精神，并对将帅的骄纵腐化和不恤士卒，给予了有力的鞭挞。通篇苦难与崇高对照，抗敌的豪情与不平的愤怨交织，构成了一曲慷慨悲壮的歌。

　　高适第二次出塞的时间在天宝十载冬，当时他任封丘尉，奉命将在本地招募的新兵送到清夷军，此即所谓"使清夷军送兵"。清夷军有兵一万人，驻妫州（今河北怀来东南）城内，属范阳节度使所统九军之一。高适这次出塞的诗作，有《送兵到蓟北》《使清夷军入居庸关三首》《蓟中作》《答侯少府》等。《使清夷军入居庸关三首》其一云：

　　　　匹马行将久，征途去转难。不知边地别，只讶客衣单。溪冷泉声苦，山空木叶干。莫言关塞极，云雪尚漫漫。

这首诗写送兵征程的艰苦。首二句说山路难行；三、四句写边地的严寒异于内地；五句说溪寒泉声凄苦，实际不是"泉声苦"，而是诗人的心绪苦，此即移情入景；六句中的"干"字，不仅写出了树叶的枯黄（眼见），还写出了风吹焦叶的声响（耳闻）；末二句以云海的漫漫无际来表现边地的遥无尽头。《答侯少府》说："北使经大寒，关山饶苦辛。边兵若刍狗，战骨成埃尘。行矣勿复言，归欤伤我神。"诗中对安禄山之视边兵若刍狗，随意将他们驱赶到战场上去送死以邀取荣宠，无情地予以揭露，表示无限哀痛。史载天宝十载秋，身兼范阳、平卢、河东三镇节度使的安禄山，"诬其（指契丹）酋长欲叛"，请求出击，他发兵六万，出塞千余里，结果惨败，士卒伤亡殆尽，自己独与麾下二十余骑逃归，高适这些诗句就是针对这次战争说的。《蓟中作》云："岂无安边书，诸将已承恩。惆怅孙吴事，归来独闭门！"诗中慨叹自己徒有安边之策却无从施展，"已承恩""诸将"当指安禄山及其部将。史载唐玄宗对安禄山一味宠信，早在天宝三载，就让他当范阳节度使。安禄山妄启边衅，以邀功市宠，结果损兵折将，一败涂地，岂能安边？然而他已受到皇帝的宠信（"已承恩"），诗人又能何为？只有失望而归。"已承恩"三字下得好，很有回味余地，沈德潜《唐诗别裁》卷一说："乃不云天子僭赏，而云主将承恩，令人言外思之，可悟立言之体。"

高适第三次出塞在天宝十二载，当时河西、陇右节度使哥舒翰辟高适为幕府掌书记。《登陇》诗云：

> 陇头远行客，陇上分流水。流水无尽期，行人未云已。浅才登一命，孤剑通万里。岂不思故乡，从来感知己。

此诗即作者受辟赴河西任职途经陇山时所作。诗写仗剑离乡，不辞万里之劳，情绪是颇为昂扬和振奋的。《塞下曲》云：

> 结束浮云骏，翩翩出从戎。且凭天子怒，复依将军雄。万鼓雷殷地，千旗火生风。日轮驻霜戈，月魄悬雕弓。青海阵云匝，黑山兵气冲。战酣太白高，战罢旄头空。万里不惜死，一朝得成功。画图麒麟阁，入朝明光宫。大笑向文士，一经何足穷！古人昧此道，往往成老翁。

这首诗作于在河西哥舒翰幕府任职期间。这时的诗人，颇想跟从有军事才干的主帅哥舒翰立功边疆，因此心境与前两次出塞时迥然不同。在这首诗中，诗人刻画了投笔从戎者的矫健身姿，描绘了他们挥戈出征的壮观场面，还抒发了热烈向往边功的慷慨豪情。全诗笔调奔腾欢快，精神昂扬亢奋，其内容和情调，在诗人这次入幕期间写的诗中，很具有代表性。

总的说来，高适前两次出塞时的作品，既有豪迈雄壮的一面，又有悲歌慷慨的一面，形成了悲壮的特点；而第三次出塞期间的诗歌，则以豪壮为主要特色。这种不同与作者身份的变化有很大关系。前两次出塞时，高适是游边者和使边者，身份自由，不像受府主辟署入幕的文士那样，对府主具有一定的依附性，所以观察现实冷静客观，这使得他那个时候创作的边塞诗，能够真实地反映当时东北边地的边患，以及征战生活的多种场景与矛盾，揭露边将的无能、玩忽职守和为邀功市宠而妄启边衅，表现戍卒的生活与思想感情，颂扬他们情愿以死报国的精神，并以深切的同情，为他们受到的非人待遇鸣不平，常议论边策得失，慨叹自己徒有报国的壮志和安边的谋略却无人理睬；而第三次高适是以幕僚的身份出塞的，热切希望跟随府主立功边疆，所以作品多表现从军出塞、征战立功的豪情，由于幕僚对府主具有一定的依附性，因此不免给他这次出塞时的创作，带来某些局限，例如盲目颂扬府主战功，缺少同情士卒疾苦的诗篇等。

下面谈岑参。岑参曾两次出塞，第一次是天宝八载至十载在安西（治今新疆库车），第二次是天宝十三载（公元 754 年）至至德二载（公元 757 年）在北庭（治所在今新疆吉木萨尔北），身份都是幕僚。第一次出塞期间的诗歌，有的表现为国从军的豪迈精神，有的反映诗人的苦闷，而表现得最多的，则是边地的风光和诗人自己的思乡情绪。如《逢入京使》：

故园东望路漫漫，双袖龙钟泪不干。马上相逢无纸笔，凭君传语报平安。

此诗作于天宝八载赴安西途中，表达诗人离京后对长安故园和亲人的思念。后二句不说自己思念家人，而写家人挂念自己，为了使他们释念，自己虽与入京的使者马上相逢，行色匆匆，仍不忘请他"传语报平安"。漫漫客行途中乍遇故旧的喜悦与转眼别离的匆遽，思念家人的迫切心情，都于此十四字中流露出来，非亲历其境者不能道。《碛中作》云：

> 走马西来欲到天，辞家见月两回圆。今夜不知何处宿，平沙万里绝人烟！

这诗作于赴安西途中翻越沙漠的时候，首句写在沙漠中行走的特有感受，因为沙漠茫无边际，遥望与天相连，又在西方极远之地，所以有"欲到天"之感。次句写在碛中见月思家，并交代离家后的时间。沙漠中除了沙还是沙，所以常常看月亮，知道它圆了又缺，缺了又圆，这样写很符合在沙漠中跋涉的情景。又《银山碛西馆》云：

> 银山峡口风似箭，铁门关西月如练。双双愁泪沾马毛，飒飒胡沙迸人面。丈夫三十未富贵，安能终日守笔砚！

银山碛在今新疆托克逊县西南，铁门关在今新疆库尔勒市北，这首诗也作于赴安西途中。首句以箭喻西北边地之风，既状其疾，又谓其寒（寒风如箭一般穿透人的肌骨），极为贴切；第四句写疾风夹带着尘沙直射人面，这也是塞外沙漠特有的景象，足能引发人们思家的愁泪。诗的最后两句点出自己出塞的目的与立功边陲的志向，激昂豪壮，意在自我激励，排遣愁绪。

　　岑参第二次出塞期间，自感受到安西、北庭节度使封常清的赏识和知遇，情绪较为开朗和昂扬，他的那些豪气横溢的七言歌行，都是在此期间写作的。如《走马川行奉送出师西征》：

君不见走马川行雪海边，平沙莽莽黄入天！轮台九月风夜吼，一川碎石大如斗，随风满地石乱走。匈奴草黄马正肥，金山西见烟尘飞，汉家大将西出师。将军金甲夜不脱，半夜军行戈相拨，风头如刀面如割。马毛带雪汗气蒸，五花连钱旋作冰，幕中草檄砚水凝。虏骑闻之应胆慑，料知短兵不敢接，车师西门伫献捷。

这首诗天宝十三载或十四载九月写于轮台（在今乌鲁木齐），是为奉送封常清出师西征而作的。诗的头两句展现了西北荒漠独特的风光：浩瀚无际的黄色沙海一直延伸到天边；接下来三句写入夜狂风怒吼，飞沙走石，表现出了自然环境的恶劣和气候的瞬息万变，同时以大胆的夸张、想象，突出西域风光的奇异，从而为后面的歌颂唐军将士作了铺垫。下面"将军"三句写唐军将士半夜行军的情状，大笔挥洒而出；"马毛"三句以实中求奇的细节描写，渲染天气的严寒和行军的急速，这些都衬托出了唐军将士不畏艰险、豪迈坚强的精神面貌。有这样的将士，怎能不使敌人丧胆，所以最后三句的预祝胜利，也就说起来信心十足了。全诗以西北边地奇异风光的描绘，有力地衬托了将士们的英雄气概。《轮台歌奉送封大夫出师西征》和《走马川行》一样，也是一首豪气横溢、读了令人振奋的七言歌行，限于篇幅，这里就不作介绍了。

岑参的北庭诗中，写到过一些当时的边塞战争，如封常清的"西征""破播仙"等，过去学术界讨论过这些战争的性质和对这些诗歌的评价问题，其实，西征等大概是小战役，史书失载，其所征讨的对象和战争的起因，都说不清了。不过联系当时西域的形势来考察，仍可大致推知其性质。我们知道，唐灭西突厥后，西域诸国皆内附，成为安西、北庭节度使属下的羁縻府州，其长官世袭，由朝廷任命各族首领充任。可以说，这种诸国内附、边疆安宁的局面，对唐及西域各族人民的生活和生产都是有利的。当时西域各国大都国小力弱，它们之中如有背唐者，皆无例外地需要依靠吐蕃或大食（阿拉伯帝国，在今伊朗）等的支持；天宝时，吐蕃、大食是同唐争夺西域的最主要力量。虽然西域的各次具体战争的情况相当复杂，但当时唐王朝赋予安西、北庭节度的主要使命，是"抚宁西域"（《通鉴》卷二一五），即维护诸国内附、边疆安宁的局面，维护丝绸之路的畅通，唐在西域进行的战争，大抵都同这一使命的完成有关。例如《走马川行》说，"西征"是由于敌兵来犯引起的，所以它大抵是一场为了维护西域安宁的局面和丝绸之路的畅通而进行的战争。

再看看岑参北庭诗中的一些描写边塞风光和军民生活的作品，如《赵将军歌》：

> 九月天山风似刀，城南猎马缩寒毛。将军纵博场场胜，赌得单于貂鼠袍。

这首诗描写了塞外寒天军营中的生活片断。前两句写暮秋时节将军出猎的情状，后二句写将军出猎时与军中的少数民族首领以射猎为赌，将军场场获胜。唐代边防军中往往隶属有习于征战的少数民族部落，西域驻军中蕃汉杂处的情况更为普遍，本诗不仅写出了将军射猎的豪兴，也反映了西域各民族和洽往来的情形。这种情形在唐代其他诗人的诗中是很难见到的。又如《热海行送崔侍御还京》：

> 侧闻阴山胡儿语，西头热海水如煮。海上众鸟不敢飞，中有鲤鱼长且肥。岸傍青草常不歇，空中白雪遥旋灭。蒸沙烁石燃虏云，沸浪炎波煎汉月。阴火潜烧天地炉，何事偏烘西一隅。势吞月窟侵太白，气连赤坂通单于。送君一醉天山郭，正见夕阳海边落。柏台霜威寒逼人，热海炎气为之薄。

诗因送崔侍御还京，故由御史的霜威，联想到热海之热。热海即今吉尔吉斯斯坦境内的伊塞克湖，根据有关记载，热海盖因其地寒冷而海水不冻得名，并非水热如煮，而诗中乃据"阴山胡儿"传言，驰骋想象，用大胆的夸张，从海中水、海上鸟、岸旁草、空中雪等多个方面写出热海令人惊愕的奇观。接着作者又浓笔重抹，连着用蒸、烁、燃、沸、炎、煎、烧、烘等字，渲染了热海的奇热。此诗写景神奇瑰丽，引人入胜，这同诗人不视西域荒寒之地为畏途，具有立功边陲的壮志，不无关系。岑参的边塞名作《白雪歌送武判官归京》写道："北风卷地白草折，胡天八月即飞雪。忽如一夜春风来，千树万树梨花开。"把塞外的冰天雪地世界，写得充满了郁勃的春意，亦可见诗人当时的精神风貌，是颇为昂扬的。

在盛唐时代，岑参是写作边塞诗数量最多（约八十首），成绩也最突出的一个诗人。他的边塞诗内容丰富，形成了对边塞诗发展的一次新开拓。首先，诗人出塞之地是安西、北庭，这就使边塞诗反映的地域，由局限于长城内外，扩展到了天山南北；使西域荒漠的奇异风光和人情风习首次引人注目地出现于诗中，并成为抒写出塞的英雄气概和豪迈精神的有力衬托。其次，他的边塞诗突破了传统征戍诗多写边地苦寒、士卒辛劳的传统格局，大大拓展了边塞诗的描写题材与内容范围。举凡军旅生活，征战场面，边塞景物，异域风情，诗人从戎入幕的情怀、感受与多方面的见闻，都在诗中加以表现；透过他的这些作品，读者不难感受到文质彬彬与英雄气概结合的崭新的军幕文士的形象。再次，他的边塞诗多采用舒卷自如的七言歌行体裁，不再沿用乐府旧题而自立新题，已接近杜甫等人的新题乐府。最后，他的边塞诗奇特峭拔，豪迈雄壮，有着自己的独特风格。这些，均显示出诗人富有创新精神。当然，作为入幕文士，对府主有一定的依附性，这也会给他的诗歌创作，带来某些局限。

关于盛唐边塞诗繁荣的面貌和取得的成就，大致可用上述三个诗人作为代表。

最后，简单介绍一下中晚唐的边塞诗，总的来说，中晚唐是边塞诗创作的退潮期。安史之乱爆发后，唐王朝由盛转衰，吐蕃乘机入侵，先后占领唐河西、陇右大片土地，后又占据安西、北庭，当时唐朝因国内各种矛盾激化，特别是藩镇割据严重，叛乱时常发生，因此无力收复失地；而吐蕃后来也发生内乱，进入衰弱期，于是双方订立盟约：唐承认吐蕃占有唐的土地，吐蕃承诺不再侵犯唐的边境，这样唐与吐蕃的战争就消除了。而此时的北方，回纥是唯一的强国（突厥、契丹已被回纥击败），因回纥曾派兵助唐平定安史之乱，加以唐每年都送给回纥大量财物，所以关系大致是和好的，由于上述原因，诗人们的注意力便由外部更多地转向内部，所以边塞诗的创作热潮便逐渐减退。当然，退潮也有一个过程。在中唐前期，还有李益、卢纶的边塞诗，特别是李益，写的边塞诗达五六十首之多，不过他们的诗，已缺少盛唐边塞诗那样的浪漫豪情。

漫谈盛唐山水田园诗歌

——以王维为中心

陶文鹏

　　唐代是中国历史上最为辉煌的时期，唐诗是中国古典诗歌的黄金时代。如果说唐诗是中国古诗的高峰，那么盛唐诗则是这座高峰的顶点。从诗歌创作的角度看，近三百年的李唐王朝可以分为四个时期，即初唐、盛唐、中唐、晚唐。自高祖武德至玄宗先天间，为初唐；自玄宗开元年间至代宗大历初，为盛唐；自代宗大历至穆宗长庆年间，为中唐；自敬宗宝历初至唐亡，为晚唐。在盛唐诗歌的壮丽峰巅上，各种题材、体裁与风格的诗篇数以百计，犹如云蒸霞蔚，虹彩缤纷。不但出现了被称为"诗仙"的李白和"诗圣"杜甫这两位伟大的诗人，而且出现了一大批卓有成就的诗人，真是群星辉煌，光照天地古今。在盛唐诗苑中，有两类题材的诗歌创作形成了新的高潮，体现出最高的艺术成就，这就是山水田园诗和边塞军旅诗。以王维和孟浩然为代表，包括储光羲、常建、祖咏、綦毋潜、丘为、崔兴宗、卢象、苑咸、殷遥、张子容、王缙、裴迪等一大批诗人，他们写了不少山水田园诗的佳作；另外一批诗人，以岑参、高适为代表，包括李颀、王之涣、王昌龄、王翰、崔颢，他们的诗以表现边塞自然风光和军旅征戍生活的诗成就最为突出。唐诗学界过去把这批诗分别称为山水田园诗派和边塞军旅诗派。但因为这些诗人每人所写的诗题材多样，并不只是写山水田园或边塞军旅。例如王维，他是盛唐山水田园诗的代表作家，但他也写了不少杰出的边塞诗歌；反之，岑参是边塞诗的第一高手，但他写的山水诗数量还多于边塞诗。正由于有交，也不大符合文学流派的条件，所以后来学界就不再称为两大诗派，而称为两个诗人群体，或两种题材的诗歌。应该指出：伟大的李白和杜甫也写了不少山水诗和田园诗，论数量和质量，都超过了同时代的诗人。但他们的成就很全面，并不仅以山水田园诗著称，因已另设专题讲，所以我这里就少讲了。

山水田园诗为什么在盛唐大发展、大兴盛呢？

首先，隐逸之风。隐逸当然不自唐代始，但它在盛唐特别风行。唐代统治者实行儒释道三家并重。玄宗更以老子李聃为祖先，大兴道教。他对道士和隐士优礼厚加，曾遣使迎接著名道士司马承祯入京，亲受法箓。吴筠本来是儒生，没有考取进士，便入嵩山为道士，当他所作的歌篇传到京师，玄宗便封他待诏翰林。诗人贺知章上疏请度为道士还归乡里，玄宗为他饯行，作诗相赠，还诏赐镜湖剡川一曲。统治者对佛道的提倡，使隐逸成为社会的风气。许多文人索性暂不应科举，先隐居山林或田园以猎取名声，等候州郡的推荐和朝廷的征辟。隐居成了文士追求功名的有效手段。当时有不少文人隐居于靠近都城长安的"终南山"，故而隐居被称为"终南捷径"。一些高官厚禄的文人，为了明哲保身，或名利双收，或追求悠闲散淡的生活乐趣，也由仕而隐，或边仕边隐。开元、天宝时期，经济繁荣，社会安定，庄园制又获得大发展，更给隐逸提供了方便。士大夫在庄园里或出租田地，或雇人耕种，偶尔自己也荷锄下田，体验农耕之苦乐，能够做到经济上自给自足，过着自由舒适的生活。当然可以惬意地寄情山林，啸傲林泉，把酒园圃，吟咏诗歌了。诗人王维就在蓝田的辋川购置了"别业"，即别墅，过着亦官亦隐的生活。

其次，漫游也是盛唐时代的普遍风尚。当时公私仓廪丰实，人民安居乐业，水陆交通发达，各地官府附庸风雅，喜欢接纳诗人文士，这就为干谒、览胜创造了有利条件，从而形成了到处游山玩水的风气。李白就曾漫游蜀中、江陵、潇湘、庐山、金陵、扬州、姑苏、东鲁等地；杜甫青年时登泰山、游齐鲁，并随同李白游梁宋。孟浩然的足迹踏遍故乡襄阳的山水名胜之地，又曾两次漫游吴越并有入蜀之行。盛唐的诗人们，大多数都有一段或长或短的漫游或隐居的生活经历，使他们获得了创作山水田园诗的丰富素材和体验。

盛唐山水田园诗有以下几个鲜明特点：

盛唐山水田园诗的第一个鲜明特点是促成了古代山水诗和田园诗的合流。由晋末宋初的诗人谢灵运和陶渊明分别开创的山水诗和田园诗，各自以自然山水和田园生活为歌咏对象，它们是诗坛上两个不同的艺术种类。谢灵运的山水诗大部分是他任永嘉太守以后写的。他以富丽精工的语言，描绘了永嘉、会稽、彭蠡湖等地的自然景色，如“云日相辉映，空水共澄鲜”（《登江中孤屿》）；“白云抱幽石，绿筱媚清涟（《过始宁墅》）；“林壑敛暝色，云霞收夕霏”（《石壁精舍还湖中作》）；“春晚绿野秀，岩高白云屯”（《入彭蠡湖口》）等，观察细致，体验真切，刻画精妙，语言工整凝练，多用骈偶句；大都采取“纪游——写景——兴情——悟理”的章法、结构；写景有时过于繁富，提炼不够，结尾谈玄说理的语言有些晦涩乏味。因此从全篇来看，未能营造出情景交融、浑然一体的艺术意境。谢灵运以后，山水诗人历朝不断，有谢惠连、谢朓、阴铿、何逊等，写景趋向于清新自然，但在描摹景物的生动、细腻、精妙上，并未能超过谢灵运。陶渊明的田园诗描写田园景物的恬美，但着墨不多，主要是写田园生活的简朴，表现悠然自得的心境，有的诗篇写他躬耕的体验，写他的穷困和农村的凋敝。他的诗达到了情、景、事、理浑融，语言平淡朴素，但平淡中见警策，朴素中见绮丽，如《饮酒》其五：“结庐在人境，而无车马喧。问君何能尔，心远地自偏。采菊东篱下，悠然见南山。山气日夕佳，飞鸟相与还。此中有真意，欲辨已忘言。”陶渊明以后，田园诗在漫长的历史中后继无人。直到初唐的王绩，才有意学习陶诗，致力于抒写田园景色和隐逸生活，成为唐代田园诗的先驱。到了盛唐，山水诗和田园诗二水合流了。孟浩然与王维等人，既写山水诗，也写田园诗。有一些诗篇，把山水景色、诗人情思，和农民的生产生活结合起来描写，浑然一体，你很难说它是山水诗还是田园诗。例如王维的名作《山居秋暝》：

> 空山新雨后，天气晚来秋。明月松间照，清泉石上流。竹喧归浣女，莲动下渔舟。随意春芳歇，王孙自可留。

秋暝，秋天的傍晚，王维居辋川时作。这是一首非常优美的山水兼田园诗。首联不仅点明地点、季节、气候，而且传达出一种空旷、清新、恬静、凉爽的情调气氛，真是起笔高洁。颔联写月照松间，泉流石上，语言清淡自然，随意挥洒，却简洁鲜明，又构成天然妙对，描摹出明月、松林、清泉、水石四种景物的光、色、声响、动态及其相互关系，浑然天成地展现出一个清幽明净又生机盎然的境界。清代宋征璧《抱真堂诗话》赞为"自然妙境"。颔联运用"暗示"和"因果倒置"手法，写听竹喧而知浣女归，见莲动而觉渔舟返，真实地传达出诗人的感觉过程，令人如见红衣浣女结伴喧笑，绿蓑渔人满载归来。尾联反用《楚辞·招隐士》"王孙游兮不归，春草生兮萋萋""王孙兮归来，山中兮不可以久留"语意，表现山中无论春光秋色都美妙无比，自己愿意长住山中回归大自然。

　　这样一首好比山泉一样澄洁、清爽的好诗，激发起笔者的诗情，笔者忍不住把它翻译成现代新诗：

> 刚刚把一阵新雨送走，
> 青山翠谷格外空旷清幽。
> 夜幕降临，凉风悠悠，
> 使人感到秋意浓厚。
> 皎洁的明月在松间浮游，
> 苍松把月光染得碧油油。
> 月下的山泉清澈、亮透，
> 一泓泓地从石上潺潺奔流。

静静的竹林忽然间喧闹不休，
是洗衣女一路笑声回到村口。
小河上莲叶纷披银珠儿乱抖，
是顺流而下载满月色的渔舟。
任凭春天的花草凋谢已久，
再不是万紫千红的气候，
为什么我仍然长住不走？
山中的秋色呵美如醇酒。

此译作被收入人民文学出版社先后编辑出版的《唐诗今译集》与《唐诗名译》，翻译此诗实践，使我相信好诗是可译的，只要认真推敲、锤炼，是可以译出"形"（语言，体式）不一而"神"（诗意、意境）相似的诗。

盛唐田园诗的代表作，是孟浩然的《过故人庄》：

故人具鸡黍，邀我至田家。绿树村边合，青山郭外斜。开轩面场圃，把酒话桑麻。待到重阳日，还来就菊花。

开篇写故人以田家风味邀请，一邀即至，平实道来，已显出主客情谊。接写农村环境，绿树围绕，青山斜依。一"合"一"斜"，展现出一个人与大自然亲密无间的天地，清幽秀美，诱人神往。又宛如图画，远近层次分明。颈联写面对场圃饮酒，共话桑麻之事，洋溢着风土乡情与和谐舒畅的氛围。尾联说自己到重阳节再来，一个"就"（亲近）字，即见出主客间毫无拘束的直率情谊。全篇用口头语写眼前景叙家常事，句句自然，无刻画之迹，使人读来不觉得这是一首平仄、对仗、押韵都合乎格律要求的律诗。孟浩然以浅语、淡语写浓情、深情，朴素自然，无烹炼之迹，颇得陶渊明田园诗的神韵。

在盛唐山水田园诗人中，孟浩然与储光羲二人是写田园诗数量最多的诗人，尤其是孟浩然，他的田园诗几乎篇篇都散发着浓郁的乡土风味。请看《东陂遇雨率尔贻谢南池》："田家春事起，丁壮就东陂。殷殷雷声作，森森雨足垂。海虹晴始见，河柳润初移。予意在耕凿，因君问土宜。"写越州农家春日趁雨耕作情景，流露出诗人赞美乡村生活渴望躬耕的心情。再看《南山下与老圃期种瓜》："樵牧南山近，林间北郭赊。先人留素业，老圃作邻家。不种千株橘，惟资五色瓜。邵平能就我，开径有蓬麻。"诗的第七句用秦代东陵侯邵平在青门外种瓜，所种之瓜为甜瓜，有白、绿、黄等不同皮色，结句用汉代蒋诩在屋前竹下辟三径，只与隐士羊仲、求仲来往的典故。诗人要拜瓜农为师，相约要在祖田里大种五色之瓜，并许诺要在两家之间开出一条小路，以便二人朝夕来往，切磋钻研园艺，可见他与老农亲密交往，真诚相待。

孟浩然终身不仕，是名副其实的布衣之士，实实在在地参加过生产劳动。幸亏有了他，盛唐田园诗中才出现了直接描写诗人自己劳动情景的诗《采樵作》："采樵入深山，山深树重叠。桥崩卧槎拥，路险垂藤接。日落伴将稀，山风拂薜衣。长歌负轻策，平野望烟归。"山深路险，诗人忙了一整天，在日落时分，迎着山风，挑着柴担，唱着山歌归去。陶渊明《归园田居五首》（其三）云："晨兴理荒秽，带月荷锄归。道狭草木长，夕露沾我衣。"孟诗与陶诗，都展现出一幅意境静谧悠闲的晚归图，自然美、劳动美与人的风度美跃然纸上。

储光羲是盛唐时期最致力于田园诗创作的人，他的田园诗题材广泛，内容丰富，刻画了渔父、樵夫、牧童、采莲姑等农民形象。他写田园诗主要是寄托自己的隐逸志趣，虽极力模拟陶渊明田园诗的古朴情调和风格，但对农民思想感情和农村现实生活的观察与体验还是表面、浅薄的。他有些诗反映了田家生活的艰难，刻画锄田农民盼望雨水的情状还比较真切。他在一些田园诗中描绘了景色，如"落日照秋山，千岩同一色"（《田家杂兴八首》其三），"岩声风雨渡，山气云霞飞"（《寻徐山人遇马舍人》）。《钓鱼湾》是他的田园诗兼山水诗的名篇："垂钓绿湾春，春深杏花乱。潭清疑水浅，荷动知鱼散。日暮待情人，维舟绿杨岸。"写的是江南水乡春色的幽美。"潭清""荷动"二句从景物的动静状态中捕捉它们之间的微妙关系。结尾出人意料地点出垂钓者是在等待人。这人可能是个女性，但更可能是比喻与仡志同道合、以隐逸田园为人生理想的朋友。

盛唐山水田园诗的第二个鲜明特点是表现了诗人们济苍生安社稷以身许国的理想抱负，爽朗开阔的胸襟和奋发进取的精神，洋溢着诗人们热爱祖国、热爱大自然的激情，并且充满民族的自豪感和自信心。这些积极健康的思想感情，无疑是盛唐强大的国力、蓬勃向上的时代精神所孕育，也是壮丽河山与秀美田园所熏陶出来的。它们在诗中彰显出高昂明朗的感情基调与雄浑壮大的气势力量，被后人称为盛唐气象或盛唐之音。诗人王湾（生卒年不详）大约在玄宗先天元年（公元 712 年）前后游江南时写了一首《次北固山下》：

> 客路青山外，行舟绿水前。潮平两岸阔，风正一帆悬。海日生残夜，江春入旧年。乡书何处达？归雁洛阳边。

诗的前四句写大江上潮平岸阔与风正帆高的壮景，令人浮想联翩盛唐的时代气象；第五、第六句不仅生动描绘出海日生于残夜、江春闯入旧年的美妙景色，而且蕴含着新生的美好事物势不可挡的哲理，给人以昂扬奋进的鼓舞力量。因此，当时的宰相、文坛领袖张说亲手题写在政事堂，作为诗文的楷式。

我们再看孟浩然的《临洞庭上张丞相》：

> 八月湖水平，涵虚混太清。气蒸云梦泽，波撼岳阳城。欲济无舟楫，端居耻圣明。坐观垂钓者，徒有羡鱼情。

这首诗是赠张说的（一说赠张九龄），诗人怀鸿鹄之志，生当"圣明"之世，不甘寂寞，希望得到张说的援引。前半篇描绘洞庭湖浩瀚无际，水天一色，汹涌澎湃，气势壮大，正是诗人不平静心情与豪逸之气的形象写照，也是非同凡响的盛唐之音。

王之涣的五言绝句《登鹳雀楼》：

> 白日依山尽，黄河入海流，欲穷千里目，更上一层楼。

前两句写白日依山，黄河入海，由眼前实景拓展到意中虚境，有尺幅见万里之势。后两句抒写登楼观景的过程和心态，揭示出站得愈高看得愈远的哲理，同杜甫《望岳》中的"会当凌绝顶，一览众山小"一样，直接展示盛唐士子高远开朗的胸襟和奋发进取的精神，比王湾的《次北固山下》更显气势昂扬。

盛唐山水田园诗还表现出诗人对美好理想境界的热烈向往和追求。例如王维十九岁时写的《桃源行》，是以陶渊明《桃花源记》为本事进行再创造的一首七言歌行。诗中描绘渔人进出仙源的情景，创造出一个美丽、静谧、闲适、虚幻、奇妙的神仙境界，这首诗当然也反映出王维超尘出世的庄禅思想。后来他写《山居秋暝》，诗中的山村有月下青松与石上清泉，生活在翠竹青莲中的渔人和洗衣女是那么纯朴、勤劳、各得其乐，构成了一个自然美和社会美融为一体的人间乐园，这是诗人心目中实实在在的"桃花源"。

盛唐山水田园诗的第三个鲜明特点是，诗人们充分施展诗歌创作的才华，力求创新、以一支支生花妙笔，创作出情景交融、浑然一体又多姿多彩的艺术意境。首先，从表现对象看，谢灵运的山水诗与陶渊明的田园诗，写的是南方的山水田园景色，而盛唐的山水田园诗，所描写的既有秀丽迷人的江南山林水乡，更有北方、西北、中原、西南等地的雄奇壮险山川。例如，王维就写过山东济州，河南淇上与嵩山，陕西的华岳，四川的巴峡，湖北的汉江等地的风光景物，祖咏有名篇《终南望余雪》写终南山，李颀有《少室雪晴送王宁》写嵩山，陶翰《宿天竺寺》写浙江杭州的天竺山，阎防《与永乐诸公夜泛黄河作》写黄河。描写各异，再加上诗人的个性、志趣、心境、审美追求等的不同，也就形成了情调、风格不同的意境，有宁静明秀的，有清刚峻爽的，还有雄奇壮阔的，尽管缺少边塞诗人如岑参笔下塞外的火山、热海、雪海、冰山等奇特瑰丽的风光，但诗的意象与意境的丰富多彩，也是前所未有的。诗人们创造意境，有情随境生、移情入境和体贴物情、物我情融这三种不同的方式，但都能努力将意境深化和开拓，使它个性化，使它有新鲜感，使它有独创性，从而蕴含着丰富、深远、隽永的情思意味。这是对南朝谢灵运等人山水诗艺术和陶渊明田园诗艺术的重大突破与创新。我们再举孟浩然两首诗为例，一首是《晚泊浔阳望庐山》，诗云：

> 挂席几千里，名山都未逢。泊舟浔阳郭，始见香炉峰。尝读远公传，永怀尘外踪。东林精舍近，日暮空闻钟。

诗人晚泊浔阳，向南远眺庐山。前四句一气挥洒，直贯而下，以行程几千里未遇名山有力反衬初见到庐山的欣悦之情。但对庐山以及香炉峰本身却引而不发，以不写写之，有意诱发读者的想象。全篇却以"始见""永怀""空闻"等动词和副词，有层次地表现自我眺望遐想之神情意态，所以前人高度评赞此诗："自然高远"（吕本中《吕氏童蒙训》）；"色相俱空""画家所谓逸品是也"（王士禛《带经堂诗话》卷三）；"清空一气""最为高格"（施补华《岘佣说诗》）。闻一多先生用"淡""净"二字评赞孟浩然的人品与诗品。"净"是干净，纯净，不含杂质；"淡"是平淡，主要指诗境的淡远浑融。他说："淡到看不见诗了，才是真正孟浩然的诗，不，说是孟浩然的诗，倒不如说是诗的孟浩然，更为准确。"（《唐诗杂论》）"读孟浩然的诗觉得文字二净极了""简直像没有诗，像一杯白开水，惟其如此，乃有醇味。"（《闻一多论古典文学》）。这首诗就是孟浩然诗清空淡净的代表作。我们再看他的另一首写庐山的《彭蠡湖中望庐山》：

> 太虚生月晕，舟子知天风。挂席候明发，渺漫平湖中。中流见匡阜，势压九江雄。黯黮凝黛色，峥嵘当曙空。香炉初上日，瀑布喷成虹。久欲追尚子，况兹怀远公。我来限于役，未暇息微躬。淮海途将半，星霜岁欲穷。寄言岩栖者，毕趣当来同。

这首诗是在彭蠡湖中由南向北眺望庐山，与前首视角不同。更主要的是，与前首以淡净到几乎看不见的笔墨渲染、烘托庐山之神迥异，此诗用浓墨重彩直接描绘庐山雄奇壮丽的景观：先写夜泊湖中，见月泛光景，湖水渺漫；再写次日天明庐山如半天凝黛，峥嵘插空，雄镇九江；到"香炉"二句，描绘香炉峰上红日初开，光射瀑布，宛若喷出道道彩虹。全篇色彩绚烂、意境雄丽，恰同前首的淡净形成鲜明对比，而其风格亦有别于上文引征过的《临洞庭上张丞相》与《过故人庄》。

盛唐山水田园诗的第四个鲜明特点是有体皆备，无美不臻。诗人们灵活自如、得心应手地运用多种诗歌体式来写景抒情。其诗有长篇有短制，有古体有近体，有五言七言，亦有六言、杂言乃至骚体诗。被称为"孤篇横绝，竟为大家"的张若虚《春江花月夜》，是一首长篇七言歌行，创造了一个美丽幽邃复绝穹廊、神奇迷幻的意境，其写景抒情手法与艺术结构有独到之处，尤其是音韵节奏通篇蝉联，流畅圆美，千回万转，变化无穷，堪称千古绝唱。"诗仙"李白善于七言歌行和七言绝句，写出了《望庐山瀑布》《庐山谣寄卢侍御虚舟》《两岳云台山送舟丘子》《梦游天姥吟留别》《蜀道难》等经典名作。"诗圣"杜甫写田园生活，却喜欢用五言律诗、七言绝句组诗："诗佛"王维的山水诗，《华岳》是五言古诗，《自大散以往深林密竹磴道盘曲四五十里至黄牛岭见黄花川》是五言排律，《白鼋涡》是杂言骚体，田园诗《桃源行》是七言歌行，《积雨辋川庄作》是七言律诗，《田园乐七首》是六言绝句组诗，《辋川集二十首》是五言绝句组诗，《山居即事》是五言律诗。以上各体都有佳作。

在讲了盛唐山水田园诗的特色之后，我想集中讲述王维山水田园诗高超的艺术。

王维的山水田园诗描绘了缤纷多彩的大自然。他的一部分作品从大处落笔，写出对一地一处自然山水的总体印象和感受，气魄宏大，笔力劲健，意境雄奇壮阔。这方面的代表作有《华岳》："西岳出浮云，积雪在太清。连天凝黛色，百里遥青冥。白日为之寒，森沉华阴城。昔闻乾坤闭，造化生巨灵。"有《汉江临眺》："楚塞三湘接，荆门九派通。江流天地外，山色有无中。郡邑浮前浦，波澜动远空。襄阳好风日，留醉与山翁。"有《送梓州李使君》:"万壑树参天,千山响杜鹃。山中一半雨,树杪百重泉。汉女输橦布,巴人讼芋田。文翁翻教授,不敢倚先贤。"这些作品,宛若如椽大笔挥洒出的巨幅山水全景图,显出崇高的美感。我们赏析一首《终南山》:

> 太乙近天都,连山到海隅。白云回望合,青霭入看无。分野中峰变,阴晴众壑殊。欲投人处宿,隔水问樵夫。

这首诗多角度多侧面地塑造终南山的雄伟奇丽的形象。诗的首联,太乙,终南山的别名;天都,天帝所居之处,指天空,兼喻指京都长安。海隅,海边,海角。这一联夸张形容终南山的崇高与峰峦连绵,大处落笔,气势逼人,是平地眺望所见。颔联写入山所见奇景,道出人们在登山途中常见而从未有人表现的云烟变幻状态,进一步衬托山的高深和奇幻,使人宛如身临其境。清代张谦宜说:"看山得三昧,尽此十字中。"(《絸斋诗谈》卷五)这是"回望"和"入看"。颈联写登上中峰鸟瞰,极写山之阔大,造成阴晴各异,景物气候千姿百态。尾联点染出一个游人,隔着深涧向樵夫打听宿处。这一笔将人与山、小与大对比,有力地烘托山的深广高远,又令人想象山中奇峰纡转、清涧萦回的景致,想象樵夫伐木的叮叮声与旅人隔溪呼喊之声,从而反衬山深林密,人迹稀少,境界幽寂,也使这幅气势雄深的山水画有了灵机与生趣。清代黄培芳评:"神境。四十字中无一字可易,昔人所谓如四十位贤人。一结从小处见大,错综变化,最得消纳之妙。"(《唐贤三昧集笺注》卷上)

但王维更多的是山水小景。他以轻灵的笔触和匀润的色泽渲染出溪山一角的幽景,或从纷繁的景物中提取某个最鲜明、最有诗意的镜头加以刻画,或细致地表现景物在瞬间的声息动态的微妙变化,例如《辋川集二十首》《皇甫岳云溪杂题五首》等。这些作品,下面还要讲到,这里暂不举例。

无论是写大景还是小景,王维都能做到抓准特征,情景交融,形神兼备,显示出诗人对自然美有着非常敏锐、精细、独到、深刻的观察力、感受力与表现力。

　　王维是唐代著名的画家，他独创泼墨山水，即水墨渲染之法，又曾著画论《山水诀》，被后人推崇为文人画的始祖。他又是杰出的书法家和音乐家，善弹琵琶。他的母亲崔氏师事佛教禅宗北宗神秀的弟子大照禅师三十余载，他也跟随母亲虔诚奉佛，而且精研禅宗典籍。所以，"诗中有画"是王维山水田园诗的一个鲜明艺术特色。唐代殷璠在《河岳英灵集》中评王维诗："词秀调雅，意新理惬，在泉成珠，着壁成绘。"宋代大文豪苏轼《书摩诘蓝田烟雨图》更明确地指出："味摩诘之诗，诗中有画；观摩诘之画，画中有诗。"所谓"诗中有画"，就是充分地发挥汉语言文字象形、会意、形声等特点，创造出生动鲜明的形象，给予读者强烈的视觉感受，这当然并非王维所独有。然而王维在这方面的确超越常人，他自觉地有成效地将色彩、水墨、线条、构图等本来属于绘画艺术的表现形式，全面地融汇入诗，使他的诗具有格外鲜明的色彩美、水墨美、构图美，有很强的空间感和立体感。请看《山中》：

　　　　荆溪白石出，天寒红叶稀。山路元无雨，空翠湿人衣。

诗人以一片空蒙山岚翠色为背景，突出地点染了清溪、白石、红叶、它们互相映衬，构成了一幅远近有致、色彩鲜丽、富于实感的水彩画。王维很善于将各种色彩和谐地配合，使之彼此对照、辉映、衬托，如《送邢桂州》中的"日落江湖白，潮来天地青"。上句描写日落时江湖的水面上反衬出一片白亮；下句写潮水涌来，浪涛滚滚，仿佛染青了整个天地。诗人抓住青、白二色，构成了壮阔苍茫的意境。又如《积雨辋川庄作》中的颔联：

　　　　漠漠水田飞白鹭，阴阴夏木啭黄鹂。

白鹭与黄鹂形成色彩对照。"漠漠"与"阴阴"两个叠字词，既描状出夏木的茂密郁葱，又渲染了积雨天气空蒙迷茫的色调和气氛，加上黄鹂的鸣啭之声音，意境开阔而幽美，俨然一幅有声图画。王维还能够巧妙地表现出色彩的动静感和冷暖感。如《书事》："轻阴阁小雨，深院昼慵开。坐看苍苔色，欲上人衣来。"雨后苍苔，鲜碧可爱，诗人觉得这绿色在移动、蔓延，似乎要浸染到人的衣服上来。这里以色彩的动，反衬出诗人心境的静。再如《过香积寺》中的"泉声咽危石，日色冷青松"，青松是幽冷的，照在青松上的日色也仿佛带有寒意，从而表现出山林的冷僻、幽深。王维诗中也有通篇不用一个色彩字的，如《汉江临泛》：

> 楚塞三湘接，荆门九派通。江流天地外，山色有无中。郡邑浮前浦，波澜动远空。襄阳好风日，留醉与山翁。

浩淼的江水，似乎要流到天地之外；远山时拥云雾，水乡空气湿润，山色看不清是青是绿，只使人感到它若有若无。而郡邑城郭，似浮于前浦；江上波澜，若晃动着远空。这无异于用"渲染"法画出的水墨山水。《渭川田家》等诗，也都如一幅幅淡墨的田园风光图。

王维还独具匠心地吸取绘画线条勾勒的技法入诗。他的边塞诗《使至塞上》有"大漠孤烟直，长河落日圆"一联，画面上有直线的孤烟，圆的落日，横贯大漠边缘的地平线，蜿蜒曲折的长河。四种不同的线条，勾画出雄深、寥廓、荒凉、寂静的塞上风光，被王国维赞誉为"千古壮观"（《人间词话》）。《送崔五太守》中的"雾中远树刀州出，天际澄江巴字回"，也明显地有线条美。王维又把绘画中的"经营位置"之法运用于诗，将空间并列的各种景物按照远近、高低、大小加以巧妙的布置，组成一个和谐的整体。如《新晴野望》中的"白水明田外，碧峰出山后"两句，用一个"外"字和一个"后"字，就使田野、白水、近山、远峰组成了一幅富有层次感和立体景深的画面。又如《送梓州李使君》的风景描写：

> 万壑树参天，千山响杜鹃。山中一夜雨，树杪百重泉。

诗人将高远处的"百重泉"和低近处的"树杪"重叠组合在一个平面的画幅上，从而显示出景物的远近层次，成功地表现出巴山的雄峻深秀。再如"远树带行客，孤城当落晖"（《送綦毋潜落第还乡》），"水国舟中市，山桥树杪行"（《晓行三峡》），"窗中三楚尽，林上九江平"（《登辨觉寺》）等，都具有画家经营位置的匠心，而使景物带有浓厚的画意。而上文所举的《终南山》，更是王维创造性地综合运用中国绘画特有的散点透视与移动透视法，在诗中同时呈现出高远、平远、深远的风景画面。

历代诗画论家中，有不少人指出王维融绘画技法入诗的特点。例如，明代王世贞说："王右丞所云：'江流天地外，山色有无中'，是诗家极俊语，却入画三昧。"（《弇州山人稿》）朱叔重云："王右丞'水田白鹭''夏木黄鹂'之诗，即画也。"（《铁网珊瑚》）董其昌亦曰"'山下孤烟远村，天边独树高原'，非右丞工于画者，不能得此语。"（《画禅师随笔》）

王维善融画法入诗，但又不使诗歌局限在绘画仅能表现视觉意象的范围里。他充分地发挥诗歌作为语言艺术可以自由灵活地驰骋想象、突破时空限制、表现各种复杂微妙的情绪和气氛的特长。仅从意象的创造来说，他不仅从视觉，也从听觉、触觉、嗅觉、幻觉、错觉来感受并表现自然景物。他有时还巧妙地将视觉和听觉打通，以静的听觉感受表现视觉印象。前引"泉声咽危石，日色冷青松"一联，则借本来属于触觉的冷暖感表现对日色的视觉印象。这种"通感"表现手法的运用，有助于诗人表达出对自然景物新鲜、独特、深刻的感受。

作为音乐家的王维，对声音的感觉极敏锐也极精细，这在他的诗中也有表现。他善于捕捉一般人难以察觉的大自然的各种音响、声息。如"雨中山果落，灯下草虫鸣"（《秋夜独坐》）"兴阑啼鸟换，坐久落花多"（《从岐王过杨氏别业应教》）。更善于将声音与画面和谐地配合，构成有声有色的胜境，如"隔牖风惊竹，开门雪满山"（《冬晚对雪忆胡居士家》）；"细枝风响乱，疏影月光寒"（《沈十四拾遗新竹生读经处同诸公之作》）；"松含风声里，花对池中影"（《林园即事寄舍弟沈》)。他描摹大自然的各种音响，往往采用多样化的手法，或用象声词模拟，如"飒飒秋雨中，浅浅石溜泻。跳波自相溅，白鹭惊复下"（《栾家濑》）；或刻画声音的情状；或巧妙地"寓声于景"和"藏声于象"，诱使读者发挥想象力，从景物的形象和色彩中"听"出声音来。他表现自然音响，十分注意抓住它们在特定环境中的鲜明特征，并使之与所要创造的意境、氛围紧密结合，因此，他笔下的音响描写很少有雷同、重复之处。例如，他写鸟声，不仅燕子的呢喃、春莺的巧啭、秋、鸿的嘹唳、杜鹃的喧闹各有独特情状，就是同样写不知名的山间啼鸟，也是变化多端的。《鸟鸣涧》中的"月出惊山鸟，时鸣深涧中"，与《戏赠张五弟諲三首》的"细草松下软，窗外鸟声闲"有别；《李处士山居》中的"山鸟时一啭"，也不同于《过感化诗昙兴上人山院》中"谷鸟一声幽"。总之，他能做到依境写声，寓情于声，使声、景、情融为一体。另外，王维对语言的平仄音调，即字音的长短轻重、抑扬顿挫、嘹亮低沉都精于鉴别，他的诗歌大多具有和谐流畅的节奏韵律，最典型的例子就是他十九岁时写的七言歌行《桃源行》。全篇运律入古，骈散相间，押韵平仄交错，转换自然，富于悠扬婉转的音乐美，整首诗也宛若一条阳光照耀落英缤纷、浪花如珍珠迸溅的桃花溪，读来朗朗上口，悦耳赏心。

王维的山水田园诗又富于禅趣。清代沈德潜《说诗晬语》卷下说王维诗"不用禅语，时得禅理"。这种不用禅语而得禅理的诗，就是饶有禅趣之作。王维特别喜爱表现阒无人迹的空山幽林，光景明灭的黄昏夕照，变幻莫测的瞬间美景，还经常描绘鸟去鸟来、花开花落、水穷云起等等，他在这些变灭的自然景物意象与意境中，寄寓佛教禅宗的无我之境、空寂之理、色空之观、虚无之念，还有关于世间万事万物生生灭灭、穷尽复通等意蕴。佛教虚无寂灭的思想总的来看是唯心的、消极的，但其中也蕴含着一些能够启迪人们解脱精神困境、领悟社会、人生、自然、宇宙妙谛的哲理。《木兰柴》诗云：

秋山敛余照，飞鸟逐前侣。彩翠时分明，夕岚无处所。

王维在这首小诗中以画家对光和色彩的敏锐感觉，画出秋山夕照中飞鸟、山色、岚影闪烁明灭、变幻莫测的瞬间景象，宛若一幅西方印象派画家笔下的对景写生，给人以绚丽的印象和丰富的美感享受。它是自然生命的闪光？是诗人心灵的颤动？还是禅家瞬间对色空的顿悟？我们感到其中蕴含着许多意味，却又妙不可言。明代顾可久评得好："是咏木兰柴一时景色逼人，造化尽在笔端矣。"（《唐王右丞诗集注说》）

我们再看《终南别业》：

> 中岁颇好道，晚家南山陲。兴来每独往，胜事空自知。行到水穷处，坐看云起时。偶然值林叟，谈笑无还期。

诗人隐居山林，悠然自得。任来则独往游赏，即兴所之，但求适意。"行到水穷处"，去不得了，就坐下看云。偶遇林叟，便与谈笑。何时回家呢，连自己也不晓得。在佛家眼里，山中白云无心无意，舒卷自如，悠悠自在，无所窒碍，正是所谓"不住心""无常心"等禅意的象征。但"水穷"与"云起"巧妙呼应，又使人感悟到诸如"无心遇合""处变不惊""绝处逢生""妙境无穷"等哲理意味。正如近人俞陛云所说："可悟处世事变之无穷，求学之义理变无穷。"（《诗境浅说》）

王维诗中的禅趣，集中地表现为追求空寂的境界。但他不是以空写空，以静写静，因为一片死寂的境界是没有诗意的。所以他总是以动写静，以声显寂，以具体实在、生动鲜明的自然景物意象反衬出空寂，这样，静中有动，寂处有音，仍透出大自然蓬勃、活泼的生机和意趣。如《鸟鸣涧》：

> 人闲桂花落，夜静春山空。月出惊山鸟，时鸣春涧中。

诗中写桂花飘落，月亮升起，惊醒已栖宿的山鸟，不时在涧谷鸣叫。诗人以动显静，以声写静，从而反衬出春山的静谧。正如钱钟书先生所说："寂静之幽深者，每以得声音衬托而愈觉其深。"（《管锥编》第一册）因为有了这些动的景物，诗显得富有生机；而这恬静、温馨、柔美的春山夜景，也反映出盛唐时代和平安定的社会气氛。

王维的山水田园诗歌也有局限和缺点。他受佛道思想影响较深，一生中多数时间过着安闲舒适的庄园主生活，所以他的山水田园诗中有不少作品流露出逃避现实、消极出世的思想情趣，也有一些作品用禅语说理，神秘、抽象、枯燥乏味。他对农民的劳动和生活是隔膜的，所以他的田园诗中，像《渭川田家》《山居秋暝》《山居即事》《春中田园作》等比较真切地反映农民的劳动和生活、乡土气息浓郁的作品并不多，而反映农民因受苛重的封建剥削而生活贫困的诗，也只有《赠刘蓝田》一首。在反映社会现实生活的广度与深度上，"诗佛"王维远远比不上"诗仙"李白与"诗圣"杜甫。

五代西蜀花间词与南唐词

王筱芸

唐宋词由萌芽到成熟，五代是一个不可忽视的时期。与五代十国其他文学样式相比，五代词呈现出前所未有的兴盛局面。在五代短短半个多世纪里，涌现了大量的词人词作。据《全唐五代词》所辑，五代词计四十余家近七百首①，相当于有唐近三百年所存文人词总和的一倍。五代词在词史上的意义，不仅在词人词作的数量上，还在于五代词在词体、词选、词派、词格、词论的形成，相对晚唐均有长足发展。

据学者推测，大约写于五代时期的部分敦煌曲子词所呈现的民间词"朴拙可喜"的原生态，反映了与文人词截然不同的风貌；昭示了一个沉埋千年不为人知的、充满勃勃生机的民间词坛的存在②。第一部文人词集《花间集》（公元 940 年），开宗立派，奠定了"诗庄词媚""词为艳科"的传统模式，反映了词人相对集中、创作兴旺的西蜀词生态；南唐君臣词，则在"词为艳科"的花间"艳词"模式外，以其"眼界始大、感慨遂深"的文人雅词，完成晚唐五代词"变伶工之词为士大

---

① 参见曾昭岷、曹济平、王兆鹏、刘尊明编著《全唐五代词》，正编由四部分组成：唐词 355 首，易静词 720 首，五代词 689 首，敦煌词 199 首。中华书局，1999，第 11 页。

② 据任二北《敦煌曲初探》考证"敦煌曲辞写于五代者多达二百三十六首"。上海文艺出版社，1955。

夫之词"① 的重大转折。这一切都昭示着五代词在词史上承前启后的重
要地位。

一　《花间集》与西蜀词坛

中国经济和文化重心南移，是五代时期的主要特征。五代词，除中
原后唐和后来发现的敦煌曲子词外，五代文人词坛中心在南方。五代前
期和后期，南方先后有两个词坛中心。一个是长江中游以上西南地区的
西蜀词坛，一个是长江下游东南地区的南唐词坛。两个词坛的兴替和词
体的演变进程，大致以公元 940 年西蜀《花间集》结集为界，分为前
后两期。前期以《花间集》和西蜀词人群为中心，后期以南唐君臣词
人群为中心。

1.《花间集》结集与西蜀"花间"词人群源流

与西蜀文化是晚唐文化的直接传承一样，西蜀词，源头是晚唐词。
晚唐衰乱，广明中唐僖宗避乱入蜀，大批乐人歌妓和文人才子接踵而
至，歌词创作中心由原来的长安、洛阳转入蜀中。

西蜀的地理人文环境有两大特点，一是群山环绕与中原隔绝，二是
物产丰富有"天府之国"之称。此地早就有喜好游乐宴集、征歌选舞
的风气民俗。杜甫的"锦城丝管日纷纷，半入江风半入云"② 就是描写
蜀地这种喜娱乐、好享受的民俗风尚。巴蜀原本是唐代的曲词盛地之
一，《竹枝》《八拍蛮》等在民间早已盛行。刘禹锡取以制《竹枝》词，
韦皋镇西川时进献《奉圣乐》曲，名妓灼灼善歌《水调》，侍中路岩以
《感恩多》赠妓，都表明作词在西蜀早已形成风气。

西蜀在五代成为词坛重镇，与词坛中心南移和王建政权沿袭唐制、
崇尚唐风密切相关。"时唐衣冠之族多避乱在蜀，帝礼而用焉，使修养
政事，故典章文物有唐之遗风。"③ 王建置教坊使掌管乐籍，蜀乐与唐

---

① 王国维《人间词话》。
② 《赠花卿》《杜工部集》。
③ 徐敏霞、周莹、吴任臣：《十国春秋》卷35《前蜀纪》，中华书局，2010。

教坊之制及唐末入蜀的乐工、歌妓、文人相得益彰，使蜀词创作时"逐弦吹之音"的环境较之晚唐更有甚焉。前蜀、后蜀帝王对声妓和歌词的特殊嗜好，上有好者，下必甚焉，形成所谓"村落间巷之间，弦管歌声，合筵社会，昼夜相接"①的社会风尚。前蜀王衍、后蜀孟昶都是耽于声乐的君主，君臣欢娱，词曲艳发，西蜀词坛一时称盛，这也是《花间集》结集的背景。

后蜀广政三年（公元940年），孟昶小朝廷中书令赵庭隐之子、卫尉少卿赵崇祚精选十八家"诗客曲子词"五百首，编纂为《花间集》十卷，并请十八家之一的欧阳炯作序贯于卷首，付梓印行。在《云谣集》没有发现之前，如清人所云："词之选本，以蜀人赵崇祚《花间集》为最古。"②

《花间集》十卷所选词人十八家，为温庭筠、皇甫松、韦庄、薛昭蕴（即薛昭纬③）、牛峤、张泌、毛文锡、牛希济、欧阳炯、和凝、顾敻、孙光宪、魏承班，鹿虔扆、阎选、尹鹗、毛熙震、李珣。

十八家词人与西蜀词坛的源流代群关系和群体特征如下：

第一，十八家中，西蜀词坛之外四人，西蜀词坛之内十四人。西蜀词坛之外四人为温庭筠、皇甫松、薛昭纬、和凝。温庭筠、皇甫松，中晚唐人，时代最早。皇甫松与温庭筠大致同时。他们非西蜀出生、非出仕或流寓西蜀之人，是被作为源头祖述列于《花间集》之首的。

薛昭纬为晚唐人，于西蜀诸人登上词坛前已辞世。《花间集》选其词达十九首之多，也是祖述源流，引为同道之意。和凝为中原文人，未曾入蜀，其作词的时间大约与西蜀前期词人平行。《花间集》选他的词作，表明西蜀词人群体认为这位远在黄河流域的"曲子相公"是他们艺术追求上相一致的知音者。

被《花间集》列于首位的温庭筠（812~866），字飞卿，太原祁（今山西祁县）人。温庭筠词多写闺房艳情生活，风格以秾丽绵密为

---

① 张唐英：《蜀梼杌》卷下，王文才、王炎点校本。巴蜀书社，1999。
② 陆鎣：《问花楼词话》载唐圭璋《词话丛编》第三册，中华书局，1985。
③ 王国维《跋覆宋本花间集》考证为唐乾宁中礼部侍郎薛昭纬。

主，极尽绮罗香泽之态与绸缪宛转之度。《花间集》编成之时，距温庭筠离世已经七十五年。西蜀词人将他入选此书，列在首位，所选词作达六十六首之多，数量居诸家之冠，这表明了西蜀词人群体对温庭筠的认同、尊崇和效法。古人很早就意识到这一点，认为温庭筠"词极流丽，宜为《花间集》之冠"①"温为《花间》鼻祖"②。

第二，韦庄、牛峤、张泌、毛文锡、牛希济、欧阳炯、顾夐、孙光宪、魏承班，鹿虔扆、阎选、尹鹗、毛熙震、李珣十四人，皆属于西蜀词坛。他们或仕于蜀，如韦庄、魏承班、顾夐等；或生于蜀，如阎选、尹鹗、毛熙震、欧阳炯等；或流寓于蜀，如李珣等；或原先是在西蜀出生、成长，后来外出为官，如孙光宪。

第三，西蜀花间词人群的鼻祖是始创侧艳词体的温庭筠，直接播种者是以韦庄为代表的第一代由中原入蜀的一批唐末士人，而衍流扬波的主干力量则是第二代、第三代生长于蜀中或仕于蜀的大批后一代文人。从僖宗入蜀到王建割据两川的三十多年，是西蜀词坛初兴的主要阶段，花间词的主要作家和花间词风基本形成，主要在这一时期③。

第四，西蜀词人群体是以帝王为核心的君臣贵族词人。前蜀后主王衍和后蜀后主孟昶是核心。这个群体中有宰相、中书舍人、太尉、太保、司徒、侍郎、学士、给事、参卿、秘书。阎选虽为布衣却是王衍左右相当于"待诏"地位的"词臣"；只有波斯秀才李珣是布衣。无论从群体构成还是从创作风貌看，他们都是南朝齐、梁君臣贵族诗人群体和宫廷文学的延伸。这个群体以娱乐遣兴为主要创作动机，以酒宴歌畔为主要创作环境，以男女性爱为主要创作母题，以宫闱闺阁为主要作品氛围，以歌妓小唱为主要消费方式。④

2. 《花间集序》——《花间集》结集的宗旨、功能和影响

《花间集序》是欧阳炯应《花间集》主编者赵崇祚所请而作，这从

---

① 黄昇辑《唐宋诸贤绝妙词选》卷一，国家图书馆出版社，2011。
② 王士祯：《花草蒙拾》，载唐圭璋《词话丛编》第一册，中华书局，1986。
③ 参见张兴武《唐末五代词人心态与词风嬗变》，载《杭州师范大学学报》2003年第6期，第83页。
④ 参见肖鹏《群体的选择》，台湾文津出版社，1992，第74~75页。

序中称赵崇祚"因集近来诗客曲子词五百首，分为十卷。以炯粗预知音，辱请命题，仍为叙引"可以看出。

赵崇祚，字弘基，祖籍开封。其父庭隐，初仕后梁、后唐，后随孟知祥入蜀，为后蜀开国元勋之一，仕至中书令，封宋王。崇祚以父荫而得为列卿，官居银青光禄大夫行卫尉少卿。

欧阳炯（896～971），益州华阳（今四川成都）人。少仕前蜀，为中书舍人。前蜀亡，随王衍入洛，补秦州从事。孟知祥镇蜀，炯复入蜀。知祥称帝，以为中书舍人。后主广政三年（公元940年）为武德军节度判官，为赵崇祚编《花间集》作序。后拜翰林学士，迁礼部侍郎，领陵州刺史，转吏部侍郎，加承旨。广政二十四年（公元961年）拜相，监修国史。后蜀亡，炯随孟昶入宋，任散骑常侍。卒赠工部尚书。能诗工词，精音律，善吹长笛。他为《花间集》所作的序，不仅表达了《花间集》结集的背景、宗旨、功能，也代表了"花间"词人群体对于词体文学的一般看法：

　　镂玉雕琼，拟化工而迥巧；裁花剪叶，夺春艳以争鲜。是以唱《云谣》则金母词清，挹霞醴则穆王心醉。名高《白雪》，声声而自合鸾歌；响遏行云，字字而偏谐凤律。《杨柳》《大堤》之句，乐府相传；"芙蓉""曲渚"之篇，豪家自制。莫不争高门下，三千玳瑁之簪；竞富樽前，数十珊瑚之树。则有绮筵公子，绣幌佳人，递叶叶之花笺，文抽丽锦；举纤纤之玉指，拍按香檀。不无清绝之词，用助娇娆之态。自南朝之宫体，扇北里之娼风。何止言之不文，所谓秀而不实。

　　有唐以降，率土之滨，家家之香径春风，宁寻越艳；处处之红楼夜月，自锁嫦娥。在明皇朝，则有李太白应制《清平乐》词四首。近代温飞卿复有《金荃集》。迩来作者，无愧前人。

　　今卫尉少卿字弘基，以拾翠洲边，自得羽毛之异；织绡泉底，独殊机杼之功。广会众宾，时延佳论。因集近来诗客曲子词五百首，分为十卷。以炯粗预知音，辱请命题，仍为叙引。昔郇人有歌

《阳春》者，号为绝唱，乃命之为《花间集》。庶使西园英哲，用资羽盖之欢；南国婵娟，休唱莲舟之引。

时大蜀广政三年夏四月日叙。①

《序》分三段。首段论述歌辞的特征、风格，追溯歌辞自西周至唐演进历程，阐明歌辞的独特要求和发展方向；第二段，简述唐以来"今曲子"的发展，标榜李白、温庭筠两位代表作家，意在充分肯定合乎歌辞文学审美要求的唐五代"诗客曲子词"，张扬这一词苑"正宗"。第三段，说明《花间集》编辑的经过，叙述西蜀词人群体聚集唱和，交流词艺，共同欣赏和趋尚温庭筠词风的过程。②

赵崇祚编选《花间集》的动机和功能，如序所云，是为蜀国君臣花酒宴集之时，提供一个分人选歌的精美歌词唱本，以"清绝之词""用助妖娆之态"，"庶使西园英哲，用资羽盖之欢"。同时为西蜀词坛的词人群体，提供一个创作的范本。既是娱乐的唱本和创作的范本，就要涉及选编者和西蜀词坛对于歌词娱乐功能和词体、词格源流的看法，对这方面的解读，学界有不同看法。

分歧主要集中在对"自南朝之宫体，扇北里之娼风。何止言之不文，所谓秀而不实"数句的理解。有学者认为这是欧阳炯在概括"花间"词风，"主张词应上承齐梁宫体，下附里巷娼风，亦即以绮靡冶荡为本"③。有的学者认定，这两句话"说明了花间词的词风特点，上承齐梁宫体，下附北里娼风"，"可以概括花间词的历史渊源与生存环境"④。意见相反的学者认为："欧阳炯既然应赵崇祚之请为其所编的《花间集》作序，怎么能骂包括自己的词作在内的花间十八家词是宫体与娼风结合的产物，并借为人作序之机自我定性、大加张扬呢？显然有

---

① 李冰若：《花间集评注》，开明书店，1935，第 1 页。
② 参见刘扬忠《唐宋词流派史》，福建人民出版社，1999，第 76~78 页。
③ 方智范等：《中国词学批评史》，中国社会科学出版社，1994，第 21 页。
④ 吴熊和：《唐宋词通论》，浙江古籍出版社，1985，第 283~284 页。

乖事理。"① 因此认为《花间集》结集"乃是因为编者感觉到当时的'南朝宫体'和'北里娟风',不但形式不好（'言之不文'），而且没有真实内容（'秀而不实'），因此他特别抬出温飞卿、李太白几个大名家来，把他们的词做为模范。"②

刘扬忠先生在逐段逐句分析《花间集序》并且辩证上述误读后，提出欧阳炯这篇序文，是中国词学史上第一篇词论，是西蜀花间词派的词体理论宣言。③

他认为，"《花间集序》对已经流行颇广但尚乏理论探究的词体文学进行了经验总结，在词史上首次提出了系统的艺术标准和审美规范：一是要'声声而自合鸾歌'，'字字而偏谐凤律'，也就是必须使歌词的字声合于燕乐乐曲的音律，能够词曲相谐，婉转合度，唱出来流畅动听；二是在谋篇造境、铺采摛文时，要'镂玉雕琼，拟化工而迥巧；裁花剪叶，夺春艳以争鲜'，也就是说，要选取有富贵态、香艳美的创作素材，精心地加以提炼和剪裁，精雕而细刻之，使文辞不但华美鲜艳，巧夺天工，而且真实自然，充满艺术活力；三是既然当时的风尚是喜柔婉，重女音，而燕乐曲调中又多轻靡的'艳曲'，这就要求'绮筵公子'即席所制之词的风旨情调必须清婉绮丽，以适应浅斟低唱的环境气氛。""欧《叙》为'花间'派和'花间词'定下了一个很高的艺术品位：言而文、秀而实的娱乐体裁，既要香艳柔美、又不能俗艳粗俚的诗客之词。""欧阳炯提出的这些歌词创作要求和规范，不但是对一部《花间集》的艺术倾向与审美风貌的概括，而且为作为'艳科'和娱乐文体的词定下了基本的批评标准和审美尺度。"④

3. 西蜀花间词派的共性、个性细分与流派影响

宋代以来对西蜀花间词派的共性、个性细分，有一个从一概而论到逐步细分的过程。学界有一分法、二分法、三分法和"派中有派"的

---

① 贺中复：《〈花间集序〉的词学观点及〈花间集〉词》，载《文学遗产》1994 年第 5 期。
② 吴世昌：《花间词简论》，载《罗音室学术论著》第二卷《词学论丛》。
③ 刘扬忠：《唐宋词流派史》，福建人民出版社，1999，第 73 页。
④ 刘扬忠：《唐宋词流派史》，福建人民出版社，1999，第 77~78 页。

多分法等数个过程。

　　一分法，源自宋代。北宋词坛，"花间"词风占据主流，人们作词奉《花间集》为圭臬，故自北宋至南宋前期，人们提到"花间"一派，都笼统地将它作为一个传统、一种范式和词源来看待。如李之仪《跋吴思道小词》三处提及"花间"，一曰"以《花间集》所载为宗"，二曰"较之《花间》所集"，三曰"专以《花间》所集为准"，都是将"花间"作为一个宗派、一个传统来理解的。晁谦之《（花间集）跋》称，花间词"皆唐末才士长短句，情真而调逸，思深而言婉"，也是将"花间"诸人作为一个流派来描述其群体特征的。①

　　二分法，起自南宋，是将"花间"两大领袖温、韦并列。如南宋张炎认为小令："当以唐《花间集》中韦庄、温飞卿为则。"②此后，明、清人论"花间"，往往温、韦并称。清人周济始以"严妆""淡妆"作区别，王国维继以"画屏金鹧鸪"与"弦上黄莺语"为比喻，又用"句秀"与"骨秀"为轩轾。温词多为应歌而作，故多客观叙写女性香艳形象与愁苦相思，而基本上没有个人情志之抒写；而韦词虽亦有应歌之迹象，却颇重作者个人情志之表现，多"自言"而少"代言"，故率真明朗，艺术个性更鲜明。③

　　三分法，出自现代。如李冰若标举李珣为温、韦之外的第三派："《花间》词十八家，约可分为三派：镂金错彩，缛丽擅长，而意在闺帏，语无寄托者，飞卿（温庭筠）一派也；清绮明秀，婉约为高，而言情之外，兼书感兴者，端己（韦庄）一派也；抱朴守质，自然近俗，而词亦疏朗，杂记风土者，德润（李珣）一派也。"④

　　詹安泰则将"花间词"分为温、韦、孙三派："温的特色在体格，密丽工整；韦的特色在风韵，清疏秀逸；孙的特色在气骨，精健爽朗：

①　参见刘扬忠《唐宋词流派史》，福建人民出版社，1999，第89页。
②　《词源》卷下，载唐圭璋《词话丛编》第一册，中华书局，1986。
③　叶嘉莹：《从〈人间词话〉看温韦冯李四家词的风格》，载《迦陵论词丛稿》，上海古籍出版社，1980。
④　李冰若：《花间集评注》，人民文学出版社，1993。

各有所长，不能相掩"。①

"派中有派"的多分法，以当代叶嘉莹和刘扬忠先生等人为代表。刘扬忠先生提出了"花间词"作为一个成熟的词学群体和流派的理论界定与花间群体"派中有派""自立其格"的重要观点。他认为：

> "花间"派有一个展示其创作实绩和群体风格的选本——《花间集》，更有一个表明群体的创作观与审美观的宣言——由群体中重要成员欧阳炯撰写的《（花间集）叙》。
>
> "花间"派拥有两位成就卓绝、足供其追随者学习和崇仰的宗主——温庭筠和韦庄。温庭筠是词史上第一个抒情范式——"花间"范式的创始者，是词体文学绮丽柔婉的主导风格的奠基人。'花间'十八家尽管大多各有一己独擅的艺术风采和个性特点，但从群体形态上看却显然有着一致的风格体貌和审美倾向。这主要表现在：一、都专写小令；二、都以爱情相思、离愁别恨为主要描写对象；三、都倾向于追求和表现阴柔之美，词风大多以清切婉丽为尚；四、诗词异途、诗庄词媚及词为"艳科""小道"的倾向，是这个词派共同的创作观念和审美取向。以上四条，是构成文学派流的基本条件。"花间"词人群体具备这些基本条件，应被确认为一个流派。②

"派中有派"和"自立其格"，是指在"花间"派中，除了大致相近的群体共性外，自有个人风格特色，并且开启了后世不同风格。

温庭筠浓艳密丽的词风和工笔彩绘的笔法，不但在西蜀词坛拥有如顾夐、牛峤、毛文锡、魏承班、毛熙震等一大批追随者，而且下启北宋周邦彦、南宋吴文英等语言典丽精工、风格尚艳尚密的大家。韦庄跳出应歌之圈子、直抒一己之情志的新体格，以及他那洗却铅华脂粉而以淡

---

① 詹安泰：《孙光宪词的艺术特色》，载《宋词散论》，广东人民出版社，1982。
② 刘扬忠：《唐宋词流派史》，福建人民出版社，1999，第72页。

雅明朗见长的词风，近则有孙光宪、李珣为同调，远则启示了南唐李煜、北宋苏轼等人去开发词的抒情言志的潜能，逐步把"伶工之词"变为"士大夫之词"。

"花间"派内部风格之异，除了温、韦两家之外，当数孙光宪较为引人注目，分流开派的苗头也较为显著。孙词与"花间"诸人不同处，主要在两个方面：一是纵意抒写，其题材范围不但比温庭筠、也比韦庄和李珣远为宽广；二是风格已露清旷豪健的端倪，境界已越出所谓"清溪曲涧的小景"和闺阁庭院的狭小空间，而开始有了天高地迥的气象。孙光宪词已经露出了风格由"婉"变"豪"、境界由小趋大的明显倾向。除温、韦、孙之外，尹鹗的独特风格也颇堪注意。前人论及尹鹗，视之为柳永一派的先导。综观以上数人词风之异同，可知"花间"派中的创新苗头，实为后代词派繁衍的端倪。①

二　南唐词坛与南唐君臣词

五代后期，词坛的重心由长江上游的西蜀转移到长江下游的南唐。

公元 940 年《花间集》结集成书之时，南唐建国才三年。南唐后主李煜只有四岁，其父南唐中主李璟二十五岁，刚被立为皇太子。作为后来南唐词坛三巨匠李煜、李璟之外的冯延巳三十六岁。如果说西蜀花间词代表了五代前期词坛中心的话，那么南唐词是在"花间"词落潮之后，在长江下游一个与西蜀地区隔绝的新环境中崛起的新词坛中心和新词派。

1. 南唐词坛与西蜀词坛的异同

南唐词坛与西蜀词坛相比，它们的相同之处，是同以帝王（南唐二主）为核心的宫廷贵族文学；与西蜀君臣一样，南唐君臣同样耽于享乐，以词为娱宾遣兴的工具。"二主倡于上，翁（宰相冯延巳）和于

---

① 刘扬忠：《唐宋词流派史》，福建人民出版社，1999，第 72 页。

下，遂为词家渊薮"①，南唐词坛的主将之一徐铉、韩熙载、成彦雄、
播佑等都有词流传下来。②

其不同之处，一是地域人文环境的差异，一是人文素养和审美风尚
的差异。南唐承吴国二十七州之地立国，领土较蜀国为小；而且强邻压
境，与中原后周只隔一条淮水，敌人随时可以长驱直入。烈祖李昇立国
之初就"志在守吴旧地而已，无复经营之略也"③。到中主李璟继位之
后，连"守吴旧地"都难以做到。公元956年，后周世宗柴荣下诏亲
征南唐，李璟屡战屡败，只好削去帝号，遣使奉表于后周，请为外臣。
后周不许和，李璟先割淮南六州，后献淮南江北十四州六十县，与后周
划长江为界，迫使南唐成为退处江南十三州并去掉国号的外藩小邦。金
陵对岸，即为敌境，南唐之危，可想而知。李煜在位期间，宋朝统一南
北、削平割据状态的事业已到了最后完成阶段，南唐风雨飘摇。李煜
"尝怏怏以国蹙为忧，日与臣下酣宴，愁思悲歌不已"。④ 最终肉袒降
宋，被毒身亡。

从另一方面看，南唐虽境小国危，但是经济、文化基础都相当雄厚，
文苑中人才济济。与前蜀开国君主王建出身盗贼目不知书，后主王衍是
一个庸俗不堪的狎客相比，南唐君臣文学艺术修养远在西蜀君臣之上。
中主李璟、后主李煜诸人尤精音律，重视并擅长作词。南唐词坛与西蜀词
坛在人文素养和审美风尚上的差异，如宋代词人李清照在她那篇著名的
《词论》中所论："五代干戈，四海瓜分豆剖，斯文道熄。独江南李氏君臣
尚文雅，故有'小楼吹彻玉笙寒''吹皱一池春水'之词。语虽甚奇，所
谓'亡国之音哀以思'也。"⑤

"尚文雅""语甚奇""亡国之音哀以思"，是概括南唐词坛独特的
人文涵养和审美风尚的关键词。南唐所处的地域人文环境和行将亡国的

---

① 冯煦：《阳春集序》见《蒿庵论词》载唐圭璋《词话丛编》第四册，中华书局，1986。
② 曾昭岷、曹济平、王兆鹏、刘尊明编著《全唐五代词》，中华书局，1999，第11页。
③ 欧阳修：《新五代史·南唐世家》，中华书局，2011。
④ 欧阳修：《新五代史·南唐世家》，中华书局，2011。
⑤ 王仲闻：《李清照集校注》附录，人民文学出版社，1979。

政治形势这两方面的影响，使南唐词人成就了不同于西蜀词人的审美风尚和忧患意识，导致词风发生了新变，形成了有异于"花间"派的艺术倾向。

2. 南唐词坛的特征——"尚文雅""语甚奇""亡国之音哀以思"——变西蜀花间艳词为南唐"雅词"

"尚文雅"是南唐词坛有别于西蜀词坛最突出的特征之一。南唐三代君主，烈祖李昪、中主李璟和后主李煜，都是"尚文雅"的风流儒雅之士。

李昪（原名徐知诰）虽出身微贱，少小孤贫，但仕吴之后，笃志向学，"时江淮初定，州、县吏多武夫，务赋敛为战守，昪独好学，接礼儒者"①。他秉吴国大政之后聚集了大批江南有识之士于帐下。

李璟承其父儒雅之风，"尚清洁，好学而能诗，天性儒懦，素昧威武。"②"多才艺，好读书，善骑射。"③"天性雅好古道，被服朴素，宛同儒者；时时作为歌诗，皆出入风骚。士人传以为玩，服其新丽。"④

李煜更是青出于蓝，他"幼而好古，为文有汉魏风"⑤"工书，善画，尤工翎毛墨竹；收藏之富，笔砚之精，冠绝一时。"⑥他更"洞晓音律，精别雅郑"⑦，"凡度曲莫非奇绝"⑧。以这样的学养、襟怀和审美取向作词，其立意和境界与西蜀词坛花间词人群自然就有了区别。

"语甚奇""亡国之音哀以思"，是南唐词坛有别于西蜀词坛的另一特征。如叶嘉莹所说"后主之成就，其一是内容方面的，由于一己真纯的感受而直探人生核心所形成的深广的意境；其二是由于他所使用之字面的明朗开阔所形成的博大的气象"⑨。南唐君臣"感概遂深、眼界

---

① 欧阳修：《新五代史·南唐世家》，中华书局，2011。
② 龙衮：《江南野史》卷二，《四库全书》本。
③ 陆游：《南唐书·本纪二》，商务印书馆，1985。
④ 无名氏：《钓矶立谈》，知不足斋丛书本，清乾隆年刊。
⑤ 陈彭年：《江南别录》《说郛》卷三，中国书店，1986 年据涵芬楼 1927 年 11 月版影印。
⑥ 夏承焘：《唐宋词人年谱·南唐二主年谱》上海古籍出版社，1955。
⑦ 徐铉撰《李煜墓志》，见《骑省集钞》清康熙十年鉴古堂精写刻本。
⑧ 《说郛》卷四十引宋郭思《雁门野说》。
⑨ 叶嘉莹：《迦陵论词丛稿》，上海古籍出版社，1980，第 117 页。

始大"的家国之变与身世之感，变西蜀花间艳词为南唐"雅词"，为艳体小词从内容和形式上均输入了抒情新质，使南唐词"变伶工之词为士大夫之词"，成了词体文学演进新阶段的象征。

南唐词坛三大巨匠李煜、李璟、冯延巳在这个词体文学演进过程中，作用各不相同。冯延巳是"正变之枢纽"的关键，李璟"是冯延巳和李煜之间的中介。李璟词虽与冯词最接近，但较之冯词，又显得语言晓畅，绝少藻饰，层次更清晰，情调更豁朗，以毫无'花间'面目和初具抒情诗味而成为李煜词的先声。至李煜的再创造，终于达到了五代最高峰。"①。

王国维以"和泪试严妆"②论冯延巳词，认为他是南唐词感伤主调的奠基者和新词境的开拓者。冯延巳词的"严妆"，即浓丽的色彩是其外在风貌，"和泪"才是其抒情本质。他在外貌与"花间"派无大异的艳体小词中，寄寓了士大夫忧生忧世的思想感情，比起"花间"派写"欢"之词，他更多地表现了士大夫意识中忧患感伤的另一面。在同样的题材范围中开掘了思想深度，开拓了新的意境。所以王国维说冯词"堂庑特大，开北宋一代风气"③。可见冯词感伤主调的建立，具有开新词境、建新词派的重大意义。④

王国维以"众芳芜秽，美人迟暮之感"论中主李璟词。主张"诗以言志"的中主李璟很赏识冯词，李璟独以《应天长》《望远行》《摊破浣溪沙》三调四首小词赢得词史地位，在于其词出入风骚，哀感万物，以绝少藻饰的晓畅语言直指盛景消逝，生命催伤的艺术境界，准确反映了江南小国的衰残没落与萧瑟悲凉的国主心态。

王国维以"千古伤心人""以血书成"，"变伶工之词为士大夫之词"之说论李煜词。他在亡国前所写的小词，虽不免有"晚妆初了明肌雪，春殿嫔娥鱼贯列"（《玉楼春》）的香艳描写，但却更多的是感叹

---

① 贺中复：《五代词说—五代词的兴盛和发展》，载《河北学刊》1994 年第 2 期。
② 王国维：《人间词话》，载唐圭璋《词话丛编》第四册，中华书局，1986。
③ 刘扬忠：《唐宋词流派史》，福建人民出版社，1999，第 118 页。
④ 刘扬忠：《唐宋词流派史》，福建人民出版社，1999，第 118 页。

好景不长的作品。李煜亡国后的词，已经不仅是自道个人身世之悲，也不仅仅是南唐一隅和五代之末国破家亡感伤基调的代表者，而是人类某种普遍情感的代表。如叶嘉莹所论："后主之成就，其一是内容方面的，由于一己真纯的感受而直探人生核心所形成的深广的意境；其二是由于他所使用之字面的明朗开阔所形成的博大的气象。令人有耳目一新之感。后人称东坡词'逸怀豪气'，'指出向上一路'，后主实在乃是一位为之滥觞的人物。"①

　　从冯延巳到李璟再到李煜，南唐词人群体一以贯之地运用应歌小词来抒写一种带有忧患感伤时代色彩的士大夫意识，使词在从纯粹的娱乐文学向抒情文学演进的历程中迈出了关键的一大步。这一群体性的、倾向性的审美变异，已经逸出了温庭筠、韦庄以来的"花间"传统，使南唐词脱颖而出，成为五代词的新派别，并启示了宋词发展的新方向②。

---

①　叶嘉莹：《迦陵论词丛稿》，上海古籍出版社，1980，第 117 页。
②　刘扬忠：《唐宋词流派史》，福建人民出版社，1999，第 111～112 页。

"婉约以易安为宗"

——李清照词略说

王筱芸

本文论李清照对婉约词的贡献，分为两个部分：第一，"婉约以易安为宗"。第二，"易安体"的独创性。

一 "婉约以易安为宗"

1. "婉约"标举与婉约词发展概说

唐宋时期的流行歌词，也即词体文学，就其以侧艳传情之辞，应和燕乐弦管冶荡之音，形成的"有绮筵公子，绣幌佳人，递叶叶之花笺，举纤纤之玉指，拍按香檀"① 的青楼应歌与朝廷、馆阁应制的功能和生态，决定了"词之为体要眇宜修，能言诗之所不能言，而不能言诗之所尽言。诗之境阔，词之言长"，② 以阴柔婉曲为尚的艺术特征。

宋人笔记中较早以男女性别标举宋词阴柔与阳刚不同风格的记载，是宋人俞文豹《吹剑续录》：

---

① 欧阳炯：《花间集序》，李一氓《花间集校》，人民文学出版社，1981。
② 王国维：《人间词话删稿》，唐圭璋《词话丛编》第五册，中华书局，1986。

　　东坡在玉堂，有幕士善讴，因问："我词何如柳七（柳永）?"对曰："柳郎中词，只好合十七八女郎，执红牙板，歌'杨柳岸晓风残月'；学士词，须关西大汉，铜琵琶，铁绰板，唱'大江东去'。东坡为之绝倒。"①

　　词学史上第一个分词体为"豪放""婉约"的，是明人张綖（号南湖）的《诗余图谱·凡例》：

　　词体大略有二：一体婉约，一体豪放。婉约者欲其词调蕴藉，豪放者欲其气象恢弘。如秦少游之作，多是婉约；苏子瞻之作，多是豪放。大约词体以婉约为宗。②

　　清初人王士禛《花草蒙拾》更进一步，将李清照词尊为婉约之宗：

　　张南湖论词派有二：一曰婉约，一曰豪放。仆谓婉约以易安（李清照）为宗，豪放唯幼安称首。皆吾济南人，难乎为继矣!③

　　对宋词进行婉约与豪放的两分法，几百年来尽管屡屡遭人诟病，但是依然沿用至今。这是因为尽管两分法失之简单化，容易割裂宋词丰富多样的风格体式，但是仍然反映了宋词客观存在的两种趋势。"婉约以易安为宗"，是数百年来古人对李清照词的精准评论。

　　近人詹安泰《宋词散论》分宋词为八派，也基本继承了古人对李清照的评价："婉约清新派，以秦观、李清照为代表。"

　　李清照（1084～约1151），跨越北宋和南宋的著名女词人。自号易安居士，齐州章丘（今属山东）人。父亲李格非为当时著名学者，官至礼部员外郎、京东路提点刑狱。"以文章受知于苏轼"，为苏门"后

---

①　陶宋仪编《说郛》卷二十四，上海，商务印书馆，1930。
②　见北京图书馆藏明万历二十九年游元泾校勘《增正诗余图谱》。
③　王士禛：《花草蒙拾》，见唐圭璋《词话丛编》第一册，中华书局，1986。

四学士"之一①。学识渊博，尤用意于经学，在齐、鲁一带颇负盛名。后因列于元佑党籍而被罢官。他平生著述较多，现仅存《洛阳名园记》一卷。母王氏，是状元王拱辰孙女②，（一说为汉国公王准孙女），也知书善文。李清照早年随其父住在汴京、洛阳，受过较好的文化教养。她工书，能文，兼通音律。建中靖国元年（公元 1101 年）李清照十八岁时，与新党权要吏部侍郎赵挺之幼子赵明诚结婚。明诚时二十一岁，在太学，喜好收藏前代石刻。夫妻志同道合，"有饭蔬衣练，穷遐方绝域，尽天下古文奇字之志"③。泼茶赌书，戴笠踏雪寻诗，在"宣、政风流"的承平时期，伉俪情深，在浓郁的学术与艺术氛围中，过着优游雅致的生活。

李清照的《醉花阴》是名重一时的名篇："薄雾浓云愁永昼，瑞脑销金兽。佳节又重阳，玉枕纱厨，半夜凉初透。东篱把酒黄昏后，有暗香盈袖。莫道不销魂，帘卷西风，人比黄花瘦。"

据元人笔记记载"易安以重阳《醉花阴》词函致赵明诚。明诚叹赏，自愧弗逮，务欲胜之。一切谢客，忌食忘寝者三日夜，得五十阕，杂易安作以示友人陆德夫。德夫玩之再三，曰：'只三句绝佳。'明诚诘之。答曰：'莫道不消魂，帘卷西风，人比黄花瘦。'正易安作也。"④因此李清照被时人誉为："自少年即有诗名，才力华赡，逼近前辈。在士大夫中已不多得。若本朝妇人，当推词采第一。"⑤

李清照在北宋时就有词名，特别是她作于南渡前期的《词论》，标举词"别是一家"之说，也由此从词论和创作上奠定了婉约正宗之路。"婉约以易安为宗"是李清照名至实归的关键词。

2. "婉约以易安为宗"——李清照《词论》及其婉约宗主之路

李清照之前，歌词已经发展数百年，历经晚唐五代《花间词》、南

---

① 《宋史·李格非传》，见《宋史》卷四四四，文苑六，商务印书馆，1977。
② 《宋史·李格非传》，见《宋史》卷四四四，文苑六，商务印书馆，1977。
③ 《金石录后序》，王仲闻《李清照集校注》，人民文学出版社，1979。
④ 元伊世珍《琅嬛记》卷中，台湾新兴书局《笔记小说大观》影印《津逮秘书》本。
⑤ 宋王灼：《碧鸡漫志》卷二，唐圭璋《词话丛编》第一册，中华书局，1986。

唐词和北宋前期的范、晏、欧、柳；以及北宋中期的周邦彦、苏轼、秦观、黄庭坚、贺铸等人发展，呈现出百花争艳之势。在"词为艳科"的传统定势和北宋以来百舸争流的众多流派中，如何判别和确立宋词的艺术规范，是词史发展的重要问题。

李清照的胆识和卓尔不群的锋芒，正集中体现在她的《词论》里：

> 乐府声诗并著，最盛于唐。……自后郑、卫之声日炽，流靡之变日烦。已有《菩萨蛮》《春光好》《莎鸡子》《更漏子》《浣溪沙》《梦江南》《渔父》等词，不可遍举。五代干戈，四海瓜分豆剖，斯文道熄。独江南李氏君臣尚文雅，故有"小楼吹彻玉笙寒"、"吹皱一池春水"之词。语虽甚奇，所谓"亡国之音哀以思"也。逮至本朝，礼乐文武大备。又涵养百余年，始有柳屯田永者，变旧声作新声，出《乐章集》，大得声称于世；虽协音律，而词语尘下。又有张子野、宋子京兄弟，沈唐、元绛、晁次膺辈继出，虽时时有妙语，而破碎何足名家！至晏元献、欧阳永叔、苏子瞻，学际天人，作为小歌词，直如酌蠡水于大海，然皆句读不葺之诗尔。又往往不协音律，何耶？盖诗文分平侧，而歌词分五音，又分五声，又分六律，又分清浊轻重。且如近世所谓《声声慢》《雨中花》《喜迁莺》，既押平声韵，又押入声韵；《玉楼春》本押平声韵，有押去声，又押入声。本押仄声韵，如押上声则协；如押入声，则不可歌矣。王介甫、曾子固，文章似西汉，若作一小歌词，则人必绝倒，不可读也。乃知词别是一家，知之者少。后晏叔原、贺方回、秦少游、黄鲁直出，始能知之。又晏苦无铺叙。贺苦少重典。秦即专主情致，而少故实。譬如贫家美女，虽极妍丽丰逸，而终乏富贵态。黄即尚故实而多疵病，譬如良玉有瑕，价自减半矣。①

---

① 见王仲闻《李清照集校注》，人民文学出版社，1979。

　　李清照的《词论》开篇即对唐以来歌词发展史进行大刀阔斧的总结，将晚唐五代至北宋的歌词，概括为艳词、俗词、雅词和诗化之词。将词的艺术规范归纳为：协律、文雅、浑成、铺叙、典重、主情致、尚故实等七点。提出"词别是一家"的界定。并且以这七点标准，特别是以协律、文雅为主要标准，对晚唐五代至北宋的歌词进行毫不客气的评点，历数名公巨卿歌词之长短。对于不符合协律、文雅标准的词派和词人，采取了基本否定和全盘否定的态度。"易安历评诸公歌词，皆摘其短，无一免者。"① 在擅长歌词音律的她看来，词为音乐文学，其先决条件是协乐可歌，否则根本不能称为词，只是"句读不葺之诗"。而强烈的士大夫文化意识又使她强调词除了协律之外，其内容和风格还必须文雅。在这样的艺术标准之下，李清照对晚唐五代侧艳绮靡的尊前花间艳词，以"郑、卫之声日炽，流糜之变日烦"一语蔽之。对大致符合"协律、文雅"标准的南唐君臣雅词，以"尚文雅"称许，同时也对贯穿他们歌词基调的"亡国之音哀以思"有些许微词。

　　李清照把柳永作为北宋以来俗词的代表，"变旧声作新声，出《乐章集》，大得声称于世；虽协音律，而词语尘下。"柳永词"变旧声作新声"，是在北宋都城制度、税收制度和酒税制度改革，传统都城宵禁制度崩溃，代之以全城街市一体的近世城市模式中进行的。他的词不仅协律，而且话语通俗（所谓"词语尘下"），他的"才子词人，自是白衣卿相""且恁偎红倚翠，风流事，平生畅。青春都一饷。忍把浮名，换了浅斟低唱！"及时行乐的价值取向，解构了传统士大夫"万般皆下品，唯有读书高"的主流价值，贴近和重构了北宋都市市民大众的价值观，所以获得"有井水处皆能歌柳词"的盛名。但是他的俗词显然不符合李清照雅词的艺术规范。

　　对于"指出向上一路"、从内容、风格上都给词坛带来新风气的王安石、苏轼等"以诗为词"的作家，李清照则以"句读不葺之诗"的评价，将他们革出词之门户。体现了她坚持"词别是一家"的艺术规

───────────────

　　①　见宋胡仔《苕溪渔隐丛话后集》卷三十三，廖德明校点，人民文学出版社，1962。

范以及开径独行，卓然不群的气概。对于小晏、秦观、山谷、方回等北宋后期高手，李清照既褒扬了他们协律擅词，同时指出他们在技巧上的欠缺。"从而在艳词、俗词与'诗人之词'之外理出了一条音律谐婉、风格雅丽的正宗词流"，"正好是从南唐发端继经张先、小晏、秦观等人扬波振流而至周邦彦集其成的士大夫'当行本色'的所谓'婉约正宗'"。①

正是李清照的词论，在北宋词坛百舸争流的众多流派中，不仅界定了诗词分流的界石，而且奠定了她自己在歌词婉约正宗上的领军地位。

"婉约以易安为宗"，此处的"宗"，有正宗、宗法和宗主之意。如前所论，李清照的《词论》，通过大刀阔斧地历数名公巨卿歌词之长短，彰显了她所推崇的"婉约正宗"，提出了"词别是一家"的宗法——两个主要标准和五种主张——为诗词之分疆立下的艺术规范和理论宣言。并且以她的创作对于婉约词作出的独特贡献，体现了她作为婉约词宗主的实绩，堪称"本朝女妇之有文者，李易安为首称"。②

二 "易安体"的独创性——李清照
对婉约词的贡献

1. 继往开来，开径独行

李清照词能够以"易安体"在流派众多的宋词词坛上开径独行，除了理论创新外，与她在创作上对于词体艺术的创新是分不开的。

从晚唐五代歌词发展看，词缘情而绮靡，"词为艳科"，是词体的主流风格和传统定势，李清照则从强烈的士大夫文化意识出发，继承南唐二主词"尚文雅"的变体并且进一步个性化地深化发展。她的"闺

---

① 刘扬忠：《唐宋词流派史》，福建人民出版社，1999，第381、382页。
② 宋朱彧：《萍洲可谈》卷中，李伟国校点，上海古籍出版社，1989。

情词"，虽然保持了写男女相思离情的传统，但一洗花间、北宋的绮罗香泽之态，"用浅俗之语，发清新之思"①，以空灵飞动的女性笔触写闺阁情怀，拓宽并提高了传统艳情词的内容和格调，活泼秀丽，语新意隽。如她的《点绛唇》：

蹴罢秋千，起来慵整纤纤手。露浓花瘦，薄汗轻衣透。见客人来，袜铲金钗溜，和羞走。倚门回首，却把青梅嗅。

《如梦令》：

常记溪亭日暮，沉醉不知归路。兴尽晚回舟，误入藕花深处。争渡，争渡，惊起一滩鸥鹭。

《醉花阴》：

薄雾浓云愁永昼，瑞脑消金兽。佳节又重阳，玉枕纱厨，半夜凉初透。东篱把酒黄昏后，有暗香盈袖。莫道不消魂，帘卷西风，人比黄花瘦。

《如梦令》：

昨夜雨疏风骤，浓睡不消残酒。试问卷帘人，却道"海棠依旧"。知否？知否？应是绿肥红瘦。

她推崇南唐君臣词的"尚文雅"，又"用浅俗之语，发清新之思"，别开生面，所谓"自少年即有诗名，才力华赡，逼近前辈"是也。她以炼句精巧，造语奇俊之功，从口语中提炼诗的语言，将晚唐五代艳词

① 宋王灼：《碧鸡漫志》卷二，唐圭璋《词话丛编》第一册，中华书局，1986。

"郑、卫之声日炽，流靡之变日烦"的定势，和柳永词"词语尘下"的卑俗，变为"用浅俗之语，发清新之思"。以"戛戛独造"的清俊新颖，突破传统闺情词的狭小艳俗。故古人评论"男中李后主，女中李易安，极是当行本色"。①

她的《词论》曾以北宋承平之时的优游，评价南唐君臣词"语虽甚奇，亡国之音哀以思也"，似乎含有歌词不必"穷而后工"的意味。当李清照经历靖康之变，面对国家盛衰之变，个人离乱之痛，她的歌词风格也发生改变。她的歌词不仅"哀以思"，而且以一己深挚婉转的今昔之情，寓托忧愤深广的盛衰之痛。在倡导"文雅"，避免"句读不葺之诗"之弊，坚持"词别是一家"的协律合乐规范时，又高扬了北宋以来的崇雅风尚。

靖康（公元 1126 年）之变翌年，李清照的婆母死于金陵，其夫赵明诚携书 15 车南下奔丧。建炎二年（公元 1128 年），李清照怀着国破之痛南逃至建康。有"南来尚怯吴江冷，北狩应知易水寒""南渡衣冠少王导，北来消息欠刘琨"的诗句，表达了对于南宋朝廷苟且偷安的极大不满。不久赵明诚病死建康，李清照被人向朝廷诬告以玉壶颁金，使她大为惊恐，将家中所有进献朝廷，以求得洗刷和解脱。其后，她追随着高宗逃难的路线辗转避乱，从越州到明州，经奉化、台州入海，又经温州返回越州。最后，于绍兴二年，又从越州移居杭州。这期间她不但承受着政治上的压力，而且大量书画、砚墨被盗，孤独一身，各地漂泊，境况极其悲惨。她的词，也由北宋的闺情，转为以一己深挚婉转的今昔之情，寓托忧愤深广的盛衰之痛。和李后主的"亡国之音哀以思"一样，以今昔盛衰顿变的身世之感，使词境界遂大，感慨遂深。

2. "易安体"——李清照对婉约词的贡献

李清照词很善于将抽象的情绪、愁怀化虚为实，用灵动的意象、自然天成的口语表达独特情怀。如果说易安体除了早期闺情词"用浅俗之语，发清新之思"的独创外，她的南渡后词，则呈现出"曲尽人意，

---

① 王又华：《古今词论》，唐圭璋《词话丛编》第一册，中华书局，1986。

姿态百出"的一体多面。同是易安体，其前后今昔盛衰，兼有清新、清婉、清朗之风，婉约与清壮相得益彰的多面体。这也是李清照对婉约词的独特贡献。

同是婉约，李清照词描写其少年、青年和老年的情怀是不同的。她在表达少女情怀时"袜铲金钗溜，和羞走。倚门回首，却把青梅嗅"的清新灵动；表达少妇"花自飘零水自流。一种相思，两处闲愁。此情无计可消除，才下眉头，却上心头"的伉俪情深，缠绵婉转；经历家国乱离之后老之将至的沉痛，则用"梧桐更兼细雨，到黄昏、点点滴滴。这次第，怎一个愁字了得！"千回百转的复杂情怀，全用自然生动的口语出之，匠心独运却不留斧凿之痕。"作长短句，能曲折尽人意，轻巧尖新，姿态百出。"[①] 这些独创性在以下歌词中可以见出。如《武陵春》：

> 风住尘香花已尽，日晚倦梳头。物是人非事事休，欲语泪先流。
> 闻说双溪春尚好，也拟泛轻舟。只恐双溪舴艋舟，载不动许多愁。

此词写于作者晚年避难金华期间，时在绍兴五年（公元 1135 年）金与伪齐合兵南犯以后。其时，李清照的丈夫既已病故，家藏的金石文物也散失殆尽，作者孑然一身，在连天烽火中漂泊流寓，历尽世路崎岖和人生坎坷，因而词情极为悲苦。首句写当前所见，"风住尘香花已尽"沉痛而含蓄。梳头句与以前相比，语意全异，一是生离之愁，一是死别之恨，深浅自别。三四句由含蓄转为纵笔直写。点明一切悲苦，都因物是人非。含蓄与率真，似相反实相成。下片四句，前开一转，后两句合，又一转；愁重舟轻，不能承载，设想新颖而又真切。而以"闻说""也拟""只恐"六个虚字转折传神。清吴衡照《莲子居词话》卷二评曰：

---

① 王灼：《碧鸡漫志》卷二，唐圭璋《词话丛编》第一册，中华书局，1986。

"悲深婉笃，犹令人感伉俪之重。"① 又如《永遇乐》：

　　落日熔金，暮云合璧，人在何处？染柳烟浓，吹梅笛怨，春意知几许？

　　元宵佳节，融和天气，次第岂无风雨？来相召、香车宝马，谢他酒朋诗侣。

　　中州盛日，闺门多暇，记得偏重三五。铺翠冠儿，捻金雪柳，簇带争济楚。如今憔悴，风鬟霜鬓，怕见夜间出去。不如向、帘儿底下，听人笑语。

此词作于作者晚年流寓临安的元宵佳节。上片写今之景物心情，下片从今昔对比中见出盛衰之感。上片在景物描写之后，以"人在何处？""春意知几许？""次第岂无风雨？"突兀发问，跌宕腾挪之中，见出历尽沧桑之后，以自然界的变幻莫测，寓托现实盛衰顿变之慨。下片前六句忆昔，后五句伤今。结句与过片成鲜明的对比，不但有今昔盛衰之感，还有人我苦乐之别。以小见大，所以更觉凄黯。宋人对后片数句评价极高："皆以寻常语入音律，炼句精巧则易，平淡入调者难。"② 又如《渔家傲》：

　　天接云涛连晓雾，星河欲转千帆舞。仿佛梦魂归帝所，闻天语，殷勤问我归何处。

　　我报路长嗟日暮，学诗谩有惊人句。九万里风鹏正举。风休住，蓬舟吹取三山去。

这首词在黄升《花庵词选》中题作"记梦"，与李清照一贯的婉约词风有所不同。借助梦境的描述，作者在梦中横渡天河，直入天宫，并大胆

---

① 吴衡照：《莲子居词话》卷二，唐圭璋《词话丛编》第三册，中华书局，1986。
② 张端义：《贵耳集》卷上，中州古籍出版社，2005。

地向天帝倾诉自己的不幸，强烈要求摆脱"路长""日暮"的困苦境
地，然后像鹏鸟一样，磅礴九天，乘风破浪，驶向理想中的仙境。具有
鲜明的浪漫主义特色，词风清壮奔放，近似苏轼、辛弃疾。黄了翁在
《蓼园词选》中说此词"无一毫钗粉气，自是北宋风格。"可见李清照
多样的词风，表现她精神境界雄奇阔大的一面。其大胆而又丰富的想
象，确是"穿天心，出地腑"的神来之笔，具有阔大而又豪迈的气度。
其中既有李白的汪洋恣肆，又有杜甫的沉郁顿挫，成为《漱玉集》中
独具特色的词篇。又如《声声慢》：

> 寻寻觅觅，冷冷清清，凄凄惨惨戚戚。乍暖还寒时候，最难将
> 息。三杯两盏淡酒，怎敌他、晚来风急？雁过也，正伤心，却是旧
> 时相识。
>
> 满地黄花堆积。憔悴损，如今有谁堪摘？守着窗儿，独自怎生
> 得黑？梧桐更兼细雨，到黄昏、点点滴滴。这次第，怎一个、愁字
> 了得！

此词是作者南渡之后的名篇之一。以南渡为界，李词前后有明显不同，
虽然她始终坚持"词别是一家"，诗言志、词缘情。但是她南渡后词的
境界、情感均较前深沉扩大。起头三句，用七组叠字构成，尤为精妙，
是词人的大胆创新；为历来词评家所激赏。宋人罗大经云："起头连叠
七字，以一妇人乃能创意出奇如许？"[1]
　　唐圭璋先生认为："此首纯用赋体，写竟日愁情，满纸呜咽。起下
十四字叠字总言心情之悲伤，中心无定，如有所失。"[2] 好处在有层次
有深浅，达难达之情。"寻寻觅觅"，劈空而来，直写若有所失之心态。
"冷冷清清"，既指环境，也指心情，由内而外。"凄凄惨惨戚戚"一
叠，是外之环境与内之心灵衔接的关键，承上启下。由浅入深，文情并

---

① 罗大经：《鹤林玉露》卷十二，王瑞来点校，中华书局，1983。
② 唐圭璋：《唐宋词简释》，上海古籍出版社，1981。

茂。"乍暖"两句，在用意上是含蓄，在行文上是腾挪，是十四叠字的延伸，情在词外。"雁过"与"黄花"，一仰一俯之间，今昔盛衰之感痛彻肺腑。"黑"字押一险韵，哽咽浑成。梧桐细雨之境，逼出结句。文外有多少难言之隐在内，无限痛楚抑郁之情喷薄而出，有奇思妙语却非刻意求工，反而真切动人。故"后幅一片神行，愈唱愈妙"。可谓"曲尽人意，姿态百出"。

　　李清照善于化用前人词中的经典意象，但又经过自我情怀的充分熔铸，意境一片浑成。例如她的《武陵春》："物是人非事事休，欲语泪先流。闻说双溪春尚好，也拟泛轻舟。只恐双溪舴艋舟，载不动许多愁。"虽然出自李后主的"问君能有几多愁？恰是一江春水向东流"，却明显有李清照对于家国之痛的独到理解和独特表达，与李后主的君王之叹不同。其婉约中，又自有清新、清疏、清婉、甚至清朗、清壮之格，一体多面；其词除了"皆以寻常语入音律，炼句精巧则易，平淡入调者难"的锐意创新，开径独行外，在篇章结构上开合跌宕，前后峰回路转、话语腾挪，兼具婉约词少有的丈夫气。"无一毫钗粉气，自是北宋风格。"故清人论"易安倜傥，有丈夫气，乃闺房中之苏、辛，非秦、柳也。""闺房之秀，固文士之豪也。"[1]

---

①　沈增植：《菌阁琐谈》，唐圭璋《词话丛编》第四册，中华书局，1986。

博大参差的词暨词学家族（上）

陈祖美

一　词与词学的范畴界定

词——作为文体名称是韵文的一种形式。它原是配乐歌唱的一种诗体，句的长短随着歌调而改变，故又叫做长短句，另有诗余、乐府、琴趣、乐章、曲子词、近体乐府和寓声乐府等等不同别名。但这些名称只是分别突出了某一方面的特性，都不够"周延"。有的词家将其词集叫做某某长短句，而词不都是长短句，比如《玉楼春》（又名《木兰花》等），此调系齐整的七言八句，共五十六字的齐言体。

词绝大多数分为上下两阕，又叫做上下片（文本编排上下之间空两格，比之上下片分为两个段落较宜）。明代中叶出现了分调编排的词籍，即依小令、中调、长调分列。五十八字以内定为小令，五十九字至九十字为中调，九十一字以上为长调。按照乐曲的节奏加以区分者，又有慢调、慢词之称。所谓慢调是指相对于急曲子的慢曲子，字句较长、韵少，节奏比较缓慢。而慢词是指依慢曲所填之词，北宋柳永即以多填慢词而著称。

从本质上说，词也是一种抒情诗，但它又是按谱填词、入乐歌唱，具有音乐性，娱乐功能和交际功能的一种堪称"时代的通俗歌曲"。这种歌曲是以词调（又称词牌）为载体，如《浣溪沙》《沁园春》等共约上千个词调。每个词调有固定的句数，每句有固定的字数，每个字有固定的平仄，甚至还要讲究四声阴阳。如《菩萨蛮》原为唐教坊曲，用作词调，尽管论者对其产生的来龙去脉多有歧见，也有格式不一的别体，但"大面儿"上均须严格遵守这一词调的固定格律，比如相传李白的调寄《菩萨蛮》："平林漠漠烟如织，寒山一带伤心碧。暝色入高楼，有人楼上愁。玉阶空伫立，宿鸟归飞急。何处是归程，长亭共短亭。"又如辛弃疾的同调词："郁孤台下清江水，中间多少行人泪。西北望长安，可怜无数山。青山遮不住，毕竟东流去。江晚正愁余，山深闻鹧鸪。"两首词的时代、作者迥异，但词本身均为双调，四十四字，上下片各四句，二仄韵二平韵，这就叫做词律。

我们称"词是时代的通俗歌曲"，这是就词、曲相依的关系而言；同时还应该看到，在词的发展过程中，形成了"歌词化"和"诗化"的两条不同路径。前者是指诗、乐相生相依，所以叫做"倚声"或"依声"；后者则指诗、乐相仿，或云在与词相依为命的音乐大都早已消亡之后，词亦随之与音乐分道扬镳。所以词在作为"歌词"的形态时，虽然可以视为一种抒情诗，但是它与诗不是一家亲，用李清照的话说叫做词"别是一家，知之者少"（《词论》）、用王国维的话说叫做"词之为体，要眇宜修"（"要眇宜修"，语出屈原《九歌·湘君》，"眇"同"妙"，"要眇"是美好的样子，"宜修"，类似于今之所谓"扮相好"），"能言诗之所不能言，而不能尽言诗之所能言。诗之境阔，词之言长""词乃抒情之作，故尤重内美"（《人间词话》）。词的这种内外兼美，往往比其他样式的文学作品更具魅力。就我个人的体悟而言，从读书时专攻"汉魏六朝文学"，到做文学编辑二作所接触到的从先秦直到近代的各种文学样式和诸多作家作品，我还是最为心仪这种独具"内美"的词暨词学这一文学大家族。

这一大家族中代表性的全集、总集、选本：计有编定于后蜀广政三年（公元940年）的《花间集》（被视为词的鼻祖），此外有《全唐五代词》《全宋词》《全金元词》《全明词》《全清词》；选本则有《草堂诗余》《绝妙好词》《词综》《词选》《全清词钞》等等。以上词籍所涵盖的"别集"（即汇录一个人的全部词作或其他，如柳永的词集称《乐章集》、晏殊的称《珠玉集》、李清照的称《漱玉词》等等）多见于以下四大丛刊，即王鹏运（半塘）《四印斋所刻词》、朱祖谋（孝臧）《强村丛书》、吴昌绶《双照楼景刊宋元明本词》、明末毛晋《宋六十名家词》（实收六十一家而无《漱玉词》）。其中所收不同词作约在十万阕（首）以上，词人过万。这么大的数量谁都难以卒读，何言精读细品！以下拟联系有关具体问题，将自己多年来的一些赏词卮见，提供领导和同好们参考，敬祈多加批评指正。

词学，顾名思义，这是研究上述作为一种韵文文体"词"的学科。词学作为一个以词为对象的学术领域，或谓把词学作为一种独立的专门之学是近代学者的观念。而词学研究则滥觞于晚唐五代。宋代词作繁盛，词学研究亦相应展开（一说词学肇始于宋而昌盛于清；一说词学研究两宋时达到繁盛顶点），研究范围包括词的起源、词的体制、词与音乐，词调、词律，以及词人生平、词籍版本、词学理论及批评、词的流派和词史等等体内和体外的诸多方面所构成的一个博大而又严密的学术体系。

这里不从概念出发，也不着力于纯学术研究，而是从这一学术体系中，提取那些对于解读作品不可或缺的，或谓那种能够打开彰显词之"内美"的金钥匙。所以先从词的流派、体性谈起。

二 关于词的流派

词的不同流派有十七八个，经常提到的有六七个，比如"花间词派"，所收为南唐、西蜀词人温庭筠等十八家、五百首词为《花间集》；"南唐词派"，包括南唐二主和冯延巳的作品共约一百四五十首；"浙西词派"，创始者是浙西秀水人朱彝尊，其与汪森共同选录唐宋金元六百五十九家、词二千多首编为《词综》，作为学的范本；"常州词派"，系常州词人张惠言为挽"浙派"的流弊而编《词选》，其本身却未免牵强附会。以上词的流派历时均较短暂，以下着重介绍两个至今仍有旺盛生命力的词派，这就是婉约和豪放两派。其实这里不仅有一个概念术语的演变过程，时间上亦有先后之分。"婉约"是唐宋以来形成的词体、风格和流派；"豪放"则是北宋以来才形成的词派。而把唐宋词明确分为"婉约""豪放"两体，最早是秦少游同乡明朝人张綖在其《诗余图谱·凡例》中说："词体大略有二：一体婉约，一体豪放。婉约者欲其词调蕴藉，豪放者欲其气象恢宏。然亦存乎其人。如秦少游之作多是婉约；苏子瞻之作多是豪放。大约词体以婉约为正。"张綖本来是用"婉约""豪放"来论说词体的，认为词体不同，"存乎其人"，就是说词的风格取决于作者的才性，张綖的本意并不是以"婉约""豪放"来强分词派。但是，王士祯在《花草蒙拾》中，将"体""派"混淆，把张綖论词体的话改论词派云："张南湖论词派有二：一曰婉约，一曰豪放。仆谓婉约以易安为宗，豪放惟幼安称首，皆吾济南人，难乎为继矣。"从此，唐宋词虽然被分为婉约、豪放两大派别，但时常"体""派"混用。

婉约体的特点是：无论写羁旅愁怀、相思恋情，或吟咏风月，或伤春悲秋，都是采取含蓄蕴藉的手法，融情于景，化事为情，格调宛转缠绵，温庭筠被尊为婉约体的鼻祖。北宋的晏殊、欧阳修、柳永被推为此派之中坚。此后，婉约派的代表人物是秦少游和李易安，而周邦彦则堪称"集大成者"。姜夔、吴文英是南宋婉约词的大家。在历史上，婉约体一直被奉为正宗，但新中国成立后，一度因此派为政治服务不力而被贬低，新时期以来，方得到公正评价。

豪放体的特点是：豪放，本是唐朝司空图《诗品》之论诗风格第十二品，宋朝人已多有以"豪放"来谈诗论文者。而以"豪放"论词，则从评论苏、辛词开始，苏轼一向被认为是豪放词的创始者和代表人物。此派的特点是气势恢宏，扩大了词的表现领域，做到了无意不可入，无事不可言，诚如宋人胡寅在《题酒边词》中所说："眉山苏氏，一洗绮罗香泽之态，摆脱绸缪宛转之度，使人登高望远，举首高歌，而逸怀豪气超然乎尘垢之外。"此派以苏轼为首，"南渡"以后，豪放词派得到长足发展，比如岳飞、陆游、张元干、张孝祥、辛弃疾、陈亮、刘过、刘克庄等是此派的著名词家。在历史上，对豪放词派有着两种褒贬不一的评价，王灼《碧鸡漫志》称颂苏词"指出向上一路，新天下耳目"，而李清照《词论》则称苏词为"皆句读不葺之诗"。新中国成立后，因"豪放"体派便于为政治服务，又善于表现爱国情感，而受到前所未有的重视，从而压倒和排斥其他流派。

把唐宋词分为婉约、豪放两种体、派的长处是，便于对词的体式、风格及词人才性等加以总体把握，也便于纵向把握词体发展脉络，因而有其合理的一面；但却不应以婉约、豪放为绝对标准，更不能非此即彼，因为二者是你中有我，我中有你，比如苏、辛虽被归为豪放派，但作婉约体，同样是好手。

新时期以来，对于豪放和婉约两种风格，不再有所轩轾，历来被视为婉约派的代表人物秦观和李清照的身世、作品，与豪放派的代表人物苏轼和辛弃疾一样，同样受到关注和喜爱。

鉴于我个人多年来涉足于婉约词人、词作的研究，尤以李清照研究为专业重点，以下着重介绍作为婉约词人代表之一的李清照其人其作。

三 李清照甘苦参半的人生

汴京待字和合卺初嫁

李清照（1084？～1155？），号易安居士，济南章丘明水（今属山东）人，其父李格非官至礼部员外郎，其生母当系元丰宰相王珪早卒之长女，这样一来，李清照有可能一落草就失去了生母，或最迟在她一周岁左右时其生母即亡故。此时恰好李格非所任掌管学校课试等教务的地方低级学官——郓州教授秩满而转官为京城最高学府国子监所属的执掌学规、协助教学的太学录。李格非在汴京既无家室又无宅第，在这样的境况中，他不大可能将尚在哺乳中的长女李清照携往京城，可能性较大的是李格非不得不将其长女送回离他当学官的郓州近在咫尺的原籍章丘明水。

褓褓丧母的李清照是不幸的，然而明水有她的声名很高、致仕还乡的祖父，至少还有两位知书达理、和善可亲的伯父，两位伯母及堂兄弟李迥等数人，李清照在这个温馨的大家庭里，沐浴着上述亲人的无限关爱，她生活得无拘无束，因而养成了她"倜傥有丈夫气"的爽朗性格；早在及笄之初，她就四处游赏，饱览家乡的风景名胜，如溪亭、大明湖抑或莲子湖等等。齐鲁的壮丽山川和旖旎风光，为李清照创作那种格调豪迈多姿的作品提供了最初的素材。她在"百脉寒泉珍珠滚"和"清境不知三伏热"的原籍明水大约生活到及笄之年。

在古代，女子年届十五即行"笄女之礼"，就是把头发挽起用簪子别住，这意味着到了待字出嫁的年龄了。虽然在李清照六岁那年，李格非在汴京购置了一座名曰"有竹堂"的宅院，但这主要是他在太学晋升为负训导之责并佐助教学的"学正"和高等学官"博士"以后，业余做学问的地方，也为他日后再娶作准备，而李清照大约是在议婚前夕的十六七岁时才从明水来到了汴京。

尽管很年轻，李清照也明白，老家再怎么温馨，也难以寻觅门当户对的如意郎君，于是她半是眷恋，半是向往地开始了在汴京的新生活。或许李格非对东床的遴选举棋不定，或许其间有何波折，或许李清照的心里话对父亲和继母难以启齿，于是她便选择了善传心曲的词来表达她作为待字少女的特有情愫，比如四首《浣溪沙》，显然均为幽居之女的怀春之作，而《如梦令》（昨夜雨疏风骤），则是一首"口气宛然"的青春易逝之叹。

正是这首咏海棠的《如梦令》，一出手就产生了轰动效应，使得朝野文士莫不为之击节称赏，从而涌现出可能是我国早期的一批"追星族"，而时任吏部高官的赵挺之的三公子赵明诚（字德父，又作德甫），则是"追星族"中最为痴迷和狂热的一位。他寝食不安地大做相思梦，其潜意识无异于弗洛伊德所谓的"昼梦"，于是当年在汴京就流传着这样一则佳话：

赵明诚幼时，其父将为择妇。明诚昼寝，梦诵一书，觉来惟忆三句云："言与司合，安上已脱，芝芙草拔。"以告其父。其父为解曰："汝待得能文词妇也。'言与司合'，是'词'字，'安上已脱'，是'女'字，'芝芙草拔'，是'之夫'二字，非谓汝为词女之夫乎？"后李翁以女女之，即易安也，果有文章。（伊世珍《琅嬛记》卷中引《外传》）

宋徽宗建中靖国元年（公元 1101 年），是二十一岁的赵明诚与十八九岁的李清照天作之合的大喜之年。这一对少男少女是幸运的。赵明诚好梦得圆，李清照择婿如愿，他俩不啻有情人终成眷属，而且缔结了一段令当代和后世不胜艳羡的"夫妇擅朋友之胜"的理想姻缘。

赵、李新婚之初的一二年，可谓良辰、美景、赏心、乐事四者兼并。此时李清照的自视之高几无伦比，这从她在合卺前后所写的《渔家傲》（雪里已知春信至）等词中可窥视一二，她时而说"造化可能偏有意……此花不与群花比"，时而又云"自是花中第一流"（《鹧鸪天》），以及词人着意描绘的那枝带着晶莹露珠的春意盎然的红花（《减字木兰花》），显然都是作者娇嗔优雅身世之自况。

新婚的头两年，李清照只是偶尔填写欢愉之词，这两年她主要是与丈夫一起兴致勃勃地抄写整理那些稀世典籍。这期间，赵明诚还在太学作学生，每半月告假回家一次，每次回来，他步行到汴京城内的大相国寺，先典当一些衣物，从中拿出半千钱购置碑文，还总是不忘记给妻子带回一些她喜欢吃的干鲜果品。两人一面咀嚼零食，一面展玩所市文物，就像忘怀得失、不慕荣利的葛天氏之民，其乐无穷。他俩也有某种憾事，那是因为即便作为"贵家子弟"，他们也没有那么多钱去购买像南唐徐熙《牡丹图》那样的贵重文物，在留下来欣赏两日夜后，物归原主时的所谓"惋怅"。实际上，这是一种夫妻相知相谐、令人回味不尽的甜蜜感受。

汴京泣别和党争株连

在赵明诚和李清照结婚的第二年，李格非被编为以已故苏轼为首的"元祐奸党"，从而被罢黜出京城。与此同时，朝廷又连下二苛诏，分别为："宗室不得与元祐奸党子孙为婚姻""尚书省勘会党人子弟，不问有官无官，并令在外居住，不得擅到阙下"。尽管李清照受党争株连的可能性和必然性并不仅仅是来自于与此二苛诏中所规定的"政策"直接挂钩，尽管作为已经"泼出去的水"而成为赵家新妇的李清照不一定是本来意义上的"党人子弟"，尽管赵家不一定算作严格意义上的"宗室"，而主要当因为与苏轼私怨很深的翁舅赵挺之此时连升三级、大权在握，为此李清照曾上诗赵挺之说"何况人间父子情"，意欲借重翁舅援救其父，但却落了个"炙手可热心可寒"的结局。事已至此，回乡暂居以避赵家冷眼，未必不是自幼刚强自重的李清照的被迫选择。

如果不是由于新旧党争所导致的政治高压和人情浇薄，面对志同道合的如意郎君，李清照是绝对不会作这种劳燕分飞之别的。由于已往论者未能觉察到李清照在新婚不久所写离情词之真谛，遂附会为赵明诚"负笈远游"云云。实则并非赵明诚而是李清照被迫泣别汴京。

北宋时期的党争，先是新旧两党的较量，对立的双方主要是赵挺之和苏轼。随着旧党靠山神宗之母高太后和哲宗之母向太后的相继亡故，在"元祐奸党"及其亲属子弟一蹶不振之后，朝廷的争斗便转为同在新党旗号下、又都是宋徽宗亲信人物之间的较量。这时的对立面就是崇宁年间的左右相蔡京和赵挺之。在崇宁后期，李清照的命运在一定程度上当为蔡、赵之争所左右。赵挺之炙手可热时，李清照或回原籍以避气焰；在形势于赵家不利时，赵挺之或有借重亲家声名之想，李清照就有可能被"请"回汴京。直到崇宁末年，太白昼现，又因由赵佶亲笔书写的树立于宫中端礼门的"元祐奸党"名单的石碑遭雷击之后，赵佶慌忙下诏，解除党人一切之禁，李清照才得以彻底解脱，从原籍回到汴京府司巷御赐丞相府邸。

重返汴京和婕妤初叹

自从公元 1106 年李格非解脱之后，虽有"吏部与监庙差遣"之令，但他未必重返汴京。而即使他未再返京，他在经衢之西所购置的"有竹堂"，也未必出卖给他人。一则长女李清照已回汴京；二则在京求学以至谋职的幼子李远更离不开这份家业的支撑。那么，李家的

"有竹堂"仍然可以保留着李清照未嫁时的闺阁和陈设。但此时她为什么要把自己当年居住的"小阁""小楼"暗指为"长门"呢？

　　"长门"的含义不言而喻。李清照之所以在《小重山》中把自己待字时的居室称作"长门"，当然是借以抒发其"婕妤之叹"。而关于"婕妤之叹"的话头，那得从《怨歌行》谈起。歌曰："新裂齐纨素，皎洁如霜雪。裁成合欢扇，团团似明月。出入君怀袖，动摇微风发。常恐秋节至，凉飙夺炎热。弃捐箧笥中，恩情中道绝。"此歌的作者是班婕妤。"婕妤"原是班彪姑母的官职，遂以之代名。班氏渊博德才，初为汉成帝宠幸，后被赵飞燕所谮，退居东宫。相传这首《怨歌行》就是抒发她像纨扇那样，炎夏承爱，秋凉被弃"中道"失幸之戚。后世将这种被弃女子的慨叹称为"婕妤之叹"。

　　说李清照有过"婕妤之叹"，不仅不是莫须有的，而且随着青春渐逝，日后在这方面有着更深的慨叹，所以此时称之为"婕妤初叹"。事情像是无需证明的公理那样明摆着。在一夫多妻制的宋代社会，纳妾和寻花问柳几成家常便饭，可想而知：一个丞相府邸的三公子，就是发妻在身边都难免心猿意马和三妻六妾，何况一面是盛年离偶，一面是年轻美貌异性的诱惑，怎么能设想只有二十二三岁的赵明诚完全灭绝生理上的欲求呢？所以，廷争的反复无常所导致的李清照的被迫返乡和社会婚姻制度的不合理，注定了李清照与当时的广大妇女一样，难免于在爱情上有始无终，或有名无实的厄运。

屏居青州期间和莱州寻夫的前前后后

　　曾几何时，赵挺之对包括自己亲家李格非在内的"元祐党人"，大有挟势弄权、趁机报复之嫌，岂料却应在了"螳螂捕蝉，黄雀在后"的故事上。宋徽宗崇宁年间，对赵挺之而言，蔡京就是那种意欲射杀他的"挟弹丸者"。果然，赵挺之第二次居相位约一年，于大观元年（公元 1107 年）三月被罢后五日即卒。卒后三天，在京亲属便被捕入狱。虽然被蔡京所罗织的种种罪名查无实据，但赵挺之还是被追夺所赠司徒等官职。此后不久，赵挺之遗孀郭氏便率其三个儿子、儿媳等"屏居乡里十年"。"屏居"即隐居。这个"乡里"，不是指赵挺之的原籍密州

（今山东诸城），而是指赵家在青州（今属山东）所购置的私宅。在这里，李清照把她和赵明诚的书房命名为"归来堂"。又从"审容膝之易安"（陶潜语）句中，取"易安"二字为她的号，即所谓"自号易安居士"，意谓住处简陋而心情安适。流传久远的赵明诚、李清照"猜书斗茶"的佳话，就发生在赵家的青州故居"归来堂"。

在青州隐居了约八九个年头之后的政和年间，赵、李两家均可谓时来运转。在赵明诚之母郭氏奏请朝廷恢复了赵挺之被追夺的司徒之职以后，郭氏之长子和次子已经重新走上了仕途，三子明诚的复官亦指日可待。与此同时，为千夫所指的蔡京一党已届穷途末路。而令李清照窃喜于心的是外祖父王珪一再被追夺的赠谥也得到恢复，她和明诚为之付出极大代价的金石古籍的整理收藏，业已成绩斐然，规模相当可观了。

生活稳定、心态平衡了，闲情逸致遂油然而生。此时，赵明诚和李清照在花朝月夕，手牵手，肩并肩尽情游赏，作诗联句。当时的情景，便是十多年后，李清照在一首题作《偶成》诗的前两句所追述的："十五年前花月底，相从曾赋赏花诗"，洵为"夫妇擅朋友之胜"。

赵明诚和李清照在青州相处的温馨和甜蜜，很像是传说中萧史和弄玉的爱情故事。后一对恋人共居凤台（亦称"秦楼"）多年后，一朝随凤比翼而飞。而赵明诚在可以和应该偕妻前往的条件下，他独自赴官莱州（今属山东）。这对于曾经是"夫妇擅朋友之胜"的妻子来说，是多么难以承受的情感落差，况且眼下的赵家青州故居早已失去了金石之乐和琴书之娱，已经变得十分"萧条"。因为早在两三年前，长房和二房即携眷簇拥着老母郭氏各自复官汴京。而只有一个不可能在自己身边的异母小弟的李清照，此时可谓举目无亲。往日夫妇和鸣的"酒意诗情"代之以珠泪满面，白天辜负了大好春光，晚上早眠担心做噩梦。她深更半夜里剪灯弄花的举动，岂不是对亲人的急切期待！然而这一切却是痴心女子之想，唯一的慰藉是来自她称为"姊妹"的女伴。不言而喻的是，女伴间的友谊不能代替夫妻亲情，多情善感又向来自信的李清照，一心想找回往日的爱情和幸福。这就是她前往莱州寻夫的家庭和心理背景。

可以设想，假如是丈夫赵明诚来信请她，或派人接她，无时无刻不在想着尽快见到亲人的她，无疑会是"载欣载奔"前往莱州。由青州到莱州的实际距离并不远，但是一路上她却感到那么山高水长，心事重重……这究竟是为什么？如果按照女性话语、设身处地地读一读李清照在这期间写的两首《蝶恋花》（暖雨晴风、泪湿罗衣），便不难发现李清照的内心苦楚和隐衷。而写于这期间的《声声慢》，曾被极有见地的学者认为是为"寻觅""良人（丈夫）"而歌！

"人老建康城"

连千百年后的梁启超都被深深打动了的李清照《声声慢》，并非铁石心肠的当事人赵明诚岂能不为之动容，从而回心转意，将一度像是被置于"冷宫"的前来寻夫的李清照请回到其在莱州官舍的书房静治堂，两人共同重操金石旧业。不久，堪与欧阳修《集古录》媲美的、署名赵明诚的《金石录》便"装卷初就"。在此之前，赵明诚于胶水县（今山东青岛平度市）天柱山之阳和莱州云峰山麓，尚有书法珍品《郑羲上下碑》之获。金石、书法诸学给赵、李所带来的乐趣远在声色犬马之上，也使他俩再度回到"夫妇擅朋友之胜"的无比温馨之中。

转瞬，赵明诚知莱州秩满移知与李清照的乡里毗邻的淄州（今山东淄博市）。在这里，赵明诚除了在金石文物方面有更多创获之外，他还以其勤政爱民的廉吏形象，被乡人称重为"有素心之馨"，在公职方面，还做了一件为朝廷分忧解难之事，遂被"录功"、转官晋级。此时，赵、李夫妇益发相赏如初，赵明诚亲切地称李清照为"细君"。及得白居易书《楞严经》（今人或以之为赝品），赵明诚上马疾驰归家，夫妇相对展玩，狂喜不支，更深不寐。

正在赵、李迷醉于金石书画搜求整理题跋之时，汴京沦陷，史称"靖康之变"。于是他俩预感到多年购置、抄写的大宗文物书籍，必将不再为自己所有，为此夫妇二人"且恋恋，且怅怅"。

大约靖康二年二三月间，郭氏卒于江宁（今南京市）。得到噩耗，赵明诚急忙奔母丧南下，李清照便从淄州赶回青州，独自夜以继日地筛选文物准备南运。未料，宋高宗建炎元年十二月，青州发生了一次地方兵变。李清照逃往江宁，青州故第的十余屋书册什物，已化为灰烬。

李清照从熊熊兵火的青州逃至镇江时，又遇江外之盗，士民皆溃，妻女遇害。她却以其大智大勇，保住了蔡襄所书《赵氏神妙帖》这一稀世之宝，将其完璧归"赵"。建炎二年三月十日，赵明诚动情地为此帖写下了这样一段跋语："此帖章氏子售之京师，余以二百千得之。去年秋西兵之变，余家所资，荡无遗余。老妻独携此而逃。未几，江外之盗再掠镇江，此帖独存。信其神工妙翰，有物护持也。"

李清照于建炎元年底或二年初逃抵江宁时，由于她对这个大家庭的非同寻常的贡献，全家人，尤其是她的心上人赵明诚更对她充满了温存和爱意。作为江宁重镇最高长官的夫人，此时李清照的内心颇感轻松和畅快。大凡人在忧喜交替之时，往往是诗神降临之日，更何况素有烟霞之好和"咏絮"之才的易安居士！大约在建炎二年初春或是年隆冬，每逢天大雪，李清照就头戴箬笠、身披蓑衣，沿着金陵古城远览寻诗。而其所寻诗句很可能就是相传讥讽士大夫、使赵明诚难以赓和的："南渡衣冠少王寻，北来消息欠刘琨""南来尚怯吴江冷，北狩应悲易水寒"等等"惊人"之句。

在李清照写于江宁的作品中，有两首调寄《临江仙》和一首《诉衷情》，假如只是就词论词的话，这类词很难读懂。而如果联系赵明诚此时的形迹和李清照的某种心理加以逆探，对作品的题旨便可发前人所未发。关于江宁知府赵明诚的形迹，有史有事可稽者，至少有这样几个方面：

正面看来，赵明诚是一位儒雅的军政长官。宋、金尖锐对峙时期的江防重镇的知府，洵非等闲之辈所可膺任。况且在要务之余，他尚有与僚属唱和之雅兴。虽然赵明诚的文学作品迄今尚未被发现，但其同僚韩驹的"戏赵""和赵"之作，在新版《全宋诗》中可以找见。而赵明诚形象的另几个侧面却是令人失望的——他曾把他人的文物珍藏据为己有；他仿佛还是一个深夜不归的章台游冶者——这是因为上述《诉衷情》《临江仙》等词中似乎隐含着一种所谓"庄姜之悲"的难言苦衷，即指女子与春秋前期的卫庄姜类似，因被丈夫疏远而无亲生子嗣所发出的命运悲叹。赵明诚在江宁知府任上的另一件不够体面的事是所谓"缒城宵遁"，把自己用绳子系着从城楼上放下来，趁着夜色逃跑。这是一种为自保性命而临阵脱逃的严重失职行为。因此，赵明诚所任江宁知府未及秩满即被罢官。丈夫的这些有损于其自身形象的行为，在志气高迈的李清照心里岂能不激起某种波澜，从而产生相应的作品呢？

生离死别和流寓浙东

赵明诚因失职被罢官不久，建炎三年三月就离开金陵古城，两个月后，赵、李抵达池阳（今安徽池州）时，适逢诏命赵明诚知湖州（今属浙江）。这就必须立即赴朝领命。赵明诚把家安在池阳，一个人急忙赶往行在建康应召。上路时，李清照乘船相送，一直送到赵明诚必须上岸改走陆路的六月十三日那一天。举手告别之际，赵明诚命令似地对妻子说："在形势告急时，对宗庙礼乐之器，必须亲自负抱，与这些祭器共存亡，千万不能忘记。"说罢，遂骑马奔驰而去。

李清照在池阳仅仅过了一个多月就接到丈夫卧病的书报，所患的是有热无寒的疟疾。这使她又急又怕，因为她深知明诚素来是个急性子的人，既然患的是热虐，就必定服寒药，这就更加危险。于是李清照就坐上船，一日夜行三百里，火速赶奔建康。明诚果然大服寒药，虐、痢并发，已达膏肓。八月十八日那天，赵明诚"取笔作诗，绝笔而终，殊无分香卖履之意"。在李清照看来，丈夫临终仍然心系家国，不像曹操那样内顾缠绵。她在极度悲痛中写下了一纸祭文（后人题作《祭赵湖州文》）。李清照遂成为中年丧偶的"未亡人"。在古代夫妇任何一方的亡故，均可叫做"梧桐半死"。

赵明诚逝世的那年闰八月。李清照料理完丈夫的丧事后，时局更加紧张，她就派遣两位旧日部属把大宗的金石文物押送去投奔在洪州（今江西南昌）护卫高宗的伯母隆佑太后的赵明诚的妹夫李擢。不料，李擢和他的父亲闻风而逃。洪州失陷，李清照派人运去的书画文物也都化为云烟。此时重病在身的她又差点受到奸黠善佞的高宗御医王继先以贱价购其全部文物的讹诈。在金人加紧进逼时，李清照走投无路，只得投奔负责编辑诏书的敕局删定官小弟李迒。李迒是跟随御驾行动，李清照乘船在浙东一带紧紧追赶御舟却处处扑空。正在这时她又听到传言，说赵明诚在世时，曾以玉壶投献金人，贿赂道敌，即所谓"玉壶颂金"。李清照在《〈金石录〉后序》中，关于此事的来龙去脉大致是这样说的：在赵明诚病危时，有一个被叫做张飞卿学士的人，带着一把样子像玉、实际是石制的壶给赵明诚看了一下就带走了。于是"玉壶颂金"的谣言就传开了，还传言有人秘密弹劾此事。

为了湔洗"玉壶颂金"之诬，李清照携家中铜器在浙东追赶高宗以投进。当她于建炎四年二三月间追踪来到今浙江温州时，又一次扑了空。这里的名胜江心孤屿的景致很幽雅，但传来的消息却很惊人，说是金人紧追不舍，朝廷已备好大船，登舟奏事，不日将逃往福州或泉州避兵。这样，李清照就不能不考虑自己的去向。此前，婆母已迁葬泉州。这时赵明诚的次兄已在泉州做官并家于是州，聚族而居。这一切既是促使李清照南去泉州之想的重要因素，也当是其《渔家傲·记梦》词写作的时代和家庭心理背景。至于她为何最终未尝赴闽归族，以往曾考虑到她为御舟行踪所左右之故，此外或许还有其他更深层次的原因尚待探讨。事实是身为孀妇的李清照独自流寓两浙，以至在大病中造成再嫁匪人之悲剧。

从绍兴到杭州，再嫁离异及其他

该当南宋不亡在金人手里，天公的狂风暴雨吓退了不习海战的金兵，宋高宗便由南逃泉州之想转而于建炎四年（公元1130年）驻跸越州州治，李清照也随之来到了会稽（今浙江绍兴）。

翌年，改元绍兴，不久升越州为绍兴府，以年号为地名。朝廷如此看重"绍兴"二字，当取中兴发达之意。此时不仅朝廷大有转机，赵、李两家亦因缘而进。在此前后，高宗数次下诏褒录元佑忠贤，李清照的小弟李迒在皇帝身边也受到重视，是年由宣义郎再转（升）一官。来到"千岩竞秀，万壑争流，草木蒙笼其上，若云兴霞蔚"的会稽，李清照此时的心情是赵明诚去世以来不曾有过的宽舒。

几经辗转流徙，金石文物所剩无几，置于卧室之内，病中阅读玩赏，原以为此可"岿然独存"，谁知自己像保护头、目一样保存下来的几箱书画砚墨，却被梁上君子穴壁窃去卧榻之下的珍贵文物五竹筐，李清照为之悲恸不已，遂重赏收赎被盗之物。两天后，邻人钟复皓以十八轴求赏，方知盗贼不在远处。失窃后，李清照痛不欲生，不久又病倒了。

朝廷因会稽从水路运来的粮食物资不敷官、军所用，诏命移跸杭州。李清照也从绍兴来到杭州。在她四十九岁那年的夏季病情日见危重，一度牛蚁不分。早在安徽池阳时，就觊觎赵、李带来的船载车满的大批贵重文物的张汝舟，此时他看到有不少空隙可钻，诸如：李清照病重，多日昏迷不醒；其弟单纯不谙世情；眼下除了他池阳张汝舟，还有一位誉满朝野大名鼎鼎的同名同姓者，自己大有鱼目混珠之机可乘。张汝舟骗婚得手后，随即对李清照日加殴击，意欲杀人越货。约三个月后李与张离异，并"讼其妄增举数入官"，即告发张汝舟用谎报参加科举考试的次数骗取官职。张遂受到贬官柳州的惩处。依当时刑律，告发亲人需服刑二至三年，李清照仅系狱九日，这是因为得到赵明诚姑表兄弟、建炎末年曾与高宗共患难的綦崇礼搭救的缘故。事后，李清照以《投内翰綦公崇礼启》谢之。

经过再嫁和离异风波之后，李清照愈加思念已故前夫赵明诚。作为"夫妇擅朋友之胜"的志同道合者，她对丈夫以毕生心血所编撰的金石学名著《金石录》无比珍重，在其逝世五周年之际，重读此书，挥泪写下了一篇堪称感天地泣鬼神的《〈金石录〉后序》。

避难金华和定居临安

《后序》的墨迹未干，李清照就听到了金和伪齐合兵分道犯临安的消息，她便从临安乘船沿富春江逆流而上，奔往金华（今属浙江）。在金华，李清照住进窗明几净的陈氏家里，甚感适意。金华是我国东南著名的风景胜地，素有烟霞之好的李清照在冬去春来之际慕名来到了八咏楼。关于八咏楼之作，历来数不胜数，亦不乏诸如"明月双溪水，清风八咏楼。昔年为客处，今日送君游"等等脍炙人口之章，但多为抒发个人得失或朋友之念所作，而李清照此时所写的《题八咏楼》一诗所蕴含的却是社稷之忧和江山之叹。

曾几何时，李清照乍到金华，"释舟楫而见轩窗"，心情何等舒畅。几个月后，在金兵撤退、金太宗死亡、宋高宗返回临安，时局好转之时，她却于绍兴五年（公元 1135 年）的春夏之交写了一首十分伤感，乃至痛苦不堪的《武陵春》词。从字面上看，此词抒发的仿佛是一种婺纬之忧；从情理上说，赵明诚逝世已经六七年，最痛苦的时刻早已过去，再嫁离异的风波也已平息，自己老之将至，不再被单纯的儿女私情所左右，那么，她为何又陷于极端悲苦之中呢？

看来这很可能与朝廷加紧追究的一件事情有关。大约在绍兴四年，有一大臣向高宗进谏道："王安石自任己见，尽变祖宗法度，上误神宗，天下之乱，实兆于此。"帝曰："极是。朕最爱元祐。"原来，赵构以为《哲宗实录》系奸臣所修，其中尽说王安石的好话，对废黜新党的高、向两位皇太后不利，而高宗又认为："本朝母后皆贤，前朝莫及。"被皇帝认为"皆是奸党私意"的《哲宗实录》不能扩散出去，而赵挺之当年在参与修纂此录时所收藏的一部，如今恰由李清照保管。眼下《哲宗实录》被视为冒禁之书，窃窥、私藏都是犯法的（参见《续资治通鉴》卷一一四）。

命运就是这样无情地捉弄着李清照，她像保护自己的头、目一样保护下来的书籍，又被朝廷下诏点了赵明诚的名，严令其家缴进此书。本来已趋愈合的丧偶之痛的伤口，像是被撒上了一把盐，又加深了其难以摆脱的婺纬之忧。这使她原先打算好的双溪泛舟，再也无心前往，不久她就离开了安适地生活了几个月的陈氏宅第，从金华回到了杭州。

早在建炎三年七月，杭州已升为临安府，及至绍兴八年，尽管在辞令上对临安仍称"行在"，而实际上已定都于此。抗战派人物曾多次剀论定都临安之害，更是不顾身家性命地激烈反对此一苟安之举。在一定的时代政治背景下，反对还是拥护定都临安，洵可作为抗战派和投降派的分水岭。李清照尽管毫无机会和资格参与朝廷旷日持久的定都之议，但是她深情怀念京洛旧事的《永遇乐·元宵》词，正是一种以"忧愁风雨"出之的再真诚不过的家国之念。

从李清照的寿限来看，在她年届甚至年逾古稀时，仍有某种行迹线索可寻；而从其现存作品考察，在她六十岁前后仿佛已经搁笔。可以断言的是，她的过早辍笔，绝不是因为"江郎才尽"。相反，在其晚年，不但"神明未衰落"，而且依然精神健旺，欲以其学传授后人。她的搁笔，如同其谢绝"香车宝马"达官贵人的召邀，甘愿躲到"帘儿底下听人笑语"，也就是用孤独和沉默来表示对于苟安投降的不满和抵触，泃可见其"涅而不缁"的品格。她最终是抱着如同宗泽大呼"过河者三"的复国心愿和倾听着"伤心枕上三更雨"的"北人"思乡情怀，约于七十三四岁时，在杭州离开人世。

附录　漱玉名篇选读

一剪梅

红藕香残玉簟秋，轻解罗裳，独上兰舟。云中谁寄锦书来，雁字回时，月满西楼。

花自飘零水自流，一种相思，两处闲愁。此情无计可消除，才下眉头，却上心头。

一剪梅，这一调名虽然被认为出自周邦彦同调词的"一剪梅花万样娇"，《词谱》又将其与吴文英的"远目伤心楼上山"同列为正体，但是其又名《玉簟秋》则当源于李清照此词之首句。事实上，以此调所作的宋词中，恐怕难以找到比李清照的这一首和蒋捷的"一片春愁待酒浇"更好的同调词了。玉簟秋，意谓时至深秋，精美的竹席已嫌清冷。兰舟，一说据《述异记》卷下，称木质坚硬有香味的木兰树是制作舟船的上好材料，诗家遂以木兰舟或兰舟为舟之美称；一说此处的"兰舟"特指睡眠的床榻（详见下文）。这里似宜从后说。锦书，对书信的一种美称。《晋书·窦滔妻苏氏传》云：苏蕙织锦为回文旋图诗，以赠其被徙流沙的丈夫窦滔。这种用锦织成的字称锦字，又称锦书。

"此情"以下三句，或取意于范仲淹《御街行》的"都来此事，眉间心上，无计相回避"。而此三句却被认为："李特工耳"（王士禛《花草蒙拾》）。

现在看来，关于此词的写作契机，并非像托名元伊世珍所云："易安结褵未久，明诚即负笈远游。易安殊不忍别，觅锦帕书《一剪梅》词以送之。"（《琅嬛记》卷中引《外传》）缘由如下：

第一，赵、李"结褵"前后，赵明诚在太学做学生。"负笈"是读书，太学在汴京，他无需"远游"求学。所以不像是赵明诚离京外出，可能性更大的是李清照被迫泣别汴京。

第二，李清照《〈金石录〉后序》所说"（赵明诚）出仕宦"，对此不能理解为他到远方去做官，而只是说在赵、李新婚的前两年，丈夫仍然在太学做学生，后来从太学毕业，走上了仕宦之路。"出仕宦"，就是出来做官的意思。

第三，有史有事可循的是，赵明诚作为时相赵挺之的幼子，于崇宁四年（公元 1105 年）十月，以荫庇被擢为鸿胪少卿这一京中清要之职。翌年仲春，赵明诚不仅仍在汴京，且在鸿胪直舍。此事有他被珍藏至今的《跋〈集古录〉跋尾四》的珍贵手泽为证。

第四，基于以上缘由，这首《一剪梅》，也就不是那种一般的思妇念远的离情词，而是寓有政治块垒的新婚之别！"此情无计可消除，才下眉头，却上心头"，之所以成为具有青蓝之胜的传世名句，当是由词人的独特遭遇、独特思想情怀凝结而成的，是其特定心理状态的外化。

对于此词文本，有一种理解颇可关注以至于信从，其说云："词的上片描叙抒情环境，'红藕香残'暗写季节变化；'玉簟秋'谓竹席已有秋凉之意；'雁字回时'为秋雁南飞之时；'月满西楼'，西楼为女主人公住处，月照楼上，自然是夜深了。若以'兰舟'为木兰舟，为何女主人公深夜还要独自坐船出游呢？而且她'独上兰舟'时，为何还要'轻解罗裳'呢？这样解释显然与整个环境是矛盾的。清照有一首《浣溪沙》（应为《南歌子》）与《一剪梅》的抒情环境很相似，其上阕云：'天上星河转，人间帘幕垂。凉生枕簟泪痕滋。起解罗衣，聊问夜何其。''凉生枕簟'与'玉簟秋','起解罗衣'与'轻解罗裳','夜何其'与'月满西楼',两词意象都相似或相同。两词的上片都是写女主人公秋夜在卧室里准备入睡的情形。此时她绝不可能忽然'独自坐船出游'的。'兰舟'只能理解为床榻,'轻解罗裳,独上兰舟',即是她解卸衣裳,独自一人上床榻准备睡眠了。'玉簟秋'乃睡时的感觉,听到雁声,见到月光满楼,更增秋夜孤寂之感,于是词的下片抒写对丈夫的思念便是全词意脉必然的发展了。"(《百家唐宋词新话》第291~292页)

醉花阴

薄雾浓云愁永昼,瑞脑销金兽。佳节又重阳,玉枕纱厨,半夜凉初透。

东篱把酒黄昏后,有暗香盈袖。莫道不销魂,帘卷西风,人似黄花瘦。

醉花阴,在词史上,多以毛滂和李清照的这一同调词为代表作。其实在略早于李清照的毛滂之前,舒亶、仲殊早已用此调填词。在李清照之前,同时,以及稍后,虽然共有十余首《醉花阴》,但是在立意、题旨上,李清照此词所步武的则是张耒《秋蕊香》(张耒词云:"帘幕疏疏风透,一线香飘金兽。朱阑倚遍黄昏后,廊上月华如昼。别离滋味浓于酒,惹人瘦。此情不及墙东柳,春色年年如旧。")金兽,这里指兽形的金属香炉。重阳:农历九月九日为重阳节,又称重九。曹丕《九日与钟繇书》:"岁往月来,忽复九月九日。九为阳数,而日月并应,俗嘉其名,以为宜于长久,故以享宴高会。"纱厨,厨形的纱帐,夏秋以避蚊虫。东篱,语出陶潜《饮酒》诗二十首其五:"采菊东篱下,悠然见南山。"暗香盈袖,或取意于《古诗·庭中有奇树》"馨香盈杯袖,路远莫致之"等句。销魂,古代把人的精灵叫做"魂"。因过度刺激而神思茫然,仿佛"魂"将离体。常用于形容悲伤愁苦时的情形。

关于这首词,至今传诵着一个令人解颐的生动故事:"易安以重阳

《醉花阴》词函致明诚。明诚叹赏，自愧弗逮，务欲胜之。一切谢客，忘食忘寝者三日夜，得五十阕，杂易安作，以示友人陆德夫。德夫玩之再三，曰：'只三句绝佳。'明诚诘之。曰：'莫道不销魂，帘卷西风，人似黄花瘦。'政易安作也。"（《琅嬛记》卷中引《外传》）

　　故事讲得很轻松，殊不知李清照在原籍以此词寄赠远在汴京的丈夫时，心情是多么沉重，用心有多么良苦！词的上片结拍二句"玉枕纱厨，半夜凉初透"，是极有可能引发物议的"闺房之事"。词人之所以写进其力主雅洁的词中，莫非是想以"曾经沧海"的夫妻亲情感化丈夫，令其"勿忘我"？

　　词的下片堪称绝妙无比，由此所派生的"黄花比瘦"的词坛掌故，不胫而走。或因此词被广泛传抄之故，鲁鱼亥豕，讹误异文甚多。其他舛误和异文，在流传过程中已被更正和淘汰。而"人似黄花瘦"，至今仍被不少版本似是而非地写作"人比黄花瘦"。"似"与"比"是一处重要异文。《漱玉词》最早的好版本《乐府雅词》卷下分明写作"似"；元、明以前的载籍，如《琅嬛记》卷中所引《外传》等等，此句亦多作"人似黄花瘦"。

　　这里之所以取"似"字，除了从版本上择善而从以外，更考虑到词的立意：在这里，作者不是要把"人"（词人自指）和"黄花"对立起来，而是将"黄花"拟人化，二者是合二而一的。对于"黄花"和"人"，作者并非要作"程度"上的对比。因为新婚不久，年方二十一二岁的词人，犹如"重九"之日的应时"黄花"，此时它刚刚开放，不但尚未消瘦，而且还"有暗香盈袖"。此处的言外之意，似乎是在说：如果党争的"西风"不止，它卷帘而入，使自己继续受株连，不能回京与丈夫团聚，那么自己的命运，也会像自然界"西风"中的"黄花"一样，不堪设想！所以"帘卷西风，人似黄花瘦"二句，似可释为：自己被迫离京而产生的离愁别恨对于"人"的折磨，犹如风霜对"黄花"的侵袭，党争的忧患给主人公所带来的体损神伤，就像"黄花"将在秋风中枯萎一样。

　　如此说来，使词人为之"销魂"的，不仅是离愁和悲秋，那只是一种幌子。词人心中真正的块垒是党争对她的株连。其借"东篱把酒"所抒发的主要是对自己未来命运的喟叹。

声声慢

　　寻寻觅觅，冷冷清清，凄凄惨惨戚戚。乍暖还寒时候，最难将息。三杯两盏淡酒，怎抵他、晓来风急。雁过也，正伤心，却是旧时相识。

　　满地黄花堆积，憔悴损，如今有谁堪摘。守着窗儿，独自怎生得黑。梧桐更兼细雨，到黄昏、点点滴滴。这次第，怎一个、愁字了得。

"寻寻觅觅"，此词起拍连用十四叠字，既令词家倾倒，亦为历代论词者所称道，并公认为这在形式技巧上是奇笔，甚至谓其前无古人，后无来者。其实，此十四叠字，既是李清照的独创，亦有其对韩偓《丙寅二月二十二日抚州如归馆雨中有怀诸朝客》诗中"凄凄恻恻又微瞁"等句的一定取义和隐括。乍暖还寒，此虽与张先《青门引》的"乍暖还轻冷"的字面相近，但节候不同，张词写的是早春里的轻寒，而李词是写深秋时的感觉，意谓暖意只在刹那间。将息，保养休息的意思。

晓来风急，今本多被误作"晚来风急"。论者多以为此词是写作者"黄昏"时一段时间的感受，因"晓"字与下片的"黄昏"相抵牾。即使《词综》及其前后的约十几种版本皆作"晓来风急"，亦未引起应有注意，以致今人的版本和论著，除俞平伯、唐圭璋、吴小如、刘乃昌等很少几家外，多作"晚来风急"。而梁令娴《艺蘅馆词选》，此句不仅作"晓来风急"，并附有其父梁启超这样的眉批："这首词写从早到晚一天的实感，那种茕独凄惶的景况，非本人不能领略，所以一字一泪，都是咬着牙根咽下。"这几句话，对词旨阐释得深入浅出尚且不说，更要紧的是它走出了此词流传中的一大误区。"从早到晚"，也就是词中的由"晓来"到"黄昏"云云。

有谁堪摘，言无甚可摘。谁，何，什么。怎生，怎样，如何。这次第，这情形，这光景。

前人和他人大都以为这首词是赵明诚病逝后所作。词人所抒发的是国破、家败、人亡的凄惨境况。对此，笔者姑称之为"误解"。

第一，这一"误解"直接违背了李清照所郑重提出的词"别是一家"的理论主张。在词人前期和中期的创作中一直是恪守这一主张，所作词中一无乡国之念，唯有儿女情长，比如她所担心的丈夫的"章台"之游和自己的婕好、庄姜之叹等等。这既是人生中高尚和强烈的痛苦，又是个人的难言之隐。此类事只要露出一点痕迹，也会被认为"不雅"。成书于李清照六十三岁时的《乐府雅词》，之所以没有收录这首《声声慢》，绝不是因为此词写于《乐府雅词》成书之后。当主要是因为涉及隐衷，而被视为"不雅"所致。

第二，在青州，也就是李清照的中年时期的词作中有"玉阑干慵倚"和"望断归来路"云云"等人"话语，而此词中的"守着窗儿，独自怎生得黑"，其"等人"意象更为明显。而词人所等待和寻觅的不是别人，正是她在《凤凰台上忆吹箫》中"千万遍《阳关》，也则难留"的、走"远"了的"武陵人"——赵明诚！故此词亦当写于作者正值中年的青、莱、江宁时期。

第三，笔者之所以不把此词看成忧伤国事之作的缘由，还在于考虑到它的立意。而词的立意，又往往与选用何种调式密切相关。《声声慢》，又作《凤求凰》，其与贺铸"殷勤彩凤求凰"之意有关，而贺词又是用司马相如琴挑卓文君事。看来，此词的曲折所尽之意，就是要把作者自己眼下的苦衷，歌给当初梦寐以求想作"词女之夫"的赵明诚听！

第四，此词基调不胜悲苦，主要是因为所写内容是被公认的个人情感中最为沉重的爱情痛苦。而这种痛苦在很大程度上恐怕有甚于嫠纬之忧和悼亡之悲。诗词中有时被作为夫妻双双生命象征的"梧桐"意象，在此词中只是处于"梧桐更兼细雨"的困境之中，而未沦为"飘落"之时。这种困境不是指生命的陨灭，只是象征处境的难堪，而这又与当时主人公的心境十分吻合。对于梧桐的"飘落"和"半死"在诗词中含有悼亡之意，看来李清照是十分清楚的，所以在她有涉于梧桐意象的四首词中，掌握得极有分寸。只有赵明诚病故，她所写的悼亡词《忆秦娥》中，始用"梧桐落"这一真正含有悼亡之意的意象。把"细雨"中的"梧桐"视为悼亡意象，当是导致误解此词的主要原因之一。

第五，对这首《声声慢》来说，其最好的版本当推上述带有梁启超眉批的《艺蘅馆词选》。只有把词的第七句作"晓来风急"，才有可能发现此句当系取义于《诗·终风》篇的"终风且暴"句。《终风》篇的题旨有二说，一是《诗序》谓："《终风》，卫庄姜伤己也。"二是《诗集传》云："庄公之为人，狂荡暴疾，庄姜盖不忍斥言之，故但以'终风且暴'为比。"今天看此二说均有牵强之处，且第二种说法李清照无缘看到。但对第一种说法，她当与多数古人一样，自然是深信不疑的。况且她能够读到的尚有《左传·隐公三年》的这类说法：卫庄公娶于齐东宫得臣之妹，曰庄姜，美而无子，卫人所为赋《硕人》；《诗序》谓，庄公宠幸其妾，冷遇庄姜，故庄姜无子，国人闵之，为作此诗。不要说李清照，在她之后近千年的朱自清也信从此说，并认为："《硕人》篇要歌给庄公听。"（《诗言志辨》）李清照在"等人"不归、痛苦万状之际，将那些与自己身世有某种关联的材料，在词中加以隐括，从而歌给赵明诚听，不是没有可能的。

第六，从训诂方面看，"终风且暴"，王引之《述异》曰："终，犹既也。"《毛传》曰："暴，疾也。"《尔雅·释天》："日出而风曰暴。""暴"又作"疾"解，"终风且暴"即可释为：破晓时分既风且疾，也就是"晓来风急"的意思。词人以此暗喻自己与庄姜相类似的"无嗣"和何以"无嗣"，可谓用心良苦！所以，此词之旨既非亡国之痛，亦非黍离之忧，而是以"铺叙"之法，表达词人从"晓来"到"黄昏"，寻觅和等待良人，而不见其踪影的难言之隐和"被疏无嗣"之苦。因而词中作"晓来风急"是顺理成章的，作"晚来风急"则是以讹传讹，从而造成对于整个词旨的误解，甚或曲解。

博大参差的词暨词学家族（下）

陈祖美

一 赏词解词"小百科"

词和词学既是一个博大参差的大家族及严密的学术体系，其间必然有各种专门名词和术语。在赏词解词过程中，与这些名词术语简直不得须臾分离。所以这一讲拟首先从中选取常用者，以简明"小百科"的形式加以编排、解说，忝为赏词、解词的微型工具书。

词调（亦称词牌）：即以相应的文句、字声，与曲调相配合的填词所采用的固定格式。它来源于曲调，而曲调是一首歌词的音乐形式，词调则是符合某一曲调的歌词形式。所谓按谱填词，即把曲调的音乐形式，转化为词调的歌词形式，二者必须和谐一致。词调有各种不同的名称，如《浣溪沙》《菩萨蛮》等。这种不同的名称唐宋时仅有一二百个，至今已扩展到上千之多，加之有些词调正名之外另标异名，如《浪淘沙》又名《卖花声》等等，还有同名异调、一名数体者。所以词调同样也是博大参差，难计其数。至于构成词调的诸多元素，详见第一讲的——词。

词谱：填词所用的两种谱。一种是音谱，也就是曲谱或歌谱，是以乐意符号记录曲调的，是乐师伶工依乐律而制的声乐谱。但这种音谱绝大多数早已失传，现存唐代音谱是敦煌莫高窟藏经洞发现的琵琶谱抄本一卷；现存宋代音谱系见于姜夔《白石道人歌曲》的《扬州慢》等十七首，字旁皆注音谱。另一种是后世仅标各调的平仄、句读的声调谱或吟诵谱，这已并非原本的乐曲谱。这种词谱的特点是"调有定句，句有定字，字有定声。"这种词谱较早的是明张綖《诗馀图谱》三卷；较完备的大型集成性词谱是万树《词律》二十卷、王奕清等的《词谱》四十卷。常用词谱则有舒梦兰《白香词谱》三卷、龙榆生《唐宋词格律》等。这种词谱的共同特点已被归纳为：皆取唐宋旧词，以调名相同者互校，以求其句法、字数；取句法、字数相同者互校，以求其平仄；其句法、字数有异同者，则据而注为又一体；其平仄有异同者，则据而注为可平可仄。明清人填词便以此为科律。

词律：以往的工具书解释"词律"的两个义项：一是指文词的声律，引例是"词律响琼琚"（钱起诗句）；一是指清人万树撰《词律》二十卷。而这里是指另外两种含义：一是专指词的音律，亦即乐律、宫调、曲调谱式、叶韵方式以及歌唱方法等等由音乐元素所构成的界壳。这一界壳现已几近全盘消亡，已经无以深究；另一含义则是集中体现"上不似诗，下不似曲"词体特征的词的格律。这种格律涵盖着上千个词调，而每一调又有每一调的格律，即调有定句，句有定字，字有定声。比如《桂枝香》系双调，一百零一字，上下片各十句五仄韵。《词律》卷一六、《词谱》卷二九虽皆以王安石所作"登临送目"为正体，《词谱》又列别体五种。又如《瑞龙吟》系三叠，一百三十三字，前两叠各六句三仄韵，后一叠十七句九仄韵。《词谱》卷三七列周邦彦"章台路"一首为正体；又列吴文英"大溪面"一体，其第三叠字句与周邦彦词不同。词律的内容还包括依照乐段分为上下两片，亦有三片以上者；必须押韵，押韵之处称为韵位；依曲拍为句，每句字数多数不等，故称词为长短句；作为应歌之词需要合之管弦，付之歌喉，所以必须审音用字，除了讲平仄，甚至还要区分四声与阴阳。总之，今天所着重关注的是统称词律中的有关词的格律问题，而不是无从考察的音律问题。

词韵：填词所押的韵或所依据的韵书，这不同于诗韵。作词是为了应歌，而不是为了应举，无须受官韵的拘束。科考则必须遵从官韵，否则将被一票否决。唐代科举遵从的是隋朝编定的《切韵》；宋初在《切韵》的基础上，编撰了《广韵》，随后又在《广韵》的基础上，撰成《礼部韵略》；至于"平水韵"，那是金代的官韵，晚至元明清始被普遍运用。今人时有以"平水韵"衡词者，洵为不类。因为词韵较之诗韵为宽，它可以四声通押，也可以间用方音。词既是当时的通俗歌曲，它用的自然是当时的普通话。唐宋时无官颁词韵，宋词中甚至还保留着一些闽南方言。这一切无不说明作词用韵的宽泛和自由。现用词韵主要有两种，一是成书于道光元年的戈载《词林正韵》；二是近人罗常培《唐宋金元词韵谱》。

词论：简言之，词论就是人们对于词的认识和评价。最初词论只是作为诗论的一个分支。唐宋以来，词之为体得以长足发展，词论亦与词的创作相辅相成。早期的词论散见于序、跋、书简，较著名的有苏轼所云："……近却颇作小词，虽无柳七郎风味，亦自是一家。呵呵，数日前猎于郊外，所获颇多，作得一阕，令东州壮士抵掌顿足而歌之，吹笛击鼓以为节，颇壮观也……"；稍后，李清照在其论词专著《词论》中提出词"别是一家，知之者少"的著名论说，不仅为诗、词划界，且提升了词之品位。历代词论的构成是由散论到专论再到专著。专著中，南宋王灼《碧鸡漫志》、张炎《词源》，直到王国维的《人间词话》等等，共有八十余种均被收入唐圭璋《词话丛编》，此系治词案头必备之书。与词论有所交叉的另一概念术语——词话，顾名思义，此系指评论词、词人、词派以及有关词的本事和考定的著述。这类著述，从被称为"最古之词话"的北宋杨绘《时贤本事曲子集》，到近人陈匪石《声执》，均被收入《词话丛编》。

词品：至少包括两重含义：一是指论述词及词人等等与词有关的著述，如明杨慎著《词品》六卷拾遗一卷，隶属词话论著；一是指对词作的鉴赏与评价，其中包括对某部词集或某首词的风格、意境等等的品评。词品，也可理解为词的品格，这又与词人的人品密不可分，如南宋张元干、张孝祥等均为人品、词品高尚，亟为后世称颂的著名爱国词人。

词题：词的调名以外的用以表述词旨词意的文字，如毛泽东《念奴娇·昆仑》，"昆仑"则系词题。然而竟有人将"昆仑"说成是词作者，由此亦可见，赏词、解词还是需要一种"小百科"。当然并非每一首词都有词题，比如所谓本意词，即调名与词意相吻合，便无须另标词题，这也可以理解为调名即词题。

词序：是指词调之后的一段文字，如李清照《临江仙》并序云："欧阳公作《蝶恋花》，有'深深深几许'之句，予酷爱之。用其语作'庭院深深'数阕，其声即旧《临江仙》也。"引号之内的这段文字就是词序，如果说男性作者的词序一般只是交代作词缘起或概述词意词旨，那么李清照的上述词序，洵可视为她是借"醉翁"的酒杯浇自己的块垒，也可理解为她是用这一词序暗示其与欧词主人公有着同样的不幸，即自己被关在深深的庭院之中，夫君却可以在"章台路"上恣意"游冶"。虽说有人不以词序，尤其是姜夔词序为然，甚至认为姜氏词序与词之文本重复，但是酷爱姜夔词序者则确有其人，笔者便对以下姜氏词序激赏不已："淳熙丙申至日，余过维扬。夜雪初霁，荠麦弥望。入其城，则四顾萧条，寒水自碧，暮色渐起，戍角悲吟。余怀怆然，感慨今昔。因自度此曲。千岩老人以为有《黍离》之悲也。"（《扬州慢》词序）"丙午之冬，发沔口，丁未正月二日，道金陵，北望淮楚，风日清淑，小舟挂席，容与波上。"（《杏花天影》词序）"辛亥之冬，予载雪诣石湖。止既月，授简索句，且征新声。作此两曲，石湖把玩不已，使工妓隶习之，音节谐婉，乃名之曰《暗香》《疏影》。"（《暗香》词序）朋友，您不觉得上述李清照和姜夔的词序，堪称打开词人心扉和词作"密码"的重要一环吗？

词心：当有以下两种含义：一是指词是表达人的内心深处之情愫者，即所谓词者擅表心曲是也；一是指词着重于抒发作者本人内在的思想感情，或谓指其难以抑制的内心创作冲动。至于何谓古人心目中的"词心"，详见冯煦《蒿庵论词》之《论秦观词》（《词话丛编》第四册第 3586~3587 页）、况周颐《蕙风词话》卷一之《无词境即无词心》

《以吾言写吾心》（《词话丛编》第五册第 4407、4411 页）。

词眼：犹诗眼，概有二说，一说见魏庆之《诗人玉屑》卷六所谓"句中眼"，即一句诗（词），或一首诗（词）中最精炼传神的一个字，或意味深长的某一句。又见陆辅之《词旨》之《词眼凡二十六则》中之"绿肥红瘦""宠柳娇花"（分别见李清照《如梦令》《念奴娇》）、"柳昏花暝"（见史达祖《双双燕》）。一说指一首诗（词）的眼目，即全篇诗（词）的主脉所在，如李商隐《少年》诗纪昀评："末句是一篇之诗眼。"又见刘熙载《艺概·词曲概》所云："余谓眼乃神光所聚，故有通体之眼，有数句之眼，前前后后，无不待眼光照映，若舍章法而专求字句，纵争奇竞巧，岂能开阖变化，一动万随耶？"

阕：词的单位名称，一首词称为一阕，也指演奏终止，一曲也叫一阕。双调词可分为上下或前后阕，或称上半阕下半阕，合称一阕，而非两阕。阕，也作为词的代称，如陆游对为前妻唐琬所作的那首词即称"小阕"，即一首小词。

引：一为乐曲体裁之一，含序奏之意。详见马融《长笛赋》李善注引《广雅》所云；又和凝《小重山》有"到处引笙篁"句。一为文体名，犹如较为简短的序文。刘禹锡有《九华山歌》并引、《泰娘歌》并引等；又苏洵父名序，故苏洵讳序为引。宋词调名多有称 XXX 引者，如《千秋岁引》《临江仙引》《秋蕊香引》等等。凡调名加"引"字者，引而伸之是也，亦即添字之谓。

添字、摊破：均因词调乐曲有所变动，歌词须增添字句，构成新调，却又仍用原调名称，为有所区别，便加上添字、摊破字样。如同调异名的《丑奴儿》《采桑子》，双调四十四字，上、下片各四句三平韵。李清照《添字丑奴儿》在原调上下片的第四句各添入二字，由原来的七字句，改组为四字、五字两句。增字后，音节和乐句亦相应发生了变化。再如《浣溪沙》上、下片各七言三句，李璟《摊破浣溪沙》在上、下片末句各增加一个三字句，组成七言、三言两句，韵位也移到三言末字，遂成另一调。总之，添字和摊破是一回事。

减字：与添字、摊破的缘由相同，均为适应乐曲变动的需要而增、减字句，变旧声为新声。如《木兰花》（即《玉楼春》）为七言八句的齐言体，仄韵。李清照《减字木兰花》（省称《减兰》）双调四十四字，即就《木兰花》的一、三、五、七句各减三字。上、下片各二句仄韵转为二句平韵。

三五： 一指元宵节。李清照《永遇乐》："中州盛日，闺门多暇，记得偏重三五。"一泛指每月的十五日。贺铸《小梅花》："娟娟姮娥，三五满还亏。"

大白： 在词中，指酒杯名。如张元干的压调之作《贺新郎》有"举大白，听《金缕》"之句。与"大白"连用的"浮白"，本指罚酒，后来转称满饮一大酒杯为浮一大白。

山枕： 犹高枕。先后见于魏承班《诉衷情》："新睡觉，步香阶。山枕印红腮。"李清照《蝶恋花》："山枕斜欹，枕损钗头凤。"吴文英《洞仙歌》："露房花曲折，莺入新年，添个宜男小山枕。"

日边： 喻指京都帝王左右。出处始见于《世说新语·夙惠》；在诗词中先后见于李白《行路难》三首之一："闲来垂钓碧溪上，忽复乘舟梦日边。"秦观《千秋岁》："携手处，今谁在？日边清梦断，镜里朱颜改。"

玉人： 指容貌美丽的人。出处始见于《晋书·卫玠传》；后多指美女。冯延巳《忆江南》："玉人贪睡坠钗云，粉消香薄见天真。"李清照《渔家傲》："香脸半开娇旖旎，当庭际，玉人浴出新妆洗。"谢枋得《蚕妇吟》："不信楼头杨柳月，玉人歌舞未曾归。"

可怜： 一可爱。晏几道《少年游》："当年此处，闻歌殢酒，曾对可怜人。"二可惜。辛弃疾《破阵子》："了却君王天下事，赢得生前身后名，可怜白发生。"三甚、很。毛滂《浣溪沙》："碧户朱窗小洞房，玉醅新压嫩鹅黄，半青橙子可怜香。"

可堪： 怎堪、那堪。秦观《踏莎行》："可堪孤馆闭春寒，杜鹃声里斜阳暮。"周紫芝《蝶恋花》：有"春去可堪人也去"句。辛弃疾《永遇乐》："可堪回首，佛狸祠下，一片神鸦社鼓。"

可煞： 疑问词，犹云可是。李清照《鹧鸪天》："骚人可煞无情思，何事当年不见收？"周密《南楼令》："几度欲吟不就，可煞是没心情。"

平野：指平旷的原野。晁补之："雪后南山耸翠，平野欲生烟。"李清照《忆秦娥》："临高阁，乱山平野烟光薄。"

平章：有辨别和作为官名等多个义项。与词有关的一是商量、策划。张元干《瑶台第一层》："绣裳龙尾，千官师表，万事平章。"二是品评。韩淲《水调歌头》："赖有曲江才子，坐上平章花月，不管老英雄。"

旧家：从前。李清照《南歌子》："旧时天气旧时衣，只有情怀，不似旧家时。"张炎《斗婵娟》："旧家池沼。寻芳处，从教飞燕频绕。"元好问《木兰花慢》："旧家谁在，但千年、辽鹤去还归。"

虫虫：原意为热气薰蒸貌，见《诗·大雅·云汉》《毛传》和《尔雅》孔颖达疏。后转义为卿卿，即对所欢女子的昵称。柳永《集贤宾》："就中堪人属意，最是虫虫。有画难描雅态，无花可比芳容。""虫虫"又作"虫娘"。

休：语助词，用法多样。晁补之《斗百花》："不见还休，谁教见了厌厌，还是向来情味。"朱敦儒《相见欢》："人间事，如何是，去来休！"休，均作罢字解。李清照《玉楼春》："要来小酌便来休，未必明朝风不起。"这里的休字犹云快来啊。对于"休"字的解释详见张相《诗词曲语辞汇释》（1979 年版上册第 336 页）。

次第：有多个义项，仅在词中就有一光景。李清照《声声慢》："这次第，怎一个愁字了得。"辛弃疾《山花子》："次第前村行雨了，合归来。"二依次、转眼。程垓《凤栖梧》："莫恨年华容易过，人日嬉游，次第连灯火。"李清照《永遇乐》："元宵佳节，融和天气，次第岂无风雨。"三迅急。辛弃疾《山花子》："艳杏夭桃两行排，莫携歌舞去相催。次第未堪供醉眼，去年栽。"四阵阵。辛弃疾《鹧鸪天》："只愁画角楼头起，急管哀弦次第催。"详见上述张相书下册第 514～519 页以及《中国词学大辞典》第 641 页右栏。

把酒：一端着酒杯。始见于孟浩然《过故人庄》："开筵面场圃，把酒话桑麻。"继见于苏轼《水调歌头》："明月几时有，把酒问青天。"

二饮酒。李清照《醉花阴》："东篱把酒黄昏后，有暗香盈袖。"

冶叶倡条：冶，妖艳。一形容杨柳枝叶婀娜多姿。李商隐《燕台春》："蜜方羽客类芳心，冶叶倡条遍相识。"二指妓女。周邦彦《尉迟杯》："冶叶倡条俱相识，仍惯见珠歌翠舞。"亦作倡条冶叶、义同。

怎生：如何、怎样。冯延巳《鹊踏枝》："新结同心香未落，怎生负得当初约。"欧阳修《瑞鹤仙》："问因循过了青春，怎生意稳。"柳永《临江仙》："还经岁，问怎生禁得如许无聊？"李清照《声声慢》："守着窗儿，独自怎生得黑！"

济楚：姣好、端正。柳永《木兰花》："心娘自小能歌舞，举意动容皆济楚。"李清照《永遇乐》："铺翠冠儿，捻金雪柳，簇带争济楚。"

将息：保养、休息。谢逸《柳梢青》："香肩轻拍。尊前忍听，一声将息。"李清照《声声慢》："乍暖还寒时候，最难将息。"

除非：连词，表示唯一的条件，义同"只有"。晏几道《长相思》："若问相思甚了期，除非相见时。"李清照《菩萨蛮》："故乡何处是，忘了除非醉。"

殷勤：一情意恳切深厚。周邦彦《还京乐》："过当时楼下，殷勤为说，春来羁旅况味。"二承蒙。苏轼《鹧鸪天》："殷勤昨夜三更雨，又得浮生一日凉。"李清照《渔家傲》："仿佛梦魂归帝所，闻天语，殷勤问我归何处。"

容与：一闲暇自得的样子。陶潜《闲情赋》："拥劳情而罔诉，步容与于南林。"二从容舒缓的样子。杨无咎《永遇乐》："鸳瓦霜明，绣帘烟暖，和气容与。"

恣意：肆意。李煜《菩萨蛮》："奴为出来难，教郎恣意怜。"

淡荡：舒缓荡漾。多用以形容春天的景色。柳永《定风波》："伫立长堤，淡荡晚风起。"李清照《浣溪沙》："淡荡春光寒食天，玉炉沉水袅残烟。"

绿蚁：酒面上的绿色泡沫，也作为酒的代称。始见于白居易《问刘十九》："绿蚁新醅酒，红泥小火炉。"李清照《渔家傲》："共赏金樽沉绿蚁，莫辞醉，此花不与群花比。"史浩《浣溪沙》："萧萧风月一尘无，只堪绿蚁满尊浮。"

随分：随遇。李清照《鹧鸪天》："不如随分尊前醉，莫负东篱菊蕊黄。"吴潜《满江红》："且芳尊，随分趁芳时，休虚掷。"

销魂：古代把人的精灵叫做"魂"。因过度刺激而神思茫然，仿佛"魂"将离体。常用于形容悲伤愁苦的情形。韩琦《眼儿媚》："如年长昼虽难过，入夜更销魂。"李清照《醉花阴》："莫道不销魂，帘卷西风，人似黄花瘦。"

阑珊：衰落，将残、将尽之意。白居易《咏怀》："白发满头归得也，诗情酒兴渐阑珊。"李煜《浪淘沙》："帘外雨潺潺，春意阑珊。"辛弃疾《青玉案》："蓦然回首，那人却在灯火阑珊处。"

谩：一徒然、空有。张先《定西番》："秀眼谩生千媚，钗玉重，髻云低。"李清照《渔家傲》："我报路长嗟日暮，学诗谩有惊人句。"二蒙蔽、欺瞒。史浩《喜迁莺》："醉里，须醒悟，些子芳菲，造物都谩你。"

旖旎：本为旌旗随风飘扬，引申为婀娜、柔美。晏几道《临江仙》："旖旎仙花解语，轻盈春柳能眠。"李清照《渔家傲》："香脸半开娇旖旎，当庭际，玉人浴出新妆洗。"

凝眸：目不转睛。李清照《凤凰台上忆吹箫》："惟有楼前流水，应念我，终日凝眸。"洪适《满江红》："趁闲时、楼上共凝眸，芦花白。"

二　选调赏词的几点刍见

词调群落之庞大驳杂出人意料。各种不同的词调计有千余，同调不同体者又有千余；词调还有刚、柔之分，如《满江红》《水调歌头》，以及连用三字句的《六州歌头》，多四字句的《沁园春》等，音节都极为沉雄高亢，最宜于怀古感事。而《临红仙》《蝶恋花》等宛转清脆，宜于写景抒情；多以《忆旧游》咏春思，以《齐天乐》《霜天晓角》咏秋景。词调更有雅、俗；尊、卑之别，词在发展过程中，有些一度曾沦为花前月下、佐酒侑觞、浅斟低唱、惜香怜玉，甚至是眠花卧柳、狎妓嫖娼的产物。从晚唐五代到宋初，词所描绘的少有例外的是那种"绮罗香泽之态""绸缪宛转之度"。这类作品中，比较典型的代表人物和作品分别是五代后唐庄宗（李存勖）和王衍的"者（这）边走，那边走。只是寻花柳。那边走，者边走。莫厌金杯酒。"（《醉妆词》）以及长于"短歌艳曲"的和凝所作《天仙子》等等以咏仙为名的艳情词。

当然，即使在主流词坛"雌了男儿"的背景下，却也有像王安石的怀古感今，寄意深沉，"一洗五代旧习"，在三十多家同调词中，被赞为"绝唱"的《桂枝香》和"自是一家""指出向上一路"的苏轼词中的"密州三曲"和赤壁绝唱。稍后则有致力于词的独立和纯洁的"别是一家""压倒须眉"的《漱玉词》。"南渡"后的岳飞、陆游、辛弃疾、陈亮等人的真正意义上的蒿目时艰、忠荩报国的辞章，更是远离了"花间""草堂"等的阴柔情调而充溢着阳刚之气。

词的家族的博大参差和良莠不齐，还表现在以下两方面：一则词调分雅、俗，比如李存勖所作调寄《忆仙姿》，苏轼嫌其名不雅，据李词卒章所云"如梦，如梦，和泪出门相送"，改为《如梦令》；二则词调有尊、卑之分，比如陆游《钗头凤·红酥手》之词调本名《撷芳词》，其与相关调名，如《折红英》《清商怨》等系蜀中新词体，有浓重的艳情色彩，甚至是章台冶游的产物。窃以为，基于《钗头凤》词调的卑俗性，所以它不可能是陆游题赠前妻唐琬，而是写给小妾杨氏的。

鉴于词调既有雅、俗，尊、卑之分，而又极为驳杂。不同词调和词体竟有两千余个。一一掌握既无可能，亦无必要。不才经过长时间反复思考，于近几年提出了选调赏词（包括解词和填词），率先提出了以下两点具体主张：

首选熟调。所谓熟词是指那些常用习见的词调，使用频率很高，相对较易掌握。比如《浣溪沙》，此系《全宋词》中使用最多的词调（约775次）。晏殊和苏轼用此调所作"一曲新词酒一杯"和"山下兰芽短浸溪"等均为传世名作。当代著名女词人沈祖棻所作约上百首《浣溪沙》大都堪称上乘之作，其中"芳草年年记胜游，江山依旧豁吟眸。

鼓鼙声里思悠悠。三月莺花谁作赋？一天风絮独登楼。有斜阳处有春愁。"对于这首词，汪东先生评曰："后半佳绝，遂近少游。"闲堂老人程千帆笺曰："此篇1932年春作，末句喻日寇进迫，国难日深。世人服其工妙，或遂戏称为沈斜阳。"《水调歌头》的使用频率仅次于《浣溪沙》，在《全宋词》中约使用743次。苏轼选用此调所作"明月几时有"，在宋词中名列前茅。而那种仅存一词的孤调和僻调，则鲜有可取者，可不予关注。

精选压调。压调与压卷之概念大同小异。压卷是对能压倒别的同类作品的、最好的诗文或书画的美称；压调则是同一词调中的一枝独秀者，或与其他一篇或数篇并列为同一词调中的最佳篇目。比如苏轼的《念奴娇·大江东去》、岳飞的《满江红·怒发冲冠》、李清照的《声声慢·寻寻觅觅》、柳永的《雨霖铃·寒蝉凄切》、姜夔的《扬州慢·淮左名都》、辛弃疾的《摸鱼儿·更能消几番风雨》及其《菩萨蛮·郁孤台下清江水》、范仲淹的《渔家傲·塞下秋来风景异》、秦观的《踏莎行·雾失楼台》及其《鹊桥仙·纤云弄巧》、王安石的《桂枝香·登临送目》、陈与义的《临江仙·忆昔午桥桥上饮》、贺铸和辛度疾的《青玉案》（"凌波不过横塘路""东风夜放花千树"）、苏轼的两首《江城子》（"十年生死两茫茫""老夫聊发少年狂"）、辛弃疾的《水龙吟·楚天千里清秋》《太常引·一轮秋影转金波》《水调歌头·落日塞尘起》《破阵子·醉里挑灯看剑》《西江月·明月别枝惊鹊》《贺新郎·甚矣吾衰矣》《鹧鸪天·壮岁旌旗拥万夫》《永遇乐·千古江山》《南乡子·何处望神州》、柳永的《望海潮·东南形胜》《八声甘州·对潇潇暮雨洒江天》、张孝祥的《念奴娇·洞庭青草》、张元干的《贺新郎·梦绕神州路》、晏几道的《鹧鸪天·彩袖殷勤捧玉钟》《临江仙·梦后楼台高锁》、晁补之的《摸鱼儿·买陂塘》、蒋捷的《一剪梅·一片春愁待酒浇》《虞美人·少年听雨歌楼上》；还有不太为人关注的吴潜的两首《满江红》（"万里西风""红玉阶前"）。以上三十余首词，不仅在宋词中，就是在汗牛充栋的古今全部词作中，亦均堪称无出其右者。

当心误读。与历代诗文相比，唐宋词被误读的情况极为严重，且愈是名篇愈加严重，这里仅举数例：

李煜《乌夜啼》

无言独上西楼，月如钩。寂寞梧桐深院锁清秋。

剪不断，理还乱，是离愁。别是一般滋味在心头。

后主词，由于在其被俘前所写多是宫廷享乐生活，被俘后则主要抒写故国之思，所以前后期还是容易区分的，但是这两首《乌夜啼》有所例外。首句作"林花谢了春红"一首的编年，笔者至今有所举棋不定。而"无言"云云这一首，历代，哪怕有的还是名家，在肯定其写离愁的同时，多数定为后期所作，这是一种莫大的误解。窃以为，问题主要是出在对黄升一句话的错解上。黄曰："此词最凄婉，所谓'亡国之音哀以思'。"（《唐宋诸贤绝妙词选》卷一）这里所谓的"亡国之音"，并不是指已经灭亡了的国家的音乐，而是特指"将欲灭亡之国"（见《史记·乐书·张守节正义》）的哀乐。一个极具说服力的例子是，李璟的《摊破浣溪沙》和冯延巳的《谒金门》，也被称为"亡国之音哀以思"（李清照《词论》），无疑此二词绝不是亡国之后所作。同样，李煜的这首《乌夜啼》并不是作于亡国之后，而是属于"泉路"相隔的悼亡词。

此词调曰《乌夜啼》，除又名《相见欢》外，还有一别名曰《忆真妃》，所以这当是一首本意词，其中寄托着作者对其妻、子的悼念之情。李煜十八岁纳周宪（后谓大周后），二十三岁被封为吴王，周宪被聘为吴王妃。她多才多艺，尤擅琵琶，曾将《霓裳羽衣曲》的残谱填补成完整的乐曲，自己用琵琶演奏。她与后主共同生活了十年，于干德二年十一月二日病卒。在此之前一个月，后主幼子仲宣四岁夭折。仲宣是周宪所生最小的儿子，他聪明早慧，深受父母钟爱。在短短一个月之内，接连天子丧妻，这对多情善感的李煜来说，实在是一种难以承受的打击。他痛不欲生，甚至想投井自尽。此词当是在这种心情下写成的，词中所表现的极度孤寂和悲哀，不是破国之恨，而是亡家之痛。

　　妻死子殇固然很不幸，对李煜来说更难以承受的是巨大的感情落差。因为失去的不是别的什么人，而是他极为宠幸的娇妻爱子。周宪病中，相传李煜与周宪之妹（后谓小周后），有过某种荒唐的举动，但总的说他不同那些把女人完全当玩物的帝王，他是一个颇富人情味的丈夫和父亲。妻子死后他曾自称鳏夫。这一切正是首句"无言独上西楼"的心理背景。"月如钩"，又契合于周宪病卒于十一月之初的弯曲的缺月之形，也是一种具有象征意义的悼亡语。上片结句的"寂寞梧桐深院"，则可能与周宪生前的住处有关。《全唐诗》卷八收有李煜为周宪母子写的悼诗数首，其中《感怀》一首有"又见桐花发旧枝"云云，诗中的"月楼""桐枝"等均系似曾相识之物。不同的是，悼亡诗可能写于周宪谢世的第二年春天，而此词则可能写于她逝世一周年的"清秋"时节，痛定思痛，虽然已看不到作者在悼诗中的"潸然泪眼"，但浓缩之后的情思，却更为深沉感人。

秦观《满庭芳》

　　山抹微云，天粘衰草，画角声断谯门。暂停征棹，聊共引离尊。多少蓬莱旧事，空回首，烟霭纷纷。斜阳外，寒鸦万点，流水绕孤村。

　　销魂，当此际，香囊暗解，罗带轻分。谩赢得青楼、薄幸名存。此去何时见也，襟袖上、空惹啼痕。伤情处，高城望断，灯火已黄昏。

　　《淮海词》中，调寄《满庭芳》者有数阕之多，而最为出色的就是上述这一首。此词不仅堪称《淮海词》的压卷之作，说它是整个词史上的"压调"之作恐亦不为过。在笔者看来，此阕比之周邦彦同调词中的名篇"风老莺雏"更胜一筹。少游此词问世不久，即产生了轰动效应，仅与其同时和稍后的两宋人物便有多位对之称赏不绝。岂料，称赏归称赏，而对其写作背景、思想题旨等等，不仅罕有准确到位或恰如其分的导读，甚至出现了不少错注、错解，以下拟就仍旧混淆视听的几个问题试加辩驳。

乍读此词，文字、意蕴等方面均可能有些障碍，从而影响到对词旨的理解。逐一注释的话，不仅要占去不少宝贵的版面，还可能给人以将原词支离之感。所以，不妨试着将全词译成通俗易懂的文、白结合之辞以供参考："微云缀山像涂抹上一般，枯草衔天如胶膝紧相粘，城门号角声已断。暂停征帆，共把离酒饮干。蓬莱席间情缱绻，今日回首似云烟。夕阳西下，寒鸦万点，流水环绕孤村转。魂去魄散，临别之时人何堪。我暗解香袋送给她，她以罗带作交换。二人情深意缠绵，空落得薄情名声在妓院。此一去无缘再相见，襟袖上白白泪痕斑斑。此处最伤感，回转身高城望不见，只有灯火昏黄又暗淡。"

只读文本的话，一眼难以看出它写于何时，再加陈廷焯在《白雨斋词话》中说过："少游《满庭芳》诸阕，大半被放后作。"陈氏之言并不错，问题是解析者没有分清每一首的具体写作时间，便贸然为之编年，曾导致了对于词旨理解的大错；在影响颇大的注释本中，则有将"多少蓬莱旧事"中的"蓬莱"注释为"传说中的海上仙山"等等。这一切虽然是不应有的硬伤，但尚属情有可原，而不可原谅的是黄升有关此词的一段谰言：

> 后秦少游自会稽入京，见东坡。坡云："久别当作文甚胜，都下盛唱公'山抹微云'之词。"秦逊谢。坡遽云："不意别后，公却学柳七作词。"秦答曰："某虽无识，亦不至是。先生之言，无乃过乎？"坡云："'销魂当此际'，非柳词句法乎？"秦惭服。然已流传，不复可改矣。又问别作何词，秦举"小楼连苑横空，下窥绣毂雕鞍骤。"坡云："十三个字，只说得一个人骑马楼前过。"秦问先生近著，坡云："亦有一词，说楼上事。"乃举"燕子楼空，佳人何在？空锁楼中燕。"晁无咎在座，云："三句说尽张建封燕子楼一段事。奇哉！"

至此编者可能要责问笔者：为何引文不写出处？答曰：此出处一言

难尽——原来，南宋人黄升，又号花庵词客。其所编《花庵词选》全书二十卷，收词千余首。前十卷为《唐宋诸贤绝妙词选》（后十卷为《中兴以来绝妙词选》），卷一收唐五代词人 26 家；其余九卷是宋词，收词人 108 家。在卷二苏子瞻《永遇乐·夜登燕子楼，梦盼盼，因作此词》之后，即是上述引文之出处，这显然是黄升所作的一段评语。对于其他词作黄升亦偶有所评。这些评语中，有的颇被后世所称重，比如评温庭筠曰："词极流丽，宜为《花间集》之冠"等等。而关于秦少游的上述评语，笔者也曾一度信以为真。日后越想越觉得不对味儿，整个口吻都像是东坡在作弄少游，岂有此理！因为苏轼不会不知道，这首词是少游煞费苦心，将对他的极度牵挂"打并入艳情"（下详），他反倒把个晚辈弄得无地自容。再说当时凡有井水饮处，都能歌柳词，学柳词有何不可！

关于这首词的"本事"和编年，胡仔征引《艺苑雌黄》所云："程公辟守会稽，少游客焉，馆之蓬莱阁。一日，席上有所悦，自尔眷眷不能忘情，因赋长短句，所谓'多少蓬莱旧事，空回首、烟霭纷纷'是也。"因而将此词系于元丰二年（公元 1079 年），赴会稽省亲后之所作。但是这还不够到位。试想，省亲本是一件高兴的事，那么少游为何写出这么一首伤感的词呢？这就得较为详细地说一说，填写此词之前后，少游内心深处最为"牵挂"的是一件什么事？

元丰二年春夏，苏轼由徐州移知湖州，途经高邮。适逢秦观的祖父，随叔父秦定居会稽已经多年。祖父年事已高，秦观早有如越省亲的打算，遂与苏轼结伴南行。同行的还有参寥等共五人。他们经扬州，到润州（今江苏镇江），在金山遇风留信宿。至无锡同游惠山后，苏轼到达任所湖州。遇梅雨，又共同泛舟城南。秦观告别苏轼，去往会稽叔父的任所省亲。叔父时任会稽尉，郡守程公辟极为赏识秦观，便在会稽卧龙山下的一处著名的游宴之所——蓬莱阁设宴款待。正在秦观留恋于会稽的人情、风物之际，"乌台诗案"发生，苏轼被捕入狱。秦观闻讯，在他人避之尚且不及的风口上，多情多义的秦淮海，遽返湖州探询实情。证实后却无能为力，又经杭州返回会稽。至岁暮，由会稽返高邮，除夕抵家。这是笔者所绎出的"山抹微云"一词的实实在在的写作背景。不会不知道这些实情的苏轼，他怎么会忍心去讥讽自己所一贯所赏识的淮海居士呢？

再从一些细节上看：秦少游是"苏门四学士"之一，也是苏轼所钟爱的"门墙桃李"，他们是师生关系，老师口口声声称学生为"公"，这叫对方怎么承受得了？再看，黄升一上来就说什么"秦少游自会稽入京"云云，笔者可以断言，少游压根儿就没有自会稽入京，他是带着十分沉重的心情由会稽返回老家高邮的。因此，我们说这段评语是黄升随心所欲的编造！

值得警惕的是，这类编造绝不止黄氏一人所为，也不像是出于恶意，所以也就更容易被诳上当。被诳过之后，笔者得出了一种教训——越是说得煞有介事，越要小心；越是脍炙人口的名篇，越容易被这种"编造"所误导。

李清照在唐宋以来的全部词作中，《漱玉词》被误读的数量和程度，大致埒同于《放翁词》。在第一讲中，已就《声声慢》等三首词作出了本人的解读，兹不复赘。

陆游《钗头凤》

红酥手，黄縢酒。满城春色宫墙柳。东风恶，欢情薄，一怀愁绪，几年离索。错，错，错！

春如旧，人空瘦。泪痕红浥鲛绡透。桃花落，闲池阁。山盟虽在，锦书难托。莫，莫，莫！

以往人们或为尊者所讳，或未曾得知陆游在其原配唐氏、继室王氏之外，还有一位曾令其神魂颠倒、爱之欲狂的小妾杨氏。陆、杨之间的那段婚外情，当是深藏在《钗头凤》词后面的真实背景；换言之，《钗头凤》是陆游书赠杨氏而非唐氏者。鉴于陆、王之婚配是由双方家长包办的，其间难免存有不如意之事。王氏自蜀州东来山阴与陆游结合，后又携其五子一女，跟随陆游入其故乡蜀州，并一度滞留于此。离开王氏游宦于成都、嘉州等地的陆游，与杨氏邂逅钟情。陆游最疼爱的最小的女儿，就是他与杨氏所生："淳熙丙午秋七月，予来牧新定。八月丁酉，得一女，名闰娘，又更名定娘。予以其在诸儿中最稚，爱怜之，谓之女女而不名。女女所生母杨氏，蜀郡华阳人。"（《渭南文集》卷33之《山阴陆氏女女墓铭》）为一个夭折的褓襁婴儿撰写"墓志铭"本已少见，况且其中尚有"姿状瑰异凝重者""不妄啼笑""与常儿绝异"云云，这种极度夸赞的话，以及她死后，陆游为之"痛甚，洒泪棺衾间曰：'以是送吾女。'"不难发现，在这种强烈的感情色彩背后，显然另有隐衷。这是以往人们未曾想得到的、正确解读《钗头凤》一词不可或缺的重要史料。陆游亲笔所写的这一"墓志铭"，已是后话。在此之前，他与杨氏还生过两个孩子。

陆游从南郑鑫抗金前线，十分无奈地到达成都，曾下榻于城西的一个驿站里。在这里，他与一位人称"驿卒女"（其实当是驿站中的艺妓杨氏）两情相悦。自此，陆游凡至成都，均下榻于这一"驿社"。《放翁词》中至少有十来首以往或被称为狎妓艳情，或被看做梦游仙境的蜀中之作，实际是跟陆游与杨氏的那段婚外情缘有关。比如，首句作"风卷征尘"的《双头莲》中的"伫想艳态幽情，压江南佳丽"，指的当是杨氏。在陆游看来，这位杨氏压倒了原籍江南的原配唐氏。陆游的第六个儿子子布，当是他与杨氏生的第一个孩子，而不是年近半百、徐娘已老的王氏所生。正因为子布系非婚所生，在陆游一家东归原籍山阴时，才将子布像弃婴一样地寄养蜀中，直到王氏去世后，子布才得以回到陆、杨身边，这又是后话。当初从子布的坐胎到出生以后，大约两三年之久，因家庭和其他世俗所造成的种种阻碍，杨氏独自抚养子布，而陆游不但没有给予应有的关照，竟有数年压根未与杨氏照面。直到淳熙五年（公元1178年）二月，陆游去成都城东后蜀燕王宫故址张园观赏海棠，与杨氏意外重逢，愧疚交加之中，写下了这首忏悔录似的《钗头凤》。不仅是这首《钗头凤》，就是以往无确切编年的《卜算子·咏梅》，也不像是作者的咏物抒怀或孤芳自赏之作，而更像是《钗头凤》的姊妹篇，当是陆游寓蜀期间，专为"驿外""无主""一念堕尘中"

（《秋波媚》）、"才见便论心素"（《真珠帘》）的别有"风调"、令其"时时偷顾""最动人"的杨氏所作。

在自号"放翁"的陆务观被"恩准"东返山阴之前后，子聿又在杨氏腹中坐胎。为了求得与陆游同行而不为王氏所阻，杨氏乔装打扮成行脚尼姑尾随而行，只有四五岁的子布却被舍弃在西蜀。这或许就是人们一向认为不足置信的"野史""轶史"中所说的，陆游"挟蜀尼以归"和"携成都妓剃为尼而与归"的真相。而当初与子布诀别的凄惨情形，则有陆游的诗句为证："忆昔初登下峡船，一回望汝一凄然。梦魂南北略万里，人世短长无百年。"（《剑南诗稿》卷五四《计子布归程已过新安入畿县界》）

这位至少在中年以前有点缺乏自律性，往往为酒和女人而颓放和癫狂的陆游，应该说欠下了杨氏母子一笔沉重的孽债，为此他深自忏悔过，也为后来得以重逢喜不自胜，这一切，不仅有陆游的多首诗为证，其晚年一直将杨氏所生的子布、子聿留在身边，倍加疼爱，更是陆游欠债心情的一种旁证。唯因陆游对杨氏的愧疚和爱怜，较之对唐氏有过之而无不及，所以《钗头凤》一词才能写得那样痛切感人。况且，在《放翁词》中，还有多首以往被视为"赠妓"和"代妓而作"者，也写得相当深挚多情，这恐怕大都与陆、杨那段不平常的情缘有关。平心而论，杨氏为陆游付出的比唐氏更多，也更能打动陆游，从而写出了这首令古今多少读者"情愿为之悲喜"的《钗头凤》！

笔者在对陆游的词学观念加以绅绎的过程中发现，他不仅恪守"诗庄词媚"的老传统，有时甚至将词视为下贱。根据笔者的赏词所见，解读《钗头凤》时，尤其不能忘记，在陆游的观念中，并未完全消除对于词的鄙薄心理，再加家长制和其他封建伦理观念对其强制性的约束，在他身上仍然保留着一些令人难以思议的理念。比如，他时而惟父母之命是听而休弃唐琬，时而又把正妻和妾媵艺妓的地位视为有天壤之别，他把对于前妻和继室的情意写在庄重的诗里，比如"沈园"诗、"菊枕"诗和其他多首诗歌，大都是为怀念唐琬的刻骨铭心之作；就是对其明明有所"审美疲劳"的、她本人又不无刻薄之嫌的王氏，陆游也以《离家示妻子》为题，作诗叙说她的好处。而对于杨氏，哪怕私下里"爱"得发狂，甚至觉得她的"倩笑""道骨仙风"，比唐琬更值得怀念，到头来也只配写到"等而下之"的长短句里。（陆游这一关于诗词题材的保守观念，至其晚年大有改变）何况，《钗头凤》这一词调及其渊源所自《撷芳词》，多系带有浓重艳情色彩的章台冶游的产物。如果用心读一读陆游于宋孝宗干道中后期至淳熙中前期的词作，不难发现，包括《钗头凤》在内的若干首写于蜀中的长短句，竟在不同程度上，与杨氏的身世、"做派"，乃至长相、身段有关，而与唐琬则风马牛不相及。依照陆游在某种意义上偏于落后的词学观念，说不定他认为，将自己与唐氏的那段情事，用《钗头凤》这种词调歌之、题之，会有损于陆、唐两族及其本人之清名！

宋代都市文化与宋词中的文学风景

刘扬忠

一 词体文学是都市文化的产物，唐五代词中已初现都市文学风景

  熟悉中国古代诗歌史的人都知道，中国的诗本是起源于乡村的，先秦诗歌基本上是以乡村生活为背景的歌唱。从汉魏晋南北朝到隋唐的诗歌，虽然有了一些城市题材的作品，但仍是以山水风景与乡村生活的咏唱为主。比五七言诗歌晚起的长短句曲子词的情况却大不相同了。词起源于都市，是都市的文学，它原是配合都市里的秦楼楚馆中歌伎们的流行曲调，为了佐酒助欢而兴盛起来的。曲子词是晚唐五代两宋那段历史时期都市里的流行歌曲，是以都市生活为背景的歌唱。都市自有其不同于乡村的文化环境与生活趣味，秦楼楚馆也自有不同于乡野的都市情调。于是都市文学风景从词发展的早期就从一部分得风气之先的词家的作品中显现出来了。

  词中有关都市风光描写的作品究竟最早是谁开始写作的？前两年有研究者举白居易的《忆江南》（最忆是杭州）为例，认为白氏是词中文学风景描写的开启者。但按我们对"词中文学风景"这个概念的理解，白居易此词仅仅是笔触稍稍触及了杭州的山水风光，还谈不上是对词中

都市文学风景的开启。真正当一回事似的开始都市文学风景描写的，是唐末五代聚集在西南大都市成都的"花间派"那批词人。其中，花间派的领袖人物韦庄是描写成都城市风景较多也较精彩的一位，他有三首《河传》都是专门描写春天成都市民冶游生活的；他另有几首恋爱相思之作，也显然以成都为背景。这里举《河传》第二首为例："春晚，风暖。锦城花满，狂杀游人。玉鞭金勒，寻胜驰骤轻尘，惜良晨。翠娥争劝临邛酒，纤纤手，拂面垂丝柳。归时烟里，钟鼓正是黄昏，暗销魂。"这种描写，跟随在韦庄之后的一批成都地区土生土长的词人作得更多、更成功。试看同样是反映都市春日冶游享乐生活，地道的成都人尹鹗是这样描写的："云雨常陪胜会，笙歌惯逐闲游。锦里风光应占，玉鞭金勒骅骝。戴月潜穿深曲，和香醉脱轻裘。方喜正同鸳帐，又言将往皇州。每忆良宵公子伴，梦魂长挂红楼。欲表伤离情味，丁香结在心头。"（《何满子》）另一位成都本土词人欧阳炯，其组词《春光好》八首都是写春日成都的美妙风光和赏心乐事的。这里仅举其第五首为例："鸡树绿，凤池清，满神京。玉兔宫前金榜出，列仙名。叠雪罗袍接武，团花骏马娇行。开宴锦江游烂熳，柳烟轻。"

二　宋词中都市文化题材的大力开拓者
——婉约词开山祖柳永

到了既熟悉和喜爱都市生活、又创制了适合描绘都市文学风景的大量长调慢词的婉约派领军人柳永一登上汴京词坛，都市文化题材创作的局面就打开了，都市文学风景词就接着连篇而至了！清人宋翔凤《乐府余论》这样论述柳永与汴京及慢词的关系道："按词自南唐以后，但有小令。其慢词盖起于宋仁宗朝。中原息兵，汴京繁庶，歌台舞席，竞赌新声。耆卿（柳永）失意无俚，流连坊曲，遂尽收俚俗语言，编入词中，以便妓人传习。一时动听，散播四方。其后东坡、少游、山谷辈，相继有作，慢词遂盛。……柳词曲折委婉，而中具浑沦之气。虽多俚语，而高处足冠群流，倚声家当尸而祝之。"这里宋翔凤实事求是地指出了与我们今天要讨论的主题相关的两个基本事实：（1）北宋时，全国歌词创作的中心是都城汴京（今河南开封），汴京城里最活跃的歌词作家是柳永；（2）柳永出生之前，唐五代至北宋初期，歌坛要写景抒情，只有小令可用，而要开阔而自由、曲折而尽意地写景言情，慢词长调才能敷用。在这个领域开疆拓土、大量创制慢曲者，就是柳永。可以说，在歌词创作史上，柳永是第一位把慢词作为专业的作家。龙榆生先生《词曲概论》一书第五章如此称赞柳永的巨大贡献道：柳永"把慢词的局面打开了""如果不是柳永大开风气于前，说不定苏轼、辛弃疾这一派豪放作家，还只是在小令里面打圈子，找不出一片可以纵横驰骋的场地来呢！"（见该书第41页，上海古籍出版社1980年版）

有了柳永这样的富于开拓精神的大作家，有了他所大量创制的适合描写城市文学风景的长调慢曲，都市文学风景词创作的局面被打开了！这方面第一批具有经典意义的篇章，就是柳耆卿创作出来的。比如，人所熟知的 [中吕调]《戚氏》、[大石调]《迎新春》、[仙吕宫]《倾杯乐》、[双调]《雨霖铃》、[南吕调]《瑞鹧鸪》、[林钟商]《少年游》二首、[小石调]《一寸金》等等。这里仅举展现江南第一名城、以后的南宋行都杭州城文化风景的 [仙吕调]《望海潮》为例：

> 东南形胜，三吴都会，钱塘自古繁华。烟柳画桥，风帘翠幕，参差十万人家。云树绕堤沙。怒涛卷霜雪，天堑无涯。市列珠玑，户盈罗绮竞豪奢。
>
> 重湖迭巘清嘉。有三秋桂子，十里荷花。羌管弄晴，菱歌泛夜，嬉嬉钓叟莲娃。千骑拥高牙。乘醉听箫鼓，吟赏烟霞。异日图将好景，归去凤池夸。

这首词，古今成百上千的词话家、词学鉴赏家都分析鉴赏过。这里仅举南宋人的一则记载：南宋初年北方的金国皇帝完颜亮读了这首词之后就起兵南侵，要灭亡南宋，夺取杭州——因为柳永描写的杭州都市风光太美了！（罗大经《鹤林玉露》）

三　宋词中都市文化题材创作的继往开来者
——婉约词集大成者周邦彦

柳永之后的周邦彦，乃是宋词中着力描写都市风光的第二个大家。周邦彦继承了柳永词描绘都市风情与风景的传统而加以变化，描绘的笔墨更加细密，风格大都脱俗而趋于雅化，境界趋于典丽缜密。这里仅举其代表性作品七篇为例：

（一）作于汴京城（今河南开封）的《瑞龙吟·春景》：

> 章台路。还见褪粉梅梢，试花桃树。愔愔坊陌人家，定巢燕子，归来旧处。黯凝伫。因念个人痴小，乍窥门户。侵晨浅约宫黄，障风映袖，盈盈笑语。
>
> 前度刘郎重到，访邻寻里，同时歌舞。唯有旧家秋娘，声价如故。吟笺赋笔，犹记《燕台》句。知谁伴、名园露饮，东城闲步。事与孤鸿去。探春尽是，伤离意绪。官柳低金缕。归骑晚、纤纤池塘飞雨。断肠院落，一帘风絮。

这是周邦彦词集里的压卷之作，也是他描写汴京文学风景颇显个人特色的一篇。像柳永一样，汴京是周邦彦一辈子从事歌词创作的主要场所，但因为个人仕途的波折或国家政治局面的变化，他们都曾多次被迫离开汴京，然后又满含深情地"前度刘郎今又来"。这首词表现的就是作者因故流落江南州县十年之后又被朝廷召回汴京，旧地重游时的所见与所感，其中当然有精彩的文学风景的呈现。词分三选，首选以对汴京坊曲人家的环境描写为主，写旧地重游的所见所感，为下文忆念前欢布下浓烈的抒情氛围。第二选进入回忆，以描写旧相好为主，人物形象鲜明可爱，呼之欲出。第三选为全篇的重心，抒写今昔之感，渲染访旧不遇的伤感怅惘情绪。通篇情景交融，层层脱换，又能一气贯注，显得词情缠绵，境界悠远而沉郁，是清真都市文学风景词中的代表性作品之一。

（二）同样作于汴京城的《苏幕遮》：

> 燎沉香，消溽暑。鸟雀呼晴，侵晓窥檐语。叶上初阳干宿雨，水面清圆，一一风荷举。
>
> 故乡遥，何日去？家住吴门，久作长安旅。五月渔郎相忆否？小楫轻舟，梦入芙蓉浦。

此词是周邦彦初旅汴京在太学读书时思念家乡杭州之作。一首词兼有汴京、杭州两地的文学风景，这在宋词中虽非绝无仅有，但能写得如此深情、生动，却不多见。历来思乡念远之作大都充满哀愁和悲凉，但因周邦彦此时尚在青年，涉世尚不深，愁情的积淀还不浓厚，所以本篇抒情写景的主调还是清丽明快的。上片描写汴京夏日清晨宿雨初晴的美景，笔触十分清新生动。尤其是"叶上"三句，以传神之笔描绘出初阳照射下荷叶迎风挺举的优美姿态，被王国维《人间词话》赞为"真能得荷之神理者"；俞陛云《唐五代两宋词选释》也评曰："'叶上'三句，笔力清挺，极体物浏亮之致。"下片由景生情，由汴京的荷花塘联想到家乡杭州的"芙蓉浦"，联想到少年时在杭州的游玩之乐，抒写出一缕思乡念旧的羁旅哀愁。这种如痴如醉的思乡笔调，真能把读者引入那梦境般透明美丽的江南水乡中去。

（三）作于荆州城，但是兼写荆州、汴京两个都市元宵风景的《解语花·元宵》：

> 风销焰蜡，露浥红莲，灯市光相射。桂华流瓦。纤云散，耿耿素娥欲下。衣裳淡雅。看楚女、纤腰一把。箫鼓喧，人影参差，满路飘香麝。
>
> 因念都城放夜。望千门如昼，嬉笑游冶。钿车罗帕。相逢处，自有暗尘随马。年光是也。唯只见、旧情衰谢。清漏移，飞盖归来，从舞休歌罢。

此词也与前两首有异曲同工之妙，即以一首词同时写出荆州、汴京两个都市的文学风景之美。因此宋末元初的张炎在其《词源》卷下《节序》条将此词与史达祖的两首节序词（《东风第一枝》赋立春、《黄钟喜迁莺》赋元夕）一起称赞为"妙词"，说是："如此等妙词颇多，不独措辞精粹，又且见时序风物之盛，人家宴乐之同。"

（四）作于汴京城的《兰陵王·柳》：

> 柳阴直，烟里丝丝弄碧。隋堤上、曾见几番，拂水飘绵送行色。登临望故国，谁识京华倦客？长亭路，年去岁来，应折柔条过千尺。闲寻旧踪迹。又酒趁哀弦，灯照离席。梨花榆火催寒食。愁一箭风快，半篙波暖，回头迢递便数驿。望人在天北。凄恻，恨堆积。渐别浦萦回，津堠岑寂。斜阳冉冉春无极。念月榭携手，露桥闻笛。沉思前事，似梦里，泪暗滴。

此词为宋词中的名篇，南宋初，它传诵极广，行都杭州城里"西楼南瓦皆歌之，谓之'渭城三迭'"。（《樵隐笔录》）它题为咏柳，其实非咏物之作，而仅仅是借柳起兴，引出送别主题，进而抒写作者本人久客京华、厌倦羁旅生涯的苦闷哀愁情绪。但词中真实生动地展现了汴京城的文学风景，却是词史上一大韵事。词的第一迭，借柳起兴，引出别恨。"隋堤"三句，写出汴京人折柳送行的习俗。"登临"二句，抒情主人公陡然亮相，点出本篇主旨。这也是本篇文学风景中的一个重要镜头。"长亭"三句，与前"隋堤上"三句回应，更见主人公多年漂泊之苦。第二迭实写送别时情景，并由眼前的离宴设想别后的寂寞与凄凉。第三迭写主人公自己。其中尤以"别浦""津堠""斜阳冉冉"，另开拓出一个"绮丽中带悲壮，全首精神振起"（《艺蘅馆词选》引梁启超评语）的境界。总起来说，这个城市风景名篇，写景、叙事、抒情有机交融，极有层次，音节拗怒顿挫，章法回环曲折，感情沉郁起伏，结构浑然天成，各方面都显示了周邦彦慢词艺术与都市文学风景描写的辉煌成就。

（五）作于六朝故都建康城（今江苏南京市）的《齐天乐·秋思》：

> 绿芜凋尽台城路，殊乡又逢秋晚。暮雨生寒，鸣蛩劝织，深阁时闻裁剪。云窗静掩。叹重拂罗裀，顿疏花簟。尚有练囊，露萤清夜照书卷。
>
> 荆江留滞最久，故人相望处，离思何限。渭水西风，长安乱叶，空忆诗情宛转。凭高眺远。正玉液新篘，蟹螯初荐。醉倒山翁，但愁斜照敛。

与《西河·金陵怀古》：

> 佳丽地，南朝盛事谁记。山围故国绕清江，髻鬟对起。怒涛寂寞打孤城，风樯遥度天际。断崖树，犹倒倚。莫愁艇子曾系。空余旧迹郁苍苍，雾沉半垒。夜深月过女墙来，赏心东望淮水。酒旗戏鼓甚处市。想依稀、王谢邻里，燕子不知何世。入寻常、巷陌人家，相对如说兴亡，斜阳里。

这两首词都是作者在金陵附近的溧水任县令时所作，它们都是描写六朝故都金陵的城市文化风光的，但两首词的描写内容与艺术处理不一样。

前一首抒写作者暮秋时节在金陵览景宴饮所产生的身世之感，写法上是以赋笔铺陈景物人事，来寄寓主观感情，这样一写，美丽的秋季都市风光就活脱脱地呈现在读者眼前了。词中多用只有在赋中才如此大量使用的对偶句，并大量用典，使全篇带上极为浓重的书卷气，因而成功地凸现了这位失意文人的身世之悲。此词跌宕开合，沉郁苍凉，在章法结构和抒情写景格调上都典型地代表了作者都市风光词的作风。此外，本篇也显示了作者善于融化唐诗、点化他人境界为我之境界的作风，故王国维《人间词话》称赞此词："此借古人之境界为我之境界也。然非自有境界，古人亦不为我用。"

后一首是宋词中第一流的名篇。它的主题是怀古，但也极其鲜明地描绘了金陵古城内外的自然景色与文化风光。作者先描绘金陵的山川形胜（这主要是自然景色），而后重点转入咏怀古迹（这主要是历史文化），最后引发出对历史兴亡的深沉感喟（这主要是作者抒自己之情）。其主要艺术手段，便是引前人咏金陵的诗句入词，点化他人咏写金陵城的意境为我之意境。全篇共融化了三首古人的诗：一首为南朝乐府《莫愁乐》，另二首为唐人刘禹锡《金陵五题》中的《石头城》和《乌衣巷》。作者将前人的成句和意境融化得浑然天成，不露痕迹，再加上适当的穿插勾连和铺陈点染，不但极其精彩地描绘了金陵城的自然与文化风光，也构成了表现自己伤时吊古情怀的新篇章。清代词话家陈廷焯评论说："此词纯用唐人成句融化入律，气韵沉雄，苍凉悲壮，直是压遍古今。"（《云韶集》）

四　宋词中都市文化题材创作的异军突起者
——豪放派盟主辛弃疾

北宋末年，即宋钦宗靖康二年（公元 1127 年），我国中原地区爆发了导致北宋王朝灭亡，全国人民遭受东北地区新起的女真奴隶主贵族军事集团的野蛮侵略和残酷屠杀的"靖康之变"。汴京和大河上下被敌人占领，宋政权被迫南迁，大批文人学士逃到江南，到处的舞榭歌台都被打破了，词人们无法继续在花前月下软绵绵地"浅斟低唱"，于是词风与词的描写内容彻底改变了。近人王易在其《词曲史》一书中论及由时事政治的巨变导致的北宋、南宋词风格体貌与描写内容之巨大差异时说得好："北宋海宇承平，风尚泰侈，词人伎俩，大率绘景言情；其上者亦仅抒羁旅之怀，发迟暮之感而已。其局势无由而大，其气格无由而高也。至于南渡，偏安半壁，外患频仍，君臣苟安，湖山歌舞。降及鼎革，尚有遗黎。铜驼遂荒，金仙不返。有心人感慨兴废，凭吊丘墟，词每茹悲，情多不忍。斜阳依旧，禹迹都无；关塞莽然，长淮望断。竹西佳处，乔木犹厌言兵；荆鄂遗民，故垒还知恨苦。望四桥之烟草，泪眼东风；消几度之斜阳，枯形阅事。凡兹丧乱，自启哀思，穷苦易工，忧患知道。盖《民劳》《板荡》之余，《哀郢》《怀沙》之嗣，所谓极其工、极其变者，岂不信哉？至于状儿女之情，托风月之兴，仍无以越乎北宋也。"

在这种政治文化背景下，虽然曲子词大致还是在南宋的几个大都市里流行，人们创作出来的词主要还是描绘都市的文学风景，但在南宋前、中期，北宋晚期周邦彦式的婉约派的文学风景虽不能说已经销声匿迹，但无疑已呈"式微"之势，都市文学风景迅速出现了新面貌，这就是由南渡词人张元干、朱敦儒等发其端、由辛弃疾及其追随者陈亮、三刘（刘过、刘克庄、刘辰翁）等人继其势的豪放派城市文学风景。稼轩及其同派词人笔下的城市文学风景与柳耆卿、周邦彦等传统婉约词家究竟有什么不同，这里仅举稼轩词中的几首经典作品来略加评介。

（一）辛弃疾作于镇江城的《汉宫春·立春日》：

> 春已归来，看美人头上，袅袅春幡。无端风雨，未肯收尽余寒。年时燕子，料今宵、梦到西园。浑未办、黄柑荐酒，更传青韭堆盘。
>
> 却笑东风从此，便熏梅染柳，更没些闲。闲时又来镜里，转变朱颜。清愁不断，问何人、会解连环。生怕见、花开花落，朝来塞雁先还。

这是辛弃疾归宋后的第一首词作，也是他的都市文学风景词的第一首。填此词时他寓居江南名城京口（今江苏镇江），年方二十四岁。此词主旨，如许多研究者所正确指出的，是想念北方故乡，想要实现自己打回老家、统一祖国的理想。但它同时又是一首风光旖旎的镇江都市春日风光词。诸如立春日这个南方都市美女头上的"袅袅春幡"，普通民家"黄柑荐酒""青韭堆盘"的风俗，这一个个摄影镜头，组结成了一轴镇江春日风情图卷。辛弃疾的艺术触角十分敏感，他刚从中原地区来到江南，就迅速捕捉到这么一些精彩镜头，写成了自己的第一首高水平的都市文学风景词！

（二）辛弃疾作于南宋行都杭州城的节令词《青玉案·元夕》：

> 东风夜放花千树，更吹落、星如雨。宝马雕车香满路，凤箫声动，玉壶光转，一夜鱼龙舞。蛾儿雪柳黄金缕，笑语盈盈暗香去。众里寻他千百度，蓦然回首，那人却在，灯火阑珊处。

这首著名的都市元宵词大约是辛弃疾三十一岁至三十二岁在杭州任司农寺主簿期间所作。它的题面是咏元宵节，大部分篇幅的确也是描写京城元宵的热闹场面，其艺术境界之美与章法句法之妙，前人与今人多有介绍和评论，这里不再重复。所要强调的是，辛弃疾及其同派作家都是一些著名的爱国志士，因此他们的城市文学风景词比起前代柳永、周邦彦等婉约词家，其词作里除了描绘文学风景，还多了一些爱国思想的或明或暗、或直接或间接的寄托。比如此词结尾："蓦然回首，那人却在，灯火阑珊处。"这既可能是辛弃疾所参加的那个元宵夜里的一个真实镜头，同时它还有作者本人含蓄的政治情怀的比喻性表达。近人梁启超的看法比较合乎情理，他说：此词是作者"自怜幽独，伤心人别有怀抱"。（梁令娴《艺蘅馆词选》引）辛弃疾大部分城市风景词，都有这方面的内容。这使得他和他的同派词人的都市文学风景词与传统婉约词家的同类词明显区别开来，主要还不在乎风格是否变得"豪放"了。

（三）辛弃疾作于鄂州（地方官衙门在今湖北武汉市武昌区）荆湖北路转运副使衙门的《摸鱼儿·淳熙己亥，自湖北漕移湖南，同官王正之置酒小山亭，为赋》：

> 更能消、几番风雨？匆匆春又归去。惜春长恨花开早，何况落红无数。春且住。见说道、天涯芳草迷归路。怨春不语。算只有殷勤，画檐蛛网，尽日惹飞絮。
>
> 长门事，准拟佳期又误。蛾眉曾有人妒。千金纵买相如赋，脉

> 脉此情谁诉？君莫舞。君不见、玉环飞燕皆尘土！闲愁最苦。休去倚危楼，斜阳正在，烟柳断肠处。

这是辛弃疾最负盛名的代表作之一。它的主旨当然就是借描写作者任职地区——湖北武昌春天的衰残，来寄托其哀时怨世的政治情怀，表示对南宋偏安政局的深切忧虑和悲愤。但是，作者借作喻体的，就是武昌春天的都市风物，他对武昌春天风物的真实而生动的描绘，无疑向从古到今近千年的广大读者展示了一幅幅瑰丽的武昌都市文学风景图画。此词愉悦人眼和振荡人心的思想与艺术魅力，恰如梁启超所云："回肠荡气，至于此极，前无古人，后无来者。"（《艺蘅馆词选》丙卷引）

（四）辛弃疾晚年作于镇江的《永遇乐·京口北固亭怀古》：

> 千古江山，英雄无觅，孙仲谋处。舞榭歌台，风流总被，雨打风吹去。斜阳草树，寻常巷陌，人道寄奴曾住。想当年，金戈铁马，气吞万里如虎。
>
> 元嘉草草，封狼居胥，赢得仓皇北顾。四十三年，望中犹记，烽火扬州路。可堪回首，佛狸祠下，一片神鸦社鼓。凭谁问，廉颇老矣，尚能饭否。

这也是一首政治抒情词，本不是为着描写都市风光而作的，但作者因为怀念与这个城市有关联的历史上几位杰出的政治、军事人物，因而描写了这个城市及其周围的自然风光与历史故事，从而我们顺理成章地把它视为一首有历史文化内涵的镇江文学风景词。三国吴主孙权的行迹，南朝宋开国皇帝、曾"气吞万里如虎"地率军北伐中原的刘裕住过的"斜阳草树，寻常巷陌"，都是这一卷镇江文学风景图中最能引发我们联想的画面。此词艺术表现的巨大成功，致使前代词学家对它推崇道："辛词当以《京口北固亭怀古·永遇乐》为第一。"（明·杨慎《词品》）

五 融豪、婉二派之长的都市文学风景表现者姜夔

在辛弃疾的晚年，南宋崛起了一位作风独特的词坛领袖姜夔。姜夔作词，大多被词学家们认为是走周邦彦一路，所以历来都以周、姜并称。又有的词学家，如周济，把姜夔划进辛弃疾一派。但实际上他是在周、辛之外另走一条新的创作道路，他的词风，正如夏承焘先生所论，是"在婉约和豪放两派之外，另树'清刚'一帜，以江西诗瘦硬之笔救周邦彦一派的软媚，又以晚唐诗的绵邈风神救苏辛派粗犷的流弊。……所以我说，白石在苏辛、周吴两派之外，的确自成一个派系。"（《姜白石词编年笺校·论姜白石的词风（代序）》）姜夔成了周、辛之外的第三派，他描绘都市文学风景的词，便也与他的主体词风同一个路子，即高举清刚之帜，既不软媚又不粗犷，笔力健朗而风神绵邈。试看他的几篇代表作品：

（一）咏杭州元宵的短调杰作《鹧鸪天·正月十一日观灯》：

> 巷陌风光纵赏时，笼纱未出马先嘶。白头居士无呵殿，只有乘肩小女随。
>
> 花满市，月侵衣，少年情事老来悲。沙河塘上春寒浅，看了游人缓缓归。

这是一首咏元宵的节令词，但与我们前面所赏析的几家元宵词都不同的是，别人写的都是正月十五，姜夔这里写的却是作为"预赏"期的正月十一，可谓别出心裁。此词以作者自己正月十一夜上街"预赏"时的所见与所感，写出了这一夜虽仍属"预赏"期，但因距离灯火最盛的正月十五夜已近，欢快热烈的气氛也随着时间的绵延而益发地浓烈起来。作者的一系列清新简洁的"摄影镜头"都具有典型性，照出了元宵之前京城杭州准备欢庆节日的一系列精彩画面。

（二）咏扬州的千古名篇、作者的自度曲《扬州慢》：

> 淮左名都，竹西佳处，解鞍少驻初程。过春风十里，尽荠麦青青。自胡马窥江去后，废池乔木，犹厌言兵。渐黄昏，清角吹寒，都在空城。
>
> 杜郎俊赏，算而今重到须惊。纵豆蔻词工，青楼梦好，难赋深情。二十四桥仍在，波心荡、冷月无声。念桥边红药，年年知为谁生。

这首词是淳熙三年（公元 1176 年）冬至姜夔初访扬州时所作，作者的目的当然是抒发感时伤乱的黍离之悲，但在感情抒发中运用了情景交融的手法，因而具体地描绘了战乱后的扬州文学风景，这种描绘十分成功，并有鲜明的姜白石特色。已故俞陛云《唐五代两宋词选释》评析说："此词极写兵后名都荒寒之状。'春风'二句，其自序所谓'四顾萧条'也。'胡马'句言坏劫曾经，追思犹怵，况空城入暮，戍角吹寒，如李陵所谓'胡笳互动，……只令人悲增忉怛耳'。下阕过扬州者，以杜牧文词为最著，因以自况，言百感填膺，非笔墨所能罄。'冷月'二句诵之若商声激楚，令人心倒肠回。篇终'红药'句言春光依旧，人事全非，哀郢怀湘，同其沉郁矣。凡乱后感怀之作，词人所恒有，白石之精到处，凄异之音，沁入纸背，复能以浩气行之，由于天分高而酝酿深也。"

（三）咏武昌的名篇、作者自度曲《翠楼吟》（淳熙丙午冬，武昌安远楼成，与刘去非诸友落之，度曲见志。予去武昌十年，故人有泊舟鹦鹉洲者，闻小姬歌此词，问之颇能道其事，还吴为予言之。兴怀昔游，且伤今之离索也）：

> 月冷龙沙，尘清虎落，今年汉酺初赐。新翻胡部曲，听毡幕、元戎歌吹。层楼高峙，看槛曲萦红，檐牙飞翠。人姝丽，粉香吹下，夜寒风细。

此地，宜有词仙，拥素云黄鹤，与君游戏。玉梯凝望久，叹芳草、萋萋千里。天涯情味，仗酒祓清愁，花销英气。西山外，晚来还卷，一帘秋霁。

此词也是抒情之作，但因就景言情的需要，所以描写南宋边防重镇武昌城的楼台建筑、歌舞人物、周围环境与文化气氛极为生动，也极为成功，所以也可称为文学风景之作。上片以萧瑟气象写宁静之景，写出夜冷清幽，仿佛逝者无痕。下片妙在化用唐人崔颢《黄鹤楼》诗之意境，写出天涯情味，皆自客愁。结尾更透出几分幽怨情绪，使整个景观描写余韵悠长，耐人寻味。全篇空灵悠远，是典型的白石情味。这种抒情写景的风格气度，使得当时此词就获得了"白石体"的赞誉。（见赵闻礼《阳春白雪》）

六　宋词中都市文化题材创作的结穴者吴文英

吴文英是婉约词最后的一位大家，也是宋词都市文学风景描绘的结穴者。与柳、周及南宋前中期的婉约诸家有所不同的是，吴文英的都市文学风景词与他那些艳情词一样，比他之前的传统婉约词家色彩更加艳丽，描绘更加细密，章法结构更加回环曲折，而"日薄西山，气息奄奄，人命危浅，朝不虑夕"的亡国象征意义更加突出和明显了！他这方面的代表作有：《霜叶飞·重九》《六丑·壬寅岁吴门元夕风雨》《应天长·吴门元夕》《八声甘州·陪庾幕诸公游灵岩》《齐天乐·与冯深居登禹陵》《澡兰香·淮安重午》等等。堪称他都市风光代表作的是作于杭州城的《高阳台·丰乐楼分韵得"如"字》：

修竹凝妆，垂杨驻马，凭阑浅画成图。山色谁题，楼前有雁斜书。东风紧送斜阳下，弄旧寒、晚酒醒余。自销凝，能几花前，顿老相如。

伤春不在高楼上，在灯前欹枕，雨外熏炉。怕叙游船，临流可奈清朣。飞红若到西湖底，搅翠澜、总是愁鱼。莫重来，吹尽香绵，泪满平芜。

此词充分代表了梦窗都市风光词的风格和这种风景所呈现的"日薄西山，气息奄奄"的时代景象。陈洵《海绡说词》评曰："'浅画成图'，半壁偏安也；'山色谁题'，无与托国者；'东风紧送'，则危急极矣。凝妆驻马，依然欢会；酒醒人老，偏念旧寒；灯前雨外，不禁伤春矣。'愁鱼'，殃及池鱼之意。'泪满平芜'，城邑丘墟，高楼何有焉，故曰'伤春不在高楼上'。是吴词之极沉痛者。"麦孺博也评曰："秾丽极矣，仍自清空，如此等词，安能以'七宝楼台'诮之!"（梁令娴《艺蘅馆词选》引）

萨都剌与元代诗歌

杨　镰

上　　篇

　　萨都剌是备受关注的元代文学家、诗人。

　　在中国文学史上，元代是新时期的起点：此前文学作品的体裁，主要是诗歌与散文。自元代开始，四种文体：诗歌、散文、戏曲、小说齐聚文坛。

　　元代的国策之一，是区分治下的人群分为四等，即：蒙古人、色目人、汉人、南人。蒙古人，是元朝的创立者。色目人，是中国西北以至西亚、欧洲的较早归附蒙古的民族，大致等同于西域人。汉人，是汉族为主的北方民族（包括女真、契丹、渤海等）。南人，指原南宋区域的汉族与其他南方民族。

　　元代对中华文明史的贡献，在于将单一的民族文化，转换为大华夏区域的文化。借助汉语为蒙古、色目等母语非汉语民族的社区交际语言，用汉语写作文学作品（"双语文学"）是元代文学与文化的特点。

　　元代文学除四种文体具备，还有中国历史上代表性最广泛的作家队伍，用汉语写作、并有作品流传至今的文学家，包括汉族、蒙古族、畏吾（回鹘）、唐兀（河西）、西夏、吐蕃、康里、撒里、大食、钦察、回回（回纥）、葛逻禄、乃蛮、渤海、契丹、喀喇契丹（西辽）、中山、阿鲁浑、克列、塔塔儿、雍古等数十个民族的人物，还有来自拂林、天竺等地的侨民。上述情况，除元代，中国文学史从未有过。

以信仰而言，元代以前，只有儒、释、道作家，元代则扩大为也里可温（有基督教背景）、答失蛮（有伊斯兰教背景）与儒、释、道共处文坛。

元代诗、文、戏曲、小说四种文体之中，以往对元诗的文献积累相对较少。据编辑《全元诗》的前期文献普查，元代至少有五千一百位诗人，流传至今的诗超过十三万首。

文献普查证实：诗人仍然是元代人数最多的文学群体，诗歌是不同民族之间的交流情感的重要通道，是社会生活的"调色板"。相对而言，元诗历来受到研究者忽视，甚至认为"元无诗"（元诗不能与元代其他文体并立，元诗也不能与唐、宋、明、清并称），这种看法与元代文学的实际情况不符。在元代，元诗具有广泛的社会性，诗坛成为文人的竞技场所、文化社区。元代科举的时兴时废，反而促进了诗学发展、诗坛兴盛。

清人顾嗣立编刊的《元诗选》，是此前元诗学的主要成果。《元诗选》的成就之一，体现在重视蒙古色目诗人。《元诗选》初集的萨都刺小传，是第一篇元代蒙古色目诗人论，顾嗣立首倡其说："有元之兴，西北子弟，尽为横经。涵养既深，异才并出。云石海涯（贯云石）、马伯庸（马祖常）以绮丽清新之派振起于前，而天锡（萨都刺）继之，清而不佻，丽而不缛，真能于袁（袁桷）、赵（赵孟頫）、虞（虞集）、杨（杨维桢）之外，别开生面者也。"

中国文学史由作家与作品构成。元代文学，是华夏文学。萨都刺与元代诗歌，是元代文学的重点，也是难点。通过对萨都刺与元代诗歌的研究，元代文学的整体面貌与作家成就更加清晰。

中　篇

通过一项对元代文学中的元诗所作的量化分析研究，我们曾得出如下结论：

借助历来受到重视的元诗选本（包括元人选录本朝诗文者），一一列出了入选诗人名单，入选次数最高的三个诗人（从元到近代元诗选本都列入），是虞集、杨维桢、萨都剌。而入选诗篇数目最多的前三位诗人，则是杨维桢、萨都剌、虞集。

虞集，是元馆阁名臣中的"南人"，曾用蒙古语为元朝皇室讲解传统的四书五经。地位与知名度，都是朝野仰望的文坛泰斗。

杨维桢，作为文学从元过渡到明的文坛盟主，其诗以新奇为标榜，被称为"铁崖体"或"铁体"。

萨都剌，使用汉语写作的西域人（"答失蛮"），成为华夏区域贯通南北、衔接东西的元代"大一统"的体现。虞集这样评价时尚诗人萨都剌："最长于情，流丽婉转，作者皆爱之。"杨维桢则说："其诗风流俊爽，修本朝家范。"所作以《宫词》知名，"虽王建、张籍无以过矣"。

"双语诗人"萨都剌，是家族有伊斯兰背景的"答失蛮"。由于身后没有留下碑传，萨都剌生平的某些内容（比如生卒年）尚待研究。

萨都剌，字天锡，号直斋。家族入居中原之后，占籍雁门（山西代县）。萨都剌工诗词、能书画，早年家境窘困，曾远游吴楚，经商谋生。对世情介入颇深，与时尚文人黄溍、曹鉴、李孝光、傅若金、陈旅等交游唱和，以能诗知名。泰定四年（公元1327年）进士，授翰林国史院应奉文字。元文宗天历二年（公元1329年），出为镇江录事司达鲁花赤，历任南御史台掾史、御史、燕南廉访司照磨。后至元元年（公元1335年）迁福建廉访司知事，历燕任南廉访司经历、淮西江北廉访司经历。晚年，弃职归隐于安庆司空山。

萨都剌是泰定四年进士，元代文献记载从无异词，虞集有《寄丁卯进士萨都剌天锡》诗。元代科举时断时续，历届进士，年龄一般在三十至五十岁之间，至顺元年（公元1330年）序刊的钟嗣成《录鬼簿》，将萨都剌列入"前辈名公乐章传于世者"节；杨维桢《西湖竹枝集》小传则说，萨都剌"官至燕南宪司经历，卒"，《西湖竹枝集》编成于至正八年（公元 1348 年）。由此大致推知：萨都剌生卒年在至元十七年（公元 1280 年）～至正五年（公元 1345 年）之间。

作为元代主要诗人，萨都剌家族是来自西域的"答失蛮"（信仰伊斯兰教，或有伊斯兰教背景），最初定居在中原北方的雁门，从雁北进出大都（即今北京），历仕南北，所任主要是下级官员，涉及的区域主要是大江南北，在御史台、廉访司等监察机构任职期间，诗人是他与各地文人认同的身份。

萨都剌的作品（主要是诗词），在当时与后世流传颇广。其中七言律诗《越台怀古》是元诗名篇：

> 越王故国四围山，云气犹屯虎豹关。铜兽暗随秋露泣，海鸦多背夕阳还。一时人物风尘外，千古英雄草莽间。日暮鹧鸪啼更急，荒苔野竹雨斑斑。

萨都剌所作《宫词》曾广泛流传在民间。元明之际人瞿佑在《归田诗话》，针对萨都剌诗作出评价："萨天锡以《宫词》得名"，但在《纪事》等诗篇之中，"直言时事不讳"，甚至涉及元代历史的一大隐秘：泰定帝死于上都、元文宗自江陵入承皇位。

《芙蓉曲》《过淮河有感》等诗篇，表达了浪迹天涯的诗人对异乡的认同与皈依感，《芙蓉曲》诗云：

> 秋江渺渺芙蓉芳，秋江女儿将断肠。绛袍春浅护云暖，翠袖日暮迎风凉。
> 鲤鱼吹浪江波白，霜降洞庭飞木叶。荡舟何处采莲人，爱惜芙蓉好颜色。

在《芙蓉曲》中，诗人不是旁观者，而是与采莲人一同漂泊在秋江的船夫。这首诗打动人心之处不在于词句华美，在于使读者如同亲临其境。这样的诗篇，是写给采莲人、船夫们的。从阳春白雪（宫词）

到下里巴人，也是诗人身份的转换。而《过淮河有感》以"淮水清，河水黄，出门偶尔同异乡"起兴，以"东流入海殊不恶，万里同行有清浊"作结，则通过诗篇，多次路经淮河的旅途经历，体现出人生的坎坷与旅途的美好情怀。

这，就是作为"双语诗人"、占籍雁门的色目人写下的诗篇。可以说，萨都剌的诗词，是他所处的时代的反映，是他亲身经历的实录。

萨都剌不仅是诗人，也是词家。词传世不多，只有十几篇，但几乎篇篇是杰作。《念奴娇·登石头城》《满江红·金陵怀古》都是元词代表作。《金陵怀古》写道：

> 六代豪华春去也，更无消息。空怅望，山川形胜，已非畴昔。王谢堂前双燕子，乌衣巷口曾相识。听夜深寂寞打孤城，春潮急。
>
> 思往事，愁如织，怀故国，空陈迹。但荒烟衰草，乱鸦斜日。玉树歌残秋露冷，胭脂井坏寒螀泣。到如今只有蒋山青，秦淮碧。

将《满江红·金陵怀古》与七言律诗《越台怀古》一起读之，通过诗词，作为南来的"北人"（色目人），表述的是与家族融入中原的感受。所谓"怀古"，是萨都剌"走进"中华民族历史的感情通道。"一时人物风尘外，千古英雄草莽间"，则写出自己对历史发展过程的反思。"英雄""草莽"有共同的起点。"空怅望，山川形胜，已非畴昔""到如今只有蒋山青，秦淮碧。"对于词作者，使其感慨不已的是，不同民族将拥有共同的未来，这个未来，建立在高度发达的古代文化基础之上。

在"怀古"诗歌之中，诗人萨都剌力图把握中华民族的历史脉络，并将对中原的人文情怀转化为在中原落地生根的认同感。

宋元之际，江南的民间广泛流传着"白雁南来"的传说。北人（包括一切非"南人"的民族）南来，是元统一中国的标志。"白雁"，隐含元军南征统帅伯颜的名字，北人进入江南，与南人北上前往大都、上都，是新的民族融合。

以萨都剌为代表的"双语诗人"与他们的作品,成为南北居民共同拥有的文化基因。

萨都剌诗词占据元代文学的顶巅,成了元代文学的象征。他的作品在当时的不同人群中不胫而走,传诵颇广。至今,有关萨都剌的生平、经历、诗集版本等内容还有争议。但是,他在文坛的地位与影响则没有争议,他的杰出的作品,是元代诗词、元代双语文学与文化的代表作。

下　　篇

萨都剌研究,是元代文学研究的重点,也是难点。

由于未见碑传,除了生卒年争议较大,涉及萨都剌生平经历的一些具体内容也有不同说法。作为一代诗人,《至正直记》等元代文献甚至对诗人萨都剌的身份提出了异说,孔齐(孔克齐)《至正直记》卷一记载:

> 京口萨都剌,字天锡,本朱氏子,冒为回回人。善咏物赋诗……颇多任务巧。金陵谢宗可效之。然拘于形似。欠作家风韵,且调低,识者不取也。

尽管肯定了萨都剌"善咏物赋诗",但从根本上否定了色目人(答失蛮)萨都剌的存在。

《至正直记》是元后期影响广泛的笔记,评价萨都剌,是评价元末流行的"咏物诗"的前提。但萨都剌不是京口人,不是姓朱的汉族,更没有"冒为回回人"。因为一个"进士"、文坛名人,这是伪冒不了的。特别是进士。元代科举分为两榜,蒙古人、色目人为右榜,汉人、南人为左榜,绝对混淆不得。这不是亣井闲言碎语所能承担的重量。另外,上述虞集、杨维桢等众多知名文人在自己的文集中保留的诗文,更不可能全部出自伪作。以虞集而言,他是馆阁名臣,《道园学古录》编成在他生前。《寄丁卯进士萨都剌天锡》一篇,已经对所有问题做出了定位。而杨维桢本人则是萨都剌同年——同是泰定四年进士。

所谓"京口萨都剌，字天锡，本朱氏子，冒为叵回人"，显然是当时一则传闻。

萨都剌是蒙古色目人通用的名字，但"字天锡"的萨都剌，无疑是诗人萨都剌。据元人文献记载，诗人萨都剌的弟弟叫剌忽丁、侄子叫萨仲礼、萨仲明。这很难混淆。

萨都剌不是京口人，祖籍雁门。据《雁门集自序》，在成进士之后，曾任京口录事长，这也许就是"京口萨都剌"的来历。《诗渊》编入的萨都剌诗，大部分题为"燕山萨都剌"作，如是，离开家族最初聚居地雁门之后，他家可能占籍于大都。但说"京口萨都剌"，则没有可能。在一定程度上，这与进士（乡试）的报名与考试有关。进士考试的第一关就是籍贯。元代四等人之中，"冒为回回人"与"冒为蒙古、色目人"一样，是社会现象。这从元人的名字上可以看得出来，比如"严蒙古不花""王按摊不花"，往往是父母来自不同民族的特征。但对萨都剌来说，以其知名度冒认族属进入考场，则得不偿失。

这则"社会新闻"显然是不实之词。只能说明：萨都剌在社会各界都有一定名气与影响，这与他浪迹天涯的广博生平经历有关。

对萨都剌来说，其诗集本是元代重要的一种，但也是问题颇多的一种。可以说，目前见到的萨都剌集，都不是原本，而且都有诗篇与其他诗集混编。例如《四库全书总目》卷一六七卢琦《圭峰集》提要指出，元诗人卢琦《圭峰集》就"误入萨天锡诗六十余首"。萨都剌别集《雁门集》（《萨天锡诗集》）的元刻本不存，但明刊本有若干种。在明刊本《雁门集》前，有元人干文传序。经过认真考证，可以确认"干文传序"是拼凑或伪造之作。如果干文传序不伪，萨都剌的生平疑难与矛盾之处就难以解读。等于从另一个层面上为《至正直记》的说法提供了证词。

实际《雁门集》的问题，与明人刻书掺假的现象有关。对萨都剌别集内容的确认，是元诗文献学研究的难点。其实作品误入萨都剌集或萨都剌作品编在其他的诗集之中，并不止"六十余首"，这是江山易代之后对前元"色目"诗人身份的忽视、但具体到萨都剌其人则难以忽视这一矛盾状况的体现。只有对萨都剌生平做出考证研究，对上述诗篇才能做对应的甄别。

萨都剌诗歌历来受到诗论家、诗选家与读者的共同关注。不但是元代最主要的诗人之一，也是元代"双语文学"的代表作家。

顾嗣立《元诗选》初集的萨都剌小传所谓"以绮丽清新之派振起于前"的贯云石、马祖常，都是来自西域的双语诗人。

贯云石祖籍新疆别失八里，祖父阿里海涯随元朝大军征战，贯云石家族从西域迁居大都（北京），成为白石桥附近的"畏吾村"居民。贯云石放弃军职，在元仁宗时出任翰林学士，最终弃职再次南下，定居在杭州。他是最有影响的元曲家，元代散曲被称为"马贯音学"，马，指马致远，贯，即贯云石。

重返江南后，贯云石写了一组七言绝句《咏梅》，其中两首写道：

> 青绫梦断恨初动，檐下风生信与参。砧韵敲寒惊楚曲，有人漂泊在江南。
>
> 角韵凄凄苦梦参，长吟云碧锁寒潭。而今清瘦无消息，人与梅花总在南。

诗中借早赏梅，披露对江南山山水水的皈依情感。

马祖常是雍古人，家族由西域内迁，最终定居信阳潢川，成为历仕数朝的元史名臣，兼有文学家、政治家身份，元文宗赞誉为"中原硕儒"。在奉命出使河西时，路经部落进入中原的过渡性居住地青海狄道，以《河湟书事》二首将家族往事融入丝路贯通东西方文明的过程，其二写道：

> 波斯老贾度流沙，夜听驼铃识路赊。采玉河边青石子，携来东国易桑麻。

这是元诗之中直接写到丝绸之路（玉石之路）的杰作。

　　与贯云石、马祖常同是"双语诗人"的萨都剌，以七言绝句《登姑苏台》表述个人浪迹天涯的漂泊之感：

　　　　阊门杨柳自春风，水殿幽花泣露红。飞絮年年满城郭，行人不见馆娃宫。

《登姑苏台》与怀古诗、怀古词气韵贯通，寥寥数语写尽诗人独行江南的失落与收获，作为诗人，经历岁月的流逝，地域的阻断，人情的纠结，独领风气之先，成为不同民族、不同朝代、不同眼光的诗选家、诗论家认同的元朝诗歌的领军人物。

"四大奇书"与《三国志演义》

刘世德

准备讲四个问题。第一个问题是：什么叫"四大奇书"？第二个问题是：《三国志演义》的书名。第三个问题是：《三国志演义》的作者是不是罗贯中？第四个问题是：以"捉放曹""杀吕伯奢"为例，来探讨罗贯中在撰写《三国志演义》的过程中有没有付出了创造性的劳动？

一 "四大名著"与"四大奇书"

"四大名著"是由当前一些出版社提出的一个约定俗成的说法，指的是《三国志演义》《水浒传》《西游记》和《红楼梦》四部小说。

"四大奇书"最早是明代文学家王世贞提出的。明朝"前七子""后七子"里边有个著名的文学家、文学批评家叫王世贞，是他提出了"四大奇书"这个名词。但是他讲的"四大奇书"，指的是《史记》《庄子》《水浒传》《西厢记》，并不是指那四部古代小说。

他这个提法出现以后，清朝初年的李渔——李笠翁，戏曲家、小说家、戏剧评论家，提出了不同意见，说王世贞的话有缺陷，既然叫奇书，应该是同一个种类、同一个类型的书，放在一起才能并称，把历史散文、哲学散文、小说、戏曲归拢在一起，不妥当。他说，他赞成冯梦龙的提法。

冯梦龙是怎么说的呢？冯梦龙在王世贞之后也提出了"四大奇书"，他是针对明代小说而提的，就是我们现在所知道的《三国志演义》《水浒传》《西游记》《金瓶梅》，这四部书都是小说。"四大奇书"指明代的四部长篇小说，是冯梦龙最早提出的。

今天来看，我国古代小说的代表作应是《三国志演义》《水浒传》《西游记》《红楼梦》《儒林外史》和《聊斋志异》，《金瓶梅》不应名列其中。

如果要从今天我们知道的明清两代古典小说里边选四部最有代表性、最伟大的作品，那么就得包括清朝，不能把清朝的小说排除在外，所以"四大奇书"应当和"四大名著"这个概念一致，也就是说，应该去掉《金瓶梅》，增加《红楼梦》，叫"四大奇书"也好，叫"四大名著"也好，都代表了我们中国古代小说的最高成就。

有人说，为什么非要把《金瓶梅》排除在外？难道不可以说五大奇书、五大名著、六大奇书、六大名著吗？我觉得没有这个必要。俗话说"物以稀为贵"，伟大的作品一定要少，多了就不伟大了，没有那么多伟大的作品。这也代表我对《金瓶梅》这部书的一个看法，一个评价。老实说，最近学术界对《金瓶梅》这部小说评得太高了。《金瓶梅》没有那么伟大，不能和那三部小说以及后来的《红楼梦》《儒林外史》相提并论，不能捧那么高，甚至连《金瓶梅》是淫书这一点，学术界有些学者都不承认，千方百计地替它辩解。

我想，应该承认它是淫书。

《金瓶梅》在历史上历来被认为是淫书。例如，《聊斋志异》的作者蒲松龄在写《聊斋志异》的时候，基本上每篇故事之后，有一个他发的议论。这个议论叫"异史氏曰"。在一篇议论当中，他考证"太太"这个词在历史上是什么时候开始用的，他认为他所看到的书里，《金瓶梅》用"太太"两个字是最早。举的例子就是林太太，大家读过《金瓶梅》都知道这个故事。他怎么说呢？蒲松龄并没有说林太太这个人在《金瓶梅》出现，他说林太太是《淫史》这本书里的人物。他把

《金瓶梅》就叫做《淫史》，可见得在蒲松龄的心目当中——这也代表了当时一般读书人的看法——《金瓶梅》是一部淫书。他没说"淫书"，而说是"淫史"，这个"史"字，在当时蒲松龄他们这样的文人中使用的习惯和方法来说，就相当于小说。蒲松龄在自己的诗文当中，就把自己写的志怪小说叫做"鬼狐史"。所以"淫史"就是指淫秽的小说。蒲松龄连它的名字都不愿提起。

《金瓶梅》不但在中国是禁书，在外国也是禁书。我举两个例子。

第一个例子，1924～1929 年，老舍居住在英国，他不是一个人住，和一个英国汉学家克莱蒙特·埃杰顿（Clement Egerton）住在一起。两个人为什么住一块呢？那个英国人教老舍英语，老舍教那个英国人汉语。那个英国汉学家想翻译《金瓶梅》，就由老舍给他逐句讲解，然后他用英文把《金瓶梅》翻译出来，一共花了五年时间，他终于把《金瓶梅》翻译出来了。但是，翻译出来了，禁止在英国出版，一直到几十年以后才解禁，这部书的英文版才公开出版。在公开出版的时候，所有淫秽的文字全部用拉丁文代替，不能以英文出现。英文版《金瓶梅》扉页上写了译者的一句话：此书献给我的朋友 C. C. Shu。C. C. Shu 舒就是舒庆春，舒庆春就是老舍原来的名字。这是在英国。

第二个例子，在法国。1985 年我访问巴黎，和那边学术界的朋友聊天的时候，才知道法国的《金瓶梅》也是禁书，一直到 1984 年——我去访问的前一年——刚解禁。解禁的标志就是出版了法国汉学家雷维安（André Lévy）翻译的《金瓶梅词话》的全译本。在此之前，别的国家是不是有呢？有，有德文的译本，也有别的译本，但是全部都是节译本，也就是说，全译本肯定是禁书，节译本是可以出版的。

小说不是不可以描写性爱。但有两点值得注意。一是要有节制，蜻蜓点水，适可而止。二是不能让它游离于作品的主题之外，要和故事情节的发展保持着有机的联系。

我们试着比较《金瓶梅》《水浒传》《红楼梦》。关于西门庆和潘金莲偷情的描写，《水浒传》作者掌握的分寸比较恰当。而在《金瓶梅》中，关于西门庆和潘金莲的几段描写，十分不堪，和当前我们正在"扫黄打非"中予以查禁的淫秽光盘有什么两样？再看《红楼梦》，贾琏和鲍二家的那一段，是暴露贾琏的丑态；尤三姐那一段，作者的描写适可而止，目的是先抑后扬，给下文尤三姐企图改过自新作铺垫。《金瓶梅》完全不同，作者抱着欣赏的态度，津津有味地、连篇累牍地沉溺于那些肮脏的细节描写，就像西方国家夜总会的色情表演一样，是展览，而不是暴露；是颂扬，而不是谴责，是把丑恶当成了美丽。

《金瓶梅》有突出的、严重的缺点，降低了它的艺术价值。

二 《三国志演义》的书名

我认为，《三国志演义》这部小说的正式的、科学的、准确的书名应该是"三国志演义"，而不是"三国演义"。

为什么呢？这牵涉到对"演义"二字的理解。用今天的话说，"演"就是阐述、表现、介绍、发挥等等的意思，"义"就是书的内容、蕴涵的思想、故事情节等等的意思。"三国志"当然指的就是二十四史当中的陈寿的《三国志》。所谓"三国志演义"，用通俗一点的话说，实际上就是"演《三国志》之义"的意思。

所以"志"字是不能缺少的。

几年前，我曾到日本国立东北大学做客座教授。有一次，我在演讲厅发表演讲，演讲的题目是"走进《三国志演义》的世界"。演讲之前，走廊里贴着一张大布告。上面写着：今天请刘世德教授"讲义"。"讲义"这两个字，在这里，是作动词用。和我们中国不同。我们的"讲义"两个字是名词。

其实，"讲义"和"演义"的意思一样。"讲"相当于"演"，"义"就是"义"。

既然是"演《三国志》之义"，那么，"志"怎么可以缺少呢？

现在流传下来的几十种明刊本《三国志演义》，绝大多数的书名都有这个"志"字。我发现只有极少数的刊本，例如夷白堂刊本（明末，杭州）的版心题作"三国演义"。其他的明刊本，还没有发现正式的书名叫做"三国演义"的。

把书名叫做"三国演义",有两个起点。第一个起点是毛宗岗评本。但是,最早的毛宗岗评本仍然是以"三国志演义"为正式的书名。只不过后来翻刻的毛宗岗评本有的就叫做"三国演义"了。第二个起点是上个世纪五十年代初期人民文学出版社的排印整理本。那个时候,规定古代小说只能由北京的人民文学出版社整理、出版。直到"文革"以后,这个约束方才打破。人民文学出版社排印本的书名就叫做"三国演义"。由于它的流行,它的垄断性,这个书名就广为人知了。

在这里,我要指出两点。第一,我们学术界的许多权威学者,在他们的著作或论文中,凡是提到这部小说的时候,都一律写作"三国志演义",而不写作"三国演义"。鲁迅、郑振铎、孙楷第、何其芳等等,无不如此。第二,在日本,此书也不叫做"三国演义",而是叫做"三国志"。日本有个"三国志学会",我因为是研究《三国志演义》小说的中国学者,而被聘任为那个学会的理事。

由此可见,书名中的那个"志"字是万不能少的。

三 《三国志演义》的作者

中国的古代小说,往往有作者问题。有时候,某一部小说的作者到底是谁,一时很不容易说清楚。

这有四个方面的原因。

第一个原因:在那个时代,小说不受上流社会重视。大多数的人把小说当作是茶余酒后的一种消遣物。因此,小说的作者也不受到重视。人们只要看小说的内容,小说的故事,谁管你是张三写的,还是李四写的。

第二个原因:小说作者的社会地位低微,受到一些人的蔑视,所以一般不敢署名,不敢挺直腰杆,理直气壮地公开承认,这部小说就是我某某某写的。

第三个原因:那个时代没有稿费,作者的头脑里也没有著作权的概念。他们是随意而写，随意而流传。除非是内容出了违反法律的问题，出了诽谤他人的问题，才会去注意和调查作者是谁。

第四个原因：很多小说不署作者的姓名，例如《西游记》和《红楼梦》。有的则不署真实的姓名，而只署一个谁也不知道的笔名，例如《金瓶梅》。

这就给古代小说研究中增加了一个专门的课题：研究小说的作者问题。《西游记》的作者是不是吴承恩？《红楼梦》的作者是曹雪芹，还是石兄，或者是曹雪芹的爸爸，或者是河北丰润一个姓曹的某某人？《金瓶梅》的作者"兰陵笑笑生"是谁，竟然出现了三四十种猜测！直到今天，这些古代小说的作者问题，还在不断地引起海内外学术界的争论。

我曾经说过，"和其他著名的小说家比较起来，罗贯中还算是幸运的。不管怎么说，他的姓名总是和《三国志演义》牢固地联系在一起的。"可是，我的一位学生对我说，"刘老师，您说得太早了！太乐观了！"原来，就在我说这话不久，就有一位姓张的先生，连续不断地发表几篇论文，剥夺了罗贯中的著作权。但是，他的理由不充分，他的根据也不充足。他可以说是犯了常识性的错误。他错误地把一个明末天启年间出版的《三国志演义》黄正甫刊本当成了比嘉靖刊本还要早的刊本，因此得出了错误的结论。

关于这个问题，今天不能细说。我在这里只需要举出两个证据：第一，所谓"黄正甫"这个人，在福建建阳黄家的家谱上，叫做"黄一鹗"，是万历年间的人。第二，日本目前还保存着黄正甫所刊刻的其他书籍，书上明确地记载着刊刻的年月，是万历年间，而不是嘉靖以前。

我有把握地告诉大家：他的结论是不能成立的，是错误的。罗贯中的著作权是不能剥夺的。

那么，为什么说，《三国志演义》的作者就是罗贯中呢？

现存最早的完整的《三国志演义》刻本是嘉靖壬午本。在它的上面，明确地题署着两行字：

晋平阳侯陈寿史传

后学罗本贯中编次

这两行字意味着什么呢？第一行字，说明小说的素材来自什么地方。第二行字，向读者指出作者是谁。

对这个题署，要特别注意三点：

第一，《三国志演义》的素材来自陈寿的《三国志》。但是，陈寿并没有做过平阳侯。他是晋朝人。他只做过平阳侯相。平阳侯相是平阳侯下属的官员。其地位相当于县令。平阳侯和平阳侯相，虽然只差一个字，从官职、地位和身份来说，差别是十分巨大的。怎么可以把它们混为一谈呢？把陈寿的官职说成是平阳侯，这是罗贯中所犯的一个错误。这个明显的错误不仅出现在这里的题署上，还一而再、再而三地出现在小说的正文中。这说明罗贯中犯这个错误，并不是偶然的。

第二，为什么说是罗贯中所犯的错误呢？因为这两行字是他自己亲笔所写的。他在自报家门：我姓罗，名本，字贯中。

第三，为什么说这两行字是他自己亲笔所写的？因为有"后学"两个字作证明。"后学"是什么意思呢？它是一种自谦之辞，是相对于前辈学者陈寿而言。这两个字必然出自作者罗贯中本人的笔下。旁的人没有必要去代替他谦虚。

这就是铁证：罗贯中千真万确地是《三国志演义》的作者。

我在前面说，罗贯中是幸运的。这有两层含义。一层含义是说，他自报家门，确定了自己的不容剥夺的著作权。另一层含义则是说，他有一位朋友。这位朋友给他写下了一篇小传，让我们得以对这位伟大的小说家的生平有一个大概的了解。

这位朋友叫贾仲明。贾仲明是山东淄川人（他和蒲松龄是同乡），是元末明初著名的戏曲家，著有《录鬼簿续编》。

七十多年前，几位辛勤访书的学者，其中有郑振铎和赵万里，他们意外地发现了天一阁旧藏的明代的蓝格抄本《录鬼簿》和《录鬼簿续编》。《录鬼簿》是元代钟嗣成编写的。它是一本记载元代戏曲家的生平事迹、作品目录的专著。《录鬼簿续编》则是贾仲明编写的，是钟嗣成《录鬼簿》的续编。

令人惊喜的是，在《录鬼簿续编》中，赫然列有《三国志演义》作者罗贯中的小传。

关于罗贯中，传世的资料不多。而最早、最全面、最详细、最可靠的资料，就要数《录鬼簿续编》中的这篇小传了。

《录鬼簿续编》是一部什么样的书呢？

《录鬼簿续编》记录了元末明初的戏曲家78人的生平事迹和作品目录。

这78人，按记录的次序说，第一位是《录鬼簿》的作者钟嗣成。第二位便是罗贯中。这反映了罗贯中在贾仲明心目中的重要地位。

罗贯中小传说：

> 罗贯中，太原人，号湖海散人。与人寡合，乐府、隐语极为清新。与余为忘年交，遭时多故，各天一方。至正甲辰复会，别来又六十余年，竟不知其所终。

这篇小传不愧为"小"传。它在短小的篇幅之中，描绘了罗贯中生平事迹大致的轮廓。对它所包含的内容，可以有如下的理解和解释：

这篇小传的传主就是《三国志演义》的作者罗贯中。罗贯中兼有两种身份，他不但是一位伟大的小说作家，而且还是一位优秀的杂剧作家、散曲作家。

他和许许多多伟大的作家一样：他们往往是博学多才的，他们的成就和贡献也常常是多方面的。例如，《红楼梦》作者曹雪芹不但是小说家，还是诗人、画家；《聊斋志异》作者蒲松龄的传世作品不但有文言小说，还有诗文、俗曲；《西游记》作者吴承恩也是同时兼有小说家和诗人的两种身份。

"太原人"

罗贯中的故乡是太原，即今天的山西省太原市。

在元代，有众多的山西籍杂剧作家。不难举出一连串的名字，例如：李寿卿、刘唐卿、于伯渊、赵公辅、李行甫、狄君厚、孔文卿、石君宝、郑光祖、乔吉，等等。在中国戏剧史上，或在中国文学史上，这是一个引人注目的突出的现象。

"号湖海散人"

以"湖海散人"为号，具有两层含义：一方面，他是布衣之士，一生没有获取过功名，也没有在官场上做过事；另一方面，他生活于动乱的年代，背井离乡，四方漂泊，湖海为家。

"与人寡合"

这表现了罗贯中的性格特点。

他显然是个性格内向的文人，不擅长人际的交往。用"孤芳自赏"之类的词句来形容他，也许八九不离十。

"乐府"

乐府指的是散曲。这表明，罗贯中不但写杂剧，也写散曲。

"隐语"

隐语的含义，和我们今天所说的"谜语"差不多。

《三国志演义》本文提到了隐语。那是在第 141 节（第 71 回）"黄忠计斩夏侯渊"，曹操兴兵，路过蓝田，去蔡邕庄上看望——

> 时董祀在任所牧民，止有蔡琰在庄。琰闻操至，忙出迎接。操至堂。琰起居毕，侍立于侧。操偶见壁间悬一碑文图轴，起身观之，问于蔡琰。
>
> 琰答曰："此乃曹娥之碑也。昔和帝朝时，会稽上虞有一师巫，名曹旰，能婆娑乐神。五月五日，醉舞舟中，堕江而死。其女年十四，绕江啼哭，十七日不息声，跳入波中。后五日，负父之

尸，浮于江面。里人葬于江边。后上虞令度尚奏闻朝廷，表为孝女。尚令邯郸淳作文，镌碑以记其事。淳年十三岁，文不加点，一笔挥就，立石墓侧。先人闻知去看，时夜黑，以手摸其文而读之，索笔题八字于其背。后人镌石继打，故传于世。是为先人遗迹。"

操读八字云："黄绢幼妇，外孙齑臼。"操问琰曰："汝解此意否？"琰曰："虽先人所遗之迹，妾不知其意。"操回顾众谋士曰："汝等解否？"众皆低首。于内一人挺身而出，答曰："某已解其意。"操视之，乃主簿杨修也。见管行军钱粮，兼理赞军机事。操曰："卿且勿言，容吾思之。"

操乘马行三里，忽悟省，笑问修曰："卿试言之。"修曰："此隐语也。'黄绢'，乃颜色之丝也。色傍搅丝，是'绝'字。'幼妇'者，乃少女也。女傍少字，是'妙'字。'外孙'，乃女之子也。女傍子字，是'好'字。'齑臼'，乃受五辛之器也。受傍辛字，是'辞'字。总而言之，乃'绝妙好辞'之四字也。此是伯喈赞美邯郸淳之文，乃绝妙好辞也。"

操大惊曰："正合孤意！"

"黄绢幼妇，外孙齑臼"是谜面，"绝妙好辞"则是谜底。这和现在的谜语是差不多的。在元末明初，在中、下层文人中，猜谜语是一种流行的风气和爱好。根据《录鬼簿》和《录鬼簿续编》的记载，很多戏曲家都擅长猜谜语。罗贯中也不例外。

"清新"

贾仲明用"清新"两个字来概括罗贯中戏曲作品的风格，比较恰当，因为这符合于罗贯中留下的杂剧作品（《赵太祖龙虎风云会》）的实际。

"与余为忘年交"

罗贯中和贾仲明是"忘年交"。

忘年交，是指不受年龄或行辈的拘限，由于两人在才能和道德品质方面相互敬慕，因而成为知心的朋友。

这表明，罗贯中和贾仲明两个人的年龄相差很大。差距起码要在二十岁上下。具体用在罗贯中、贾仲明二人身上，可以有两种不同的解释。一种解释是：贾仲明的年龄大于罗贯中二十岁上下；另一种解释则是：罗贯中的年龄大于贾仲明二十岁上下。

"遭时多故，各天一方"

元末明初是兵荒马乱、动荡不安的年代。他们两个人结交的地点大约是在杭州。此后便分手了。天南地北，不在一个地方，没有见面的机会。"各天一方"反映了元末明初一些文人的遭遇。这是当时他们的一个爱用的词语。在《三国志演义》中，罗贯中就不止一次地使用过这个词语。

"至正甲辰复会"

罗贯中和贾仲明二人结交之后，曾在"至正甲辰"那一年再度相逢。至正是元代最后一个皇帝的最后一个年号。甲辰，即至正二十四年（1364）。再过四年，就是明朝正式开始的第一年，即洪武元年（1368）了。

"别来又六十余年"

"六十余年"是从至正二十四年算起的。

"竟不知其所终"

从至正二十四年（公元1364年）会晤之后，便失去了罗贯中的消息。

贾仲明的这个记载，字数不多，却非常重要。它向我们提供了有关罗贯中的种种情况：他的籍贯，他的别号，他的性格，他的文字风格，他的交游，他的经历等。这些，对中国小说史或中国文学史的研究者说来，都是新鲜的、罕见的史料。依靠这篇小传，我们对罗贯中这位伟大作家的生平才有了初步的了解。

《三国志演义》的作者是罗贯中。时下有人否定这一点，是没有根据的，没有说服力的。原因在于他对"黄正甫刊本"的时代作了错误的判断。罗贯中是山西太原人。在他的友人贾仲明的《录鬼簿续编》中有明确的记载。他不是山东东平（东原）人。从古到今，在山东的地方行政区域建制上，没有名叫"东原"的地方。罗贯中也不是浙江慈溪人，那只是一个叫做"罗本"的人，而不是罗贯中。

四 创造性的劳动：从《三国志》到《三国志演义》

《三国志演义》是作家罗贯中付出了独创性的劳动写出的作品，而绝不是什么"积累型"的作品。这一点从关于"捉放曹""杀吕伯奢"的故事情节中可以清楚地看出来。

"捉放曹""杀吕伯奢"故事见于《三国志演义》第8节（毛评本第4回）"曹孟德谋杀董卓"：

> 曹操日行夜住，奔谯郡来。路经中牟县过，把关者见之，曰："朝廷捕获曹操，此必是也！"当住问曰："汝何姓？那里来？"操曰："我覆姓皇甫，从泗州来。"把关者曰："朝廷捕获曹操，你的服色、模样正对。"拖见县令。操赖道："我是客人。"县令曰："我在洛阳求官，认得曹操，捉来便知。"夺了马，拥至庭下，县令喝曰："我认得你，如何隐讳？且把来监下，来日起解。万户侯我做，千金赏分与众人。"把关人赏了，皆散。
>
> 至晚，县令引亲随人取出曹操，于后院问之："我闻丞相待你甚厚，何故自取其祸？"操曰："燕雀安知鸿鹄之志哉！汝既拿住，便当解去请赏，何必多问！"县令曰："汝伏小觑我，我亦有冲天之志，奈何未遇其主耳。"操曰："吾乃相国曹参之后，祖宗四百年食汉禄矣，不思报本，与禽兽何异？吾屈身而事董贼者，实欲与

国家除害耳。今事不成，此乃天意也！"县令曰："孟德此行，将欲何往？"操曰："吾归乡中，发矫诏于四海，使天下诸侯共兴兵诛董卓，吾之愿也。奈何天不从之！"县令闻之，乃亲释其缚，扶之上座，酌酒再拜曰："公乃天下忠义之士也，吾弃官而从之。"操问姓名，县令曰："某姓陈，名宫，字公台。老母、妻子皆在东郡。宫愿从公，更衣易马，共谋大事。"是夜，收拾盘费，陈宫与曹操各背剑乘马，投故乡来。

三日至成皋，天色向晚，操以鞭指林深处而言曰："此间有一人，姓吕，名伯奢，是吾父亲拜义弟兄，就往问家中信息，觅一宿，若何？"宫曰："最好。"二人到庄门下马，入见伯奢，下拜。奢曰："我闻朝廷遍行文书，捉你太紧，你父避陈留去了，贤侄如何到此？"操告以前事："今番不是陈县令，已粉骨碎身矣。"伯奢拜陈宫曰："小侄若非使君，曹氏灭门矣。"言罢，与操曰："贤侄相陪使君，宽怀安坐。老夫家无好酒，容往西村沽一樽以待使君。"言讫，上驴去了。

操坐久，闻庄后磨刀之声，操与宫曰："吕伯奢非吾至亲，此去可疑，当窃听之。"二人潜步入草堂后，但闻人语曰："缚而杀。"操曰："不先下手，吾死矣！"与宫拔剑直入，不问男女，皆杀之，杀死八口。搜至厨下，见缚一猪欲杀。陈宫曰："孟德心多，误杀好人！"操曰："可急上马！"

二人行不到二里，见吕伯奢驴鞍前鞒悬酒二瓶，手抱果木而来，伯奢叫曰："贤侄何故便去？"操曰："被获之人，不敢久住。"伯奢曰："吾已分付宰一猪相款使君，何憎一宿？"操不顾，策马便行。又不到数步，操拔剑复回，叫伯奢曰："此来者何人？"伯奢回头看时，操将吕伯奢砍于驴下。宫曰："恰才误耳，今何故也？"操曰："伯奢到家，见杀死亲子，安肯罢休？吾等必遭祸矣。"宫曰："非也。知而故杀，大不义也！"操曰："宁使我负天下人，休教天下人负我！"陈宫默然。曹操说出这两句言语，教万代人骂。

罗贯中在《三国志演义》中所写的这个故事情节，有没有史书上的依据呢？可以说，有依据，也没有依据。说他有依据，是因为他采用了史书中的某些素材；说他没有依据，是因为他对这些素材进行了根本性的改造，创造性的改编。

让我们来看看他是怎样改造的，怎样改编的，他的创造性表现在哪里？

这个故事情节见于《三国志·魏书·武帝纪》：

> 卓表太祖为骁骑校尉，欲与计事，太祖乃变易姓名，间行东归。出关，过中牟，为亭长所疑，执诣县。邑中或窃识之，为请，得解。卓遂杀太后及弘农王。太祖至陈留，散家财，合义兵，将以诛卓。

"关"指虎牢关。"陈留"，今属河南开封。

这段记载比较简略，只有故事的前奏曲，没有故事的主体。尤其是没有吕伯奢其人其事。

《三国志》有裴松之所做的注释。他在注释中引用了不少已遗失的古书的记载。其中，在他所引用的三部书中有"杀吕伯奢"的情节。

这三部书是：王沈的《魏书》、郭颁的《世语》和孙盛的《杂记》。

请看它们是怎样写的——

王沈《魏书》：

> 太祖以卓终必覆败，遂不就拜，逃归乡里。从数骑过故人成皋吕伯奢。伯奢不在，其子与宾客共劫太祖，取马及物，太祖手刃击杀数人。

其中有七点值得注意。

第一，曹操到成皋去找吕伯奢，并不是孤身一人前去，而是有好几个人骑马同行。同行者是哪几个人？作者没有说出他们的姓名。

第二，吕伯奢仅仅是曹操的"故人"。这只是一般的关系。二人之间并没有特殊的亲密的关系。

第三，曹操此行并没有见到吕伯奢本人。当时，吕伯奢已经外出，不在家中。

第四，吕伯奢有几个儿子？没有明确的、具体的交代。

第五，吕伯奢的儿子怎样招待曹操等人？这同样没有明确的、具体的交代。

第六，吕伯奢之子对曹操一行人主动地采取了恶意攻击的行动，而且获得了初步的战果：马和物。

第七，曹操杀了人。但是，他杀人，不是故意的，而是被迫的，出于自卫。至于他究竟杀了谁，到底杀了几个人，以及被杀者之中是不是包括吕伯奢的儿子在内，这些都含糊不清，缺乏必要的交代。

再看郭颁的《世语》：

> 太祖过伯奢。伯奢出行，五子皆在，备宾主礼。太祖自以背卓命，疑其图己，手剑夜杀八人而去。

和王沈《魏书》的记载相比较，在情节上，有两点是相同的：

第一，吕伯奢出行在外，曹操没有见到吕伯奢。

第二，曹操杀了人，但读者并不知道他杀的是谁（当然，他并没有杀吕伯奢）。

但它们不同的情节却有以下六点：

第一，曹操似乎没有同行者。

第二，曹操和吕伯奢是什么关系，没有明确的交代。

第三，吕伯奢有五个儿子。

第四，吕伯奢的儿子们招待了曹操。他们的招待，是殷勤的、礼貌的、善意的。

第五，曹操无缘无故地起了疑心，怀疑吕伯奢之子对自己有不良的企图和举动。

第六，曹操一共杀了八个人。但，这八个人之中，是不是包括吕伯奢之子在内，仍然没有直截了当的说法。猜想起来，这被杀的八个人中，应该有吕伯奢的五个儿子，他们恐怕逃不掉被杀的命运。

孙盛的《杂记》则是这样写的：

> 太祖闻其食器声，以为图己，遂夜杀之。既而凄怆曰："宁我负人，毋人负我！"遂行。

以上三种不同的文字记载，互相比较来说，应当是孙盛的《杂记》写得最好，它尖锐、简练，而又深刻。郭颁的《世语》次之。王沈的《魏书》最差，它替曹操文过饰非，实在是对吕伯奢父子的恶意中伤。罗贯中对《三国志》正文以及裴松之注所援引的三种文字记载进行了改造。他的创造性表现为以下的三点：

第一，罗贯中增加了一个有名有姓的角色：陈宫。在罗贯中的笔下，陈宫拥有双重的身份。一方面，他是被擒的曹操的救援者。没有他的帮助，曹操不可能逃出中牟县的监狱。另一方面，他又是逃亡的曹操的同行者。他们一路同行，就有了交谈的机会。由陈宫提问，曹操应答，罗贯中因此就可以借此剖析曹操的内心。从这个意义上说，陈宫无疑成为曹操的隐秘的思想的揭露者。

第二，罗贯中改变了曹操和吕伯奢之间的关系。吕伯奢不再是曹操的"故人"，而变成了曹操父亲的"结义弟兄"。二人关系的趋向亲密，一方面，表明吕伯奢不可能对义侄怀有恶意、敌意；另一方面，表明曹操更不应该对老人家产生戒心、疑心，更不应该狠下毒手，连杀一家八口。再说，二人关系的趋向亲密，也让吕伯奢出门沽酒的行动有了充分的、必然的理由。

第三，罗贯中增添了两个重要细节：（1）杀死吕伯奢一家八口之后，陈宫和曹操"搜至厨下，却见缚一猪欲杀"。这就让读者知道了真相：吕伯奢的确是在真心实意地款待曹操。（2）出庄之后，见吕伯奢携带瓶酒、蔬菜归来，曹操反而用话诱骗吕伯奢回头去看"此来者何人"，然后"挥剑砍伯奢于驴下"。错杀了八口人，还不感到后悔，仍然不惜一错到底，砍死了一位毫无防备的、好心的老人。这位老人不是别人，是他的父亲的结拜兄弟！这使得曹操多疑、自私、奸险、狠毒、残忍的性格暴露无遗。

曹操杀吕伯奢的情节是罗贯中的神来之笔。这也是他刻画曹操性格的全局棋中的一步要着。

解读《牡丹亭》

邓绍基

一

中国古典文学在后代发生的具体影响并不是固定不变的，这种影响的实际表现和作用往往与彼时彼地的接受情况有关。明人汤显祖的《牡丹亭》在 21 世纪大放异彩，在国内外引起轰动效应，甚至成为一种文化现象，主要原因在于今天改编的名为"青春版"《牡丹亭》昆曲的成功演出。此类改编演出实即是对古典文学的接受，同时也有创造。不同时代有不同情状的接受，其间存在着不同的时代机缘。但后世有这样那样差异的接受，又必然与原著的历史美学价值相联系，改编本的创造异彩总还是要仰仗母本的原有光芒。

汤显祖（1550～1616），字义仍，号海若，又号若士，别署清远道人，临川（今江西临川）人。中国传统习惯称人字号而讳名，有关汤显祖的评论、记载中，"义仍""若士"出现的频率最高。但在旧时乃至近代曲学家的文章中，也还有称为"临川"或"奉常"的，前者以籍贯相称，后者以官职相称。"奉常"本是秦代官名，掌宗庙礼仪，汉代更名太常。北齐置太常寺，内设官职。汤显祖曾为南京太常寺博士，后又任礼部祠祭司主事。以"奉常"相称，既显尊敬，又示古雅，是为昔前官场并文士习气。

汤显祖作有戏曲传奇五种——《紫箫记》《紫钗记》《牡丹亭》《邯郸记》《南柯记》。其中，《紫钗记》是《紫箫记》的改本。后四种传奇都写到了"梦"，世称"玉茗四梦"（或"临川四梦"）。"玉茗"本是茶名，陆游诗句："钗头玉茗妙天下"，汤显祖用作室名，或取格韵自高意。此外，他还著有诗集《红泉逸草》《问棘邮草》和诗文集《玉茗堂全集》。

《牡丹亭》是很有特色、很有创意的艺术杰作。20世纪80年代，我应邀为《大百科全书·文学卷》撰写"汤显祖"条目，在吸收专门研究家意见的同时，谈了我的若干认识。我认同专家们的意见，汤显祖编写《牡丹亭》有明确的创作指导思想，这种思想体现在他的《牡丹亭题词》中，《题词》的全文是：

> 天下女子有情，宁有如杜丽娘者乎？梦其人即病，病即弥连，至手画形容，传于世而后死。死三年矣，复能冥漠中求得其所梦者而生。如丽娘者，乃可谓之有情人耳。情不知所起，一往而深，生者可以死，死可以生。生而不可与死，死而不可复生者，皆非情之至也。梦中之情，何必非真？天下岂少梦中之人耶？必因荐枕而成亲，待挂冠而为密者，皆形骸之论也。传杜太守事者，仿佛晋武都守李仲文、广州守冯孝将儿女事，予稍为更而演之。至于杜守收拷柳生，亦如汉睢阳王收拷谈生也。嗟夫！人世之事，非人世所可尽。自非通人，恒以理相格耳。第云理之所必无，安知情之所必有邪？万历戊戌秋，清远道人题。

这篇《题词》中的"情""理"云云，学人解读不一。这里最大的难题是论者企图把《题词》中所说"情""理"同汤显祖其他文章中的"情""理"字样联系起来作贯通的解读。我想，这或许是不可能的。即以汤显祖论著中不胜枚举的"情"字而论，在不同时间所写的不同篇章中即有不同含义，或专称人情、才情等等，或泛指思想、理论一类。其间原因有二：一是汉字多义特点所造成，二是作者才子式的掉臂自在笔法所促使。看来，既是为《牡丹亭》而写的题词，比较切实的解读或许还应结合《牡丹亭》的实际。《牡丹亭》口歌颂的是男女自主要求的爱情之情，情爱之情，与之相对立的是以"父母之命、媒妁之言"为主要规定的封建婚姻制度。剧中末出《圆驾》中内侍宣读圣旨时说："不待父母之命，媒妁之言，则国人父母皆贱之。"这是从《孟子》中移运过来的语言。又云："杜丽娘自媒自婚，有何主见？"后来因事涉"奇异"，才"敕赐团圆"。这都是作品中的明文。汤显祖《题词》中也明说杜丽娘形象是"有情人"，他还把她生生死死追求的爱情，说成是情至、情真，也就是至情、真情。论者或认为，如同汤显祖的同时人李贽在《童心说》中称赞《西厢记》的至情，实际已不拘泥于男女情爱而有生发、扩张一样，汤显祖《题词》中说的至情也由杜丽娘的爱情生发开来，并有提炼、扩张了。这种扩张的至情观，实际上又同今人所谓的普遍人性相联系。当可备一说。

《题词》中两处说到"理"。"以理相格"句的"格"无论作"匡正"或"法式"或"阻止"解，这"理"必是与"情"相对之称。末句意为：但说理之所必无，怎知情之所必有。这两者也是相对的。所以《题词》中所说"理"也一定与制度、观念相联系。古今学人也有把《题词》中说的"理"释为"常理"的，按"常理"是世俗说法，也就是所谓"常理常情"，它的内涵也必然与一定观念相联系。《题词》中"自非通人"云云，犹言若非通人。《左传》成公十六年纪事："自非圣人，外宁必有内忧。"今人译作"如果不是圣人"。《王力古汉语字典》云："自"字与"非""不"连用，犹"假如"，一般用于否定句。《论衡·超奇》篇有云："博览古今者为通人。"又云："通书千篇以上，万卷以下，弘畅雅言，审定文读，而以教授为人师者，通人也。"如果把《题词》中"自非"云云释为如果不是"通人"，当要坚持"以理相格"，或许符合原意，明代"心学"基本特点之一正是强调要把伦理道德规范内存于个体人的自我意识之中的。

我想，不妨认为，汤显祖《题词》中所说的"情"既然是指人们的真情，在《牡丹亭》里表现为青年男女对心愿的爱情生活的追求。那么，相对而言的"理"应是指封建伦理制度和与此依靠的道德观念，在《牡丹亭》里表现为封建礼教和封建家长制对青年男女婚姻自主的束缚。这种从爱情的角度上表现的"情"与"理"的冲突，与明中叶以后的进步思想家反对程朱理学对"人欲"的桎梏，批判"假道学"的思想解放要求是一脉相通、相为呼应的。在这个角度上说汤显祖《牡丹亭》"以'情'反'理'"，也还顺理成章。也正因为作者具有这种反礼教的自觉创作意识，就使《牡丹亭》所描写的爱情，自具特色和创意。作者描写一对陌生的青年男女在梦中邂逅，又在梦中幽会，从而由梦生情、由情而病、由病而死、死后执意追梦、又死而复生，这种种奇幻情节，这种种异乎寻常的爱情描写，形成了全剧主题的独特风格。

在上述种种奇幻情节描写过程中，作者最着意于女主人公杜丽娘。杜丽娘也是《牡丹亭》中描写的最成功的人物形象。在她身上有着强烈的叛逆情绪，作者细致地描写了她的反抗性格的成长过程。她生长于名门宦族之家，从小就受到严格的封建教育。她稳重、矜持和温顺。但是实际生活中的种种束缚，也造成了她情绪上的苦闷，引起了她对现状的不满和怀疑。《诗经》中的爱情诗唤起了她青春的觉醒，她埋怨父亲在婚姻问题上太讲究门第，以致耽误了自己美好的青春。终于，她在梦中接受了柳梦梅的爱情。

梦中获得的爱情，更加深了她对幸福生活的要求，她要把梦境变成现实，"寻梦"正是她性格的进一步的发展。在现实里寻不着梦中的爱情时，她感到空虚和悲哀，终于忧闷而死。幻梦中的美境，现实里难寻。正因为梦境不可得，理想不能遂，杜丽娘离开了人世，但是作者并没有以杜丽娘的死来结束他的作品，从而构成凄凉故事，他有独特的艺术构思，又描写杜丽娘在阴间向判官询问她梦中的情人姓柳还是姓梅，她的游魂还和柳梦梅相会，继续着以前梦中的美满生活。这时，她又不满足以游魂来和情人一起生活，她要求柳梦梅掘她的坟墓，让她复生。为情而死去，也为情而再生；她到底又回到了现实世界，到底和柳梦梅成就了婚姻。

作者在安排情节和创造人物形象时，杜丽娘由生到死，由死到生是全剧的要领，而梦却是全剧的关键。这种幻想并未完全脱离现实基础，因为它是生活中应该有的，是作者所喜爱和愿意看见的生活，更是广大青年男女渴望追求着的理想。杜丽娘死后性格的发展，也显然采取了夸张的描绘，杜丽娘的死并不意味着生命的结束。死亡使杜丽娘摆脱了现实的束缚，实现了自己的理想，死亡成了通往胜利的开端，是男女青年反抗精神战胜礼教的象征。

剧中关于杜丽娘、柳梦梅在梦中第二次见面就相好幽会，杜丽娘鬼魂和情人同居，还魂后才正式"拜告天地"而成婚的描写；关于杜丽娘不是死于爱情的被破坏，而是由于梦中获得的爱情在现实中难以寻觅，一时感伤而死，也即所谓"慕色而死"的描写，都使它别具一格，显示了要求个性解放的思想倾向和浪漫夸张的艺术手法。

二

为了进一步说明《牡丹亭》的创造性成就，或许应当把与《牡丹亭》直接相关的戏曲文化传统，特别是与描写男女爱情、婚姻戏曲主题的传统联系起来，作适当的回顾和申述。

中国戏曲源远流长。王国维《宋元戏曲史》中界定中国戏曲的形式特点是"借歌舞以缘饰故事"。学界大抵认同这个界定。学界也大抵认定最早的成熟的中国戏曲应是宋代的南戏（又称戏文），但从现存南戏剧目中能确认为宋人作品的很少，晚近研究者大致断定为6种：《赵贞女蔡二郎》《王魁负桂英》《风流王焕贺怜怜》《韫玉传奇》《乐昌公主破镜重圆》以及《张协状元》。最后一种今犹存文本。人们不无惊讶地发现，这六种戏曲都是以爱情、婚姻故事为主要内容。现存统称为"宋元南戏"或"宋元戏文"的剧目计有二百三十八种（其中传存全本的十九种，仅存佚曲的一百三十三种，全佚的八十六种）。从这些剧目也可知它们注重描写的题材和内容中占首位的是爱情、婚姻故事。而在这类题材中更多的是那些热情赞颂青年男女无视封建婚姻制度，突破门阀观念，挣脱礼教束缚，热烈、大胆地追求爱情的作品。那么，我们不妨说，《牡丹亭》的题材正属这一传统。

南戏以后出现的元杂剧，流存的文献资料和作品较多。由于掌握文献资料有限和鉴别确为元人或明人作品的困难，现在对元杂剧作家、作品作统计，各家说法相异。大体可统计为：姓名可考的元代作家的作品五百种，元代无名氏作品五十种，元明之际无名氏作品一百八十七种。共七百三十七种。

同样由于鉴别上的困难，流传到今天的元杂剧剧本数字，各家统计也不一致。大体统计为：姓名可考的元代作家的作品一百零九种，逸曲二十九种，无名氏作品三十一种，元明之际无名氏作品七十八种。合计二百四十七种。

元杂剧题材内容丰富纷繁，近代学人对元杂剧的分类也有多种说法，比较常见的是以爱情婚姻剧、神仙道化剧、公案剧、社会剧和历史剧这类名称来叙说元杂剧的内容，这种分类虽然未必十分妥当，但大抵约定俗成。

在现存元杂剧剧目中，爱情婚姻剧约占五分之一，和南戏中的大量爱情、婚姻剧目一样引人注目，今人谓元杂剧中有著名的四大爱情剧——《西厢记》《拜月亭》《墙头马上》和《倩女离魂》。人们发现，元人爱情剧出现了若干与前代描写爱情的作品不同的特征，这些特征与当时的社会生活和作家的心理都有着密切的关联，而作家对人物性格和情节矛盾的不同处理，也显示出作家的爱情理想和社会理想。但人们同样可以发现，作为这方面的代表作的"四大爱情剧"也是以青年男女冲破封建婚姻制度及其观念，追求自主婚姻作为主题的。

在"四大爱情剧"中，《西厢记》当是压卷之作。《西厢记》共五本二十一折，第五本第四折也即全剧最后一折的《清江引》中写道："愿天下有情的都成了眷属。"这实际上是作者提出的关于男女婚姻的观点，联系剧中展开的具体描写来看，这个观点的主要锋芒针对着封建婚姻制度，又是歌颂了自由恋爱，自主终身的婚姻方式。反对封建婚姻制度和歌颂自主婚姻是在此以前就已在文学和戏曲作品中出现的古老命题，但赋予这一命题的正面说明或主张，不同的作品是有不同的说法的，即以元杂剧而论，白朴的《墙头马上》写李千金追求爱情而私奔，极为大胆、勇敢，但作品中却只以"这姻缘也是天赐的"来说明她私奔的"合理性"，同她的行动相比，显得无力。《西厢记》中提出的"愿天下有情的都成了眷属"，人物行动和作家宣言就趋向一致。

《西厢记》在明代十分流行，许多著名的戏曲家和批评家如徐渭、王世贞、李贽、沈璟、王骥德、屠隆、凌蒙初等都作了评点、批校、注释的工作。著名画家如仇英、唐寅等都曾为《西厢记》绘制图卷。明代《西厢记》的刊本也很多，至今尚存近四十种，这种情况在元杂剧剧本流传中是罕见的。不妨这么说，《西厢记》在明代得到的荣耀超过了它在元代受到的赞誉。《西厢记》在明代发生的影响，已就呼唤着产生可以同它媲美乃至超越它的作品。正是在这样的背景下，《牡丹亭》诞生了。

继承传统，发扬传统，这是文学史和戏曲史发展过程中的、不以哪个人的主观意旨转移的客观规律。在《牡丹亭》以前的戏曲中描写女子执著、坚定地追求自主爱情和自主婚姻，不乏其例，但像杜丽娘这样的形象在同类作品中却为罕见。

明人王思任在《批点玉茗堂〈牡丹亭〉序》中说："杜丽娘隽过言鸟，触似羚羊，月可沉，天可瘦，泉台可瞑，獠牙判发可狎而处，而'梅''柳'二字，一灵咬住，必不肯使劫灰烧失。"首句或欠醒豁，其意似说古人以隽美言鸟，丽娘实有过之。二句当是说玲珑剔透，取禅语羚羊挂角意。七句所说"梅柳二字"，指剧中男主人公柳梦梅。所说"獠牙判发"，是说杜丽娘在阴间向判官询问与她在梦中幽会的情人姓柳还是姓梅。所以谓之"一灵咬住，必不肯使劫灰烧失。"

汤显祖在剧中描写杜丽娘自言她"一生儿爱好是天然"（《惊梦》），又说"这般花花草草由人恋，生生死死随人愿，便酸酸楚楚无人怨"（《寻梦》）。联系起来看，所谓"由人恋"，意为对美好的事物要勇敢加爱；"随人愿"，意为为了追求美好的事物要生死相随；"无人怨"，意为即使死了也无怨言。《牡丹亭》写杜丽娘的思想与行动是那样地一致，几无犹豫和畏缩，正是这个作品的成功之处，也是杜丽娘形象塑造中最有光彩之处。

在中国长期的封建社会中，婚姻问题是一个重要的社会现象。在这方面，始终存在着家长包办和本人自主的矛盾。中国封建社会里的家长包办婚姻制度的主要内容即所谓"父母之命，媒妁之言"。它是由"男女无媒不交，无币不相见"（《礼记·坊记》）的礼规而来的，论者尝谓这种礼规的产生最早可能同为了纠正"民但知其母，不知其父"的乱婚现象有关。但这种礼规在表现出它进步性的同时，也显示了它的不合理性。它排斥男女双方在婚姻上的自主，甚至排斥了男女双方表达爱情的权利，竟发展到了"男女授受不亲"的地步。宋代以来出现的"理学"——正统儒学的变种，更把男女之间的自主爱情乃至人性本能的情爱需求看作是需要扑灭的"人欲"。因此，在通常的情况下，中国封建社会里的男女的婚姻，不是当事人自始至终的自主选择，而是家长包办。家长的包办婚姻往往又同门第、权势和金钱这些婚姻附加物相联系，常常会造成各种悲剧事件，这里可能是男女双方没有互爱的感情的悲剧，也可能是思想不投合的悲剧，等等。至于封建礼教剥夺男女之间表达爱情的权利，这种不合理的反常的现象，更造成了青年男女的痛苦，产生了许多爱情上的悲剧事件。这时"无媒不交，无币不相见"礼规的积极意义早已异化了。

汤显祖紧紧把握住封建社会中的这个事关人本的重要社会问题，紧紧地把握住古往今来的重要文学题材，成功地描写了一个几乎违背、摆脱了婚姻问题上的一切封建附加物的杜丽娘形象，这是可入中国文学人物形象长廊的艺术典型，这是汤显祖的重要贡献。至于他在《题词》中说的"必因荐枕而成亲"是"形骸之论"，更属惊世骇俗的个性解放语言，其超前性或许可以直达"五四"时代。

《牡丹亭》中关于杜丽娘游园、惊梦的描写是全剧最精彩的文字，杜丽娘的性格发展和心理活动，层次鲜明、细致熨帖。游园以前，她感到"剪不断，理还乱，闷无端"；游园时，她的心情由"闷"而"寻"，因为感受到大好春光而要追求爱情；惊梦时，由"寻"而"欢"，终于找到了情人；梦后，由"欢"而"空"，因为所爱的人无处寻觅而感到空虚寂寞。从《寻梦》出到《回生》出，杜丽娘的心理也写得相当细致，且有跌宕起伏。不过，在还魂以后，她的性格特点几乎消失，她的婚姻遭到父亲反对，面对封建礼教观念的阻力，她不敢公开反抗，她要柳梦梅去探望其父杜宝，就含有期望取得父亲同意的意思。她鼓励柳梦梅获取功名富贵，也含有以此促使父亲杜宝承认他们婚姻的心思。虽然她实际上和柳梦梅已成为夫妻，但还是想以"父母之命，媒妁之言"来最后认定她和柳梦梅的婚姻。由于杜宝顽固不化，剧情以皇帝敕赐新科状元完婚为结局。尝有论者对这种描写予以抨击。也有论者认为中状元并不是柳、杜结合的条件，在此以前他们就自主结婚了，所以《牡丹亭》不像别的才子佳人型的小说戏曲那样，使人以为问题不在于封建制度本身，而在于才子能否中状元，它的思想倾向还是强烈地指出，问题在于人们是否有像杜丽娘那样的对于封建礼教的反抗性。以上云云都是后人的解读，当非作者原意。

汤显祖为什么要不避俗套而搬出皇帝加恩新科状元，下旨赐婚情节，已难测知。重要的是我们看到了剧本中实际存在着梦幻和现实的不同和矛盾。梦幻中美景，现实里难寻。而且作者在《题词》中说道："梦中之情，何必非真？天下岂少梦中之人耶！"还说道："必因荐枕而成亲，待挂冠而为密者，皆形骸之论也。"宋玉《高唐赋》写巫山神女"荐枕"与楚王幽会。《后汉书》记逢萌为了求安而辞官逃逸。汤显祖认为，如果因幽会而必须成亲，如果因求安而必须辞官，都是皮相之论。《题词》中还说："人世之事，非人世所可尽。"那么，人们或许也不必为《牡丹亭》中的赐旨完婚描写而感诧异。梦中之情，何必非"真"，但梦中之情，却为人间难容。《婚走》出写重生复活后的杜丽娘说："鬼可虚情，人需实礼。"全剧虽在团圆声中闭幕，但最后一句曲语却是杜丽娘所唱的"则普天下做鬼的有情谁似咱"，最后一首集唐下场诗（绝句）的末尾两句是"唱尽新词欢不见，数声啼鸟上花枝"。是的，新剧唱罢，欢乐遂去，但听那啼鸟声声，春意枝头。即使人们对《牡丹亭》中存在的思想矛盾解读相异，但它发出的真情呼唤的新声好音，远胜它搬弄的敕旨完婚陈调。这应当是人们的基本共识。当然，《牡丹亭》中也有率意之笔，还有尘俗成分。被明人王思任称作"天下之宝"的《牡丹亭》，它的作者汤显祖原是落纸如飞、彩笔情词的才子，不是咬文嚼字、刻求无瑕的学究。

三

汤显祖是名列正史的人物，于《明史》有传，但《明史》编者不把他列入文苑传，而是作为政治人物与李管合传。按万历十九年时神宗皇帝借天文现象敕令群臣反省修德，又下诏斥责言官无"一喙之忠"。时任南京礼部主事的汤显祖从邸报中看到上谕，随即上《论辅臣科臣疏》，以官场、科场各种腐败为切入点，矛头直指首辅申时行并涉及对皇帝本人的批评，引起最高统治阶层的愤怒。神宗谕示内阁说："汤显祖以南都为散局，不遂己志，敢假借国事攻击元辅。本当重究，姑从轻处了。"汤氏随即被降徐闻县典史。而李管是在万历二十年因表奏申时行十条罪状，兼弹王锡爵，也遭削籍处分。作为史家的"互见"笔法，《明史·艺文志》著录了汤显祖的《玉茗堂文集》。此外，《文苑传序》有云：

> 而李梦阳、何景明倡言复古，文自西京、诗自中唐而下，一切吐弃……明之诗文，于斯一变。迨嘉靖时，王慎中、唐顺之辈，文宗欧、曾，诗仿初唐。李攀龙、王世贞辈，文主秦汉，诗规盛唐。王、李之持论，大率与梦阳、景明相倡和也。归有光颇后出，以司马、欧阳自命，力排李何，而徐渭、汤显祖、袁宏道、钟惺之属，亦各争鸣一时，于是宗李、何、王李者稍衰。

《明史》这项记载中所说"亦各争鸣一时"流于含混，实际上汤显祖的文学活动时间主要在万历年间，那时李梦阳、何景明等已逝去，李攀龙也已辞世。

汤显祖生于明嘉靖二十九年（公元 1550 年），嘉靖朝历时 45 年，继之建立的隆庆朝只历时 6 年，汤显祖在隆庆五年即他二十一岁时考中举人。次年又改朝换代进入万历时期，是年他 22 岁。他于万历十一年（公元 1583 年）中了进士。万历四十四年（公元 1616 年）去世。汤显祖一生的主要政治、学术和创作活动都在万历时期。

汤显祖两岁那年，在成化、弘治文坛荣光一时的"前七子"（以李梦阳和何景明为首，包括徐祯卿、边贡、康海、王九思、王廷相）都已去世。汤显祖二十岁那年，"后七子"首领人物李攀龙去世。前后"七子"都以"文必秦汉，诗必盛唐"为主体主张，也以此为主体号召。前人谓之复古，今人称之为"复古运动"。

"前七子"主要活动在成化、弘治年间。到了嘉靖中期，以李攀龙和王世贞为首，包括谢榛、宗臣、梁有誉、徐中行、吴国伦在内的"后七子"继之而起，把复古运动又推向一个新的高潮。这个运动持续约百年之久，影响很大。《明史·李梦阳传》中说："天下推李、何、王、李为四大家，无不争效其体。"古人推崇秦汉古文和盛唐诗歌，主要注重在它们格调高蹈，而又气韵沉郁。就明代前后七子共十四人这一范围而论，他们的创作实践并不一致，乃至在具体主张上有所抵牾。但他们的领袖人物中的李梦阳的"复古"实践，明显具有模拟倾向，缺乏创造性。李攀龙的诗文也有追求形式模拟之弊，王世贞称赞李攀龙作品"无一语作汉以后，亦无一字不出汉之前"，实际上正是弊端的呈现。王世贞论诗文原与前七子有一脉相承处，而在后七子中他较李攀龙年轻十二岁，李攀龙殁后，他还生活了二十年，俨然以盟主自居。但他晚年在主张和实践上都有所变化。这时，公安"三袁"崛起，并已开始对前后七子模仿习气和复古主张的批判了。

公安"三袁"指袁宗道、袁宏道和袁中道，都是湖北公安人，世称"公安派"。其中袁宏道是中坚人物，他标举"性灵"说，批评复古派。江盈科《敝箧集叙》中记袁宏道曾有云：

诗何必唐，又何必初与盛？要以出自性灵者为真诗耳。夫性灵窍于心，寓于境。境所偶触，心能摄之；心所欲吐，腕能运之。心能摄境，即蝼蚁蜂虿皆足寄兴，不必《雎鸠》《驺虞》矣；腕能运心，即谐词谑语皆是观感，不必法言庄什矣。以心摄境，以腕运心，则性灵无不毕达，是之谓真诗，而何必唐，又何必初与盛之为沾沾！

袁宏道的文学主张实也受到李贽的影响。李贽的著名文章《童心说》有云："诗何必古选？文何必先秦？降而为六朝，变而为近体，又变而为传奇，变而为院本，为杂剧，为《西厢记》，为《水浒传》，为今之举子业；太贤言圣人之道，皆古今至文，不可得而时势先后论也。"在他看来，文学作品并非愈古愈好，文学在变化和发展中不断地改换形式和出现好作品。他还把小说和戏曲的地位抬得很高，把《西厢记》和《水浒传》同列入"古今至文"。李贽在《童心说》里还对道学大加攻击，甚至认为"六经、《语》《孟》，乃道学之口实，假人之渊薮也，断断乎其不可以语于童心之言明矣"。在当时的条件下，"童心说"无疑起了"反复古"及"反道学"的积极作用。

汤显祖在青年时期即批评"前七子"的李梦阳、"后七子"的李攀龙、王世贞，指摘他们作品中"增减汉史唐诗字面处"。后来更抨击"李梦阳以下"诸人作品"等赝文尔"，并尖锐地说"赝者名位颇显……其文事关国体，得以冠玉欺人。"当下学界大都认为，前后七子"文必秦汉，诗必盛唐"的主张，有一个发展、变化过程，在对宋诗、元诗弊病和明代"台阁体"的反拨诸方面也自有其历史意义，但他们在言论上表现出来的绝对化和形而上学，在实践上表现出来的模拟倾向，乃至改头换面，剽窃前人词句，是违背文学创作规律的。汤显祖认为"汉宋文章，各极其趣"。他还强调文章之妙在于"自然灵气"，不在步趋形似之间。他的这些主张对后来高揭反拟古旗帜的公安派有一定影响。可以说，在反复古派过程中，汤显祖是从李贽、到以袁宏道为首的公安派之间的重要人物。汤显祖诗作，早年受六朝绮丽诗风的影响，为了对抗"诗必盛唐"，后来写诗又曾追求宋诗的艰涩之风，他的这些创作实践并不足以和复古派相抗衡。

如果把汤显祖的文学主张的特点与李贽、公安派的艺术主张联系在一起考察，或许会发现它们实际上是受了王阳明心学的影响，王阳明心学的核心"主观唯心主义"（区别于朱学的"客观唯心主义"而言），实际上是要求绝大地高扬人的超越精神，同时也就要求绝大地高扬人的自我意识，而文艺作品尤贵主体创造，在这个意义上，文艺创作与心学哲理最易合拍。关于这个命题，进入 21 世纪后的研究界越来越关注，研究业绩渐多，也就渐趋深入了。

王阳明"心学"可上溯到南宋陆九渊的"明心"之学，它是宋代理学中的一个派别。宋代理学本是正统儒学派生的，在它的发展过程中，出现过多种名称，由于理学人物也注重万物的天赋和禀受也就是"性"和"命"的研究，宋元时人也称之为"性命之学"。清人又称宋代理学为"性理之学"。元人编《宋史》，设置《道学传》，宋代程颢、程颐和朱熹等理学大儒都入传，于是"道学"一语在明代大行，实际上就是指理学。汤显祖曾有强烈的道学向往，并有这方面的文字实践。他与王阳明之间也有传统所谓的师承渊源，因为他 13 岁时曾拜罗汝芳为师，罗汝芳是王艮的再传弟子，王艮则为王阳明的门生。

明末清初著名学者黄宗羲编纂《明儒学案》，书中没有汤显祖的位置。黄氏同时代人王夫之是极力推崇汤显祖的，他在《姜斋诗话》中诋李贽"以佞舌惑天下"，斥李梦阳、何景明、李攀龙、王世贞、钟惺、谭元春等人"方立一门庭，则但有其局格，更无性情，更无兴会，更无思致"，还抨击茅坤、唐顺之等人论古文之陋，乃至说"有八大家文抄而后无文"，而被他推重、赞扬的人中，汤显祖几乎什么都好，绝句好、书法好、经义好、长行文字好、艳诗也好。推重的核心则是"灵警"、脱俗、"亭亭独立"，甚至又说："非此字不足以尽此意，则不避其险。用此字已足尽此义，则不厌其熟。言必曲畅而伸，则长言而非有余。意可约略而传，则芟繁从简而非不足。"如此评论，也可称"无微不至"。

黄宗羲和王夫之是被晚近以来学界看重的几乎齐名的人物。黄宗羲于理学宗北宋二程，王夫之则以程、朱为堂奥，尝力排王阳明心学。在黄、王二氏眼里，汤显祖或许不属理学人物，而是文坛巨子。

上文提及，《明史》把汤显祖看做政治人物，不入《文苑传》，也不入《儒林传》。这样的人物定位虽非完全离开事实，却正属片面安排。

从现知文献资料，人们知道，在汤显祖撰写戏曲传奇作品之际，就有人说他"过耽绮语"，而以"大道相属"，见之于他的《答罗匡湖》书信和《负负吟》诗序。汤显祖去世后不久，就有更多关于他因写戏曲传奇而受师友规劝，他却并不领情的传闻。冯梦龙《古今谭概》中说："张洪阳相公见《玉茗堂四记》，谓汤义仍曰：'君有如此妙才，何不讲学？'汤曰：'此正吾讲学。公所讲是性，吾所讲是情。'"张洪阳即张位，与汤显祖有师生之谊。陈继儒《批点牡丹亭题词》则记张位对汤显祖说："而逗漏于碧箫红牙队闻，将无为青青子衿所笑！"世称士子为青衿，"青青子衿"语出《诗经》。这颇合张位曾任国子监司业的身份，汤显祖游学国子监时，与张位有师生之谊。看来这个传闻流播甚广，即使是由实事渲染而成，也并不构成汤显祖不是理学人物的根据，只能说明汤显祖全部著作中存在着深刻矛盾。从他的那些涉及理学内容的文字看来，他并不一般地歧视讲"性"（即讲"理"），他在尊重正统理学的前提下，对宋代理学的大师式人物有所亲疏，大致亲二程而疏朱熹，这也不失他作为王学系统人物的本色。

现代学者大抵认为，理学包含哲学和伦理纲常两大部分，理学家的主要任务实是用他们的哲学义理论证伦理纲常，其主要目的是维护封建社会秩序。但这是就整体而言，作为个别的理学人物，在具体议题和观点上时有差异。从汤显祖的若干文章看来，作为理学人物的他还是要维护当时社会的人伦秩序、道德规范，但他在《牡丹亭》中宣扬的至情却是对此类秩序和规范的冲击。不妨说，这就是深刻矛盾。王阳明心学张扬主体精神和维护世道纲常这二者本是相辅相成，但作为心学接受者的个体人，却可以在这二者的制约中有个别、局部的挣脱和突破。

与汤显祖曾有交往的李贽，被汤氏称为"畸人"，他实是正统儒学的"异端"。正史中把汉代卓文君改嫁司马相如称为"失身",李贽却说是"获身"。"五四"时期的郭沫若写《卓文君》话剧,呼唤个性解放,尊卓文君是"叛逆的女性"。汤显祖笔下的杜丽娘也堪称封建社会"叛逆"女性的艺术形象。

清初戏曲家李渔《闲情偶寄》中说:"汤若士,明之才人也。诗、文、尺牍俱有可观,而其脍炙人口者,不在尺牍、诗、文,而在《还魂》一剧,使若士不草《还魂》,则当日之若士虽有而若无,况后代乎?是若士之传,《还魂》传之也。"对李渔此论,学人尝评为偏执。李渔卒于康熙十九年(公元1680年),至今三百三十多年。李渔在文中发问道:"况后代乎?"可称预言。是的,后代学者可以把汤显祖作为理学人物来研究,但就后代普遍接受与影响情状而言,汤显祖是一位杰出的戏剧家,了无疑义。由于他与莎士比亚同年逝世,在世界范围内,他的名声也就与莎翁并驾齐驱了。

四

汤显祖《牡丹亭题词》写于明万历二十六年(公元1598年),学人或断此年即为作品写成之年。但也可把《题词》理解为刊刻时所作,那就未必是写作之年。看来,说《牡丹亭》写成于万历二十六年未必是无可怀疑的"铁证"。自《题词》之年到明亡,不足五十年。在这段时间内,为《牡丹亭》叫好之声不断,也有作批评的,主要指责它"落调出韵",时有乖律之处,不便于实际搬演,更不利于昆腔演唱。当然也有攻击它背礼败俗,坏人心术的。

即使是认为汤显祖用韵任意,不讲究曲律的评论家,也几乎无一不称赞《牡丹亭》,如晚于汤显祖二十多年的吕天成在《曲品》中推崇《牡丹亭》"且巧妙叠出,无境不新,真堪千古矣"。与吕天成同时的王骥德在《曲律》中说,如果汤显祖没有"当置法字无论"和其他弱点,"可令前无作者,后鲜来哲,二百年来,一人而已。"此外,与吕、王同时的沈德符在《万历野获编》中说《牡丹亭》一出,"家传户诵,几令《西厢》减价。"明天启年间，王思任在《批点玉茗堂〈牡丹亭〉序》中说此剧"文冶丹融，词珠露合，古今雅俗，泚笔皆佳"。王骥德还在《曲律》中说汤显祖的作品"掇拾本色"，"本色一家"。但以《牡丹亭》而论，其曲文则以典丽为主要特色。从中国戏曲发展史来看，早期的曲文追求通俗，即所谓本色。但从元杂剧开始，在流行本色同时，曲文诗词化的现象明显形成，《西厢记》便是此类现象的代表性作品。到了明代，戏曲曲文进一步诗词化。汤显祖《牡丹亭》尤有个性特点，采用典事，化用诗词，运用跳跃、象征笔法，种种具见，而且多有变化：似用典却非用典，似化用前人诗句词句，却与原义不相关涉，制词生僻，却能构造动人意象。我曾想，即使在明清时期的厅堂演出中，那些士大夫观客也未必都能详解也不必去详解曲文的句意，但了解其大概，欣赏其意象、情调足矣。我们当下有注释本，读者或观众可以查阅，可称幸运。但这里还存在一个属于接受美学范畴的问题，对那些当年风行曲文，今日读者或观客自可作出主体解读。如一位年轻观众把《惊梦》中《山桃红》曲第二句"似水流年"解读为"永远""长久"，或是"永远永远"，自有新意，但也可能离去古蕴。这支曲子十分著名，前四句看似易懂，细按却或存在疑惑，不妨引录，略作讨论。

　　《山桃红》则为你如花美眷，似水流年，是答儿闲寻遍。在幽闺自怜。

这是柳梦梅作为杜丽娘的梦中人出现时的唱词。"如花美眷"指杜丽娘。"眷"可指眷属，通常指女眷，故"眷属"可引申为夫妻。"眷"还可释为"亲眷"，即亲戚。"亲眷"之说作为口语，元杂剧中已见，今苏、浙一带都有这说法。但此处解释"美眷"之"眷"，却又不能拘泥于亲眷本意，也不能释为眷属。当应释作女子为妥。正如赣、皖等处口语中"老表"云云，不必也不宜把它死释为亲戚一样。下句"似水流年"，通常被认为是化用"逝水"典事，释为叹息逝水年华，也即感叹虚度年华。但这里作为上下句的"如花美眷，似水流年"，属对仗句，"流年"二字与"美眷"相对，不能释为似水般流逝的年华，应解作年纪、年岁。至于"水"字，似属口语。物之嫩为水。《惊梦》出《醉扶归》曲有"翠生生"和"艳晶晶"之语，那么"似水"云云，不妨引申为"水灵灵"的年纪。"似水流年"也就意为青春年少，采用口语而成，未必是由"逝水"典实而来。也就是看似化用典实，实为采用口语。事实上，"如花""似水"两句是写柳梦梅眼中所见，非属为杜丽娘而作感叹，不然也就与"在幽闺自怜"句相犯了。看来，《山桃红》曲开首四句是写柳梦梅自言，其意是：只为你青春美貌，我到处寻遍，原来你却正在幽闺自怜。

《惊梦》中名曲甚多，一向脍炙人口的《步步娇》和《皂罗袍》两支曲子或也可斟酌探讨，引文如下：

> 《步步娇》袅晴丝吹来闲庭院，摇漾春如线。停半晌整花钿。没揣菱花，偷人半面。拖逗的彩云偏。步香闺怎便把全身现！
>
> 《皂罗袍》原来姹紫嫣红开遍，似这般都付与断井颓垣。良辰美景奈何天，赏心乐事谁家院！朝飞暮卷，云霞翠轩。雨丝风片，烟波画船。锦屏人忒看的这韶光贱！

《步步娇》首句所言"晴丝"，即"游丝"，虫类所吐之丝，飞扬空际，谓之"游丝"。唐代以前的诗人，即以此入诗（如沈约诗句"游丝映空转"）。春天晴朗的日子里最易见到，故又称"晴丝"。此曲首句意为袅袅晴丝随风吹到这娴静的庭院。第二句意为这春光也似乎摇晃如线（"线"指游丝）。前人认为这两句是写春光飘忽无端，宜乎有见，我们今日不妨说为摇动着的春光。把实在的视觉化作了虚幻的意象，也属今人所谓艺术通感手法。"停半晌"的"停"指数量，也可写为"亭"，如说"三亭"去了"二亭"，犹"三份"去了"二份"。口语中"半晌""一晌"都指时间不长，这里"停半晌"犹"一会儿"。"花钿"，女子鬓发两旁的装饰物，"菱花"，指菱花镜，古人用铜镜照容。"没揣"，料想不到。分明是照镜整容，却说镜子偷看她，且是偷看了她的半边脸。"拖逗"，意为牵惹，此句引申作解，意为害得我把发卷也照歪了。"彩云"，指发。末句意为我步出闺房，再照一下镜子，这可是我的全身了。古有"七尺菱花镜"之说。但《惊梦》中交代是"镜台"，未必有"七尺"。这又是所谓实景虚写之笔，古诗词中不乏见到。

《步步娇》曲的娇态妍貌，与《皂罗袍》曲的伤春心情正可起着对照的作用。《皂罗袍》首句是实写，"姹紫嫣红开遍"，喻园中百花鲜艳。下句"断井颓垣"非写实，意为如斯美景，到头来也免不了衰败零落，表演人物心境。有人实解为主人公见到盛开的花，却长在衰败的院落中而生惆怅，恐未妥善。剧中《闺塾》出明写丫头春香说后花园名花异草，山石曲水，亭台秋千，委实华丽。《拾画》出明写杜丽娘死后，后园才荒草成窠，断垣狼藉。《魂游》出也写杜丽娘鬼魂叹息园景"都荒废尽"，"伤感煞断垣荒迳"。《皂罗袍》中的"断井颓垣"既是虚写，是所谓心灵化的物象，那么，也可把"断井颓垣"释为喻伤春心境：如斯光景，却都付与一片凄凉。以"姹紫嫣红"实景对照"断井颓垣"心境。如果二者都属实景，韵味也就差多了。

南朝谢灵运《拟魏太子〈邺中集〉诗序》云："天下良辰美景赏心乐事，四者难并。""并"是皆具、都有之意。《皂罗袍》曲化用，意为怎奈何天下良辰美景，有多少人间乐事赏心？下文更有伤春话语：无论是那些朝看飞云，暮见山雨的华美楼阁，淹没在云霞中的高轩长廊，还有那雨丝风片中的烟波画船，我这深闺中人一向辜负了它们，把它们忽视等闲。"贱"字读去声，通浅。看得浅，犹忽视，引申为辜负。这些话语，也就引出《隔尾》曲中"便赏遍了十二亭台是枉然"的伤感之文。

上述《惊梦》出的几支曲子意象灵动，前人谓之"惊心动魄"，也不妨说是极度刻画之笔。大凡在近代剧坛上流行的《牡丹亭》散出，如《寻梦》《写真》《闹殇》和《拾画》等，都有巧肠彩笔之曲。如《寻梦》出的《懒画眉》：

　　最撩人春色是今年。少甚么低就高来粉画垣，原来春心无处不飞悬。睡荼蘼抓住裙衩线，恰便是花似人心好处牵。

首句引出的效果是发问，实是问句，韶光春色年年有，缘何今年最撩人？二、三句间有跳跃，在句式上，错落的垣墙与飞悬的春心相并，在达意上，实是说重重园墙，难关春心。所铸意象虽从前人诗句化出，却也是重度刻画之笔。

《闹殇》出的《尾声》是杜丽娘形象的临终曲，它也有袭用前人诗句却又异于原意的现象，今录曲文如下：

怕树头树尾不到的五更风，和俺小坟边立断肠碑一统。怎能够月落重生灯再红！

注家曾引王建的一首《宫词》诠释此曲首句，王诗云："树头树底觅残红，一片西飞一片东。自是桃花贪结子，错教人恨五更风。"但如果按照诗意，释为生怕满树花朵不待五更风的吹折而落尽，恐难符曲意。联系本出前文，这里的"树"指梅树，杜丽娘对其母说："这后园中一株梅树，儿心所爱，但葬我梅树之下可矣。"所以这"怕树头树尾不到的五更风"云云，意为不待天明，她即将逝去，紧接下句"和俺小坟边"云云，意谓为我筑一小坟，立一碑石即可。冷冷五更风，寂寂断肠碑，极度痛苦之言，也属极度刻画之笔。但作者在这《尾声》曲的末尾却宕开转意，出现翻腾笔法，"怎能够月落重生灯再红"，从杜丽娘的性格出发，写她期望重生。杜丽娘死于风雨交加的中秋之夜，"奴命不中孤月照，残生今夜雨中休。"这《闹殇》出原多催人泪下的关目，但杜丽娘临终曲的最后一句"月落重生灯再红"，却使氛围陡变。当今的改编演出保留了这《尾声》曲，当台上演员唱曲终了，台下观众也由屏息而拍掌了。

吕天成《曲品》评论汤显祖戏曲，有"妙选佳题故赋景之新奇阅目"之说。唯求新奇，难免生僻，却又于生僻词语中显示普遍意象，如《魂游》出《水红花》曲中的"小犬吠春星"即属此类，今引录曲文如下：

> 则下得望乡台如梦俏魂灵，夜荧荧，墓门人静。原来是赚花阴小犬吠春星。冷冥冥，梨花春影……伤感煞断垣荒迳。望中何处也鬼灯青。

《魂游》是全剧的第二十七出，在这以前的第二十三出《冥判》中，判官嘱咐花神引领杜丽娘之魂上登望乡台，"随意观玩"，杜魂登台遥望身处扬州的父母，却不能前往，花神嘱咐她"回后花园去来"。第二十四出《拾画》出和第二十六出《玩真》出写柳梦梅拾到杜丽娘画像和观看画像，第二十五出《忆女》写杜丽娘母亲思念女儿。第二十七出《魂游》情节直承第二十三出《冥判》，故有"则下得望乡台如梦俏魂灵"之言。先秦古籍中"俏"同"肖"，意为"似"，或谓此句后五字表述似梦似幻意，这种释解或不切曲意。即使"俏"字作为容饰美好意乃属后起，但宋词、元曲中多见采用。《牡丹亭》中"俏魂灵"当引申作解，犹女魂。若说似梦似幻，"如梦"二字足以表达。第二句虽写墓门，却不宜按《楚辞》中的"鬼火兮荧荧"来解"夜荧荧"，当释为星火夜色，否则就与下文"鬼灯青"相犯。此曲写来颇见幽冷阴森，杜丽娘之魂刚见到自己的寂寞孤坟，却为犬声而吃惊，原来花阴摇动，"骗"得小犬误以为来人而吠叫。"吠春星"的"星"作夜解，相似"星营"指夜营，"星昼"指夜昼，这里"春星"当指春夜。吠声春夜，却作"吠春星"，此处"星"为韵脚字，虽有制语生僻和挂脚韵之嫌，然而全句却不失"赋景新奇"。

清人焦循《剧说》记载："临川作《还魂记》，运思独苦。一日，家人求之不可得，遍索，乃卧庭中薪上，掩袂痛哭。惊问之，曰：填词至'赏春香还是旧罗裙'句也。"类似这样的传闻，在《西厢记》和《琵琶记》的评论中也曾出现过，如清人梁廷楠《曲话》中说王实甫写《西厢记》至"碧云天，黄花地，西风紧，北雁南飞"时，"思竭""扑地而死"。又如世传王世贞撰、邹善长增订的《类苑详注》中说高明撰《琵琶记》，写到"糠和米一起飞"句，"案上两烛光合而为一，交辉久之乃解。"这类传说当不可信，近代曲家斥为无稽之谈。姚华《菉猗堂曲话》则说："大抵文人附会，仿佛其辞，然不妨姑存之，以为词场中增一奇话也。"只是《剧说》中所说"赏春香还是旧罗裙"句并非剧中主人公的唱词，而是丫环春香的曲语，见《忆女》出，此出写杜丽娘生日之际，杜母携春香遥祭，浇奠之时分别唱《香罗带》曲，春香唱词云："名香叩玉真，受恩无尽，赏春香还是你旧罗裙。"意谓我今天穿着你当初赏赐我的罗裙来祭奠你，凄凄伤心，哀哀断肠，只是开首"名香叩玉真，受恩无尽"两句，涉及杨玉环，"玉真"云云，语出《长恨歌》，联系此出春香所唱首曲《玩仙灯》中"恨兰昌殉葬无因"云云，或以杨玉环侍女相比春香，既不贴切，也欠醒豁。可见，对《牡丹亭》中名句的欣赏，也是仁智各见。

明代传奇戏曲趋向兴盛是在成化至隆庆这段时期内，较之南戏，声腔、体制上也有诸多变化。李开先的《宝剑记》、世传王世贞的《鸣凤记》和梁辰鱼的《浣纱记》这"三大传奇"被认为是这一时期有代表性的作品。《浣纱记》又被认为是昆山腔登上戏曲音乐殿堂的奠基石。昆山腔在元末已经产生，到这个时期的正德末年至嘉靖初年之间，杰出的戏曲音乐家魏良辅在朋友们的帮助下，改进并丰富唱腔和伴奏音乐，使它优美动听，远胜其他唱腔。梁辰鱼依据魏良辅的改良昆山腔写出了《浣纱记》，昆山腔的影响更加扩大起来，大大地推动了戏曲的发展，直接影响万历年间传奇创作高潮的到来。《浣纱记》在语言方面也有明显特点，作者有意兼用华绮骈句与浅显散体，当是用来塑造不同阶层的人物形象，也是为了适应庙堂应对情节和村野调谑表现的不同氛围。

研究《牡丹亭》的学人注意到，剧中写不同的人物运用不同的语言，《惊梦》《写真》等出极写杜丽娘时，曲词文采斐然，刻画细腻；而《劝农》一出写田夫、村姑，曲词野朴俚俗，且有民歌风味。其实，《牡丹亭》中汲取院本关目，调笑滑稽，也是信手拈来。但在使用插科打诨的传统戏剧手法时，并不适度，或嫌累赘，乃至尘俗。十分推重汤显祖的王骥德在《曲律》中对汤显祖作品中的所谓"剩字累语"颇有微词，他还说："《还魂》妙处种种，奇丽动人，然无奈腐木败草，时时缠绕笔端。"评语扬抑，论议月旦，大致符合《牡丹亭》实际。

五

汤显祖撰写戏曲作品是否有政治用意，古今论者尝有谈及，不妨加以讨论。

或许应从汤显祖的《紫钗记题词》说起，其中说：

> 往余所游谢九紫、吴拾芝、曾粤祥诸君，度新词与戏，未成，而是非蜂起，讹言四方，诸君子有危心，略取所草具词梓之，明无所与时也。记初名《紫箫》，实未成。

《紫箫记》作于万历七年（公元1579年）左右，《紫钗记》作于万历十六年（公元1588年）前后。汤显祖所说"度新词与戏"，到了万历四十年（公元1612年）前后刊行的吕天成《曲品》中，有了具体说法，其《紫箫记》条有云："向传先生作酒、色、财、气四记（一作犯），有所讽刺，是非顿起，作此以掩之，仅半本而罢。"而在沈德符的《万历野获编》中，《紫箫记》本身成了确实的"填词有他意"的事例："又闻汤义仍之《紫箫》，亦指当时秉国首揆，才成其半，即为人所议，因改为《紫钗》。"按照这个说法，汤显祖撰写《紫箫记》，具有讥弹"首揆"即首辅，也即首相的用意。

晚近学人董康汇辑清人《乐府考略》，改名《曲海总目提要》，并私撰"江都黄文旸原本"字样，其中《紫钗记》条引录了上述《野获编》的说法，但无考订并引申。而在《邯郸记》条中却明说此剧有指责首辅张居正和申时行的寓意：

> 万历五年为丁丑科，首辅张居正欲其子及第，因网罗海内名士，闻显祖及沈懋学名，命诸子延致之。显祖独勿往，懋学遂与居

正子嗣修偕及第。是科嗣修卷，大学士张四维次名二甲第一，既进御，神宗启姓名，则拔嗣修一甲第二。而谓居正曰：无以报先生功，贵先生子以少报耳。其得鼎甲也，乃出帝意云。显祖既下第，至（万历）十一年始成进士，授南京博士。时申时行为首辅，显祖负大才，以不得鼎甲，意常怏怏，故借卢生事以抒其不平。指其时之得状元者，藉黄金，通权贵，故云："开元天子重贤才，开元通宝是钱财。若道文章空使得，状元曾值几文来。"其指阅卷之宰相则云："眼内无珠作总裁。"讥之如此。

《乐府考略》中还说："按嘉靖壬戌科鼎甲三人：申时行、王锡爵、余有丁皆入阁，而曲本卢生、萧嵩、裴光庭皆以同年鼎甲入相，作者亦有寓意也。"

《乐府考略》的作者（当不止一人）姓名无考，但可推知是清中叶人。他实际上并无新材料可坐实明人沈德符的"填词有他意"说，只是笼统地把《邯郸记》第六出《赠试》所写卢生妻子打点金钱为丈夫"前途贿赂"情节和该出下场诗说成是影射明代科场腐败。《邯郸记》第七出《夺元》写黄榜招贤，主试官原拟取媚权贵，录取武三思之婿裴光庭为第一名，殊不料"御览"裁定卢生第一、萧嵩第二、裴光庭第三，主试官自叹"他（指卢生）的书中有路能分拍，道俺眼内无珠做总裁。"《乐府考略》撰者予以引用，也认为是对明万历帝擢拔张居正之子张嗣修科名的讥刺笔墨。按《邯郸记》系据唐人《枕中记》改编，原著者称是记唐开元间事，实多虚构，汤显祖改编更有异想之笔，剧中也确有对上层官场乃至皇帝的不敬言语和讥讽笔墨，若说其中概括有作者当时的若干官场经历和见闻，也或合创作理路，但是否可确认是汤显祖对万历帝、张居正和申时行的批评和抨击，难以考实。或许只是后世论者据《明史》有关记载而对汤剧所作的想当然猜测而已！至于把汤显祖原序说到的《枕中记》中原有的"通漕于陕，拓地于番"内容说成是影射"申时行辈"，把剧中"摹写沉着声恋于声势名利之场"种种情节说成是"为张居正写照"，更嫌穿凿。近代曲家也有附和此说而认为汤显祖是"借此泄愤"的，还有的曲家认为汤显祖在《邯郸记》中多用讽刺是为了"唤醒"张居正。按当下研究家大抵认为《邯郸记》作于万历二十九年（公元1601年），其时距张居正去世的万历十年（公元1582年）已近二十年，此时此际的汤显祖，还念念不忘，睚眦必报，竟要借写戏机会，予以讽刺、挞伐，违背常情，离开礼数，与古人之道不合。还有的曲家认为剧中卢生系汤显祖"自谓"，更属奇谈怪论。

《乐府考略》的作者认为《牡丹亭》中也有"托时事以刺贵要"的内容，并大作索隐，且文字冗长，今约为三点：

1. 剧中杜宝影射郑洛。郑洛于明代隆庆、万历时期曾任侍郎，为了得到"经略"之职，不惜以女儿作交换筹码，《乐府考略》中说："广西人蒋遵箴，为文选郎中，闻郑（洛）女甚美，使人谓曰：以女嫁我，经略可必得也。郑以女嫁之，果得经略。"《乐府考略》作者认为，郑洛是保定人，"近畿"，即靠近明时京都北京。剧中人杜宝是杜陵人，"而杜陵最近长安"，即靠近唐时京城，"故以为比也"。《乐府考略》作者又认为，剧中柳梦梅是影射索娶郑女的蒋遵箴，因为蒋是广西人，而柳梦梅是唐朝柳州司马柳宗元之后，留家岭南，"柳州在广西，故云柳，又曰岭南也"。

2. 剧中写杜宝命陈最良招降早已降金的李全夫妇是影射明代官府招降鞑靼俺答部。《乐府考略》中说："隆庆时，总督王崇古招俺答来降，封为顺义王，其妻三娘子封忠顺夫人。由是边督之缺，为时所慕。自方逢时、吴兑以后，其权愈重，称曰经略。"《乐府考略》作者认为剧中李全之妻是影射三娘子，并说第四十七出《围释》中陈最良对李全妻子说："但是娘娘要金子，都来宋朝取用。"这就是影射明朝大臣吴兑和郑洛等人，因为"时吴兑等以金帛结三娘子，兑遗以百凤裙等服饰甚众，（郑）洛亦可知，故云然也。"《乐府考略》作者还说，剧中第五十五出《圆驾》，柳梦梅讥刺杜宝，"你则哄的个杨妈妈退兵"，并说杜宝并未讨平李全，"只平的个'（李）半'""（李）半"指李全夫妻的一半。而杨妈妈即指李全妻子杨氏。《乐府考略》作者说："（郑）

洛等前后为经略，皆结纳三娘子，三娘子能钳制俺答，又能约束蒙古，故以'平得李半'讥之也。"

3. 柳梦梅姓名中有两个"木"字，也是讥讽手法。《乐府考略》中说："柳梦梅姓名中有两木字，时丁丑科状元沈懋学、庚辰科状元张懋修、癸未科榜眼李廷机，皆有两木字。丁丑、庚辰，显祖下第，癸未又不得翰林，故暗藏此以讥之也。"

除了上述三点外，还把剧中的"识宝使臣"苗舜宾视为影射戊子年北闱主试官黄洪宪，因"'黄'字抽出数笔是为'苗'字"。而柳梦梅又是影射被黄洪宪取中的李鸿，等等，不再赘引。

按《牡丹亭》并非历史剧，作者虚构设定的故事背景是宋代（南宋），剧中即使出现实有历史人物，其行动、语言却尽多虚构。其间种种描写，折射作者的生活经历和现实见闻，正是文艺创作规律的表现，但如果认为这种折射可以一一确指现实人物、事件，那就谬以千里了。中国古时俳优表演，所谓优孟衣冠，参军滑稽，确有讥谑时事，托讽匡正的内容，也形成一种传统，宋元以来，戏曲中也不时可见此类内容穿插剧中，以调剂戏剧氛围。但像《乐府考略》作者所作所言，已超越这类范围，而属人物和剧情索隐。其牵强附会，主观穿凿，几达极致。真可说是可怜无补费工夫。至于把剧中人物杜宝、柳梦梅说成是影射多种人物事件的角色，更属匪夷所思。有的近代曲家也予以批评，谓之"痴人说梦"。

《乐府考略》作者说《牡丹亭》"其言外或别有寄寓"，从而所作的种种索隐猜测的根据是汤显祖对自己仕途坎坷的不满："（汤显祖）官礼部主事，上疏劾首辅申时行，谪徐闻典史，稍迁遂昌知县，（万历）二十七年大计夺官，显祖颇多牢骚，所作传奇往往托时事以刺贵要。"且不说这种猜测不符合汤显祖在《牡丹亭题词》中的自我申述，如果这种不满真的成为《牡丹亭》主要写作动机，那汤显祖也就不会成为一位杰出作家了。

为了附会政治，对文艺作品作支离破碎的穿凿解读，或许可上溯到汉儒注释《诗经》，代代相传，不仅影响到唐诗，也影响到对宋元以来的词曲解读，南宋《复雅歌词》的编选者解读苏轼词作《卜算子》就属附会曲解的著名例子。苏词全文是：

　　缺月挂疏桐，漏断人初静。谁见幽人独往来，缥缈孤鸿影。

　　惊起却回头，有恨无人省。拣尽寒枝不肯栖，寂寞沙洲冷。

这是苏轼在黄州时的作品，词咏夜景，写及孤鸿，或有寄托，但被《复雅歌词》的选者解释得支离破碎："'缺月'，刺明微也。'漏断'，暗时也。'幽人'，不得志也。'独往来'，无助也。'惊鸿'，贤人不安也。'回头'，爱君不忘也。'无人省'，君不察也。'拣尽寒枝不肯栖'，不偷安于高位也。'寂寞沙洲冷'，非所安也。与《考盘》诗极相似。"清代著名词人张惠言却表赞同，他在《词选》中予以全文引录。

　　王国维《人间词话》批评这种牵强之论说："子瞻《卜算子》，皆兴到之作，有何命意？皆被皋文深文罗织。""皋文"即指张惠言。王国维同时节引清人王士祯批评《复雅歌词》选者的话，王士祯说："村夫子强作解事，令人欲呕……仆尝戏谓：坡公命宫磨蝎。湖州诗案，生前为王珪、舒亶辈所苦，身后又硬受此差排耶！"据《宋史·苏轼传》，御史李定、舒亶和何正臣等人以苏诗"讪谤"为由，锻炼成狱，欲置苏轼于死地。王士祯把"差排"和"讪谤"二者相提并论，虽称"戏谓"，却可见出他十分厌恶牵强附会之情。

　　《复雅歌词》选者"差排"苏轼，曲解《卜算子》，其出发点是说君臣大义，由于君王不察，使得贤人失志，也就是所谓"刺"，他把苏轼比作贤人，所说"爱君不忘"，则属"怨而不怒"，所以谓之"雅词"。"美刺"本也是古人研究《诗经》时得出的一种传统的文雅说法，但像《乐府考略》作者解读《牡丹亭》那样，竟说汤显祖不仅讥刺封疆大吏，就连同时科考之人也予讥弹，原因只是他们得第，而汤显祖自己落榜。这类说法，不知置汤显祖于何地！于此却倒说明，此类索隐已趋入末流了。类似这样的索隐臆说，因有古老传统，难以绝迹，清末民初之际，暖红室刊本的跋文中就有惊听之语，可能是鉴于《牡丹亭》的《冥判》出多有讽世描写，跋文作者认为这是"见道之文"，并作出胡判官是剧作者"自谓"，是汤显祖"现身说法"的臆断。不顾全剧的主题内容，追求所谓"传外寓意"，肢解作品，舍本逐末，执一而论，其实际结果也就成为虚词诡说了。

文学作品中故国之思的不同表达

——以吴伟业《圆圆曲》《秣陵春》和
孔尚任《桃花扇》为中心

李 玫

　　吴伟业（1609～1671）字骏公，号梅村，别号灌隐主人、大云居士等。先世居昆山，其祖父始迁居江苏太仓。孔尚任（1648～1718）字聘之，号东塘，山东曲阜人，孔子第六十四代孙。他们二人都是清代初年重要的剧作家和诗人，不同的是，吴伟业以诗胜，孔尚任以剧名。之所以将这两位年岁相差近四十年、籍贯居里南北异域的作家放在一起讨论，是因为他们二人都以表现故国之思和兴亡之叹的作品闻名于世。不过，同是表现故国之思，他们在表现方式上有明显的差异。也许正是这种差异，他们的文学创作给他们的人生带来的影响也不同。同为朝廷官员，吴伟业没有因为其大量追怀故国往事的长篇叙事诗遭到麻烦；而孔尚任的《桃花扇》一剧，却让他无奈地罢职回乡。吴伟业和孔尚任的人生经历有一个巨大的差别，那就是吴伟业比孔尚任早生三十九年，亲身经历了由明朝入清朝、改朝换代的历史巨变；而孔尚任出生在清代顺治五年，他记事时，清朝大局已定。在作品中抒发对故国的怀念之情，反而是生长在清朝的孔尚任表现得更为直接和强烈。究其原因，应是复杂而微妙。概括地说，既是二人处境、经历的不同使然，更是性格以及文学个性的差异所致。本文重点对二人剧作及诗歌中所抒发的兴亡之叹的不同特点作些分析。

一　吴伟业的坎坷经历及纠结的心绪

吴伟业可谓生不逢时。他生逢乱世，生活在明末清初社会动荡异常激烈的时期。他在明朝做官时，因为朝廷已是内外交困，他无时不在担心明朝遭遇灭顶之灾。当明朝灭亡最终成为事实以后，他先是害怕清朝廷召他去做官，后来无奈之下做了清朝的官，虽然只做了三年多，但从那以后，便深受仕两代君王经历的折磨。以他的道德准则，仕清就是变节，让他无地自容。一直到死，他都摆脱不掉因为身仕两朝而愧疚的情感折磨。读他的《临终诗四首》，可知这种愧疚、痛悔情绪之深重：

其一

忍死偷生廿余年，而今罪孽怎消除。

受恩欠债应填补，总比鸿毛也不如。

其二

岂有才名比照邻，发狂恶疾总伤情。

丈夫遭际须身受，留取轩渠付后生。

其三

胸中恶气久漫漫，触事难平任结蟠。

磈磊怎消医怎识，惟将痛苦付汍澜。

其四

奸党刊章谤告天，事成糜烂岂徒然。

圣朝反坐无冤狱，纵死深恩荷保全。①

---

① 吴伟业：《临终诗四首》，《吴梅村全集》卷第二十，诗后集十二。李学颖集评标校，上海古籍出版社，1990，第531页（前三首）、第532页（第四首）。

　　这最后的真情表白可谓沉痛万分。除了第四首是表示对清朝恩遇的感恩戴德，前三首都表现易代后"忍死偷生"的痛苦。从诗里可以看到，吴伟业不知多少遍咀嚼过的被他视为"偷生"的痛苦，说到底就是两对矛盾：其一，是为前朝慷慨赴死还是在新朝隐忍生活？其二，选择了活着，那么是做新朝的隐逸还是出仕为宦？矛盾中他选择了最为传统道德所不容的那条路：在新朝为官。其后，他只好不断在心里对自己说，身为"丈夫"什么样的磨难都须承受。直至临死，他把这痛苦和盘倒出。的确，忍受这样的煎熬几十年，是需要非凡的精神力量的。正因为这样的经历，吴伟业的诗作和剧作，是他内心疏导的重要渠道，他抒发的亡国之痛，背后是他一贯小心翼翼的生存抉择以及对"忍辱偷生"的懊丧，所以表现得很复杂。

　　梳理吴伟业的一生，可看到他确是总在小心翼翼地躲避各种风险和灾难。易代之际，他的很多朋友、同乡以及亲戚，稍有些锋芒的，或者是贪恋官场、不小心躲避的，多遭遇了杀身之祸，或者被流放。他能全身而退，两代皇帝：明朝的崇祯和清朝的顺治都善待他，可知他有多么小心。

　　他早年参加科举考试很顺利。崇祯元年（公元 1628 年）考中秀才，那年他十九岁。两年后（崇祯三年），他参加乡试考中第一名（解元），很顺利地中了举人。崇祯四年（公元 1631 年）进北京会试，又中了第一名，即中了会元。

　　这时吴伟业遇到了一场风波。那次会试，是当时的首辅周延儒任主考官，同考官李明睿是吴伟业的房师。周延儒是江苏宜兴人，在他还是秀才时，曾经游学太仓，吴伟业的父亲那时在太仓有文名，所以周延儒和吴伟业的父亲来往较多，是老朋友。吴伟业中会元后，周延儒的政敌借他会试第一名参劾周延儒。御史吴执御弹劾周延儒等人结党营私，其奏章说道："何地无贤才，而会元、状元、榜眼、探花，必出苏松常淮，况会元首篇补贴大臣，是何经旨。"周延儒得知有人弹劾他以后，非常紧张，因为明代对科场舞弊案的处罚很严厉。后来，周延儒将吴伟业的会试试卷交到崇祯皇帝那里，把矛盾上交。崇祯看后，很欣赏吴伟业的文才，在试卷上批了八个字："正大博雅，足式诡靡。"这样，吴伟业才得以顺利地参加了会试以后的殿试，并且获得一甲第二名，也即榜眼。那年，吴伟业二十二岁。此后，吴伟业对崇祯皇帝的知遇之恩，终生念念不忘。

也正因为这段恩遇，他背负的道德责难更加沉重。入清后，吴伟业自然不愿去朝廷做官。但是，因为他是吴梅村，因为他有广为时人知晓的才名和清誉，不要说出仕清廷了，仅是在易代之后活下去，他都需要给出理由。同样由于他的名声，入清后他想安静地过隐逸生活也终于不可能。他在改朝换代的巨变中没有慷慨赴死、也没有参与到反清的活动中，其理由是上有老下有小。顺治十年，时任清廷大学士的陈名夏、陈之遴和冯铨，都向朝廷举荐吴伟业，吴伟业推诿再三，但无济于事。实际上，他不可能独高名节，安身做遗民。无奈之下，他于顺治十年（公元1653年）应诏赴京，第二年授秘书院侍讲，顺治十三年（公元1656年）任国子监祭酒。顺治十四年（公元1657年）以母病为由辞官，得以回乡闲居。三年仕清，确实是吴伟业人生中最让他纠结痛苦、最终不能释怀的一件大事。吴伟业的好友侯方域曾在一封信里和他谈论仕清问题："学士以弱冠未娶之年，蒙昔日天子之殊遇，举科名第一人，其不可者一也；后数岁而事宫赞，学士身列大臣，其不可者二也；清修重德，不肯随时俯仰，为海内贤士大夫领袖，人生富贵荣华，不过举第一人，官学士，足矣。学士少年皆有之，今即再出，能过之乎？奈何以转眼浮云，丧我故吾？其不可者三也。"① 这代表了当时文人士大夫的普遍看法，而这种名节观念加重了吴伟业的自责或曰负罪感。侯方域死后，从吴梅村《怀古兼吊侯朝宗》一诗可见其愧疚之情的深重："朝宗归德人，贻书约终隐不出，余为世所逼，有负夙诺，故及之。"②

河洛烽烟万里昏，百年心事向夷门。气倾市侠收奇用，策动宫

---

① 侯方域：《与吴骏公书》，《壮悔堂文集》卷三。

② 吴伟业：《怀古兼吊侯朝宗》，《吴梅村全集》卷第十六，诗后集八。李学颖集评标校，上海古籍出版社，1990，第428页。

娥报旧恩。

多见摄衣称上客，几人刎颈送王孙。死生总负侯嬴诺，欲滴椒浆泪满樽。

看来，对于侯朝宗当年信里所谈对其出仕清廷的看法，吴伟业有过承诺——"终隐不出"。这首悼亡诗对故去的老友作了交代：一方面解释他出仕清廷是"为世所逼"，一方面表达愧疚和自责的心情。

二　哀而不怨——《秣陵春》里故国之思的委婉表现

吴伟业的戏曲作品，现存一部《秣陵春》传奇和《临春阁》《通天台》两部杂剧，均为明亡后所作。

这里主要谈《秣陵春》。《秣陵春》写的是历史故事，但剧情并不是依照史实铺排，剧中人物多为虚构，例如剧中写男主人公徐适是南唐重臣徐铉之子，实际上徐铉无子。《秣陵春》剧情大致如下：五代南唐亡后，北宋初年，秣陵初春，徐铉之子徐适居住在金陵老宅宜官阁。其邻近住着原南唐临淮将军黄济，这黄济是南唐后主李煜的宠妃名黄保仪的兄长。黄济有个女儿名展娘，出生几个月时李后主到访，曾说日后将为她择婿。后主亡时，黄保仪殉主。黄济将黄保仪的两件遗物：宜官宝镜和钟王墨迹交与黄展娘收存。时有位尚书姓真，住在黄宅近邻。真尚书的儿子真琦喜好收藏古玩、性顽劣，人称真古董。一天，真古董拜访前朝供奉琵琶手曹善才，曹善才演唱李后主所作小令，被黄展娘听到，心生感慨。一日，徐适向展娘借钟王墨迹赏玩，爱不释手。后以宜官阁和于阗玉杯向黄展娘换去钟王墨迹。然后带上钟王法帖去了洛阳。黄展娘搬至宜官阁居住，一日把玩于阗玉杯，令她惊异的是，当酒倒进玉杯，杯中映出徐适的面容，因而思念成疾。真古董属意于黄展娘，欲向展娘求婚，但自知形容丑陋，难以被接受。听说若得宜官镜一照，便可容貌变美，于是一天趁夜去偷此镜。恰遇镜神现身，宜官镜飞至女仙耿先生处。三月初三是汴京李后主庙会，耿先生携宜官镜到庙会出售，适逢徐适进庙祭拜，买走此镜。徐适在洛阳拜访其父的门生、时任节度使的独孤荣。独孤荣向徐适借得钟王法帖，想进献以求升迁，故久借不还。徐适于宜官镜中，看到黄展娘容颜。一日，展娘之魂手持玉杯飞到徐适处，但由于童仆撞进，二人没来得及交谈，展娘之魂离去。朝廷在金陵选秀女，在真古董唆使下，太监将黄展娘充选，展娘正生病，侍女袅烟要求代行。临行前，袅烟不舍，请求黄夫人将于阗玉杯相送，言见到玉杯便犹如见到展娘，黄夫人依允，将玉杯交给袅烟。展娘随耿先生入仙界，谒见李后主。徐适与黄展娘之魂在天界相聚，结为夫妇。李后主命徐适为中军元帅，出征阴界汉王刘铱阴魂，得胜还朝，钦赐筵宴。李后主为徐适和黄展娘在汴梁城外置良田二百顷，赐奴婢十人，送二人返回人间。分别时，李后主命耿先生飞身取来存在宋朝御库的烧槽琵琶赠送展娘。一日，展娘弹奏琵琶，适真古董和曹善才至汴京，听到琵琶乐声，曹善才听出此音乐为南唐朝宫廷里的烧槽琵琶所弹奏。展娘之魂惊惧而逃，回到金陵家中，魂与其躯体合而为一，病愈。真古董告于官，言烧槽琵琶是徐适从宋朝国库盗出，官府将徐适捕获。蔡游是徐适的老友，时任刑科都给事，负责审徐适案，蔡游为其辩冤。宋皇帝命徐适作《琵琶赋》，赏其才学，赐状元。徐适为寻展娘辞去状元不做。皇帝将宫女袅烟赐予徐适为妻。徐适携袅烟回金陵，与展娘重逢，袅烟居侧室，一夫二妻团圆。徐适偕二位夫人拜谒摄山寺李皇庙，恰好在摄山寺遇到曹善才，徐适将烧槽琵琶赠与曹善才。最后，曹善才弹奏琵琶，咏唱李后主及南唐往事。在曹善才的琵琶声中，李后主、黄保仪、耿先生等现形显圣。剧的结尾归结到赞美由李后主决断主持的徐黄婚姻。

《秣陵春》全剧共四十一出戏，问世后基本上没有在戏曲舞台上演出过，属于案头剧，故而一般人对这部剧作不熟悉，所以在这里详述剧情梗概。通过上述剧情可看到，这是个以才子佳人为主线的剧，虽然有南唐覆亡、北宋初立的历史背景，但没有正面写历史，即并非历史剧。尽管剧情曲折繁琐，但其中的戏剧冲突是围绕男女主人公的离合，人物命运没有大的波澜起伏，主调是委婉缠绵的男女恋情。不过，从剧中人物的设置到剧情的发展，时时扣住前朝皇帝李后主，不时流露出对故国的怀念和伤感。也就是说，对前朝的伤怀从头至尾时常流露，但并不激烈，可见吴伟业的苦心。例如第一出《麈引》（副末开场）的第二首曲文《沁园春》的末尾几句是："旧事风流说李唐。凄凉恨，霓裳一曲，万古传芳。"① 寥寥几句，便可看出吴伟业委婉表达的心迹。再者，剧中的贯穿人物曹善才，曾为南唐宫廷仙音院的乐工、第一琵琶手，这位李龟年一类的人物，和一柄南朝遗留的烧槽琵琶，是联系剧中人物与南唐朝廷的纽带，他们不时出现，时时将人们带回已亡的南唐故国，带回对南唐胜景的怀念情绪中。

归结起来，《秣陵春》中对前朝的怀念伤感，主要通过以下几个方面表现：

第一，剧中男主人公徐适是表达故国情怀的重要载体。在徐适身上，可以看到吴伟业的影子。有些地方可以说是吴伟业心境的自述。先看徐适首次出场的开场白：

> 小生姓徐，名适，表字次乐，广陵人也。先集贤官知制诰、右内史，望重中书。家国飘零，市朝迁改。澄心堂内，无复故游；朱雀桁边，犹存旧业。因此浪迹金陵，放情山水。陆士衡当弱冠而吴灭，闭户十年；陶元亮以先世为晋臣，高眠五柳。栖迟不仕，索莫无聊，倒着脚在骨董行中，自揣有几分眼力，识得几件正路收藏，别人看来极没要紧，吾自家别有一番议论，一番好尚，尽足消磨日子。②

背景是南唐亡国不久，男主角开场的这番话并不显沉痛，相反让人觉得较为轻松，这显然是剧作者含蓄的笔法。不过，徐适这个人物的处境：

---

① 吴伟业：《秣陵春》第一出《麈引》，《吴梅村全集》，李学颖集评标校，上海古籍出版社，1990，第1236页。

② 吴伟业：《秣陵春》第二出《话玉》，《吴梅村全集》，李学颖集评标校，上海古籍出版社，1990，第1236页。

鼎革后"栖迟不仕",隐逸市朝,恰是吴伟业在入清后所期待的生活。
这段说白中说到西晋的陆机和东晋的陶渊明,强调他们的归隐和前朝的
关系,称赏他们对新朝的决绝态度,这是剧作者写剧时心绪的传达。陆
机因东吴灭亡而隐居确为事实。陆机的祖父、父亲均在三国东吴身居要
职,其祖陆逊曾任东吴丞相,其父陆抗曾任东吴大司马,掌握兵权。其
父亲去世后,时年仅十四岁的陆机和其弟分率父兵为东吴而战。陆机二
十岁时,东吴灭亡。就此陆机退居故里,闭门读书,表现了忠于故国的
气节。而陶渊明隐居五柳情况却不同,他并非因遭逢改朝换代而归隐。
陶渊明的曾祖陶侃是东晋的开国元勋,官至大司马,这是事实。但是陶
渊明本人一生中几度出仕,几度退隐,并不是因为朝代更替而坚守气
节。吴伟业让剧中男主人公一出场便说出的两位先贤的隐居故事,实是
剧作者特殊处境中的精神安慰。同是受恩于前朝帝王,在新朝闭门退
隐,就不会有损气节,就为良心和道德所允许。

　　第二,剧中安排了不少与李后主有关的情节。这些情节主要描写剧
中人物对李后主的怀念及对南唐逝去的感怀。例如第十一出《庙市》,
写汴梁城三月初三李王庙庙会,这李王即为李后主,因为三月初三是李
王生辰。剧写徐适到汴梁访独孤太仆,路过这李王庙,进去祭拜了李
王。徐适与庙祝有如下对话:

　　　　(生)这是那个的庙?几时兴造的?(丑)相公是南人声音,
　　俺庙里菩萨,说道也是南京来的。(生)待我看一看。呀!牌额上
　　写道'南唐国主李王之庙'。嗄!就是后主,死葬汴梁,遗庙在
　　此。你看野鼠缘朱帐,阴尘盖画衣,受用些落木寒鸦,看守着残山
　　废塔。一代帝王。憔悴至此,好不伤感人也!我且上前一拜。①

这里对前朝帝王哀伤的情感表达得很直接,像"野鼠缘朱帐,阴尘盖

---

　　① 吴伟业:《秣陵春》第十一出《庙市》,《吴梅村全集》,李学颖集评标校,上海古籍出版
　　社,1990,第1264页。

画衣，受用些落木寒鸦，看守着残山废塔"等描写前朝兴废的诗句，相当沉痛，联系吴伟业的经历，就不难联想到他对明崇祯皇帝的感怀。接下来有段徐适所唱的曲词《中吕过曲·泣颜回》："薜壁画南朝，泪尽湘川遗庙。江山余恨，长空暗淡芳草。呀！这匾上是我父亲手笔。临风悲悼，识兴亡断碣先臣表。咳！我父子受国厚恩，无由答报。（作拭泪介）过夷门梁孝台空，入西雒陆机年少。"① 这段写到庙里匾上有徐父的"手笔"，更是直接述说受前朝厚恩、无由报答的情感。随后徐适离开李王庙时的情景写得很动情："（生吊场）众人都去了，那庙儿依旧静悄悄的。（哭介）咳！我那后主呵！"② 上引曲词加上后面的说白，实可读出吴伟业的心曲：受前朝"厚恩""无由报答"。这对前朝帝王、对故国的怀念之情，既可以说表现得委婉，因毕竟是借用南唐历史，剧情语词不涉及明朝；但也可以说表达得很直接，因为和吴伟业的真实处境及心境十分吻合。现实中，吴伟业确是参与了祭祀明崇祯帝的活动。清顺治十年（公元1653年）三月十九日，是崇祯殉国十周年的忌日，太仓的文士们在钟楼举行崇祯皇帝的公祭活动，吴伟业是主祭人，并赋诗二首：

> 白发禅僧到讲堂，衲衣锡杖拜先皇。
> 半杯松叶长陵饭，一炷沈烟寝庙香。
> 有恨山川空岁改，无情莺燕又春忙。
> 欲知遗老伤心事，月下钟楼照万方。
> 甲申龙去可悲哉，几度东风长绿苔。
> 扰扰十年陵谷变，寥寥七日道场开。
> 剖肝义士沉沧海，尝胆王孙葬劫灰。

---

① 吴伟业：《秣陵春》第十一出《庙市》，《吴梅村全集》，李学颖集评标校，上海古籍出版社，1990，第1264～1265页。
② 吴伟业：《秣陵春》第十一出《庙市》，《吴梅村全集》，李学颖集评标校，上海古籍出版社，1990，第1266页。

谁助老僧清夜哭，只应猿鹤与同哀。①

虽已十年过去，但诗中对前朝皇帝的怀念，对崇祯亡国的伤痛，充溢于字里行间，并无掩饰。这与剧中徐适祭李王庙所言，实可参看。

第三，剧中有一条贯穿线索，描写虚幻的仙境。李后主和他的宠妃逍遥地生活在这仙境中，掌控着现实中的男女主人公的定情和婚姻。这仙界是剧作家的想象，描写起来笔调飘逸洒脱，应是剧作者别具匠心创造的一个氛围，让剧中围绕李后主而生的故国情怀显得不那么沉重。这一表现角度及表现方式可谓奇妙，也足见剧作者的苦心。例如，《秣陵春》的第十三出《决婿》、第十六出《魑怒》、第十八出《见姑》、第二十出《遇猎》、第二十一出《虏刘》、第二十二出《迁婚》、第二十六出《宫饯》、第三十出《冥拒》等八出戏，构成一条情节线索，与现实中的人物情节交错出现，描写想象中南唐时人物在天界和地狱里的活动情形。在天界的宫殿，李后主与黄保仪为黄展娘择婿，选中的人就是南唐时李后主的得力臂膀、学士徐铉之子徐适。这中间，引动徐适和黄展娘之间的情思的两件古物——于阗玉杯和宜官宝镜，都是原南唐宫中所藏。李后主将玉杯赐给了徐铉、即徐适之父，宝镜赐给了临淮将军黄济、即黄展娘之父。易代后，两件古董分别传至徐适和黄展娘。剧中这两件古董是有幻化之功的宝物，可以显现变幻男女主人公的影像面容，以此男女主人公镜花水月、传递情思。有趣的是，二人的成婚地点也在虚无缥缈的天界。

第二十六出《宫饯》写到，黄展娘和徐适在天宫成亲后，李后主将送他们回人间，说："此处不是久留之地，速宜送他回去。我想玉杯镜子，毕竟水月空花。我南唐还有一件宝贝，是烧槽琵琶，在宋朝大库中，已曾令耿先生飞身取来，随令保仪传授展娘数曲。后来一段姻缘，倒在琵琶上收成结果。"② 李后主送黄展娘夫妇返回人间，不忘让他们

① 转引自王振羽《梅村遗恨——诗人吴伟业传》，江苏教育出版社，2006，第289页。
② 吴伟业：《秣陵春》第二十六出《宫饯》，《吴梅村全集》，李学颖集评标校，上海古籍出版社，1990，第1308页。

带上南唐的琵琶和音乐。随后李后主和徐适谈起功名一事，其情颇为微妙："（小生）孤家岂忍舍卿夫妇？只是功名事大，前程路远，不能久留。（生）呀！若说起功名，难道丢了皇上，走到别处，另有个际遇么？就是外戚避嫌，那闲散官职也还做得。（小生）咳！卿那里晓得？不是这个世界了。左右看酒过来。"① 李后主向徐适说功名事大，赶快回到人间。徐适回答说离开了李后主这位皇上，其他地方还能有功名吗？这句话看似平和，其实涉及改朝换代，是个沉重的话题。李后主的回答意味深长，"卿那里晓得？不是这个世界了。"联系吴伟业在明代受到崇祯皇帝的恩遇以及在明清两朝的出处经历，这些何尝不是他的心迹的写照。

第四十一出戏《仙祠》是全剧的结尾，写三月初三这天，徐适、黄展娘及枭烟等去摄山寺祭拜。这摄山寺在南唐时李后主常常光临，寺庙的西廊过去有座"仙祠"，这仙祠是宋朝新造的。其建造的起因是，有人将徐适和黄展娘由李后主在阴间撮合的"仙婚奇事"奏知宋朝皇帝，皇帝下旨建造。

这出戏作为全剧的结尾，有其重要性，从中可品味出整部剧作的题旨。这出戏营造出浓重的对李后主感怀思念的气氛。黄展娘和徐适先出场，黄展娘首先问丈夫："官人，今日是三月三了，怎么不到李皇庙去？"② 前面第十一出《庙市》曾说明，三月初三是李后主的生日。于是，徐适携两位妻妾一起去了摄山寺。恰好原南唐宫廷里仙音院的琵琶伶人曹善才也来到摄山寺，故人相逢，一起回忆起南唐往事，尤其回忆起李后主和徐适之父的情谊。整出戏的基调是怀旧和感伤，曹善才的上场诗及说白曰："白头供奉老何戡，拟向山中住一庵。惆怅茂陵烟树远，长歌三阕望江南。自家曹善才，从汴梁回来，眼见兴亡盛衰，添出

---

① 吴伟业：《秣陵春》第二十六出《宫饯》，《吴梅村全集》，李学颖集评标校，上海古籍出版社，1990，第1308、1309页。笔者按：此处小生扮李后主，生扮徐适。
② 吴伟业：《秣陵春》第四十一出《仙祠》，《吴梅村全集》，李学颖集评标校，上海古籍出版社，1990，第1355页。

许多感慨……"① 这段话写故国之思与兴亡之叹，虽然情感表达不算浓烈，但可看到与后来孔尚任《桃花扇》的结尾的情调颇有些相似，尤其像"惆怅茂陵烟树远，长歌三阕望江南"这样的诗句。还有更为直接地描写南唐旧事的内容：曹善才决定就在摄山寺出家，曰："贫道不去别处去了，就在这庙里出家，常把琵琶弹一曲供养皇爷，也不失我旧伶人的意思。"② 就在曹善才的琵琶音乐声中，李后主、黄保仪及耿先生从仙界飘然而至，前朝皇帝及妃子和徐适夫妇及曹善才相见，又是一番欣喜和伤怀。这番描写，看似洒脱飘逸，实质是沉痛和伤心。这出戏出场的人物中，只有曹善才曾长期生活在南唐宫廷，与李后主情感最深，所以对前朝的伤怀主要通过他来表现，摘录几段说白和曲词如下：

> （外跪介）万岁爷，可认得老臣么？（小生）你是仙音院里曹善才。记得十八年前，也就是三月三，（指生介）你父亲为我的圣节，进一首词，叫做《万年欢》，善才将琵琶度曲，保仪把于阗玉杯送酒称贺，难道我就忘了！（外哭介）微臣适才弹烧槽琵琶，正诉出皇爷往日的事体。（小生）嗄！方才弹的就是烧槽琵琶？我久不曾听得你弹了，再与我弹一曲，把我去后的光景说一遍。（外）领旨。（小生）我那澄心堂呢？（外）【后庭花】澄心堂堆马草，（小生）凝华宫呢？（外）凝华宫长乱蒿，（小生）御花园许多树木呢？（外）树木呵，砍折了当柴烧，（小生）那书籍是我最爱的。（外）书呵，拆散了无人裱。亏了个女婿妆乔，状元波俏，才挣这搭儿香火庙。善才也做庙里道人了。（小生）这也难为你。（外）三山卷怒涛，乌鸦打树梢，城空怨鬼号。怕的君王愁坐着，则把俺琵琶弹到晓。③

---

① 吴伟业：《秣陵春》第四十一出《仙祠》，《吴梅村全集》，李学颖集评标校，上海古籍出版社，1990，第1355页。

② 吴伟业：《秣陵春》第四十一出《仙祠》，《吴梅村全集》，李学颖集评标校，上海古籍出版社，1990，第1357、1358页。

③ 吴伟业：《秣陵春》第四十一出《仙祠》，《吴梅村全集》，李学颖集评标校，上海古籍出版社，1990，第1358、1359页。

这段李后主与曹善才的对话及《后庭花》曲词，是全剧中故国之思抒发得较为强烈的部分。大家一起回忆当年李后主圣诞节时、南唐宫廷里歌舞升平的景象：宫殿里飘荡着由徐铉专为皇帝圣节所写的《万年欢》琵琶曲声，多么的悠游惬意！可这欢乐没有持续太久，看亡国后皇宫的萧条："澄心堂堆马草""凝华宫长乱蒿"，御花园的树木"砍折了当柴烧"，藏书"拆散了无人裱""三山卷怒涛，乌鸦打树梢，城空怨鬼号。怕的君王愁坐着，则把俺琵琶弹到晓。"这些曲词将亡国后南唐皇宫的残破凄凉以及曹善才的感伤描写得淋漓尽致。

读到这些曲词，让人不由得联想数十年后问世的孔尚任的《桃花扇·余韵》中的《哀江南》套曲，其中那些描写南明亡国后金陵城荒凉景象的曲词，与这首《后庭花》中的描写，颇有异曲同工之妙。如"澄心堂堆马草"和《哀江南》《驻马听》里的"枯枝败叶当阶罩""凝华宫长乱蒿"与《哀江南》《沉醉东风》里的"直入宫门一路蒿"等词句表现的是相同的意境。最后一句"怕的君王愁坐着，则把俺琵琶弹到晓"与《哀江南》的结束句"诌一套哀江南，放悲声唱到老"①，所表达的对故国的怀念是相同的，只是后者表现得更加强烈。

孔尚任很欣赏吴伟业的叙事诗，也一定对吴伟业的《秣陵春》传奇不陌生。在《桃花扇》续四十出《余韵》中，第二首曲词曲牌为《秣陵秋》。这首《秣陵秋》由鼎革后做"渔夫"的柳敬亭演唱，曲文回顾了明代历史上几位皇帝的惨烈经历，描写了南明王朝短暂的兴亡历史，哀悼明朝及南明王朝的灭亡。曲词后有苏昆生和老赞礼的对白曰："（净）妙妙！果然一些不差。（副末）虽是几句弹词，竟似吴梅村一首长歌。"② 由此看，说孔尚任写《桃花扇》多少受到了吴梅村的梅村体叙事诗及《秣陵春》的影响，应不虚妄。

总而言之，尽管吴伟业胸中的故国情怀一定不会比孔尚任弱，但他的《秣陵春》传奇所表现出的故国之思却要委婉得多。通过上举三点，

---

① 孔尚任：《桃花扇》卷四续四十出《余韵》，人民文学出版社，1959，第260页。
② 孔尚任：《桃花扇》卷四续四十出《余韵》，人民文学出版社，1959，第258页。笔者按：此处净扮苏昆生，副末扮老赞礼。

可概括地说，《秣陵春》传奇表达出来的故国之思特点是哀而不怨，是一种温婉的忧伤。这从题材选择就决定了这种特点，而在表达方式上剧作者又是煞费苦心。其一，《秣陵春》用南唐到北宋作为背景，尽管明确写出对李后主的怀念，但毕竟与明末清初时期离得很远。其二，《秣陵春》里采用了虚幻的描写，写仙界李后主的悠然生活，并掌控安排故人后代的婚姻，这些描写弱化了亡国的沉痛。其三，《秣陵春》中避免让人物抒发强烈的感情。说到伤心处，作者会调转笔锋，弱化伤感情绪。较为突出的例子是，第四十一出《仙祠》里，当曹善才唱完那段伤感的《后庭花》、说完了南唐亡国后的凄凉后，李后主说："世间光景，自然是这样的。如今证了仙果，也不放在念头上了。徐郎，我今日赴西王母蟠桃宴，暂到这里，如今就要启程了。"① 说到伤心处笔调一转，变沉重作轻松，从亡国之痛的沉重话题，转到了仙界超然愉悦的心境，在这里表现得十分明显，可知吴伟业有意不想让故国之思表现得太过激烈。

三　悲歌一曲为谁吟——《圆圆曲》中对吴三桂的评判

吴伟业的《圆圆曲》无疑是一曲悲歌。若进一步问，《圆圆曲》所悲者何？明朝的灭亡？陈圆圆和吴三桂乱世中的传奇人生？人性的悲哀？人生的无奈？世事的无常？似乎都是。这里想仔细讨论一下，何为"诗核"？

以明朝灭亡、明清之际的战乱为背景，描述陈圆圆和吴三桂的悲欢离合，是《圆圆曲》的基本线索。其中有个人的身世之叹，更有国家的兴亡之感。三百多年后的今天，人们说起明朝的灭亡，还会扼腕顿足，感慨万端。偶然？必然？进步？倒退？英豪？罪人？崇祯皇帝、多

---

① 吴伟业：《秣陵春》第四十一出《仙祠》，《吴梅村全集》，李学颖集评标校，上海古籍出版社，1990，第1359页。

尔衮、李自成、吴三桂……往前追溯还有努尔哈赤、袁崇焕、洪承畴、皇太极……亲身经历这场历史剧变的吴伟业，其感受想必没有这么复杂，但一定无比强烈。他对明朝灭亡的痛惜、哀悼、还有悲愤，应该说，都投入到那一首首委婉、哀怨、优美的"梅村体"诗中，《圆圆曲》是其中的代表。

（一）心曲难言　机锋暗藏

不过，我们从《圆圆曲》中并看不到吴伟业对明朝灭亡表达出强烈的情绪。这并不奇怪，原因是《圆圆曲》大约作于清朝顺治八年（公元 1651 年）。

吴伟业选择了一个独特而引人入胜的视角，那就是明末苏州城色艺超群的名伎陈圆圆。在明末的江南，名伎如云。人们之所以对陈圆圆给予更多的关注，还是因为她与吴三桂的关系。吴三桂在明清鼎革中，实在是个举足轻重的人物。大明王朝从衰落到灭亡，无论有多么长的"积弱"过程，有多少个必然和偶然的原因，最后压倒骆驼的那根稻草是吴三桂。吴三桂打开了清军多年无法打开的山海关大门，让清兵长驱直入进入了李自成扔下的北京城。

《圆圆曲》没有从清军入关写起，而以李自成入北京、崇祯皇帝自缢煤山开头："鼎湖当日弃人间，破敌收京下玉关。恸哭六军俱缟素，冲冠一怒为红颜。"[①] 整体风格委婉的《圆圆曲》，有这样一个悲壮而有气势的开头。这几句诗意思是：李自成攻占北京，崇祯皇帝吊死煤山。吴三桂闻讯给崇祯皇帝戴孝、全军痛哭。他之所以降清，打开山海关的大门，引清兵入关，是因为陈圆圆被李自成手下的人抢夺。"冲冠一怒为红颜"一句诗是全诗最为脍炙人口的名句，后人引用率很高。从表面上看，这句诗是说吴三桂降清的原因，实际上谁都知道，吴三桂降清的原因、过程和背景十分复杂，吴伟业当然也很清楚。他的《绥寇纪

[①]　吴伟业：《圆圆曲》，《吴梅村全集》，李学颖集评标校，上海古籍出版社，1990，第78页。笔者按：下面《圆圆曲》的诗句均引自此书第78至第79页，不一一出注。

略》一书，即记载了李自成起义军的事。他对明末的局势有较深的了解和思考。所以，这句诗另有深意。

先看看吴三桂降清的大体过程：明朝灭亡前，明朝廷、李自成和清军三方面力量已经抗衡了好多年。在明朝灭亡的前两年，即崇祯十五年，明朝廷守卫锦州的那场战争，在持续了近两年之后，明军失败。明朝的几个重要的大将，像蓟辽总督洪承畴（当时守松山）、祖大寿（守锦州）等，先后被俘，投降清军。从那以后，身为辽东总兵的吴三桂退守宁远（现在的兴城，位于山海关之外往东北方向两百里处）。锦州失守后，宁远成为山海关外对清军唯一的边防重镇，而吴三桂，是镇守东北边防唯一有战斗力的大将。重担在肩，吴三桂能救明朝吗？事实是，吴三桂并不是一个性格刚烈的人，他的态度随着三方面力量的消长而变化。郭沫若在 1944 年写的《甲申三百年祭》一文里认为，吴三桂是个"标准的机会主义者"。

崇祯十七年三月，李自成攻到北京近郊时，崇祯下令让吴三桂放弃宁远，率军来保卫北京。吴三桂带着他的军队，还有追随他的百姓共五十万人，日行五十里往北京赶。三月二十日到达丰润（永平），当吴三桂得知李自成已进入北京（李自成于三月十九日进北京），便停止了进军。约三月底，李自成派明朝降将唐通招降吴三桂，吴三桂考虑当时的形势，表示答应。实际上，当时吴三桂已经进入李自成的势力范围，他沿途发放不扰民的告示。赵诒琛、王大隆辑《辛巳丛编》记："从关上至永平，大张告示，本镇率所部朝见新主，所过秋毫无犯，尔民不必惊恐等语。"① 告示中称李自成为"新主"，实际吴三桂已投降李自成。

后来，吴三桂听说其父吴襄被李自成拷问追赃，改变了主意。在李自成占据北京的四十二天里，李自成住在皇宫，他的将领各住一座贵族的大宅院，把明朝的官员分别关押在这些宅子里拷问要钱。有记载说李自成向吴三桂的父亲要二十万两银子，作为军饷。吴襄只凑足了五千

---

① 赵诒琛、王大隆辑《辛巳丛编·吴三桂纪略》。

两。① 吴三桂突然带兵返回山海关，号称借清兵十万打李自成，为君王和父亲报仇。有学者认为是李自成在北京追赃的错误政策，让吴三桂看出李自成难成大事，才改变了主意。当时许多被李自成关押考问过、活着出来的明朝官员写了回忆甲申之变的文字，如赵士锦的《甲申纪事》、杨士聪的《甲申核真略》等，记载李自成在北京时的情况。早先的这类书中并没有关于陈圆圆的记载。后出的一些书里才增加了陈圆圆被李自成的部将刘宗敏抢掠、吴三桂得知后大为恼火的记载。② 以后的正史《明史》和《清史列传》都采用了这种说法。

吴三桂降清的过程大致如此，可说明《圆圆曲》里写吴三桂因陈圆圆被抢而引清兵入关，是吴伟业的曲笔。在当时，说吴三桂为一个风尘女子叛国降清，对吴三桂是一种贬斥和谴责，所谓"英雄气短，儿女情长"。写吴三桂"冲冠一怒为红颜"，对明朝遗老来说，是讥刺吴三桂降清；对清朝官方来说，因为吴三桂后来又叛清，在云南自立为王，在湖南衡阳自封为帝，这种说法也是在贬责吴三桂的人格。实际上，陈圆圆对整个大局不可能有决定性的影响。那时，歌女舞伎是有钱人互相赠送的礼物，拿钱即可以买到，当时身居要职的吴三桂，不至于仅为一个歌女而大动干戈。也就是说，"冲冠一怒为红颜"是全诗讥刺吴三桂最为重要的一句，所以，最为后人注意和肯定。

诗中对吴三桂的讥讽还有两处，其一，第六十七至七十句："妻子岂应关大计，英雄无奈是多情。全家白骨成灰土，一代红装照汗青。"吴三桂率领清军入关后，多尔衮命吴三桂往西北追击李自成。吴三桂与李自成交战，最终李自成败于一片石。李自成一怒之下，杀吴三桂之父吴襄及全家三十余口。这四句诗说，女子原本不应对国家兴亡起决定作用，但是"英雄多情"，吴三桂感情用事，因陈圆圆而草率行事，使得父亲及全家被杀，而让陈圆圆名留青史。这几句诗对吴三桂的讥讽应该

---

① 笔者按：最早记载此事的是《辽东海州卫生员张世珩塘报》、赵士锦《甲申纪事》附录等。

② 参见刘健《庭闻录》卷一"乞师逐寇"；孙旭《平吴录》；计六奇《明季北略》卷二十"吴三桂请兵始末"。等等。

算是辛辣的。

其二，全诗的最后八句："君不见，馆娃初起鸳鸯宿，越女如花看不足。香径尘生鸟自啼，屧廊人去苔空绿。"写吴王夫差与西施的故事，暗喻吴三桂和陈圆圆。当年吴王宠爱西施，在馆娃宫过着豪华的生活。可是没过多久，吴国灭亡，吴宫荒废，人去楼空。当年吴王为西施修建的响屧廊，因为斯人去矣，"响屧"不再，杂草丛生，唯余"苔空绿"。接下来的四句诗是："换羽移宫万里愁，珠歌翠舞古梁州。为君别唱吴宫曲，汉水东南日夜流。"入清后，吴三桂被封为平西王。当时吴三桂的藩府在陕西汉中的南郑，那里就是濒临汉水的古梁州。这四句诗的意思是，虽然现在吴三桂和陈圆圆过着"珠歌翠舞"的奢华生活，但是这些不会长久。"汉水东南日夜流"用李白《江上吟》诗意，《江上吟》有诗句曰："功名富贵若长在，汉水亦应西北流"，此处换了一种说法：汉水永远只会向东南流，也即说吴三桂的功名富贵根本不可能长久。

如果是时过境迁、尘埃落定，这样讽刺吴三桂，也许并不稀奇。而吴伟业写《圆圆曲》时，吴三桂风头正劲，是威震一方的平西王，正在陕西、四川一带和抗清势力打仗。吴伟业并没有看到吴三桂的结局。他比吴三桂大三岁，比吴三桂早死七年。在《圆圆曲》里直截了当地说吴三桂为陈圆圆叛国降清、富贵荣华不可能长久，确是这首诗的锋芒所在。所以当时有传说，吴三桂看了《圆圆曲》，觉得大失面子，出高价让吴伟业毁版，不让《圆圆曲》流传，被吴伟业拒绝。

无论如何，今天读《圆圆曲》，会觉得吴伟业对吴三桂的讥刺很是温和委婉，但回到吴伟业的环境里，可以体会到他的难言之隐。

（二）身世之叹　家国之悲

《圆圆曲》中更加难以言说的是对逝去的明朝的追思和对死去的崇祯的哀悼。作为一个传统文人，吴伟业对明朝灭亡不可能无动于衷。何况在明末险恶的政治环境中，他初出茅庐时就受到崇祯皇帝的恩遇。崇祯四年（公元1631年）吴伟业会试高中榜首，立刻卷入了一场政治斗争。因为当时的首辅兼主考官周延儒和他父亲交情颇深，所以他会试中会元后，马上有人参劾周延儒舞弊。最后周延儒把矛盾上交到崇祯皇帝那里，崇祯对吴伟业的会试试卷给予了肯定，使他不仅得以顺利参加随后的殿试，并在殿试中得中榜眼（一甲第二名），从而踏上仕途。此后，吴伟业难以忘怀崇祯皇帝的知遇之恩。

《圆圆曲》中的家国之悲和兴亡之叹，隐含在对诗歌主人公的身世之叹背后，也即蕴含在吴三桂和陈圆圆活动的背景里。"鼎湖当日弃人间，破敌收京下玉关。恸哭六军俱缟素，冲冠一怒为红颜。"这是《圆圆曲》开篇的四句，前面着重谈论的是第四句。前三句写得十分悲痛，诗意为：那天崇祯皇帝在绝望中弃世，吴三桂从山海关赶到北京，打败李自成。吴三桂率领的辽东铁骑全军为崇祯戴孝痛哭。虽然描写的是吴三桂这个人物出场的背景，可是渲染出了国破家亡的悲痛气氛。

接下来的四句诗，角度一转，以吴三桂自述、自我辩解的口气，说他引清兵入关，并不是因为陈圆圆，而是为了消灭"逆贼"李自成，给君王和父亲报仇："红颜流落非吾恋，逆贼天亡自荒宴；电扫黄巾定黑山，哭罢君亲再相见。"李自成占据北京时，曾让吴三桂之父吴襄招降其子，吴三桂看到了父亲的信，得知其父在北京被李自成拷打逼饷，拒绝了李自成的招降。诗里用吴三桂的口吻说，等打败了李自成，哭罢了君王和父亲，才和陈圆圆相见。这几句诗的用意很微妙，似乎诗人觉得说吴三桂"冲冠一怒为红颜"太过尖锐，来了一个回旋，让吴三桂自己解释了一番。这几句诗也渲染出了亡国的悲痛气氛。

当然，如诗题所示，诗中大部分笔墨，是写陈圆圆的身世，写她与吴三桂在战乱中的分分合合的曲折经历。"相见初经田窦家，侯门歌舞出如花。许将戚里篓篌伎，等取将军油壁车。"这四句诗描述陈圆圆初次见到吴三桂的情形。陈圆圆和吴三桂相见，大约是在田弘遇家。田弘遇是崇祯的宠妃田妃的父亲，在当时的北京城十分显赫。陈圆圆和吴三桂相识大概是在崇祯十六年（公元 1643 年），也即明朝灭亡的前一年。这一年，朝廷命大学士周延儒督军，会合蓟州、永平、通州等八镇兵将，抗击清军于螺山（今怀柔县北）。八镇兵士不战而逃，只有吴三桂从宁远率兵入关，在灰岭（昌平县北）打败清军。五月十五日，崇祯皇帝接见吴三桂和山东总兵刘泽清、山海关总兵马科，设宴于武英殿。吴三桂大概就是在这次进京期间，在田弘遇的一个家宴上，认识了陈圆圆。田弘遇当时有意结交吴三桂等显要，因为崇祯十五年（公元1642年）田贵妃死去，田弘遇需要交结权豪势要保护自己。大概在这次宴会上，田弘遇答应把陈圆圆嫁给吴三桂。这几句诗写的就是田弘遇愿将陈圆圆许配吴三桂，只等吴三桂来娶了。

"坐客飞觞红日暮，一曲哀弦向谁诉？白皙通侯最少年，捡取花枝屡回顾。"这四句诗具体描写吴三桂在宴会上见到陈圆圆的情形：一个是将军年少，意气风发；一个是少女怀怨，色艺超群。二人频频相顾，两情相悦。崇祯十六年，吴三桂只有三十一岁，所以是"白皙通侯最少年"。如果没有战乱，一个美女和英雄的故事，也许就此有一个完美的结局。

但国难当头，他们的命运注定波折迭起。"早携娇鸟出樊笼，待得银河几时渡。恨杀军书抵死催，苦留后约将人误。相约恩深相见难，一朝蚁贼满长安。可怜思妇楼头柳，认作天边粉絮看。遍索绿珠围内第，强呼绛树出雕栏。若非壮士全师胜，争得娥眉匹马还？"这十二句诗写吴三桂和陈圆圆定情以后，本打算早些把她娶回家。但是军情紧急，朝廷催促吴三桂回宁远。于是，没来得及娶走陈圆圆，吴三桂自己回到辽东前线，把陈圆圆留在了北京。没成想就在吴三桂离开后，李自成占领了北京，他的部将在京城到处搜寻陈圆圆。陈圆圆本是订了婚的人，这些人把陈圆圆当成一般的歌妓抢去了。如果不是吴三桂后来打败李自成，陈圆圆不可能回到他的身边。

"娥眉马上传呼进，云鬟不整惊魂定。蜡炬迎来在战场，啼妆满面残红印。"这几句写吴三桂追击李自成至山西，不知远在京城的陈圆圆的生死存亡。他的部将在北京城找到陈圆圆后，立即飞骑传信。吴三桂闻讯，结彩楼，列旌旗，箫鼓三十里，亲往迎接。诗中描写陈圆圆在战场上见到吴三桂时的情形，娇媚万分："云鬟不整""啼妆满面"，头发散乱，满脸泪水。"专征箫鼓向秦川，金牛道上车千乘。斜谷云深起画楼，散关月落开妆镜。"写吴三桂接着往陕西方向去追打李自成，陈圆圆随行。

"错怨狂风飏落花，无边春色来天地。"这两句似乎是诗人对陈圆圆的命运的评论：陈圆圆一定抱怨过自己像在狂风中飘扬的落花，饱受颠沛流离之苦，不能掌握自己的命运。可是，这抱怨是错的。因为最终她看到了"无边春色"，享受到了她一直向往的美好爱情和富贵荣华。的确，如果仅仅只是经历乱离，若能两心相知，患难与共，最终柳暗花明，苦尽甘来，对相爱的男女来说也不失为一种美好的境界。

可是，全诗最后又落脚在吴三桂身上。《圆圆曲》中有一段描写陈圆圆发达后、消息传到她的家乡苏州的情形："传来消息满江乡，乌桕红经十度霜；教曲妓师怜尚在，浣纱女伴忆同行。旧巢共是衔泥燕，飞上枝头变凤凰。长向尊前悲老大，有人夫婿擅侯王。"陈圆圆让她早年的苏州同伴艳羡不已的好运，就是她"飞上枝头变凤凰""夫婿擅侯王"，嫁给了吴三桂。在陈圆圆早年同伴的眼里，她算是到达了世俗人生理想的顶端。她所拥有的"无边春色"，她所得到的荣华富贵，她让人羡慕不已的好运，都是吴三桂给予她的。那么，吴伟业真的认为陈圆圆交了好运、值得羡慕吗？答案是否定的。上面曾谈到，《圆圆曲》的最后，诗人对吴三桂的"成功"，对他所拥有的地位和财富，给予了无情的否定，实际也是对陈圆圆所遇到的"好运"的否定。

吴伟业同样不是个性情刚烈的人。明亡后，他曾想自尽，被家人拦下。他没有参加当时一些江南文人的抗清活动。他的一些亲朋好友，在明清交替之际遭遇了杀身之祸，或者被流放。他能全身而退，两代皇帝都待他不薄，可看出他小心谨慎的性格。入清后，他在无奈之下做了清朝的官。虽然只做了三年多，但让他痛悔终生。所以，吴伟业在《圆圆曲》中表达出十分复杂的情感。其复杂性在于，诗中对于吴三桂在讥刺的同时，实际有某种程度的理解；在通过诗歌主人公的身世之叹表达亡国之痛的同时，流露出对世事的无奈。《圆圆曲》的最后，诗人超越了历史的具体性，超越了现实，道出了人生普遍的哲理。所以，虽然诗人没有看到吴三桂的结局，但他言中了。

总体上说，吴伟业这位亲身经历了朝代更迭的作家，其《秣陵春》传奇，因是描写南唐的历史故事，抒发故国之思很是委婉。可是即使是描写明末故事的作品，如《圆圆曲》等，也没能痛快淋漓地表达追怀故国的情感。

四　圣人之后孔尚任的传奇人生

孔尚任（1648～1718），字聘之，一字季重，号东塘，又号岸堂，生长在山东曲阜城东南一个名字很美的村庄——湖上村。他是孔子的第六十四代孙，一来到这个世界，他就注定与众不同，他头上有着一个耀眼的光环——"圣裔"。他的一生，有宁静的山林读书生活，有天子亲赐的非常际遇，还有永远无法真相大白的罢官疑案。他以一部《桃花扇》光耀清代剧坛，成为万众瞩目的一代戏剧大家；而他波澜起伏、荣辱升沉的一生，可以说不亚于一部充满戏剧性的剧作。

（一）圣人之后的恩遇

孔尚任早先不知可曾预想，"圣裔"这个耀眼的光环会带给他什么。在他正值盛年时，意外的恩荣突然降临了——不必赴科考，由康熙皇帝钦点，直接去京城做官，这便是孔子后代的特殊身份带给他的荣耀。那是在康熙二十三年（公元1684年）九月，康熙皇帝南巡，十一月在返回北京的途中经过孔子故里曲阜。十一月十六日这天，夜已深了，孔尚任刚回到家里，才睡下就听到急切的敲门声。打开门，一位使者告诉他，皇帝的旨令到了，让他赶快起身前去。孔尚任赶紧出门，在一个童仆的扶掖下，赶到衍圣公的东书堂。到那里时，虽然时值深夜，屋里却是灯火通明。翰林院学士常书、朱玛泰、山东巡抚张鹏和衍圣公孔毓圻等人都已经等候在屋里，见孔尚任赶到，翰林院学士上前握住他的手说："来矣，来矣！跪听宣旨。"[①] 圣旨曰："阙里系圣人之地，秉

[①]　孔尚任：《出山异数记》，汪蔚林编《孔尚任诗文集》卷六，中华书局，1962，第426页。

礼之乡，朕幸鲁地，致祭先师，特敷文教，鼓舞儒学。祀礼告成，讲明经书文义，穷究心传，符合大典。于孔氏子弟，选取博学能讲书人员，令撰次应讲经义，预期进呈。故谕。"① 康熙来到"圣人之地"是为了"致祭先师，特敷文教，鼓舞儒学"，因此要举行隆重的祭孔大典。典礼后，要安排孔子后代里学识渊博并且口才出众的人宣讲经文大义，孔尚任被衍圣公孔毓圻推举承担此项重任。当晚，孔尚任按要求撰写出讲解《大学·圣经》首节的《大学讲义》和讲解《易经·系辞》首节的《易义》，做好了为康熙皇帝讲经的准备。

十八日这天，祭孔大典举行，这是清朝立国以后第一次皇帝亲临的祭孔大典。孔尚任《出山异数记》记载了这次祭孔大典的盛况："抵明，则十八日己卯，上乘舆进城，谒先师庙。至奎文阁前，降辇入斋幄少憩，即步行升殿，跪读祝文，行三献礼，三跪九叩，为旷代所无。牲用太牢，祭品十笾豆，乐舞六佾，其执事礼乐弟子，皆任所教者也。"② 祭礼结束后，孔尚任等人在诗礼堂讲经，康熙"肃容端坐"而听。听完孔尚任对《大学》的讲解，康熙神情愉悦，"顾侍臣曰：'经筵讲官不及也。'"③ 之后，孔尚任又和衍圣公一起，陪同康熙游览孔庙、观赏孔子亲手种植的桧树、瞻拜孔子墓等。康熙在孔庙大成殿瞻仰孔子塑像，询问塑像何人何时塑造、孔子的故居在何处等问题，孔尚任一一作答。康熙还面谕曰："至圣之德，与天地日月同其高明广大，无可指称。朕向来研求经义，体思正道，欲加赞颂，莫能名言，特书'万世师表'四字，悬额殿中，非云阐扬圣教，亦以垂示将来！"④ 当孔尚任陪侍康熙徜徉在孔庙建筑群及孔子墓园中时，康熙三次询问孔尚任年岁多大，并问距孔子有多少代，有几个儿子，等等，这一切，令孔尚任感动不已。事后连连感叹："真不世之遭逢也。"⑤ 无论谁受到特殊的善待

---

① 孔尚任：《出山异数记》，汪蔚林编《孔尚任诗文集》卷六，中华书局，1962，第 426 页。
② 孔尚任：《出山异数记》，汪蔚林编《孔尚任诗文集》卷六，中华书局，1962，第 427 页。
③ 孔尚任：《出山异数记》，汪蔚林编《孔尚任诗文集》卷六，中华书局，1962，第 429 页。
④ 孔尚任：《出山异数记》，汪蔚林编《孔尚任诗文集》卷六，中华书局，1962，第 431 页。
⑤ 孔尚任：《出山异数记》，汪蔚林编《孔尚任诗文集》卷六，中华书局，1962，第 436 页。

和关注，都会感念于心，何况关切来自当朝皇帝！孔尚任不会料到这恩遇在给他带来欣喜和希望之后，接踵而来的是巨大的失望和内心深刻的矛盾。此为后话。

孔尚任得到的恩荣并没有到此为止，康熙给予孔尚任的善待并不止停留在口头的夸奖和言语的关切上。本来只有衍圣公送康熙去兖州，因康熙不断问及孔尚任，衍圣公让孔尚任连夜赶去。康熙于十一月十九日从曲阜启程回北京，孔尚任和衍圣公等人送驾到德州。一路上，康熙不断地向随行的大臣介绍孔尚任："此讲书秀才也。"不断称赞孔尚任经书讲得好。孔尚任陪侍康熙直到二十四日，这天清早，康熙乘船离开德州回北京，孔尚任等人跪送西岸，康熙凭窗捋须，谕令他们返回。二十九日，孔尚任回到曲阜，仅过了两天，也即十二月一日，孔尚任便接到了吏部任命的旨令："不拘定例，俱从优额外授为国子监博士可也。"①博士在清朝是学官名，职责是教授学问。孔子首先是以教育家名世，让孔尚任到国子监这个当时的官办大学任教授，算是让他承袭了先辈的事业，可谓是情理俱合的任命。

第二年（公元 1684 年）正月十八日，孔尚任应召赴北京。二十八日，就入国子监上任了。这一年，孔尚任三十六岁。机会来得如此突然，这确是一个特殊的恩宠、意外的升迁，也是他第一次离开家乡来到京城。当时的国子监祭酒得知孔尚任是皇上特聘的教授，马上在国子监的彝伦堂设讲坛，请他讲经。开讲前，鼓响钟鸣，八旗十五省满汉学生共好几百人，一起向坐在讲坛上的孔尚任膜拜三次。这样的演讲一个月里举行三次，每次讲完后学生们争相索要讲义，博得一片称赞，堪称一时盛事。

（二）对鼎革的矛盾心态

孔尚任的经历和吴伟业最为不同的一点，是他出生在清朝顺治五年，其时清朝已经立国五年。孔尚任三十六岁以前一直在家乡过着安定的生活，他为什么会写出《桃花扇》这样一部表现故国之思十分强烈

---

① 孔尚任：《出山异数记》，汪蔚林编《孔尚任诗文集》卷六，中华书局，1962，第 438 页。

的剧作呢？这当然不是偶然的。

孔尚任生长在一个非常特殊的历史时期。他虽然没有亲身经历由明入清这场改朝换代的历史巨变，但是，从他出生到他成长为青年的这段时间，距离战乱时期太近了，他身边的亲人和朋友们很自然地就把关于那段沉重历史的残酷、血腥的记忆带给了他。

孔尚任有一位族兄名叫孔尚则（方训），明朝末年在洛阳做过知县，亲身经历了明朝的灭亡。明朝覆亡后，南明弘光朝在南京建立，孔尚则又在弘光朝做刑部主事，亲眼目睹了南明小朝廷的兴亡。作为一位深受儒家思想熏陶的传统文人、身为孔子的后裔，一生两度看到自己全心效忠的朝廷的覆亡，心中的痛惜悲愤之情可想而知。可以肯定，孔尚则对南明王朝的兴亡遗恨深长、感慨系之，因为南明王朝的建立者是福王朱由崧，福王的藩邸在洛阳。孔尚则曾在洛阳居官，会比一般人更清楚老福王朱常洵的荒淫，也会很了解弘光朝皇帝朱由崧的荒唐。清朝立国后，孔尚则隐居曲阜老家，再未做官。不过孔尚则去世时，孔尚任还年幼，没能直接凝听这位族兄谈讲往事。而孔尚任的岳父秦光仪，曾在明末动乱的年月跟随孔尚则三年，和孔尚则一起经历了朝代更迭，自然了解许多南明旧事，孔尚任从他那里听说了许多他未曾经历的沉痛往事。

孔尚任有位前辈乡贤名贾应宠，生于万历十八年（公元 1590 年），卒于康熙十三年（公元 1674 年），明末曾任河北固安知县、户部郎中等职，和孔尚任的父亲孔贞璠为至交。贾应宠是个性情中人，特立独行、愤世嫉俗，喜欢写鼓词，并擅长说鼓词。晚年时，他把心中对朝代更迭、世情变幻的郁愤都通过鼓词表达了出来。孔尚任对这位前辈很是欣赏和尊敬，在为贾应宠写的小传《木皮散客传》里，生动地描写了他所接触到的贾应宠。那时孔尚任还年幼，一天，他去了贾应宠家。年已六十多岁的贾应宠把这个来访的孩子奉为上宾，以鱼肉佳肴盛情款待，并且对孔尚任说："吾自奉廉，不惜鱼肉啖汝者，为汝慧异凡儿，吾老矣，或有须汝处，非念汝故人子也！"① 后来又问孔尚任："汝家客

① 云亭山人：《木皮散客传》，《木皮鼓词》沔阳卢氏慎始基斋 1925 年刻本，第一页。

厅后绿竹可爱，所挂红嘴鹦鹉无恙否？吾梦寐忆之，汝父好请我，我不忆也。临别讲《论语》数则，皆翻案语。"① 这个场景和对话，让人看到了一个性情直率、情趣清雅、举止生动、谈吐诙谐的老头儿形象。也让人了解到，孔尚任父子和贾应宠定非泛泛之交，他们精神上的契合由来已久。贾应宠的我行我素和狂放不羁，世人看作"狂狷"，可孔尚任对他深为理解。贾应宠通过他的《历代史略鼓词》等鼓词作品嬉笑怒骂、评说历史，也表达对明朝灭亡的哀伤，这些对孔尚任的影响无疑是很大的，孔尚任在他的剧作《桃花扇》里借用贾应宠的《太师挚适齐全章》鼓词就是证明。后来的事实也印证了贾应宠对少年时的孔尚任所说的话，他曾说以后可能有用得着孔尚任的地方。孔尚任为他写下《木皮散客传》，使贾应宠这位清初杰出的鼓词作家和演唱家为更多人知晓。

孔尚任有个很好的朋友名叫颜修来。颜修来的父母都死于明末的一次战乱。那是在崇祯十六年（公元 1643 年），明朝覆亡的前一年，清兵在山东莱阳一带大规模地烧抢，大火焚烧了方圆四十多里内的很多村庄，颜修来就是在那次屠杀中失去父母成了孤儿，那一年距孔尚任出生只有六年。颜修来怎么可能不把这段令自己痛心疾首的经历向孔尚任述说呢？也正是因为战争过去的时间不久，孔尚任不仅只是从亲友那里对那段历史有所耳闻，自己对那场战争的遗迹也曾目睹。孔尚任有首《经废村》诗，诗中写到：

此地楼台几劫灰？残阳满巷久徘徊。高低石院留僧住，昏晓柴门放燕来。

大树正当行处长，荒坵多是战时埋。凄凉废井寻遗老，旧本蔷薇自谢开。②

---

① 云亭山人：《木皮散客传》，《木皮鼓词》沔阳卢氏慎始基斋 1925 年刻本，第一页、第二页。

② 孔尚任：《经废村》，《孔尚任诗文集》（汪蔚林编），中华书局，1962，第 3 页。

诗中描述，诗人在黄昏日落时经过一个荒芜的村庄，村庄里残破的楼台、遗留的巷道，高高低低的石头垒成的院墙，说明这个村庄曾经人烟繁盛，充满生机。明末的战争让这里变得一片荒凉，而且，战争过去了二十多年，村庄仍是人迹无踪，没有恢复生机。

总之，孔尚任心中对明朝覆亡的遗憾、追思和反思，是他生长的环境浸染的结果。从青少年时期开始，兴亡之感就逐渐在心中积蓄，到中年以后，经过反复的酝酿，最终成就了一部长篇剧作《桃花扇》，把多年的思想及情感积累，尽情地抒发了出来。可是很明显，他心中积蓄的兴亡之感与他春风洋溢地赴京城做国子监博士的感恩心情，存在深刻的矛盾。

（三）《桃花扇》上演与罢官疑案

康熙三十八年（公元 1699 年）六月，在花了十年时间充分酝酿、反复修改之后，孔尚任的名剧《桃花扇》问世了，这年孔尚任五十一岁。《桃花扇》写的是南明遗事，抒发的是故国之思、兴亡之叹。孔尚任寓于《桃花扇》中一个十分郑重的目的，那就是通过戏台上扮演的戏剧，思考和总结明朝灭亡的根源所在。这实际上是早年种在孔尚任心中的对明朝逝去的反思和缅怀的情感的总的抒发。写《桃花扇》的另一个动力来自孔尚任中年时的一段特殊的经历。孔尚任在北京国子监做学官一年半之后，在康熙二十五年（公元 1686 年）的七月，他奉命随工部侍郎孙在丰前去淮扬治河，疏浚黄河入海口。于是，孔尚任有了一段对他来说意义非同寻常的经历——在江南驻留了三年。

江南可是南明王朝兴亡的据点，那时许多前朝遗老还健在；南京城里，见证南明王朝兴亡的山山水水、宫殿墙垣还历历在目，这样的自然情境和人文气氛，恰好与深藏在孔尚任心中的情感和要表达的愿望迸发出共鸣。在江南的三年里，孔尚任游历了南京的明故宫、明孝陵、秦淮河和燕子矶等地；在扬州，凭吊了梅花岭的史可法衣冠冢，这些都是《桃花扇》里的人物活动过的地方。其间孔尚任还结交了不少流寓扬州的名士，他们大都是前朝遗老。例如在扬州的一次宴会上，他认识了被称为"明末江南四公子"之一的冒襄。冒襄字辟疆，他和秦淮名伎董小宛的结合，成为一时的风流佳话。冒襄和《桃花扇》中所描写的许多人物都很熟悉，如李香君、侯方域、柳敬亭、苏昆生等，尤其与李香君和侯方域关系密切。冒襄明亡后隐居在故乡江苏如皋的水绘庵，经常在水绘庵大宴宾客，饮酒、赋诗、看戏。每当他谈到明末"贤奸倾轧，国事败裂，无可辄须发倒涨，目眦怒裂，音词悲壮愤激；坐客无不悄然、肃然、悲恐交集，或有泣下数行不能仰视者"[①]。就是这位对前朝往事义愤填膺、不能释怀的冒襄，在康熙二十六年（公元 1687 年），不顾已七十六岁高龄，"远就三百里"，从如皋到兴化，与孔尚任"同住三十日"[②]，当时孔尚任还不到四十岁。一定是冒襄得知他写作《桃花扇》的意愿，才远道探访。在驻留孔尚任住处的三十天里，他们常常"高谭清谈，连夕达曙"，[③] 可谓酒逢知己，话语投机。可以想象，三十天时间，冒襄可以多么从容详细地向孔尚任讲述南明小朝廷的故事。

　　孔尚任创作《桃花扇》有个追求，他要尽量依照史实来铺排戏剧情节，极力让红氍毹上的粉墨排场向信史靠拢。同时，他又让《桃花扇》所描述的南明故事有个很吸引人的线索来贯穿，那就是"明末江南四公子"中另一位风流才子侯方域和秦淮名伎李香君的爱情故事。所以，《桃花扇》在康熙三十八年夏天一经问世就大受欢迎，王公贵族争相传抄，京城内外纷纷上演。事情的变化往往是悄悄到来的，就在这年秋天的一个夜晚，皇宫里一内侍来索要《桃花扇》剧本，非常急切，其时孔尚任手里恰恰没有《桃花扇》剧本。可这事不敢怠慢，他最终在一位名张平州的巡抚家找到了一本，连夜送进皇宫。[④] 初时，一切如

---

① 许承宣：《恭祝大征君前司理巢翁冒老年台先生七十大庆序》，《同人集》卷二。
② 孔尚任：《与冒辟疆先生》，《湖海集》卷十一"札"，古典文学出版社，1957，第 249 页。
③ 孔尚任：《与冒辟疆先生》，《湖海集》卷十一"札"，古典文学出版社，1957，第 237 页。
④ 孔尚任《桃花扇本末》云："己卯秋夕，内侍索《桃花扇》本甚急；予之缮本莫知流传何所，乃于张平州中丞家，觅得一本，午夜进之直邸，遂入内府。"人民文学出版社 1959 年版《桃花扇》，第 6 页。

常，风平浪静。当又一个春天到来时，孔尚任似乎交了好运——随着《桃花扇》的四处盛演，他声名远扬。不仅如此，官场上也有喜事——他得到了升迁，被任命为户部广东司员外郎。可是，这好运延续的时间太短了，不到两个月，他就被罢官，而且官罢得十分彻底，再也没能东山再起。

至于罢官的原因，没有人给出明确的说法。孔尚任自己猜测是因文字肇祸，也有人说祸因是耽于诗酒、荒废政务，总之是不清不楚。人们猜测《桃花扇》是孔尚任丢官的原因，颇有道理。《桃花扇》表达了亡国之痛及故国之思，在清朝立国之初，显然不合时宜。

不管怎么说，孔尚任一时难以接受被罢官的事实，当初给予他非同寻常的知遇之恩的康熙皇帝呢？尽管以孔尚任的聪慧敏感和洞明世事，他应是明了当年大张旗鼓地祭孔以及对他特别提拔，是出于统治策略，可他还是不愿相信朝廷会断然地弃他于不顾。他在北京继续逗留了两年多，希望有澄清罪名、真相大白的一天，可是这一天没有到来。康熙四十一年（公元1702年）冬天，五十四岁的孔尚任带着没有解开的疑问，怀着无可奈何的惨淡心情，回到了故乡曲阜，回归了平淡闲散的生活。

十六年后，即康熙五十七年（公元1718年）正月，七十岁的孔尚任在家中病逝。回乡十六年，罢官的郁闷在孔尚任心里也许没有消逝，也许早已消逝，都不重要了。重要的是，孔尚任有着卓越的文学禀赋，他用清代最为流行的文学艺术形式——传奇，表达了他最想表达的思想和情感，表达得十分成功。他没有辜负他的圣人祖先，不枉拥有"圣裔"的头衔。

五 《桃花扇》中的"违碍"情绪

《桃花扇》一剧从其所描写的题材，就决定了它必定包含怀念故国的情感。作者并不回避这一点，在试一出《先声》中通过老赞礼之口说："昨在太平园中，看一本新出传奇，名为《桃花扇》，就是明朝末年南京近事。借离合之情，写兴亡之感。实事实人，有凭有据。"① 也即，《桃花扇》虽然以明末复社名士侯方域和秦淮名妓李香君的悲欢离合为主要线索，贯穿全剧，但同时以写实的笔法描写了男女主人公生活的特殊历史背景和社会环境——明末时局动荡、危机四伏，并正面描写了南明弘光朝从建立到灭亡的过程，抒发了浓烈的兴亡之叹。剧作情节不少是依据史实，剧中人物也都用的真名实姓。写这样的题材，尤其是在清代初年，无论怎么写，都不能不说是十分敏感的题材。所以，这部剧作的格局和对故国之思的表达方式，和吴伟业的《秣陵春》传奇大不相同。

再者，以孔尚任的"圣裔"身份和特殊经历，描写明代及南明王朝灭亡这样一个对他内心触动极大的历史变故，很难想象他可以避免流露出强烈的情绪——惋惜明朝的灭亡、缅怀故国的逝去，这在新朝肯定是不合时宜的。《桃花扇》中有几场戏，表现得尤其明显。

（一）痛惜明朝的灭亡　伤心偏安一隅

概括地说，《桃花扇》里刻画了四类人物群体：其一是江南的复社文人，其二是魏忠贤的余党，其三是镇守江南的武将，其四是南京秦淮河一带旧院的歌伎和艺人。剧中描写的这些社会地位不同的人群，实际没有一个群体有力量担当起挽救危亡的重任。即使是剧中正义的一方，接续东林党的那些复社文人，在明王朝危在旦夕时，也只是在那里议论清谈，至多谴责一下阮大铖这类趋炎附势、只顾私利的人。侯方域等当时享有清誉的文人，在国家危难临头时，还颇有闲情逸致，到秦淮河旧院寻花问柳、流连风月，这最为今天的人不解。但是在当时，却是人们津津乐道的风流佳话。

《桃花扇》花了不少笔墨描写南明弘光王朝佞臣当朝、执政昏暗，"江南四镇"为一己私利争斗、置国家安危于不顾，等等。这些描写意在强调明朝及南明弘光朝的灭亡，其罪责在朝廷上下的文武臣僚护卫不

---

① 孔尚任：《桃花扇》试一出《先声》，人民文学出版社，1959，第 1 页。

力。不将明朝的灭亡归因于"北军"的进攻及李自成农民军的造反，这符合孔尚任写《桃花扇》的宗旨：探讨明朝三百年基业毁于一旦的原因，其根本原因自然首先在朝廷内部；再者，这也是孔尚任在清朝初年写南明兴亡史所必须注意的。

《桃花扇》在写"四镇"的争斗时，通过那些武将之口，抨击当时的朝政混乱。例如第三十一出《草檄》写侯方域被阮大铖等人拘捕，苏昆生向左良玉求救，左良玉说：

> （小生气介）袁、黄二位盟弟，你看朝事如此，可不恨死人也。（外）不特此也。闻得旧妃董氏，跋涉寻来，马、阮不令收认；另藏私人，豫备采选，要图椒房之亲，岂不可杀。（末）还有一件，崇祯太子，七载储君，讲官大臣，确有证据，今欲付之幽囚。人人共愤，皆思寸碟马、阮，以谢先帝。（小生大怒介）我辈戮力疆场，只为报效朝廷；不料信用奸党，杀害正人，日日卖官鬻爵，演舞教歌，一代中兴之君，行的总是亡国之政。只有一个史阁部，颇有忠心，被马、阮内里掣肘，却也依样葫芦。剩俺单身只手，怎去恢复中原。①

左良玉等人的这番对话主要指斥马士英、阮大铖掌控下的南明政权不分良莠，任用奸党，镇压正直之士。再如：第三十四出《截矶》写左良玉去南京讨伐奸佞，马、阮听说后马上调了黄得功的军队在坂矶截杀。置汹汹外敌于不顾，一场内战爆发在即。此时黄得功亦是满腔怨怒，他说：

> 咱家黄得功，表字虎山，一腔忠愤，盖世威名，要与俺弘光皇帝，收复这万里山河。可恨两刘无肘臂之功，一左为腹心之患。今

---

① 孔尚任：《桃花扇》第三十一出《草檄》，人民文学出版社，1959，第201页。笔者按：此处"小生"扮左良玉，"外"扮袁继咸（任督抚），"末"扮黄澍（任巡按），彼时袁继咸和黄澍到左良玉处商议军情。

奉江防兵部尚书阮老爷兵牌，调俺驻扎坂矶，堵截左寇，这也不是当耍的。（唤介）家将田雄何在？（副净）有。（末）速传大小三军，听俺号令。（军卒排立呐喊介）【山坡羊】（末）硬邦邦敢要君的渠首，乱纷纷不服王的群寇；软弱弱没气色的至尊，闹喧喧争门户的同朝友。只剩咱一营江上守，正防着战马北来骤，忽报楼船入浦口。魏豹，飞旌旗控上游，戈矛，传烽烟截下流。①

此段写黄得功站在自己的角度，自认为英雄盖世，对朝廷忠心耿耿。怎奈朝廷昏暗，以至于自己有心有力却无法发挥，只得去打内战。这类描写，是孔尚任揭示南明弘光朝灭亡的必然性的重要笔墨，对新朝统治者应是没有什么冲撞。不过与此同时，《桃花扇》有的场次正面描写及赞美奋力救亡的英雄史可法，这就表达了强烈的对明朝灭亡的惋惜之情。

例如第三十八出《沉江》，写史可法带领三千兵士，孤军奋战，坚守扬州，直至最后寡不敌众，城被攻破，沉江而死。史可法一出场的唱段《锦缠道》，描写"北兵"杀向扬州那种凶猛杀气，很是惨烈：

> 《锦缠道》（外扮史可法，毡笠急上）（回头望介）望风烟，杀气重，扬州沸喧；生灵尽席卷，这屠戮皆因我愚忠不转。兵和将，力竭气喘，只落了一堆尸软。俺史可法率三千子弟，死守扬州，那知力尽粮绝，外援不至。北兵今夜攻破北城，俺已满拚自尽。忽然想起明朝三百年社稷，只靠俺一身撑持，岂可效无益之死，舍孤立之君。故此缒下南城，直奔仪真，幸遇一只报船，渡过江来。（指介）那城阙隐隐，便是南京了；可恨老腿酸软，不能走动，如何是好。（惊介）呀！何处走来这匹白骡，待俺骑上，沿江跑去便了。（骑骡，折柳作鞭介）跨上白骡鞴，空江野路，哭声动九原。日近长安远，加鞭，云里指宫殿。②

---

① 孔尚任：《桃花扇》第三十四出《截矶》，人民文学出版社，1959，第217页。笔者按：此处"末"扮黄得功。
② 孔尚任：《桃花扇》第三十八出《沈江》，人民文学出版社，1959，第236页。

从这段曲词和说白的描写可以看到，"北军"在扬州的杀戮很是凶残。不过，孔尚任似也注意到要将激愤的情绪表达得缓和些，唱词中说到清兵在扬州屠戮是因为史可法的"愚忠不转"，但给人印象更强烈的还是扬州被攻破后满城的血腥情形。

剧情接下来写史可法守扬州失败、逃出扬州城、直至沉江殉国，其间表达的对明朝大势已去的痛惜十分强烈。本来，史可法逃出扬州后打算赶去南京城"护驾"，路上遇到从南京跑出来的太常寺老赞礼，此时史可法和老赞礼的一番对话以及史可法死前的一段唱词最充分地表现了这种情绪：

> （外）南京光景如何？（副末）你还不知么，皇帝老子逃去两三日了。目下北兵过江，满城大乱，城门都关的。（外惊介）呵呀，这等去也无益矣！（大哭介）皇天后土，二祖列宗，怎的半壁江山也不能保住呀。（副末惊介）听他哭声，倒像是史阁部。（问介）你是史老爷么？（外）下官便是。你如何认得？（副末）小人是太常寺一个老赞礼，曾在太平门外伺候过老爷的。（外认介）是呀！那日恸哭先帝，便是老兄了。（副末）不敢。请问老爷，为何这般狼狈？（外）今夜扬州失陷，才从城头缒下来的。（副末）要向那里去？（外）原要南京保驾，不想圣上也走了。（顿足哭介）【普天乐】撇下俺断蓬船，丢下俺无家犬；叫天呼地千百遍，归无路，进又难前。（登高望介）那滚滚雪浪拍天，流不尽湘累怨。（指介）有了，有了！那便是俺葬身之地。胜黄土，一丈江鱼腹宽展。（看身介）俺史可法亡国罪臣，那容得冠裳而去。（摘帽，脱袍、靴介）摘脱下袍靴冠冕。（副末）我看老爷竟像要寻死的模样。（拉住介）老爷三思，不可短见呀！（外）你看茫茫世界，留着俺史可法何处安放。累死英雄，到此日看江山换主，无可留恋！（跳入江翻滚下介）（副末呆望良久，抱靴、帽、袍服哭叫介）史老爷呀，史老爷呀！好一个尽节忠臣，若不遇着小人，谁知你投江而死呀！（大哭介）①

---

① 孔尚任：《桃花扇》第三十八出《沉江》，人民文学出版社，1959，第236、237页。

这一段描写为国尽忠的英雄史可法在穷途末路之际、愤然赴死的过程，是《桃花扇》里表达对明朝覆亡的痛惜和对新朝的决绝态度最为强烈的片段之一。这段史可法愤然沉江、为国殉难的情节，是孔尚任在相关史实的基础上作了改造和虚构的结果。历史事实是，明末史可法担任南京兵部尚书一职，崇祯十七年，崇祯帝煤山自缢、明朝灭亡后，福王在南京被拥立，南明弘光王朝建立。在南明弘光王朝存在的短短一年里，史可法任大学士，后以督师为名镇守扬州。清多尔衮曾经致书劝其投降，被史可法拒绝。当清军南下兵临扬州时，多铎又先后五次派人送信向史可法劝降，均被拒绝。扬州城被攻破后，史可法自杀未死，被俘虏，最终不屈被杀。

《桃花扇》里将史可法之死改成兵败后投江自杀，这无疑是出于突出史可法宁死不屈的忠臣形象的考虑，通过"沉江"这一悲壮的情节抒发对明朝的忠贞之情更为直接、更为有力。其中像"皇天后土，二祖列宗，怎的半壁江山也不能保住呀""撇下俺断蓬船，丢下俺无家犬；叫天呼地千百遍，归无路，进又难前"等说白及曲词，抒写史可法对明王朝的依恋以及对明朝廷无力维护国土完整的痛恨，可谓痛心疾首。尤其是史可法投江前说的最后一句话："到此日看江山换主，无可留恋！"这不仅表现出对明朝覆亡的极度愤懑，还表现出对新朝的完全排斥。唯其对新朝新主如此强烈的抵触，才称得上是一代忠臣烈士。虽然无论什么朝代对忠臣烈士总是持褒扬的态度，而且据说康熙皇帝读了《桃花扇》剧本后，曾摇头叹气曰，南明真是不可能不亡。可是像史可法这样的恋彼斥此的决绝态度，对新朝统治者怎么可能全无触犯呢？

这出戏里的那首著名的《古轮台》曲词，是复社文人侯方域、陈贞慧、吴应箕、柳敬亭等人同唱的曲词。侯方域、陈贞慧等人在史可法投江死后，恰都来到史可法沉江处，大家对着史可法的衣冠沉痛万分，哭拜了一番后唱道：

　　《古轮台》（合）走江边，满腔愤恨向谁言，老泪风吹面，孤城一片，望救目穿。使尽残兵血战，跳出重围，故国苦恋，谁知歌罢剩空筵。长江一线，吴头楚尾路三千，尽归别姓。雨翻云变，寒涛东卷，万事付空烟。精魂显，大招声逐海天远。[①]

这是表达对忠臣的歌颂、对烈士的缅怀，更表达了亡国后的绝望情绪。"故国苦恋""长江一线，吴头楚尾路三千，尽归别姓。雨翻云变，寒涛东卷，万事付空烟"等曲词，表达出对于大好山河"尽归别姓"难以接受，新朝的统治者定会觉得不舒服。

（二）凭吊死难的崇祯帝

《桃花扇》里几次正面描写明朝遗民祭祀崇祯的场景。例如第三十二出《拜坛》，描写乙酉年（公元1645年）三月十九日，系崇祯皇帝赴难周年忌辰，南明弘光朝的文臣武将在南京太平门外设坛祭祀。祭祀中老赞礼读的祝辞中曰："恸一人之升遐，惩百僚之怠傲，努力庙谟，惴惴忧惧，枕戈饮泣，誓复中原。"随后史可法有一段《朝天子》曲词"万里黄风吹漠沙，何处招魂魄。想翠华，守枯煤山几枝花，对晚雅，江南一半残霞。是当年旧家，孤臣哭拜天涯，似村翁岁腊，似村翁岁腊。"[②] 在孔尚任列于《桃花扇》剧前的《桃花扇考据》里，有"三月十九日设坛祭祀崇祯帝"一条[③]，也即这出戏描述的内容有历史事实作为基础。这出戏除了描述史可法这位忠臣对崇祯帝的真诚、沉痛的祭吊，还以讽刺的笔调描写了马士英等佞臣祭祀崇祯时装模作样、并非诚心的情态。总体上看，这出戏通过凭吊明亡时赴难的崇祯皇帝，表达了对偏安江南的不甘，以及"誓复中原"的抱负。

再如第四十出《入道》，描写张瑶星挂冠归山，住在白云庵。在乙酉年（公元1645年）七月十五日，时值中元节，他发起设坛祭祀崇祯。此时距崇祯死过去了一年多。他说道："这荒山之上，既可读书，又可卧游，从此飞升尸解，亦不算懵懂神仙矣。只有崇祯先帝，深恩未

---

① 孔尚任：《桃花扇》第三十八出《沈江》，人民文学出版社，1959，第238页。
② 孔尚任：《桃花扇》第三十二出《拜坛》，人民文学出版社，1959，第207页。
③ 孔尚任：《桃花扇考据》，人民文学出版社，1959，第16页。

报，还是平生一件缺事。今乃乙酉年七月十五日，广延道众，大建经坛，要与先帝修斋追荐；恰好南京一个老赞礼，约些村中父老，也来搭醮。不免唤出弟子，趁早铺设。"① 剧中描写的这次七月十五日的祭祀，除了设正坛祭祀崇祯外，还专设了左坛和右坛，分别放置甲申年殉难的文臣和武将的牌位，指名道姓地祭祀甲申殉难的文臣计二十人、武将四人。剧中有两首曲词是为祝辞："《南画眉序》（外）列仙曹，叩请烈皇下碧霄；舍煤山古树，解却宫绦。且享这椒酒松香，莫恨那流贼闯盗。古来谁保千年业，精灵永留山庙。""《北出队子》（丑、小生）虔诚祝祷，甲申殉节群僚。绝粒刎颈恨难消，坠井投缳志不挠，此日君臣同醉饱。"② 《拜坛》和《入道》两场戏都是直接抒写对明朝的追念、凭吊，基调很是悲凉。虽然《南画眉序》曲中有"古来谁保千年业"一类显示超然态度的话，但在整场戏凝重的气氛中，这无疑是故作轻松之词。曲中虽然将崇祯之死、明朝之亡归罪于"流贼闯盗"，不谈"北军"的攻击，但是其中抒发的对崇祯的感恩戴德、思念怀想，表达的"恢复中原"的意愿，与新朝统治者的想法定然是格格不入的。

《入道》的下场诗曰："白骨清灰长艾萧，桃花扇底送南朝；不因重做兴亡梦，儿女浓情何处消。"③ 尽管这下场诗将话题归结到"儿女情浓"上，似想淡化"兴亡梦"的强度。但从全剧看，《桃花扇》确是"借儿女之情，写兴亡之感"，④ 落脚点是"兴亡之感"。

《桃花扇》里凡是这样的场次，孔尚任抒发对明朝覆亡的痛惜及对崇祯的追思并不加掩饰，应是情之所至，不吐不快。最脍炙人口的如续四十出《余韵》中的《哀江南》套曲的最后几句："残山梦最真，旧境丢难掉，不信这舆图换稿。诌一套哀江南，放悲声唱到老。"⑤ 这亦是直言不讳地追思前朝，甚至明确说不相信已江山换主、朝代改换，并宣

---

① 孔尚任：《桃花扇》第四十出《入道》，人民文学出版社，1959，第245页。
② 孔尚任：《桃花扇》第四十出《入道》，人民文学出版社，1959，第247页。笔者按：此处"外"扮张遥星，"丑"扮书客蔡益所，"小生"扮山人蓝田叔。
③ 孔尚任：《桃花扇》第四十出《入道》，人民文学出版社，1959，第252页。
④ 孔尚任：《桃花扇》试一出《先声》，人民文学出版社，1959，第1页。
⑤ 孔尚任：《桃花扇》试一出《先声》，人民文学出版社，1959，第260页。

称追念明朝的情感至死不渝。无论是《沉江》，还是《拜坛》《入道》，还有剧作结尾《余韵》中的《哀江南》套曲等，可谓极尽渲染之能事，充分发挥了剧作者的文学及戏剧的创作才能，将怀念明朝故国的怀念之情，抒写到了极致。

前面谈到，直抒对明朝覆亡的痛惜，是演绎南明弘光王朝的兴亡这个题材很难避免的内容。也即《桃花扇》所表现的强烈的故国之思，在选择描写这一题材时就决定了。孔尚任写《桃花扇》之前，作有《小忽雷》传奇。《小忽雷》写唐文宗时琵琶手郑盈盈和梁厚本的爱情故事，虽然其中男女主人公的悲欢离合也有政治斗争的背景，但与《桃花扇》大不相同，与吴伟业的《秣陵春》也很不相同。其中没有表现故国之思和兴亡之叹，哪怕是委婉地表达也没有。确实，孔尚任写南明弘光朝的兴亡史，抒发故国之思，不是偶然的决定。他写这一题材的打算很早就有了。在《桃花扇本末》里，孔尚任说到他写《桃花扇》的原委："予未仕时，每拟作此传奇，恐闻见未广，有乖信史；窜歌之余，仅画其轮廓，实未饰其藻采也。然独好夸于密友曰：'吾有《桃花扇》传奇，尚秘之枕中。'及索米长安，与僚辈饮谑，亦往往及之。又十余年，兴已阑矣，少司农田纶霞先生来京，每见必握手索览。予不得已，乃挑灯填词，以塞其求；凡三易稿而书成，盖己卯之六月也。"①己卯年，即康熙三十八年（公元 1699 年），孔尚任年轻时就深藏心中的一个凤愿，在这年的六月终于完成了。数十年一直在构思的《桃花扇》传奇，在剧作家年过半百、五十一岁时才写成问世，这当然是一部经过深思熟虑而后诞生的剧作。

说到底，围绕孔尚任写《桃花扇》，最费思量的是两个问题。其一，孔尚任虽然自幼受到前辈的教育和影响，对明清鼎革怀有特殊的感想，立志编写反映南明弘光朝兴亡历史的剧作，可是，在清朝立国之初，他就不顾忌这会对新朝有触犯吗？其二，对于康熙皇帝给予的特殊恩遇，孔尚任感激万分，这在他写于康熙二十四年（公元 1685 年）的

---

① 孔尚任：《桃花扇本末》，人民文学出版社，1959，第 5 页。

《出山异数记》表达得很充分，这与《桃花扇》里抒发的强烈追念明朝的情感，终归是有矛盾的。每每读《桃花扇》时，就会想到这两个问题。对于这两个问题，也许应该结合起来考虑。孔尚任"圣裔"的身份，自幼受到的教育，形成的情感及观念，无论人生有怎样的际遇，都无法从根本上改变。这就决定了《桃花扇》这部传奇终究要在孔尚任手中诞生。也许正是因为康熙皇帝对他的特殊眷顾，令他认为《桃花扇》中抒写的对明朝的情感，会被当朝统治者包容。

《桃花扇》在刚问世的那几年，频繁上演，孔尚任的《桃花扇本末》里就记载了康熙己卯年（公元 1699 年）除夜在吏部尚书、武英殿大学士李天馥家、康熙庚辰年（公元 1700 年）四月在李木庵总宪家、康熙丙戌（公元 1706 年）年在刘两峰太守家，在清初宰相李霨的寄园等几次他亲自观看了的《桃花扇》演出，并说那段时间："长安之演《桃花扇》者，岁无虚日。独寄园一席，最为繁盛。"① 在后来的雍正、乾隆朝，《桃花扇》少有演出的记载。黄文旸《曲海目》"国朝传奇"里，所录第一个剧目即是吴伟业的《秣陵春》，也录有《长生殿》，但没有著录《桃花扇》。② 乾隆末年叶堂的《纳书楹曲谱》正集中收录了《桃花扇》中《访翠》《寄扇》《题画》三出戏，可知只有这三出戏后来还作为折子戏演出。前述《桃花扇本末》里曾记己卯年除夜李天馥相国家演《桃花扇》时，"唱《题画》一折，尤得神解也。"③ 可知《题画》等几出戏舞台效果较好。但是，乾隆年间流行的戏曲折子戏选本《缀白裘》没有选录一出《桃花扇》的折子戏，而选录了《长生殿》的许多单折。不少人认为，因为孔尚任是山东人，对昆曲音律欠精通，故而《桃花扇》难以付诸场上演出。的确，这应该是《桃花扇》在戏曲舞台上销声匿迹的原因之一。不过，其描写的题材和强烈的对前朝的感怀情绪，应该也是一个不能广泛演出的原因吧。

---

① 孔尚任：《桃花扇本末》，人民文学出版社，1959，第 6 页。
② 李斗：《扬州画舫录》卷五"新城北录下"，中华书局，1960，第 116～121 页。
③ 孔尚任：《桃花扇本末》，人民文学出版社，1959，第 6 页。

关于文学的起源问题

——鲁迅文学史观讨论之一

徐公持

一　鲁迅前期论点的梳理

鲁迅的文学史观，在众多论著中都是重要的研究课题，在一些文学史和文学理论著作中，也有明确的表述。以文学的起源问题为例，我们印象较深的，就是他的"劳动起源论"，其具体论点则有大家耳熟能详的"杭育杭育派"之说：

> 我们的祖先的原始人，原是连话也不会说的，为了共同劳作，必需发表意见，才渐渐的练出复杂的声音来，假如那时大家抬木头，都觉得吃力了，却想不到发表，其中有一个叫道"杭育杭育"，那么，这就是创作；大家也要佩服，应用的，这就等于出版；倘若用什么记号留存了下来，这就是文学；他当然就是作家，也是文学家，是"杭育杭育派"。（《且介亭杂文·门外文谈》）

这则文字由于其观点的明确性和叙述的生动性，许多文学理论著作和教材乐于引用，作为"文学起源于劳动"的重要佐证。至于鲁迅在此问题上有无其他说法，则很少见到，似乎鲁迅对于文学起源问题的见解，就是如此明了单一。不过仔细披览鲁迅的前后各个时期著作，随着他思想的发展，观念的变化，还有场合的不同，鲁迅对于文学的起源问题，所说却有相当的差异，内容相当的庞杂，有必要重新作一番清理。

首先，鲁迅在早期的一些论著中发表过这样的论点：

……盖人文之留遗后世者，最有力莫如心声。古民神思，接天然之閟宫，冥契万有，与之灵会，道其能道，爰为诗歌。其声度时劫而入人心，不与缄口同绝；且益曼衍，视其种人。（《坟·摩罗诗力说》）

尝闻艺术由来，在于致用，草昧之世，大朴不雕，以给事为足；已而渐见藻饰，然犹神情浑穆，函无尽之意，后世日有迁流，仍不出其封域。（《集外集拾遗·〈蜕龛印存〉序》）

前则文字写于 1907 年，后则文字写于 1916 年，皆五四运动之前，当时鲁迅二十六岁至三十五岁，正是青年时期。鲁迅在这里所说，就是认为"诗歌""艺术"是"天然"生成的，是"古民"感受了自然"万有"之后，产生了"灵会"的结果。而其风格呈现"大朴不雕"的"浑穆"面貌。我们可以将鲁迅的这种观点，概括为文学的"天然"或"自然"起源论。

在《汉文学史纲要》中，鲁迅也有类似的阐述：

在昔原始之民，其居群中，盖惟以姿态声音，自达其情绪而已。声音繁变，寖成言辞，言辞谐美，乃兆歌咏。时属草昧，庶民朴淳，心志郁于内，则任情而歌呼，天地变于外，则祗畏以颂祝，踊跃吟叹，时越侪辈，为众所赏，默识不忘，口耳相传，或逮后世。复有巫觋，职在通神，盛为歌舞，以祈灵贶，而赞颂之在人群，其用乃愈益广大。试察今之蛮民，虽状极狉獉，未有衣服宫室文字，而颂神抒情之什，降灵召鬼之人，大抵有焉。吕不韦云："昔葛天氏之乐，三人操牛尾，投足以歌八阕。"（《吕氏春秋·仲夏纪·古乐》）郑玄则谓"诗之兴也，谅不于上皇之世。"（《诗谱序》）虽荒古无文，并难征信，而证以今日之野人，揆之人间之心理，固当以吕氏所言，为较近于事理者矣。①

按照此节文字所说，则文学之发生，盖在"原始之民""群中"，随着声音变化形成言语，而初民以言语"自达其情绪""乃兆歌咏"。"歌咏"中便有文学，文学之起源在兹矣。这里的基本意思是，文学乃是"原始之民"群体活动的"自达"的结果。文章列举吕不韦、郑玄二人之说，最终认同吕氏之论，"为较近于事理者"，则亦基本持初民自发之论。关于"葛天氏"者，本身亦难稽考。古人释云："葛天者，权天也，爰儗旋穷作权象，故以葛天为号。其为治也，不言而自信，不化而自行，荡荡乎无能名之。"（宋·罗泌《路史·禅通记》）既云"不言""不化""无能名之"，可知"葛天氏者"，实远古荒天之谓也，人类初起时期之泛指泛称。这种"原始之民"在"不言""不化"情况下"自达其情绪"的说法，亦即文学的自然起源论。

鲁迅的这种文学起源的"天然"说或自然说，阐述了一种社会人文现象从无到有的自然生长过程，它的性质无疑应该归入进化论的范畴。

另外也应看到，鲁迅的这种文学自然生长的起源论，与中国古代传统的一些说法也比较接近。《文心雕龙·原道》有云：

> 人实天地之心生，心生而言立，言立而文明，自然之道也。傍及万品，动植皆文，龙凤以藻绘呈瑞，虎豹以炳蔚凝姿。云霞雕色，有逾画工之妙；草木贲华，无待锦匠之奇。夫岂外饰？盖自然耳。至于林籁结响，调如竽瑟；泉石激韵，和若球锽。故形立则章

---

① 鲁迅：《汉文学史纲要》，《鲁迅全集》第 8 卷，第 255 页。

成矣，声发则文生矣。夫以无识之物，郁然有彩；有心之器，其无文欤？

　　这里说"心生而言立，言立而文明"，意思是先有思想意识，然后便有语言产生；而有了语言，然后便有文章。刘勰说这是"自然之道也"，的确是一种文章产生于"自然"的论点。看来鲁迅的文学起源"自然"说，是他在继承了中国古代传统文论基础上，又接受了西方传入的进化论之后形成的，也可以说是中西合璧的成果。当然，鲁迅的观点与古代传统的"自然"说存在重大的差异，主要是刘勰等的"自然之道"说，最终要归结到"圣人"那里，说是"庖牺画其始，仲尼翼其终"等等，然后才有文章产生，所以它是一种通过圣人的"自然"论。所以《文心雕龙》在"原道"之后第二篇，紧接着就要讲"征圣"，说圣人如何如何创造文章，并为后人树立榜样；而鲁迅只是说是先民"古民神思，接天然之閟宫，冥契万有""自达其情绪"，与圣人无关。正因此，鲁迅的论点，本质上更多的是近代进化论的自然说，与古代依托圣人的自然说有着本质的不同。鲁迅的这种文学起源于"原始之民""自达其情绪"、亦即文学随着人类的进化而"天然"产生的观念，是与他前期持物竞天择的进化论观念相一致的。《汉文学史纲要》写作时间在1926年的9月至12月，是他在厦门大学文学院任教时的讲义。此前他在北京受北洋军阀严重迫害，被迫南下，而在厦门亦因人事关系及环境风气问题，思想苦闷，心情抑郁。当时他对社会的看法已经开始了变化，社会进化论的思想已经开始动摇，已经开始接触唯物史观的阶级斗争理论。但在其世界观尤其是在学术思想中，进化论的根子很深，暂时尚未受多大影响。在此种背景下，他的文学起源思想，当然会表现出进化论的浓厚色彩。

　　在这种"天然"说之外，鲁迅还发表过另一种不同的说法：

　　　昔者初民，见天地万物，变异不常，其诸现象，又出于人力所能之上，则自造众说以解释之；凡所解释，今谓之神话。神话大抵以一"神格"为中枢，又推演为叙说，而于所叙说之神，之事，又从而信仰敬畏之，于是歌颂其威灵，致美于坛庙，久而愈进，文物遂繁。故神话不特为宗教之萌芽，美术之所由起，且实为文章之渊源。①

由是可知，鲁迅认为神话乃是"初民"所造的一种文化现象，它是"宗教之萌芽，美术之所由起，且实为文章之渊源"。既为"文章之渊源"，当然是文学的起源了。由于它还是"宗教之萌芽"，所以比宗教的产生也更早。鲁迅在此完全从"初民"与"神"之关系立论。鲁迅在这里发表的是文学起源于神话论，在他的叙述中，他是将神话当作人类文化包括文学的总源头了。它的出发点及性质，与不涉及"神"的文学"自然""天然"起源论显然不同，也与作为唯物史观的劳动起源论（"杭育杭育"派）颇存距离，显然属于另外的理论体系。《中国小说史略》初撰于1920至1924年，上卷初版时间为1923年12月，1930年再版时鲁迅曾作过修订，但此处论点并未稍改，表明他一仍原意。

这种文学起源于神话说，与前述的文学"天然"发生说，在形态上有些接近，但在实质上存在一条明显的界线：即"天然"说中虽亦有"复有巫觋，职在通神"的内涵，与"神"发生一定的关联，但基本的内涵还是"原始之民""自达其情绪而已"，也可以说以人自身的生活为主，人神关系不是主导要素；而神话说则明确地"以神格为中枢"，神居于核心地位。

在鲁迅早期（1927年之前）的论著中，我们还可以看到其他一些关于文学起源的说法。例如《中国小说的历史变迁》（讲义稿）中说：

我想，在文艺作品发生的次序中，恐怕是诗歌在先，小说在后的。诗歌起于劳动和宗教。其一，因劳动时，一面工作，一面唱歌，可以忘却劳苦，所以从单纯的呼叫发展开去，直到发挥自己的

---

① 《中国小说史略·神话与传说》。

心意和感情，并有自然的韵调；其二，是因为原始民族对于神明，渐因畏惧而生敬仰，于是歌颂其威灵，赞叹其功烈，也就成了诗歌的起源。至于小说，我以为倒是起于休息的。人在劳动时，既用歌吟以自娱，借它忘却劳苦了，即到休息时，亦必要寻一种事情以消遣闲暇。这种事情，就是彼此谈论故事，而这种谈论故事，正就是小说的起源。——所以诗歌是韵文，从劳动时发生的；小说是散文，从休息时发生的。

但在古代，不问小说或诗歌，其要素总离不开神话。印度、埃及、希腊都如此，中国亦然。只是中国并无含有神话的大著作；其零星的神话，现在也还没有集录为专书的。（《鲁迅全集》，第 8 卷第 315 页，人民文学出版社，1959）

首先要说明的是这篇文章的文本状况。这是鲁迅 1924 年 7 月在是西北大学组织的暑期讲演稿，据《鲁迅全集》1959 年版编者说明，该文在鲁迅生前从未发表过，而 1959 年第一次正式面世，收入《鲁迅全集》中，是依据 1924 年陕西省教育厅印行的讲义稿刊发的，所以在讲演之后，鲁迅本人从未对它作过任何修改，应当说这个文本很忠实于最初讲演时的原来面貌。鲁迅在文章中谈了"文艺"的"发生"问题，亦即起源问题。鲁迅的说法是，"诗歌起于劳动和宗教"。这说法与他在其他场合所发表的意见有很大不同。首先是"起于劳动"说，这是唯物史观的论点，"劳动创造人类""文学艺术起源于劳动"，在马克思主义经典作家尤其是恩格斯那里有权威的论述。鲁迅发表这样的观点，表明当时的鲁迅已经在某种程度上接触到了并且接受了唯物史观的思想观念。唯物史观传入中国，在 20 世纪二十年代左右，陈独秀、李大钊等早已在大力宣传鼓吹马克思主义，包括唯物史观，鲁迅与他们都是《新青年》的朋友，思想上很接近，他接触到唯物史观的学说，接受其中某些观念也不足为奇。

然而鲁迅这里还说到了"宗教"，将它也当作文学的源头之一。关于文学起源"宗教"说，是另一种来自西方的传统观点。在当时的中国学界，也有相当的市场，不少著作和文学论文，都持这种论点。连鲁迅这样头脑清醒的激进民主主义者都受到它的影响，可知这种说法在当时相当普遍。

鲁迅在这里还说了第三种意见，即"至于小说，我以为倒是起于休息的。"这是文学起源于"休息"论。这种意见，不知何所据，也可能是鲁迅自己的发明，所以他说"我以为……"。这种"休息起源说"，就其性质说，与劳动起源说有相当的关联，因为按照一般理解，劳动之后需要休息，休息之后再做劳动，这是先民的日常生活规律。但也不能因此将它就看做是"劳动起源说"的补充，因为毕竟休息就是休息，与劳动是两种生活状态。这一种意见，我认为很重要，它的重要性在于这是鲁迅自己的发明创造。由此可知他在文学理论问题上，固然以吸收既成的一些理论择优而从为基本态度，但在必要时，他也以自己对文学和生活的深入思考，提出属于自己的独到的理解。他不盲从，也不墨守成规，显示出作为大学问家固有的那种"自由之思想，独立之精神"的气度和风致。

看来，鲁迅在这篇讲稿中所阐述的文学起源理论是相当复杂的。首先，他将文学按照文体区分，提出文体不同起源也不同：诗歌起源于劳动与宗教，而小说起源于休息。这样不宗一家的说法，应当说是很独特的，我们不妨将它称为"分散的文学起源说"，或者叫做"综合的文学起源说"。其次，如果按照唯物、唯心的界线划分，那么鲁迅在这里就是既接受"唯物的""劳动起源说"，又接受"唯心的""宗教起源说"，同时还主张既非唯物亦非唯心的"休息起源说"和"自然起源说"。似乎鲁迅至少在 1927 年前，他的文学起源论中有多种成分，内容相当的驳杂，而且并不存在明确的唯物、唯心的界线。在他所主张的诸多"起源"说中，他对两种起源说在时间上作了先后的界定，说"在文艺作品发生的次序中，恐怕是诗歌在先，小说在后的"，所以他的意思还是起源于"劳动"在先，然后才是起源于"休息"。不过他对于"自然起源说"与"劳动起源说""休息起源说"还有"宗教起源说"的相互关系，以及它们之间哪个最"先"、哪个稍"后"的问题，则并未作出较为详细的说明。

从以上我们所梳理的一些材料来看，鲁迅在 1927 年之前，他在文学起源问题上的观念相当复杂。这里既有进化论的先民"自达其情绪"的自然发生说，也有属于马克思主义的唯物史观的起源于劳动说，也有属于西方古典学派的文学起源于宗教说，甚至还有他自己创立的"休息"说。给人的印象是：第一，他当时的思想观念已经相当庞杂；第二，他在"起源"问题上的观点，似乎是持着在一种基本观念（进化论）基础上的"多种起源""多方面起源"论。虽然当时占据他世界观主导地位的还是进化论的观念体系，但在一些具体学术理论上，并非进化论的一统天下。在这里呈现在我们面前的是一个思想多元化的鲁迅，或者说其理论主张不免有些驳杂的鲁迅。

二　鲁迅后期论点的梳理

其实，即使是在 1927 年以后，即鲁迅的世界观向马克思主义的唯物史观转化之后，他在文学问题上也发过表一些与正统马克思主义不相符合的言论。还以文学的起源问题为例，他曾经这样说过：

> 有史以前的人们，虽然劳动也唱歌，求爱也唱歌，他却并不起草，或者留稿子，因为他做梦也想不到卖诗稿，编全集，而且那时的社会里，也没有报馆和书铺子，文字毫无用处。（《且介亭杂文·门外文谈》）

这篇《门外文谈》正是鲁迅发表"杭育杭育派"说法的同一篇文章，作于 1934 年，它被许多鲁迅研究专家说成是鲁迅唯物史观的文艺思想的成熟标志。而恰恰就在这一篇文章中，鲁迅又说了"劳动"与"求爱"是与"唱歌"相关的两个缘由，亦即文学的起源。这里表述的意思，明显是劳动起源论与爱情起源论并存了。关于文学的爱情起源论，也是西方古典文艺理论重要论点之一，鲁迅在这里将它与"劳动起源

论"相提并论，看来他并不是如我们某些专家过去所说的那样是个
"文学起源于劳动"的坚定持论者。更有甚者，鲁迅除了这里说到的
"爱情起源论"，他在文学起源问题还有其他的说法。就在这篇《门外
文谈》中他又说：

> 原始社会里，大约先前只有巫，待到渐次进化，事情繁复了，
> 有些事情，如祭祀，狩猎，战争……之类，渐有记住的必要，巫就
> 只好在他那本职的"降神"之外，一面也想法子来记事，这就是
> "史"的开头。况且"升中于天"，他在本职上，也得将记载酋长
> 和他的治下的大事的册子，烧给上帝看，因此一样的要做文章——
> 虽然这大约是后起的事了。再后来，职掌分得更清楚了，于是就有
> 专门记事的史官。文字就是史官必要的工具，古人说，"仓颉，皇
> 帝史。"第一句未可信，但指出了史和文字的关系，却是很有意思
> 的。

鲁迅在这里是说文学的起源，与原始宗教职业者的"巫"，还有"史
官"也有关系，而且说由于"巫"要"做文章"，他起的作用比"史"
更大、更早一些。如此看来，鲁迅也不排斥文学起源于宗教活动说
（这与他前期发表的一些言论相通），以及起源于史官说。

关于"宗教起源说"，其实与"巫术"起源说相当接近。西方学者
常把原始巫术作为原始宗教的同一体来研究。19 世纪法国学者雷纳克
说："原始人的活动受魔法的控制，当他们在狰狞的自然面前无能为力
时，就产生了用语言来控制自然、支配自然的原始咒语。"而所谓"用
语言……的原始咒语"，就具有原始诗歌的初步形态。

而后者则与中国传统文论紧密相关。关于文学与"巫""史"的关
系，刘勰曾有所论述：

> 天地定位，祀遍群神。六宗既禋，三望咸秩。甘雨和风，是生
> 黍稷。兆民所仰，美报兴焉。牺盛惟馨，本于明德。祝史陈信，资

乎文辞。昔伊耆始蜡，以祭八神。其辞云："土反其宅，水归其
壑。昆虫无作，草木归其泽。"则上皇祝文，爰在兹矣。(《文心雕
龙·祝盟》)

所谓"祝史陈信，资乎文辞"，就是说的巫、史与文学的密切关系；而
所说"天地定位，祀遍群神"，说的就是这种关系发生在人类的最原始
时期。鲁迅在此无疑是吸收采纳了这种说法，所以他采信了"先前大
约只有巫史……"来解释文学的起源问题。关于文学与"巫史"关系，
西方也有类似的说法，18 世纪意大利哲学家维柯曾提及原始宗教给予
文学的影响，19 世纪之后，有泰勒、弗雷泽、雷纳克等人类学家，在
研究原始部族巫术的基础上，提出了艺术起源于巫术的论点，说原始艺
术实际上是巫术的一种，目的是祈求狩猎的成功。

看来，在文学起源问题上，前期的鲁迅主要持"自然发生"说，
同时也有"神话"说、"劳动"说、"宗教"说等；后期的鲁迅主要持
"劳动"说，同时也有"爱情"说、"巫史"活动说，以及"休息"
说。可以说，无论早期或后期，他在这个问题上都有坚持进化理论或唯
物史观理论的一面，也有比较通达、包容，从而呈现有些驳杂的一面。

三　多元思维的复合型的鲁迅

如何解释鲁迅在文学起源问题上多种见解并存的状况？我认为，可
以有两种理解的思路：一种是认为鲁迅当时没有形成专门的具有排他性
的关于文学起源的观点，所以他采取了介绍各种既有说法而自己取兼容
并包的态度，而在各种说法中，以自然发生说（前期）和劳动起源说
（后期）最受他的重视。一种是认为鲁迅认定文学是人类社会自然发生
的，它起源于复杂的社会机制，它是多种社会要素包括劳动、休息、爱
情、神话、宗教祭祀等共同作用下的产物，而并非某一种社会要素单独
作用的结果。我以为，两种理解都是可以成立的，可以构成一个多元思
维的鲁迅：他早年读过私塾，通过童蒙学习，他无疑继承了中国固有传

统的文学起源说法（"自然起源说""巫史起源说"），成为他在这个问题上的学术观念起点；青年时期，他接触到西方近代文化学术，逐渐确立起以进化论为主的世界观和学术立场，遂形成了新的文学起源说（"天然起源说""宗教起源说""爱情起源说"），但是此时他并未放弃原有的一些理解，而是将旧有的观念与新的观念混合在一起；再往后，他为时势所激励，接受了马克思主义的革命立场和理论，又成为一位唯物史观的拥护者和阐释者，于是他又接受了更加新颖的文学起源说（"劳动起源说"）。即使在此时，他也并未完全放弃前两个时期所持的原有观点，而是综合了三个时期的所有思想观念，稍有取舍，形成了与前两个时期既有关联又有不同的新的学术观点（例如对于"爱情起源说"，他在后期也并未舍弃；他还自己创立了一种新的文学起源说——"休息起源说"）。作为近代一位代表性的思想家，鲁迅一生经历了三个不同的思想阶段，每个阶段无疑都有鲜明的思想立场特性；但他也是一个普通的社会人，他的思想立场总有前后继承的共同性，每个时期都不可能完全割断与其他生活时期的思想关联，人生历史的"积淀"和"累积"作用，在他身上一定有所存在，有所表现。所以鲁迅也不可能如某些人所形容的那样每次思想立场的转变，都要不断地与自我"彻底决裂"，"今日之我与昨日之我战"。须知思想意识和文化学术都是渐进的积累的过程，对于全社会，对于某一个人，都如此。鲁迅由于经历了长期复杂的人格成长过程，他形成了一种特别理性的思维习惯，早就形成了独立思想的人格特征，在他接受马克思主义之前就已经养成理性思维的习惯，所以在他信仰马克思主义后，他仍然要对许多问题作理性的审察，而不是去简单接受某种"主义"体系内的特定结论。我们通过文学起源问题的以上讨论，看到了在不同时期都表现出多元思维的复合型的鲁迅。

所谓"多元思维的复合型的鲁迅"，是说鲁迅的思维不是如过去某些人所断定的那样，他前期专宗进化论，后期专宗唯物史观，主导意识和主体观念纯之又纯。他在前期也可以有进化论之外的一些想法和观点，后期也可以保留进化论的某些观念，还可以有其他体系的一些思想。尤其在学术层面，他前期保留的非进化论观点，后期保留的非唯物史观的观点，就会更多一些。这与他的主导意识形态可以兼容，并不构成不可调和的冲突。其实鲁迅本人有时候似乎意识到这一点，我们可以看到，他在前期，曾经在某些场合对主导意识有所修正；在后期，他也在发表"劳动起源说"的同时，自己提出了"休息起源说"，并且也赞成"爱情起源说"。

这样去理解鲁迅，或许更加符合鲁迅其人的真实状况。否则无以解释为何在同一篇《中国小说的历史变迁》或同一篇《门外文谈》中，对同一个问题会写出多种属于不同家派不同体系的说法。这表明，作为历史人物的鲁迅，他是相当复杂的，无论前期或后期，他都不是铁板一块，更不是水晶一块。

四 "主义鲁迅" 与 "学者鲁迅"

我们接着再来讨论以上鲁迅说到的几种关于文学起源理论本身的问题。文学起源于自然发生，文学起源于劳动，爱情，神话，宗教，巫史等等。其实，这些说法各自无疑都有相当的道理，它们都经过许多研究者的反复论证，而且都有丰富的证据材料，足以使它们立足于学术之林。它们都解明了文学艺术起源问题上的或一侧面，对于各种不同民族、不同地域、不同形态、不同历史年代的文学起源，它们都提供了给予解释和解答的选择可能，因此它们都是有意义有价值的思想学术资源。只是由于学界早就存在的各种学派的分歧和偏见，以及过分的学术上的自我中心主义，使得长期以来形成了各种学派和学术思想之间的隔阂和纷争、批判和讨伐，彼此都怀着不共戴天的仇恨和灭此朝食的决心。于是助长了学界那种门户式甚至帮派式的思维，以唯我独尊为追求目标。20 世纪二三十年代的中国，在当时社会分化极其严重，各种势力矛盾趋于激化的大背景下，在一些学术问题上专宗一派的学者不少，他们专一的或者说是单一的知识结构，很容易养成排他思维，变成宗派意识，这是他们互相分歧、发生争论甚至争斗的基本原因。而能够广采诸说、兼综各家的学者则不多。以前在人们的印象中，似乎鲁迅也是一位很"专注"的学者，前期他信仰进化论，在抨击反对进化论势力方面尖锐泼辣，针针见血。后期他转宗社会主义革命学说，对一些非社会主义思想派别也批判有加，不遗余力。这样的印象应当说基本上不错。但是如果完全从这样的印象出发，来将鲁迅"定型化""角色化"，来解释与鲁迅相关的一切问题，那就可能不完全符合事实了，可能将鲁迅简单化了。实际上，真实的鲁迅，诚如我们在上面以文学的起源问题为例所作的讨论那样，他是个知识广博、思想复杂的人物，他在一些学术问题上能够兼采多种学说，为我所用，显示出相当的学术包容性。在这种场合，他很理性，而并不偏执一隅。这也是鲁迅性格的不可忽略的一方面。

其实文学起源问题，是个很复杂的文学理论问题。由于"起源"问题涉及的是人类初始时期的一个精神活动领域，是要去把握这个领域中的一个"临界点"，而这个点早已成为过去时态，今天早已不存在任何确切的证据，来证明这个点存在于什么时间，在这个点上的状况究竟如何，所以这个问题也是很玄虚的问题。所以这个问题本身，它就是个"模糊问题"，今天要对此作出精确的明断几乎是不可能的。后人关于这个问题的各种回答，其实也都是依据了某种文化发生论学说而作出的推断，各种说法虽都有相当的道理，但任何一种都很难说就是"不可撼动的"结论。仅以上面所列举的鲁迅所提到的"天然"发生说，起源于神话说，起源于巫史说，起源于宗教说，起源于劳动说，起源于爱情说，起源于休息说等，便都有相当充足的道理，不可简单否定它们，实际上也难以简单否定它们。然而自另一方面看，每一种说法，几乎也都存在某种"软肋"，都不能自称已经做到详尽周密，涵盖一切，天衣无缝。所以每一种文学起源说，虽都曾受到一些人的赞成，也都曾经遭受到一些人的反对和批评。

即以唯物史观所认定的劳动起源而论，较早提出文学艺术起源于劳动的是19世纪晚期的一批艺术史学者，如德国的毕歇尔在《劳动与节奏》中指出，劳动、音乐和诗歌最初是三位一体的，而它们的基础是劳动。梅森认为最原始的诗歌是劳动诗歌，其作用是为了加强劳动的效果。德索在《美学与艺术理论》中也谈到了诗歌与劳动的密切关系，但他认为诗歌的作用不是"加强效果"，而是使得劳动更加轻松。普列汉诺夫在《没有地址的信》中举了不少"劳动先于艺术"的例子，认为："艺术发展是和生产力发展有着因果联系的，虽然并非总是直接的联系。"他的论点成为唯物史观的经典说法。上世纪三十年代之后，中国文艺理论界引进苏联的唯物史观文艺理论，劳动起源说遂得以广泛流传。在此种背景下，鲁迅接受了这种说法。但是，这种理论实际上也不是绝对严密的，而是存在若干纰漏。

首先，所谓"劳动"，对于原始人类而言，是个不确定的概念。原始人类早期生活来源的取得，按照一般人类学的解释，应该包括采摘、狩猎和养殖、种植两大部分。两者都是劳动，但性质有所区别：前者是直接取自大自然，后者才是人类的"再生产"。前者是简单劳动，后者则是相对复杂的劳动。是哪一种劳动当中产生了文学？如果是前者，那么我们可以不客气地指出，这种简单劳动，与动物从大自然中取得生活资料，差异不是很大。猿猴的采摘本领可能比人类还大，它们的爬树能力比人强得多，而且猿猴之间也会有一些彼此呼应和情绪交流的声音发出，难道能够说文学起源于猿猴吗？如果劳动起源说是指复杂劳动，当然就可以显示出人类的特性来。但是早有学者指出，人类学会复杂劳动，是在进化到一定阶段之后的事，所以这时候所产生的文学，就不一定是最早的"起源"的文学了。另外，我们还应该理解到，原始人类的生活内容也是丰富的，并非整天都在"劳动"，劳动之后必须有适当的休息。而且劳动要受天气的影响，气候恶劣时，特别是寒冷的冬季，是以休息为主的；在休息时难道就不会有文学艺术发生？而生产劳动之外，他们还有许多其他的活动，如两性之间的互动关系（恋爱、婚姻等），家庭成员之间的互动关系（抚育幼小、赡养老者、兄弟姊妹友爱、天伦之乐等），各族群之间的互动关系（友好交往或互相敌对甚至战争），人类与神祇之间的互动关系（宗教祭祀活动等），在这些场合中，往往也能激发出人的激情，从中也完全可能产生早期的文学艺术。

另外，在关于文学起源的多种理论中，还有一些鲁迅没有说到的学说。如"游戏"说，认为文学起源于游戏。康德曾说过诗歌就是"想象力的自由游戏"，19 世纪英国哲学家斯宾塞，指出艺术和游戏的本质都是人们发泄过剩精力的自由模仿活动，因此二者是相通的。这是文学起源于游戏的早期说法。稍后格鲁斯撰《人类的游戏》一书，认为游戏是对实用活动的准备和练习。作为马克思主义文艺理论家的普列汉诺夫曾批判"文学起源游戏说"，但在冯德提出"游戏是劳动的产儿"之后，又肯定了它的合理性。20 世纪 50～70 年代的中国的主流文艺理论，基本上对"游戏说"是否定的，说它是"资产阶级唯心主义文艺理论"。平心而论，我觉得游戏说也有相当道理。因为在人类活动的早期，游戏与现在的意义（消遣的、纯粹玩乐的意义）不完全相同，它往往寓有学习、练习各种生活生产技能的含义。我们看一些幼小动物，也特别喜欢游戏，彼此打闹，通过这种游戏，它们学会各种必需的生活技能，包括一些捕食技能。所以游戏并非"超实践""超生活"的无意义活动。人类包括儿童和成人（老年人亦需要游戏，君不见近年来公园中唱歌舞蹈者，多六七十岁老者?）都需要游戏，游戏是生命活动的组成部分，所以游戏中产生文学，也是一种符合情理的说法。游戏说之外，还有一种"模仿"说，认为文学艺术是人类对于自然和自己生活的模仿。此说在西方也有很古老的历史，早在古希腊时期，德谟克利特就说："在许多重要事情上，我们是模仿禽兽，作禽兽的小学生的。从蜘蛛我们学会了织布和缝补，从燕子学会了造房子，从天鹅和黄莺等歌唱的鸟学会了唱歌。"[①] 亚里士多德在其《诗学》中亦说："摹仿出于我们的天性"，人最初的知识包括文学艺术都是从模仿得来。这些说法，也都有一定的道理，不可遽以为其谬妄。当然，模仿说与游戏说有些接近，因为许多游戏都出于对生活实践的模拟，从自然和生活中得到启发。

　　如果我们认可各种关于文学起源的学说，虽然大都不免存在这样那样的欠缺，但都有其一定的依据和道理，不可断然予以否定和抹杀，那

---

①　德谟克利特：《著作残编》，引自《西方文论选》上卷，上海文艺出版社，1979，第 4、5 页。

么我们在思考这个问题时就首先应当端正我们的立场和态度：不应当持过于褊狭的眼光和心理来看待此问题，应该持一种开放的态度和理性的眼光，来兼采各说之长，以求得一种恰当的答案。至于要对特定的民族文学现象解释其"起源"问题，则还应当结合该民族的特殊历史发展状况，他们的特殊文化心理背景，考察期文学的实际发展进程，才能得出比较合乎实际的看法。而"开放"的观念，"理性"的态度，是对于文学史研究者的基本要求。鲁迅在这方面给我们作出了良好的榜样。

以上我们对鲁迅曾经发表过的关于文学起源问题上的一些观点，作了讨论。我想我们大致可以得出这样的看法：鲁迅不同时期所持有的一些观点，几乎每一种都有学术上的合理性。由此可知，鲁迅其实在这个问题上所持的立场，是清醒的理性立场。他没有因为自己信奉了某种世界观体系，就将一些合理的学术观念完全舍弃。他实际上对此作了调和，对那些"合理的学术观念"，即使与他当下的"世界观体系"不相符合，甚至存在冲突（如"宗教起源说"显然与唯物史观相冲突），他也有所保留，有所坚持。他不愿为了某种"世界观体系"和"主义"而牺牲掉一些符合科学和理性的思想观念和学术见解。至少在古代文学领域内是如此。不妨说，鲁迅之所以为鲁迅，就在于他在许多时候，都坚持以学者的理性为自己的基本思维方式。

鲁迅前期信仰进化论，后期信仰唯物史观。从这个角度说，可以认为他当时是一位"主义鲁迅"。但鲁迅毕生都是学者，他同时也是一位"学者鲁迅。""主义鲁迅"始终与"学者鲁迅"共存，在某些场合，"主义鲁迅"甚至还要让位于"学者鲁迅"，这正是鲁迅与某些单纯的"主义"人物的不同之处。这是一种重大区别，影响到他们在许多问题上的立场、态度和见解都会发生差异。由此我们也似乎可以悟出，鲁迅在 20 世纪三十年代，他已经是一位"主义鲁迅"；但他却在一系列问题上与同一信仰的另一些"主义"人物发生了分歧，甚至还有激烈的冲突。这里的原因是什么？我以为，他们各自文化成长背景的差异，知识结构的差异，还有思维方式的差异，导致在一系列具体问题上的不同认知，这是产生分歧和冲突的基本根由。

关于胡适的《水经注》研究

胡　明

　　《水经注》研究是胡适晚年重点的专攻项目，也是他后半生最大的学术工程。他逝世后出版的《胡适手稿》十集三十册①之中有六集十八册是关于《水经注》的论述、函札、序跋、考识等文字，其中不少还附录有不同时间的批语。胡适在《水经注》研究上到底做了些什么工作，有些什么成绩与教训，以及他究竟为什么要研究《水经注》——耗费十七八年绵长的时间、投入如此艰巨浩繁的工作量——也一直是后人感兴趣但又不十分理解的。本文试图贯穿这些问题，就笔者自己的理解做一个简明扼要的诠述。

一

　　胡适研究《水经注》的直接切入点便是《水经注》研究史即所谓郦学史上轰动了一百多年的"戴赵《水经注》案"。胡适曾公开说过，他之所以重勘"戴赵《水经注》案"是为他的同乡戴震"申冤""打抱不平"（《水经注考》），并标榜明朝哲学家吕坤的一句话"为人辩冤

　　①　1966 年 2 月 ~1970 年 6 月台北"中研院"胡适纪念馆影印。

白谤是第一天理"。事实上，重勘"戴赵《水经注》案"不仅是胡适《水经注》研究的切入点，而且是贯穿他全部研究工程的核心内容，可以说他的所有《水经注》研究工作都是围绕着这个核心内容而展开的。他自称在重审案子中不仅扮演法官，而且扮演律师与侦探，一身三任，工作量便不能不繁剧。尽管胡适很早就宣布过这个案子重审完了，判决出来了，但心底里似乎还不肯完全相信自己的判决，这个案子判决的"清理""善后"以及旁行斜出的枝节纠缠，实际上一直忙到他生命的终了。

胡适很早就留意《水经注》这本奇书以及围绕着这部奇书的校勘成绩而发生的戴震、赵一清——有时也牵涉进另一个大学者全祖望——谁偷了谁的研究成果的"离奇公案"。但他正式卷进这桩公案的审勘、全身心地投入《水经注》研究则是 1943 年 11 月 5 日王重民的一封请教这个问题的信引发的。这个起点有他自己的两段话佐证：（1）1947 年11 月 9 日日记："四年前的今天早晨一点钟，我写了一封长信给王重民先生……这封信是我讨论《水经注》问题的第一封信——批评重民的一篇文章里说的戴袭赵书已成定谳的话，我指出这个问题不是那么简单……后来重民力劝我担任重审《水经注》百年疑案。我十一月二十日到美京看了国会图书馆里的几种《水经注》，我很高兴地担任了此案的复审。在这四整年里，我做了不少的侦查工作，收集了全部证件，写了几十篇大小题目的文字。案情已大致明白了，判决书还没有写成"。（2）1950 年 3 月 14 日胡适在王重民当日原信上的一段批语："重民此信与此文作于民国三十二年十一月，寄到后，我写了长信答他，表示此案并不是'已成定谳'，后来我费了五六年工夫重审此案，都是重民此文惹出来的。"——王重民的文章为《跋赵一清校本〈水经注〉兼论赵戴、全赵两公案》，王氏的信中提到，清儒的《水经注》校本，"戴本最先出，赵本次之。乾嘉间学者以赵本多同于戴本，遂谓赵襄戴书，莫之能辨。道光、咸、同以来，始反其案，至今日已成定谳"。胡适复信（8 日夜写到 9 日凌晨一点钟）中指出，赵戴一案总觉其中有许多不近情理处，近世孟森、王国维等人跟着指斥戴震，成见很深，其中或有别情。表示很想搜集此案的全部材料，重加审理。他当日的日记中也说："私心总觉此案情节太离奇，而王国维、孟森诸公攻击戴震太过，颇有志重审此案。"

这里应当指出的是，胡适至少在六年前还是相信戴震偷赵一清书的"定谳"的。有两条证词：（1）1937年1月11日日记："读孟森先生论文二篇，均论戴震偷了赵一清的《水经注》，据为己有，妄言从《永乐大典》各水条辑出。今《永乐大典》全部印出了，学人皆知戴实未用此本，其作伪实可恶！"（2）同年1月19日有给魏建功的信，魏氏对孟森的"戴震偷赵"的结论"颇有点迟疑"，胡适劝魏"不必迟疑"，并说："我谈心史两篇文字，觉得此案似是已定之罪案，东原作伪似无可疑。"——胡适这里显然是受了孟森（心史）的两篇文字的影响，当时他自己还没有认真研究过《水经注》以及《水经注》的公案。有的论者说胡适有拥戴的"素志"，"为戴翻案是他早有打算的"①；有的说胡适1936年仅有"为东原撰冤词"的打算②，看来都不能站得住。何况胡适在1943年11月8日的日记又还承认："我生平不曾读完《水经注》，但偶尔检查而已，故对此大案始终不曾发一言。"

现在再回头来看看所谓《水经注》戴赵公案的始末。《水经注》是北魏郦道元"注"三国时无名氏《水经》的一部书，全书约三十四万五千字。从北魏至北宋一直是朝廷秘藏，北宋景佑后开始在民间流传，但已发现有五卷亡佚。元祐前后才有刻本，但经注混淆，舛谬连篇，字句之讹，层出迭见，还有不少的脱简与错叶。明代嘉靖至万历间流行有三个重要的刻本：黄省曾（五岳）本（公元1534年）、吴管（中珩）本（公元1585年）和朱谋㙔（郁仪）本（公元1615年），其中只有朱谋㙔本（《水经注笺》）因为比勘了一部较好的谢兆申（耳伯）钞雪宋本，在很大程度上恢复了《水经注》的本来面目，在《水经注》的版本史、研究史上都是划时代的。入清，在朱谋㙔《水经注笺》的基础

---

① 见陈桥驿《〈水经注〉戴赵相袭案概述》，《郑州大学学报》1986年第1期。

② 杨家骆：《〈水经注〉四本异同举例》，台北《学粹》（1962年）第四卷第三期。

上，出现了孙潜（潜夫）、何焯（义门）、沈炳巽（绎旃）的三种更进步的本子。加上胡渭、黄仪、阎若璩、顾祖禹等大学者对"地理之学"的热衷更直接助成了乾隆年间的全祖望（谢山）、赵一清（东潜）、戴震（东原）三大家并立，开创出郦学全面鼎盛的局面，而《水经注》的官司也正是这三家（主要是赵戴两家）之间谁偷了谁的辕辖与纠缠。

三家之中，戴震死得最晚而成果出得最早。他三十七、八岁在扬州时就与沈大成同校《水经注》（用季沧苇、何焯的校本），乾隆三十年六月至八月之间他从胡渭的《禹贡锥指》中受到启发，辗转推求，悟得了《水经注》中"经"与"注"的四种辨别的标准。遂考订了《水经注》里混淆的经文与注文，写定《水经》一卷，这个自定的《水经》的"附考"十章记录了戴震校订《水经注》的许多重大意见。乾隆三十七年戴震又有陆续修改后的"定本"——主要是修订各水次序，并以这个次序的排列为纲目核定他的"自刊本"。"自刊本"在浙东付刻，但未及竣工便奉诏入四库馆，这是乾隆三十八年八月的事。戴震在四库馆里奉命整理《仪礼》和算经花了两个多月时间①，其余最大的工作便是整理《水经注》。一年后（乾隆三十九年十月）《水经注》校订完毕，以总纂官纪昀、陆锡熊和纂修官戴震的名义"恭校上"，《提要》说："今以《永乐大典》所引，各按水名，逐条参校……排比原文，与近本钩稽校勘。"乾隆见了此书，大为欣赏，一面命用武英殿聚珍版刻印（故称"殿本"又称"聚珍本"），一面自题《题郦道元水经注六韵》。末四句云："悉心编纂诚宜奖，触目研磨信可亲，设以《春秋》素臣例，足称中尉继功人。"——几乎将戴震之功比埒郦道元了。戴震死于乾隆四十二年（公元 1777 年），殿本刊行后三年。

赵一清的校订本称《水经注释》，有乾隆十九年（公元 1754 年）

---

① 戴震于乾隆癸巳（三十八年）十月三十日给段玉裁的信中曾提到他校订这两种书的成绩："数月来纂次《永乐大典》散篇，于《仪礼》得张淳《识误》，李如圭《集释》。于算学得《九章》《海岛》《孙子》《五曹》《夏侯阳》五种算经。皆佚而存于世者，足宝贵也。"——可见戴震对《永乐大典》之看重，后来他校《水经注》时主要参用《永乐大典》本也是十分自然成理的。

赵的自序，但刊刻却在乾隆五十一年（公元 1786 年），比戴之殿本晚了十二年，以后还续刊有修订本。《水经注释》刊行时，赵一清已经死了二十二年了。这个刊本是经过梁履绳、梁玉绳兄弟整理修润过的，梁氏兄弟在整理修润时曾与当时已经问世的殿本相对勘，用戴震弟子段玉裁的话来说，即是"赵书经梁处素（履绳号）校刊，有不合者，捃戴本以正之。"（《戴东原年谱》）故段玉裁曾致书梁玉绳质询（时履绳已亡故）。后来坚称"戴之袭赵在当躬"的杨守敬（惺吾）也承认"赵之袭戴在身后"。

第一个起来翻其案，并正式指控戴袭赵的是道光年间著名学者魏源（默深）。他在《赵校水经注后》一文中反驳了段玉裁的赵书袭戴说后，指出："考赵氏未刊书以前，先收入《四库全书》，今'四库书'分贮在扬州文汇阁、金山文宗阁者与刊本无二，是戴氏在四库馆时先睹预窃之明证。"按，在四库开馆之前，朝廷曾下谕各省采集遗书进呈，赵书是浙江省呈进的四千五百余种遗书之一。魏源认为戴震在四库馆内工作时见到赵书并偷窃了赵书的成果。道光二十一年（公元 1841 年），另一学者张穆（石舟）自称在翰林院内看到了《永乐大典》本的《水经注》并指出戴震依据大典本校订《水经注》的说法不实，所谓"勘验戴书，始觉其诈"。后来王国维在《聚珍本戴校水经注跋》中肯定并佐证了张穆的说法；"余曩以大典本半部校戴聚珍本，始知戴校并不据大典本，足证石舟之说。"王国维还在大典本上发现四处刮补痕迹，遂认定为戴震所为，据他推测，戴震唯恐大典本日后为他人所见，故不惜刮补涂改为之预防。后来孟森更在这一点上作了诛心的发挥："唯大典究为中秘之书，后人安必无能读中秘之遇。既为如此欺心之事，骄人白日，未免衾影难安。思惟毁灭大典真相，以绝人指摘，乃为至计。……此岂刮补涂改之所能为功，计非尽毁本书不可。投诸水火，篡其出外，谅皆在思索之中。"（《商务影印本永乐大典水经注已经戴东原刮补涂改弊端隐没不存记》）根本怀疑是戴震伪托《大典》，并断言；"戴所云《永乐大典》本，皆直无其事"的亦大有人在，如光绪年间的叶浩吾与杨守敬。杨守敬还为叶浩吾的"直无其事"说恍然悟出了许多条"确证"，并一口断定：戴袭赵无疑。当然后来随着大典本的影印问世，这一论点也就烟消。但杨守敬"戴之袭赵在当躬，千百宿赃，质证昭然"的说法实际上对后来的王国维、孟森起了相当大的影响。——从魏源、张穆到杨守敬到后来的王国维、孟森，"戴袭赵"似乎已铸成铁案，孟森宣布的戴震"欺尽一世，上自帝王，下至百余年承学之士"的罪状亦几成定谳。其间尽管有王先谦的抗辩、梁启超的调和，但总敌不过一百多年来这一班时贤的口碑，一直到胡适四十年代宣布"并未定谳"为止。

胡适重勘此案，他先做侦探，探寻证据，核实案情；次做律师，为戴震辩护、申诉；最后自己做法官，作出终审判决。不过，他在这个过程里倒为这案子寻到了最早的"原告"。据胡适《戴震校水经注最早引起的猜疑》说，就在乾隆四十五年——殿本刊行后六年，戴震死后三年——四库馆内便有人如赵一清的杭州同乡朱文藻已疑心戴震曾"参用"过赵一清的校本《水经注释》（这部书后来也列入《四库全书》），"然戴太史无一言及之"。这条诉词是胡适1949年2月在上海会众图书馆藏的孙沨鼎校《水经注》的跋文中发现的。这里胡适提出的看法很可注意：猜疑起始于四库馆发现赵一清书的时候，即乾隆四十五年夏间，当时总纂官纪昀及朱筠、周永年等都还在馆内，戴震校书的全部过程都讲得清楚、也瞒不过去，所以这个猜疑当时实际上没有发生影响。胡适说："他们都没有留下记载这种怀疑的文字，大概他们后来都不信此说了。"这一点也可为胡适《跋杨守敬论水经注案的手札两封》中的一节活作一个佐证，杨守敬"独怪当时纪文达（昀）、陆耳山（锡熊）并为总纂，曾不检大典本对照，遂使东原售其欺"，胡适反驳道："何以纪文达、陆耳山同四库馆的一千多人都那么愚笨，都没有叶浩吾、杨惺吾那样聪明机警呢？"结论只能是：（1）出于"觉悟"，纪昀等绝不会允许（更何况伙同）戴震"欺尽一世"。（2）出于职责，纪昀等也绝不会不检阅核对大典本而糊里糊涂在戴震拟的给皇帝看的"校上说明词"尾签上大名。（3）真是出于取巧，戴震参用赵一清校本一年，四库馆内一千多人真的一点都没察觉么？而非要到六年之后才生起疑心。

王先谦在他的《合校水经注例略》中为戴震辩护的三句话："然圣明在上，忠正盈廷，安有此事"大致是站得住的。

胡适正面为戴震作的重要辩护词即是 1944 年写的《戴震未见赵一清水经注校本的十组证据》（1948 年 7 月 26 日部分修改，1949 年 1 月 10 日改定）。按校勘学上的规矩，两本对勘或多本合勘，校刊者当以"从优"为原则，在勤检古籍的基础上改正明显的讹误，作出合理的判断、见前人有提出重要校订意见和悬疑意向处，无论校者同意与否，必须作出自己的反应，不能置若罔闻。戴震果真是攘夺了赵本的成果，必然要撷取赵本明显属于优点和正确的地方，同时修改自己原来不正确的和不高明的地方。所谓"十组证据"是胡适细心比勘了戴赵两书后找出的不同之处，编为十组，他说："这十组证据全是赵书里的特别优点而都是戴书里全没有的。这十组或是校改了毫无可疑的错误，或是解决了不能不解决的问题，都是研究《水经注》的学者平日'寤寐求之'的好宝贝，专治《水经注》的人，见了这些好宝贝，若不采取，那就成了'如入宝山空手回'的笨汉了。……这就是说，这十组都是偷书的人决不肯不偷的，都是抄袭的人决不肯放过的。若单举一二件，也许还有偶然遗漏的可能，多到了几十件，其中并且有几百字几千字的校语，决不会被《水经注》专门学者忽略或遗漏的。"——这十组证据大抵分四个类型：（1）赵本已改正了的历史常识性错误，戴本未改，留下了笑柄。如第一组的（卷三十九）"初平二年吴长沙桓玉立庐陵郡""初平"应为"兴平"①；如（卷十一）"质帝本初元年继孝冲为帝""继孝冲为帝"之上应加"蠡吾侯刘志"，否则没有主语。又"冲"为"质"之误。（2）脱漏的注文，赵本依古籍补足了，戴本仍缺如。如第四组（卷五）碻磝城注文"宋元嘉"与"二十七年以王玄谟为宁朔将军"之间依《通典》可校增"七年，到彦之北人，拔之，后失至"十二字；如第五组（卷一）提到"河水赤水洋水"后转说"凡此四水"，

---

① 这一条常识性错误连坚认"戴袭赵"的杨守敬都感到奇怪："全、赵并作兴平，是也。何以戴氏不从，若未见全赵书者！"

显然脱漏一水。赵本据《淮南子》在"洋水出其西北陬"之下补脱文"弱水出自穷石，至于合黎"十字①，戴本却未补。（3）第二组（卷七）戴震沿朱谋㙔之误，认此卷脱叶可补以《玉海》所引《水经注》；赵一清则指出《玉海》所引文应拆补二条，一条可补"济水"，另一条应补卷二十二"渠水"注的脱文，戴震全补在了卷七"济水"，故妄增了六十六字（从"浚仪县"至"河南流"）。——闹出一个"大笑柄"，留下一个"极谬的漏洞"。（4）戴氏忽略了赵本摘发讹误的长文考证。如第九组（卷三十八）赵一清就"泷中碑"作了二千一百字的考证，戴则"置若罔闻"，以至注文脱漏，语意不贯。——胡适认为这"十组证据"足以证明戴震未见赵书，未偷赵书。如果他见了并偷了，决不会留下这"十组证据"的大缺憾，暴得出自己功力上的短处与弱点。戴震才高气矜，名重一时，主观上绝不愿在后人眼里留下自己学术上的笑柄。

胡适在 1949 年 1 月 10 日最后改定这"十组证据"时写了一个"补记"：

> 当时我没有看见东原在乾隆三十年和乾隆三十七年写定的"自定《水经》"。一九四六年我回国之后，看见了东原"自定《水经》"两本（北大本与周暹本），看他到乾隆三十七年夏（四库开馆的前半年）还没有校补"渭水"中篇的脱叶，还没有改好"颍水"篇的错叶，还没有觉得"渠水"篇有错叶：这三件大证据可以抵得千百条琐碎证据了！赵东潜在乾隆初年早已从孙潜过录柳佥本改正这三大缺陷了。故这三件最可以证明东原决没有得见赵氏的校本。（《胡适手稿》第一集中册）

关于戴震"自定《水经》"中的"三件大证据"可参见胡适的专文《戴震自定水经一卷的现存两本》中的"附考"和《再跋戴震自定水经的"附考"》，两文均刊载于《中华文史论丛》1979 年第二辑的署作

---

① 胡适按，脱文应补在"赤水"句下，不当在"洋水"句下，故"赵氏也误"。

"胡适遗稿"的《水经注校本的研究》中，也收入《胡适手稿》第一集上册。

其实，胡适这里"渭水"篇、"颖水"篇、"渠水"篇的"三件大证据"只能证明戴震在乾隆三十七年夏，即进四库馆之前还没有见到赵一清的校本，与他三十八年八月进四库馆之后至殿本三十九年十月完成之前的"神秘活动"没有关系。即戴震进四库馆后见了赵一清的校本仍有可能偷了放进他校的官本即殿本里去，而郦学界拥赵派们指骂责斥的也只是三十八年八月戴震进四库馆后的活动。因此这所谓"三件大证据"非但不能"抵得千百条琐碎证据"；在学术上——鞫审戴赵公案上——也远不如那"十组证据"来得重要，这也就是胡适一直强调的所谓"切题"，所谓"相干性"。但这"三大证据"却有一个巨大的作用：它们粉碎了王国维对戴震的一个相当大胆冒进的指控，即王国维在《聚珍本戴校水经注跋》里"余疑东原见赵书尚在乾隆戊子（三十三年）修直隶《河渠书》时"的大胆猜测。王国维说，"《水经注》为纂《河渠书》的第一要书"，而"东原修此书实承东潜之后"。戴之《河渠书稿》一百十卷（写本）也完成于赵氏《河渠书稿》一百三十卷（写本）之后。赵一清修《河渠书稿》时必然随身携带了他乾隆十九年前完成的《水经注释》，即是说修《河渠书》的保定"官局"中必存有赵书，因此"东原见之，自必在此时矣"。现在我们可以问：如果戴震在乾隆三十三年时就见到了赵一清的校本，他为何不偷呢？即是说，他在乾隆三十七年的"自定《水经》"中为何还留下那"三大缺憾"呢？要知道他从乾隆三十年至三十七年间正在苦苦校勘修订《水经注》！如果戴震真是偷他人书的人，恐怕此时早下手了，将赵书的优异成果——窜入他乾隆三十七年的"自定《水经》"里并进而修定校本在浙东刻出全版了。他乾隆三十三年不偷赵的书，又何必到乾隆三十八年十月后再去偷了充实官本呢？另有学者认为，赵书虽是乾隆五十一年由毕沅在开封首刻，但乾隆十九年时恐怕赵家已有了"家刻本"。假使确实存在过乾隆十九年的赵氏家刻本，那么戴震在乾隆三十七年之前应有相当大的可能见到，他乾隆三十七年的最后"定本"都未采撷赵书中如此多的明显优点和绝胜之处，不是更可证明戴震不是一个攘夺他人学术成果的人吗？

胡适为证实戴震进四库馆后并未见着赵一清本，还特地调查了四库馆内的规章制度。他在《水经注考》里说："四库全书馆，分东西两院，东院三十个翰林，西院也是三十个翰林。西院整理各省进来的遗书，《永乐大典》是东院整理的。东西两院互相妒忌，东院不知道西院干些什么事，西院也不知道东院干些什么事。"赵一清的书由浙江呈进，存在西院，戴震在东院当然"无从看到"。东院的《永乐大典》中的《水经注》也是他经过一番争取并得到纪昀的支持才让他校订的。如果胡适的这个东西两院的说法得到更有硬度的佐证，戴震未见赵书的结论当然可以成立。但还得弄清两个重要的问题：1. 到底赵一清的"四库本"与他死后的刻本有没有不同？2. 到底戴震的殿本与大典本关系如何？

现在一般论者都喜欢沿用《水经注汇校序》一个叫周懋琦的人说的一句话："十同九九"，殿本与赵本在内容上真是"十同九九"吗？这句话其实有很大的随意性，胡适的那"十组证据"本身就证明两本并非"十同九九"，何况赵本用的是"四库"本。杨家骆《水经注四本异同举例》曾以《水经注》中篇幅最小的卷十八"渭水"对勘赵本、殿本、大典本、杨守敬熊会贞"注疏"本（此本无关戴赵公案），结果在其统计出的一百一十处异文中，"大典、戴校、赵释三本有异同者凡九十处。其中戴同于赵者四十三处，戴同于大典十二处，戴异于二本者三十一处，三本互违者四处。"单就戴本同赵本四十三处，异赵本三十一处来看，两本也不是"十同九九"啊！[①] 当然"同处"比"异处"多，那是不足为怪的。胡适在《考据学的责任与方法》中曾说过："校

---

① 胡适在 1958～1959 年间曾摘录了一大堆赵、戴两书"大不相同之处"，后来集中粘贴在一处。他死后也收入在《手稿》中。如"河水"郦注引"《管子》曰"一大段，戴书依《管子》原书有补有删，使"通顺可读"，而赵书各本均没有校改；又如："蒲昌海东去玉门、阳关千三百里"句，前后《汉书》均作"三百余里"。戴谓，两书皆脱"千"字。但赵书（引全校）则信两《汉书》之"三百余里"。不信《水经注》之"千三百里"。

勘学是机械的工作，只有极少数问题没有古本书可供比勘，故须用推理。绝大多数的校勘总是依据古本与原书所引的古书。如果赵戴两公校订一部三十多万字的《水经注》而没有盈千累百的相同，那才是最可惊异的怪事哩。"梁启超也曾说过，赵戴们"皆好学深思，治此书各数十年，所根据资料又大略相同，则闭门造车，出门合辙，并非不可能之事。"① 重要的是看它们的相异之处及其性质，赵戴公案的"十组证据"根本意义在相异之处的性质，而这相异之处的性质是很能说明校勘学上的根本问题的。举一个例子：《水经注》第二卷"河水"第一条经文："又南入葱岭山"。赵一清的本子下面没有了，戴震的殿本是："又南入葱岭山，又从葱岭出而东北流。"多出的九个字，是戴震根据唐杜佑《通典》引《水经》文补正的。赵本未补正，大典本也未补正，这个异处显然见出了戴震的高明。我们再查：戴震的"自定《水经》"，乾隆三十年的周暹本为"又南出葱岭山"，但三十七年的北大藏李氏本已改为"又南入葱岭山，又从葱岭出而东北流"（与殿本相同）。可见这一条经文是戴氏七年之中改定的，并用到了殿本中。有趣的是后来的赵一清刻本这一句竟也作"又南出葱岭山"，与乾隆三十年的戴氏自定本相同。郦学界长期来似乎没有人很注意到这些异同的意义，也忽略了其性质。但胡适这里怀疑赵刻本（修订本）这一句、这一个"出"字是依殿本改的，似也未当。再问，赵一清的"四库本"与"刊刻本"到底有没有不同？魏源说，他曾看到过扬州与镇江的《四库全书》，内里赵书的四库本"与刊本无二"。胡适已指出他的说谎。孟森说他曾拿"四库本"与"刊刻本"对了五条，"一字没有改易"，胡适说，一部三十几万字的大书，只查对五条，便轻下结论，"也太随便了"。② 到如今似乎也没有听到、看到这方面下过笨功夫的书面报告和结论意见。殿本与

---

① 见梁启超《中国近三百年学术史·清代学者整理旧学之总成绩》，上海中华书局，1936。

② 胡适非常注意这一点，他在"残稿"《记故宫博物院藏的两部清高宗御制诗四集里的〈题郦道元水经注六韵有序〉》中曾说："我要知道《四库全书》里收的赵一清《水经注释》和《水经注笺刊误》写本究竟是不是和小山堂赵载元雕刻本完全一样的？我特别要知道赵家刻本和《四库全书》的写本有多大的差异，差异的是些什么地方。"

大典本的关系也如此，王国维说是曾校对过"半部"，便仓促提出"戴校并不据大典本"的判断。也几乎没有一个有力的例证。（见胡适《与钟凤年先生论水经注书》）商务大典本影印出版后，郑德坤也曾以大典本与殿本对勘过，他也只校对了一卷多一点便匆匆公布了《水经注戴赵公案之判决》，说，伪托大典的罪名可以成立。值得我们重视的倒是与杨守敬共同完成《水经注疏》巨作的熊会贞的意见，他专门核对过殿本与大典本的异同，结论是殿本"多从大典，或自订"①。如果熊说不诬，那么戴赵公案，以及其中"伪托大典"的是非的判决词及该如何写呢？

如果我们在上述两个问题上能够得出精确的、严肃的数据量化结论，戴赵公案才会有一个明白无误而昭信后世的最后判决。从这个意义上来说，胡适重审戴赵公案实际上只做了一半的工作，用一位学者的话来说："没有获得全局胜利，或者说只对了一半或一大半。"② 不过，还有一点应引起我们的重视，胡适已注意到了戴震本人对殿本的态度。许多人说戴震在四库馆内参用了赵书的成果而"无一言及之"，所谓"讳莫如深"。事实上戴震对这部署上了自己名字的殿本倒真是"无一言及之"。胡适在《水经注考》里说戴震"《四库全书》里的《水经注》始终不承认是他弄的"。在《戴震自定水经一卷的现存两本》中又说："戴震自己对于这部官本《水经注》好像颇不高兴，颇不满意，他自己的《水经注》序里没有一个字提到这部官本。"——这个态度也许可以说明戴震不愿将殿本的成果记在自己的名下。四库馆内校官书，制度允许的参考律例，规定到什么程度，限制到什么尺寸，所谓"格于馆例"，所谓"体例宜尔"，怎样理解？或许在戴震自己看来，这部官书本来便不是他的成绩，那么后世的纷纷攘攘，对他来说恐怕又是多余的了。胡适还考出殿本"不全是戴氏的校语，其中保留了原派的一位翰

①　据上海古籍出版社 1990 版《水经注》，陈桥驿"前言"引台北"中华书局"影印本《杨熊合撰水经注疏》卷首影印熊会贞手书十三页。
②　见赵俪生《胡适历史考证方法的分析》，《学术月刊》1979 年第 11 期。

林纂修的校记"①。已经有人——如台湾学者费海玑——查证"武英殿本《水经注》真正写上去的人是吴焯的儿子吴玉墀",② 那么戴震的问题——他在"赶完一件官中工作"中到底扮演了什么角色——或许真能查考清楚了。

<h2 style="text-align:center">二</h2>

胡适研究《水经注》的另一个重要课题就是《水经注》的版本问题和历代重要郦学家的成绩与贡献。由于胡适在旧中国学术文化界的优越地位与崇高声望,他一开口说自己"这几年干《水经注》这个案子",藏存于上海、北平、天津的几乎所有《水经注》的本子都集中到了他的手中,别处——如西安——发现有新的本子也立刻报告他,胡适可以说是有幸看到过最多《水经注》版本的人。正因为他认真审检、爬梳过了这许多尽收眼底的版本,他的《水经注》版本研究和对郦学家的评估也具有较高的权威性,我们这里不妨做一个大略的介绍。

首先当然说一说赵一清与全祖望。胡适虽说是个拥戴派,但他从来不贬低赵一清,他赞美赵一清的书香门第与早慧天才,他对赵一清校订《水经注》的成绩更是十分钦佩,尤其是当他确定了天津图书馆藏的"全祖望五校《水经注》"的底本即是赵校的"第一次写定本"时,更是高度评价了赵校的学术价值与历史地位。胡适在《天津图书馆藏的赵一清全祖望水经注校本》的"第一跋"(《记赵一清的水经注的第一次写定本》)和"第二跋"(《记全祖望的五校水经注》)着重论定了全、赵关于《水经注》校订上的真正关系:赵一清在乾隆九年至十一年间主要利用吸收了柳佥(大中)钞宋本、赵琦美(清常道人)三校本的一系列重大成果的孙潜校本搞出了"第一次写定本",他亲笔将这

---

① 胡适在《真历史与假历史》中还曾说过:"(四库)馆中早有一位翰林公负责分纂《水经注》,其书写成在(乾隆)卅八年底,至卅九年初已进呈,皇帝题诗夸奖是在卅九年二月十六日,决不是戴震的校本。"

② 费海玑:《胡适著作研究论文集》,(台)商务印书馆,1970,第48页。

部近四十万字的大书钞眷了出来，送请他平生最佩服的全祖望先生看。
"乾隆十五年，全祖望在杭州养病，他把赵一清的本子拿来仔细地看，
以他最高的天才来看赵一清花了几年工夫校勘的本子，发现许多问题，
就在原本上加了许多批。""全祖望把赵一清的写本校勘了五次，经过
五年，到乾隆二十年死的时候还在改。"（《水经注考》）这个乾隆十五
年八月大致完成但没有最后定稿的本子即后来所谓的"全氏五校《水
经注》"。全氏死后这个"五校本"被一个抱经不读的姓卢的藏书家秘
藏，后又卖至直隶省天津图书馆，前后埋没达一百九十二年，直到
1947 年 4 月胡适成了全祖望、赵一清合作的这部作品的第一个读者。
胡适将这个本子"一字一字的细细的校勘了一遍"之后，提出了"全
璧归赵"的判决。他说："谢山用这部赵东潜《水经注》第一次定稿作
底本，在这个基础之上建筑起谢山本人最有创造性的贡献。"——不仅
根本上廓清了张穆开始散布的"戴袭赵，赵袭全"的历史迷雾，而且
坐定了全祖望侵占赵一清重要学术成果的罪名。胡适在一些重要文章和
给洪业、杨联升的多封信中都反复论述了全祖望有意"吞没"赵之校
本，"坐占不归"，"掩没"赵校之功，"据为己有"的为人治学"颇不
忠厚"的具体细节。[①] 胡适还有《跋北平图书馆藏的朱墨校本水经注
笺》《跋赵一清水经注释钞刻本四种》等文章对赵本系统作了精细的审
定，《论赵一清的水经注释稿本的最后状态》是胡适关于赵本研究的一
篇力作。（在《胡适手稿》第三集中占了三十八页，1946 年 3 月 19 日
夜半写成，3 月 23 日夜大改，24 日又改写一部分）此文是对赵一清乾
隆二十九年逝世时的全部学术工作的一个总结性考索：《水经注释》

---

① 　具体大致有四点：（1）全祖望把赵氏的四十卷"第一次写定本"拆开，把一百廿三条水
　　的次第重新排过，再合成四十卷，分装八册，又用自己撰写的"序目"与"题辞"另作
　　首册，并郑重在封面上自题"谢山五校水经注"七个字。胡适说，"这是他据为己有的明
　　证"。（2）全祖望亲笔写的"五校"前后两跋均"不明说他批校的本子正是赵东潜亲笔
　　写定的校本"。（3）他将这部"五校"本深藏不露，甚至连他最得意的弟子如董秉纯，
　　蒋学镛等都未见过，以至于他死后被当作一般书籍卖掉。（4）全祖望还有托故不肯将原
　　书还给赵一清的长诗《健忘日甚，柬东潜》："有书不借乃一痴，借书不还亦一痴。……
　　冥心从此竟坐忘，还耶借耶都支离。"——胡适说："此必是东潜索还书，而谢山以健忘
　　为推托。"

《水经注笺刊误》两部大书没最后写定，《北史·郦范郦道元列传》的"注释"未定稿，已经总结出来的《水经注》中经注义例也没正式写出，对自己学术成果自我评估与说明的最后序跋也没有动手……赵一清死前曾留下"地理之学，真谈何容易"的慨叹。胡适——自认作赵一清的一个千古知己——也禁不住为之喟叹："读者之难得，会心读者之难得，知己之难得，真可慨叹！"

胡适很大一部分《水经注》版本研究是围绕着全祖望校订《水经注》的问题展开的。他1943年11月下定决心研究《水经注》后的第一篇文章即是《全校水经注辨伪》，约三、四万字。不过包括这篇《全校水经注辨伪》在内的后来一系列文章，如《全氏七校水经注四十卷的作伪证据十项》《证明全校水经注的题辞是伪造的》《与钟凤年先生讨论水经注疑案的一封信》《伪全校本诬告沈炳巽并且侮辱全相望》《跋合众图书馆藏的论林颐山编辑全校郦书的函稿》等在立足点上均是错误的，他把1888年（光绪十四年）薛福成、董沛刊刻之《全氏七校水经注》认作为"一个妄人主编的，一个妄人出钱刊刻刊印的一部很不可靠的伪书。"这部书明显留有参考殿本的痕迹，但它确是依据王梓材传钞的"全氏七校"重新编刻的，被胡适称为"妄人主编"的王梓材是全祖望的同里后学。胡适还认定全氏七校本的"序目"与"题辞"也是伪造的。当胡适在1947年看到了全祖望《五校水经注》钞本后，才发现"五校"与"七校"的一百二十三水次序完全相同，乃知道自己以前的判断错了（跟着林颐山、王先谦们错），并进而承认"五校"的"序目"与"题词"也是真的，并非王梓材的伪造。为之他在前面那些错误的文章序跋上都注明了"错的""有错""大部分错的"等字样，他开始转而为全祖望的"题词"考定写成年月，并用心研究全校系统《水经注》的各种版本，如"奉化孙锵原校的薛董刻本""黄友补录本""重校本（六卷）""陈劢重校钞本"等。尽管胡适相信全赵两人的真挚友谊以及两人在《水经注》校订上的切磋合作，（如全祖望转赠赵一清其先世校本的成绩；如赵一清接受全祖望"双行夹写""注中之注"的技写形式）但胡适总不放过全祖望许多不老实的地方。如在

《所谓全氏双韭山房三世校本水经注》中指出全氏自称其三世先人据所见宋本校《水经注》只是假托，其先人创获的"注中有注"说乃是全氏自己的见解、自赠其三世先人，以荣其亲。在《记孙潜录的柳佥水经注钞本与赵琦美三校水经注本并记此本上的袁廷梼校记》的长文中又查出全祖望学术态度上的许多不老实之处，如他根本没有见过柳佥本、赵琦美本、孙潜本，只是从赵一清的那个"第一次写定本"上读到这三家的校语，便虚张声势做了柳、赵、孙三本的"跋"，胡适认为这是极不老实的欺诈行为。他说："我总疑心谢山分写这三篇跋的用意是要洗刷他用赵东潜亲笔写定的四十多万字的《水经注》新校本为底本的痕迹，要表明他自己曾用柳佥、赵琦美的原本做校勘。他的用意是不太忠厚的。"另外，全祖望还有不可原谅的常识性错误，如全相望在"五校本"的"题词"中说："明中叶有柳大中者，首有功于是书，以宋本校正渠水、颖水二篇错简，又补渭水篇脱文一页，凡四百二十余字。"胡适指出，渠水、颖水篇的错简和渭水篇的脱叶都是嘉靖十三年黄省曾刻本的缺陷，柳佥（大中）在正德年间如何能知道后世刻本有这些错简和脱叶而预为校正补缺？——以上是胡适专门关于赵一清、全祖望两大家问题的讨论文字与研究心得。

胡适还为《水经注》版本史上有名的宋刻残本、柳佥钞宋本、赵琦美三校本、何焯校本、沈炳巽"集释订讹"、冯舒校柳佥本、海盐朱希祖家藏明钞本、常熟瞿氏藏铁琴铜剑楼明钞本、天津图书馆藏明钞残本、歙县项絪校刻本、钟惺"注钞"、朱之臣"注删"、杨希闵过录的何、沈校本，等等作了科学的考索与客观的评价，写下了一批很有权威性的序论识跋。胡适还曾建议以大典本为底本，用残宋本、两个全本明钞本及孙潜校本为基础，弄出一部最完全的《水经注》宋本来。胡适的《水经注版本考》（《胡适手稿》第四集）对二十三种《水经注》版本的流传概况、内容大要、现存卷数的考订正是在众多版本研究之上的集大成的硕果。1948年12月北京大学校庆（也是北大五十周年纪念）前夕，胡适在北大举办了一次《水经注》版本展览，展出各本除胡适自藏者外，皆由国内各图书馆、藏书楼借出，从宋刻本、明钞本到乾隆三大家，计分九类四十一种，蔚为壮观，是《水经注》版本文、研究史上一次规模空前的盛举。

在《水经注》版本研究的同时，胡适对近代的重要郦学家也大都发表了评判意见。——当然许多是围绕戴、赵、全三家公案的有关人物而发的，如对杨守敬、孟森、王国维。胡适在《跋杨守敬论水经注案的手札两封》《论杨守敬判断水经注案的谬妄——答卢慎之先生》《考据学的责任与方法》等文章中对杨守敬颇多非议之词。胡适把杨氏看作是铸成戴震冤案的关键人物，他说："道光中叶造谤的人如张石舟，如魏默深，都不是专治《水经注》的学者，所以他们的谤语不曾引起多人的信仰。""因为杨氏在那个学术衰落的光绪时期颇负盛名，因为他号称地理学专家，又曾自己宣传他著有《水经注疏》八十卷，所以后来的学者如王静安、如孟心史，都信任杨惺吾的谬说，以讹传讹，至于今日。"而且杨守敬对戴震的诬告只凭一部王先谦的合校本得出的印象，并又把话说得那样绝对："不得为攘夺者曲护""虽百喙不能为之解。"所以胡适把杨守敬列为重要的攻击对象，并用了许多相当激烈而尖刻的词语。胡适还发现了杨守敬在宣传他的《水经注疏》时颇不老实，书稿未写出，提前发广告。并考证出了潘存肉麻吹捧杨守敬的"叙语"（所谓《水经注疏要删》卷首的题词）是他自己捏造的。相对而言，胡适对孟森、王国维——都是他的朋友——的批评态度温和多了，但辞色似乎仍相当严峻。《孟森先生审判水经注案的错误》《评论王国维先生的八篇"水经注跋尾"——重审赵戴水经注案之一次审判》《评论王国维先生的聚珍本戴校水经注跋》等文章实际上都是对他们"诬告"戴震的反驳。——毋庸讳言，胡适的《水经注》研究是以审勘戴赵公案为中心内容的，他对卷入这场官司的郦学家的评价当然也难脱因立场的不同而导致的偏执。

胡适对郦学本身也有不少积极的贡献，如他的《试考水经注写成的年岁》：郦氏在东荆州刺史任上免官还京，至起复为河南尹的九年中，即北魏宣武帝延昌四年（公元515年）至孝明帝正光五年（公元524年）为最闲暇的时期，《水经注》当写成于这九年中——这个推断大体是不错的。又如《北宋时的水经注已不完全了》《水经注里的南朝年号》等均是精审求实、令人信服的考证文章。另外，《水经注古本现存卷数总表》《全祖望、戴震改定水经各水次第的对照表》等文都有科学的数量分析的学术价值。胡适传播的郦学知识（主要在版本研究上），恐怕至今仍没有一个人可以与之相比。再，胡适在四十年代掀起的"《水经注》热"中，卷进了一批优秀研究人才，《水经注》研究史上许多悬而未决的问题都几乎重新被他们整理爬梳过一遍，其中很大一部分也获得了满意的解答。胡适无心郦学本身，但由于他的努力，廓清了近两百年的郦学迷雾，整理了现存的全部郦学家当，把郦学推向到了一个新的阶段，提高到了一个新的层次，他对郦学是有巨大功绩的。

三

胡适无心郦学本身，他的郦学兴趣主要在戴震赵一清案的重勘，严格说来他不是一个纯粹意义的郦学家，著名地理学家陈桥驿先生将胡适归为郦学考据学派的一个"特殊类型"，这是很有见地的。台湾著名学者费海玑对胡适的《水经注》研究曾花过巨大的功夫，成绩喜人，启示良多。但他将胡适研究《水经注》的过人智慧与热心地理水利，所谓"百里之官开万世之利"联系起来，似又有发挥臆断之嫌。也有学者猜测，胡适父亲铁花（胡传）重视边疆地理，胡适得其遗传并阴有秉承父志的意思。这些看法不无道理，因为许多人都不能理解胡适究竟为什么要在晚年花如此大气力研究《水经注》。本文的最后部分便来谈谈这个问题。

不错，胡适确实说过，他审这个案子"实在是打抱不平，替我同乡戴震（东原）申冤"，出于"为人辩冤白谤"的侠义目的。学术界也有学者认为胡适拥戴是他的"素志"，故而能挺身而出，为戴震的人格辩护。——其实我们前面已说了，胡适在 1937 年 1 月 11 日日记中也明白骂过戴震："其作伪实可恶"，也动了"正谊的火气"。他在给魏建功的那封信中除肯定了"东原作伪似无可疑"，还说："吾爱吾师，吾尤爱真理。东原是绝顶聪明的人，其治学成绩确有甚可佩服之处，其思想之透辟也是三百年中数一数二的巨人。但聪明人滥用其聪明，取巧而讳其所自出，以为天下后世皆可欺，而不料世人可欺于一时，终不可欺于永久也。"——可见胡适并无拥戴的"素志"，他对戴氏的品质也提出过严厉的指责。从这一点来考察，似乎胡适研究《水经注》并非完全是为戴震白谤辩冤的。1954 年 11 月 13 日胡适致洪业的信中说：

> 十年来我重审《水经注》一案，虽然有几分"为人辩冤白谤"的动机，其实是为了要给自己一点严格的方法上的训练。

这段话里的着重号是胡适自己加上的。着重号恐怕更应加在"其实是为了"五个字上。——这段话再明白不过了："其实是为了要给自己一点严格的方法上的训练。"信中又强调了他的《水经注》研究结论"实系跟着证据走"——这便又回到胡适的治学方法问题上来了。胡适在1959 年 1 月 27 日又说："我做大使的五年没有写过一篇文章。下来后要训练自己，找一个很小的题目弄《水经注》，这样又弄了十七年。"①这里又是提到"训练自己"，为要"训练自己"，才找了《水经注》这个题目来做文章——胡适还称"弄《水经注》"为"很小的题目"，但一并就弄了十七年，就是说训练了十七年。胡适实际上将"弄《水经注》"看做是他方法论训练的一个实验品。

说到胡适的方法论训练，其旨要我们似不必重复多说了，"注重事实，服从证验""撇开一切先入的成见""搜求证据""尊重证据""让证据做向导""拿证据来"一类实验主义方法论的教条，从二十年代初以来就成了他的口头禅。但胡适晚年弄《水经注》案的时候，他的这些个提倡证据、训练思想的纲目除了为校勘学、考证学指出"正路"之外②，实际上已落实在他的所谓"勤谨和缓"的治学方法和"敬慎不

---

① 胡颂平：《胡适之先生年谱长编初稿》第八册，台北联经出版公司，1984。
② 胡适 1949 年 7 月 5 目的"手稿"题词云："校勘学的正路是多寻求古本——寻求原稿本或最接近原稿本的古本。同样的，考证学的正路是多寻求证据——多寻求最直接的、最早的证据。'推理的校勘'不是校勘学的正路，证据不够的推求也不是考证学的正路。"

苟且""有疑必复讯"的治学态度两点上。胡适批评道："骂戴东原这一班人，又没有下多的功夫，做到勤，又不仔细的校勘，做到谨，同时动了正谊的火气，没有做到和，稍为查一下，就发表文章，也没有做到缓。"（《水经注考》）胡适晚年时常以这"勤谨和缓"四字经教训人、启导人，并往往现身说法。如说"勤"：《治学方法》（中）说他自己"为审《水经注》的案子，上天下地去找材料，花了五年多的功夫，这都是不敢躲懒的意思。"另一个方法论训练即是所谓"敬慎不苟且""有疑必复讯"的认真负责的考据精神和治学态度。他在《考据学的责任与方法》一文中着重谈了这个问题，他说："做考证的人，至少要明白他的任务有法官断狱同样的严重，他的方法也必须有法官断狱同样的谨严，同样的审慎。"并在技术上提出两个"驳问"说：即严格审查证据的真实性，严密扣紧证据（对论题）的相干性。胡适最后说："有疑必复讯，不敢惮烦。我们做历史考证的人，必须学这种敬慎不苟且的精神，才配担负为千秋百世考定史实的是非真伪的大责任。"

胡适曾举了两个实例。一个是反驳杨守敬在他的《水经注疏要删》里举出的"戴袭赵"的证词，其中有一条：朱谋㙔《水经注笺》卷七，"济水"篇注文引《穆天子传》曰：甲辰天于浮于荥水。赵一清《水经注释》各本都将"甲辰"改作"甲寅"，《刊误》说："甲辰"，依《穆天子传》应是"甲寅"。戴震各本也都改作"甲寅"。杨守敬指责道："原书本是甲辰，赵氏所据何本误以为甲寅，戴氏竟据改之。"杨氏所谓原书即《穆天子传》，据胡适考查，天一阁本、汉魏丛书本，与今日通行本的《穆天子传》此句都作"甲辰"，赵一清改作"甲寅"显是错的，杨守敬说"原书本作甲辰"是对的。但杨氏用此一条证据来断定戴震跟等赵氏错，便是"袭赵"的证据，则矢之于"谨"了。考查一下那两个字的版本沿革史可知，残宋本、《永乐大典》本、黄省曾刻本均作"甲寅"，即古本都作"甲寅"，第一个改正过来为"甲辰"的是吴管刻本，（他查对了《穆天子传》）以后朱谋㙔本也作"甲辰"。赵一清依了古本将朱笺原来对的"甲辰"改回去了，戴震改回去作"甲寅"则是依据了大典本，与赵一清一样犯了没有查对而轻信古本、善本的错误。但绝不是袭赵的结果。胡适批评说："杨守敬所见《水经注》的版本太少了，他没有看见朱谋㙔本以前各种古本均作'甲寅'，头脑里先存了'戴袭赵'的成见。"——这个小例子显示了胡适"有疑必复讯，不敢惮烦"的"敬慎不苟且"的精神，正是这种训练使胡适在这个问题上立于不败之地。

另一个更有说服力的例子是戴震三大冤案之一的"无礼江永案"（另一案是所谓"直隶《河渠书》案"）。胡适为戴震翻案第一件事便是先攻克这个"前沿滩头"。——他的辩护词即是《戴震对江永的始终敬礼》。（作于 1943 年 12 月 7 日）戴震"背师"，无礼江永（慎修），是否定戴震道德人品的第一个口实，攻戴派们咬住不放。如魏源说，戴震"凡六书、三礼、九教之学，无一不受诸江氏"，盛名后对他老师"但称同里老儒江慎修，而不称师说，亦不称先生"。王国维也说，戴震平生学说出于江永（慎修），但未笃"在三"之谊，"但呼之曰婺源老儒江慎修而已。"胡适遍检了现存的戴东原遗著（微波榭刻本与安徽丛书本），查出戴震敬礼先生——"引江永的话必称江先生"——大量事实的证据：《经考》引江说五次，四次称江慎斋先生，一次称江先生；《经考附录》引一次，称江慎斋先生；《屈原赋注》引四次，称江先生；《考工记图》引三次，称江先生；《顾氏音论跋》引一次，称江先生；《答段若膺论韵》称江慎修先生一次，称江先生凡八次。——总计戴震引江永语，凡称"先生"二十二次，从少年时到晚年都是"凡称引师说，必称先生"。反过来，胡适又认真查找原告状词中"老儒江慎修"一句话的出典。原来戴震在两篇古韵分部的小史里——一篇是《声韵考》的"古音"一卷，一篇是《六书音韵表序》——叙述郑庠以下三人的大贡献时，有这样说法："郑庠分六部，近昆山顾炎武……列十部。吾郡老儒江慎修永……列十有三部。"胡适说："这两篇古音小史里，郑庠、顾炎武都直称姓名，而江永则特别称：'吾郡老儒江慎修永'，这是表示敬重老师，不敢称名之意。"——因此胡适判决："魏源、王国维提出的证据，一经审查都是无根据的谣言，都没有做证据的资格。"当然，这里胡适谈的"一经审查"，其实是"不敢惮烦"耗费了相当繁冗的考索功夫。所谓"上天下地去找材料",只是坚持了这种方法的训练、功力的训练、思想的训练,胡适才在这个问题上获得发言权!

经过严谨审慎的反复查证,光明一面的成绩显露出来了,而以前阶段的错误的、不成熟的观点见解也不可避免地要随之扬弃否定。胡适从不把那些已经证明是错的、不成熟的旧稿深藏起来或焚毁灭迹,而是全都保留下来,维持原貌,并明白批注:"错的""有错的"。所谓"以志吾过,以儆后人"。这不仅显示了少年立志就"自胜者强"并取名"期自胜生"的胡适作为学者一生的风范与胸次①,而且从《水经注》研究史来说,也展示了其艰难探索过程中的一段弯路,记录下挫折、失败的教训,让后人能面对前车,避开覆辙,径直向前,节约才力精力。同时,也现身说法地介绍了这一门研究循序渐进的门径与坦途。所谓"鸳鸯绣取从君看,要把金针度与人"。胡适后半生因为名重一时,学问态度上更是谨慎十分,生怕给后世留下不正确的结论和谬误的成果,贻害无穷。当然害怕自己千秋形象的损坏也是他处处严于律己、不惮改错的重要原因。

最后,我们也应看到胡适晚年——尤其是离开祖国大陆后——他多少也有把《水经注》研究当做一种心理平衡、稳定情绪的依托,我们可以从他赞美冯舒(已苍)在明末的天下大乱时屏心静志地埋头弄《水经注》柳佥校本的言词中发现他的心态与衷曲。胡适整理赵一清的学术成果时特意抄录出赵一清的一首自嘲意味很重的小诗:

> 流年磨蝎坐宫中,甲乙丹铅枉费功。
> 一卷水经翻复勘,浊河清济笑冬烘。

胡适自己的心情又何尝不有这种自嘲"冬烘"的感觉。他在 1948 年 11

---

① 胡适在他的一篇《跋陈劢的全氏七校水经稿本跋》上批"处处是错误"。又指出自己之所以"深深的感觉兴趣"于此文,"正因为处处发见自己的错误"(1948 年 11 月 19 日)。这节话便很可见出一斑。

月 28 日给顾廷龙（起潜）的一封信中便流露过这种情绪，他说："在天翻地覆中，作此种故纸堆生活，可笑之至。"——胡适的学术远离中国的现实生活也可见一斑。不过我们似也没有理由认为胡适做这些《水经注》学问时一味是训练与吃苦，相反他倒是怀有一种由衷的快活感与享受的乐趣。他不总是"为学术而学术"，有时也为兴趣而学术，为乐趣而学术。他曾说："学问是要给我们一生一点无上的愉快享受"（1943 年 2 月 13 日日记），——这"一点无上的愉快享受"或许也是他后半生如此埋头弄《水经注》的一个重要原因吧！

图书在版编目（CIP）数据

翰苑易知录：中国古代文学演讲集/中国社会科学院文学
研究所编. —北京：社会科学文献出版社，2013.6
ISBN 978 - 7 - 5097 - 4630 - 1

Ⅰ.①翰…　Ⅱ.①中…　Ⅲ.①中国文学 – 古典文学研究 –
文集　Ⅳ.①I206.2 – 53

中国版本图书馆 CIP 数据核字（2013）第 098717 号

翰苑易知录
—— 中国古代文学演讲集

编　　者／中国社会科学院文学研究所

出 版 人／谢寿光
出 版 者／社会科学文献出版社
地　　址／北京市西城区北三环中路甲 29 号院 3 号楼华龙大厦
邮政编码／100029

责任部门／人文分社（010）59367215　　　　责任编辑／张倩郢　孙以年
电子信箱／renwen@ ssap. cn　　　　　　　　责任校对／王　平　邓　敏
项目统筹／宋月华　张倩郢　　　　　　　　　责任印制／岳　阳
经　　销／社会科学文献出版社市场营销中心（010）59367081　59367089
读者服务／读者服务中心（010）59367028

印　　装／北京季蜂印刷有限公司
开　　本／787mm×1092mm　1/16　　　　　　印　　张／28
版　　次／2013 年 6 月第 1 版　　　　　　　　字　　数／413 千字
印　　次／2013 年 6 月第 1 次印刷
书　　号／ISBN 978 - 7 - 5097 - 4630 - 1
定　　价／89.00 元